KB117081

벚꽃, 다시 벚꽃

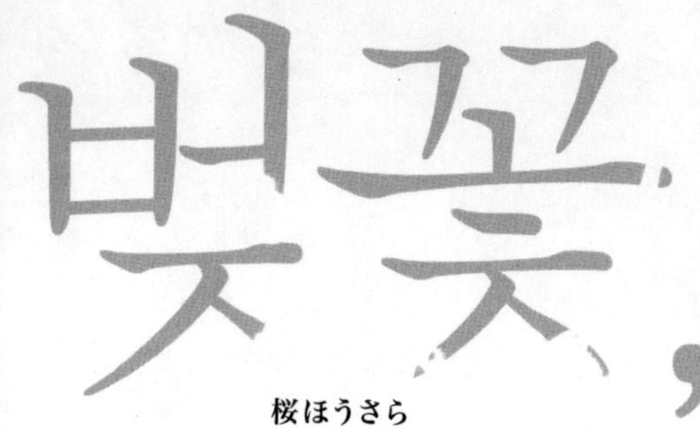

벚꽃, 다시 벚꽃

桜ほうさら

미야베 미유키

권영주 옮김

차례

등장 인물

후루하시 家

후루하시 소자에몬 도가네 번 번주의 시종관(주군의 의복과 일용품을 관리하는 직책)

후루하시 사토에 소자에몬의 부인

후루하시 가쓰노스케 장남, 검술에 능하고 용맹한 인물

후루하시 쇼노스케 차남, 인정이 많고 심약한 인물

주요 인물

사카자키 시게히데 도가네 번 에도 대행(에도 번저에 상주하며 번과 막부의 교섭을 맡는 직책), 사토에의 사별한 첫 남편의 숙부

리에 가와센의 여주인

사에키 가몬노스케 쇼노스케가 다니던 번교의 스승

지헤에 고베에가 운영하는 대본소 무라타야를 맡아 관리하는 인물

고베에 지헤에의 형, 무라타야 서점 주인

로쿠스케 문구 도매상 '쇼분도'에서 일하는 필묵 장수

와카 재봉점 와다야의 외딸, 무라타야의 단골손님

가나에 재봉점 와다야의 여주인, 와카의 어머니

부베 곤자에몬 글방의 훈장, 낭인 무사

오시코미 고멘로 무협소설을 쓰며 정처 없이 떠도는 낭인 무사

도미칸 나가야 사람들

간에몬 도미칸 나가야의 관리인

히데 헌옷을 뜯어 옷을 짓거나 세탁 일을 하는 여인

가요 히데의 일곱 살배기 외딸

도라조 생선 도붓장수, 다이치(아들)와 긴(딸)의 아버지

다이치 나가야의 골목대장

긴 다이치의 누나

시카&시카조 채소 행상을 다니는 부부

다쓰키치 길거리에 멍석을 깔고 고물을 파는 노점상 상인

다쓰 다쓰키치의 어머니

기타 인물

지바 아리쓰네 소자에몬이 모시던 주군으로 도가네 번의 번주

지바 아리요시 지바 아리쓰네의 아버지이며 호는 '보운'

와카나 마님 사토미 가 출신으로 주군의 정실

만 부인 이토 가의 양녀 출신으로 주군의 측실

주에몬&가쓰에 축제나 기예를 관장하는 대여 회장 '미카와야'의 주인 부부

기치 주에몬과 가쓰에의 무남독녀 외딸

나가호리 긴고로 오슈 미야노 번 출신의 무사, 번주를 모시는 수발인

일러두기

원제 '사쿠라호사라(桜ほうさら, 벚꽃박죽)'는 "이런 일 저런 일 온갖 일이 벌어져서 큰일 났다. 난리 났다"라는 고슈 지방 표현인 '사사라호사라(ささらほうさら, 뒤죽박죽)'를 응용한 것입니다. 본문에서는 '뒤죽박죽'과 '벚꽃박죽'으로 옮기되 한국어판 제목은《벚꽃, 다시 벚꽃》으로 출간하였습니다.

제 1 화

도미칸 나가야

오늘은 신기한 걸 가져왔습니다.

문간에서 들려온 목소리에 후루하시 쇼노스케는 정신이 퍼뜩 들었다. 문간을 돌아보자 무라타야의 지혜에가 서 있었다. 사동使童도 대동하지 않고 혼자 손수 보퉁이를 끼고 온 모양이다.

그런데 정말이지 알 수 없는 일이다. 빽빽한 장지를 지혜에는 어떻게 이렇게 소리 없이 여닫을 수 있는 걸까. 덕분에 매번 방심하고 있다가 늘어진 모습을 보이게 된다.

“쇼 씨, 또 졸고 있었죠? 여러 번 불렀는데.”

지헤에는 좁은 봉당에서 신을 벗고 들어왔다. 자주 드나드는 터라 새삼스레 격식을 차리지 않는다. 쇼노스케의 다다미 넉 장 반 크기의 단칸방 절반을 차지하는 서궤 위를 슥 훑어보더니 거친 밑그림용 종이에 아직 아무것도 그려져 있지 않은 것을 확인하고 의미심장하게 웃었다.

쇼노스케는 허겁지겁 눈을 비비며 벼루와 필세筆洗를 옆으로 치웠다. 지헤에가 그 자리에 자신이 들고 온 보퉁이를 조심스레 올려놓았다.

“잔 게 아닙니다. 벚꽃을 보고 있었습니다.” 저도 모르게 변명처럼 말했다.

문간 반대편, 빨래 너는 터 너머에 벚나무가 한 그루 있다. 좁다란 수로 옆 둑비탈에 뿌리를 내린 나무는 수면 위로 기우뚱하게 줄기를 내밀고 가지를 뻗었다.

호오. 지헤에는 벚나무에 눈길을 주더니 눈부신 듯한 표정을 지었다.

“아주 잘 보이는군요. 그나저나 이건…….”

고개를 갸웃거리기에 쇼노스케는 말했다.

“널담이 없어졌거든요. 바깥이 훤히 잘 내다보이게 되지 않았습니까?”

열흘 전까지만 해도 벚나무와 둑 사이에, 이 또한 상당히 기울기는 했을망정 어쨌거나 담의 형태를 갖춘 널담이 있었다. 이게 없으면 수로를 다니는 쪽배며 거룻배에서 집 안이 고스란히 보이지, 바람은 불어들지, 바람에 한사리가 겹치면 물보라까지 튄다. 그렇기에 고마운 널담이었다.

그런데 그런 널담을 여기 나가야칸을 막아서 여러 가구가 살 수 있도록 길게 만든 집 아이들이 합세해서 쓰러뜨리고 부서뜨리고 쪼개어 불쏘시개로 써버렸다. 그러지 않으면 얼어 죽을 것 같은 추위가 닷새씩이나 이어졌기 때문이다. 닷새 사이에 널담은 흔적도 없이 사라져버렸는데, 맨 처음 없어진 곳이 쇼노스케의 집 앞 부분이었다.

도미칸한테 일러바치면 어떻게 될지 알고 있겠지.

골목대장 다이치는 불쏘시개를 들고 쇼노스케를 을렀다. 이 아이는 아직 열두 살밖에 안 됐고, 쇼노스케는 이래 봬도 스물두 살이다. 게다가 주인을 잃은 낭인 신세라고는 하지만, 허리에 칼 두 자루를 차는 무사다. 위협하는 쪽도 문제지만 위협당하는 쪽도 문제다.

내 쪽부터 부수겠다면 내게도 돌아오는 몫이 있어야 할 것 같다만.

그렇게 말해봤더니 다이치는 정말 불쏘시개를 가져다주었다. 이로써 일러바치려야 일러바칠 수 없게 된 셈이다.

"전망은 좋습니다만, 쇼 씨, 앞으로 곤란하지 않겠습니까?"

"겨울 되기 전에 간에몬 씨가 어떻게 해주시겠죠."

간에몬은 여기 후카가와 기타나가호리 정町에 있는 도미칸 나가야의 관리인이다. 후유키 정의 저택에 살고 있는 목재 도매상 후쿠토미야福富屋가 집주인이다. 후쿠토미야는 이 일대에 넓은 토지를 소유하는 터라, 그곳에 있는 나가야는 모두 이름 첫머리에 '도미富'가 붙는다. 도미요시富吉 나가야, 도미젠富善 나가야, 도미초富長 나가야 등 길한 한자를 썼는데, 그곳들 전부를 관리하는 관리인의 이름이 들어간 곳은 그중에서도 도미칸 나가야뿐이다. 간에몬 본인도 '도미칸'이라는 별명으로 불린다.

그렇다고 간에몬이 이곳에 특별히 정이 있는 것은 아니다. 오히려 후쿠토미야가 세를 주는 나가야들 중 제일 가난해서 집세를 거두기가 수고스러운 주민들만 모여 있다고 푸념하곤 한다.

실제로 가난뱅이 나가야다. 그렇지 않았으면 멋대로 널담을 부수지도 않았다.

말 나온 김에 덧붙이자면, 널담이 불쏘시개로 둔갑했다는 게 들통 나 화가 머리끝까지 치솟은 간에몬이 다이치를 찾아다니는 동안, 주모자는 쇼노스케의 집에 숨어 있었다. 개켜놓은 요와 이불 사이에 파고들고, 쇼노스케가 그 위에 밑그림을 여러 장 펼쳐놓아 "말리는 중이니까 만지지 마십시오" 하면서 숨겨주었다.

무사히 화를 면한 다이치는 "대머리 간 영감도 쇼 씨한테는 무르단 말이지"라며 피죽을 먹어도 무사는 무사라고 시건방진 소리를 했다. 그런 말을 하는 쪽도 문제지만, 듣는 쪽도 문제다.

그런 이야기를 하자 지헤에는 한바탕 유쾌하게 웃었다.

"다이치는 지금도 도망쳐 다닙니까?"

"아닙니다, 벌써 오래전에 용서받았죠. 여기저기 싸돌아다니고 있습니다."

"간에몬 씨에게 들켰다간 난리 나겠군요."

"이제는 더 낼 화도 없습니다. 이제 와서 화를 낸들 소용없는데다, 간에몬 씨는 그래 봬도 자상한 분이니 널담도 고쳐줄 겁니다."

이번에는 그렇게 쉽사리 불쏘시개로 쓸 수 없게 해주겠노라고, 후쿠토미야에게 말해서 튼튼한 담을 세워줄지도 모른다.

수로까지 훤히 내다보이는 바깥을 보며 지헤에는 고개를 살짝 움츠렸다.

"가지는 제법 굵직한데 꽃은 이제 겨우 피기 시작했군요. 게다가 오늘 같은 날씨엔 문을 열어놓고 있으면 춥겠습니다."

불어드는 강바람은 아닌 게 아니라 차다. 쇼노스케는 장지를 닫아 벚꽃을 감추었다.

"먹도 갈지 않고 넋 놓고 보고 있다니, 저 벚나무에 무슨 좋은 그림이라도 보이던가요?"

쇼노스케는 숯을 넣은 화로를 쑤시고 따뜻해진 쇠 주전자를 삼발이로 옮겨놓는 동안 지헤에의 물음에 대답하지 않았다.

"……고향 벚꽃이 생각났습니다."

지헤에가 입가에 머금고 있던 부드러운 웃음이 문득 사라졌다.

"번교藩校 마당에 가지 모양이 저것과 흡사한 벚나무가 있었거든요. 못가에서 물 위로 몸을 내민 듯 보였죠."

꽃이 활짝 필 때면 못가에 핀 벚꽃과 수면에 비친 벚꽃이 이중으로 보여 아름다웠다. '거울 벚꽃'이라고 불렸다.

"근래 소식은 있었습니까?"

"정초에 온 뒤로 없습니다. 별고 없다는 뜻이겠죠."

좋은 쪽으로나, 나쁜 쪽으로나. 속으로 덧붙였다. 지헤에한테는 그래도 통했다. 말없이 가볍게 고개를 끄덕였다.

무라타야는 후카가와 사가 정에 있는 서적 도매상이다. 지헤에의 형 고베에가 3대 주인인데, 오카와 강 이편(동쪽)에서는 아마 가장 큰 점포일 것이다. 상인에서 하타모토쇼군 직속 무사, 다이묘의 교외 별택에 이르기까지 폭넓은 고객층을 상대로 장사를 벌이고 있다.

그런 한편으로 무라타야는 대본소도 운영했다. 이쪽은 지헤에가 맡고 있다. 형제가 분담해서 장사를 하는 것이다. 쇼노스케는 고베에를 한 번밖에 만난 적이 없지만, 태도는 온화해도 상인이라기보다 병법학자처럼 눈초리가 날카로워 아녀자도 상대해야 하는 대본업에는 어울리지 않을 듯했다. 그런 점에서 말장난도 칠 줄 아는 데다 뒷소문이나 잡담을 좋아하고 웃을 때면 눈가에 먼저 웃음이 번지는 지헤에는 안성맞춤의 인물이었다.

나이는 쇼노스케보다 꽤 많다. 확인한 적은 없지만 스무 살 이상 차이가 날 것이다. 그렇지만 훌쩍 큰 키와 호리호리한 체격, 뚜렷한 이목구비, 그중에서도 특히 다이치와 아이들이 숯 토막과 숯가루 덩어리를 늘어놓은 것 같다고 놀리는 굵은 눈썹과 큰 눈이 어울리지 않는 것 같으면서도 묘한 애교를 더해준다. 게다가 유쾌한 일이 있으면 어디서나 어린애처럼 신나게 웃으니 이상하게 인상이 젊다.

쇼노스케가 지헤에를 만나 필사筆寫 일을 하게 된 지 이제 곧 반년이다. 가까운 사이인 데다 이야기를 즐기는 지헤에이지만, 자기 이야기는 자진해서 하지 않는다. 그 때문에 쇼노스케도 그가 과거 얻은 지 얼마 안 되는 애처를 생각지도 못한 흉사로 잃고 이후 줄곧 계율종 승려처럼 독신으로 지내왔다는 사실을 얼마 전에야 알았다. 간에몬이 가르쳐주었다.

저래 봬도 외로운 사람이란 말이죠.

내 보아하니 저이와 본격적으로 친하게 지내는 것 같아서 미리 귀띔해두는 겁니다, 라고 했다.

도미칸 나가야에는 이제 그 사실을 아는 사람이 없고, 무라타야 주위에서는 아무도 그 이야기를 입에 올리지 않거든요. 철 지난 조롱박처럼 비리비리해도, 돈이 없어도, 풍채가 시원치 않아도 쇼 씨도 어쨌거나 젊은 사내 아닙니까. 그러니 계집 생각이 날 때도 있겠죠. 즐기고 싶을 때도 있겠죠. 하지만 그럴 때 지혜에 씨한테 같이 가자고 하거나 주선을 부탁해선 안 됩니다. 그런 건 잔인한 일이에요.

여기서도 신통한 소리를 못 듣는 쇼노스케였다.

"그나저나……."

쇼노스케가 이 빠진 찻종에 맹물탕을 내자, 지혜에는 그 큰 눈을 치뜨며 그를 빤히 쳐다보았다.

"쇼 씨, 이게 뭔지 궁금하죠?"

"신기한 것이라고 하셨죠?"

서궤 위의 보퉁이 이야기다. 무라타야의 옥호屋號가 든 쪽빛 보자기로 네모반듯하게 쌌다.

지혜에는 기쁜 표정으로 손을 맞비빈 다음 단단히 묶은 매듭을 풀기 시작했다.

"놀라시면 안 됩니다."

말은 그렇게 하면서 놀라기를 바라는 것처럼 쿡쿡 웃는다. 보퉁이 안에서 서책 몇 권이 나왔다. 아니, 서책만이 아니다. 반지半紙를 한 바퀴 두른 알팍한 꾸러미가 하나 더 있다. 얇은 판을 겹친 것처럼 보였다.

"우선 이쪽부터 보실까요."

지혜에는 서궤 위에 서책 네 권을 늘어놓았다. 네 권 모두 장정이 같다. 채소 문양을 돋을무늬로 찍은 감색 표지에 기름한 옥색 직사각형으로 제첨을 붙였다.

지혜에의 기대대로 쇼노스케는 제목을 보고 놀랐다.

"이건……《요리통料理通》아닙니까. 다 모으셨군요."

그렇게 말하며 지헤에를 올려다보자, 대본소 주인은 눈을 반짝였다.

"네. 빠져 있던 1편하고 작년에 나온 4편이 이번에 같이 들어왔습니다."

네 권의 서책은 의장意匠은 같지만 만든 연대가 조금씩 다르다. 1편은 분세이 5년(1822), 2편은 분세이 8년, 3편이 분세이 12년, 그리고 가장 최근에 나온 4편은 덴포 6년(1835)에 나왔다. 간행에 십삼 년 걸린 셈이다.

《요리통》은 에도 최고의 요릿집 '야오젠'이 가게에서 손님에게 제공하는 요리에 관해 기록한 서책이다. 요리를 계절별로 나누고 각각의 요리법에 관해 해설을 붙였다. 그것만 해도 충분히 호화로운데, 기라성 같은 문인이며 화공의 글과 그림, 채색 판화까지 곁들였으니 더 말할 것도 없었다.

분카 분세이 시대(1804~1830)에 요리책이 유행해 다양한 의장과 내용의 책이 다수 제작되고 널리 읽혔다. 《요리통》은 그중에서도 특히 명성이 높았다. 무엇보다도 그 유명한 야오젠에서 냈다는 데 특별한 의의가 있었다.

물론 지헤에 밑에서 일하며 처음 안 사실이다. 쇼노스케가 나고 자란 가즈사 국國 도가네 번은 에도에서 이틀 거리인데, 막부 수립 당시로 거슬러 올라가는 오랜 역사를 지녔지만 규모는 만오천 석에 불과한 작은 번이다. 게다가 현 번주인 지바 가家는 근엄함과 성실함, 수수함과 절약, 무武를 중시하는 가풍이라, 가신들도 저절로 그에 따르다 보니 화려한 요리책과 연이 없다. 설령 있다 해도 녹봉 팔십 석인 쇼노스케의 생가 후루하시 가의 손이 닿을 곳에는 없었다.

그런 얼마 안 되는 가록家祿조차 몰수당하고, 아버지가 죽고, 적자인 형은 고향에서 친척에게 몸을 의탁해 근신 중인 지금은 더 말할 것도 없다.

그렇건만.

이렇게 호화로운 《요리통》을 눈앞에 두고 있는 자신은 대체 누구일까. 여기서 뭘 하고 있는 걸까. 장지는 닫혀 있을 텐데 별안간 찬바람이 가슴을 스친 듯했다.

"처음 판매했을 때는 여기에 봉투가 있었다더군요."

지헤에가 2편을 들어 면지를 가리키며 말했다. 쇼노스케는 눈을 깜박인 다음 시선을 들었다. 지헤에는 황홀한 눈초리로 말을 이었다.

"야오젠의 포렴을 본뜬 의장으로 말이죠. 세련된 취향입니다. 그냥 끼워놓기만 한 거라 유감스럽게도 임자가 바뀌는 사이에 빠진 모양입니다."

"찾아보면 나올지도 모르죠. 지난번 전단처럼."

"아무렴요. 고대할 거리가 남아 있는 셈입니다."

쇼노스케는 조심조심 4편을 집었다. 다른 책들도 상태가 양호하지만 역시 새것이다 보니 색이 제일 선명하다.

"여기엔 싯포쿠 요리와 후차 요리가 나와 있답니다."

"싯포쿠?"

"나가사키의 향토 음식입니다. 후차 요리는 선종禪宗 일파에서 제공하는 사찰 음식이죠."

설명을 들은들 막연한 표정을 지을 수밖에 없었던지라 쇼노스케는 그렇게 했다.

"글뿐이라면 어떻게 되겠습니다만……."

지혜에가 웃었다. "안심하십시오. 저도 힘들게 모은 책들을 대뜸 쇼 씨에게 맡길 만큼 욕심이 없진 않습니다. 당분간 곁에 두고 즐기렵니다."

쇼노스케는 크게 안도했다.

"그래도 눈요기를 시켜드리고 싶어서 말이죠."

전부 갖춰진 책을 자랑하고 싶었다고 했다.

"눈요기는 되는데 심장에 좋지 않은 모양입니다."

아까부터 자꾸만 손이 부들부들 떨린다.

"제게는 아직 좀 더 마음 편한 고서 쪽이 맞는 모양입니다."

무라타야에 들러 지금 하는 일을 받아온 게 닷새 전이다. 약속한 날짜까지 아직 많이 남았다. 그렇기에 느긋이 벚꽃을, 그것도 이제 겨우 꽃망울이 터지기 시작한, 슬쩍 한기가 느껴지는 듯한 벚꽃을 넋 놓고 바라보고 있을 수 있었다.

"일 이야기도 없는 건 아닙니다만."

지혜에는 그렇게 말하고《요리통》을 신주 모시듯 다시 잘 싸더니 또 한 꾸러미를 꺼냈다. 반지로 대충 싼 쪽이다.

"실은 신기한 건 이쪽입니다."

언뜻 봐서는 무엇인지 알 수 없었다. 반지만 한 크기의 얇은 널판에 인쇄물이 붙어 있다는 것은 알겠다. 그런데 인쇄된 그림이 무엇인지 알 수 없었다. 쇼노스케는 가까이서 살펴보았다.

기와지붕이 있다. 복도가 있다. 여기는 교창交窓인가. 다다미를 깔았다. 방인 것 같다. 여러 개 있다. 장식단에 족자와 화기花器가

보인다.

지헤에가 설명했다. "'입체 그림'이라고 합니다. 오려서 조립하면 작은 '야오젠'이 생기죠."

그제야 깨달았다. 건물만이 아니라 가구며 세간까지 그려넣은 것이다.

"장난감 같은 겁니다만, 잘 만들었죠?"

요리책이 유행한 당시는 야오젠의 명성이 확립됐을 무렵이기도 했다. 서민뿐 아니라 비교적 재산이 있는 상인에게조차 아득히 멀기만 한 동경의 대상이었던 야오젠은 이런 형태로도 인기를 누렸다.

"용케 이렇게 온전히 남아 있죠. 저도 설마 이걸 고스란히 입수하게 될 줄은 몰랐습니다. 한번 맞춰보지 않겠습니까?" 지헤에가 말했다.

"제가요?"

"어렵지 않을 겁니다. 쇼 씨는 그림과 글씨에만 능한 게 아니라 손재주도 있으니까요."

"귀중한 물건이잖습니까."

"그렇더라도 한 번은 맞춰봐야 구조를 알 것 아닙니까."

이야기가 어째 이상해졌다.

"구조라 하심은?"

"이걸 바탕으로 새 입체 그림을 만들어 팔까 하거든요. 우선은 이 근방 요릿집들에 말이죠."

그 말인즉 쇼노스케에게 만드는 법을 생각해내라는 뜻이다.

"세상이 꽤나 갑갑해지지 않았습니까. 작년 통화 발행으로도 평민들의 생활은 눈에 띄게 나아지지 않았죠. 오히려 나빠졌을 지경입니다. 하지만 이런 때일수록 장사에 지혜가 필요한 게 아니겠습니까."

쇼노스케는 다시금 '입체 그림'을 요모조모 뜯어보았다.

"하지만 이건 야오젠 것이기에 가치가 있었던 것 아닙니까."

서민에게는 평생 꿈속에서조차 연이 없을 장소이기에.

"이 근방의 가난한 가정에겐 하치만 신사 경내에 있는 두 요리 찻집이나 야오젠이나 매한가지로 먼 곳입니다."

그것은 쇼노스케도 그렇다.

"요리책도 마찬가지입니다. 우리 점포에서 요리책을 빌리는 건 요리사만이 아니란 말이죠. 요리책을 보는 것만으로도 배가 부르다는 손님이 많습니다."

아닌 게 아니라 그럴 것이다. 더욱이 무라타야는 그런 손님들을 위해 저렴한 필사본을 만들기 시작한 대본소다. 덕분에 쇼노스케도 입에 풀칠을 할 수 있다.

"게다가 요릿집에서 손님에게 선물로 주는 것도 좋은 방법일 듯하거든요. 혹은 주문 요리에 곁들인다든지."

그쪽이 그나마 쓰임새가 있을 것 같다. 아이들은 아닌 게 아니라 이런 장난감을 좋아하겠지만, 예컨대 다이치가 호화로운 요릿집에 관심을 가질 것 같지는 않다. 관심을 가진다 해도 살 돈이 없다. 쇼노스케의 주변 아이들은 장난감을 직접 조달하거나 제 손으로 만든다.

"알겠습니다. 해보죠. 그렇지만 잘 맞출 수 있을지……."

"실패해도 쇼 씨에게 지불할 품삯으로 변상하란 인색한 소리는 하지 않을 테니 안심하십시오."

지혜에는 웃으며 그렇게 말하지만 쇼노스케에게는 사활이 걸린 문제다.

"실은 히라세이와 이미 이야기를 했거든요. 재미있겠다고 관심을 보이더군요."

히라세이는 후카가와에 이름이 널리 알려진 요릿집이다. 지혜에는 장사와 별개로 손님으로 드나든 적도 있을 것이다. 무라타야는 건실하게 장사해서 번창하고 있다.

"밥알을 이겨서 붙이면 김을 쐬어 떼었다가 다시 붙일 수도 있을 겁니다. 그런 얼굴 하지 말고 편하게 해보십시오." 지혜에는 보퉁이를 들고 일어나며 덧붙였다. "입체 그림은 얻은 것이니 제 돈은 한 푼도 들지 않았습니다. 그러니 망쳐도 손해는 아니에요."

그런 이야기는 처음부터 해주면 좋겠다.

지혜에를 배웅하고 빽빽한 장지를 삐걱거리며 닫은 뒤 서궤 앞에 앉자 절로 한숨이 나왔다.

귀찮은 것은 아니다. 사실 쇼노스케는 이런 정밀한 수작업이 성미에 맞는다. 뿐만 아니라 그런 것을 좋아한다.

그렇긴 하지만…….

장사를 모르겠다. 지금까지 반년 남짓 이곳에 살면서 지혜에와 여러 가지 일을 해왔지만, 쇼노스케는 감이 잡히지 않는, 이해되지 않는 게 많았다. 저렇게 하면 팔린다, 이렇게 하면 좋은 평판을 얻는다, 이렇게 하면 손님이 든다, 이것을 하면 손님을 잃는다, 모두 고향에 있었을 때는 생각도 해보지 않은 일들이었다.

아니, 무사가 생각할 일이 아니었다.

정말 먼 곳까지 오고 말았구나.

새삼스레 그런 생각이 들었다.

쇼노스케는 분카 12년(1815)에 태어났다.

"그해 막부 내에서 나팔꽃 재배가 크게 유행했습니다. 들고파는 걸 좋아하는 사람들이 이런저런 나팔꽃을 교배해서 색깔이나 모양이 특이한 신종을 만들어내는 데 푹 빠져 있었죠. 그 덕분에 우리도 설명서로 돈깨나 벌었습니다."

지헤에의 말로는 그런 해였다고 한다.

쇼노스케가 태어난 고향, 가즈사 국 도가네 번에서 당시 나팔꽃 재배가 유행했다는 이야기는 들어보지 못했다. 설사 유행했다 해도 그의 아버지 후루하시 소자에몬은 몰랐을 것이다. 주군의 의복이며 일용품을 관리하는 시종관이라는 직책상 옷과 도자기, 칠기 등에 관해서는 어느 정도 지식이 있었으나, 원래 어느 방면으로든 들고파는 성격이 아니었다. 개를 좋아했던지라, 어느 집 개가 새끼를 낳으면 좋아하며 얻어오거나 야윈 개를 보면 먹이를 주는 바람에 개가 마당에 자리 잡은 적도 있었다. 그 때문에 어머니 사토에에게 야단맞는 것 정도가 낙이라면 낙이었을까.

쇼노스케는 둘째 아들이다. 두 살 터울인 형 가쓰노스케는 도가네 번의 기풍을 빼닮은 무사 기질로, 어렸을 때부터 검술 수행에 힘썼다. 덕분에 스무 살이 될 무렵 이미 번 도장에서 사범 대리를 맡을 만큼 실력을 쌓았다.

번주인 지바 가문에는 가시마 신카게 유파를 선조로 발도술의 호흡을 도입한 독자적인 검법 '쓰가 후넨 유파'가 전해진다. 쓰가는 창시자인 검사의 성이며, 후넨不念은 '생각하지 않고 치는' 것을 뜻한다. 대련 중에 이 생각 저 생각을 하다가는 허를 찔릴 수 있다. 머리를 비우고 날랜 일격을 가한다는 뜻일 것이다. 다만 순전한 발도술은 아닌지라 두 번, 세 번 칼을 맞부딪치는 기술도 있으며 신술身術도 들어간다.

바꿔 말하자면 철저하게 실전용 검술이라는 뜻이다. 소자에몬의 아버지, 쇼노스케의 할아버지 대에는 창술도 중시되었다고 한다. 과거 전투에서는 창이 칼보다 위력이 있었기 때문이다.

이런 유파의 검술에 능하다는 것은 그만큼 기질이 드세다는 것을 의미한다. 가쓰노스케는 날카롭고 용맹하며 무사다운 기개가 넘치는 인물이었다.

그런 반면 쇼노스케는 딱 잘라 말해 심약하고 검술에도 서툴렀다. 도장에서 죽도로 호되게 두들겨 맞아 얼굴이며 팔다리가 퉁퉁 부어 돌아왔다가 사토에에게까지 야단맞은 게 한두 번이 아니다. 저택 마당에 마련해둔 짚단으로 검술을 연습하다가 형에게 혼난 것도 한두 번이 아니다. 지금 생각하면 그립지만 돌이켜 보면 여러 가지 의미로 여기저기가 아프고 쑤신다.

하지만 쇼노스케가 형을 닮지 않았다기보다 가쓰노스케가 후루하시 가에서 이색적인 존재였다고 하는 편이 더 맞을 것이다. 소자에몬도 칼 솜씨가 형편없었기 때문이다. 젊었을 때 성읍 외곽에서 굶주린 개가 그를 향해 짖어대자, 칼을 빼들기는 했지만 베기는커녕 가까이 가지도 못하고 도망친 적이 있다. 결국 아버지의 동배가 나중에 개를 퇴치했는데, 그 뒤로 '후루하시의 칼은 후넨 유파가 아니다, 개 한 마리도 못 베는 후켄不犬 유파다' 하고 놀림을 받았다.

아버지는 아버지 나름대로 부끄러웠을 것이다. 그러나 잊을 만하면 과거의 불명예가 들추어져도 화 한번 내지 않았다. 변명하지도 않았다. 겸연쩍은 표정으로 잠자코 있었다.

쇼노스케는 그런 아버지가 좋았다.

들개를 베지 못한 것은 겁이 많았기 때문이 아니라 개가 가여워서가 아니었을까. 만약 광견병에 걸린 개라 그냥 두면 위험한 데다 개도 고통스러울 뿐이라고 생각했다면 어떻게든 베었을 것이다. 그런 책임감은 강한 사람이었다.

들개까지 배를 곯는 것은 이 땅을 다스리는 사람에게 미흡한 점이 있기 때문이다.

쇼노스케에게 그런 말을 한 적도 있었다.

이유는 각각 달랐지만 어머니와 형은 이런 아버지와 맞지 않았다.

부모 자식 간에도 궁합이 있게 마련이다. 외골수에 승부욕이 강한 가쓰노스케에게는 아버지의 온화함이 연약함으로 보였을 테고, 아버지는 아버지대로 자신을 닮지 않은 잘난 적자를 일찍부터 기피했다. 그러고 보면 두 사람은 얼굴도 체격도 닮지 않았다.

가쓰노스케도 어렸을 때는 아버지가 '후켄 유파'라고 업신여김을 당하는 게 분해서 검술을 연마했다. 그러나 주위로부터 실력을 인정받게 되자 그 자신도 아버지를 소홀히 여기게 되었다. 무도인을 받드는 번의 기풍이 그런 생각을 더욱 굳혔다. 쇼노스케의 생각에 아버지와 형의 불화는 거기에 뿌리를 둔 것 같았다. 불행한 악순환이다.

어머니 사토에 쪽은 좀 더 이해하기 쉽다. 사토에의 본가 니지마 가는 후루하시 가보다 훨씬 문벌이 높다. 친척 중에 번의 중신도 있다. 원래라면 후루하시 가에 시집올 사람이 아니었다.

그런데 어째서 영락한 것처럼 후루하시 가에 시집왔는가 하면, 사토에에는 이 혼인이 세 번째였기 때문이다. 첫 남편과는 시집간 지 얼마 안 돼서 사별하고, 두 번째로 시집간 집에서는 시어머니와의 불화로 갈등이 끊이지 않은 데다 자식을 낳지 못해 이 년 만에 이혼했다.

두 번이나 시집갔다 돌아온 사토에를 본가에서도 난처해했다. 본래 무가 여자의 있을 자리는 생가에 없다. 어떻게든 시집을 보내야 했다. 그러나 사토에가 시어머니에게 욕설을 퍼붓는 사나운 말 같은 여자라는 소문이 퍼지자, 첫 남편도 실은 사토에 탓에 죽었다는 말까지 나오는 바람에 혼처를 찾기가 여의치 않았다.

그런 사정으로 당시 막 후루하시 가의 가독家督 지위를 상속했던 소자에몬이 낙점되었다. 심약함을 높이 샀다고 할지, 이용해서 사토에를 억지로 떠맡긴 것이다. 이십사 년 전 이야기다.

쇼노스케는 아버지의 온화함을 사랑한다. 하지만 아버지, 이때만은 타고난 온화함을 벗어던지고서라도 이 혼담을 고사하셔야 했습니다, 하고 생각할 때가 있었다. 하기야 그랬다면 쇼노스케도 태어나지 못했겠지만.

후루하시 가로 시집온 사토에는 얄궂게도 이번에는 바로 가쓰노스케를 낳았다. 이어서 쇼노스케가 태어났다.

사토에는 본가의 문벌을 짊어진 여인이었다. 그곳에 자기가 있을 자리는 없어도, 아니, 있을 자리가 없기에 긍지가 있었다. 격이 낮아지는 세 번째 혼인에 마음이 행복할 리 없었다. 게다가 남편은 대가 센 사토에가 보기에 비 맞은 강아지 같은 사내다. 매사가 재미없었다.

그런데 그렇게 해서 낳은 적자는 생각지도 못하게 강건하고 의젓했다. 자라면서 그런 성질이 더욱 뚜렷해졌다. 하나부터 열까지 남편과 대조적이다. 사토에는 이 아이에게 푹 빠졌다. 자연히 가쓰노스케도 사토에를 따랐다. 한편 아버지를 소홀히 여기는 마음이 자라났다. 그렇기에 모자는 마음이 잘 맞았다.

생가에 관해 나쁜 기억만 있는 것은 아니다. 아버지를 닮아 얌전하고 형에 비하면 모든 면에서 부족한 쇼노스케이지만, 사토에가 함부로 대했던 기억은 없다. 어머니는 아버지와 서로 통하는 점이 없었던 것을 벌충하듯 형제에게 애정을 쏟아주었다. 다만 철없던 어린애가 자기 의지를 가지고 기질이 확고해질 무렵이 되자, 쇼노스케는 어머니가 형에게는 기대를 걸면서도 자신에게는 아무것도 바라지 않는다는 것을 점점 깨달았다. 자신은 어머니가 바라는 것을 갖지 못했다고 해도 될 것이다.

대를 이을 사람은 어차피 형이다. 오히려 마음 편하고 좋다. 그렇게도 생각했다. 하지만 언젠가 자신이 집을 떠나고 나면 아버지는 어떻게 될 것인가 염려될 때는 있었다. 단순한 직무를 담담히 수행하고, 집에서는 개를 귀여워하고, 고용인들과 허물없는 태도로 이야기하고, 마당에 일군 채소밭에서 푸성귀며 감자를 재배하는 아버지의 등을 볼 때마다 막연한 쓸쓸함에 사로잡혀 할 말을 잃을 때도 있었다.

지금 생각하면 그런 정도의 불안과 적막함은 실제로 닥친 사태에 비하면 아무것도 아니었건만.

재작년인 덴포 5년(1834) 7월 초하루, 후루하시 소자에몬은 갑자기 번 감찰사의 조사를 받았다.

어용 고물상 하노센에게 뇌물을 받았다는 혐의 때문이었다. 당사자인 하노센이 고발한 것이었다. 오 년 전부터 후루하시 님의 요구로 뇌물을 바쳤으나 해를 거듭할수록 액수가 커져 이제 도저히 요구에 응할 수 없다, 곤란한 나머지 처벌을 각오하고 고발한 것이라고 했다.

소자에몬은 금시초문이었다.

후루하시 가의 생활은 검소하다. 눈에 띄는 사치라곤, 본가에서의 생활을 그리워하고 또 자신의 태생을 자랑하고 싶은 사토에 때문에 가록에 비해 고용인 수가 많다는 것 정도였다. 그러고 보면 아버지가 마당에 밭을 일구었던 것도 빠듯한 살림을 돕기 위해서가 아니라 그저 밭일이 좋아서 그랬던 것이다. 후루하시 가 수준의 집안에서는 무사 대신 영지 내 농민을 고용인으로 쓰는 일이 많았는데, 소자에몬은 그들에게 농사일을 배웠다. 자신이 받는 녹의 근본이니 실태를 알아두는 게 좋으리라는 생각도 있었던 모양이다. 그러나 사토에는 이것을 몹시 싫어했다. 아닌 게 아니라 일반적으로 시종관이 할 일은 아니었다.

하노센의 주장에는 확고한 증거가 있었다. 소자에몬이 직접 뇌물 수수와 액수, 은닉 방법 등에 관해 적어 건넸다는 문서다. 그것도 오 년간 받은 상세가 미묘하게 다른 문서가 여럿 남아 있다는 것이다. 하노센 주인이 여차할 때를 대비해 은밀히 간직하고 있었다 했다.

소자에몬은 경악했다. 이 또한 금시초문이었다.

그러나 문서의 필적은 그의 눈에도 자기 것으로 보였다.

가쓰노스케는 이미 아버지의 뒤를 이을 몸으로서 시종원 하급 관리로 일하고 있었다. 스무 살이었던 쇼노스케는 번교인 겟쇼칸에 다니고 있었다. 이곳의 노사老師 사에키 가몬노스케가 그를 잘 봐서 학문을 계속하며 문서 기록관으로 발탁되도록 힘써 주던 참이었다.

도가네 번에서 주군을 보필하는 문서 기록관은 대대로 일정한 가문에서 맡는다. 하지만 다른 관직을 담당하는 집 자식이라도 우수한 자가 있으면 사에키는 노력을 아끼지 않고 길러 능력에 걸맞은 관직에 취임할 수 있게 했다. 그런 경우 가장 빠른 방법은 번 실력자의 양자로 들어가는 것인데, 사실 쇼노스케에게도 그런 이야기가 있었다. 여러 가문 중에서도 가장 오랫동안 문서 기록관의 직무를 맡아온 가노 가에 아들이 없어 딸과 결혼시킬 데릴사위를 찾고 있었기 때문이다.

쇼노스케의 입장에서는 바랄 나위가 없는 이야기였다. 무武는 서툴지만 문文에는 자신이 있었다. 무엇보다도 좋아했다. 혼인 상대는 아직 만나본 적조차 없었지만 워낙 작은 번이다 보니 소문은 들은 적 있었다. 도가네 땅 해변에서 여름이면 흔히 볼 수 있는 문주란 같은 처녀라는 평판이었다. 더더욱 바랄 나위 없는 이야기였다. 부모도 기뻐했다.

그러던 차에 뜻하지 않게 소자에몬의 뇌물 의혹이 등장한 것이다. 조사는 여러 날 계속되었으나 전혀 진전이 없었다. 같은 대목에서 막혀 제자리걸음만 거듭하고 있었다. 소자에몬은 짚이는 데가 전혀 없었다. 하지만 증거 문서가 있다. 아무리 봐도 자신의 필적이다. 하지만 이런 것을 쓴 기억이 없다. 해명을 요구해도 쓴 적이 없다고 말할 수밖에 없었다.

한편 하노센의 주장은 일관된 데다 두려움에 떠는 주인의 태도에서도 허위는 느껴지지 않았다. 하노센의 간판과 도가네 번의 다른 어용 상점들을 지키기 위해 극형을 각오하고 고발한 것이라고 정색하고 말했다.

이 상점이 번에 납품하는 상인으로 출입을 인정받은 게 바로 오 년 전이었다. 입찰 결과 이전에 출입하던 상가를 대신하게 된 것이다.

이때 입찰과 관련된 모든 업무를 담당한 이가 후루하시 소자에몬이었다. 뇌물에 관한 일도 그때부터 시작되었다는 게 하노센의 주장이었다.

소자에몬에게 빠져나갈 구멍은 없었다. 게다가 조사가 진척되면서 소자에몬에게 크게 불리한 사정이 밝혀졌다. 뇌물로 받은 돈의 용도였다.

시종관은 문관이다. 소자에몬에게는 잘 맞는 관직이었다. 그러나 후계자인 가쓰노스케는 온 번에 이름을 떨친 검사다. 본심으로는 무관 관직을 원했거니와, 주위 사람들도 그것을 잘 알고 있었다. 어머니 사토에가 가쓰노스케 못지않게 그것을 열렬히 바란다는 것도.

도가네 번에서 가문이 아니라 실력으로 중신의 지위에 발탁되는 이는 대대로 무관 출신이라는 게 이유였다. 시대에 다소 뒤떨어진 감은 있으나 무를 중시하는 가풍이기에 존재하는 오랜 관례였다.

사토에는 본가인 니지마 가에 힘써줄 것을 부탁하는 한편으로 자신도 은밀히 움직이고 있었다. 그러려면 돈이 든다. 사토에는 후루하시 가의 가록으로는 불가능한 액수의 돈을 뿌리고 있었다. 그 돈이 어디서 났는지가 문제가 되었다.

답을 말하자면 그 또한 당연히 사토에의 본가다. 당시도 지금도 쇼노스케의 생각은 그렇다. 달리 있을 리 없다. 비록 사토에를 냉대하기는 했어도 니지마 가에서 가쓰노스케에게 기대를 걸고 있었다 해도 이상할 것 없었다.

그러나 금전을 매개로 관직을 얻으려는 것은 무사로서 천박한 행동이다. 이런 형태로 발각된 이상 번의 중신 가운데 하나인 니지마 가에서 순순히 시인할 리 없었다.

사토에는 궁지에 몰렸다.

그 단계에 이르러 소자에몬은 자백했다. 뇌물을 받았노라 인정했다. 받은 돈은 혼자만의 재량으로 가쓰노스케가 무관으로 등용되도록 손쓰는 데 썼다고 했다.

쇼노스케는 아버지가 죄를 인정했다는 소식을 듣고 놀라지 않았다. 상황이 이렇게 된 이상 아버지는 분명 그럴 것이라고 각오하고 있었기 때문이다. 어머니를 지키고 가쓰노스케를 지키기 위해서.

그래도 처분은 바로 내려지지 않았다. 주군이 납득하지 못했기 때문이라고 했다. 이야기가 너무 안이하고 뻔하다며 떨떠름한 표정을 감추지 않았다고 했다.

도가네 번주 지바 아리쓰네는 당시 마흔다섯 살이었다. 가신들에게 특별히 영명하다고 정평이 난 주군은 아니었지만 어리석지도 않았다. 이것도 사에키에게 들은 이야기인데, 도가네 번 지바 가에 겉으로 드러난 내분은 없다. 그러나 혈연 및 혼인 관계가 몇 겹으로 복잡하게 뒤얽힌 옹졸한 세력다툼은 어제오늘 시작된 게 아니었다. 누구보다도 번주 자신이 그 사실을 잘 알고 있었다. 이번 뇌물 소동도 그것이 터지면서 겉으로 드러난 결과고, 후루하시 소자에몬은 그저 이용당했거나 다른 사람 대신 죄를 뒤집어쓴 것이리라. 번주는 이 일에 감추어진 사정이 있음을 간파한 것이다.

소자에몬은 관직을 잃고 칩거하라는 명을 받았다. 저택 주변에 대나무 울타리를 치고 번사藩士가 보초를 섰다. 이는 최종적인 처분이 아니라 진상을 철저히 밝혀낼 때까지 취하는 일시적인 조치라고 쇼노스케는 믿었다.

그러나 처벌을 받고 사흘 뒤 이른 아침, 후루하시 소자에몬은 저택 마당에서 배를 갈랐다. 정신을 가누기조차 힘들었던 악몽 같은 여름이 지나, 마당에서는 새벽녘 가을벌레가 작은 소리로 울고 있었다.

시중을 들기 위해 입회한 사람은 없었다. 맨 먼저 이변을 알아차린 가쓰노스케가 어마어마한 양의 피를 쏟으며 고통에 몸부림치는 아버지의 목을 베었다. 쇼노스케가 한발 늦게 마당으로 뛰쳐나왔을 때 소자에몬은 이미 숨이 끊어진 뒤였다.

이유가 뭐지?

형이 피범벅된 칼을 늘어뜨리고 창백한 얼굴로 중얼거리는 것을 들었다.

왜 처음부터 내게 시중을 부탁하지 않으신 거지?

그건 너무 잔인하다고 생각하셨겠죠. 쇼노스케는 저도 모르게 그렇게 대답했다. 그러자 가쓰노스케는 당장에라도 쇼노스케를 칼로 베어버릴 듯한 기세로 대들었다.

그럼 이게 잔인하지 않느냐? 이게 무참하지 않아?

꼴사납다. 형은 내뱉듯 말했다.

쇼노스케는 그 이상 아무 말도 할 수 없었다.

후루하시 가를 폐하고 가쓰노스케와 쇼노스케는 니지마 가에서 신병身柄을 맡는다는 처분이 내려지고, 사토에도 그에 따랐다. 하노센의 주인은 책형에 처해지고 처자식은 번 밖으로 추방당하는 동시에 벌금 삼백 냥이 부과되었으나, 상점 간판만은 남았다. 전 재산을 몰수당할 수도 있었던 것을, 주인이 자진해서 고발했음을 참작해 죄를 한 등급 감해준 것이었다.

사건은 이렇게 해서 종식되었다. 폭풍은 지나갔다.

가쓰노스케와 쇼노스케는 니지마 가에서 한 달간 근신했다.

그 뒤 가쓰노스케는 도장으로, 쇼노스케는 겟쇼칸으로 돌아가는 게 허락되었다. 가쓰노스케의 경우는 니지마 가에서 중재해준 덕이 컸으나, 쇼노스케에 관해서는 사에키 노사가 힘써준 것이었다. 겟쇼칸은 원래 유학자인 노사의 사숙이었는데 선대 번주의 치세에 번교로 발탁된 터라, 대대로 지바 가의 가로家老를 맡아온 구로다 가의 후원을 받았다. 현재 노사는 번유, 즉 번주 직속 유학자로서 도가네 번 가신들의 학문을 지도하는 소임을 받들고 있다. 구로다 가와는 지금도 친분이 있다. 노사는 그것을 이용해 쇼노스케를 자신의 서생으로 삼겠다고 나섰다.

"이미 잘 알고 있겠다만 네 출셋길은 이제 막혔다."

노사는 쇼노스케를 앞에 앉혀놓고 엄숙히 타일렀다. 가노 가에 데릴사위로 들어간다는 이야기는 물론 없던 것으로 되었다.

"그렇게 된 이상 학문을 한들 소용없다고 네가 생각한다면 하는 수 없지. 서생이라고 하면 말이야 그럴듯하다만 이제부터 너는 하인이나 마찬가지야. 학우들 눈도 싸늘할 테지. 그래도 네가 학문이 하고 싶다면 나는 변함없이 네 스승이다."

쇼노스케는 이때 잠깐 눈물을 흘렸다가 노사에게 꾸중을 들었다.

그 뒤로 하루하루가 바삐 지나갔다. 하인이나 마찬가지라는 말은 다소 과장이었지만, 서른 몇 명의 번사가 모여 공부하는 겟쇼칸의 생활을 꾸려나가려면 할 일이 워낙 많아서 쇼노스케는 이른 아침 또는 늦은 밤에나 글을 읽고 먹을 갈 수 있었다. 그때를 제외하면 온갖 잡무에 쫓겨 지냈다.

초겨울 바람이 불 즈음 니지마 가에서 사에키 가로 거처를 옮겨 더부살이로 노사의 시중까지 들기 시작했다. 그야말로 서생이다. 노사는 부인을 일찍 잃고 자식도 없어 혼자 살았다. 꼬부랑 늙은 하녀가 살림을 돌보고 있었다. 소에라는 이름의 이 하녀가 쇼노스케에게 취사와 목욕물 데우는 법, 측간 청소하는 법까지 가르쳤다. 이쪽도 엄격한 스승이었다.

미래는 불확실했으나 잠을 자면 아침이 오고 새로운 하루가 시작되었다. 전날과 똑같은 하루였지만, 그래도 그 무렵 쇼노스케는 아직 어렴풋한 기대를 품고 있었다.

나리의 속마음에 대해서다.

후루하시 소자에몬이라는 말하자면 산증인을 잃은 뒤 시종원과 하노센의 유착 문제는 흐지부지되었다. 그렇지만 나리는 분명 의심을 품고 있었을 터였다. 그 의심은 아직은 낱낱이 해소되지 않았을 터였다.

언젠가 움직임이 있지 않을까.

주인이 책형에 처해지고 간판이 남았다지만 빈껍데기가 됐을 하노센이 이듬해인 덴포 6년에 일찌감치 영업 재개를 허락받은 것도 쇼노스케의 마음을 어수선하게 했다. 게다가 새 주인은 죄인이 된 선대의 동생이라 했다.

역시 처벌이 너무 가볍다. 여기에 어떤 숨은 사정이 있는 게 아닐까. 그렇게 느끼는 사람이 자기뿐일까. 쇼노스케는 종종 자문자답했다. 의문을 가진 사람들이 자기 말고도 더 있지 않을까. 나리는 이런 움직임을 어떻게 보고 계실까.

사건은 아직 끝나지 않았다. 아직 밝혀지지 않은 부분이 있다. 자꾸만 그런 생각이 들었다.

시간의 흐름은 사람의 마음에 깃든 불안이며 작은 희망을 살펴주지 않는다. 겟쇼칸에서 일하는 쇼노스케의 나날은 물 흐르듯 지나갔다. 해가 바뀌어 이슥고 매화 봉오리가 터지고, 물에 비친 벚꽃 그림자가 흐드러지게 피었다가 지고, 도가네 번의 산기슭이 신록으로 물들었다. 장마철 서책에 곰팡이 피는 것을 막는 법을 소에에게 철저히 훈련받고, 몇 차례의 세찬 뇌우를 끝으로 지긋지긋한 비구름이 걷히고 나니 무더운 여름이 도래했다.

아버지 생전에 본가에서 살던 무렵보다 살이 조금 빠지고 눈매가 조금 여물어진 쇼노스케를 어머니 사토에가 뜻하지 않게 찾아온 것은 그런 어느 여름날이었다.

오랜만에 보는 어머니는 아버지의 서거 직후에 비하면 안색이 조금 나아진 듯했다. 어깨가 여윈 것은 똑같았지만, 한동안 홀쭉했던 얼굴에 살이 도로 붙었다.

남편 복이 없다느니 사나운 말 같다느니 하는 말을 듣기 전에 사토에는 오히려 뛰어난 용모로 사람들 입에 곧잘 오르내리곤 했다. 젊은 시절에는 도가네 번뿐 아니라 가즈사 국에서 제일가는 미녀로 칭송받은 적도 있다고 한다. 나이를 먹은 지금은 미모가 많이 시들었지만 그 흔적은 여전히 남아 있다.

그런 어머니가 생기를 되찾아가고 있다는 게 기뻤다. 어린애 같지만 이렇게 어머니를 만날 수 있다는 게 기뻤다.

소자에몬의 할복 이후 사토에는 일체의 표정을 잃어버린 것처럼 보였다. 얼굴에 웃음기가 없는 것이야 당연하다 해도 눈물조차 흘리지 않았다. 눈이 얼어붙어 있었다. 살갗 아래 몸뚱이가 모조리 얼어 두꺼운 얼음의 한 부분이 눈꺼풀 사이로 내비치는 듯했다.

목소리도 좀처럼 내지 않았다. 관례적인 인사말을 할 때만 어쩌다 입을 열었다. 그러고 보면 그 일 뒤로 어머니가 이름을 불러준 적이 없다.

형에 대해서는 온갖 장면에서 때로는 두려워하듯, 때로는 눈치를 보듯, 또 때로는 나무라듯 말투를 미묘하게 달리해 부르는 것을 들어봤으나, 쇼노스케의 이름은 한 번도 불러주지 않았다.

그런 어머니가 먼저 만나러 와준 것이다. 눈 속의 얼음도 녹았다. 그 사실이 그저 한없이 기뻐서 쇼노스케의 머릿속에 '용건'이라는 생각이 떠오르지 않았다.

"별고 없으신 듯해서 다행입니다. 안색은 조금 나아지셨군요. 형님은 안녕하신지요?"

"가쓰노스케도 나도 별고 있을 리 있느냐. 너도 그건 마찬가지지."

눈 속의 얼음은 녹아도 싸늘한 것은 변함없었다.

"오늘 온 것은 네게 중요한 볼일이 있어서야. 쓸데없이 한담이나 나누고 있을 시간은 없다."

쇼노스케는 하려던 말을 삼키고 입을 다물었다.

복도에서 소에 목소리가 들렸다. 장지를 활짝 열어놓았다. 사토에와 쇼노스케는 죄인의 처자식인지라 모자지간이라도 밀담을 삼가야 했다.

"어서 오십시오."

허리가 꼬부라진 소에가 등을 한층 둥글게 말고 다다미에 손을 짚어 절하고 나서 차를 내주었다. 사토에는 묵례조차 하지 않고 딱딱한 표정으로 소에의 손놀림을 바라보았다. 소에도 사토에를 보려 하지 않았다.

침묵이 버거워 쇼노스케는 입을 열었다. "소에 씨, 저희 어머니입니다."

소에는 얼굴을 들지 않은 채 머리만 숙이고 아무 말 없이 되똥되똥 나갔다. 사토에도 끝까지 아무 말도 하지 않고 눈길조차 주지 않았다.

"이 집 노비 아니냐."

소에가 나간 뒤 사토에가 감정을 억누르는 듯한 목소리로 물었다.

"예."

"너는 노비를 '소에 씨'라고 부르느냐. 한심하구나." 어머니는 그렇게 말하며 입술을 깨물었다.

쇼노스케는 당황했다. 딱히 노사가 그러라고 시킨 것은 아니었다. 소에에게 워낙 많은 것을 배우다 보니 자연스레 그렇게 부르게 됐다.

"사에키 님의 부인이면 또 몰라도 하녀 아니냐." 사토에가 강한 어조로 말했다.

질책 어린 목소리였다. 어미인 사토에입니다. 쇼노스케가 신세를 지고 있지요. 그 정도 인사는 할 줄 알았건만 예상과 전혀 달랐다.

"네가 여기서 밥을 짓고 물 긷는 일을 한다는 소문을 들었다만 그게 사실이냐."

쇼노스케는 고개를 끄덕이려다가 꾹 참고 얼굴을 똑바로 든 뒤 소리 내어 "예" 하고 대답했다.

사토에의 미간에 주름이 팼다. "하녀와 함께 일한다는 말이냐."

"서생으로서 제가 할 일입니다."

"너는 학문을 하려고 여기 있는 게 아니었느냐."

"선생님의 시중을 드는 것도 학문으로 연결됩니다. 행주좌와, 스승의 모든 것에 배울 점이 있는 것입니다."

사토에는 또다시 입술이 하얗게 되도록 깨물었다.

"분하지 않느냐." 중얼거리듯 묻고 나서 스스로 질문을 취소하듯 고개를 가로저었다. "이런 이야기를 한들 소용없겠지. 시간만 아까울 뿐." 사토에는 몸을 내밀고 목소리를 낮추었다. "실은 쇼노스케, 네가 에도에 다녀와야겠다."

쇼노스케는 눈을 크게 떴다. 아닌 밤중에 홍두깨 같은 이야기였다.

"제가 에도로 간다는 말씀입니까?" 목소리가 떨렸다. "어째서 가는 것인지요?"

"번저藩邸로 가서 에도 대행 사카자키 님을 만나 뵈어라. 사카자키 시게히데 님 말이야."

에도 대행은 에도 번저에 상주하며 번과 막부 간의 교섭과 연락을 맡는 중요한 직책이다. 관직이 없는 차남의 몸으로 에도에 출사한 적도 없는 쇼노스케에게는 이름으로만 존재하는 인물이었다.

"사카자키 님께는 이미 이야기가 됐어. 서한으로만 오가기에는 너무 번거로우니 너를 에도로 보내라는 게 사카자키 님의 지시란다."

사토에는 거기까지 말하고는 몸을 꼿꼿이 펴더니 처음으로 엷은 미소를 지었다. 설명하지 않아도 무슨 일인지 다 알 것이라는 듯한 웃음이었다. 그러나 쇼노스케는 도무지 알 수 없었다.

"에도에서 사카자키 님을 뵙고 뭘 하면 되는 것입니까?"

사토에의 미소가 순식간에 사라졌다. 얼음이 녹는 것보다 빠르다. 흡사 봄눈 같다.

쇼노스케는 생각났다. 온갖 일에 대해 그가 형만 못하다는 게 분명해지면 어머니는 늘 이런 표정을 지었다. 기대 어린 웃음이 슥 사라지곤 했다. 그러고는 '아아, 역시' 하는 눈빛이 떠올랐다.

어머니는 앞으로 다가앉아 쇼노스케에게도 가까이 오라고 손짓했다.

"사카자키 님께 후루하시 가의 재건을 도와주십사 부탁드리는 것이다. 그 때문에 상의를 드리러 찾아뵙는 것이야."

쇼노스케는 놀랐다. 생각지도 못한 일에 대한 놀라움이 아니라 흩어져 있던 조각들의 아귀가 딱 들어맞았을 때의 놀라움이었다. 후루하시 가의 재건이란 가쓰노스케가 적절히 등용된다는 뜻이다. 그것을 에도 번저에서 힘써준다는 것이다.

사토에는 쇼노스케의 눈을 똑바로 바라보며 고개를 힘차게 끄덕였다.

"사카자키 님께서 힘을 빌려주신다는구나. 그 이상 강력한 조력자는 없을 테지."

눈 속의 얼음을 녹인 힘이 이것이었나. 쇼노스케는 그제야 이해했다.

에도 대행은 때로 번의 부침을 좌우할 만큼 강력한 힘을 지닌 존재다. 그렇기에 누구나 맡을 수 있는 관직이 아니다. 지혜도 있어야 하고 경험도 필요하다. 인맥도 중요하다. 도가네 번에서는 대대로 사카자키 가에서 대행을 맡아왔는데, 특히 사카자키 시게히데는 수완가로 널리 알려져 있었다. 쇼노스케도 그런 평판 정도는 들어보았다.

게다가 사카자키 시게히데는 사토에와 무관한 사람이 아니었다. 본가인 니지마 가도, 후루하시 가도 그와 연분이 없었으나, 사토에만은 그와 접점을 가지고 있었다.

사카자키 시게히데는 사토에의 사별한 첫 남편의 숙부였다. 나이는 열 살 이상 차이 나는데 형제처럼 자란 모양이다. 그렇기에 사토에도 그를 잘 알았고, 그도 미모의 조카며느리를 나이 차가 많이 나는 친누이처럼 아껴주었다고 한다.

어째서 쇼노스케가 그런 오래전 이야기를 아느냐 하면 사토에에게 들었기 때문이다. 후루하시 가와 소자에몬에게 만족하지 못한 사토에가 늘어놓는 과거 이야기는, 시어머니와 싸운 두 번째 혼인을 건너뛰어 순전한 비운으로 깨진 행복했던 첫 번째 혼인에 편중되는 경향이 있었다. 이야기는 종종 회고의 탈을 쓴 자기 자랑이 되고, 현재의 불행한 처지를 한탄하는 푸념도 되었다. 사토에 자신도 그 사실을 잘 아는지 이야기 상대를 가렸다. 어린 시절 쇼노스케는 곧잘 상대로 선택되곤 했다.

사토에는 또다시 그 오랜 인연에 의지하려는 것이다.

"하지만……."

쇼노스케는 그렇게 한마디 하고 다음 말을 잇기까지 열심히 생각했다.

에도 대행은 아닌 게 아니라 중직이다. 사카자키 가 또한 오래된 가문이라 가신들 사이에서 존재가 크다. 하지만 사카자키 시게히데는 대행직을 수행하며 줄곧 에도에 있는지라 번 내 정세에는 어두울 터였다. 이번 시종관 뇌물사건에 관해서도, 어디까지나 도가네 번 내부에서 벌어진 사건인 이상 그렇게 자세한 사정이 에도에 있는 사카자키 시게히데의 귀에 들어갔을 것 같지 않았다.

"사카자키 님도 만능은 아니실 테죠." 결국 그런 말이 나왔다. "게다가 아직 시기상조가 아니겠습니까."

사토에의 눈꼬리가 매섭게 치올랐다. "하노센이 다시 간판을 내걸었다는 것은 너도 알지 않느냐. 뇌물을 준 쪽은 사면을 받았다는 말이다."

받은 쪽만 시기가 이르다는 것은 이상하다. 사토에는 그렇게 말했다.

"어머니 심정은 이해합니다. 저도 처벌이 너무 가볍다고 생각했습니다. 하지만 그건……."

사토에는 쇼노스케의 말을 듣고 있지 않았다. 눈이 번득였다. 차가운 물이 눈동자 깊은 곳에서 빛나고 있다.

"네 아버지가 할복하신 것으로 뇌물수수 죄는 일단락됐어. 가쓰노스케에게는 장래가 있지 않느냐. 아니, 너도 그렇지."

쇼노스케는 곁다리였다.

"사카자키 님은 그걸 측은하게 여겨주시는 것이야. 후루하시가는 반드시 재건될 것이다, 재건되어야 한다. 서한에 그리 써주셨어."

보아하니 어머니는 에도 번저와 연락을 주고받아온 모양이다. 사카자키 님이라.

"니지마 가에서는 이 일을 어떻게 생각하시는지요?"

그 말을 듣고 사토에는 잠시 멈칫했다. 눈을 깜박이는 속도가 빨라졌다. 쇼노스케는 답을 짐작했다.

"어머니, 설마……."

"니지마 가에서는 아무것도 모른다." 사토에는 쇼노스케를 외면하고 무릎께에 눈길을 떨어뜨린 채 빠른 말투로 말했다. "뭔가 눈치를 챘다 해도 모두 가쓰노스케를 위한 일 아니냐. 잠자코 봐주겠지."

눈치를 못 챘을 리 없다. 사토에가 사자使者를 보냈건 서한 배달꾼을 썼건, 니지마 가에 얹혀사는 입장인 사토에의 일거수일투족은 고스란히 노출된다.

쇼노스케는 심장이 오그라드는 심정이었다.

그는 지금도 아버지 소자에몬이 뇌물을 받았다는 주장이 날조되었다고 믿었다. 아버지는 누명을 쓴 것이다. 다만 아버지에게 불리한 재료가 있었다. 일이 그렇게까지 커져버린 것은 무관 자리를 구하려던 어머니 때문이었다.

그 때문에 그런 호된 꼴을 당하고도 여태 정신을 못 차렸다는 말인가. 니지마 가도 그렇다. 눈치채고 있다면 왜 잠자코 용인하는 걸까. 에도 대행에게 매달려봤자 어차피 방향을 잘못 짚은 부질없는 노력일 뿐이고 헛수고로 끝날 것이라 생각하기에 내버려두는 걸까. 어머니를 나무라고 말려줄 사람은 아무도 없나.

"형님은 아십니까?"

쇼노스케의 물음에 사토에는 말없이 고개를 끄덕였다.

"가쓰노스케도 사카자키 님의 서한을 읽고 기뻐했단다. 네 노력에 기대를 걸고 있어."

니지마 가는 사토에의 본가이고, 근신 중인 형제의 신병을 맡은 입장이다. 후루하시 가의 재건을 청원하는 것도 가능하겠지만 그러려면 시간이 필요하다. 세간의 관심이 가시기 전까지는 움직일 수 없기 때문이다.

혈연이 아니면서 사건과 관련이 없는 번의 중신이 나서준다면 일이 좀 더 쉬울 것이라는 사토에의 계산은 알겠지만, 그것은 어디까지나 탁상공론에 불과하다.

그렇건만 어머니의 눈에 번득이는 이 강한 빛은 무엇일까. 형도 이런 눈빛일까. 아버지는 이제 아무래도 상관없는 걸까. 어머니가, 형이 바라는 후루하시 가의 재건은 아버지의 오명을 벗기는 것과 별개인가.

"형님이 제게 기대를 걸고 있다고요……."

쇼노스케는 중얼거렸다. 확인하기 위해서가 아니라, 사토에가 조금은 감지하기를 바라는 마음에 일부러 목소리를 낮추고 천천히 말했다. 그러나 사토에는 알아차리지 못했다.

"그래. 비로소 네가 형을 위해 일할 때가 온 거야."

사토에는 그러더니 곧바로 "아니" 하고 고쳐 말했다.

"후루하시 가를 위한 일이다."

멀구나. 쇼노스케는 생각했다.

형과 어머니는 원래부터 먼 존재였다. 그래도 아버지 생전에는 같은 길 위에 있었다. 그저 거리가 먼 것뿐이었다.

이제는 아니다. 길이 다르다. 똑같이 세간의 시선을 꺼려야 하는 처지가 되어 거리는 좁아졌을지 몰라도, 걷는 길이 달라지고 말았다.

어머니, 아버지는 어머니를 감싸기 위해 할복하신 겁니다. 그건 끝내 마음을 열지 않았던 아내를 둔 가엾은 사내의 최대한의 배려였습니다. 그걸 모르지 않으실 텐데요. 그에 대해 어떻게 생각하십니까? 미안한 마음은 있으신 겁니까? 고맙게 여길 때는 있으신 겁니까?

따져 묻고 싶은 말이 목구멍까지 차올라 쇼노스케는 입을 다물고 무릎 위에 놓은 주먹을 부르쥐었다. 얼마간은 아무 말도 할 수 없었다.

어머니의 대답을 들을 생각을 하니 두려웠다.

사토에도 쇼노스케의 침묵에서 뭔가를 느낀 듯했다. 부자연스럽게 덧붙였다.

"후루하시 가의 재건이 이루어지면 가장 기뻐할 사람은 네 아버지야. 너도 그것은 알겠지, 쇼노스케."

사토에는 아까부터 줄곧 이런 식으로 말한다. 네 아버지라고. 어머니의 남편이 아니었습니까.

"어머니는 잊으신 모양입니다만……." 약간 빈정거리는 투로 말하고 말았다. "지금 저는 사에키 선생님께 신병을 맡긴 몸입니다. 선생님이 허가해주시지 않으면 에도로 가는 것은 고사하고 영내 밖으로 나갈 수도 없습니다."

사토에의 표정이 환해졌다. "그 점이라면 걱정할 것 없다. 사카자키 님께서 구로다 님께 말씀해주실 것이야."

"그게 무슨 말씀이십니까."

"구로다 님께서 사에키 선생님께 겟쇼칸과 관련된 일로 너를 에도로 심부름 보내는 형태를 취하도록 명해주실 것이다. 그렇기에 네가 필요한 것이란다." 사토에는 들뜬 목소리로 말했다. "가쓰노스케는 에도로 갈 구실을 만들 수 없어. 하지만 너라면……."

사에키 노사는 과거 에도의 학문소學問所 쇼헤이코에서 수학한 적이 있다. 지금도 많은 서책을 에도에 주문해서 읽는 데다, 그곳에 아는 사람도 많다. 사토에 말대로 구실이라면 얼마든 붙일 수 있을 것이다.

쇼노스케는 기가 막혔다. 어머니와 사카자키 시게히데는 사에키 노사를 제쳐놓고 멋대로 그런 의논을 했다는 말인가. 이번에는 참을 수 없었다.

"사에키 선생님은 근신 중인 저를 가엾게 여기셔서 서생으로 받아주셨습니다. 큰 은혜를 입은 겁니다. 그런 선생님을 이런 식으로 이용하다니요. 그런 짓은 할 수 없습니다."

사토에는 아랑곳하지 않았다. "선생님과 구로다 님은 가까운 사이 아니냐. 그렇기에 너를 서생으로 맞아들이는 것도 어렵지 않았지. 그렇다면 이번에도 마찬가지 아니겠느냐."

틀렸구나. 쇼노스케는 깨달았다. 가망이 없다. 자기 본위라는 병이다. 열병 같은 것이다. 이 열을 철저하게 식히려면 말로 설득하는 것만으로는 부족하다. 실제로 실패하는 모습을 보여주어야 이해할 것이다.

수완가라는 사카자키 시게히데도 별 볼 일 없다는 생각이 들었다. 이런 사토에에게 휘둘려 아무 말이나 다 들어주는 사내를 대체 얼마만큼 믿을 수 있겠나.

쇼노스케는 알겠다고 말했다. 달리 방법이 없었다. 게다가 지금은 사토에가 한시라도 빨리 떠나주기를 바랐다.

발걸음도 가볍게 돌아가는 사토에를 배웅한 쇼노스케는 한숨조차 나오지 않는 심정으로 다구를 정리해 부엌으로 갔다.

소에가 쭈그리고 앉아 장아찌 통에 손을 찔러넣고 있었다.

노파는 곁눈으로 쇼노스케를 보더니 말했다. "소문대로 거만한 여자야."

참 확실하게도 말한다. 어머니를 흉보는데도 쇼노스케는 변명 한마디 하지 못했다.

소에는 통에서 꺼낸 단무지를 뼈가 앙상한 손으로 세게 훑었다. 단무지를 훑는 손놀림 못지않게 가차 없이 말을 이었다.

"여자의 얕은꾀밖에 모르는 주제에 계략을 꾸미는 걸 좋아하는군. 그래서 후루하시 가가 망한 게지."

"쇼에 씨, 그쯤에서 봐주십시오." 쇼노스케는 참담한 심정으로 말했다.

"선생님은 벌써 다 알고 계셔."

"네?"

더욱 참담하다.

"어제 구로다 님께서 사람을 보내셨어. 내가 차를 드리러 갔더니 선생님은 웃고 계시던걸."

사에키 노사가 웃고 있었다.

"절 에도로 보낸다는 이야기를 하시면서 말입니까?"

소에는 장아찌 통에 뚜껑을 덮고 영차 소리를 내며 일어섰다. 쭈그리고 앉아도 일어서도 구부러진 허리는 별 차이가 없다.

"유쾌하게 웃으신 게 아니야. 쓴웃음을 지으신 거지."

그야 그럴 것이다.

"후루하시의 과부가 또 성가신 일을 벌일 것 같으면 쇼노스케는 차라리 멀리 떨어져 있는 것이 나을지 모르겠다고, 그렇게 말씀하셨어."

이야기 내용은 노사의 발언 그대로라 해도 표현은 같지 않을 것이다. 제발 같지 않으면 좋겠다.

소에는 장아찌 통을 향해 말했다. "학문은 어디서든 할 수 있어. 밖으로 나가 자기한테 벌어진 일을 찬찬히 생각해보는 것도 장래를 위해 좋을 거라고 하셨어."

이번에는 노사의 표현 그대로일 것이다.

"어머니는 절 은밀히 에도로 보낼 셈이시겠지만 전혀 은밀하지 않군요."

니지마도, 구로다도, 사에키도, 심지어 소에마저 알고 있다.

"얕은꾀니 그렇지. 모양새만 은밀하면 은밀한 줄 알아."

형의 엽관 운동 때도 어머니는 이런 식으로 움직이지 않았을까. 그렇기에…….

누가 그것을 이용한 게 아닐까.

"쇼노스케 씨." 소에가 불렀다.

"네."

"댁도 뒤죽박죽이네."

뭐?

"고슈에서는 그렇게 말하거든."

소에는 마구 주물러 빨아 아무렇게나 말린 비단처럼 얼굴이 쭈글쭈글하다. 웃는 건지 화가 난 건지 판별하기 쉽지 않다.

지금은 눈이 웃고 있었다.

"이런 일 저런 일 온갖 일이 벌어져서 큰일 났다, 난리 났다 할 때 그렇게 말해."

소에는 고슈 니라사키 출신이다. 사에키 노사가 에도에서 학문을 할 때 하녀로서 노사를 섬기다가 도가네 번으로 따라왔다. 쇼노스케는 소에가 왜 고향을 떠나 에도로 올라갔는지, 가족은 있는지 아무것도 알지 못한다. 어쩌면 노사도 소에의 과거에 대해 모르는 게 많지 않을까 싶다.

쇼노스케는 말해보았다. "뒤죽박죽이라."

그 말에 마음이 편해진 것은 아니었지만 약간은 위안을 얻었다.

쇼노스케 앞에 무라타야 지헤에가 맡기고 간 야오젠의 입체 그림이 놓여 있다.

서궤를 벽 쪽으로 밀어놓고 바닥을 깨끗이 쓸어낸 뒤 입체 그림 일곱 장을 늘어놓았다. 어떤 식으로 이어지는지 한눈에 알 수 있는 부분이 있는가 하면, 잘 알 수 없는 부분도 있었다. 세부까지 정밀하게 그렸고 색채도 풍부하다. 주방에는 음식 재료와 식기도 그려져 있다.

구석구석 자세히 보려고 바닥에 웅크린 자세로 한 장씩 꼼꼼히 살펴보았다. 보면 볼수록 세밀하게 그려진 것이 참 아름답다.

끄트머리 쪽에 물감이 긁혔거나 엷어져 지워진 부분이 있었다. 일곱 장 중 두 장은 나머지 다섯 장에 비해 다소 퇴색됐음을 알 수 있었다. 지헤에가 어떤 연줄을 통해 그림을 손에 넣었는지 모르지만, 어쨌거나 그림도 《요리통》이 그러하듯 다소 오래됐을 것이다.

기왕 조립하는 김에 물감이 지워진 부분을 손보고 싶지만, 그러려면 원래 색과 동떨어지지 않게 조심할 필요가 있다. 게다가 퇴색된 그림을 보수하는 작업은 그보다 더 까다롭다. 자칫 잘못 칠했다가는 두 장만 따로 겉돌게 될 것이다.

이 생각 저 생각을 하는데 필묵 장수 쇼로쿠가 왔다. 니혼바시 거리 4번지에 있는 문구 도매상 쇼분도의 점원으로, 이름은 로쿠스케다. 줄여서 쇼로쿠인데, 쇼노스케는 늘 로쿠돈이라고 부른다. 나이는 쇼노스케보다 조금 많은 스물대여섯 살일 것이다.

"쇼 씨, 오늘은 뭐 필요한 거 없어?"

빨래 너는 터 쪽에서 그렇게 말을 걸며 허물없이 장지를 드르르 열었더니 쇼노스케가 바닥을 기어 다니고 있었던 셈이다.

"무슨 일이야? 돈이라도 떨어뜨렸어?"

쇼로쿠가 괴상한 소리를 질렀다. 쇼로쿠는 팔다리가 길쭉하고 얼굴 윤곽은 수세미를 똑 닮은 데다 눈코까지 가늘다. 그러니 놀랐을 때도 눈동자가 보이지 않는다.

쇼노스케는 엎드린 채 손짓했다. "로쿠돈, 이리 와서 보라고."

쇼로쿠는 감색 무명 보자기로 싼 꾸러미를 내려놓고 부리나케 기어왔다.

“드디어 외서猥書를 맡았군?”

번지수를 잘못 찾은 기대는 금세 시들었다.

“별난 그림인데.”

온갖 도매상이 모여 있는 니혼바시 거리 일대에는 서적 도매상도 많이 있다. 쇼로쿠는 외판을 다니니 그런 점포도 숱하게 드나들 텐데, 입체 그림은 처음 보는 모양이다. 쇼노스케는 간략하게 설명했다.

“여기를 봐.”

손가락으로 부엌 한 부분을 가리켰다. 쇼노스케의 손톱에 가려질 만큼 작은 그림이다.

“소쿠리에 채소가 담겨 있지. 머위 줄기야.”

머위 줄기는 봄철 채소다. 이 그림은 봄철의 야오젠을 그린 것이다.

“어? 뭐? 어디? 난 모르겠는데.” 수선을 피우며 이리 뜯어보고 저리 뜯어본 끝에 쇼로쿠는 말했다. “저런, 진짜잖아. 쇼 씨, 이런 조그만 그림을 잘도 알아차렸는걸. 봄철이면 마당에 벚꽃을 그리면 될 텐데.”

“그건 요릿집이 아니라도 되잖아. 음식 재료로 봄을 나타낸다는 점이 멋진 거라고.”

그 밖에도 머위며 죽순을 찾아냈다. 그 뒤로도 더 자세히 살펴본 결과, 손님을 안내하는 방에 꽃이 핀 작은 벚나무 가지를 장식해놓은 것을 발견했다.

“좀스럽기도 하지.”

쇼로쿠는 어이없다는 듯 말했지만, 쇼노스케는 이렇게 작은 데까지 신경을 썼다는 게 즐거웠다. 어디 살던 누구인지도 모르지만 이 입체 그림을 그린 화공이 좋아졌다.

"이거 어쩔 건데?"

"조립해야지."

쇼로쿠는 좁다란 콧등에 재주 좋게 주름을 잡았다.

"하나하나 자르려면 귀찮겠어."

아닌 게 아니라 그럴 것이다. 선이 도중에 비뚤어졌다가는 낭패다. 단번에 잘라야 한다.

"자가 필요하겠는걸. 자가 있어도 작은 칼로는 어려울 수도 있어."

그러더니 쇼로쿠는 쇼노스케의 칼 거치대를 가리키며 "저건?" 하고 말했다.

아무리 그래도 그건 무리다.

"안 돼? 그래, 쇼 씨한테도 무사의 혼이 있나 보네."

쇼노스케의 혼은 왜 이렇게 자주 얕보이는지 모르겠다.

"자는 히데 씨한테 빌리면 되겠네. 그 김에 도라 씨한테 식칼 좀 빌려달라고 하지?"

두 사람 다 여기 도미칸 나가야에 사는 사람들이다. 히데는 헌옷을 뜯어 옷을 짓고 세탁하는 일로 생계를 꾸리고 있다. 도라조는 대각선 맞은편에 사는 생선 도붓장수다. 도라조의 아들이 바로 골목대장 다이치다.

"이걸 자르는 데 식칼을 쓰기는 좀……."

식칼은 도라조의 소중한 장사 도구다. 그러나 쇼로쿠는 아랑곳하지 않았다.

"도라 씨가 그런 걸 신경 쓰겠어? 게다가 오늘도 어시장에 안 갔을걸."

지금도 측간 뒤에서 졸고 있다고 했다.

"어제 또 술 마셔서 그래. 어차피 쓰지도 않는 칼, 빌려 쓰고 돈 좀 쥐여주면 도라 씨한테도 더 좋지 않겠어?"

하지만 다이치는 화낼 것이다. 늦잠과 싸구려 술을 좋아해 마지않는 아버지를 밥버러지라고 매도하는 아들이다. 욕먹는 쪽은 아무렇지도 않은 것 같으니 문제이지만.

"어떻게 되겠지." 쇼노스케는 말했다.

"색이 좀 바랬는데 다시 칠할 거야?"

쇼로쿠는 역시 눈치가 귀신같다.

"안배가 쉽지 않을 것 같은데."

"그러게. 원본은 건드리지 않는 게 낫겠어. 색을 입힐 거면 사본을 바탕으로 똑같이 만드는 편이 좋을 거야."

그러면 입체 그림의 제작 방법을 고안하는 데도 도움이 될 것이다.

"그럼 풀은?"

지혜에는 밥알을 이겨 풀로 쓰라는 방법을 권했는데, 그 말을 듣더니 쇼로쿠는 대번에 무리라며 손을 내저었다.

"이거, 얇긴 해도 등사한 거라고. 그런 풀로는 금세 떨어져. 아교풀이 필요해."

쇼로쿠는 자신이 구해주겠다고 나섰다.

"고마워."

"그런 말은 됐고 그보다 먹 좀 사줘. 이걸 베끼려면 먹이 필요할 거야."

"하여간 로쿠돈에게는 못 당하겠다니까."

"매번 고마워."

쇼로쿠는 가느다란 눈에 웃음을 머금고 떠났다. 저 정도면 아무 말 하지 않아도 쇼로쿠가 시마야에 이야기를 해놓을 것이다. 시마야는 간다 미카와 정에 있는 필방筆房인데, 안료 같은 재료도 취급한다. 두 곳 모두 지헤에와 친분이 있고 장사에 관해서도 잘 아는 터라 여러모로 융통이 가능하다. 예컨대 오늘 같은 경우, 먹과 벼루 값을 쇼노스케에게 받지 않고 무라타야에 달아놓는다. 어차피 나중에 품삯에서 정산하니 돈을 내는 것은 똑같지만, 최소한 재료가 모자라 작업이 중단되는 일은 없다.

한낮이 가까워지니 햇살이 강해져서 오전보다 많이 따뜻해졌다. 찾느라 애쓸 것도 없이 히데는 우물가에서 통 속에 든 빨래를 씩씩하게 밟는 중이었다. 옷자락을 대담하게 걷어 올려 허연 정강이를 드러내고 있다. 서른 살이 넘은 데다 애까지 딸리기는 했지만.

"어머나, 쇼 씨."

그런 차림새를 한 채 아랫볼이 볼록한 얼굴로 웃으면 시선을 어디에 두어야 좋을지 모르겠다. 이런 점에서는 아직 서민들 생활에 익숙해지지 못한 쇼노스케였다.

"아침 일찍 무라타야 씨가 왔었죠? 바쁘네요."

"네, 덕분에."

통 속에 든 빨래는 색깔도 확실하지 않을 만큼 지저분했다.

발로 밟는 것을 보면 감이 두꺼우리라.

봄 여름 가을 겨울, 날씨만 맑으면 히데는 우물가 아니면 강변 빨래 너는 터에 있다. 여름을 제외하면 물도 바람도 찰 것이다. 그래도 쇼노스케가 지난 반년간 보기로 히데의 손이(또는 발이) 놀고 있었던 적은 없었다. 그렇게 해서 날삯을 벌어야 그날그날 먹고살 수 있기 때문이기도 하지만, 쇼노스케는 역시 볼 때마다 감탄할 수밖에 없었다. 그렇지만 이제는 그런 말을 일일이 하면 웃음을 사거나 어이없다는 반응을 살 뿐이라는 것을 알기에 입을 다문다.

히데의 남편은 술과 도박을 좋아하고 빚에 허덕이는 쓰잘머리 없는 사내인데, 당장 놀 돈이 필요하다고 아내를 사창가에 팔아넘기기까지 했다. 히데는 가까스로 도망쳐 지금도 남편에게 들키지 않도록 조심하며 살고 있다 한다. 누가 가르쳐준 것은 아니고 그저 도미칸 나가야에서는 누구나 아는 이야기이다. 알지만 신경 쓰지 않는다. 히데 본인도 언제 보나 밝게 웃고 있다.

"자요? 얼마든지 쓰세요."

히데는 통에서 나오려고 목에 두르고 있던 수건으로 발바닥을 닦았다. 한 발로 선 히데를 보고 쇼노스케는 무심코 손을 내밀었다. 히데가 고맙다며 생긋 웃었다.

그때 불길한 쉰 목소리가 들려왔다. "어이구, 저거 보게. 저 행실 나쁜 과부 년이 또 닥치는 대로 꼬리를 치는군."

우물에서 가장 가까운 단칸방에 '별 말리기'가 생업인 다쓰키치라는 사내가 살았다. 별 말리기란 길거리에 멍석을 깔고 고물을 파는 노점상이다. 고향에서는 본 적이 없던 터라 신기했다.

다쓰키치에게는 다쓰라는 어머니가 있다. 마흔 살이 넘은 다쓰키치가 아마도 막내 자식일 다쓰는 눈썹도 이도 홀랑 빠진 노파이건만 깜짝 놀랄 만큼 눈과 귀가 밝았다. 더욱이 욕심 사납고 말투까지 험했다. 혼자서 측간도 못 갈 만큼 거동이 불편한데도, 잘 때만 빼고 하루 온종일 문간에 쳐놓은 발 뒤에 숨어 도미칸 나가야 주민들의 출입과 행동을 감시한다. 그리고 그것을 최대한 악의적으로 해석해 큰 소리로 떠들어댄다.

도미칸 나가야에서는 다들 여기에 익숙한 터라 대수롭게 여기지 않는다. 그러니 화도 내지 않는다. 지금도 히데는 웃고 있었다.

"다쓰 할머니, 기운 차리셨나 보네요." 발에 얼핏 눈을 주며 쇼노스케에게 소곤거렸다. "그저께부터 꿈자리가 사나웠다고 끼니도 거르고 누워 있었거든요. 도미칸 씨가 걱정돼서 어떤가 보러 왔을 정도였어요."

쇼노스케는 까맣게 몰랐다. 가난한 이들이 집 한 채를 칸막이로 나누어 생활하는 도미칸 나가야이지만, 방 안에 틀어박혀 있으면 모르고 지나가는 일도 있다.

"기운을 되찾으면 되찾는 대로 다쓰키치 씨가 힘들긴 하지만요. 자칫하면 다쓰 할머니가 다쓰키치 씨보다 오래 살겠어요."

다쓰키치는 봄추위에 걸린 감기가 낫지 않아 오늘도 기침하며 장사를 나갔다고 했다.

실은 다쓰키치가 히데에게 마음이 있다. 6척 가까운 장신인데도 성격이 온후하다 못해 숫기가 없는 그는 구부정한 자세로 눈을 내리깔고 다니는 데다 말투까지 어눌하다. 그렇기에 그 나이 되도록 좋아하는 여자도 없이 어머니와 단둘이 살아왔다. 도미칸 나가야에는 히데가 가장 최근에 들어왔다지만 그래도 벌써 삼 년을 살았다. 그동안 다쓰키치는 줄곧 히데에 대한 호감을 숨긴 채 아무 말도 못 하고 지냈다.

히데도 눈치채고 있을 것이다. 곁에서 보는 쇼노스케조차 알아차릴 정도인데, 본인이 모를 리 없다. 하지만 히데도 모른 척하고 있다. 어느 한쪽이 밀든 당기든 하면 과연 결론이 날 것인지 쇼노스케도 거기까지는 알 수 없다.

무리야, 무리. 가망이 없어.

쇼로쿠가 그렇게 잘라 말한 적이 있다. 쇼노스케의 집에 드나들면서 도미칸 나가야 주민들의 상황에 밝아져선 이따금 예측이며 충고 같은 말을 하곤 한다.

히데 씨는 오히려 쇼 씨한테 마음이 있어. 꼭 남자로 보는 것만은 아니고, 보살펴주고 싶다고 할지, 외면할 수 없다고 할지. 하지만 그런 관심이 아예 없는 것도 아니거든.

히데 씨도 고생스럽고 외로운 신세잖아? 그러니까 쇼 씨, 가능한 한 히데 씨를 의지하며 살라고. 쇼로쿠가 정색하며 그런 말을 하는 바람에 쇼노스케도 납득하고 말았다. 그렇다고 뭘 어떻게 하지는 않지만. 단연코 그런 일은 없지만.

우물가를 떠나도 저주하듯, 원망하듯 중얼거리는 다쓰의 쉰 목소리는 두 사람을 쫓아왔다. 과부 거미처럼 꼬드겨 피를 빨아먹는다느니, 계집을 후리는 난봉꾼이라느니. 히데는 과부는 아니지만, 난봉꾼은 내 이야기겠지. 쇼노스케는 간지러움을 느꼈다. 여느 때 같으면 히데가 빨래할 때 곁에 누가 있곤 하는데, 오늘은 날씨가 좋아 다들 분주히 나간 게 문제였다.

폭 9척에 안길이 2칸인 쪽방들이 시궁창을 끼고 마주 보는 가난뱅이 나가야라도, 드나드는 쪽문에 가까운 방이 더 좋고 우물과 측간이 있는 안쪽으로 들어갈수록 격이 떨어진다. 집세도 조금 다르다. 볕과 바람 드는 것에 차가 있기 때문이다.

히데는 쪽문에서 두 번째 방에 살았다. 강에 면한 쪽이다. 일곱 살 먹은 딸 가요와 둘이 살고 있다. 가요는 근처 글방에 갔는데 이제 곧 올 때가 됐다. 모녀의 검소한 보금자리는 잘 정돈되어 있었다. 부뚜막 옆의 행주를 덮은 소쿠리는 아마 점심 식사일 것이다. 이 계절에 도미칸 나가야 주민들의 점심 식사는 대개 찐 감자다.

"그런데 서책을 베끼는 데 자가 필요해요?"

히데의 물음에 답하는 사이에 입체 그림은 여자가 더 좋아하리라는 것을 뒤늦게 깨달았다. 히데도 흥미 어린 표정이었다.

"나중에 가요랑 같이 구경해도 될까요?"

"그야 물론이죠. 언제든 오십시오."

또 난봉꾼이라는 소리를 듣겠지만 상관없다.

"그런 걸 똑같이 베끼는 거라면 여느 때랑 다르게 해야겠네요. 표시하는 도구도 필요하지 않나요?"

히데는 재봉에 쓰는 뼈인두도 빌려주었다.

"이거 우리 어머니 유품이에요."

"그런 소중한 물건을 빌릴 순 없죠."

"괜찮아요. 워낙 오래된 거라 보통 땐 그냥 넣어두는걸요. 하지만 샤미센 채랑 마찬가지로 상아로 되어 있으니까 습한 곳엔

놓지 마세요. 그럼 금세 부러져요."

고맙다고 인사하고 밑부분에 높다랗게 널을 댄 장지를 열었을 때, 가요가 데굴데굴 구르듯 달려 돌아왔다. 쇼노스케가 "어서 오렴" 하자, 빨간 볼에 활짝 웃음이 피었다.

"쇼노스케 선생님 오셨어요?"

쑥스럽다. 가요는 쇼노스케가 가끔 습자며 셈 공부를 봐준다고 그를 선생님이라 부른다.

"가요 어머니께 빌릴 게 있어서 온 거야." 쇼노스케는 몸을 굽혀 가요와 눈높이를 맞추었다. "오늘은 뭘 배웠지?"

"글자 노래를 배웠어요."

가요는 새해 들어 글방에 다니기 시작했다.

"잘 썼어?"

어린아이는 자랑스레 뺨을 부풀렸다. "부베 선생님한테 칭찬받았어요."

가요가 다니는 글방의 훈장은 부베 곤자에몬이라는 낭인 무사다. 글방이 가까이에 있어서 쇼노스케도 그와 안면이 있다. 아이들에게 '빨강 귀신'이라고 불릴 만큼 무섭게 생겼지만, 부인과 다섯 아이를 먹여 살릴 만큼 그의 글방은 평판이 좋다.

빌린 물건을 품에 넣고 곧바로 자기 방으로 들어가려던 쇼노스케는 문 앞을 지나 측간으로 향했다. 볼일을 보러 간 게 아니다. 쇼로쿠가 한 말이 생각났기 때문이다. 도붓장수 도라조가 설마 아직도 그곳에…….

있었다.

조금 전 쇼로쿠는 도라조가 '측간 뒤에' 있다고 했는데, 이제 절반은 측간 안에 있었다. 경첩이 느슨해진 문 밖으로 엎드린 자세의 하반신이 나와 있다.

"도라조 씨!"

문을 열고 들여다보니 도라조는 구멍의 어둠 속에 머리를 밀어넣고 있었다.

"뭐 하는 겁니까!"

심한 구린내에 눈이 따끔거렸다. 도라조는 키는 작지만 실팍하게 살이 쪘고 더욱이 몸을 가누지 못하는지라, 쇼노스케 혼자 끌어올리려니 여간 힘들지 않았다. 허리띠를 잡고 이럭저럭 측간에서 끌어낸 다음, 양 겨드랑이 밑에 손을 넣고 우물가까지 끌고 왔다. 머리에 물을 몇 바가지 끼얹자, 도라조는 그제야 맥없이 실눈을 뜨고는 묘하게 기쁜 표정으로 신음했다.

"더는…… 못 마셔."

하여간 구제불능이다. 구린내가 사라지고 나자 이번에는 술내가 코를 찔렀다.

일도 나가지 않고 잠만 자는 그에게 대체 누가 이렇게 술을 주는 걸까. 술도 당연히 공짜가 아닐 텐데. 어이없어 하면서 수건으로 얼굴을 닦아주고 이럭저럭 일으켜 도라조의 방까지 부축해 데려왔다. 그런데 아무도 없기에 하는 수 없이 짊어지다시피 해서 방에 눕혔다. 그냥 두면 감기가 들 테니 눈에 띄는 솜저고리며 작업복 저고리 등을 덮어주었다. 그러는 사이에 새삼 화가 치밀었다.

도라조에게는 다이치 말고도 긴이라는 다 자란 딸이 있다. 다이치의 누나인데, 나가야에서 마주치는 일이 거의 없다. 그만큼 일을 많이 한다. 애 보기에 밥집에서 음식 나르기까지 몇 가지 일을 동시에 해서 삯을 번다. 그러면서 일하는 틈틈이 히데에게 바느질과 빨래를 배운다. 쇼노스케에게 읽고 쓰는 법을 가르쳐달라고 부탁한 적도 있었다. 언제든지 가르쳐주겠다고 대답했지만, 긴이 하루 중 공부에 쓸 수 있는 시간은 한정되어 있고 한 달의 날수는 정해져 있는지라 좀처럼 기회를 찾지 못하고 있다.

돈을 버는 것은 다이치도 마찬가지다. 다이치도 욕탕 몇 곳에서 청소하고 불쏘시개를 주워다가 아궁이에 불 때는 일을 거들어 날삯을 받는다. 어린애이지만 힘이 장사인 데다 주먹도 세기 때문에, 손님끼리 다툼이 자주 일어나는 욕탕에서 꽤 대접받는 모양이다.

자식들이 그렇게 열심히 일하는데.

가쁜 숨을 몰아쉬고 땀을 닦으며 쇼노스케는 몸을 말고 기분 좋게 잠이 든 도라조에게 한마디 해줄까 했지만, 가슴이 메어 할 말이 생각나지 않았다.

행복한 아버지도 다 있다.

도라조의 식칼은 오늘도 사용되지 못한 채 아궁이 옆 찬장에 들어 있었다. 어둠 속에서도 칼날이 날카로운 빛을 발했다. 도라조가 부지런히 관리해서가 아니다. 칼을 가는 게 다이치의 일과였다. 오늘 아침에도 다이치가 갈았을 것이다. 문 옆 비녀장 위에 놓아 숫돌을 말리는 중이다.

빌리는 값을 치른다 해도 이 칼로 생선 아닌 다른 것을 자르는 일은 용납하지 않을 것이다. 쇼노스케는 왠지 모르게 낙심해서 밖으로 나왔다.

그 뒤로 점심도 먹지 않고 일곱 장의 입체 그림을 순서대로 베끼는 작업에 몰두했다.

입체 그림 위에 반지를 놓고 네 귀퉁이를 문진으로 눌러놓았다. 그래도 베끼는 사이에 조금씩 어긋나는 터라 히데가 빌려준 빼인두가 큰 도움이 되었다. 바깥 윤곽과 기둥, 복도 등 선이 굵은 부분은 몰골필沒骨筆로 충분하지만, 가구며 교창처럼 선이 가는 부분에는 면상필面相筆을 쓴다. 지금까지 필사본에 삽화를 곁들일 때도 아주 정교한 그림은 그린 적이 없기 때문에 이렇게 면상필을 많이 쓰는 것은 처음이었다. 마침 갖고 있어 다행이다.

세밀한 부분을 그리려니 문진으로는 불편해서, 적당한 돌멩이를 주우러 빨래 너는 터를 통해 강가로 내려갔다. 나간 김에 머리도 식혔다. 강바람에 고개를 움츠린 쇼노스케 옆에서는 이제 막 꽃망울이 터지기 시작한 벚나무가 바람에 가지를 흔들고 있었다.

점점 요령이 붙어 오후 2시를 지날 무렵에는 세 장이 완성되어 있었다. 그런데 그때 쇼로쿠가 또 찾아왔다. 가져온 것은 아교만이 아니었다.

"쇼 씨, 배 안 고파?"

그 말을 듣고 나니 배에서 꾸르륵 소리가 났다.

"그럴 줄 알았지."

쇼로쿠가 사온 떡을 둘이 같이 먹었다. 먹는 동안에도 쇼노스케는 내내 입체 그림에서 시선을 떼지 못했다.

쇼로쿠가 가고 나서 또 작업에 푹 빠져 언제 해가 져서 언제 초롱을 켰는지도 기억나지 않았다. 일곱 번째 그림을 대략 끝냈을 무렵에는 이미 밤이 깊었다.

널문에서 탕탕 소리가 났다. 바람이 그렇게 세졌나 했더니 장지가 열렸다. 입을 팔자로 삐뚜름하게 다문 다이치가 조그만 꾸러미를 들고 버티고 서 있었다.

"어, 안녕." 스스로 생각해도 얼빠진 목소리였다.

다이치는 그 자리에 버티고 선 채 여전히 삐뚜름한 입으로 꾸러미를 불쑥 내밀었다.

"이거 받아."

쇼노스케는 어안이 벙벙했다. 그러자 다이치가 답답하다는 듯 말했다.

"누나가 쇼 씨 갖다 주래."

불평이라도 하듯 입을 댓 발 내밀며 "저녁밥" 하고 덧붙였다.

"어, 고맙다."

그러고 보니 또 허기가 진다.

"그게 아냐, 쇼 씨가 고맙다고 하면 어떡해? 우리 누나가 고맙다고 주는 거야. 그리고 나도." 다이치는 거북한 듯 눈을 껌벅거렸다. "낮에 아버지를 측간에서 꺼내줬다며?"

아, 그 일 때문인가.

"도라조 씨, 일어났구나."

"아버지는 아무것도 기억 못 해. 다쓰 할머니한테 들은 거야."

나가야를 감시하는 다쓰 할머니는 이런 일이 있을 때 보고도 해준다.

"누나는 쇼 씨 볼 낯이 없다고 징징 짜고 있고."

쇼노스케는 웃어 보였다. "누나가 술 취해서 측간에 빠진 것도 아닌데 창피할 게 뭐가 있어."

엉뚱한 데를 짚었나 보다. 다이치는 넌더리난다는 표정을 지었다.

"그런 뜻이 아닌데." 다이치는 꾸러미를 내밀며 성큼성큼 다가왔다. "자."

쇼노스케는 약간 주눅 든 얼굴로 꾸러미를 받았다. 주먹밥이다.

"히데 씨가 그러던데, 쇼 씨, 숯 눈썹이 또 귀찮은 일을 떠맡겼다며?"

다이치가 서궤 위를 노려보며 말했다. 숯 눈썹이란 무라타야 지헤에를 가리킨다. 참고로 히데는 절대 '귀찮은 일'이라고 말하지 않았을 것이다.

쇼노스케는 다이치에게 입체 그림을 보여주며 무슨 일을 하고 있는지 이야기했다. 그러던 중에 생각났다.

"이걸 자르는 데 작은 칼을 쓰거든. 그 전에 칼을 갈면 좋겠는데 숫돌을 빌릴 수 있을까?"

다이치는 쇼노스케가 몹쓸 말이라도 한 것처럼 어른스럽게 눈살을 찌푸렸다.

"쇼 씨가 갈겠다고?"

관둬, 하고 단칼에 친다.

"내가 갈아줄 테니까 그동안 밥이나 먹고 있어. 쇼 씨, 어차피 밤새워 일할 생각이지? 눈이 막 반짝거리는걸."

쇼노스케는 겸연쩍은 표정으로 말했다. "그래주면 고맙지."

다이치는 으쓱하는 기색이 없이 오히려 더 떨떠름한 표정을 지었다. 코를 킁킁거리더니 말했다.

"가서 목욕도 하고 와. 서두르지 않으면 맨 꽁무니로 목욕해야 해."

쇼 씨한테서 똥내 나.

덕분에 쇼노스케는 배를 채우고 몸도 깨끗이 씻은 다음 입체 그림을 조립하기 시작했다. 다이치의 예측대로 밤이 이슥해지는 것도 잊고 작업에 몰두했다. 그래도 조립을 마치지 못한 채 어느새 서궤에 엎드려 잠이 들고 말았다.

조금씩 완성되어가는 작지만 호화로운 야오젠 때문일까. 그에 그려져 있는 정교한 멋과 아름다움 때문일까.

쇼노스케는 날 밝을 무렵 아주 아름다운 꿈을 꾸었다.

꿈일 것이다. 아마도, 분명. 하지만 만약 꿈이 아니라면…….

그 사람은 어디 사는 누구일까?

그 사람은 이른 아침 강변 벚나무 아래에 서 있었다.

그 여자라고 하는 게 좋을까, 처녀라고 하는 게 더 어울릴까. 아니, '사람'이긴 할까.

쇼노스케의 눈에 그 사람은 이른 벚꽃의 정령처럼 보였다. 아침 햇살이 아직 희미해 사람의 그림자가 없었기 때문인지도 모른다. 너무나도 갑작스레 나타나 발소리조차 들리지 않았기 때문인지도 모른다. 뺨이며 살빛, 입은 옷의 연홍색이 완벽하게 들어맞아, 느슨하게 묶어 끝을 늘어뜨린 짙은 색 허리띠만이 벚나무 가지의 일부처럼 보였다. 흡사 벚나무가 몸을 숙이고 가지를 뻗어 그 사람을 살포시 보듬으려 하는 것처럼 보였다.

아침 강바람 속에 그 사람은 벚나무에서 날아 내렸다. 소리도 없이, 무게가 없는 것처럼, 사뿐히.

머리는 어깨 언저리에서 가지런히 잘랐다. 강바람이 불어 벚나무 가지가 흔들리면 그 사람의 머리칼도 춤을 추고, 그것을 비추는 아침 햇살이 환히 빛났다. 쇼노스케가 처음 본 것은 그 빛, 그 사람의 뒷모습이었다. 그 사람이 이쪽으로 옆얼굴을 보이며 흰 목을 뻗어 벚나무를 올려다보자, 가지란 가지가 기쁨에 몸을 떨며 사락사락 울었다.

그 사람은 눈을 가늘게 뜨고 입가에 미소를 머금었다. 앞머리도 눈썹 바로 위에서 일직선으로 가지런히 잘라, 바람이 앞머리를 들추면 볼록한 흰 이마가 드러났다.

다른 어떤 것보다도 아마 이 이마가 계기였을 것이다. 이마가 다소 튀어나왔다는 생각을 한 순간, 쇼노스케는 자신이 보고 있는 것이 살아 있는 인간임을 깨달았다. 벚꽃 정령이나 천녀였다면 이마가 그렇지 않을 것이다. 그 정도로 '아름다움'과는 어울리지 않는, 귀엽게 튀어나온 이마였다.

저도 모르게 후, 하고 웃었다.

큰 소리는 아니었을 것이다. 다른 소리도 내지 않았다고 생각한다. 그러나 그 사람은 쇼노스케의 기척을 느꼈다. 고개를 홱 돌아보더니 눈을 크게 떴다.

벚나무는 강둑에 있다. 땅이 강물 쪽으로 경사진 곳이니 발치가 불안정하다. 무심결에 뒤를 돌아보았다가는…….

위험할 텐데.

그렇게 생각할 겨를도 없이 그 사람은 발을 헛디뎌 휘청했다. 헤엄치듯 손을 뻗어 벚나무 줄기를 잡으려 했으나, 아슬아슬하게 손이 닿지 않는 바람에 크게 넘어졌다. 다리가 허우적거리면서 옷자락이 펄럭여 무릎까지 드러났다.

쇼노스케는 어떻게 했나.

장지를 쾅 닫았다. 뿐만 아니라 등을 돌리고 꽉 닫힌 문에 앞뒤 뒤집힌 도마뱀붙이처럼 들러붙었다. 심장이 큰 소리로 쿵쾅거렸다. 쇼노스케의 눈도 동그랗게 벌어져 당장에라도 튀어나갈 듯했다.

왜 숨느냐고 생각하는 사람도 있을 것이다. 일으키러 달려가야 하는 게 아니냐고 생각할 것이다. 멀리 있는 것도 아닌데 불친절하기 그지없다고.

쇼노스케는 보면 안 된다고 생각했던 것이다. 신께 맹세코 정말 그렇게 생각했다. 그렇기에 등만 돌린 게 아니라 반사적으로 한 손으로 눈까지 가렸다.

얼마간 그렇게 꼼짝도 못한 채 심장이 쿵덕쿵덕 뛰는 것이 그치기를 기다렸다. 충분히 기다렸다. 그러고 나서 조심조심 움직였다. 손가락을 장지 가장자리에 얹고 살며시 문을 열면서 두 눈만 내놓았다.

벚나무 아래에 아무도 없었다.

숨 한번 쉴 사이에도 계속해서 떠오르는 봄날의 아침 해가 시시각각 환해지며 이제 막 꽃망울이 터지기 시작한 벚꽃을 비추고 있었다.

쇼노스케는 그 모습에 반해 넋을 놓고 바라보았다.

후루하시 씨.

누가 부른다.

"후루하시 씨."

어깨를 쿡쿡 지른다.

"일어나요. 이런 데서 자면 감기 걸립니다."

또 어깨를 지르고 흔든다. 쇼노스케의 머리가 앞으로 휙 떨어지며 이마가 뭔가를 들이받았다. 퍼뜩 놀라 정신이 들었다.

"어?"

빨래 너는 터를 내다보는 장지 앞에 있었다. 문은 닫혀 있다. 그래서 이마가 부딪친 것이다.

"이제야 깼습니까."

꺼끌꺼끌한 쉰 목소리의 임자는 관리인 간에몬이다. 쇼노스케 바로 옆에 엉거주춤한 자세로 서 있다. 여느 때처럼 굵은 세로줄무늬 기모노에 같은 무늬의 하오리 차림이다. 야단스러운 주홍색 하오리 끈이 어처구니없게 길다. 후다사시녹미의 수령 및 환금을 대신 처리하고 돈을 빌려주던 상인를 흉내 내는 것이라고 히데가 가르쳐주었다. 에도 거리에선 사내다운 것으로 말하면 후다사시가 제일이니까요.

"도미칸 씨?"

"그래요, 납니다. 잘 잤습니까."

쇼노스케는 눈을 슴벅이며 손으로 얼굴을 세게 문질렀다. 졸리다.

"제가 여기서 잤습니까?"

"그래요. 선잠을 자는 기술이 나날이 발전하는군요. 재주도 좋지. 사람들에게 돈 받고 구경시켜주면 어떻겠습니까."

도미칸은 빈정거리는 투로 말하고는 서궤 옆으로 자리를 옮겨 털썩 앉았다.

"밤새워 일한 겁니까?"

서궤 위에는 완성된 야오젠의 입체 그림이 놓여 있었다. 도미칸은 그것을 금지품이라도 보듯 유심히 뜯어보았다.

"네. 이거 야오젠이랍니다."

"요릿집 말입니까? 저런."

도미칸은 입체 그림에 뾰족한 코끝을 가져갔다. 머리숱이 적어졌다고 다이치가 '대머리 간 영감'이라고 부르기는 하지만, 이 관리인은 무섭게 생겼을 뿐 아니라 의외로 미남이다. 얼굴 윤곽과 이목구비가 뚜렷하고 눈썹도 짙다. 그 덕분에 이미 오래전에 쉰을 넘겼는데도 화류가에서 이름깨나 날린다고 한다. 하오리 끈이 긴 것도 여자와 무슨 관계가 있다나 뭐라나. 다쓰 할머니 말이니 순순히 믿을 수는 없지만 어쩐지 그럴싸하다.

도미칸은 얼굴을 떼고 언짢은 투로 말했다. "완구로군요. 또 무라타야 일이죠? 이런 걸 조립해서 무슨 이득이 있다는 건지."

"지혜에 씨는 상품으로 내놓을 생각이신 것 같더군요."

도미칸은 더욱 못마땅한 표정을 지었다. "그이도 참 곤란한 양반입니다. 도락과 장사의 차이를 몰라요. 어쨌거나 그래서 먹고살 수 있으니 행복한 일입니다만."

쇼노스케는 또다시 눈을 슴벅거렸다. 턱 언저리를 문지르자 수염이 만져졌다. 얼굴도 끈적거린다. 아아, 밤을 새웠구나.

쇼노스케는 수염이 잘 나지 않는 체질이다. 이것도 아버지 소자에몬에게 물려받았다. 형 가쓰노스케는 전혀 딴판이라 면도 자국이 푸릇푸릇해 보일 정도였다.

도미칸은 초라한 수염을 만지작거리는 쇼노스케를 언짢은 눈빛으로 응시했다.

"그렇지만 말입니다, 후루하시 씨. 후루하시 씨는 지헤에 씨와 사정이 다르죠. 명색이 무사인데 언제까지고 그 양반 도락에 어울려주는 건 곤란하지 않습니까."

도미칸에게 '명색이 무사'라는 말을 들으니 어쩐지 업신여김을 당한 듯 느껴지는 것은 쇼노스케의 편견일까.

"예에."

아침부터 들볶여 눈치 보듯 눈을 치뜨는 것도 패기가 없다.

"그런데 도미칸 씨, 무슨 일로 오셨는지요?"

집세라면 초하루에 잊지 않고 냈다. 냈겠지? 아직 잠이 덜 깨 머리가 잘 돌아가지 않는다. 정신을 차리려고 다시 얼굴을 문질렀더니 재채기가 났다.

"그거 봐요, 내 뭐랬습니까. 욕탕에 가서 몸을 덥히고 와요. 간김에 좀 씻고. 도코쿠 님께서 부르십니다. 아침에 우리 집에 사람을 보내셨더군요. 같은 시각, 같은 곳으로 오라고 하십니다."

그 말을 듣고 그제야 쇼노스케도 정신이 들었다.

"수고를 끼쳤군요. 감사합니다."

"괜찮습니다. 도코쿠 님께서 후루하시 씨를 내게 맡기신 이상, 이것도 내 할 일이죠." 도미칸은 벌떡 일어나 줄무늬 기모노의 옷자락을 털었다. "좋은 소식이면 좋겠군요. 고향에서 일족이 기다리고 계시잖습니까."

"아, 예, 그렇겠죠."

"실없는 것도 나날이 발전하는군요."

도미칸은 한마디를 더 하려다가 그만두었다. 아마 쇼노스케가 비록 무사로서는 한심해도 이 나가야에서 유일하게 집세가 밀리지 않은 사람임이 기억났을 것이다. 도미칸이 돌아가고 혼자 남은 쇼노스케는 고개를 돌려 심호흡을 한 뒤 조용히 장지를 열었다.

강물에도, 빨래 너는 터에도, 강가에 핀 벚꽃에도 볕이 환했다. 오늘은 날이 따뜻할 것 같다. 벚꽃 꽃망울도 확 터질 것이다. 봉오리가 단숨에 3할 정도로 벌어질지 모른다.

벌써 오래전에 일을 시작한 나가야 사람들의 목소리가 여기저기서 들려온다. 히데가 뭐라고 말한다. 그럼 저 다녀와요, 하는 목소리는 다쓰키치일까. 쪽문을 나서면 바로 앞에 있는 이나리 사당에서 누가 손뼉을 치고 종을 울린다. 아이들은 일 나가는 애들도 글방에 가는 애들도 아침부터 기운이 넘친다.

"에구머니나, 쇼 씨, 잘 잤어?"

옆방 사는 시카가 커다란 대야를 옆구리에 끼고 빨래 너는 터로 나왔다. 벌써 빨래를 끝내고 널려는 것이다. 하여간 다들 일찍도 일어난다.

시카와 남편 시카조는 부부가 함께 채소 행상을 다닌다. 해가 이렇게 높이 떴으니 시카조는 이미 한참 전에 장사를 하러 나갔을 것이다. 시카는 남편이 사온 채소를 절여 팔러 다니는지라 아침이 다소 여유롭다.

"간밤에 늦게까지 불이 켜져 있던데. 쇼 씨, 공부를 참 열심히 하네."

이 부부는 약간 사투리 억양이 있어 말꼬리가 길게 늘어진다. 채소를 팔아서 다행이지 생선이었다면 상했을 것이라고 다이치가 조바심을 치는, 느긋하고 인심 좋은 사람들이다. 필사로 생계를 잇는 쇼노스케를, 훌륭한 학문을 한다고 존경해주는 사람들이기도 하다.

"어쩌다 보니 밤을 새우고 말았습니다."

"대단하기도 하지. 그렇지만 몸엔 안 좋아."

생글생글 웃는 시카의 얼굴을 보다 보니 도미칸 앞에서는 생각지도 못했던 일이 떠올랐다.

"시카 씨, 이 근방에……."

단발머리 여자를 본 적이 있느냐고 물어보려 했다.

그러나 바로 생각을 바꾸었다. 역시 꿈이 아니었을까. 보아하니 자신은 그 뒤 장지에 몸을 기대고 도로 잠이 든 것 같다. 그 이전에 어째서 그런 시간에 장지를 열고 바깥을 내다보았는지도 분명치 않다. 처음부터 끝까지 꿈을 꾼 게 아닐까.

고향에서나 에도 시내에서나 머리를 올리지 않은 이는 머리카락이 아직 다 자라지 않은 어린애거나 병자 정도다. 병자조차도 머리를 올리지는 못해도 길게 기르는 게 보통이지, 그렇게 가지런한 단발로 자르지 않는다. 쇼노스케는 지금까지 살면서 남자건 여자건 그런 머리를 한 사람을 한 번도 본 적이 없다.

하지만 그렇다면 왜 그런 꿈을 꾸었을까. 현실에서 한 번도 본 적 없는 것이 어째서 꿈에 나타났을까.

쇼노스케가 질문을 하려다 말고 입을 다물어버리자 시카는 의아한 표정을 지었다. 시카조의 훈도시를 집어 들고 탁탁 잡아당겨 편다.

"죄송합니다, 아무것도 아닙니다."

시카가 훈도시를 장대에 널며 웃는 얼굴로 "쇼 씨, 쇼 씨" 하고 불렀다.

"여기에……." 한 손으로 뺨을 톡톡 친다. "자국 났어. 밤새워서 일하다가 피곤해서 어디 기대서 잤나 봐."

공부도 너무 열심히 하면 몸 상한다고 마음을 써준다. 쇼노스케는 부끄러운 마음에 급히 숨었다.

'같은 시간'이라는 것은 정오를 말한다. '같은 곳'은 이케노하타에 있는 선숙船宿 가와센이다.

그리고 '도코쿠 님'은 도가네 번 에도 대행, 사카자키 시게히데를 가리킨다.

사토에도 이것은 몰랐을 것이다. 쇼노스케도 본인에게 듣고 처음 알았다. 사카자키 시게히데에게는 라쿠슈익명의 풍자시를 짓는 취미가 있었다. '도코쿠'는 호號다. 지신사이 도코쿠다.

음으로 들으면 격조가 있고 한자로 봐도 그럴싸하지만, 실은 도가네 번 사람이라면 웃지 않을 수 없는 호다. 도가네 번 성읍의 유곽이 성읍 동쪽 습지일본어로 谷地에 있는 터라 '도코쿠東谷'는 홍등가를 가리키는 암호다. 지신二心은 말 그대로 두 마음, 허튼 생각이나 바람기를 나타내니, 지신사이 도코쿠란 홍등가의 바람둥이라는 뜻일 것이다.

다만 다른 해석도 가능했다. 二心에는 자기편이나 주군을 배반하려는 마음이라는 뜻도 있기 때문이다. 애당초 라쿠슈를 짓는 것 자체가, 작은 번이라지만 에도 대행이라는 중신이 할 일은 아니다. 라쿠슈에는 종종 막부나 주군에 대한 비판이며 비난, 야유가 담기니 말이다.

그런데도 사카자키 시게히데는 아랑곳하지 않았다.

"번번히 사카자키 님, 사카자키 님 하면 나도 갑갑해 싫구나. 너도 라쿠슈 지기知己들처럼 도코쿠라고 불러라." 그렇게 태연하게 말했다.

아무리 호라지만 이름으로 부르려니 망설여져 쇼노스케는 물었다.

"지신사이 님이라 하면 안 되겠습니까?"

"그럼 요술쟁이처럼 들리지 않느냐."

뭐가 그렇게 싫은지 아주 내키지 않는 표정이었다.

"나도 조만간 호를 바꿀 생각이 있어. 너도 같이 생각해주지 않겠느냐."

위세를 조금도 부리지 않는다.

가와센은 이케노하타에 수도 없이 많은 선숙에 비해 딱히 눈에 띄는 특색이 없는 평범한 곳이다. 시노바즈 못에서 잡은 민

물고기를 요리해 내는 것 외에 손님이 원하면 낚싯배를 빌려주기도 한다. 도코쿠도 가끔 이런 쪽배를 타고 수로나 못 한구석에서 낚싯줄을 늘이곤 했다.

사토에가 예기치 않게 겟쇼칸으로 찾아오고 사흘 뒤, 사에키 노사가 쇼노스케를 불러 에도로 갈 것을 정식으로 명했다. 몇몇 서책을 찾아 구입하고 또 에도에 사는 노사의 지기 몇 명에게 노사를 대신해 인사를 드리라는 게 심부름의 내용이었다.

"너도 이미 알고 있으리라 생각한다만, 이것은 어디까지나 대외적인 명목이다. 명목으로서는 충분하지. 그래도 네가 에도로 올라간다는 사실이 여러 사람의 이목을 끄는 것은 현명한 일이 아니야."

노사의 주름진 얼굴에서 쓴웃음은 찾아볼 수 없었다. 몇 년 전부터 오른쪽 눈에 백내장을 앓아 눈동자가 살짝 뿌옇다. 그 탓인지 노사의 눈빛을 읽기는 쉽지 않았다.

"니지마 가에 인사드릴 필요는 없다. 내일 동 트기 전에 조용히 떠나라. 눈에 띄지 않게 주의하면서 길을 서두르고."

에도까지 겨우 이틀 거리인데도 노사의 어조는 엄했다. 더욱이 깜짝 놀랄 말을 했다.

"에도에 가거든 번저에 가까이 가선 안 된다."

대행을 만나야 하는데 그럼 대체 어디로 가라는 말인가.

"사카자키 님께 지시를 받았어." 노사는 품에서 서한 한 통을 꺼내 쇼노스케에게 내밀었다. "에도에 도착하면 여기에 쓰여 있는 대로 해라."

쇼노스케는 서한을 받들었다가 스승에게 머리를 숙인 다음

펴보았다. 내용보다도 대범하다고 할지, 분방하다 할 만큼 대담한 필체에 먼저 시선을 빼앗겼다.

"사카자키 님이 쓰셨단다."

왜 그런지 거기서 노사는 눈에 미소를 머금었다.

"좋은 글씨이지? 인품이 드러나 있어."

"스승님께서는 사카자키 님과 친분이 있으십니까?"

그런 이야기는 들어보지 못했다.

사에키 노사는 대답하지 않았다.

"여장旅裝은 소에가 준비해놨다. 부족한 것은 없겠다만 지금 미리 확인해두어라."

뒷일은 걱정하지 말고, 라고 했다. 그 말에 쇼노스케는 되레 마음이 불안해졌다.

"꼭 도망치는 것 같습니다만."

꾸중하거나 웃을 줄 알았건만, 노사는 고개를 끄덕이고 담담히 말했다.

"당분간 돌아오지 못할 것은 확실하겠지."

"네?" 쇼노스케는 눈을 크게 떴다.

"너는 그저 만사를 맡기기만 하면 된다. 사카자키 님께……." 눈을 깜박이는 데서 어렴풋이 망설임이 엿보였다. "무슨 생각이 있으신 것 같으니."

쇼노스케는 가슴이 철렁했다. "어떤 생각이실는지요?"

노사는 또다시 미소를 지었다. "글쎄다. 나는 그저 서생인 너를 심부름 보내는 것뿐이야."

서책은 정말로 죄 입수하고 싶은 것들이고, 지기들도 찾아가기를 바란다. 자신의 근황을 알리고 또 지기들이 어떻게 지내는지 소식을 전해주면 좋겠다.

"서책은 찾기도 쉽지 않을 테고, 혹여 찾아내도 값이 비싸 선뜻 살 수 없을 테지. 네 기지로 그것을 어떻게든 해결해봐라. 이 또한 배움의 길이라 생각하고." 노사는 그런 말로 얼버무렸다.

서한은 에도에 와서 반환했지만, 쇼노스케는 지금도 사카자키 시게히데의 필적을 똑똑히 기억한다. 좀처럼 보기 힘든 독특한 필체였다.

가와센川扇이라는 이름을 처음 본 것도 그 서한에서였다. 에도에 당도하면 그곳에서 기다리라는 지시였다. 내천 자가 흡사 새끼 은어 세 마리가 펄떡펄떡 뛰는 듯 보였다.

에도에 도착한 쇼노스케는 시골 촌뜨기처럼 갖은 고생 끝에 이케노하타에 당도하여 여럿 있는 선숙 사이에서 우왕좌왕한 끝에 겨우 가와센을 찾아냈다. 문간에 내건 초롱의 내천 자가 서한에 쓰여 있던 서체와 똑같았다.

그만큼 절친한 사이라는 뜻이다. 사카자키 시게히데는 이 가게의 중요한 단골손님이었다.

"어서 오시지요."

어이가 없는 것도 같고 얄미운 것도 같은 기분으로 우두커니 서서 초롱을 노려보는데, 우단처럼 매끄러운 목소리가 들렸다.

"제가 가와센의 여주인입니다."

허리를 깊이 숙여 인사한 여자는, 나이는 사토에와 비슷해 보이는데도 비교도 안 될 만큼 세련되고 아름다웠다. 살빛이 희고, 연지는 붉고, 머리는 도가네에서는 본 적이 없는 모양으로 틀어

올렸다.

리에라는 이름의 여주인은 그렇게 처음 만났을 때부터 쇼노스케에게는 줄곧 풀 수 없는 수수께끼다. 사카자키 시게히데의 첩 같기도 하고 아닌 것 같기도 하다. 가와센도 그렇다. 사카자키 님이 가와센에 자금을 대는 것 같기도 하고, 그와는 정반대로 사카자키 님이 가와센에 의존하는 것 같기도 하다.

수수께끼가 풀린 것은 신기한 머리 모양뿐이다. 지난 반년간 쇼노스케가 사카자키 시게히데를 좀 더 알게 되고, 가와센을 알게 되고, 리에도 알게 되면서 본인이 가르쳐주었다.

가쓰야마 머리라고 했다.

요시와라의 가쓰야마라는 유녀가 처음 시작해서 메이레키(1655~1658) 때 크게 유행했다고 한다.

이제는 유행이 지나갔지만, 도코쿠 님이 이 모양을 좋아하셔서 그분이 오실 때면 제가 직접 올리지요.

"어서 오시지요."

가와센에 가면 포렴을 걷기도 전에 리에가 늘 먼저 알아차리고 맞이하러 나오는 데에도 겨우 익숙해졌다.

"실례합니다."

"도코쿠 님께서 기다리십니다."

가쓰야마 머리는 댕기를 쓰지 않고 흰 끈만으로 묶는다. 오늘은 거기에 쇼노스케의 손가락만 한 작은 벚꽃 가지를 꽂았다. 연분홍 꽃 한 송이가 피어 있었다.

가와센 2층, 시노바즈 못으로 통하는 좁은 수로가 내다보이는 부용芙蓉 방이 사카자키 시게히데, 또는 지신사이 도코쿠가 애용하는 방이다. 덴포 6년(1835) 9월 초순, 쇼노스케가 처음 도코쿠를 만난 것도 여기 부용 방에서였다.

지금도 생생히 기억난다. 당시 나이 쉰여섯, 도가네 번 에도 대행 직을 맡은 지 팔 년, 수완가로 널리 알려진 인물의 기모노 앞판이며 하카마 앞의 무릎 언저리가 재로 더럽혀져 있었다.

소에에게 집안일에 관해 엄격한 훈련을 받은 쇼노스케는 한눈에 그 까닭을 알아차렸다. 에도 대행 나리는 아궁이에 불을 지핀 것이다. 아궁이 앞에 쭈그리고 앉아 대통을 불어 불을 일으킬 때, 조절을 잘못하면 연기와 검댕, 재가 확 뿜어 나와 머리에 고스란히 뒤집어쓰게 된다. 익숙해지기 전까지는 곧잘 있는 일이다.

쇼노스케는 무심코 머리에 떠올리고 말았다. 별가냐 아니냐를 떠나, 늘 드나드는 편한 곳이라고 장난삼아 부엌 아궁이 앞에 쭈그리고 앉아서는 재로 범벅이 되어 리에와 마주 보고 웃으며 농을 주고받는 도코쿠의 모습을.

자신과는 비교도 되지 않을 만큼 높은 사람을, 그것도 처음 만나는 자리다. 꾹 참고 애써 떨떠름한 표정을 짓지 않으려 했건만 눈초리에 드러났나 보다.

"옷 갈아입을 시간이 없었구나."

풍채가 좋은 에도 대행은 장난을 들킨 어린애처럼 겸연쩍은 표정을 지었다.

"일찍 도착했군. 성미가 급한가. 과연 사토에의 자식이야." 그러고는 쇼노스케의 눈을 보더니 기쁜 듯 미소를 지으며 이렇게 말했다. "얼굴도 많이 닮았구나."

쇼노스케가 어머니를 닮았다는 말을 들은 것은 그때가 처음이었다.

"잘 왔다."

저도 모르게 눈을 깜박이고 상대방의 얼굴을 응시했을 만큼 친밀함이 담긴 목소리였다.

그로부터 대략 두 시간 동안 쇼노스케는 고향을 떠나기 전 사에키 노사가 넌지시 비추었던 말의 진의를 들으며 시종 놀라기만 했다. 도코쿠가 건넨 이야기, 털어놓은 생각은 죄 쇼노스케는 생각지도 못했던 것들뿐이었다.

도코쿠는 먼저 사토에에게 후루하시 가의 재건을 약속했던 것은 단순히 방편에 불과했다고 말했다.

"그대에게는 딱한 일이다만 후루하시 가를 재건하는 것은 불가능하다."

그렇게 단언하는 바람에 쇼노스케도 안색이 변했다.

"그럼 가쓰노스케는 어찌 되는 것입니까? 저대로 니지마 가에서 썩고 마는 것입니까?"

"언젠가 니지마 가에서 데릴사위 자리를 찾아주겠지. 사토에와 가쓰노스케가 바라는 대로 무관이 될 수 있는 가문으로."

그렇게 되면 형은 입신할 수 있지만 후루하시 가는 대가 끊어지고 만다.

"사토에가 재건에 집착하는 것은 가쓰노스케를 생각해서지, 후루하시 가를 위해서가 아니야. 그것은 그대도 잘 알고 있을 테지."

가쓰노스케의 입신만 이루어지면 사토에는 만족할 것이다.

"내 보기에 가쓰노스케 본인도 이의가 없을 것 같다만."

쇼노스케는 대답할 말이 없었다. 그에 관해 형과 허심탄회하게 이야기해본 적이 없다. 그럴 기회도 없었고, 혹여 있었더라도 겁이 나서 말을 꺼내지 못했을 것이다. 쇼노스케의 귓전에는 지금도 아버지의 죽음을 꼴사납다고 욕한 형의 목소리가 들러붙어 있었다.

"형은 그렇다 치고, 쇼노스케, 그대는 어찌 입신할 생각이었느냐?"

뭐라 대답해야 할지 알 수 없는 질문을 한다.

"평생 겟쇼칸 서생으로 머물다 죽을 생각이었느냐. 그래서는 안 되지. 사에키 노사는 그대보다 훨씬 먼저 죽을 텐데."

너무 노골적이다.

"학문의 길을 걸어 노사의 뒤를 잇는다는 것도 쉽지는 않다. 사에키 노사의 가르침을 받는다 해도 도가네에만 있어서는 우물 안 개구리나 다름없지. 구로다 님은 그런 번유를 바라지 않아. 에도에서 더욱 좋은 유학자를 초빙하려 할 것이야."

겟쇼칸에 관해서는 번주보다 구로다의 의향이 더 크게 작용할 것이라고 했다.

"그래도 겟쇼칸에서 성실히 일하다 보면 그대에게도 어느 가문에 데릴사위로 들어갈 기회가 찾아올 수도 있겠다만, 죄인의 자식인 데다 형과는 비견할 수도 없을 만큼 약한 그대를 기꺼이 받아들일 가문이 과연 있을지 모르겠구나." 도코쿠는 고개를 갸웃했다. "무를 중시하는 우리 번의 기풍이 워낙 뼛속까지 박혀 있으니 말이다. 지난 백 년간 변함없었고 앞으로도 그리 쉽게 변할 것 같지는 않구나."

도코쿠는 매부리코를 자랑스럽게 벌름거리며 말을 이었다.

"즉, 그대도 입신하려면 에도로 올라오는 수밖에 없었다는 이야기야. 그렇다면 이르면 이를수록 좋지."

지신사이 도코쿠라는 사람을 한마디로 표현하자면 '얼굴이 크다'고 할 수 있을 것이다.

몸집이 크지만 살이 피둥피둥 쪘다는 인상은 아니다. 살집이 실팍한 것 같다. 불룩 나온 배조차도 주먹으로 치면 도로 튕겨 나올 것 같다. 게다가 살빛이 검고 무두질한 가죽처럼 두툼하다.

머리숱이 많아 상투가 굵고 눈썹도 매섭다. 흰머리는 없지 않겠지만 눈에 잘 띄지 않는다. 큼직한 눈코가 인왕 불상을 연상시킨다.

거기에 얼굴까지 크니 원래라면 무서운 인상, 우락부락한 인상을 주어야 한다. 그렇건만 어찌 된 영문인지 도코쿠의 경우에는 묘하게 한가롭다고 할지, 대범해 보인다. 그 얼굴로 의기양양하게 콧방울을 실룩거리며 웃는 도코쿠를 쇼노스케는 저도 모르게 넋 놓고 바라보고 말았다.

"허나 그대를 도가네에서 끌어내려도 사에키 노사의 지시만으로는 사토에의 눈을 속일 수 없거든. 사토에도 뼛속까지 도가네 여자니 말이다. 번유를 눈곱만도 못한 존재로 업신여기지."

눈곱만도 못하다니 너무하다.

"해서 내가 길을 닦은 것이야."

의도는 알았다. 그러나…….

"그래도 어머니는 제가 돌아오기를 기다리실 텐데, 뭐라 말씀드리면 좋겠습니까."

사카자키 님의 말씀은 그저 방편이었다고, 솔직히 말씀드려야 하나?

도코쿠의 큰 얼굴에 천천히 웃음이 피었다.

"눈치가 없구나, 쇼노스케. 그대는 에도에 남는 것이야." 도코쿠는 말했다. "사토에에게는 내가 중요한 직무를 맡겼다고 일러두마. 후루하시 쇼노스케만이 할 수 있는, 도가네 번의 중대사와 관련된 직무다, 제대로 완수하면 번정藩政에 크게 기여해 후루하시 가의 재건에도 도움이 될 것이라고."

쇼노스케는 말문이 막혔다. 그래서 노사가 '당분간 돌아오지 못할 것은 확실하겠지'라고 했던 것이다.

도코쿠도 빙글거리는 표정으로 잠자코 있었다. 창밖에서 물을 가르는 쪽배 소리가 어렴풋이 들려왔다.

"……그 또한 방편인지요?"

도코쿠는 불룩한 배를 짓누르듯 하며 쇼노스케 쪽으로 가볍게 몸을 내밀었다.

"방편일 리 있겠느냐."

가까이 다가오라고 손가락을 까딱까딱하기에 쇼노스케는 다가앉았다.

"그대의 아비는 뇌물을 받지 않았어."

번 중신의 단언에 쇼노스케는 눈을 크게 떴다.

"그대도 그리 믿고 있을 테지? 아비가 결백하다고."

"예."

"나도 믿는다. 소자에몬은 누명을 쓴 것이야."

몸속에서 감격이 흘러넘쳤다. 쇼노스케는 입을 다물지 못했다.

"가, 감사합니다!"

이번에는 쇼노스케 자신의 말투가 어린애 같아지는 바람에, 허둥지둥 뒤로 물러나 자세를 바로하고 납작 엎드렸다. 그러자 도코쿠가 뒤통수를 가볍게 쳤다.

"우는 것이냐?"

"예? 아닙니다."

실은 눈시울이 뜨거워지려는 것을 허둥지둥 참았다.

"그대가 어렸을 때 사토에가 곧잘 이런 말을 하더구나. 둘째 아들은 울보라 난감하다, 툭하면 훌쩍거린다고. 그 아이는 제 핏줄이 아닙니다, 쓸개 빠진 소자에몬의 피를 물려받았습니다, 했지."

도코쿠의 온화한 목소리로 들어도 괴로운 말이었다.

"어미를 원망하지 마라. 사토에도 불행한 여자야. 내 조카와 오래도록 잘 살았다면 그런 모진 면을 드러내는 일 없이 좋은 처라는 평판을 들었을 테지. 허나 수명만은 사람의 힘으로 어찌할 수 없는 일 아니냐." 도코쿠는 탄식했다. "사토에가 조카와 사별하고 재혼했을 때 나도 잘 타일렀다. 죽은 자는 돌아오지 않는다. 잃은 것을 아쉬워하며 불평만 늘어놓다가는 다가올 복도 다가오지 않을 것이다. 새 지아비와의 연 또한 죽은 지아비와 마찬가지로 신불이 점지한 연이다, 하고."

그랬건만 그 사나운 말이. 도코쿠는 배를 출렁이며 쓴웃음을 지었다.

"양보할 줄 모르고 제 시어머니와 충돌하니 말이다. 지아비가 그것을 나무라면 지아비에게도 대들고. 그런 끝에 결국 이혼했지. 다른 집안 문제이기는 해도 나도 머리를 싸안았다."

말은 그렇게 했어도 도코쿠의 목소리에는 애정이 묻어났다. 이분은 어머니를 진정으로 아끼는구나. 쇼노스케는 깨달았다. 두 사람은 지금도 변함없이 마음이 통하는 것이다.

사카자키 시게히데는 지금도 사토에를 제 식구로 생각하는 것이다.

"그렇기에 사토에가 후루하시 가로 시집갔다는 말을 듣고 염려했지. 사토에가 집안에서 마당으로 내려앉는 것 같은 혼담을 어찌 받아들였나 싶어 어이없기도 했고. 그럴 만큼 본가가 편치 않았겠지 싶어 측은히 여기기도 했어."

도코쿠는 "허나……" 하며 쇼노스케를 바라보았다. 안구도 크지만 검은자위도 크다.

"후루하시 소자에몬의 인품을 알고 안도했다. 이 사람이라면 사토에를 받아들여줄 것이다, 사토에도 이제 자리를 잡겠구나, 그리 생각했어."

내내 입을 다물고 있었던 데다 긴장한 탓에 쇼노스케의 입술이 말라 들러붙었다.

"아, 아……."

'아버지'라고 하려다가 말을 고쳤다.

"후루하시 소자에몬이라는 인물의 어떤 점을 그토록 높이 사신 것입니까?"

도코쿠는 쇼노스케를 똑바로 바라본 채 고개를 살짝 갸웃했다. 커다란 얼굴이 기울었다.

"그대는 아비도 닮았구나. 눈매는 사토에와 똑같다만 콧날에서 입매까지가 소자에몬의 얼굴이야."

도코쿠는 "소자에몬도 어렸을 적에는 울보였겠지" 하고 말을 이으며 즐겁게 웃었다.

"그리고 성장해서도 겁보였고. 후켄 유파에 관한 사연은 그대도 알고 있을 테지."

"아버지는 개가 두려워 베지 못한 것이 아닙니다. 개를 측은히 여긴 것입니다." 쇼노스케는 항변했다.

"그래, 나도 그리 생각한다." 도코쿠는 선뜻 인정했다. "그대의 아비는 겁보였다. 그런 겁보가 눈앞의 작은 욕심에 사로잡혀 뇌물을 받을 리 있겠느냐. 소자에몬이 무엇보다도 두려워했던 것은 신의에 어긋나는 행동을 하는 것이었어. 돌이켜 생각했을 때 자신이 수치스러울 행동을 하는 것이었지. 그런 두려움이 있었기에 타인에게 욕을 먹건 업신여김을 당하건 결코 흔들리지 않는 사람이었다."

겁보의 본분을 다하는 겁보였다.

"그 때문에 교활한 인간들에게 이용당한 것이야. 내가 번을 떠나 있지만 않았다면 그런 사태가 벌어지기 전에 미리 손을 썼을 텐데."

도코쿠는 "미안하구나" 하며 고개를 숙였다. 쇼노스케는 또 입술이 들러붙는 바람에 아무 말도 하지 못했다.

"뇌물 사건 자체는 전혀 근거 없는 일은 아니다. 하노센이 오년 전 어용 상점의 지위를 얻었을 무렵부터 번 유력자 중 누군가에게 뇌물을 바친 것은 틀림없을 테지."

하노센은 이번 일로 처벌을 받은 주인이 일군 신흥 상가라고 했다.

"그런 것이 없으면 신참이 입찰에서 이기기는 쉽지 않으니 말이야."

"그런 것입니까……."

쇼노스케는 알 수 없다.

"다만 그런 '운동'은 특별한 것이 아니야. 기지가 있는 상인이라면 누구나 쓰는 수단에 불과해. 뇌물을 받는 쪽도 그것을 잘 알고 있고."

그다음은 흥정과 공모다.

"그렇다면 어째서 이번만……."

도코쿠는 쇼노스케의 물음을 도중에 가로막고 "이유가 뭐라고 생각하느냐?" 하고 물었다.

"액수가…… 컸기 때문입니까?"

"그리 큰 액수였을 것 같지는 않다만."

서슴없이 단언하는 것을 듣고 쇼노스케는 도코쿠의 큰 얼굴을 다시금 응시했다. 대뜸 부정할 수 있을 만큼 과거에도 비슷한 사례가 있었다는 말인가. 도코쿠는 그에 대해 알고 있나.

"그렇다면 형의 엽관 운동과 관련이 있는지요?"

쇼노스케가 볼 때는 그것이 어머니가 저지른 가장 어리석은 실책이다. 그러나 도코쿠는 고개를 저었다.

"만약 그렇다면 감찰사가 먼저 그쪽을 책해야 하지 않겠느냐. 허나 실제로는 순서가 그 반대였지. 먼저 뇌물 수수가 폭로되고, 그 뒤 받은 돈의 용도로 가쓰노스케의 엽관 운동이 거론됐어."

듣고 보니 그렇다.

"즉, 번에서는 이 정도의 뇌물을 구태여 들추어 사태를 키울 까닭이 없다는 말이다. 책하더라도 좀 더 모나지 않은 방법이 얼마든지 있고."

에도 대행직에 오르기 전에 사카자키 시게히데는 도가네 번의 재무 부교였다. 그 전에는 토목 부교였다. 둘 다 문관 중에서는 번정의 근본에 관계하는 중요한 직책이다. 명가로 손꼽히는 사카자키 가의 당주는 이 두 중직을 거쳐 에도 대행으로 승진하는 게 관례다. 즉, 번의 내정을 낱낱이 파악하고 나서야 비로소 막부를 상대로 한 교섭과 에도 번저 관리가 맡겨지는 것이다. 그런 사람이 하는 말이니 근거 없는 믿음이나 풍문일 리 없다.

"두더지는 어디에나 있어. 산야나 논길에 살아도 이따금 밭에서 먹이를 찾는 일도 있지. 일일이 때려잡다가는 끝이 없어. 밭에서 나는 맛난 음식에 맛들여 해를 끼치게 됐을 때 때려잡든 연기를 피워 잡든 하면 그만이다. 그렇지 않으면 두더지가 죄 없어지게 돼. 두더지 한 마리 없는 땅에는 열매도 없는 법."

후루하시 가의 마당에 아버지가 소일 삼아 일구던 작은 밭에도 두더지가 있었다. 쇼노스케는 그 작은 동물을 직접 보지는 못했지만, 두더쥐가 파헤친 자국을 아버지가 가르쳐준 적이 있었다.

두더지가 꼬이는 것을 보니 이 밭도 어엿한 밭이구나.

아버지는 그런 말을 하며 눈을 가늘게 뜨고 웃었다.

"아버지가 뒤집어쓴 누명은 번 쪽에서 비롯된 것이 아니라는 말씀입니까."

쇼노스케가 중얼거리자 도코쿠는 두툼한 턱을 주억거렸다.

"어디서 비롯되었는지는 자연히 알 테지."

하노센 쪽이다. 그렇지만 그런 일이 있을 수 있을까.

"아버지를 고발한 주인이 책형에 처해지지 않았습니까. 처자식은 번 밖으로 추방됐지요."

"하지만 재산과 간판은 남았지."

그랬다. 연초에 영업 재개가 허용되었다.

"내홍이라는 것은 말이다, 쇼노스케." 도코쿠는 큰 얼굴을 더 가까이 갖다 대고 목소리를 낮추었다. "우리 무사들만 하는 것이 아니야. 상가에서도 있는 일이지."

쇼노스케는 눈을 크게 떴다. "하노센에서도 그런 일이 있었던 것입니까?"

"그래. 나는 이번 일이 하노센 내에서 일어난 재산 찬탈에서 비롯되었다고 본다."

영업 재개를 허락받은 하노센의 현 주인은 책형에 처해진 선대의 동생이라고 했다.

"구가에는 구가의, 신흥 세력에는 신흥 세력의 세력다툼이 있는 법. 하노센 또한 밖에서는 보이지 않아도 안으로 들어가면 공적이며 재산을 둘러싸고 싸우고 있었다 해도 이상할 것이 없어. 형제가 반드시 우애가 좋으리라는 법은 없지 않느냐."

"하지만 고발한 사람은 선대 주인이지 않습니까."

"그 점이 중요한 것이야."

도코쿠는 쇼노스케의 미간에 검지를 들이댔다.

"하노센만으로는 주인을 그 같은 처지에 몰아넣거나 거짓으로 구슬릴 수 없어. 번 측의 가세가 있어야 가능한 계략이지."

뇌물에 관해 끝까지 숨길 수는 없다. 이대로 방치했다가는 언젠가 발각되어 엄벌을 받을 것이다. 그렇게 되기 전에 먼저 자수하면 나쁘게 하지 않겠다.

"협박과 감언을 교묘하게 구사해서 말이다."

"그렇다 해도 주인은 고분고분 책형을 받아들였다고 들었습니다. 옥에 갇혀서도, 심지어 극형에 처해지기 직전까지도 속았다느니 약속이 다르다느니 항변하지 않았습니다."

"그자가 처형되는 것을 보았느냐?"

쇼노스케는 주춤했다. 보지 않았다. 그날은 니지마 가 저택에 틀어박혀 있었다. 어차피 근신 중인 데다, 아버지의 무참한 최후를 본 것만으로도 충분했다. 더는 죽음을 보고 싶지 않았다. 쇼노스케는 사건 자체에 의혹을 품고 있었기에 하노센이 아버지를 비운으로 몰고 간 원수라고 생각하지 않았던 탓도 있었다.

"약을 먹이든, 고문을 하든, 말을 못 하게 하든, 고분고분하게 만드는 방법은 얼마든지 있지."

도코쿠는 쇼노스케를 비웃지도, 얼굴을 찌푸리지도 않고 태연하게 말했다.

등골이 오싹했다. 쇼노스케 역시 말이 나오지 않았다.

"번 측의 가세…… 그래, 흑막이라고 부를까."

도코쿠는 몸을 뒤로 빼고 천천히 자세를 고치더니 코로 깊은 숨을 뱉었다.

"이 계략을 흑막이 거들게 하려면 그에 상응하는 대가가 필요해. 그래야 관심을 보이지."

"금품이로군요."

아버지가 받았다는 액수보다 훨씬 큰돈이 움직였을 게 틀림없다. 입술을 굳게 다물고 노여움을 곱씹던 쇼노스케는 도코쿠의 표정에 떠오른 엷은 웃음을 알아차렸다.

"아니다. 돈보다 가치 있는 것이 있어."

도코쿠는 일언지하에, 마치 꾸중하듯 부정하더니 "그대는 역시 눈치가 없구나" 하고 한탄했다.

"사에키 노사는 그대를 높이 평가하시더라만 학문에는 능해도 세상 물정엔 어두운가. 그대가 잘하는 일일 터인데."

도무지 무슨 말인지 모르겠다. 쇼노스케가 잘하는 일? 글을 읽는 것, 습자…….

아!

"하노센이 내놓은, 아버지가 썼다는 문서로군요."

후루하시 소자에몬은 쓴 기억이 전혀 없는데도 본인도 자신의 글씨라고 인정할 수밖에 없을 만큼 똑같은 글씨체로 쓰여 있던 증서다.

"그렇지!" 도코쿠는 살이 붙은 무릎을 치더니 말을 이었다. "보아라, 쇼노스케. 이것이 그냥 둘 수 없는 중대한 사안임은 그대도 알 테지. 다른 이의 필적을 베낀 것처럼 똑같이 모방해서 있지도 않은 가짜 문서를 위조하는 것이야. 이런 짓이 가능한 자가 있다면 그것을 활용할 길은 얼마든지 있을 터. 그런 문서가 절대적인 권위를 지니는 경우 모략을 꾸미는 자들에게 얼마나 강력한 무기가 되겠느냐."

쇼노스케는 두 손으로 양 무릎을 움켜쥐고 몸을 굳힌 채 꼼짝하지 못했다. 도코쿠의 대범하고 큰 얼굴에서 갑자기 위압감이 느껴졌다.

"그렇다면 하노센이 문서를 위조하는 기술을 가진 자를 찾아내 번 측의 흑막에게 접근했다는 말씀이십니까?"

그게 흑막에게 주는 '대가'라는 말인가.

도코쿠가 두툼한 턱을 주억거렸다.

"아버지가 뒤집어쓴 누명은……."

"하노센에서 점포를 찬탈하는 동시에 흑막에게 문서 위조 능력을 과시하기 위해 꾸민 계략일 테지." 도코쿠는 일석이조라고 내뱉듯 말했다. "가짜 문서임이 밝혀져도 흑막 쪽에서는 손해볼 것이 없으니 말이다. 그렇게까지 말할 정도라면 어디 한번 해보아라, 하는 것이었겠지. 하노센은 들킬 염려가 없으리라는 자신이 있었을 테고."

그렇다. 날조된 문서는 조사를 담당한 감찰사의 눈에는 물론 당사자인 소자에몬의 눈에도 진짜로 보였다.

쇼노스케는 실물을 보지 못했지만, 당시 아버지가 얼마나 경악하며 안절부절못했는지 알고 있다.

나는 쓴 적이 없다. 하지만 눈앞에 놓인 문서는 분명 내 필적이다. 세상에 이런 일이 있느냐. 아버지는 밤잠을 이루지 못할 만큼 혼란스러워했다.

"당시 저는 아버지가 저러다 실성하시지는 않을까 두려웠습니다."

아버지가 애원하다시피 호소한 적이 있었다.

쇼노스케야, 내가 뇌물을 받아놓고 잊어버린 것이겠느냐? 자신의 악행을 잊어버린 것이겠느냐? 그럴 리 없다. 그런 일은 불가능해. 하지만 문서가 실제로 존재하는구나. 내 필적이구나, 쇼노스케.

"저도 그저 잠자코 어쩔 줄 몰라 했던 것은 아닙니다. 누구나 생각할 법한 항변을 했습니다."

필적은 누구든 흉내 낼 수 있습니다. 아버지가 쓴 적이 없으시다면 문서는 가짜입니다.

"아비가 뭐라 하더냐?"

쇼노스케가 한기를 느낄 만큼 창백하게 질린 얼굴로 아버지는 단호하게 부정했다.

가짜 같지 않다.

서명만이라면 위조할 수도 있을 테지. 타인의 필적을 모방할 수도 있을 것이야. 허나 완전히 똑같이 할 수는 없어.

"필적은 그 사람을 나타낸다고 말씀하셨습니다."

글에서 사람됨을 알 수 있는 것이다, 쇼노스케. 사람이 타인을 완전히 위장할 수 없듯이 글도 타인과 완전히 똑같을 수는 없어. 그러니 저 문서는 내가 쓴 것이 틀림없다. 허나 나는 쓴 기억이 없구나.

"그러는 사이에 어머니의 엽관 운동이 추궁을 받아……."

후루하시 소자에몬은 굴복하고 말았다.

그때 일을 생각하니 몸에서 힘이 빠지는 듯했다. 아버지의 비운. 자신의 무력함. 그래, 어머니가 매도했던 대로다. 나는 훌쩍거리기나 하는 쓸모없는 작은아들이었다.

"쇼노스케."

도코쿠가 부르는 굵은 목소리에 쇼노스케는 눈을 들었다. 눈을 깜박이자 시야가 흐려졌다. 또 울 뻔했다.

"후루하시 소자에몬이 사람의 필적에 대해 한 말이 맞는다면, 문제의 문서를 위조한 인물은 자신을 완전히 없애고 목적하는 인물을 완벽하게 위장할 수 있다는 뜻이 아니겠느냐."

후루하시 소자에몬은 그런 인물이 존재한다는 가정을 할 수 없었다. 작고 한가로운 지방 번의 성실하고 소박한 하급 관리는 사람이 그런 기술을 가질 수 있다는 것을 믿을 수 없었다.

쇼노스케는 아버지의 그런 마음을 이해할 수 있었다.

"허나 있는 것이야. 그런 인물이 분명히 있어."

지금도 어딘가에서 다음 차례를 기다리고 있다.

"도코쿠 님께서는 흑막이 진실로 노리는 바가 무엇이라고 생각하시는지요?" 쇼노스케는 용기를 내어 물었다.

도코쿠는 표적을 겨냥하듯 눈을 가늘게 떴다. "그보다 누가 흑막인지 궁금하지 않느냐?"

저도 모르게 경계했다. "누구인지 아십니까?"

"짚이는 데는 있다. 두 의문에 대한 답의 뿌리는 하나이니 말이지."

후계자 다툼이라고 했다.

"우리 주군께서 자식 복이 많은 분이라는 것은 아무리 태평한 그대라도 알 테지."

번주인 나가토 태수 지바 아리쓰네는 와카나 마님이라 불리는 정실과의 사이에 각각 열두 살과 열 살 난 아들 둘을 두었다. 마흔다섯 살이라는 나리의 나이에 비해 자식들이 어린 것은 큰아들, 둘째 아들, 셋째 아들까지 모두 요절했기 때문이다. 현재 살아 있는 두 아들은 차례로 따지자면 넷째 아들과 다섯째 아들이다.

측실인 만 부인과의 사이에서도 일남 이녀를 두었는데 이쪽은 더 어리다. 만 부인이 지바 가의 거성居城에 들어온 것은 칠 년 전이기 때문이다. 그때까지 나리는 거성에서 그때그때 총애하는 여자에게 시중을 들게 한 적은 있어도, 에도 번저에 있는 정실에 대항하는 존재, 소위 둘째 부인을 둔 적은 없었다. 그만큼 와카나 마님의 눈치를 본 게 아니냐고 하는 사람들도 일부 있었다. 그런데…….

"만주마루 님과 센주마루 님은 형제간에 우애도 좋으시고, 두 분 다 아주 건강하시다고 들었습니다만. 재작년에 두 분 모두 마마를 가볍게 앓고 넘기셔서 나리도 마님도 겨우 안도하고 과거의 슬픔을 잊을 수 있게 되었다고요."

지바 가에는 병고가 따르는지, 둘째 아들과 셋째 아들은 마마로 목숨을 잃었다. 살아 있었다면 쇼노스케와 동갑이었을 큰아들도 병사했다. 대외적으로는 유행성 감기가 사인이라고 했지만, 실은 호역콜레라이었다는 의혹이 존재했다.

어쨌거나 셋 다 어린아이에게는 치명적인 불치병으로 죽은 셈이니, 이는 지바 가의 비운이라 해야 할 것이다. 그렇기에 넷째와 다섯째 아들이 건강하게 자라는 것은 가신 일동의 기쁨이었다.

도코쿠는 한쪽 뺨을 일그러뜨리고 웃었다. "그대에게 그런 소리를 한 자가 누구냐? 소자에몬일 리는 없을 테고, 사토에구나."

바로 맞혔지만, 도코쿠의 웃음이 어째 의미심장하게 느껴져 쇼노스케는 어색한 표정으로 긍정했다.

"예."

"사토에는, 아니, 니지마 가는 와카나 마님 쪽 당파이니 말이다. 두 도련님이 마마를 앓으실 때 도키와 신사에 붉은 그림 백 장을 봉납했다지?"

에도에서 근무하는 사카자키 시게히데는 그런 사실까지 알고 있나.

"알고 계셨습니까. 당시 저희 집에서도 모두 그림 그리는 것을 거들었지요."

붉은 그림이란 마마를 물리쳐달라고 기원하는 그림이다. 낱장의 종이에 그릴 때가 있는가 하면 기도 패나 부적에 그리기도 한다. 니지마 가가 도가네의 지신地神을 모신 도키와 신사에 봉납한 것은 기도 패 백 개였는데, 그중 두 개는 쇼노스케가 그렸다. 하나는 달마 오뚝이를, 또 하나는 붉은 가죽 끈으로 미늘을 꿴 갑옷 차림의 하치만타로 요시이에를 그렸다. 붉은 그림에서 드문 소재는 아니지만 제법 잘 그려 사토에에게 칭찬받았다.

너는 이런 일에는 정말 요령이 좋구나.

형 가쓰노스케는 그림 솜씨가 없는지라 무척 고심했다. 그렇다고 쇼노스케에게 부탁하기는 울화가 치미는지 끝내 도와달라는 말을 하지 않았다. 쇼노스케도 모른 척했다. 그때는 결국 누구에게 그리게 했을까.

일의 종류를 막론하고 형보다 잘해서 사토에에게 칭찬받은 것은 그때가 마지막이었던 것 같다. 그때를 떠올리니 쇼노스케는 어쩐지 께름하면서도 즐거운 기분이 들어 무심코 미소를 지었다.

"그러고 보니 그때 만 부인께서도 직접 붉은 그림을 그려 도키와 신사에 봉납하셨는데, 그것도 아십니까?"

"알다마다."

도코쿠의 한쪽 뺨은 여전히 부자연스럽게 일그러져 있었다.

"그대야말로 와카나 마님께서 그 그림의 봉납을 허락지 않으시고 번으로 급히 사람을 보내 은밀히 태워버리게 한 것을 알고 있느냐?"

즐거운 회상에 젖어 있던 쇼노스케는 단숨에 정신이 번쩍 들었다.

"예? 태워버렸습니까?"

"그래. 저주가 담겨 있을지 모른다고 무척 꺼림칙하게 여기셨거든. 그때 사람을 수배한 것이 바로 나란다."

도코쿠가 자신의 코를 가리켰다. 말투가 처음으로 허물없어졌다. 쇼노스케는 말문이 막혔다.

"요컨대 이런 일이야."

나리를 두고 두 여자가 다투고 있다.

"양쪽 다 대를 이을 수 있는 아들이 있다. 그리고 후견인이 있고. 후견인 뒤에는 당파가 생기게 마련."

도코쿠는 조금 전에도 '당파'라고 했다.

"하지만 정실이 낳은 아드님이 대를 잇기로 정해져 있지 않습니까?"

"아직 정해진 것은 아니지."

"누가 뒤집어엎는다는 말씀입니까? 나리의 마음이십니까? 그래도 온당한 순서를 따르지 않으면 가로께서 가만 계시지 않으실 것입니다. 후계자 문제는 자칫하면 막부의 불흥을 살 수도 있는, 번의 존망과 관련되는 문제 아닙니까."

도코쿠는 커다란 얼굴에 사뭇 기쁘다는 듯 빙글거리는 웃음을 띠었다.

"쇼노스케야, 나를 누구라고 생각하는 것이냐? 그런 것을 가리켜 '부처님한테 설법'이라 하는 것이야."

쇼노스케는 얼굴을 붉혔다. 아닌 게 아니라 자기 같은 애송이가 에도 대행 앞에서 할 말이 아니다.

"소자에몬은 그런 세력다툼과 연이 없는 인물이었다만, 그대는 그런 면에서도 아비를 많이 닮았구나. 지금까지 사토에에게 무슨 말을 들어도 깊이 생각해본 적이 없을 테지. 내 소상히 설명해줄 테니 잘 듣거라." 도코쿠는 자세를 고쳐 앉았다. "우리 도가네 번에는 가로 사가四家가 있다."

쇼노스케도 모르지 않았다. 수석 가로이자 번주의 부재 중 정무를 대신하는 성대城代 가로 이마사카 가. 무관의 장長인 차석 가로 이토 가. 문관의 장인 구로다 가.

"그리고 에도 가로인 미요시 가까지 이렇게 네 가문이다만,

미요시 가는 십오 년 전 에도 번저에서 불상사를 일으켜 직무에서 해임되었어. 미요시 가 자체는 지금도 존속하지만, 그 일을 계기로 에도 가로직이 공석이 되면서 대대로 에도 대행 역을 배명해온 우리 사카자키 가가 이제까지 가로직을 겸임해왔지."

우리 아버지 대부터였단다. 도코쿠의 말투가 더욱 허물없어졌다.

"당시 아버지도 그런 말을 했다만, 원래 미요시 가의 에도 가로라는 것은 대대로 이름뿐이었고 전혀 쓸모가 없었어. 일은 모조리 대행에게 떠넘기고 사치스러운 에도 생활에 푹 빠져 있었으니, 있건 없건 다를 바 없었다. 도대체가 불상사라는 것 자체가 당치 않았어."

도코쿠는 "이것 때문이었으니 말이다"라며 오른손 새끼손가락을 들었다.

"정실 마님이 계시는 에도 번저를 지키는 입장에 있으면서 자신이 여색에 빠져 미천한 놈들에게 이용당하는 신세가 되고 만 것이야."

"이용당했다니요?"

"쇼노스케야, 너는 미인계라는 말을 아느냐?"

도코쿠는 한층 격식을 차리지 않는 말투로 물으며 쇼노스케 쪽으로 몸을 내밀었다. 쇼노스케는 금붕어처럼 입을 빼금거리다가 더듬더듬 대답했다.

"여인의 아름다움을 미끼로 남자를 속여 금품이며 재물을 갈취하는 수법 말씀이시지요."

"알고 있었느냐. 호오." 도코쿠가 입을 동그랗게 벌렸다. "사

도가네 번 인물구성도

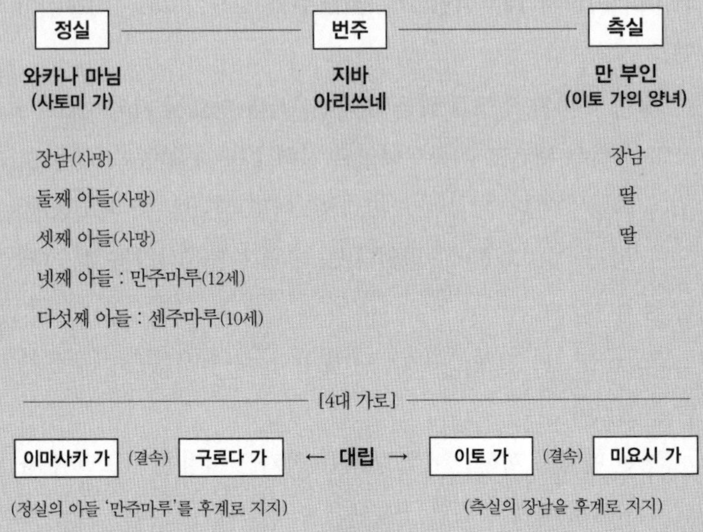

지바 家 _ 도가네 번의 번주를 배출하는 가문

사토미 家 _ '지바 가'와 혈연관계이며 번정에 관여할 수 있는 착좌 지위를 이어온 가문

이마사카 家 _ 번주가 부재중일 때 정무를 대신 돌보는 수석 가로

구로다 家 _ 문관의 장을 배출하는 차석 가로, 이마사카·사토미 가와는 혼인에 의한 혈연관계

이토 家 _ 무관의 장을 배출하는 차석 가로(신흥세력)

미요시 家 _ 에도 대행을 배출하는 가로였으나, 불미스러운 사건으로 사카자키 가에 에도 대행직을 넘긴 가문

사카자키 家 _ 미요시 가를 대신해 에도 대행을 겸하고 있지만 지바 가와 혈연이 아닌 탓에 '가로'로 승격되지 못하는 가문

에키 노사에게 배웠느냐? 아니, 됐다."

쇼노스케는 여전히 입만 뻐금거렸다.

"처음에는 요시와라의 최고급 유녀 못지않게 기품 있는 여자로 보였다 하더라만, 정체를 알고 보니 이무기인 데다, 더욱이 상어를 거느리고 있었던 셈이야. 미요시 님은 머리부터 집어삼켜질 뻔했지 뭐냐."

완전히 잡아먹히기 전에 끌어내야 하는 데다 은밀히 처리해야 하니, 도코쿠의 아버지가 여간 고생한 것이 아니라고 했다. 물론 진화를 하느라 돈도 들었다.

쇼노스케는 "그런 줄 몰랐습니다" 하고 중얼거리며 식은땀을 닦았다. "미요시 님은 병환 때문에 에도 가로직에서 물러나신 줄로만 알았습니다. 가신들은 모두 그렇게 들었으리라 생각합니다만."

도코쿠는 눈을 찡긋했다. "모두 내 아버지가 나리와 상의해 용의주도하게 꾸며낸 것이야. 가신들만이 아니다. 이마사카 가도 이토 가도 그렇게 속였어."

다만 문관 장인 구로다 가에는 진실을 밝혀야 했다.

"돈주머니를 쥔 자에게 거짓말은 통하지 않지. 더욱이 구로다 가는 머리가 잘 돌아가니 판단을 그르칠 염려도 없고. 제 권세를 강화하겠다고 이런 하잘것없는 일을 폭로했다가 나리의 화를 사고 번이 망하면 본전도 건지지 못할 것을 알거든. 그러니 비밀을 지킨 것이야."

미요시 가는 현재 도가네 번에서 '착좌着座'라는 지위에 있다. 가로 같은 관직은 아니지만 번정에 관여할 수 있는 중신의 지위다. 예로부터 착좌는 대개 이마사카, 이토, 구로다, 미요시 가의 당주가 은거하고 가로직을 후계자에게 물려준 뒤 차지하는 수수한 자리였다. 말하자면 자문 역이다. 또 사가 외에, 가문은 작을지언정 지바 가와 혈연관계에 있는 이가 착좌가 되곤 한다. 그런 의미에서는 명예직이라 할 수 있으나, 가격家格에 기인하는 발언권이 있으니 이야기가 단순하지 않다.

그러고 보니 와카나 마님은 대대로 착좌의 지위를 이어오는 사토미 가 출신으로, 부군인 아리쓰네와는 육촌지간이었다.

이어서 생각나는 게 있었다.

"사에키 선생님께서 전에 이런 말씀을 하셨습니다."

우리 번에 겉으로 드러난 내분은 없다. 그러나 혈연 및 혼인관계가 몇 겹으로 복잡하게 뒤얽힌 옹졸한 세력다툼은 어제오늘 시작된 게 아니다.

"아버지가 말려든 뇌물 소동도 그에서 유래되었고, 나리도 그 사실을 알고 계신다고……."

"흥." 도코쿠가 거친 콧김으로 말을 가로막았다. "겟쇼칸에서 낡아빠진 서책에 코를 박고 있는 노인네가 그런 것을 알 것 같으냐? 내가 가르쳐준 것이다. 네가 성마른 행동을 하지 않도록 그렇게 일러달라고, 내가 서한을 보내 정중히 부탁한 것이지. 고맙게 생각해라."

"예." 쇼노스케는 고개를 움츠렸다.

"어쨌거나 그렇게 된 일이야."

도코쿠는 눈을 가늘게 뜨고 나른하게 몸에서 힘을 뺐다. 그래도 살집이 다부지게 붙은 큰 얼굴은 기름기가 번들번들했다.

"가로 사가 중 이마사카 가와 구로다 가는 지바 가의 친척이지. 단 이마사카 쪽이 더 가깝고. 무관 쪽인 이토는 새로 발탁되었다만, 선선대 주군의 정실이 이 일족 출신이라 그것을 계기로 눈부시게 출세하게 되었어. 미요시는 이마사카보다도 지바 가의 핏줄에 더 가까워. 친척이라기보다 분가라 하는 편이 낫겠지. 즉, 유사시에는 미요시 가에서 번주의 후계자를 세우는 일도 가능하다는 뜻이야."

신하의 지위로 내려가기는 했지만 지바 가에 대한 영향력은 가장 강하다. 그렇기에 에도 가로를 지내왔고, 문란한 불상사를 일으켜도 가문이 폐해지지 않았다.

"그와는 반대로 우리 사카자키 가는 대대로 유능한 에도 대행을 배출하고 있어도 가로로 올라가지 못해. 내가 에도 가로직을 겸임하는 것은 자리가 비어 있기 때문이고, 그에 해당되는 녹은 받고 있지만 신분은 여전히 에도 대행이다. 이유는……."

사카자키 가는 지바 가와 혈연관계가 없기 때문이다.

"별반 불만인 것은 아니야. 가로가 되어봤자 마음고생만 늘 테고."

도코쿠는 진심으로 그렇게 생각하는 듯했다.

쇼노스케의 생각은 도코쿠가 말하는 '후계자 다툼'으로 돌아갔다. 일부 가신에게는 에도에서 생활하는 정실과 후계자보다 번에 남아 있는 측실과 그 자식들 쪽이 더 가까운 존재다. 딱히 무슨 일이 없어도 소식이 곧잘 전해진다.

"만 부인께서는 이토 가의 양녀로서 측실로 들어오지 않으셨습니까?"

도코쿠는 고개를 끄덕였다. "그분은 무가 출신이 아니야. 가네미 향鄕 촌장의 따님이시지."

주군의 측실의 태생을 따지는 것은 가신으로서 삼갈 일이지만, 가신들 중에 이미 모르는 사람이 없는 이야기였다.

가네미 향에는 예전에는 금광이 있었다는데 지금은 광맥이 완전히 말랐다. 다만 울창한 산림에 사슴이 다수 살고 온천수도 나온다.

"나리께서 그곳에 사슴 사냥을 나가셨다가 만났다는 소문도 사실인지요?"

"우연히 만난 것이 아니야. 주선한 자가 있었지."

쇼노스케는 고개를 끄덕였다. "이토 가로군요."

"미요시도 관여했다."

쇼노스케가 놀라자 도코쿠는 웃었다.

"두 집안은 서로 친하거든. 문벌은 좋은데 인재가 없는 가문과 힘과 돈은 있는데 문벌이 낮은 신흥 가문은 손을 잡기 쉽지."

그런 건가.

"한편 와카나 마님의 본가인 사토미 가는 이마사카 가의 분가이거든. 문관 장인 구로다 가는 이마사카, 사토미 양가와 혼인을 거듭해 맥을 통해놓았고."

즉, 정실인 와카나 마님을 미는 이마사카, 구로다 가와 측실인 만 부인을 미는 이토, 미요시 가의 대립 구도가 성립된다는 뜻이다.

"지금까지 그런 일은 생각도 하지 않았습니다."

"너희 집안이 특히 태평했던 것이야." 도코쿠는 그렇게 말하더니 고개를 갸웃했다. "소자에몬은 모든 사정을 알고도 모르는 척했던 것인지도 모르겠구나."

쇼노스케는 아버지의 얼굴을 떠올렸다. 어머니를 생각했다. 어머니의 본가 니지마 가가 이마사카, 구로다 당파라는 사실을 생각했다.

하지만 무관으로 봉직해 출세하기를 바라던 형 가쓰노스케는 이토 가의 안색을 살필 필요가 있지 않을까. 어머니는 형의 엽관 운동 당시 이토 가에 접근했을 게 틀림없다.

복잡하구나.

"나리의 판단만으로 후계자를 결정할 수 있다면 우려할 것이 없지."

어느새 도코쿠는 반쯤 감고 있던 눈을 왕방울처럼 부릅뜨고 쇼노스케를 똑바로 바라보고 있었다.

"허나 나는 사태를 크게 염려하고 있어. 나리는 우매하지는 않다만 특별히 영민하시지도 않네. 뿐만 아니라 귀찮은 일을 아주 싫어하시니 말이다."

노골적인 비난에 쇼노스케가 눈을 크게 뜨자 도코쿠는 쓴웃음을 지었다.

"그런 얼굴 할 것 없다. 나도 게으르고 귀찮은 것을 싫어하는 성격이라 아는 것이야."

수완가인 에도 대행이 게으르다니.

"근년 들어 만 부인이 나리의 총애를 얻고 있다만, 와카나 마님께는 친족으로서의 정도 있으실 테고, 또 배후에 있는 친척들의 눈도 무시하실 수 없을 것이야. 어느 쪽 손을 들어줄지 선택

할 순간이 닥쳤을 때 나리께서 혼자 결단을 내리실 수 있을 것 같지 않구나."

그러더니 "그도 그럴 테지" 하고 한숨을 쉬었다.

"두 여자 사이에 낀 사내가 세상에서 가장 약하게 마련이니 말이다. 좌우지간 쉬운 방향으로 휩쓸리기 쉬워. 풍파를 일으키지 않고 이쪽에도 저쪽에도 듣기 좋은 말을 해주려 하는 사이에 옴짝달싹못하게 되는 것이지."

쇼노스케는 몸소 체험하고 느끼신 바입니까, 하고 묻고 싶은 것을 꾹 참았다.

"가로 및 착좌 같은 중신들을 모아 평정評定하는 사태가 벌어졌다가는 사가가 양분되어 맞붙을 것이 뻔해."

그때…….

"지금은 어디 있는지도 확실치 않은 덤불에서 터무니없는 것이 튀어나올까 봐 그것이 걱정이구나."

도코쿠의 말로는 그것이 문서라고 했다.

"너는 알 까닭이 없겠다만, 과거 나리께서 대를 이으셨을 때도 내홍에 가까운 일이 벌어졌어. 그것을 과단성 있게 처리하신 분이 보운 공이었지."

'보운'이란 지바 아리쓰네의 아버지인 선대 아리요시의 시호諡號다. 아리요시가 병환으로 쓰러져 병세가 위중해지자, 막부에 후계자를 보고하기 위해 평정하는 자리가 열렸을 때 파란이 일었다고 했다.

"나리는 적자이신 데다 보운 공의 유일한 아드님이야. 원래라면 다툴 거리가 없었다. 그런데 당시 보운 공의 동생이신 기미쓰네 공을 강력하게 미는 이들이 나타났어."

필두가 글쎄, 이마사카 가였다고 했다.

"나리는 몸이 약해 장래가 우려된다고 주장하며 기미쓰네 공을 추대한 것이야. 그 일로 나리는 지금도 이마사카에 대해 심기가 편치 않으시겠으나……."

노골적으로 드러내실 수는 없거든.

"보운 공은 병상에서 기력을 쥐어짜 반란이라고도 할 수 있을 소동을 제압하셨어. 허나 도가네 번의 장래에 대한 우려와 불안은 남았다. 이런 싸움은 왕왕 일대一代로 끝나지 않고 잊을 만하면 되살아나게 마련이니 말이지. 그리고 내가 앞서 송구하게도 언급했던 나리의 우유부단한 성격도 부친다운 관찰력으로 꿰뚫어 보고 계셨고."

그렇기에 보운 공은 훗날 일어날 사태를 예상하고 미리 손을 썼다.

"손자 대에 또 그와 유사한 후계자 다툼이 발생할 때를 대비해, 공께서 직접 가독을 잇는 것은 정실의 적자라는 도의를, 공의公義로 정해진 후계자 결정의 사리를 지켜야 한다는 문서를 남기셨다."

유언장인 셈이다.

"형태는 문서라도 그것은 확연한 보운 공의 의사. 나리께서 그 어떤 감언이나 진언보다 존중하셔야 할 말씀이야. 그것만 있으면 나리도 정情이라는 망설임의 구름을 끊어버리기 쉬우실 테지."

보운 공의 말씀은 감언이나 진언으로 나리를 번거롭게 하는 자들을 물리치는 효과도 가장 클 것이다.

"저는 전혀 몰랐습니다."

"당연히 비밀 중의 비밀이니 말이다."

"유언장은 어디에 있는지요?"

도코쿠는 의미심장하게 곁눈을 주었다.

"어디에 있습니까?"

쇼노스케는 알 수 없었다. 왜 저런 표정을 짓는 걸까.

"도코쿠 님."

사카자키 시게히데는 크게 한숨을 쉬더니 소리를 낮추고 말했다. "본래는 이마사카 가에서 맡아 가지고 있어야 했겠으나, 이마사카는 기미쓰네 공을 추대하는 어리석음을 저지른 후였어. 아버지 말씀으로는 보운 공께서 그 일로 우리가 생각하는 이상으로 크게 낙담하고 노여워하셨다 하더구나."

가장 진하게 핏줄을 나눈 이마사카 가조차 공의 뜻을 거스르려 했다. 아니, 가장 진한 핏줄을 나누었기에 이해관계와 체면이 뒤얽혀 다툼을 싹틔운 것이다. 그 싹은 이마사카에만 있는 것이 아니다.

"후계자 문제에 관해서는 사가 모두 똑같이 신뢰할 수 없어. 어느 집안이나 기회만 있으면 자기 가문의 권세를 확대하려 할 테니까."

고양이 낯짝만 한 작은 번에서 말이다. 도코쿠는 한탄하듯 덧붙였다.

쇼노스케는 그제야 조금 전 도코쿠가 곁눈질한 의미를 이해했다.

"그렇다면 사카자키 가에서……."

"내 표정만으로 짐작이 갈 만도 하거늘."

"죄송합니다."

땀이 솟았다. 이게 핵심이다.

"도코쿠 님께서는 가짜 유언장이 나타날 것을 염려하시는군요?"

도코쿠는 고개를 끄덕이고는 두툼한 손을 들어 자신의 얼굴을 가렸다.

"유언장을 맡자마자 그 존재가 새어나간 것은 변명할 여지 없이 우리 가문의 실책이다. 유언장이 필요한 순간이 오기까지 존재 자체를 비밀로 해두었어야 하는데."

아닌 게 아니라 그렇다.

"내 아버지는 다소 허술한 데가 있었어. 첩자를 쓰는 것도, 첩자를 간파하는 것도 서툴렀지."

어조와는 달리 책하는 눈빛이 아니었다.

"아버지를 본받았기에 내가 수완가로 평가받는 것이다만, 첩자를 쓰는 기술만은 내가 낫구나."

대답하기 곤란한 발언이다.

"누구에게, 어느 집안에 새어나갔는지요?"

"확실치는 않다만 어차피 좁은 번이니 이제는 사가 모두 알고 있다 해도 이상할 것 없을 테지. 그리 생각하는 편이 무난할 것이야."

"착좌들도 말씀입니까?"

"그럴지도 모르지. 허나 기미쓰네 공은 이미 고인이시다. 후계자인 기미노리 공은 아버지 같은 야심가가 아니고, 추대하게 둘 만큼 경솔한 분도 아니야. 그러니 그쪽 가능성은 고려하지 않아도 될 테지."

어쨌거나……. 사카자키 시게히데는 신음하듯 말하며 자세를 고치고 쇼노스케를 바라보았다.

"'누구'인지는 큰 문제가 아니야. 누가 들고 나오든 가짜 유언장이 나타나면 그것만으로도 중대사이니까."

"하지만 가짜 유언장에 그렇게 대단한 힘이 있을까요? 당사자에게 유리한 내용이 적혀 있을 뿐이라면……."

도코쿠가 잠자코 바라보자 쇼노스케는 입을 다물었다.

"네가 정말 사에키 노사에게 높이 평가받을 만큼 머리가 좋은 것이 맞느냐?"

"예?"

"가짜 유언장의 내용 따위는 아무래도 상관없어. 필적이 보운 공과 똑같다는 것이 문제지. 그 점을 모르겠느냐?"

본인조차 당혹할 만큼 글씨체가 똑같은 가짜 편지.

"그런 것이 나타났다가는 우리 사카자키 가에서 보관하는 진짜 유언장까지 가짜로 여겨질 것 아니냐."

그래, 그렇구나. 그쪽이 훨씬 무서운 일이다.

보운 공의 의향을 적은 문서가 여러 개 남아 있을 리 없다. 한쪽은 가짜가 틀림없다. 그렇다면 어느 쪽이 가짜인지 어떻게 알 수 있나? 판별이 불가능할 만큼 필적이 똑같은데.

그렇게 되면 둘 다 진짜가 아니라는 생각도 등장할 것이다. 진짜의 가치를 폄하하려는 게 목적이라면 처음부터 그쪽으로 몰고 가는 것도 가능하다. 오히려 가짜의 내용을 가짜처럼 만드는 편이 낫다.

필적만 진짜와 똑같다면 그 편이 더 효과가 있을 것이다. 그 경우, 이 문서는 가짜라고 떠든다. 보십시오, 마음만 먹으면 이렇게 가짜를 만들 수 있습니다. 사카자키 가에서 보관해왔다는 보운 공의 유언장도, 사카자키와 그에 가담하는 자들이 가짜로 꾸며내지 않았다는 보장이 없습니다.

"나리께서 망설이시면 그것으로 끝장이다. 혼란과 내분을 수습할 결정적인 수단을 속수무책으로 잃어버리게 되는 것이야."

이제야 무슨 이야기인지 알겠다. 쇼노스케의 마음속에서 원圓이 닫혔다. 그것이 표정에 드러났는지, 도코쿠는 천천히 고개를 끄덕이고 엄한 말투로 말했다.

"나리는 비록 건강하시다고는 하나 은거는 언제든 가능한 일이니 말이다. 만주마루 님은 열두 살. 이마사카, 구로다 가에서는 이미 만주마루 님의 관례를 앞당기고 나리께 은거를 권하려 획책하기 시작했어. 그렇게는 못 한다고 만 부인 쪽도 움직이고 있고. 쇼노스케, 너는 이 일을 그저 손 놓고 지켜볼 생각이냐?"

쇼노스케는 대답하지 못했다. 제가 무엇을 할 수 있다는 말씀입니까.

"적은…… 네 아버지를 함정에 빠뜨린 흑막이 어느 쪽 당파인지는 알 수 없어. 분명한 사실은 네 아버지를 미혹시킬 만큼 실력 있는 문서 위조자가 이 움직임에 가담하고 있다는 것이야."

찾아내라.

도코쿠는 마치 으름장을 놓듯 굵은 목소리로 쇼노스케에게

명했다.

"나는 조금 전 '누구'인지는 문제가 아니라고 했다. 우리 번의 앞날, 우리 사카자키 가의 신용에는 상대가 '누구'든 문제가 아니야. 허나 네게는 이야기가 다르지."

그 차이는 쇼노스케도 잘 알 수 있었다. 왜냐하면…….

"네게는 문서를 위조한 자가 아비의 원수이니까. 네가 네 손으로 그자를 찾아내 내분을 미연에 방지하는 것이야."

쇼노스케는 무엇을 어디서부터 어떻게 시작하면 좋을지 짐작조차 가지 않았다.

문제의 인물은 영지에 없을 것이야. 문서 위조의 달인이 고기를 잡고 밭을 갈고 있을 리 만무하지. 신분과 상관없이 읍내에 살고 있을 것이다. 허나 고양이 낯짝만 한 도가네 성읍에 있으면 이미 오래전에 실력에 대한 평판이 자자했을 터.

아닌 게 아니라 성읍에 사는 사람들의 태반이 성에 근무하는 무사들의 이름과 직책을 기억하는 곳에서 그렇게 탁월한 특기를 숨기기는 쉽지 않을 것이다. 어떤 형태로든 소문이 날 게 틀림없다.

표적은 에도에 있어.

에도에서 하노센에 발탁된 것이다.

그러니 너도 여기 에도에서 문서며 서책과 관련된 일을 해라. 개구리를 잡으려면 못으로, 전갱이를 낚으려면 바닷가로 가야지. 표적과 같은 못에 있으면 제아무리 넓은 못이라도 파문을 감지할 수 있다. 같은 바닷가에 있으면 제아무리 복잡한 바닷가라도 같은 파도가 밀려올 것이야.

하노센도 사업상 에도와 연줄이 있다. 그들에게 접근해 실마리를 추적할 수 있도록 미리 손을 써놓았다. 도코쿠가 그쪽은 맡겨두라고 했다.

네가 있는 못이며 바닷가에 실을 던져놓으면 조만간 걸려들 테지.

그나저나 어떻게 하면 문서나 서책과 관련된 일을 할 수 있을까. "알선업자에게 부탁하는 것부터 시작할까요?" 하고 묻자, 후카가와 사가 정에 있는 대본소 무라타야의 주인인 지헤에를 찾아가라는 대답이 돌아왔다.

너에 관해 죄 부탁해놨다. 신의가 두텁고 비밀을 지킬 줄 아는 상인이야. 발도 넓으니 앞으로도 여러모로 도움받을 일이 많겠지.

그렇게 해서 쇼노스케는 지헤에를 만나고 간에몬을 소개받아 도미칸 나가야에 살게 되었다. 순식간에 벌어진 일이었다.

그렇게 일단 배를 저어나갔는데, 계절만 헛되이 지나갈 뿐 쇼노스케의 배는 아직 어디에도 다다르지 못했다. 단서일 듯한 것을 아직 하나도 발견하지 못했으니, 배가 아예 출항하지 못했다고도 할 수 있다.

다행히 지금까지는 번에서도 움직임이 없었다. 도코쿠가 말하는 '실'에도 아직 이렇다 할 것이 걸리지 않았다. 그렇기에 쇼노스케도 일단 에도의 물에 익숙해지고, 일에 익숙해지고, 당면한 생활에 익숙해지는 데 전념할 수 있었다.

전념하는 게 과했다.

가와센에 와서 부용 방으로 올라가는 계단을 밟으며 이럴 때가 아니라고 자책하는 게 벌써 몇 번째일까.

"오늘로 여섯 번째 오시는 것이랍니다, 쇼노스케 씨."

이제는 익숙해졌다고 생각해도 리에의 빠른 눈치에는 역시 놀라게 된다.

"그, 그렇습니까."

다섯 번이나 공짜 밥을 먹고 이제 여섯 번째로 먹는 건가 생각하니 몸이 더욱 움츠러들었다.

2층으로 올라가자 리에가 앞장섰다.

"오셨습니다."

곁방에 무릎 꿇고 앉아 먼저 알린 다음에 쇼노스케를 들여보냈다.

"늦어서 죄송합니다."

인사를 드리고 고개를 든 순간, 쇼노스케는 웃음을 터뜨릴 뻔했다.

사카자키 시게히데의 불 지피는 실력은 별로 발전하지 못한 모양이다. 들키지 않으려고 옷은 갈아입었는데 턱에 검댕이 들러붙어 있다.

"오, 왔구나."

간소한 기모노 차림으로 사방침에 비스듬히 기대고 있던 도코쿠는 쇼노스케를 보더니 몸을 일으켰다. 리에가 스르르 물러나 샛장지를 닫았다.

"해가 바뀌고 처음 뵙습니다. 새해 인사가 늦어졌습니다."

이목구비가 큼직한 도코쿠의 얼굴에 미소가 피었다. 초봄인데도 볕에 탄 듯한 얼굴색은 여전하다.

"연말부터 내내 기별하지 못해 미안했다. 나도 바빠서 말이지."

"도코쿠 님께서 바쁘신 것은 저도 잘 아니 부디 무리하지는 마십시오."

올해는 나리가 참근 교대에도 막부에서 다이묘를 영지와 에도에 교대로 거하게 한 제도로 에도로 올라오는 해다. 출부出府는 4월 중순 예정이니 에도 번저는 정신없이 준비에 쫓기고 있을 터였다.

"이렇게 출타하셔도 되는 것입니까?"

"암, 되지. 내 이리 편히 있지 않느냐. 그리 보이지 않느냐?"

가볍게 농을 하고 나서 도코쿠는 다시 사방침에 몸을 기댔다.

"나리의 출부가 6월로 미루어졌어. 바로 그제 로주정무를 총찰하고 다이묘를 감독하는 직책 또는 사람에게 정식으로 허가를 얻었지."

다이묘의 참근 교대는 3월 내지 4월로 시기가 정해져 있다. 몇 년 전부터는 가도의 혼잡을 피하기 위해 멀리 떨어져 있는 큰 번이나 예로부터 도쿠가와 가를 섬겨온 번, 도쿠가와 가의 친족의 경우 임의로 시기를 조정하는 일도 늘었지만, 불면 날아갈 것처럼 작은 번에 그런 융통은 필요치 않다.

"연기되다니요, 번에 무슨 일 있었습니까?"

쇼노스케가 오싹해서 앞으로 다가앉자, 도코쿠는 오른손 손가락으로 고리를 만들어 보였다.

"이것이야, 이것. 드디어 변통이 어렵게 됐구나. 작년 가을 흉작의 영향이지. 유채 씨 기름의 출하가 끝나고 도매상에서 돈이 들어오려면 아무리 계산해도 5월까지는 기다려야 해. 가불도 이제는 무리고. 그 점을 부단히 호소해서 간신히 허락을 받아낸 것이다."

유채 씨 기름은 도가네 번의 주된 산물이다. 에도 사람들의 필수품이라 비싼 값에 팔리고 바로 현금화된다는 점에서 고마운 물품이다.

유채 씨로 얻은 수입은 예로부터 도가네 번의 비상금이었다. 그러나 워낙 작은 번이다 보니 비상금이라 해봤자 규모가 빤하다는 슬픔이 있고, 더욱이 계속해서 오르는 물가에 유채 씨의 도매가가 따라가지 못했다. 벌써 몇 년 전부터 번 재무청에서는 그 해의 수확량을 담보로 도매상에서 가불을 반복해 재정을 꾸려왔으나, 그것도 한도가 있다.

"나도 이제 지쳤구나. 오늘 하루만 쉬자고 도망쳐 온 것이야."

재정 핍박을 이유로 연기하는 것은 가능했어도 참근 교대 자체가 면제된 것은 아니다. 도코쿠는, 그리고 도가네 번은 잠시 한숨을 돌렸을 뿐 자금을 마련하기 위한 분투는 아직 끝나지 않았다.

"돈줄이 막히니 죽는 것보다 더 괴롭구나. 그것도 제 호주머니가 아니지. 크기만 크지 속은 텅 빈 번의 쌈지 아니냐. 나도 차라리 자유로운 몸이 되어 마음 편히 살아볼까."

입을 댓 발 내밀고 푸념하던 도코쿠는, 이 역시 진심이 아니면서 "그런 아버지랑은 이제 연을 끊을 거야"라며 도라조를 욕할 때의 다이치와 똑같았다.

로주의 허가를 얻으려면 상당히 오래전부터 움직여야 했을 것이다. 그 때문에 도코쿠 님이 다망하셨던가.

"관직에서 물러나 리에 씨 밑에서 아궁이에 불을 지피며 사시겠습니까?"

"오, 그거 좋겠구나."

"그러시려면 조금 더 실력을 기르셔야겠는데요."

쇼노스케는 턱에 손가락을 대며 "검댕이 묻으셨습니다" 하고 덧붙였다.

도코쿠는 허둥지둥 턱을 문지르며 쓴웃음을 지었다.

"들켰구나. 쇼노스케, 오늘은 나물밥이다."

"감사히 먹겠습니다."

지난 반년 사이에 안 사실이 있다. 도코쿠가 아궁이에 불을 지피는 것은 리에와 장난치기 위한 구실이 아니었다. 재를 뒤집어쓰는 데도 까닭이 있었다.

쇼노스케가 가와센에서 처음 먹는 밥인데, 내가 지어주고 싶구나.

그렇게 말하며 아궁이 앞을 차지하고 앉았다고 한다. 리에가 살짝 귀띔해주었다. 그러다가 그게 버릇이 되고 재미를 느끼는 바람에 지금은 취미가 되었다.

쇼노스케는 자세를 바로잡았다. "농담은 이쯤 해두고, 도코쿠 님, 오늘은 무슨 일로 부르셨는지요?"

"서두를 것 없다." 도코쿠는 손을 내저었다. "아니면 서두를 만큼 무슨 수확이 있었던 것이냐?"

쇼노스케는 움츠러들었다. "없습니다. 면목……."

또다시 손짓이 '이 없습니다'를 가로막았다.

"그럴 테지. 허면 먼저 가와센의 봄 요리를 먹자꾸나. 복잡한 이야기를 먼저 하면 밥맛이 없어져."

지금은 서두를 필요 없다. 도코쿠는 분함과 안도가 반반씩 섞인 말투로 나지막이 중얼거렸다.

도코쿠가 손뼉을 딱 치자, 리에가 하녀를 거느리고 상을 날라왔다. 점심 식사인데도 셋째 상까지 나오는 데다, 데운 술까지 곁들여졌다. 구이, 무침, 조림 등 찬도 다양하고, 미역이며 삼치 같은 봄철 먹을거리를 풍족하게 사용했다.

낮부터 얼굴이 벌게서 나가야로 돌아가면 창피할 테니 쇼노스케는 술에 손을 대지 않았다. 도코쿠도 평소에는 가볍게 입을 대는 정도인데, 오늘은 작정하고 마실 생각인 듯했다.

"쇼노스케 씨, 많이 드세요." 리에가 식사 시중을 들며 미소를 지었다. "건강하신 것 같아 다행이지만 조금 야위셨군요. 혹시 최근에 밤을 새우셨는지요?"

언제 봐도 부드럽고 다정하며 미모에 빈틈이 없는 이 사람은 관찰안도 날카롭다.

"최근이 아니라 어제 밤을 새웠습니다." 쇼노스케는 쑥스럽게 대답했다.

"저런, 그러시면 안 돼요."

"무라타야 일이냐?" 도코쿠가 물었다.

"예, 진기한 것을 맡았습니다. 도코쿠 님은 야오젠에 가본 적이 있으신지요?"

"있지." 도코쿠는 리에에게 시선을 돌렸다. "허나 야오젠이라면 나보다 리에가 더 잘 알 것이야."

리에가 수줍게 웃었다. "어머, 잘 안다고 할 정도는 아니지요."

"허, 그랬던가."

두 사람이 주고받는 말에서 뭐라 말할 수 없는 달짝지근함이 느껴진다. 그런 만큼 대답하기가 쉽지 않았다. 쇼노스케가 당황하는 기색에 리에가 설명했다.

"예전에 잠깐 연이 있었답니다. 그런데 야오젠이 어떻게 되었는지요?"

쇼노스케는 입체 그림에 관해 말했다. 그것이 얼마나 정밀하고 아름다운, 완구라 하기에는 아까우리만큼 잘 만들어진 공예품인지를 열심히 이야기했다.

귀 기울여 이야기를 듣던 리에의 눈도 반짝이기 시작했다.

"쇼노스케 씨, 조립만 하는 게 아니라 사본도 만드시는 것이지요?"

"예. 지헤에 씨가 입체 그림 만드는 법을 생각해달라고 하셨으니까요. 그러려면 실물을 모방하는 것이 가장 빠르겠지요."

"그러시면 일이 끝난 다음 사본을 제게 주시면 안 될까요?" 리에는 눈을 내리깔며 덧붙였다. "뻔뻔한 부탁인 줄은 알지만 꼭 보고 싶습니다."

"아예 가와센의 입체 그림을 만들어달라 하지 그러느냐?" 도코쿠가 굵은 목소리로 말했다.

가와센의 입체 그림은 규모가 더 큰 야오젠보다 쉽게 만들 수 있을 것 같다. 쇼노스케도 고개를 끄덕였다.

"연습 삼아 만든 것이어도 괜찮으시다면 그러지요."

"어머나, 좋아라. 감사합니다."

리에의 얼굴에 꽃봉오리가 피어오르듯 웃음이 떠올랐다. 결코 송이가 큰 꽃이 아니다. 흐드러지게 피는 자신만만함도 없다. 웃을 때도 긴 속눈썹이 드리워지는 눈동자에 어렴풋이 그늘이 있는 사람이다.

"야오젠 그림에 사람이 그려져 있나요?"

"아닙니다. 건물과 마당뿐입니다."

"제가 아는 야오젠의 입체 그림은 손님의 모습이 들어 있는 것이었지요. 사람 모양으로 잘라 야오젠 포렴 앞에 세워놓는 것이에요."

그건 무라타야 지헤에도 모를 것 같다. 리에는 정말 야오젠을 잘 아는 모양이다.

"허면 가와센의 입체 그림에는 리에를 넣자꾸나. 리에가 없으면 가와센이 아니야."

도코쿠는 그저 이 가게 생각만 한다.

"아니지요, 가와센은 도코쿠 님이 계시기에 있는 것이에요."

또 하나의 입체 그림을 생각하던 쇼노스케는 얼마 동안 두 사람을 내버려두었다.

"지혜에 씨 말로는 입체 그림이란 것이 이제는 완전히 유행이 지나갔다 하던데요."

"그럴 테지요. 제가 아는 것도 아주 젊었을 때 보았으니까요."

"한동안 세상 사람들에게 잊혀 있었다면 반대로 참신하게 느껴져 관심을 끌 수도 있지 않을까요?"

도코쿠가 크고 둥그런 눈알을 대굴 굴리며 잔을 비운 뒤 말했다. "사람에 따라 다르지 않겠느냐. 요즈음 요릿집을 이용할 만큼 돈 많은 사람은 한정되어 있거든. 예전보다 범위가 더 좁을 테지."

그러니 입체 그림은 완구가 아니다.

"사치품이지. 무라타야도 상품으로 팔겠다고 할 정도라면 그 점은 잘 알고 있을 터."

대본소도 천차만별이다. 무라타야는 번성하고 있지만 결코 고급은 아니다. 하루 벌어 하루 먹고사는 나가야의 아낙네도, 상가에서 일하는 하녀도 그곳 손님이다. 그런 손님들은 입체 그림과는 연이 없다.

"그래서 지혜에 씨는 요릿집을 상대로 할 요량인 모양입니다. 이미 히라세이에 이야기를 꺼냈다더군요." 쇼노스케는 반박하고 싶은 마음이 얼핏 들었다. "하지만 요릿집과 연이 없는 사람들도 아름다운 것을 보면 즐겁지 않을까요. 도미칸 나가야에서도 히데 씨…… 세탁 일을 하는 부인입니다만, 히데 씨도 보고 싶다고 하더군요."

"그것은 네가 가까이 있기 때문이야. 그렇지 않았다면 입체 그림을 접할 기회조차 없었을 테지."

쇼노스케가 입을 다물자 리에가 나긋나긋한 몸놀림으로 일어섰다.

"도코쿠 님, 술병이 비었네요. 쇼노스케 씨께는 나물밥을 가져다 드리지요. 오늘 국은 잉어 된장국이랍니다."

"시노바즈 못의 잉어는 일 년 내내 맛이 좋지."

도코쿠도 기뻐하는 표정이다.

도코쿠가 부자와 가난한 자 사이의 간극을 이야기한다는 것은 알겠다. 그 간극이 점점 커져 깊은 도랑이 되었음을 시사한다는 것도 알겠다.

쇼노스케가 가와센에 초대받을 때마다 리에는 갖은 공을 들여 상을 차려준다. 많이 드시고 원기를 차리라며 음식을 권한다. 맛있는 요리를 먹으면 소생한 듯한 기분이 드는 것도 사실이다. 어쩌다 하는 영양이 풍부한 식사가 없었다면 도미칸 나가야에 반년이나 살지 못했을 수도 있다.

한편으로 회를 거듭할수록 떳떳치 못한 기분도 들었다. 이런 음식은 오히려 일을 많이 하는 히데나 한창 자랄 나이인 다이치, 매일 행상을 나가는 시카와 시카조 부부가 먹어야 하지 않을까.

생각만 그럴 뿐, 실천에 옮기는 것은 쇼노스케에게는 무리다. 그렇기에 자신만 몰래 먹고 돌아온다. 자신도 가난한 나가야에 사는 가난한 낭인 무사일 뿐이라는 얼굴로 돌아온다.

하지만 그 또한 가짜 얼굴이다. 쇼노스케의 현재 생활은 사카자키 시게히데가 마련한 것이니까.

식사가 끝나고 리에가 물러나자 도코쿠가 말을 꺼냈다.

"맛을 음미해가며 들어도 되는 것을, 공연한 생각을 하느라 잉어 국도 맛이 느껴지지 않았을 테지."

쇼노스케의 속마음을 훤히 꿰뚫어 본다.

"도코쿠 님을 뵈면 정신이 번쩍 드는 것 같습니다."

도코쿠는 당연한 일이라며 실눈을 떴다.

"나도 너를 만나면 정신이 든다. 반년이 참 빠르구나."

리에가 나가기 전에 창문을 살짝 열어놓았더니 못을 건너온 바람이 산들산들 불어든다.

"번의 세력다툼이 잠잠한 것은, 얄궂은 이야기다만 이 또한 작년의 흉년 덕이다."

성읍에서 쌀값이 계속 올라 농민이 굶주리고 있다.

"작년 말 아즈미 촌에서 농민들이 몰려와 관아에 불을 질렀어. 진화에 애먹었던 모양이더구나."

산이 많은 번 서부에 위치하는 아즈미 촌은 벼농사가 쉽지 않은 곳이다. 평소에도 평지보다 가난하니 흉년의 타격은 훨씬 컸을 것이다. 이대로 가다간 해를 넘기기 전에 굶어죽는 사람이 나올 것이라고 구제를 청해도, 관아는 상대하지 않는 데 그치지 않고 벌까지 내리는 지경이었다. 그 때문에 결국 결기했던 것이다.

내가 에도에서 어쨌거나 흰 쌀밥을 먹고사는 동안 고향에서는 굶주리는 사람들이 늘어나고 있었구나.

"이번 출부 연기는 구로다 님이 재무청의 절박한 청을 받아들여 제안한 것이야. 작년 가을 연공 징수를 마친 시점에 이미 재무청에서 그런 의견이 나왔다고 하더구나."

그러나 쉽사리 말을 꺼낼 수 있는 문제는 아니다. 출부 연기는 명예롭지 못한 일이다. 번의 실정을 자진해서 막부에 드러내는 셈이기 때문이다.

"구로다 님은 그런 주장을 억누르는 한편으로 자금을 마련하려 애썼다. 나도 그 경위는 잘 알고 있어. 같이 이리저리 뛰어다녔으니까. 그때 상황을 다 이야기하려면 네가 가와센에서 일박해야 할 테니 봐주마." 도코쿠는 그렇게 말하며 웃었다. "아무래도 방법이 없겠다고 가로와 착좌를 모아 출부 연기 청원을 협의

한 것은 해가 바뀐 직후였지."

강경한 반대에 부딪힐 줄 알았다고 했다.

"벼농사가 흉작이라도 유채 씨로 얻은 수입이 있지 않나. 4월이 되려면 아직 많이 남아 있고, 도매상과 협상할 여지도 있을 것이다. 손익 계산에 어두운 자일수록 무슨 말이든 할 수 있거든. 그렇게 갖은 말이 오간 끝에 그래도 출부 연기를 청원하겠다고 하면……."

차라리 나리께 은거를 권해 막부에 대해 체면을 차려야 할 것이라는 의견이 나와도 이상할 것 없었다.

"그런데 그런 움직임은 없었어. 호기라면 이 이상의 호기가 없을 텐데, 이토도 미요시도 형식적인 반론만 내놓고 번주의 교대를 주장하려는 기미가 없더군."

흠.

"이제부터 움직이려는 것은 아니겠습니까?"

로주의 허가를 얻고 나서 비로소 번주의 책임론을 운운하는 것이다.

도코쿠가 눈을 부릅떴다. "너도 제법이구나. 허나 그것은 아니지. 로주께서 나리에게 번의 재정 재건에 힘쓰라는 통달을 내리셨어. 나리는 명하신 바를 이루고 6월에 출부해 보고 드리기 전까지는 오히려 번주 자리에서 물러나시지 못하게 된 것이야."

막부의 뜻을 거역하고 도망치는 일이 되기 때문이다.

이번에는 쇼노스케가 눈을 가늘게 뜰 차례였다.

"도코쿠 님, 혹시 그런 전개도 계산에 넣고 가로님과 미요시 님이 어떻게 나오실지를 보려고 일부러 출부 연기를 청원하신 것이 아닙니까?"

도코쿠가 으르렁거리듯 신음했다. "무슨 그런 소리를. 네가 아무 단서도 찾지 못하고 있는 사이에 내가 그런 위험한 모험에 나설 것 같으냐?"

"제가 너무나도 무능해 단서 쪽은 체념하기로 하시고……."

체념해도 뭐라 할 수 없을 만큼 쇼노스케는 아무것도 이루지 못했다.

도코쿠가 이가 드러날 만큼 호쾌하게 웃었다. "너를 버릴 때는 먼저 말할 테니 안심해라."

별로 안심되지 않는다.

"어쨌거나 그리 말하면 내가 구로다 님과 내통한다는 말로 들린다만."

쇼노스케는 머리를 긁적이고, 도코쿠는 코끝을 긁었다.

"출부 연기는 내게도 예상치 못했던 일이었다. 로주를 회유하느라 또 돈을 쓰고 말았어." 도코쿠는 깊은 한숨을 내쉬고 눈을 들었다. "혹막도 아직 준비가 갖춰지지 않았는지 모르지."

준비. 무엇을 어떻게 준비한다는 말인가. 쇼노스케는 생각했다. 그러다 전부터 머릿속에 있었으나 도코쿠에게 하지 못했던 말을 해보기로 했다.

"혹시 저희 아버지가 관련된 사건에 대해 관심이 식기를 기다리는 것일까요?"

누가 어떤 형태로 후계자 다툼의 포문을 열든 소동이 벌어질 것은 불을 보듯 뻔하다. 사카자키 가에 있는 진짜 유언장과 그에 대항하기 위해 등장시킬 가짜 유언장을 둘러싸고 온갖 계산이 뒤섞이고 온갖 말이 오갈 것이다. 어느 쪽이 보운 공이 남긴 진짜인가.

그때 누군가 문득 떠올릴지도 모른다.

그러고 보니 뇌물 문제로 할복한 후루하시 소자에몬이 확고한 증거로 제기된 문서에 대해 자신은 모른다고 항변하지 않았던가.

이번 소동도 그와 비슷한 게 아닌가. 가짜 문서를 만들어 그것을 이용해 번에 혼란을 일으키려는 자가 꿈틀거리는 게 아닌가.

도코쿠는 짓밟힌 두꺼비처럼 얼굴을 일그러뜨렸다.

"이런 말을 하기는 미안하다만, 네 아버지의 죽음에 그 정도로 집착을 가지고 그 문제를 꺼낼 사람이 가신 중에 있을 것 같지 않구나."

"한번 말씀드려본 것뿐입니다."

쇼노스케는 위축되었다. 하지만 자신이 흑막 일당 중 한 사람이라면 분명 같은 말을 하리라는 생각은 변함없었다.

사람은 기묘한 일도 한 번뿐이면 별로 신경 쓰지 않는다. 그러나 비슷한 일이 반복되면 전에 있었던 일과 이번에 있었던 일을 비교하게 마련이다. 큰일을 도모하며 신중을 기하려면 전에 있었던 일과 되도록 시간차를 두는 게 나을 것이다…….

그러다 생각했다. 다른 사람은 몰라도 형 가쓰노스케라면?

"형은 그럴 수도 있습니다."

도코쿠는 눈알을 히뜩 굴리며 고개를 내저었다. "모르지. 네 형은 너만큼 솔직한 머리를 갖지 않은 것 같으니 말이다."

무슨 뜻일까.

"사토에에게서 기별은 있느냐?"

"예, 정초에 받았습니다."

어머니도 형도 별고 없으며, 형은 매일 도장에 다니면서 사범 대리로서 제자들을 훈련시키는 한편 스스로도 단련에 힘쓰고 있노라고 쓰여 있었다.

도코쿠는 또다시 코로 숨을 내뱉었다. "그것뿐이냐. 사토에가 쓸 리 없다고는 생각했다만."

"무슨 일이 있습니까?"

도코쿠의 큰 눈이 차갑게 빛났다. "근래 사토에가 하노센과 가까이 지내는 모양이더구나."

아무리 주인이 바뀌었다지만, 하노센과?

"설마…… 그럴 리가……."

"딱하게 됐다만 사실이다."

하노센 주인의 아내가 니지마 가에 자주 드나들 뿐 아니라, 사토에와 가쓰노스케의 시중을 들 하녀까지 둘이나 붙여주었다고 한다.

"언제부터 그랬던 것입니까?"

"내 귀에 들어온 것은 1월 중순이야."

쇼노스케는 아연했다. 한심한 일이다. 이게 대체 무슨 소리인가. 이래서야 아버지도 편히 잠들지 못할 것이다.

"하녀들은 사토에와 가쓰노스케를 모심으로써 선대 주인이 저지른 악행을 속죄하고 소자에몬의 명복을 빌겠다고 기특한 소리를 한다더구나. 쯧, 쇼노스케, 정신 바짝 차리지 못할까."

호통을 듣고서야 딱 벌어져 있던 입을 이럭저럭 다물었다.

"이제 와서 그런 일로 일일이 풀 죽지 마라. 오히려 잘됐다고 생각해. 덕분에 내가 부리는 자가 하노센의 내정을 파악하기 쉬워졌으니까."

그 말은 사토에와 가쓰노스케도 사카자키 시게히데의 부하가 감시하고 있다는 뜻이다. 쇼노스케의 어머니와 형이 하노센의 감언에 넘어가는 것을 가까이서 잠자코 지켜보고 있다는 뜻이다.

수치스럽다. 하지만 그러는 자신은 어떤가? 어머니와 형을 비난할 입장인가?

"예." 쇼노스케는 어금니를 세게 악물었다.

"나리께서 에도에 계시는 동안 내분은 일어나지 않을 터. 일 년 남짓 유예를 얻었다는 뜻이다. 그것이 큰 도움이 될 테지."

무슨 말인지는 알겠지만, 이미 반년을 허송세월한 쇼노스케에게는 앞으로 일 년밖에 유예가 없다고도 느껴졌다.

"좌우지간 단서입 직한 것은 무엇이든 살펴보아라. 그래서 말이다만, 쇼노스케, 먹기 겨루기에 혹 관심 없느냐?"

"예?"

"머잖아 간다 이세 정의 도자기 상점 가노야에서 단골손님들을 모아다 꽃놀이를 하는데, 그 자리에서 먹기 겨루기를 한다는구나. 가서 구경하고 와라." 도코쿠는 싱긋 웃었다. "가노야는 하노센의 에도 거래처 중 한 곳이란다. 어떠냐, 접근할 가치는 있지 않겠느냐?"

6

다음 날.

가와센에서 좋은 음식을 먹은 덕인지 아침부터 일이 잘되어, 무라타야에서 입체 그림 전에 맡겼던 필사 일이 점심 전에 끝났다. 약속한 기일은 아직 남았지만 마침 잘됐으니 입체 그림과 함께 가져다주기로 했다.

이쪽은 복수담 세 편을 모아놓은 이야기책을 베끼는 일이었다. 단, 그냥 베끼는 것은 아니고 무라타야 지헤에가 별도로 주문한 사항이 있었다.

"기껏 충의에 관한 이야기이건만, 등장하는 악당은 하는 짓이 너무 악랄하지, 색사色事 장면도 이렇게 과격해서야 쓰겠습니까."

이래서는 널리 대여할 수 없으니, 아이들도 읽을 수 있도록 지나친 장면을 빼고 적당히 이야기를 이어붙여 고쳐 써달라는 것이었다.

"사람 이름도 죄 비슷해서 헛갈리니 적당히 고치고, 한자 옆에 음도 많이 달아주십시오."

후자는 이번 말고도 무라타야에서 이야기책의 필사를 의뢰할 때 종종 듣는 이야기다.

그렇기는 해도 이번에 쇼노스케는 일말의 불안을 느꼈다.

오시코미 고멘로말하자면 '강도 허가를 받은 사람' 정도의 뜻라는 당치 않은 필명을 쓰는 이 이야기책의 작가는, 원수를 갚는 미담보다 원한을 야기한 악당의 지독한 악행과 그들의 색사를 더 쓰고 싶었던 모양이다. 그렇다 보니 지혜에가 고치라고 한 그런 부분을 덜어내고 나면 이야기가 확 초라해진다. 다시 말해 원래 그런 이야기책이라는 뜻이다.

구태여 아이들에게 읽힐 것은 없지 않나. 쇼노스케는 책을 필사하며 몇 번씩 그런 생각을 했다. 원수를 갚는 충의 이야기는 이것 말고도 얼마든지 좋은 게 많을 텐데. 뭉텅이로 잘라내다 보니 베끼는 수고는 덜었지만, 이런 것 때문에 평소보다 기간을 길게 주면서 잘 부탁한다고 말한 지혜에의 의도를 잘 모르겠다.

혹시 다른 서책과 착각했을지도 모른다는 생각마저 들었는데, 저번에 만났을 때 입체 그림과《요리통》이야기만 하느라 미처 묻지 못했다.

원본과 사본을 놓고 그 위에 입체 그림을 살짝 올려놓은 뒤 보자기로 살며시 쌌다. 들지 말고 무가의 하녀처럼 두 손으로 받쳐 들고 가는 게 좋을 것 같다.

그 덕분에, 사가 정 무라타야에 도착한 쇼노스케는 여느 때처럼 높다랗게 쌓아올린 서책을 등지고 계산대 한복판에 앉은 숯눈썹 주인에게 이런 말을 듣고 말았다.

"어이쿠, 참으로 정숙하게 오셨습니다그려."

무라타야에서는 외판 외에 가게에 손님을 들여 그 자리에서 책을 빌려주는 장사도 한다. 책이 상하는 데다 자칫하면 도둑맞는다고 그렇게 하지 않는 대본소가 많은데, 지혜에는 자신이 계산대에서 주시하고 있거니와 그런 뜨내기손님과 이야기를 주고받는 것도 장사의 일부라는 신조를 가지고 있다.

쇼노스케는 지헤에가 마루방에 내준 둥근 짚방석에 앉아 보퉁이를 풀었다.

"오오, 이것 참."

지헤에가 조립된 입체 그림을 요모조모 뜯어보는 동안, 쇼노스케는 입체 그림의 사본을 만들었다는 것, 시험 삼아 가와센의 입체 그림을 만들어볼 생각이라는 것, 가와센의 리에가 이것과는 다른 야오젠의 입체 그림이 있다 하더라는 것을 이야기했다.

"도코쿠 님도, 리에 씨도 건강하신지요?"

"네, 별고 없으십니다."

지헤에는 도코쿠를 통해 리에를 만나 가와센에도 몇 번 간 모양이다.

"시험 삼아 만드는 건 괜찮지만, 쇼 씨, 리에 씨와 직거래를 하면 안 됩니다. 우리 가게를 통하세요."

이런 일에는 빈틈없다.

"가와센이라면 가게도 작겠다, 시험 삼아 만들어보기에 적당하겠군요. 히라세이와도 이야기가 잘될 것 같습니다만, 처음부터 그곳을 만들려면 아무래도 부담스럽겠죠."

사전 조사도 할 겸 한번 요리를 먹으러 가자고 한다.

"그나저나 과연 쇼 씨는 대단하시네요. 멋지게 조립해주셨습니다."

곧 호사가들을 모아 《요리통》을 보는 모임을 열 계획이라고 했다.

"돈을 내고 야오젠에 가지는 못해도 야오젠을 알고 있는 사람들에게는 즐거운 모임이 될 테죠."

지혜에가 신이 나서 입체 그림을 넣어놓으려 안으로 들어가자, 그와 엇갈리듯 고용인 우두머리가 나와 쇼노스케에게 인사했다. 가끔 지혜에가 가게를 비울 때 계산대를 지킨다. 늘 절을 하고 있는 것처럼 허리가 꼬부라진 노인을 지혜에는 왜 그런지 친밀하게 '할아범'이라 불렀다. 그렇게 불러도 통하는 터라 쇼노스케는 사실 이 늙은 고용인 우두머리의 이름을 아직 모른다.

자리로 돌아온 지혜에에게 쇼노스케는 문제의 필사본을 내놓았다.

"그리고 이 책 말씀입니다만, 지혜에 씨가 말씀하신 대로 했더니 길이가 반으로 줄었습니다."

지혜에는 종이 한쪽을 빔지로 가철한 사본을 대충 훑어보았다. 분량이 워낙 적어 순식간에 다 읽었다. 고개를 든 지혜에는 숯 눈썹을 모았다.

"쇼 씨, 이건 아닙니다."

쇼노스케는 "아아, 역시 그렇겠죠"라고 했다.

"뭐가 '역시'입니까?"

"지혜에 씨, 서책을 잘못 주셨죠?"

숯 눈썹은 여전히 모여 있다.

"잘못 드리지 않았습니다. 이번에 쇼 씨께 부탁드린 서책 맞습니다." 지혜에는 심각한 표정으로 말했다.

"그럼 어디가……."

"모르시겠습니까?"

지혜에는 빔지 부분을 손가락으로 톡톡 쳤다.

"저는 쇼 씨께 지나친 장면을 빼달라고 말씀드렸습니다. 하지만 그게 다가 아닐 텐데요. 이야기를 이어붙여 고쳐 써달라고 하지 않았던가요?"

"이어붙인…… 것 같은데요."

"네, 이어져 있군요. 빼고 이었을 뿐입니다. 그러니 반으로 줄어든 겁니다. 뺀 부분에 덧붙여 써주셔야죠."

쇼노스케는 놀라 몸을 뒤로 뺐다.

"네? 제게 이야기를 지으라는 말씀이십니까?"

"그 외에 다른 방법이 있습니까?"

"그렇지만 제가…… 이야기책 같은……."

저도 모르게 머뭇거리는 쇼노스케를 지헤에는 큰 눈으로 응시했다.

"이야기책같이 시시한 것에 쇼 씨의 머리를 쓸 순 없습니까?"

"아닙니다, 그런 뜻이 아니라……."

"그럼 써주십시오. 복수는 무사가 가장 화려하게 활약하는 장면 아닙니까. 쇼 씨라면 이 세 편의 이야기에 나오는 무사들의 심정을 잘 아실 텐데요."

쇼노스케도 지헤에의 얼굴을 응시했다.

도코쿠가 무라타야의 중요한 단골손님이 되면서 두 사람은 가까운 사이가 되었다. 그런 연으로 도코쿠가 소개를 해주었기에 쇼노스케도 이 일을 시작할 수 있었다. 그러나 쇼노스케의 사정을 도코쿠가 지헤에에게 어디까지 밝혔는지는 알 수 없다. 더군다나 자기가 먼저 할 이야기는 아니다.

지금 그 말은 사정을 알면서 뭔가를 넌지시 시사하는 것이었을까.

그러고 보니 지헤에는 이따금 마음에 걸리는 게 있는 듯한 눈초리로 쇼노스케를 볼 때가 있었다. 이 일로 과연 먹고살 수 있을까 염려해주는 것이라고 생각했는데, 의외로 그것만이 아닐지도 모르겠다.

쇼노스케는 말했다. "이 세 편의 주인공들은……."

"네, 세 명 있죠."

"그렇습니다. 그런데 이름만 다르지, 다들 비슷하거든요."

아버지 혹은 주군이 악인의 간계로 파멸해 노여움에 불타는 주인공이 원수를 갚으려 한다.

"세 사람 다 아름다운 약혼자가 있고, 또 약혼자가 복수를 도와주려다가 거꾸로 악당의 손아귀에 붙들립니다."

"네, 그렇죠."

지헤에는 열심히 고개를 끄덕이지만, 이 세 편 모두 젊고 아름다운 약혼자가 악당에게 욕보는(또는 욕볼 뻔하는) 부분이 말하자면 가장 중요한 장면 중 하나다. 그것은 지헤에가 말하는 '빼버릴' 장면이고, 그렇기에 쇼노스케는 주저 없이 그렇게 했다.

"그런 부분을 다시 쓴다든지 대신할 이야기를 쓰는 것은 제 능력 밖입니다."

지헤에의 얼굴에 갑자기 웃음이 확 피었다. "쇼 씨께 아름다운 약혼자가 없어서입니까?"

정면으로 치고 들어온다.

"아니, 음, 그런 뜻이 아니라……."

"아름다운 약혼자가 없어도 아름다운 약혼자가 있으면 어떨지 생각할 순 있을 테죠. 아름다운 약혼자를 남기고 죽는 한이 있어도 아버지 또는 주군의 원수는 갚아야 합니다. 아아, 무사란 이 얼마나 괴로운 신세입니까." 지헤에는 과장되게 신음하더니 천천히 자세를 고쳤다. "제가 드리고 싶은 말씀은 말이죠, 쇼 씨, 사람의 인생은 좀 더 다양하지 않겠느냐 하는 겁니다. 복수심에 불타는 젊은 무사가 죄 똑같을 리 없죠. 원수를 갚는 것에 관해서도 각자 생각하는 바가 다르지 않겠습니까. 그런 점을 염두에 두고 가필해달라는 겁니다. 그러면 이야기가 확대되지 않겠습니까? 무사가 아닌 평민이 읽어도 아아, 그렇구나, 하고 감동할 수 있는 이야기가 될 테죠."

그야 그렇겠지만 왜 내가 그런 일을 해야 하나. 쇼노스케는 당혹했다.

필사 일을 처음 시작했을 무렵, 글방의 교본을 꽤 많이 베꼈다. 《나가시라지즈쿠시》《이로하즈쿠시》《데이킨오라이》《쇼소쿠오라이》 등은 어느 글방에서나 쓰는 교본인지라 여러 권이 필요하다. 깨끗하고 정확하게 베끼면 바로 상품이 되니 일단 입문 삼아 그것부터 하자고 했다. 이 교본들은 내용뿐 아니라 그 안에 쓰인 글자가 글씨본으로도 사용되기 때문에 쇼노스케의 바르고 아름다운 글씨체가 주효했다는 것도 있었다.

주산 교본인 《니치요진코키》도 꽤 여러 번 필사했다. 쇼노스케는 글로만 설명하지 않고 주판알을 움직이는 법이며 '자릿수'의 크고 작음을 조그만 그림을 곁들여 해설하면 어떻겠느냐고 제안했다. "이런 식으로 말이죠" 하고 예로 그린 그림이 제법 그럴싸했던 터라 지헤에가 무척 기뻐했다.

요새 시중에서 보는 글방의 주산 교본은 그림을 곁들인 게 꽤 많은데, 원조는 무라타야고 쇼노스케의 발안이다. 뽐낼 일까지는 아니겠지만 이야깃거리는 될 것이다.

그렇게 교본 베끼는 일에 날을 지새우다가 석 달쯤 지나자 좀 더 급이 높은 일이 들어오기 시작했다. 글방의 학생들이 아니라 선생이 읽는 것, 유학자가 어린이 교육에 관해 쓴 서책, 아이들이 좋아할 듯한 옛날이야기며 요괴 책 같은 것을 베꼈다. 하지만 이번처럼 스스럼없는, 솔직히 말해 저속한 이야기책이 주어진 것은 처음이었다.

빼버리라는 말이라면 그나마 이해하겠지만, 등장인물의 심정을 생각해 문장을 더하고 고쳐 쓰는 것은 필사의 영역을 넘어서는 일 아닌가.

역시…… 아무래도 의심하게 된다.

"혹시 제게 수수께끼를 내시는 겁니까?"

숯 눈썹이 짐짓 어리둥절하게 치올라갔다. 쇼노스케의 눈에는 그렇게 보였다.

"어떤 수수께끼 말입니까?"

"복수담과 연관해서 말입니다."

지헤에의 큰 눈이 더욱 커졌다. "저런, 쇼노스케 씨, 복수한 적이 있나요? 아니면 원수를 찾는 중입니까?"

어째 어물쩍 넘기는 것 같은데.

지헤에는 성실한 사람이지만 수완 좋은 상인이라는 사실을 잊으면 안 된다. 필요가 있으면 시침 뗀 표정을 짓거나 거짓말을 하는 것쯤은 식은 죽 먹기일 것이다.

"아무것도 아닙니다."

이런 때 바로 물러나기 때문에 심약하다는 소리를 듣는 것이다. 하지만 실쭉한 표정을 감추지 못하니 어린애 같다는 소리도 듣는다.

지헤에는 점잖게 웃으며 정말 어린애를 보듯이 눈을 가늘게 떴다.

"옛날 생각이 났던 겁니다."

부드러운 목소리로 말하며 조금 전에는 손가락으로 톡톡 쳤던 사본 위에 손을 살며시 올려놓았다.

"이 오시코미 고멘로란 사람은 저희 아버지 아는 사람이었거든요."

물론 필명이고, 이미 오래전에 고인이 됐습니다만.

"낭인 무사였죠. 잡일로 입에 풀칠하며 섬길 주군을 찾다가 끝내 찾지 못해서 말입니다. 결국 뒷골목 나가야에서 무지러지듯 죽었습니다. 이런 걸 쓴 것도 생계를 위해서였죠."

글씨가 지저분해 필사 일에는 어울리지 않았다고 한다.

"하지만 이 원본의 필체는……."

상당히 오래되기는 했어도 정확하고 잘 쓴 글씨다.

지헤에의 웃음이 더욱 환해졌다. "그야 그렇죠. 아버지가 직접 베껴 쓴 책이니까요. 책이 책이니만큼 함부로 다른 사람에게 맡길 수 없잖습니까. 밖으로 잘못 새어나갔다간 무라타야의 간판에 흠이 날 겁니다."

그때는 선대 무라타야가 대본업을 시작하기 전이었다. 그러나 서적 도매상을 하는 한편으로, 서책을 사고파는 데 그치지 않고 직접 제작하는 출판업을 잠시 했던 적이 있었던 모양이다.

"아버지의 도락 같은 것이었지요. 그래서 이런 것도 만든 겁니다."

얼마 전 서고를 정리하는데 이 책이 나왔다.

"오시코미 씨는 '무사는 죽을 먹어도 이 쑤시는 사람'의 전형이라 어렸을 때는 참 불편했습니다. 늘 돈이 달리면서 자존심만 세서는 금세 언성을 높이고 말이죠."

그래도 선대 무라타야 고베에는 그를 함부로 대하지 않았다고 한다. 이 이야기책만 해도 오시코미가 써서 가져온 것을 책으로 만들고 돈을 얼마 쥐여준 모양이다. 다른 곳에 팔 방법이 없으니 무라타야의 금고에서 돈이 나가고 끝난 셈이다.

"예전에는 정말이지 이해가 되지 않았는데, 이걸 다시 훑어보다 보니 어쩐지 아버지의 마음을 알 것 같더군요. 그래서 내 대에 먼지를 뒤집어쓰고 발굴된 것도 인연일 테니 공양이다 생각하고 세상에 한번 내놓아주자 싶었던 겁니다."

"그럼 이대로 내면 되지 않습니까. 그게 가장 좋은 공양일 텐데요."

지헤에는 "허" 하고 괴상한 소리를 내질렀다.

"쇼 씨도 비아냥거릴 줄 압니까."

놀림을 받고 쇼노스케는 얼굴을 붉혔다.

"삐치지 마시고, 기분 전환이다 생각하고 제 말대로 한번 해보십시오. 그래서 기일도 길게 잡은 겁니다. 급한 일이 아니니까 더 늦추어도 됩니다."

"기분 전환은 입체 그림으로 했습니다만."

"그 일은 원래 예정에 없었던 터라 저도 계산 밖이었습니다.

게다가 이제 상품이 될 테고 말이죠. 이쪽은 정말 수지 타산과 상관없는 일이거든요."

변함없이 부드러운 시선으로 지헤에는 웃음을 거두고 쇼노스케를 똑바로 보았다.

"스스로는 깨닫지 못했을 수도 있지만 쇼 씨, 근래 기운이 없더군요. 저번에도 아침부터 아직 제대로 피지도 않은 적적한 벚꽃을 멍하니 바라보며 고향 생각을 하셨잖습니까."

무라타야에는 쇼노스케 외에도 부업으로 필사를 하는 무사가 있다. 물론 죄 낭인 무사들이다.

"한두 명 봐온 게 아니니 제 눈은 틀림없습니다. 그런 상태일 때는 다들 울적해하시죠. 특히 초봄이 좋지 않아요. 이거야 원, 쇼 씨도 위험하구나 싶더군요. 에도로 올라와 반년, 어중간하게 딱 떨어지는 기간이 지난 것도 좋지 않고 말입니다."

아닌 게 아니라 어제는 몇 번씩, 아아 그새 반년이 지났구나, 하는 생각이 들었다.

"색정이 등장하는 이야기도 싫지는 않으실 테죠?"

눈을 위로 치뜨고 묻는 바람에 쇼노스케는 에헴 하고 헛기침을 했다.

"……이건 너무 저속합니다."

"그럼 고상하게 다시 써주십시오. 머리를 쓰기 나름입니다."

지헤에는 할 수 있습니다, 하며 가슴을 펴고 자신 있게 말했다.

"고향을 떠나 혼자 낯선 에도에 있다는 점에서 이 이야기에 나오는 젊은 무사와 쇼 씨는 비슷하죠."

"비슷한 건 그점뿐입니다."

"압니다, 알아요. 거기서부터 시작해서 이것저것 생각해보십시오. 괜찮은 이야기책으로 고쳐주시면 품삯을 후하게 쳐드리겠습니다."

마구 밀어붙이는 바람에 쇼노스케는 결국 오시코미가 쓴 복수담을 도로 보자기에 쌌다.

그때 불현듯 얼마 전 강가 벚나무 밑에서 본 사람이 생각났다. 지헤에가 그 벚나무 말을 꺼냈기 때문이다.

"지헤에 씨, 이 근방에서 단발머리를 한 여자분을 보신 적 있습니까?"

상황을 설명하자 지헤에는 숱 눈썹을 과장되게 올렸다 내렸다.

"그것참 이상야릇한 일이군요."

"하지만 아름다운 여자분이었는데요. 유령이 아닙니다. 이 세상 사람입니다."

"꿈을 꾸신 게 아닙니까?" 지헤에는 그러더니 또다시 눈썹을 꿈틀거렸다. "이 근방도 그렇고, 도미칸 나가야 근처도 그렇고, 그런 머리를 한 사람은 모르겠군요. 단발은 흔치 않은데요."

말투는 의아해하는 말투인데, 눈동자의 움직임, 반짝거리는 눈빛은 어딘지 모르게 즐기는 듯 보였다. 아니나 다를까, 이렇게 말했다.

"저런, 쇼 씨, 아름다운 약혼자는 없어도 아름다운 것은 이미 만나셨다는 말이군요." 허어, 하고 턱까지 쓰다듬는다. "그렇습니까."

"그렇게까지 웃으실 건……."

"웃는 게 아닙니다. 쇼 씨도 여간 아니구나 싶은 거죠."

여간이고 뭐고 그저 우연히 봤을 뿐이다.

"마음에 걸리신다면 알아볼까요?"

하는 일도 하는 일이지만 인품도 인품인지라 지헤에는 발이 넓다.

"아뇨, 그럴 것까지는 없습니다."

지헤에는 꽁무니를 빼는 김에 일어서는 쇼노스케를 뒤쫓듯 말했다.

"벚꽃은 둔갑하니 말이죠. 쇼 씨가 하도 물끄러미 바라봐서 정령이 마음이 동해 둔갑하고 나타났는지도 모릅니다. 조심하셔야 합니다. 그러고 보니 단발머리 요물에 '오카무로'라는 게 있군요. 아니, 그건 산속에 나오던가요. 어쨌거나 물가에 나오는 건 대개 여자 요물이니 말입니다."

오늘은 하여간 형세가 불리하다. 올 때는 살살, 갈 때는 꼬리 빠지게. 쇼노스케는 꾸러미를 끼고 무라타야에서 달아났다.

간다 이세 정에 있는 도자기 상점 가노야의 꽃놀이와 그곳에서 열린다는 먹기 겨루기.

꽃놀이는 단골손님들을 위한 것이겠지만, 이런 '겨루기'는 구경꾼이 있어야 가능하다. 훌쩍 가서 구경하기 어렵지 않을 것이라고 도코쿠는 말했다. 가노야가 어느 정도 규모의 상점인지, 중요한 단골손님으로 초대받은 사람들은 어떤 인물들인지 살펴보라는 것이다.

"그 김에 가노야 사람과 안면이라도 트면 더할 나위 없겠다만, 한꺼번에 너무 여러 가지를 하라 한들 무리일 테지."

꽃놀이가 시작된다는 3월 10일 정오까지 쇼노스케는 딱히 준비할 게 없었다. 거리의 벚꽃은 봉오리가 절반쯤 벌어지더니 곧 8할쯤 벌어져 나날이 만개를 향해 다가갔다. 도미칸 나가야 뒤 강둑에 선 한 그루 벚나무도 꽃이 늘어남에 따라, 나지막이 뻗은 가지가 마치 꽃이 핀 게 아니라 열매가 맺힌 것처럼 묵직하게 늘어졌다. 수면에 비치는 벚나무 그림자에서 나른한 매력이 느껴졌다.

쇼노스케는 여전히 무라타야 지혜에의 까다로운 주문에 곤혹스러워하고 있었다. 이 또한 저쪽에서 한번 설명했다고 "그렇군요, 알겠습니다" 할 일이 아니다. 어떻게 하면 좋을지 몰라 서궤 앞에서 턱을 괴고 벚꽃을 바라보는 사이에 '주인공 무사와 약혼자를 이런 벚나무 밑에 세워볼까' 하는 생각이 드는 게 고작이었다. 세우는 것은 좋지만 그래서 무슨 말을 하게 하나, 어떤 장면인가 생각하면 또 막혔다. 자꾸 막히기만 하면 우울해지니 그럴 때는 필사본을 옆으로 밀어놓고 야오젠 입체 그림을 베끼는 일을 했다. 요령을 알았으니 다음에는 가와센의 입체 그림을 처음부터 새로 만들어보자. 이쪽 일은 즐거웠다. 자연히 필사 일은 자꾸만 뒤로 밀렸다.

9일 아침이 되었다. 근처 욕탕에서 아궁이에 불 지피는 일을 하고 돌아온 다이치가 전단 한 장을 쇼노스케에게 보여주러 왔다. 가쁜 숨을 몰아쉬는 것을 보니 뛰어온 모양이다.

"쇼 씨, 이런 게 있다는데."

아침 목욕을 하러 온 손님에게 받았다는 전단은 뜻밖에도 가노야 것이었다.

"먹기 겨루기래. 아무나 나가도 된다는데, 정말 그렇게 쓰여 있어?"

먹고살기에 바빠 걸핏하면 글방에 빠지는 터라 다이치는 글 읽기가 서툴다.

"그래. 내가 으뜸이다 하는 사람은 참가하라고 쓰여 있구나."

다이치의 볼은 빨갛고 눈은 반짝인다. 몸을 한껏 내밀었다.

"과자 조組랑 밥 조가 있다는 게 진짜야?"

먹는 종목에 따라 조가 나뉜다.

"과자 조라면 내가 일등 할 수 있을 거라던데."

전단에는 '과자 조' '흰밥 조' '장어 조' '술 조' 이렇게 네 조가 있다고 쓰여 있었다.

다이치는 손뼉을 치며 펄쩍 뛰어오를 것처럼 기뻐했다.

"장어도 있단 말이야? 세상에, 나 나갈래! 장어를 배 터지게 먹을 수 있는 거잖아?" 소리치고 나더니 갑자기 허둥댔다. "그런데 나가려면 돈 내야 하는 거야?"

쇼노스케는 전단을 훑어보며 고개를 저었다. "무료야. 게다가 어느 부문이든 일등 하면 상금 다섯 냥을 받는다는구나."

"다섯 냥!" 이번에는 정말 펄쩍 뛰어올랐다. "나갈 거야! 이거 내일이지? 좋아, 내가 꼭 일등 할 거야!"

다이치가 수선을 피우는 동안, 쇼노스케는 전단을 다시 한번 찬찬히 읽어보았다. 분명히 그렇게 쓰여 있기는 한데…….

"꽤나 호화로운걸. 괜찮을까 모르겠어."

쇼노스케는 소박하게 놀랐다. 저도 모르게 얼굴이 찌푸려졌다.

"뭐야, 쇼 씨, 왜 찬물을 끼얹고 그래?"

"너무 근사한 이야기잖아? 주최자인 가노야란 상점은 이 정도로 돈을 들이고 무슨 득을 본다는 말이지?"

쇼노스케는 이 '먹기 겨루기'가 좀 더 작은 규모일 것이라 생각하고 있었다. 가노야의 손님과 간다 일대 사람들만을 상대로 하는 꽃놀이의 여흥일 줄 알았다. 그것만 해도 충분히 호화로운 행사다. 고향에서는 있을 수 없는 일이라고 어처구니없어 하고 있었다. 그렇건만…….

"이런 식으로 사람을 모은들 돈벌이가 될 것도 아닌데."

간다 일대는 물론이고 오카와 강을 건너 여기 후카가와까지 전단이 들어왔다. 이 정도라면 먹기 겨루기가 개최된다는 소식이 온 시내에 알려졌을 것이다. 대체 얼마나 많은 사람이 모이고 돈이 얼마나 많이 들지 짐작도 가지 않는다.

다이치는 혀를 차고 곁눈으로 쇼노스케를 보았다. "하여간 촌뜨기는 이래서 문제라니까. 에도 상인은 원래 통이 크다고. 떠들썩한 축제를 좋아하고. 이런 '겨루기'는 하나도 진기한 게 아니란 말이야."

"진기한 게 아니라는 것치고는 다이치 너도 놀란 것 같던데?"

쳇, 하고 또 혀를 찬다. 근본이 솔직한 소년이라 겸연쩍은 표정을 지었다.

"그야 뭐, 한동안 없긴 했지."

"전엔 많았구나."

"아버지가 나만 할 땐 한 달에 한 번 꼴로 여기저기서 했다던데."

그야말로 축제였다는 이야기다.

"돈이 돌지 않아서 이런 행사도 줄어든 거야. 부자들이 쩨쩨해져서 번 돈을 몽땅 제 호주머니에 챙기기 때문이라고 아버지가 그랬어. 옛날엔 이런 식으로 부자들이 우리 가난뱅이들한테 즐거움을 나눠주곤 했다고."

다이치는 평소 술만 좋아하고 게으른 아버지에게 엄하지만, 도라조가 하는 말을 대놓고 업신여기지는 않는다. 빈부 격차가 계속해서 커지고 돈이 돌지 않는다는 것은 관리인인 도미칸이 곧잘 하는 말이고, 어린 나이에 일 나가 푼돈을 벌고 있는 다이치가 실감하는 사실이기도 할 것이다.

"부가 골고루 돌아가지 않는다는 말이라면 나도 알겠구나."

에도 생활과 고향에서 살던 때를 비교하면 저절로 느껴진다. 고향에 있을 무렵 성읍과 촌락의 생활에서 격차를(그것도 풍문으로 들은 것뿐이었지만) 느낀 적은 있었다. 하지만 에도와 도가네의 차이는 그와 비교도 되지 않았다.

가난한 사람들이 모여 사는 여기 도미칸 나가야에서도 하루 한 끼는 흰밥을 먹는다. 고향에서는 번사조차 하급 가문은 밥에 잡곡이 섞이는 게 당연했거니와, 흉년이면 설에 먹는 떡도 좁쌀이나 피로 만들었다. 도가네의 '일상'이나 '보통'은 에도 거리의 잣대로는 '가난'이다.

"그럼 쇼 씨도 같이 나가자. 이런 즐거움을 놓치면 아깝잖아. 모처럼 부자 덕을 보는데 확실하게 챙겨야 하지 않겠어? 과자

조에 나가라고. 쇼 씨, 단것 좋아하잖아. 난 그럼 흰밥 조에 나갈 테니까."

둘이 합쳐서 열 냥 벌자. 흥분하는 다이치의 얼굴은 그저 한없이 밝을 뿐 비굴함이라곤 찾아볼 수 없었다.

"나는 사양하마. 그렇지만……."

다이치가 참가하겠다면 단순한 구경꾼보다는 가노야에 접근하기 조금 더 쉬워질 것이다.

"다이치를 응원하러 갈까."

"그거 좋지!"

다이치는 손뼉을 치더니 그럼 누나도 데려가야지, 라고 했다.

"도라조 씨는? 술 조에 나가시면 어때?"

"아냐, 아버지는 안 돼. 쇼 씨도 우리 아버지가 술고래가 아니라는 거 알잖아. 좋아하기는 하지만 약하다고. 절대 못 이겨."

다이치는 이미 승부사의 얼굴이다. 쇼노스케는 그럼 최대한 군사軍師의 얼굴이나 지어볼까.

뜻밖의 일은 그것으로 그치지 않았다. 그 뒤 훌쩍 들른 니혼바시 쇼분도의 로쿠스케가 이 먹기 겨루기에 관해 알고 있었다. 전단도 가지고 있었다. 점포 근처에서 야단스러운 옷을 입은 남자가 큰 소리로 선전하며 뿌렸다고 한다.

"내 보니 광대야, 가노야 주인이 자주 부르는 광대겠지."

그런 것까지 해서 내일 있을 먹기 겨루기를 널리 알리고 있다.

"쇼 씨한테는 이런 거 낯설지?"

꽃의 에도에서 열리는 큰 잔치라고 했다.

"그래. 그래서 구경 가려고."

다이치가 참가할 거라고 이야기하자, 쇼로쿠는 수세미 같은 얼굴에 느긋한 미소를 지으며 "그럼 나도 가야겠는데, 그런 구경을 놓칠 순 없지"라고 했다.

저물녘이 되어 벌이를 나갔던 사람들이 돌아오자, 도미칸 나가야에도 이야기가 퍼졌다. 다이치에게 들은 이가 있는가 하면, 쇼로쿠처럼 길거리에서 전단을 받거나 소문을 들은 이도 있었다. 심지어는 관리인인 간에몬까지도 문제의 전단을 팔랑거리며 주민들을 모아놓고 큰 소리로 이렇게 말했다.

"내일 아침 다 같이 이세 정으로 가는 거네. 날씨도 좋을 듯한데다 벚꽃은 활짝 폈지. 꽃놀이를 즐길 수 있을 거야."

가요의 손을 잡은 히데가 쇼노스케에게 다가와 소곤거렸다.

"관리인 영감님, 자기 호주머니가 가벼워지는 게 아니라고 참 위세가 좋기도 하죠."

"전에도 다 같이 꽃놀이를 나간 적이 있었습니까?"

히데는 코끝에 주름을 잡고 웃었다. "아무리요. 우리 같은 사람들은 강가 벚나무를 보는 게 꽃놀이인걸요. 이런 일은 처음이에요."

모처럼 하는 꽃놀이인데 재미있게 즐겨요. 히데는 쇼노스케와 가요에게 웃으며 말했다. 그러자 가요가 또 뜻밖의 말을 했다.

"부베 선생님도 가신대."

부베 선생님, 즉, 부베 곤자에몬은 가요가 다니는 글방 훈장이다. 쇼노스케와 마찬가지로 낭인 무사인데, 스승으로 그를 우러르고 따르는 제자들이 많다.

"술 조에 나가신대요." 히데가 그렇게 설명하더니 목소리를 낮추었다. "선생님이 실은 주당이신 모양이에요. 그렇지만 평소엔 마실 수 없잖아요?"

부베 곤자에몬은 글방 월사금으로 부인과 다섯 아이를 근근이 먹여 살리고 있다.

"술을 마음껏 마실 수 있는 데다 일등을 하면 상금까지 나온다고 선생님이 신이 나셨나 봐요. 다섯 냥은 큰돈이니까요."

생각은 다들 똑같다.

"어째 무척 혼잡할 것 같은데요. 정말 다들 빈손으로 가서 구경하는 게 가능하겠습니까?"

"빈손이 아니니까 괜찮습니다."

어느새 도미칸이 바로 근처에 와 있었다. 오늘도 하오리 끈이 길다. 기분이 좋은지 짙은 눈썹이 완만한 곡선을 그리고 있다.

"칸 좌석이 있으니까요."

"칸 좌석?"

"구경하는 이들이 앉는 자리입니다. 말 나온 김에 덧붙이자면 나도 돈 좀 보탤 거예요. 도시락 정도는 사죠."

가슴을 탁 치는 도미칸에게 히데는 "어머나, 잘 먹겠습니다" 하고 예의상 웃음을 지었다.

"그렇지만 칸 좌석이니……."

"그쪽은 무라타야에서 얻어준 겁니다." 도미칸은 쇼노스케를 관심 어린 눈초리로 살피며 말을 이었다. "지헤에 씨가 단골손님을 모시고 구경하려고 큰 칸 좌석을 얻었는데, 빈자리가 있다고 우리를 불러준 겁니다. 그 점에서는 후루하시 씨 덕택일지도 모르겠군요."

지혜에가 돈을 대주었구나.

"역시 구경에는 돈을 받는군요."

"그야 그렇죠. 하지만 그래 봤자 돈이 남을 행사가 아닌데, 그래도 화려하게 여는 게 멋지지 않습니까. 아아, 나도 좀 그런 신분이 되어보고 싶군요."

그야말로 꿈같은 소리입니다만, 하고 슬쩍 우는 소리를 한다.

"저희가 관리인 영감님께 얼마나 감사드리는데요."

"그래요, 그래. 고마운 것뿐이면 돈도 안 들죠."

"그, 그렇죠."

"내일은 후루하시 씨가 이세 정까지 다들 인솔하고 가세요. 그쪽에서 만납시다. 칸 좌석에 무라타야 팻말이 있을 테니 헛갈리지는 않을 겁니다."

그럼 부탁하는 겁니다, 하고는 어쩐지 들떠 보이는 발걸음으로 돌아간다. 그의 뒷모습을 향해 히데가 혀를 쏙 내밀고 새끼손가락을 쳐들었다.

"저렇게 들뜬 걸 보니 아무래도 내일 관리인 영감님의 지금 '이것'을 만나뵙게 될 것 같네요."

"네? 그럼 부인에게는 비밀로 하고 말입니까?"

간에몬에게는 어엿이 아내가 있을 터였다. 지혜에한테 그렇게 들었다.

"그래요. 틀림없어요."

"히데 씨는 도미칸 씨 부인을 만난 적이 있습니까?"

"한 번도 없어요. 다쓰 할머니도 모르지 않을까 싶네요. 그러니까 이런 거예요, 쇼 씨." 히데가 누나 같은 얼굴로 설명했다.

"관리인 영감님이 그때그때 데려오는 여자가 부인이에요. 그냥 그렇게 해둬요. 알겠죠?"

어른들이 그런 말을 주고받는 옆에서 가요는 동그란 얼굴로 천진하게 중얼거렸다.

"부베 선생님, 이기실 수 있을까?"

다음 날도 날이 맑았다. 햇살은 환하고 봄바람이 포근했다. 강가 벚나무 가지에서 꽃잎이 홀홀 쏟아져 내렸다.

다들 들떠 있었다. 여자들은 집에 있는 음식을 모아다 나무 도시락에 담고 주먹밥을 싸느라 아침부터 바빴던 모양이다. 뿐만 아니라 긴도, 히데도 쇼노스케가 처음 보는 허리띠를 매고 처음 보는 비녀를 꽂았다. 그 김에 장사를 하겠다는 시카와 시카조 부부는 여느 때와 같은 차림이었지만.

겨우 다섯 세대 모이면 그만인데, 다쓰키치가 좀처럼 나타나지 않았다. 겨우 왔나 싶었더니 이마에 땀이 맺혀 있다.

"어머니는 역시 꼼짝도 안 하는데."

다 같이 꽃놀이를 가야 하는데, 하고 면목 없다는 듯 덧붙여 말했다.

"뭐 어때요? 집을 지켜달라고 부탁드리면 되죠."

히데의 말에 얼굴이 빨개진 다쓰키치는 겸연쩍은 것을 감추듯 쭈그리고 앉아 말했다.

"가요, 옷이 예쁜걸."

그러고 보니 가요는 산뜻한 색깔의 무늬가 큼지막한 기모노를 입었다. 헌옷을 뜯어 새로 지은 옷이기는 해도 이 아이의 외출복이리라.

"다이치, 도라조 씨는?"

쇼노스케의 질문에 긴과 다이치 남매는 그 즉시 제각각 대답했다.

"우리 아버지는 됐어요!"

"아버지는 됐어!"

"됐다니……."

"기둥에 묶어놨거든."

쇼노스케는 눈을 부릅떴으나, 다른 사람들은 아무도 놀라지 않았다.

"꽃놀이 자리에서 아버지가 또 취해서 측간에 머리를 처박았다간 창피해서 저 못 살아요."

긴이 빠른 말투로 말하고는 어서 가자며 걸음을 뗐다.

"누나는 아직 신경 쓰이나 봐." 다이치가 속삭였다.

"그럼 여러분, 서로 떨어지지 않게 조심하며 갑시다."

누가 길 잃을 염려가 있는 것은 아니었다. 에도 지리에 제일 어두운 사람은 오히려 쇼노스케다. 하지만 어쨌거나 간에몬에게 인솔을 부탁받은 입장으로서 도미칸 나가야 사람들을 데리고 가노야를 향해 출발했다.

봄이 완연한 거리를 한가로이 걸었다. 시카조와 시카는 도중에 손님이 부르면 장사까지 해가며 따라온다. 하여간 느긋하다.

긴이 쇼노스케 옆으로 오더니 교태 어린 미소를 지었다.

"날씨가 좋아서 다행이네요, 쇼 씨."

"그러게."

"쇼 씨는 고향에서 꽃놀이 많이 했죠?"

도가네의 벚꽃은 개화 시기가 에도 시내보다 조금 늦다. 그런 만큼 꽃이란 꽃이 죄 한꺼번에 핀다.

"꽃놀이라고 해야 하나, 그냥 산이며 들판을 걷곤 했어."

"도시락을 싸들고 다 같이 구경 나간 건 아니네요."

말씨도 어쩐지 평소와 다르다. 옅게 화장도 한 것 같다. 역시 꽃놀이란 특별한 걸까.

"아침에 달걀말이를 만들었어요."

긴의 얼굴이 가깝다. 그래, 하고 대답하며 쇼노스케는 걸음을 약간 빨리했다.

"쇼 씨가 좋아한다고 들어서요."

"고, 고마워."

퍼뜩 깨달았는데, 쇼노스케는 지금까지 여자와 나란히 걸어 본 적이 없었다. 어머니나 하녀는 나란히 걸을 입장이 아니고, 그런 관계의 여자도 없었던지라 기회가 없었다.

그러니 모르겠다는 말이지.

오시코미 고멘로의 복수담에서 주인공과 약혼자의 대화며 둘이 같이 있는 장면을 넣든 고치든 하려고 해도 무엇을 어떻게 하면 좋을지 막막한 것은 그런 경험이 없기 때문이다.

긴이 몸을 바짝 붙이는 바람에 쇼노스케는 또다시 조금 떨어져 섰다. 무심코 돌아보자 시카조 부부와 다쓰키치, 천천히 뒤를 따라오는 히데와 눈이 마주쳤다. 가볍게 눈짓을 보낸다. '뭐지?' 하는데, 긴이 소매를 잡아당겼다.

"쇼 씨, 다이치가 일등 해서 다섯 냥 받으면요, 우리……."

그때 뒤에서 들려온 굵은 목소리가 긴의 간지러운 목소리를 가로막았다.

"어이, 안녕들 한가."

돌아보니 부베 곤자에몬이었다. 골목에서 큰길로 나와 손을 흔들고 있다.

"이세 정에 가는 것이지? 우리도 같이 가도 되겠나?"

제자들에게 '빨강 귀신'이라 불리는 불그스레한 얼굴의 체격이 큰 사내다. 그 옆에는 호리호리하고 살빛이 흰 여자와 아이 다섯 명이 있다.

"어머나, 부인." 긴이 소리쳤다.

"뎃짱, 욧짱, 곤짱, 산짱, 밋짱, 안녕!"

다섯 아이들과 다이치가 우르르 한데 모이고, 가요도 기쁜 얼굴로 그 속에 끼었다.

"집사람과 아이들이야. 잘 부탁하네."

쇼노스케는 부베 부인을 오늘 처음 만났다. 인사를 주고받는 동안에도 아이들은 시끌벅적 떠들었다.

"우리 먼저 가!"

다이치를 선두로 다들 달려갔다.

"길 잃지 마라." 부베 선생이 큰 소리로 말했다.

"길을 왜 잃어!"

다이치는 사기가 넘친다. 뛰어서 가면 그만큼 배도 더 고플 테니 유리하려나.

"가요가 따라갈 수 있을지 모르겠네."

히데의 걱정을 짐작한 양, 길모퉁이에서 다이치가 몸을 굽혀

가요를 등에 업더니 상쾌하게 사라졌다.

"워낙 흔치 않은 일이니까요. 애들이 어젯밤부터 얼마나 설치던지요."

부베 곤자에몬은 낭인이 된 지 오래됐다. 십 년 가까이 될 것이라고 들었다. 하지만 부인인 사토미는 어조와 태도 모두 온화하고 생활에 찌든 태가 전혀 없다.

"어쨌거나 꽃놀이는 좋은 것이지."

해진 조리를 딸각거리며 성큼성큼 걷는 부베 선생도 기뻐 보인다. 술을 마시지 않아도 빨강 귀신인 이 사람이 실은 주당이라는데, 술을 마시면 대체 얼굴이 어떨까.

"전부터 무라타야 지헤에 씨는 대인이라고 생각했는데 역시 통이 큰 분이로군. 고마운 일이야."

글방에 교본은 필수다 보니 부베 선생도 지헤에와 교류가 있다. 그의 글방에서는 쇼노스케가 필사한 책도 사용한다.

"오늘은 다른 학생들도 쉽니까?"

"그렇지. 이세 정으로 가겠다는 아이들이 역시 많았네."

"저는 촌사람이라 이런 떠들썩한 행사는 처음입니다. 에도는 역시 대단한 곳이군요."

자연스레 나란히 걷는 쇼노스케와 부베 선생 사이에 긴이 끼어들었다.

"그렇지만 쇼 씨, 우리도 이런 먹기 겨루기는 처음 보는걸요."

"예전에는 많았네만."

부베 선생은 키만 큰 게 아니라 가로로도 넓고 가슴팍도 두툼하다. 끼어들려던 긴이 금세 튕겨져 나간다.

"이걸, 계기로, 다시 늘어나면, 좋겠는데요. 가게를, 선전하는, 손쉬운, 방법이잖아요."

끈덕지게 끼어들려다가 선생과 부딪쳤다 쇼노스케와 부딪쳤다 하니 발걸음이 흐트러져 넘어질 것 같다.

"아니, 이런. 긴, 너도 아직 어린애구나. 서두르지 마라, 서두르지 마."

부베 선생이 너털웃음을 웃으니 긴은 원망스러운 눈빛을 띠었다. 가는 길 내내 그런 식이라 쇼노스케는 마음 편히 걸을 수 없었다.

오카와 강을 건너 간다로 들어서자 봄바람에 실려 어디선가 경쾌한 북소리가 들려왔다.

장관이었다.

가노야는 쇼노스케가 막연히 생각하던 그런 뻔한 구조가 아니었다. 점포 앞면은 두 간대략 3.6미터인데 속으로 깊이 들어간다. 소위 '뱀장어 집' 같은 구조다. 그 기다란 1층 상점 대부분이 상품을 진열한 매장이었다.

손님은 매장 안으로 들어가기보다 폭이 한 간쯤 되는 점포 오른쪽의 골목을 슬렁슬렁 걸으며 물건을 고르는 모양이다. 징검돌을 놓고 긴 의자와 화분도 갖다 놓아, 골목이라기보다 기름하게 생긴 안뜰이라 하는 편이 더 적합할지 모른다.

골목을 끼고 가노야와 비슷한 구조의 건물이 한 채 더 있다. 이쪽은 점포가 아닌 듯한데, 오늘은 이곳 1층과 2층 모두 창문이 활짝 열려 있다. 사람들의 웃는 얼굴이 창 너머로 보인다.

벚꽃은 두 건물 사이의 골목을 빠져나간 곳에 흐드러지게 피어 있었다. 그곳이 가노야의 마당이다. 골목을 지나지 않고 건물을 좌우로 돌아가면, 마당을 둘러싼 널담 너머로 얼핏 봐도 열 그루쯤 되는 벚나무가 둘러다 보인다. 관록 있는 늙은 나무부터 아직 낭창낭창한 어린 나무에 이르기까지 모두 꽃이 활짝 피었다.

과연 '둘러다 보일' 만큼 넓은 마당이었다.

튼튼해 보이는 빗장이 붙은 널담의 쪽문도 오늘은 활짝 열려 있다. 쇼노스케 일행 같은 구경꾼은 다들 그 문을 지나 마당에 드나들게 되어 있었다. 가노야의 상호가 들어간 저고리를 걸치거나 앞치마를 두른 젊은 사내들이 속속 모여드는 이들에게 들어오시라고 소리 높여 불렀다.

아까부터 귀를 즐겁게 해주는 북소리는 이 마당 바깥쪽을 빙 둘러 걸으며 먹기 겨루기 개최를 알리는 사내가 내는 것이었다. 사탕 장수 같은 남만南蠻풍 의상과 코가 뾰족한 신발이 재미있어서 아이들이 그 뒤를 졸졸 따라다닌다.

마당에 새끼줄을 둘러놓았다. 먹기 겨루기는 그 한복판에서 열리는 모양이다. 긴 탁자에 접는 의자 몇 개가 있고, 커다란 물독도 갖다 놓았다. 탁자 정면에 방석을 늘어놓은 걸상이 두 줄 있는데, 이것은 초대손님들을 위한 것이리라. 일반 사람들은 마당 여기저기에 각자 자리를 잡기 시작했다. 벌써부터 상당히 혼잡하다.

"와…… 더 일찍 올 걸 그랬네요. 이렇게 붐벼서야 자리를 못 잡겠어요." 긴은 얼이 빠진 것 같다.

그러자 부베 선생이 굵직한 목소리로 웃었다. "걱정할 필요 없네. 저기서 무라타야 씨가 손을 흔들고 있군."

덩치 큰 부베 선생은 서서 구경하는 사람들 머리 너머로 어느새 무라타야 지헤에의 숱 눈썹을 발견한 것이다.

"다들 잘 오셨습니다."

기쁜 표정으로 맞이한 지헤에는 새끼줄로 구분된 칸 좌석으로 그들을 데려갔다. 붉은 양탄자가 깔려 있고 화로도 있다.

"잡초가 푹신하니 땅에 바로 앉아도 됩니다. 자, 우두커니 서 있지 말고 얼른 들어오시죠."

"도미칸 씨는 오셨습니까?"

"곧 오겠죠. 괜찮습니다, 그 사람은 늦어도 상관없어요. 칸 좌석에 따라 나오는 도시락과 술이 있으니까요." 지헤에가 바지런히 챙겨준다. "긴, 그 꾸러미는 뭐지? 이쪽에 내려놓게. 저런, 시카 씨, 오는 길에 장사를 했나 보군. 부지런하기도 하지. 그럼 통째로 내게 주게나. 가노야의 고용인들에게 좀 팔고 올 테니. 그 김에 장아찌가 댁의 솜씨라고 선전하고 오겠네."

다른 칸 자리도 손님들로 메워지고 아이들이 신나서 떠드는 가운데, 벚꽃 꽃잎이 팔랑팔랑 떨어졌다. 쇼노스케도 황홀한 기분으로 위를 올려다보았다. 이렇게 훌륭한 뜰이 있다니, 가노야는 대체 얼마만큼 부자인 걸까. 대단하다. 분명 도가네 번보다 훨씬 격식 있는 다이묘 가문에도 드나들 것이다.

하노센은 이곳과 어떤 관계가 있는 걸까.

쇼노스케가 기억하는 고향의 하노센도 꽤나 부유한 듯했다.

사업 관계일 뿐이라면 살필 것도 없을 것 같은데.

그런 생각을 하면서도 만발한 벚꽃에 자연스레 기분이 들떠 표정이 누그러진다.

한편, 부베 선생과 다이치는 꽃구경 같은 것은 아무래도 상관없다. 둘 다 의욕이 넘친다.

"먹기 겨루기에 참가할 거야!"

"어떻게 해야 하는지 모르겠군."

"제가 안내하죠."

지혜에가 두 사람을 가노야의 점포가 아닌 쪽 건물로 데려가려 하기에 쇼노스케는 말했다.

"후학을 위해 저도 따라가겠습니다."

그러자 긴도 따라왔다.

"사람이 굉장히 많네요, 무라타야 씨."

쇼노스케의 소매까지 부여잡고 눈을 깜박거리며 주위를 둘러본다.

"가노야는 집 부자인가 봅니다. 두 채 다 가노야 건물이죠?"

"두 채만이 아니죠. 살림채는 따로 있답니다. 마당 남쪽에 있는 저 집입니다."

지혜에는 벚나무 숲 너머로 보이는 기와지붕을 가리켰다.

"비 오는 날이면 점포와 살림채를 오가는데 우산을 써야 하는 셈입니다. 대단하죠."

"그럼 이쪽은 뭡니까?"

쇼노스케는 구경꾼인 듯한 사람들의 웃는 얼굴이 보이는 창문을 올려다보았다.

"대여 회장입니다. 손님이 원하는 요릿집에서 요리를 주문해

연회도 열고, 갈고닦은 기예를 선보이고 하는 곳이죠."

연회에 그릇 일습을 빌려주기도 한다고 한다.

"가노야는 특히 이마리 도기가 전문이거든요. 오늘도 단골손님을 여럿 초대했다고 하니 그릇을 잔뜩 꺼내겠죠. 하나에 다섯 냥씩 하는 큰 접시라든지 말입니다."

그러고 보니 창 너머로 보이는 사람들은 마당에 있는 구경꾼들보다 옷차림이 고급이다.

"굉장하다……. 저렇게 사는 사람들도 세상에 있네요."

긴이 귀엽게 한숨을 쉬었다.

쇼노스케는 그러게, 하고 대답하면서도 인파를 구실로 자꾸만 몸을 붙이는 긴 때문에 쩔쩔맸다.

대여 회장 1층에는 먹기 겨루기를 위한 접수처가 마련되어 있었다. 참가를 원하는 남녀노소를 상대하는 이들은 새하얀 머리띠를 둘렀다. 접수를 마친 사람들은 주홍빛, 쪽빛, 흰색, 그리고 콩 무늬 수건을 받아 머리에 묶었다. 이름과 사는 곳, 나이, 지금까지 먹기 겨루기에 나가본 적이 있나, 지금까지 가장 많이 먹은 게 어느 정도인가. 요령 좋게 척척 던지는 질문에 기운차게 대답하던 다이치는 "꼬마야, 넌 이길 가망이 없어 보이는데 그만두지그래?" 하는 말을 듣고 입을 댓 발 내밀었다.

"왜!"

"고수가 많이 왔거든. 초짜가 끼어들 틈이 없어."

에도에서 이 정도로 규모가 큰 먹기 겨루기는 오랜만에 열리는 터라 왕년의 먹기 고수들이 죄 참가했다는 것이다. 이런 '겨루기'가 오락이 된다는 것만 해도 놀라운데, 고수까지 있을 줄

이야. 쇼노스케도 얼이 빠질 듯했다.

“그럼 이번엔 내가 고수가 되면 되잖아.”

다이치도 지지 않고 이를 드러내며 대꾸했다. 지헤에가 웃으며 나섰다.

“분위기를 띄워주는 역할이라 생각하고 참가하게 해주시죠. 사가 정 무라타야에서 데려온 아이입니다.”

접수를 맡은 사내는 무라타야라는 이름을 듣더니 표정이 달라졌다.

“그렇습니까. 무라타야 관계자라면 상관없습니다. 그럼 꼬마야, 분발해라.”

“암, 그야 물론이지! 그럼 난 장어 조!”

“쯧쯧, 그건 안 돼. 장어 조와 술 조는 어른만 참가할 수 있어. 흰밥 아니면 과자 중에 골라라.”

다이치는 골이 나 장어다, 장어 조다 하고 우겼으나, 지헤에가 가로막았다.

“네 나이에 장어를 많이 먹으면 몸에 독이 된다. 오늘은 처음이겠다, 흰밥으로 하려무나.”

다이치는 콩 무늬 수건을 받았다. 먹기 겨루기는 밥 조부터 시작해서 과자 조, 술 조로 이어져 장어 조가 맨 끝이라고 했다. 주홍색 수건을 들고 돌아온 부베 선생은 아직 한 방울도 마시지 않았는데 빨강 귀신 얼굴이 한층 더 뻘겠다.

“이거야 원, 녹록지 않겠군.”

“이런 경우 사전에 준비를 하는 편이 낫습니까? 아니면 배를 깨끗이 비워놓는 게 나은지요?” 쇼노스케는 물었다.

부베 선생은 껄껄 웃었다. "나는 마시겠네. 꽃놀이가 아닌가!"

그러고는 육중한 발걸음으로 칸 좌석으로 돌아갔다.

쇼노스케는 다이치에게 물었다. "어떻게 하련?"

"가서 달걀말이 먹을래."

"아직 안 돼! 관리인 영감님이 오시고 나서 먹어."

긴이 말려도 다이치는 아랑곳하지 않는다. 마당에서는 떠들썩하게 술잔치가 시작되었다.

"아이참, 할 수 없지."

"쇼 씨도 얼른 가십시오. 먹기 겨루기는 여흥입니다. 우선은 꽃을 즐겨야죠."

쇼노스케는 그보다 마음에 걸리는 게 있었다.

"지헤에 씨, 가노야와 친분이 있으신 모양입니다."

"그러게요, 무라타야 관계자라면 상관없다고 하질 않나." 긴도 고개를 끄덕였다.

지헤에는 천연덕스럽게 대답했다. "우리 같은 장사를 하다 보면 다양한 곳에 손님이 있게 마련이죠. 아까 그 말은 그냥 듣기 좋으라고 한 말입니다. 애당초 그 사람은 가노야 사람이 아니거든요. 근처 알선업소의 고용인 우두머리죠. 아마 일을 거들라고 동원됐을 겁니다."

아닌 게 아니라 가노야의 상호가 들어간 저고리를 걸치거나 앞치마를 두른 남녀가 여간 많은 게 아닌데, 그 사람들이 전부 가노야의 고용인일 리 없다.

"그래도 오카와 강 건너편까지 이름이 알려져 있다는 말이잖아요. 무라타야는 유명한 가게네요."

솔직하게 감탄하는 긴을 보고 지헤에는 숱 눈썹을 치키며 미소를 지었다.

"암, 우리 무라타야는 유명한 가게이고말고. 재산은 가노야의 십 분의 일에도 못 미치지만, 발 넓은 것으로는 뒤지지 않지."

"칸 좌석에 초대한 손님은 어떤 사람이에요?"

긴이 묻는 것을 듣고 쇼노스케도 생각났다. 지헤에의 칸 좌석은 도미칸 나가야 사람들만을 위한 게 아니다.

지헤에의 숱 눈썹이 이번에는 밑으로 처졌다.

"그게 글쎄, 우리와 자리를 섞는 건 창피하다고 대여 회장 쪽으로 가버렸지 뭡니까. 저도 그쪽으로 갈 테니 칸 좌석은 도미칸 나가야 분들이 편히 쓰십시오."

그러더니 "아, 그렇지만……" 하며 쇼노스케의 어깨에 가볍게 손을 얹었다.

"혼조 요코가와 정의 대서인代書人 분이 부부 동반으로 올 겁니다. 쇼분도와도 거래하는 사람이라 쇼로쿠 씨가 안내한다고 했으니 쇼 씨, 이번 기회에 인사해두시면 좋을 겁니다."

대서인. 쇼노스케의 눈썹이…… 꿈틀하지는 않았을 것이다. 지헤에의 숱 눈썹도 움직이지 않았다.

"그렇군요. 감사합니다."

지헤에는 대여 회장으로 가고, 긴이 또다시 쇼노스케의 팔꿈치에 들러붙었다.

"쇼 씨, 모처럼 왔는데 우리 가노야에서 파는 물건들을 구경하러 가요. 하나에 다섯 냥씩 하는 접시는 대체 어떤 걸까요."

그런 물건을 점포에 진열해놓을 리 없다는 쇼노스케의 예상은 싱겁게 빗나갔다.

가노야의 상품도 벚꽃 못지않게 호화로웠다. 가격표가 붙은 것과 붙지 않은 것이 있는데, 붙지 않은 쪽이 더 비쌀 것이다. 우선 물건을 고르고 나서 값을 흥정할 수 있는 손님에게만 해당되는 물건이다.

쇼노스케가 아는 도자기 상점들은 점포 앞에 상품이 잔뜩 쌓여 있곤 했다. 심지어 먼지가 앉은 곳도 있었다. 가노야는 그와 전혀 딴판이었다. 여기서는 그릇이 오동나무 상자에 들어 있거나 그릇 다섯 개에 그려진 연속된 그림이 모두 보이도록 진열되어 있다. 지헤에의 말대로 특히 훌륭한 이마리 도기가 많았지만 그게 다가 아니었다. 가사마 도기처럼 도가네에서 가까운 명산지 것도 있었다.

유리 제품도 있다. 색채가 선명하고 다리가 긴 술잔이며 심지가 속에 든 기다란 초롱 같은 것이 보였다. 점원에게 묻자 나가사키에서 들여온 '양등洋燈'이라 했다.

긴이 특히 감탄하며 황홀히 바라본 것은 갖은 색깔과 무늬의 사기 술잔을 나무틀 안에 서른 개가량 늘어놓은 것이었다. 낱개로는 팔지 않는다고 했다. 이대로 장식해두며 계절에 맞춰 꺼내 사용하는 것이다. 십이지 그림을 그린 것도 있었는데, 이쪽은 나무틀도 칠기였다.

쇼노스케는 그 뒤쪽의 지름이 1척약 30센티미터 이상 될 듯한 큰 접시에 시선을 빼앗겼다. 산뜻한 파란색 바탕에 구름을 가르며 하늘을 나는 용이 그려져 있다. 갈기와 수염, 비늘 끝에 입힌 금물이, 승천하는 용에게 길을 비켜주듯 흘러가는 구름의 옅은 먹빛과 대조를 이룬다.

어떤 사람이 그림을 그렸을까. 실수하면 그릇 자체의 값어치가 떨어질 까다로운 작업이다. 종이에도 이 정도로 생명력 넘치는 용을 그리기 쉽지 않을 텐데.

눈에 서린 저 형형한 빛을 봐라. 살아 있다. 분명히 하늘을 비상하고 있다.

"어떤 요리를 담는 그릇일까요." 긴이 속삭였다.

쇼노스케는 웃었다. "아무리 그래도 저기에 음식을 담지는 않지. 장식해놓고 감상하는 그릇이야."

"그렇겠죠? 감자조림 같은 건 못 담겠죠?"

달걀말이도 무리일 것 같고, 장어구이라면 괜찮을까요. 도미회는 어떨까요. 긴은 진지하게 생각하고 있다. 긴이 먹고 싶은 음식인 듯하다는 점이 귀엽다.

도미칸 나가야 사람들은 엄두도 못 낼 물건들만 있는 것은 아니었다. 매장 구석에 밥공기며 찻종이 든 커다란 소쿠리가 있다. 그래도 혼조나 후카가와 언저리의 도자기 상점에서 심심치 않게 찾아볼 수 있는 하자품은 하나도 없었다.

"다이치의 밥공기가 이가 많이 빠졌던데."

긴이 손가락을 물고 바라보고 있기에 쇼노스케는 사내답게 인심 쓰기로 했다. 다행히 입체 그림을 베껴주고 지헤에에게 받은 삯이 있다.

"달걀말이에 대한 답례야."

마음대로 세 개 고르라고 하자 긴의 얼굴이 빨개졌다.

"에구, 아니에요! 괜찮아요!"

쇼 씨에게 사달라고 할 수는 없다면서 소매를 입에 물고 강중강중 뛰며 등에 불이 붙은 양 수선을 피운다.

"고마워서 그러는 건데."

"그럼 나중에요. 네? 다음에 저랑 요쓰야 저녁 장에 같이 가요. 그때 사달라고 할게요. 네? 네? 나중에요."

점원과 주위 손님들이 웃는 바람에 쇼노스케도 쑥스러워져 그러기로 했다. 긴은 볼을 한층 붉히고 쇼노스케의 소매를 잡아당겼다.

"저기 들어봐요. 먹기 겨루기를 시작하나 봐요. 얼른 가요!"

다이치는 분투했다.

그러나 상대가 좋지 않았다. 격이 달라도 너무 달랐다고 할 수 있다.

흰밥 조의 먹기 겨루기에서 도무지 인간의 재주 같지 않은 광경이 펼쳐졌다. 아까 본 남만 풍 복장의 남자가 북을 백 번 치는 사이 먹은 양을 겨루는데, 참가자 열다섯 명 중 일등을 차지한 사내는 흰밥 일흔일곱 공기를 찬물 열 공기에 말아 먹어치우고도 끄떡없어 보였다. 다이치는 흰밥 스물두 그릇으로 꼴찌였고, 끝에 가서는 나자빠지기까지 했다.

"대체 뭐야? 저거 괴물 아냐?"

듣자 하니 승자는 아사쿠사의 모자에몬, 쉰다섯 살이라고 했다. 십 년 전 그곳에서 열린 먹기 겨루기에서도 일등을 차지한 강자인데, 그때는 더운물에 말아 여든두 그릇이나 먹었다고 하니 그저 엄청날 따름이다.

그릇이 다르다. 위장이 다르다. 구경하는 이들은 어이없어 하랴 놀라랴, 환호성과 웅성거림이 터질 때마다 벚꽃 꽃잎이 흩날렸다.

한편 과자 조에서는 만주와 양갱, 찹쌀떡을 각 참가자가 자신 있는 조합으로 먹어 겨루었는데, 일등을 차지한 고지 정의 요네야 히코자부로라는 사내는 만주 여든 개, 찹쌀떡 스무 개, 양갱 열세 개를 먹었다. 이 사내는 많이 먹기만 한 게 아니라 먹는 속도도 엄청났다. 거의 씹지도 않고 연거푸 꿀꺽꿀꺽 삼켰다.

"보기만 해도 배부르네요."

긴이 가슴을 부여잡고 신음했다. 쇼노스케도 동감이었다.

지혜에가 초대한 요코가와 정의 대서인 부부는 과자 조가 겨루기를 시작할 무렵 나타났다. 수세미 얼굴 쇼로쿠도 기쁜 표정으로 빙글거렸다.

"이쪽은 대서인 이가키 쇼자부로 님과 부인이신 리쿠 님이십니다."

쇼로쿠는 정중하게 소개했으나, 부부는 격의 없는 태도로 인사했다.

"고케닌쇼군 직속 하급 무사으로 봉직하다 몰락한 자요. 몰락하기 전에도 가난뱅이, 몰락하고 나서도 가난뱅이지. 무라타야에도 쇼분도에도 외상이 깔려 있다오."

부끄러워하지도 않고 그렇게 말하더니, 도미칸 나가야 사람들과도 놀라운 먹기 겨루기를 함께 관람하는 사이에 금세 친해졌다. 부부 모두 환갑을 지났을 것이다. 희끗희끗한 머리에 꽃잎이 떨어진다. 옷은 허름하고 조리는 끝이 닳았지만 부부의 얼굴은 한없이 명랑했다.

대서인은 옥호나 상호가 없다고 한다. 동네에서는 '이가키 선생님'이라고 하면 통하는 모양이다. 나가야나 셋집과 관련된 증서를 주로 다루는 터라 고객 중에 임대 관리인이 많다. 가까운 지역에 서한을 배달하는 일도 하는데, 서한을 쓰는 것만이 아니라 문장에 대한 조언도 한다. 받은 서한을 읽어달라는 부탁도 자주 받는다.

"무라타야에서 필사를 하신다지?"

"네. 교본이 많습니다만, 근래 들어 이야기책도 다루기 시작했습니다."

그러자 이가키 노인은 안다는 듯 빙긋 웃었다. "그렇다면 지헤에 씨가 성가신 요구를 하겠구먼."

쇼노스케는 눈을 껌벅였다. "하시면 이가키 님께서도 그렇습니까?"

남편보다 부인이 먼저 웃음을 터뜨리며 고개를 끄덕였다. "무라타야 씨는 그런 식으로 이야기책에 능한 필자를 찾으시는 거랍니다."

"무라타야의 바킨 선생교쿠테이 바킨으로 19세기 초 일본의 저명한 작가을 발굴하려는 게지. 나는 일찌감치 물러났소만."

젊은 양반, 열심히 해보시게, 잘만 하면 큰돈을 벌 수 있으니까, 하고 태평한 소리를 한다. 아무리 낭인이라지만 무사가 저렇게 천연덕스럽게 돈벌이 이야기를 하는 것은 역시 고향에서는 있을 수 없는 일이었다.

쇼노스케는 부부의 허물없는 태도에 용기를 얻어 말을 꺼냈다. "이가키 님, 다소 기이한 것을 여쭙습니다만. 타인의 글씨체를 흉내 내보신 적이 있습니까. 대서인으로서 그런 의뢰를 받아 보신 경험이 있습니까."

쇼노스케의 질문에 이가키 노인은 별달리 놀란 눈치를 보이지 않았다.

"……세상에는 다양한 사정이 있으니 말이오."

노인은 노년의 주름과 웃어서 생긴 주름이 적당히 섞인 눈가를 누그러뜨리며 온화하게 대답했다.

"일로 그런 주문을 받아본 적은 없소만, 있어도 기이하게 생각하지는 않을 거요. 게다가 타인의 글씨체를 흉내 내는 것은 누구나 한 번은 하는 일 아니오?"

"그게 무슨 말씀이신지요?"

"글씨본을 보며 습자를 하는 것 말이오. 당신도 했을 텐데? 되도록 글씨본과 똑같이 쓰려고 연습하지 않소."

"아아, 네…… 그것은 그렇습니다만, 똑같이 쓰지는 못합니다."

"그렇지. 사람은 성격과 체질이 다 다른 법. 따라서 쓰는 글씨도 다르오. 형제자매도 글씨체는 다른 거요."

쇼노스케와 형 가쓰노스케도 글씨가 전혀 딴판이었다. 그것은 성격이 다르고, 체격이며 취향이 달랐기 때문일까.

"나는 말이지, 필적이 다른 것은 본래 저마다 눈이 다르기 때문이라 생각한다오."

"눈 말씀입니까?"

쇼노스케가 눈을 크게 뜨자 이가키 선생은 재미있다는 듯 헛

헛 웃었다.

"사람은 자기가 본 것을 그리게 마련이오. 글씨든, 그림이든 마찬가지지. 보는 것, 보이는 것이 다르면 그것을 베껴 쓰고 그리는 것도 다른 게 오히려 자연스러운 일 아니겠소?"

쇼노스케는 핵심을 향해 한발 더 파고들었다.

"그렇다면 만약 모방된 당사자도 분간하지 못할 만큼 똑같이 타인의 필적을 모방할 수 있는 인물이 있다면, 대체 어떤 인물이겠습니까."

이가키 노인은 턱을 어루만졌다. "글쎄올시다. 모방하는 필적의 임자에 맞춰 간단히 눈을 바꿀 수 있는 인물일까."

눈을 바꾼다.

쇼노스케가 생각에 잠겨 있노라니 긴이 고개를 살짝 뻗고 "어려운 이야기는 그쯤 해두시죠?"라고 했다.

"술 겨루기가 시작될 거예요."

술 조에 참가하는 열세 명의 남자들이 등장하자 구경하는 이들이 열광했다. 주홍색 수건을 머리에 꽉 묶은 부베 선생은 원수라도 갚으러 가는 사람처럼 늠름해 보였다.

"부베 선생님은 젊은 축에 속하는걸."

다쓰키치가 어이없다는 듯 말할 만도 했다. 참가자 중에는 심지어 허리가 꼬부라진 노인까지 있었다.

"술이 세고 약한 것도 전부 타고난 자질이니 말이오. 나이는 상관없지."

이가키 노인의 주석에 모두가 놀랐다.

"그럼 나도 아버지처럼 술에 약한 술고래가 되는 걸까."

"술을 아예 안 마시면 되잖아. 술꾼이 되고 나서 끊기는 쉽지 않다고."

다이치와 긴이 주고받는 말을 듣고 부베 선생의 부인 사토미가 미소를 지었다.

"적당히 마시면 되지요. 술은 백약지장이라고도 하니까요."

"하지만 부베 선생님은 술이 세다고……."

"그래요. 우리 고향에서는 남편 같은 사람을 '소쿠리'라고 불렀답니다."

아무리 마셔도 소쿠리로 물을 긷듯 술이 술술 빠져나가기만 하고 취하지 않기 때문이라고 했다.

"그럼 이기겠네요! 다섯 냥은 우리 차지다!"

흥분하는 다이치와 아버지를 응원하는 다섯 아이들을 자상한 표정으로 바라보며 사토미는 눈을 살짝 내리깔고 이렇게 중얼거렸다.

"소쿠리 체질이었기에 남편은 녹을 잃었습니다."

이 말을 들은 사람은 쇼노스케와 이가키 부부뿐, 다른 사람들은 모두 개회사에 정신이 팔려 있었다. 사토미도 남편과 처지가 같은 그들에게만 말한 듯했다.

이가키 부부가 마주 보더니, 부인인 리쿠가 말했다.

"저런, 술이 지나쳐 직무에 실책을 범했다는 말씀인지요?"

사토미의 미소가 쓸쓸함이 어린 쓴웃음으로 바뀌었다.

"그랬다면 자신의 불미함 탓이라고 체념할 수도 있었겠습니다만."

술을 많이 마셔도 취하지 않는 부베 선생은, 주사가 심한 윗

사람이 술에 취해 동배를 괴롭히는 것을 말리려다가 되레 상대를 두들겨 패는 바람에 원한을 샀다고 했다. 상대방은 술에 취해 이성이 없으니 말리려면 그럴 방도밖에 없었겠으나, 두들겨 맞은 윗사람은 수치심과 노여움에 불타올랐다. 술 취한 사람이 으레 그러하듯 술이 깨고 나면 자신의 추태를 깨끗이 잊어버리니 부베 선생이 더더욱 미울 수밖에 없다.

"직무에 관해서도 계속 트집 잡고 집요하게 괴롭혔지만 그래도 윗사람이라고 참았더니, 이번에는 그런 태도가 밉살스럽다고 결국 야습을 하더군요. 다행히 그때는 무사했습니다만……."

이대로 가다가는 둘 중 하나가 목숨을 잃게 될 것이다.

"남편은 생각다 못해 가문과 직무를 버린 채 저희를 데리고 도망쳤답니다."

팔 년 전 일이라고 했다. 그런 고생을 했었나. 쇼노스케는 사토미의 청초한 자태를 다시금 바라보았다.

"그 뒤 남편은 술만큼 하찮은 것은 없다며 술을 끊었지요. 그랬는데 무슨 바람이 불었는지, 저도 참 뜻밖입니다만……."

다섯 냥은 큰돈이니까요, 하고 중얼거리는 목소리에 불안이 서려 있었다. 즐거워 보이는 아이들을 바라보는 눈은 어쩐지 축축하게 젖은 듯했다.

"분명 이길 겁니다."

이가키 부부는 사토미를 위로하며 아이들과 함께 응원하기 시작했다. 참가자들이 각자 자리에 앉고 북재비가 북채를 들었다.

그때 문득 시선이 느껴졌다. 이렇게 사람이 많고 혼잡한 곳인데 이상한 일이지만 누가 자신을 보고 있다.

쇼노스케는 고개를 들고 주위를 둘러보았다. 대여 회장 2층 창문에 눈이 멎었다. 앗, 하고 놀랐다.

놀란 것은 상대방도 마찬가지였던 모양이다. 시선이 마주치자 그 사람은 얼어붙었다. 마주 보고 오른쪽, 난간 살에 화조 장식이 붙은 창문이다.

쇼노스케는 실이 그를 잡아당기는 것처럼 무심코 일어섰다. 앞으로 발을 내딛자, 창 안에 있던 사람은 도망치듯 모습을 감추었다. 검은 머리가 사뿐히 나부끼는 게 보였다.

달려가려는데 옆에서 누가 소매를 붙드는 바람에 쇼노스케는 휘청거렸다.

긴이었다.

"쇼 씨, 왜 그래요?"

"아, 아니."

당황해서 다시 창문을 올려다보자, 이번에는 지혜에의 얼굴이 보였다. 쇼노스케를 보더니 쓴웃음을 지으며 이마에 손을 대고는 안으로 들어가 버렸다.

대체 어떻게 된 일이지?

"잠깐 급한 볼일이 생겨서."

쇼노스케는 그렇게 말하며 긴의 손을 뿌리친 다음, 환호하는 구경꾼들 사이를 뚫고 대여 회장으로 달려갔다. 술 겨루기가 시작되고, 붉은 칠을 한 술잔을 기울이는 참가자들을 격려하듯, 또 부채질하듯 북이 울렸다. 구경하는 이들도 그에 맞춰 수를 센다. 쇼노스케는 그 사이를 지나 걸음을 서둘렀다.

대여 회장 현관 앞에서 흰 버선을 신은 지헤에가 기다리고 있었다. 달려온 쇼노스케를 보고 숱 눈썹으로 팔자를 그리며 미안하다는 듯 고개를 움츠렸다.

"지헤에 씨!"

"미안합니다."

그러더니 변명인지 설명인지 입속으로 뭐라 중얼거린다. 대여 회장 안의 손님들도 마당에서 구경하는 사람들과 마찬가지로 소란스러운지라 무슨 말인지 전혀 들리지 않았다.

쇼노스케는 목소리를 높였다. "아까 그 사람, 벚나무 밑에 있던 사람 아닙니까!"

도미칸 나가야 뒤 강둑의 벚나무 아래 서 있던, 꿈인지 환영인지 알 수 없었던 단발머리 여인이다. 갓 피기 시작한 벚꽃처럼 조신하고 쓸쓸해 보이던, 그러면서 쇼노스케의 시선을 빼앗았던 여인이었다.

"자, 자, 쇼 씨, 진정하십시오."

쇼노스케를 달래는 지헤에 뒤로 위층으로 올라가는 계단이 보인다. 검게 윤이 날 만큼 반들반들 잘 닦였다. 쇼노스케는 그 위로 시선을 주었다.

"위에 있죠? 지헤에 씨, 그 사람을 알고 계셨군요."

"네. 아니, 그런데 그게 그만 달아나고 말았군요……." 지헤에는 얼버무리듯 웃으며 쇼노스케의 팔을 잡았다. "잠깐 이리로 오십시오. 네, 신은 벗으시고요. 그렇게 서두르지 않으셔도 됩니다."

서두르는 게 아니다. 그저 놀란 것뿐이다. 지혜에도 사람이 심술궂다. 그 사람을 알고 있다면 처음부터 안다고 말했으면 될 것 아닌가.

지혜에는 주위를 잠시 둘러보더니 계단 바로 옆 샛장지를 열고 손짓했다.

"이 방을 잠깐 쓸까요."

다다미 넉 장 반쯤 되는 방에는 아무도 없었다. 지혜에는 거리낌 없이 앉더니 쇼노스케에게도 앉으라고 재촉했다.

"하지만……."

"그러지 말고 앉으십시오."

완강히 버티고 서 있던 쇼노스케는 주위 소음이 차단되자 아닌 게 아니라 자신이 묘하게 서두르고 있었음을 깨달았다.

명색이 무사가 되어 여자 때문에 소리를 지르다니 꼴사납다.

"제가 결례를 저질렀군요. 죄송합니다. 저도 꽃놀이 때문에 들뜬 모양입니다."

이번에는 쇼노스케가 몸을 움츠리자, 지혜에는 도토리처럼 동그란 눈을 가늘게 뜨고 웃었다.

"그 아가씨는 와카 씨라고 한답니다. 나이는 열아홉 살, 우리 가게 단골손님이죠."

손님이었나. 그렇다면 그냥 아는 정도가 아니다. 단발머리라는 말을 듣고 바로 알아차렸을 게 틀림없다.

"신원에 관해서는, 음……."

지혜에는 품에 손을 찔러넣고 고민하더니 혼자 납득한 양 고개를 끄덕였다.

"내 입으로 말씀드리지는 못하겠습니다. 그렇지만 근방에 사는 아가씨랍니다. 그렇기에 이른 아침 강변에 훌쩍 나타날 수 있었던 겁니다만."

"그럼 오늘 여기 훌쩍 나타나신 것은요?"

급히 서두르면 꼴사납다고 참는 게 뻔히 드러나는 말투였으리라. 지혜에가 웃음을 터뜨렸다.

"제가 초대했습니다. 쇼 씨에게 소개하려고 말이죠."

소개?

쇼노스케는 사레가 들렸다.

"저, 저는 그런 부탁을 드린 게……."

"만나기 싫습니까? 정체를 알고 싶잖아요?"

"그야 그렇습니다만."

"쇼 씨도 젊은데 목석인 척할 거 없어요. 아름다운 처녀를 보면 신경 쓰이는 게 당연하죠."

지혜에는 단호히 그렇게 말하더니 갑자기 숙연한 눈빛으로 변해, 누구 다른 사람이 있는 것도 아니건만 목소리를 낮추었다.

"와카 씨는 말이죠, 평소에는 바깥출입을 거의 하지 않습니다. 그래서 쇼 씨 이야기를 듣고 얼마나 놀랐는지 모릅니다."

쿵, 쿵, 쿵. 북소리가 커졌다. 와 하고 환호성이 일었다.

"대단한 규중처자로군요."

지혜에는 고개를 끄덕였다. "네, 아닌 게 아니라 그 댁 부모님은 그 아가씨를 금지옥엽 끔찍이 귀여워하죠. 하지만 그 아가씨가 규중처자인 것은 그 탓이 아닙니다. 오히려 부모님은 와카 씨가 바깥출입을 하지 않는 걸 염려하는데, 와카 씨의 심정을 알기에 억지로 끌어내지 못하는 거랍니다."

그런 말까지 들으면 와카라는 처녀에게 어떤 사연이(그것도 상당히 복잡한) 있다는 것은 짐작이 갔다.

"이번에도 여기까지 데려오는 데 저와 와카 씨 부모님이 얼마나 열심히 설득했는지 모릅니다. 그랬는데 막상 때가 되니까 역시 부끄럽다고 하지를 않나." 지혜에는 거기까지 말하더니 빙긋 웃었다. "그렇지만 그 아가씨가 이런 북적거리는 곳까지 나온 건 더없이 만족스러운 일이죠. 그건 쇼 씨의 공입니다."

공이라 한들 쇼노스케는 어리둥절할 뿐이다.

"제가 뭘 했던가요?"

"네, 했고말고요. 쇼 씨, 와카 씨 머리를 보고 놀랐죠?"

"네."

"와카 씨가 미인이라고, 벚꽃 정령이 아닐까 생각했죠?"

"네에."

쇼노스케는 이런 대화도 무사로서 마땅한가 생각하며 지혜에가 이끄는 대로 대답했다.

"그 아가씨 이마가…… 약간 튀어나온 게 귀엽다는 것까지 알아차렸죠?"

"그런 이야기까지 하신 겁니까? 오히려 언짢으셨겠습니다."

지혜에는 천천히 고개를 내저었다. "아뇨, 전혀 그렇지 않습니다. 언짢기는요. 놀라기는 했습니다만."

쇼노스케는 당황했다. "무사가 돼서 몰래 엿보기나 하는 몹쓸 인간이 있다는 데 놀라셨겠죠."

"아닙니다. 와카 씨는 강가 벚나무 밑에서는 쇼 씨를 보지 못했어요. 그런데 발이 걸려 넘어졌을 때 강에 면한 도미칸 나가야에서 장지가 닫히는 소리가 나기에 황급히 시선을 돌렸다더군요. 그래서 누가 보고 있었구나 생각한 거죠."

그래서는 정말 몰래 엿보는 인간 같지 않나. 가슴속이 수치로 활활 타오르는 듯했다.

"그런 표정 짓지 마십시오." 지헤에는 어디까지나 느긋했다. "쇼 씨가 젊은 무사고 우리 상점에서 필사 일을 한다는 말을 듣고 와카 씨는 안심한 모양입니다. 수상한 인물이 아닙니다, 몹쓸 사내도 아닙니다, 그 점은 이 무라타야 지헤에가 보장합니다, 했더니 말이죠."

와카의 마음도 그 말에 움직였다. 아주 흔치 않은, 전대미문의 일이라고 지헤에가 역설했다.

"쇼 씨가 어떤 사람인지 멀리서라도 보고 싶다고 하기에, 그러지 말고 직접 만나라, 같이 꽃놀이를 하라고 부추겼습니다만 그만 실패로 돌아가고 말았군요." 지헤에는 눈썹을 위아래로 움직이며 말했다. "조금 서둘렀나요."

어째서 놀랐는지, 뭐가 흔치 않다는 건지, 어떻게 서둘렀다는 말인지. 지헤에가 하는 말은 조리가 없다.

"무슨 말씀이신지 잘 모르겠습니다만."

그러자 지헤에는 선뜻 인정했다. "그럴 테죠. 아직 모를 테죠. 그러니 차근차근 이야기하겠습니다."

전혀 '차근차근'이 아닌 것 같다. 지헤에는 어째서 이렇게 홍분한 걸까.

"아까는 말이죠, 저기 칸 좌석에 있는 사람이 후루하시 쇼노스케 씨입니다, 하고 제가 가리켜서 와카 씨가 창문으로 내려다본 겁니다."

그래, 와카는 쇼노스케를 똑바로 응시하고 있었다.

"단발머리였죠?"

"네, 그래서 바로 알아본 겁니다."

"흔치 않은 일입니다. 쇼 씨는 이로써 단발머리 와카 씨를 두 번이나 본 셈이란 말이죠. 그런 사람은 그분 부모님 말고는 없거든요. 나도 제대로 본 적이 없습니다."

쇼노스케의 머리가 다시 혼란에 빠졌다. "무슨 말씀인지요?"

"와카 씨는 평소 두건을 쓰고 지냅니다. 그 귀여운 이마는 물론이고 눈 위까지 덮는 두건을 말이죠. 부모님을 제외한 다른 사람들 앞에 나갈 때는 늘 두건을 씁니다."

쇼노스케는 입을 다물고 지헤에를 보았다. 숱 눈썹은 곧고, 도토리 같은 눈은 웃음기를 머금고 있어도 눈빛은 진지했다.

"젊은 처녀인데 이상하죠. 하지만 와카 씨는 그런 아가씨이거든요. 그러는 데는 사정이 있어요."

쇼노스케는 돌이켜보았다. 벚나무 아래 서 있던 와카. 창 너머로 쇼노스케를 바라보던 와카. 단발머리가 이마와 뺨에 사뿐히 내려앉던…….

"그런데도 쇼 씨는 그것을 알아차리지 못했습니다. 두 번 다 알아채지 못했어요. 그보다 먼저 와카 씨를 아름답다고 생각했죠. 이마가 귀엽다고 생각했습니다. 와카 씨의 다른 '어떤 것'에 전혀 현혹되지 않고 말입니다. 쇼 씨는 그런 눈을 가진 겁니다. 그 점에는 사실 나도 놀랐습니다."

그 때문에 쇼노스케가 처음 단발머리 여자에 관해 물었을 때 일부러 시치미를 떼며 얼버무렸다고 했다.

"와카 씨에게 이러이러한 사람이 있는데 당신에 관해 가르쳐주어도 되겠느냐고 먼저 확인해야 할 것 같아서 그랬습니다."

쇼노스케는 다물고 있던 입을 조금 더 굳게 다물었다.

"그랬더니 와카 씨가 가르쳐주어도 된다고 했군요?"

"그래요. 쇼 씨가 어떤 사람인지 관심이 생긴 거죠."

"제가 와카 씨의 '어떤 것'을 깨닫지 못했기 때문에."

지헤에는 고개를 끄덕이고 쇼노스케의 눈을 응시했다. 쇼노스케는 용기를 내어 물었다.

"그 '어떤 것'이 무엇입니까?"

지헤에도 용기를 내듯 눈을 한번 크게 떴다가 대답했다.

"쇼 씨가 그것을 물으면 대답해도 되겠느냐고 와카 씨에게 물었습니다. 그랬더니 와카 씨는 괜찮다고 대답했습니다. 다만 말이죠, 내가 쇼 씨에게 그것을 가르쳐주면……."

후루하시 님이라는 분은 그 이상 저를 만나고 싶지 않으시겠지요.

"그러니 상관없다고 했습니다."

쇼노스케는 숨을 세 번 쉴 동안 침묵했다. 망설임은 전혀 없었으니 생각하고 있었던 게 아니다. 그저 되도록 단호한 투로 말하고 싶었다.

"그런 식으로 저를 단정하다니 유감이군요."

별로 단호하지 않다.

지헤에는 기쁜 표정으로 손뼉을 딱 쳤다.

"네, 그렇게 나와야죠. 역시 쇼 씨입니다. 젊다는 건 좋군요." 들뜬 것처럼 그런 말을 하더니 바로 말을 이었다. "와카 씨는 멍이 있거든요. 얼굴과 몸 왼쪽 절반에 붉은 멍이 있어요."

쇼노스케는 다문 입술에 더욱 힘을 주었다. 입술이 보이지 않을 만큼.

"그렇기에 평소에는 두건을 벗지 않습니다. 의복도 왼쪽 소매를 오른쪽보다 길게 짓죠. 손등을 감추려고."

지헤에는 쇼노스케가 뭐라고 말할지 두고 보듯 큰 눈알을 대굴 굴렸다.

"저는 전혀 몰랐습니다."

쇼노스케는 그것밖에 할 말이 없었다. 실제로 벚꽃 정령처럼 보였기에. 검은 단발머리에 검은 눈, 갓 봉오리가 터지기 시작한 벚꽃처럼 붉은 기가 살짝 도는 하얀 뺨이 보였기에. 정말 그것만 보여 쇼노스케의 마음을 움직였기에.

"겨울부터 초봄까지는 어느 정도 옅어진다더군요. 여름이 가장 심하고 말이죠." 지헤에는 측은하다는 듯 표정을 일그러뜨렸다. "아프거나 붓거나 할 때도 있는 모양입니다. 와카 씨가 머리를 잘라 늘어뜨린 것도 머리를 올릴 수가 없어서랍니다. 올리려면 아무래도 머리카락을 잡아당기게 되는 데다, 머릿기름도 와카 씨 피부에 좋지 않다더군요."

생각을 정리해서 말하고 싶은데, 조금도 정리되지 않았다. 결국 이렇게 중얼거렸다.

"단발머리가 참 잘 어울렸습니다."

지혜에가 몸을 가누지 못할 만큼 웃어댔다.

"그것 참 기쁘군요. 그래요, 그렇습니까." 그러고는 또 손뼉을 짝짝 친다. "와카 씨, 아까 창밖으로 얼굴을 내밀 때 두건을 벗었거든요. 그 전까지 쓰고 있었는데 말입니다. 이번에는 쇼 씨에게 멍을 보여줄 생각이었겠죠. 그런데 쇼 씨는 이번에도 멍을 보지 않았습니다. 첫 번째, 두 번째 모두 거리가 멀어 보이지 않은 게 아닙니다. 그 정도 거리면 원래는 알아차릴 정도로 큰 멍이에요. 붉은 멍이 들었다는 것까지는 몰라도 얼굴에 그림자가 있다는 걸 다른 사람이면 알아볼 수 있었을 겁니다."

어느새 북소리가 그치고, 사람들이 웅성거리는 소리만이 샛장지 너머로 어렴풋이 들렸다.

"……제가 결례를 저질렀을까요."

"웬걸요, 당치 않습니다. 그건 쇼 씨의 눈이 좋은 눈이라는 증거입니다. '미'를 보는 사람의 눈이에요. 거죽이 아니라 사물의 참된 아름다움을 말이죠." 지혜에는 힘주어 말했다.

지혜에는 감동하는 것 같지만, 정작 와카는 도망치지 않았나.

"와카 씨는 겁이 많아서 그럽니다. 그럴 만도 하죠." 지혜에는 부드럽게 말했다. "타인을 잘 믿지 못하는 부분도 있습니다. 아까 여기서 도망칠 때도 삐친 것처럼 말하더군요."

후루하시 님이라는 분도 이번에는 제 멍을 보고 제가 벚꽃 정령이 아니라 한낱 괴물이라는 것을 깨달으시겠지요.

"본인은 나름대로 의연한 척한다고 했겠지만 얼굴은 울상이었습니다. 쇼 씨를 보고 와카 씨도 마음이 움직였을 테죠."

"놀리지 마십시오."

스스로도 얼굴이 빨개지는 것을 알 수 있었다.

"놀리는 게 아니에요. 기뻐하는 겁니다. 어때요, 쇼 씨. 와카 씨와 한번 잘 지내보지 않겠습니까? 그 아가씨도 서책을 좋아하겠다, 두 분은 마음이 잘 맞을 것 같습니다만. 암요, 맞고말고요."

중매인 같은 소리를 한다.

쇼노스케는 웃음을 짓는 숯 눈썹 얼굴이 어이없어 쓴웃음을 지었다.

"지헤에 씨, 의외로 밀어붙이는 성격이시군요."

"저런, 그렇습니까."

"와카 씨가 그런 사정을 가진 분이라면, 느닷없이 꽃놀이 자리로 데리고 나오는 건 가혹하지 않습니까. 아무리 그래도 무리입니다. 순서라는 게 있죠."

비난해도 지헤에는 기죽지 않고 더더욱 신이 나는 듯했다.

"지금까지 내내 암만 밀어도 꿈쩍도 않던 수레이니 말이죠, 나도 젖 먹던 힘까지 다 내서 밀어본 겁니다. 한 번쯤은 그래도 되지 않을까 싶었습니다. 와카 씨에게도 무리는 시키지 않을 겁니다. 일단 오늘 이 자리에서 오간 이야기를 와카 씨에게 전해도 되겠습니까?"

자신은 한낱 괴물이다, 와카는 그렇게 말했다고 한다. 하지만 쇼노스케가 앞뒤 가리지 않고 여기로 달려온 것은 2층 창문 너머로 보인 얼굴이 그때 본 벚꽃 정령이었기 때문이다.

자신을 괴물이라고 하지 마십시오.

당신은 그렇게나…… 아름다운데.

"그때 와카 씨를 놀라게 해드려서 죄송했다고 전해주신다면."

쇼노스케의 말에 지혜에는 알겠다며 머리를 정중히 숙였다.

한숨 돌리고 나니 쇼노스케는 만족스러운 표정의 지혜에 앞에서 별안간 정신이 번쩍 드는 듯했다. 오늘 여기 온 목적이 무엇인가. 꽃놀이에 들떠 여자 때문에 얼굴을 붉히러 온 게 아니다. 정신 차리자.

"이번에는 제가 한 가지 여쭙고 싶은 게 있습니다만."

잠시 가까이, 하며 손짓하자 지혜에는 눈을 껌벅이며 얼굴을 가까이 가져왔다.

"뭡니까?"

"오늘 지혜에 씨가 칸 좌석을 마련해주신 건 도코쿠 님의 부탁을 받고 하신 일입니까?"

숯 눈썹이 치올라 위아래가 뒤집힌 여덟팔 자가 되었다. 이마에는 가로 주름이 세 줄 잡혔다.

"네?"

쇼노스케는 목소리를 낮추고 빠른 말투로 말했다. "지혜에 씨가 얼마나 시치미를 잘 떼시는지 이제 잘 알았습니다. 그렇지만 가르쳐주십시오. 오늘 일은 도코쿠 님께서 주선하신 겁니까?"

지혜에는 쇼노스케를 유심히 바라보더니 한 번, 두 번 고개를 가로저었다.

"아닙니다. 도코쿠 님께는 아무 말씀도 못 들었습니다."

그럼 단순한 우연인가. 이 정도로 널리 알려진 꽃놀이와 먹기 겨루기다 보니 우연히 겹쳤을 뿐, 지혜에는 아무것도 모른다는 뜻이다.

쇼노스케가 그런 생각을 하고 있으려니 지헤에는 다른 방향으로 넘겨짚었다.

"아니, 이런, 쇼 씨가 목석인 척하는 것을 도코쿠 님께서 보다 못해 어떻게든 해보라고 저를 부추기셨다고 생각한 겁니까? 그건 아닙니다. 이건 저 혼자만의 계획입니다."

이렇게 너그러운 사람을 이용하려니 뒤가 켕긴다. 하지만 기회가 있는데 이용하지 않는다면 뭣 때문에 에도에 있는지 알 수 없다. 이 이상 시간을 허비할 수 없다.

쇼노스케는 더욱 목소리를 낮추고 소곤소곤 말했다. "지헤에 씨, 부탁 하나만 드려도 되겠습니까? 무라타야에서는 늘 새 필자를 찾으시죠?"

"재능 있는 필자라면 그렇죠."

"이곳에 그 이야기를 퍼뜨려주시겠습니까? 특히 원본의 필적을 똑같이 모방할 수 있을 만큼 필경에 숙달된 사람이 있다면 꼭 쓰고 싶다고."

"그게 뭡니까? 그림이라면 몰라도 필적을 똑같이 모방하다니요. 필사 일에 그런 기술은 필요 없습니다." 지헤에가 어리둥절해서 물었다.

"정말 그럴까요? 필적까지 똑같이 모방하는 게 필사의 극치 아니겠습니까?"

스스로 생각해도 잘도 나불거린다. 단, 이 자리에서 생각해낸 말은 아니었다. 꽃놀이 계획이 정해진 뒤로 쇼노스케 나름대로 생각은 해두었다.

"제 눈으로 직접 《요리통》을 보고 그런 생각이 들었습니다. 그럼뿐 아니라 그 글씨에도 뭐라 말할 수 없는 맛이 있죠. 조합의 묘라고 할까요. 그것을 그대로 베낄 수 있다면 얼마나 훌륭하겠습니까."

"그야 그렇겠습니다만."

"부탁드립니다. 그런 기술을 가진 사람이 있다면 꼭 배우고 싶습니다. 근래 줄곧 생각하던 일입니다."

지헤에는 흠, 하며 턱을 갸웃거리더니 다시 와카 이야기를 꺼냈다.

"와카 씨도 글씨를 잘 씁니다만." 그러고는 씩 웃었다.

"그렇다면 더욱 뵙고 싶군요."

쇼노스케도 켕기는 기분을 억누르며 웃음을 지었다.

지헤에는 북적거리는 대여 회장 쪽으로 시선을 돌렸다. "오늘은 워낙 많은 사람이 모였으니 좋습니다, 한번 해봅시다. 하지만 과연 그런 사람이 있을까 모르겠군요."

있을 겁니다. 쇼노스케는 속으로 중얼거렸다.

수면에 벚꽃 꽃잎이 흩어져 있다.

지금은 아직 그 하나하나에 벚꽃 정령이 올라타 꽃잎 뗏목으로 선단船團을 이루고 어기영차 조그만 노로 배를 저어 출발했다 하는 정도다. 하지만 앞으로 이틀만 더 있으면 연분홍 양탄

자를 깐 것처럼 될 것이라고 리에가 가르쳐주었다. 벚꽃은 일단 지기 시작하면 걸음이 빠르다.

쇼노스케는 가와센의 쪽배와 낚싯대를 빌려 시노바즈 못에 나와 있었다. 도코쿠가 곧잘 낚싯줄을 늘어뜨린다는 곳으로 배를 저어왔다.

우에노 숲의 벚꽃에 둘러싸여 푸른 하늘을 비추는 수면은 이따금 머리 위로 구름이 지나가면 그림자에 싸였다가 구름이 사라지면 도로 환해졌다. 수면의 그런 표정 변화를 바라보는 사이에 낚시는 아무래도 상관없어졌다. 노를 세워놓고 벌렁 드러누워 팔베개를 하고 배의 어렴풋한 흔들림에 몸을 맡기고 있다.

푸른 하늘이 가깝다.

쪽배 바로 위까지 내려온 듯 보인다. 지금 몸을 일으켜 주위를 둘러보면 시노바즈 못도, 수로도, 가와센도 사라지고 없고 그저 하늘색이 주위를 둘러싸고 있지 않을까.

고향에서는 높직한 곳에 올라가면 그런 느낌이 들곤 했다. 아버지 소자에몬은 등산을 좋아해 봄가을이면 산나물을 캘 겸 자주 산에 가곤 했다. 쇼노스케도 종종 따라갔다. 갈 때는 텅 빈 광주리를 등에 지고 가서 올 때는 연한 햇나물을 가득 담아오곤 했다. 가을에는 버섯이며 으름덩굴도 캤다. 아버지는 어떤 것이든 모조리 캐버리면 안 된다, 반드시 조금은 남겨놓으라고 가르쳐주었다.

이것들은 산의 은혜다. 우리는 산의 생명의 일부를 나눠받는 것뿐이야.

원래부터 말수가 적은 아버지는 둘이 나가도 별말이 없었다.

쇼노스케가 요령을 익히고 나자 더욱 과묵해졌다. 둘이 즐거운 기분으로 말없이 걷고, 서로 캔 것을 보여주고, 목에 맸던 수건으로 얼굴을 닦는다. 쇼노스케는 이따금 덩굴옻나무를 캘 뻔해 아버지에게 "예끼!" 소리를 듣고 머리를 긁적이곤 했다.

손을 멈추고 걸음을 멈추고 문득 올려다보면 머리 위에 푸른 하늘이 가득하고, 완만한 산비탈 끝에 성읍 마을이 펼쳐져 있었다. 도가네 땅의 험준한 산지는 멀리 북쪽에 위치하는데, 범접하기 힘든 그 모습은 성읍에서 우러러볼 때나 산을 걷다 바라볼 때나 똑같이 위엄이 있었다.

하지만 아버지는 말했다. 도가네의 산들은 멀리서 보면 저렇게 험준할 것 같아도 우리를 지켜주는 병풍 같은 인자한 산들이라고. 너른 세상에는 더 험준한 산들이 많이 있으며, 그곳에서 산들은 사람에게 은혜를 베풀어주는 대신 빈틈을 노려 사람을 배제하려 드는 만만치 않은 적이라고.

도가네에 사는 우리는 운이 좋은 것이다.

하지만 하늘만은 하나다. 어떤 산이든, 어떤 땅이든 똑같은 하늘을 이고 있다.

지금 쪽배에 몸을 맡기고 봄철의 물 내음에 싸여 쇼노스케가 올려다보는 하늘 아래에는 어머니와 형도 있다. 두 사람은 어떻게 지내고 있을까. 무엇을 하고 있을까.

쇼노스케는 이런 사치스러운 자세로 느긋이 생각을 하려고 가와센에 온 게 아니다. 가와센의 입체 그림을 만드는 문제로 왔다. 그러자 리에가 마침 봄철 과자를 만드는 중이라며 완성될 때까지 낚시라도 하고 있으라고 권했다.

쇼노스케 씨가 돌아오시면 차와 함께 들기로 해요.

그런 까닭으로 배를 저어 나왔는데, 머리 위의 창궁에 마음을 빼앗겨 어느새 눈을 감았다.

어제 먹기 겨루기의 술 조에서 부베 선생은 이등에 그쳤다. 참가자 대부분이 겨우 두세 되 마시는 와중에 부베 선생은 세 되들이 되로 두 그릇을 너끈히 비웠다. 그러나 일등을 차지한 고이시카와의 아마모토라는 고케닌은 다섯 되들이 사발로 두 그릇을 마시고는 그 뒤 차 열 잔을 마시고 순식간에 술이 깼다니, 다이치 이상으로 상대가 나빴다고 할 수밖에 없다.

아마모토라는 고케닌은 나이는 부베 선생과 엇비슷한데 체격은 선생의 절반이었다. 저런 작은 몸뚱이 어디에 그 많은 수분이 들어갔을까 놀라면서도, 긴은 "쇼 씨, 부베 선생님 일생일대의 승부였는데 어디 갔었던 거예요?" 하고 따져 묻는 것을 잊지 않았다. 쇼노스케는 순순히 미안하다고 사과하고는 아는 사람을 본 것 같았는데 착각이었다며 거짓말을 했다.

부베 선생의 부인 사토미는 면목 없어 하는 남편을 위로하며 밝게 웃었다. 낙심한 표정이 아니라 주위 사람들 마음이 가벼웠다. 이가키 부부도 선생의 건투를 칭송했다.

도시락과 긴의 달걀말이를 먹으며 떠들썩하게 꽃놀이를 즐긴 일동이 그만 일어나려는데 도미칸이 나타났다. 여자는 데리고 있지 않았다.

"선생, 양보하셨죠."

쇼노스케는 도미칸이 길게 늘어뜨린 하오리 끈을 고쳐 매며 부베 선생에게 소곤거리는 것을 들었다.

"내 눈은 못 속입니다. 틀림없이 알겠더군요. 저쪽 고케닌 분에게 부탁이라도 받은 겁니까?"

상금 다섯 냥이 꼭 필요하다고.

"다섯 냥은 선생에게도 큰돈일 텐데요. 이러니 인정 많은 사람은 안 되는 겁니다."

도미칸은 떨떠름한 표정으로 나무라지만 눈에는 웃음기가 어려 있었다. 부베 선생도 잠자코 웃었다.

"하기야 요즘 같은 때 마음만 먹으면 가진 재능으로 돈을 벌 수 있는 선생 같은 분이 엔간한 관직에 있는 무사 나리보다 더 살기 편하겠습니다만."

도미칸은 기묘한 세상이라고 중얼거렸다.

못가 어디선가 꾀꼬리가 꾀꼴 울었다. 쇼노스케는 눈을 뜨고 부스스 일어나 봄의 못을 둘러보았다.

가와센 앞에 리에가 있었다. 쇼노스케를 향해 소매를 잡으며 살짝 손을 흔들었다.

감이 발달한 사람인걸.

아니면 방금 전 꾀꼬리 소리는 리에 씨가 흉내 낸 걸까. 리에 씨라면 그 정도는 너끈히 해낼 것 같다.

"저희 어머니에게 배운 것이에요."

리에가 말한 봄철 과자란 팥소를 빚어 만든 벚꽃 모양의 사랑스러운 과자였다.

"지는 벚꽃을 접시에 담아 맛보자는 취지랍니다."

쇼노스케는 잘 먹겠습니다, 하는 의미로 머리를 숙인 다음 과자를 먹기 시작했다. 그 옆에서 리에는 차를 달인다. 더운 물을 물받이에 따라 식혔다가 찻잎을 넣은 다관茶罐에 부었을 뿐인데 진한 향기가 피어올랐다. 이게 옥로라는 걸까. 쇼노스케는 이런 고급 차를 처음 마셔본다. 평소 생활에서는 물론 연이 없거니와, 도코쿠와 이곳에서 점심 식사를 할 때 식후에 나오는 것은 보통 엽차다.

과자를 입에 넣자 단맛이 강하지 않은 흰 팥소가 혀 위에서 사르르 녹았다. 옆에 곁들인 빨간 구기자 열매가 벚꽃 모양 과자를 한층 돋보이게 해주었다.

리에가 미소를 지으며 말했다. "구기자 열매는 눈이 피로할 때 좋다고 하지요. 쇼노스케 씨께 딱 맞겠다 싶었어요. 바쁘신 것 같던데요."

"네, 에도에는 제가 배울 게 아주 많습니다."

도코쿠는 리에에게 쇼노스케가 공부하러 에도로 올라왔다고 이야기해놓았다. 다만 공부 비용을 스스로 대야 하는지라 무라타야 지헤에 밑에서 일하는 것이라고.

그렇게만 말해두면 되네. 필요 이상 캐고 들 여자가 아니야.

"그렇지만 요새는 배움보다 생활에 쫓겨 큰일입니다."

리에가 또다시 기품 있게 웃었다. "쇼노스케 씨가 하시는 일에서는 생활도 배움의 일부 아니겠어요."

"입체 그림을 만드는 일이라도 말씀입니까?"

저도 모르게 비굴한 말이 입 밖으로 나왔다. 아니, 어리광을 부렸는지도 모른다.

도코쿠가 없는 오늘, 리에의 머리는 올리고 남은 머리를 빗에 감아 앞쪽으로 올리는 변형 시마다 식으로, 화류계 여자들이 많이 하는 방식이다. 그 탓인지 작은 선숙일지언정 한 가게의 여주인인 리에가 여느 때보다도 침착하고 관록 있어 보였다.

리에 씨에게는 이 머리가 더 잘 어울리는데.

그런 생각이 든다.

리에가 눈을 반짝였다. "정말 가와센의 입체 그림을 만들어주시겠어요?"

"리에 씨만 괜찮으시다면."

"어머나, 좋아라." 리에는 가슴 앞에 두 손을 모았다. "전에도 말씀드렸지만, 어렸을 때 야오젠의 입체 그림을 보고 어쩌면 이렇게 재미있고 아름다운 게 있을까 싶었거든요. 그 뒤로 줄곧 잊지 못하고 동경했답니다."

이런 작은 가게로는, 하고 방 안을 애정 어린 눈길로 둘러보았다.

"야오젠처럼 훌륭한 입체 그림은 못 되겠지만 그래도 제 꿈이 이루어지는걸요. 기뻐요."

사르르 녹는 흰 팥소의 감촉에 저도 모르게 말이 나왔다.

"리에 씨의 본가는 요릿집이었습니까?"

리에가 가볍게 눈을 깜박였다. 불쾌한 표정은 아니었지만, 쇼노스케는 즉각 후회했다.

"무례한 질문을 드려 죄송합니다. 어머님이 이렇게 품위 있는 과자를 직접 만드셨다면 요리 실력이 대단하시겠다 싶어서 말입니다."

쇼노스케가 허둥대자 리에는 생긋 웃었다. 검게 물들인 이가 없는 흰 치아가 살짝 보였다.

"그렇게 쩔쩔매지 않으셔도 돼요. 조금도 무례하지 않습니다."

"아, 예."

"저희 아버지는 예전에 아사쿠사에서 주문 요릿집을 했지요. 저는 주문 요릿집 딸이에요." 리에는 무릎 위에 두 손을 모아 올려놓고 말을 이었다. "원래는 주문을 받아 꽃놀이나 불꽃놀이 유람선에 요리를 배달했거든요. 그런데 다행히 평판이 좋아, 점점 대여 회장에서 즉석에서 바로 요리해 내드리는 일까지 시작했어요."

단골손님들은 하나같이 입맛이 까다로운 데다 대부분이 유명 요릿집에 드나드는 사람들이었다고 했다.

"야오젠이라는 곳도 그런 단골손님께 들었답니다."

그랬구나.

"단골손님들은 주문 일을 그만두든, 남에게 맡기든 하고 요릿집을 열라고 권해주셨지만, 아버지는 주문 일을 놓지 않으셨어요. 그저 호화롭기만 하면 되는 것이 아니라 솜씨가 필요하다는 점이 좋으셨겠지요."

아버지도 어머니도 끝까지 들고파는 성격이셨거든요. 리에는 웃으며 덧붙였다.

"딸인 제가 이렇게 말하면 건방진 소리 같지만, 두 분이 참 금실이 좋으셨으니 어머니와 같이 요리를 하고 싶다는 마음도 강하지 않으셨을까 합니다. 요릿집이면 여자는 주방에 들어가지 못하니까요."

주방은 금녀한다.

"성이나 주군의 처소에서도 마찬가지입니다. 주군의 상을 차릴 수 있는 건 남자뿐이죠."

리에는 고개를 끄덕이며 말을 이었다. "여자는 손이 따뜻해 날것을 만지면 맛이 떨어진다느니, 성질이 변덕스러워 날씨며 바람 방향만 달라도 맛이 달라져 틀렸다느니 하지요."

게다가 무엇보다 여자는 부정하니까요, 하고 아무렇지도 않게 말했다.

"남자분들은 참 이상하지요. 여자를 아름답다고 칭송하면서 또 부정하다고 멀리해요."

이야기가 미묘한 방향으로 흐르기에 쇼노스케는 접시에 담긴 과자를 먹는 데 전념했다. 리에는 차를 새로 달여주었다. 그러고는 과거를 그리워하는 듯한 따스한 어조로 말을 이었다.

"저희 부모님은 정말 금실이 좋은 부부여서 돌아가실 때도 함께 돌아가셨답니다. 저 혼자서는 가게를 꾸려나갈 수 없으니 결국 다른 사람에게 넘기게 된 것이에요."

그게 언제 있었던 일이었으며 어떤 경위가 있었고 당시 리에가 어떤 고생을 했는지에 관해서는 말하지 않았다.

"하지만 지금은 제가 이 가게의 주인이에요."

또다시 애정 어린 눈길로 어루만지듯 작은 방의 들보며 천장, 상인방을 바라보았다.

"아버지도 어머니도 분명 기뻐해주실 것이에요. 그래서 이따금 부모님이 잘하셨던 요리를 내고 저도 기뻐하는 것이랍니다."

쇼노스케도 미소를 지었다. "평소 제게 차려주시는 음식은 늘 리에 씨가 해주시는 것이로군요."

"네, 정성을 담아 만들고 있지요." 리에는 가볍게 머리를 숙이더니 불현듯 생각난 것처럼 작은 목소리로 말했다. "도코쿠 님도 불 지피는 실력이 많이 좋아지셨어요."

다과를 마친 뒤, 쇼노스케는 지참하고 온 휴대용 필통과 한쪽을 철한 반지를 꺼냈다. 입체 그림을 만들려면 먼저 가와센의 구조를 정확히 알아야 한다.

리에는 손뼉을 쳐 젊은 하녀와 주방 일을 거든다는 마흔 살쯤 된 남자를 방으로 불렀다. 지금까지 오고 갈 때 인사를 주고받았을 뿐 정식으로 소개받은 적은 없었다.

"마키라고 합니다. 늘 찾아주셔서 감사합니다."

하녀가 세 손가락을 짚고 정중히 절했다. 살빛이 약간 검지만 눈이 동그랗고 귀엽게 생겼다.

쇼노스케는 몸 둘 바를 몰랐다. 자신은 한 번도 돈을 내본 적이 없는 손님인데.

남자는 신스케라는 이름인데, 원래는 뱃사공이었으나 '알고 보니 칼 쓰는 솜씨가 제법이기에' 주방으로 보냈다고 했다. 시노바즈 못에서 잡은 물고기를 손질하는 실력은 이 근방에서 제일이라는 리에의 말에 신스케는 쑥스러워했다.

다 함께 가와센의 구조를 확인한 뒤 쇼노스케가 그림으로 그렸다. 입체 그림으로 만들 때 계절은 언제가 좋은지, 각 방에 무엇을 장식할지, 이것저것 이야기했다. 마키는 시원스레 말을 척척 잘하는 반면, 신스케는 나서서 떠들어 분위기를 띄우는 성격이 아닌 듯했다. 그 점이 여주인과 젊은 하녀 사이에 균형이 적당히 맞고 좋았다.

생김새도 체격도 다르지만 신스케의 사람됨에 쇼노스케는 세상을 떠난 아버지가 생각났다. 신스케 씨도 분명 개를 좋아할 거라고 생각했다.

마키는 '봄의 가와센'을 주장했다.

"역시 봄이 좋겠어요, 마님. 이케노하타의 벚꽃이 활짝 피고 시노바즈 못이 걸쭉한 푸른빛을 띠는 이 계절이 가와센이 가장 아름다울 때인걸요."

리에의 의견도 그쪽으로 기우는 듯했으나 낙엽 지는 가을도 버리지 못하겠다고 했다.

"나는 못물이 투명하게 맑아지는 무렵도 아름답더구나."

가와센의 입체 그림이니 물가 경치도 곁들이면 좋겠다. 두 사람의 의견 모두 이해가 갔다.

"그럼 아예 봄과 가을 둘 다 만들까요?"

"어머나, 호화롭네요."

리에가 기뻐하는 옆에서 신스케는 생각에 잠겨 있었다.

"신 씨 생각은 어떻지?"

의견을 묻자, 신스케는 여전히 생각에 잠긴 채 입을 열었다.

"후루하시 님, 입체 그림이란 것에는 가게 안의 장식이며 꽃, 그릇 외에 손님도 그려 넣습니까?"

"그렇게 만들 수도 있습니다."

리에가 야오젠의 입체 그림에도 손님이 있는 게 있었다고 가르쳐주었다.

"신 씨, 무슨 좋은 생각이 있나 보구나."

여자들이 몸을 앞으로 내밀었다. 신스케는 나직한 목소리로 말했다.

"저는 여기 못가의 겨울 경치가 좋습니다. 벌거숭이 나무들이 늘어선 이케노하타, 물가에 서리가 얇게 깔려 그 위를 걸으면 바작바작 소리가 날 듯한……."

"'와비사비' 소박하고 한적한 멋을 칭송하는 일본의 미의식 네요. 그렇지만 을씨년스럽지 않을까요?" 마키가 제법 유식한 말을 했다.

"하지만 바깥 경치에 색채가 없는 만큼 가게 안의 색채가 돋보이지 않겠습니까?"

쇼노스케는 무릎을 탁 쳤다. "그래서 손님도 그려 넣자는 말이군요."

손님의 의복까지 더하면 가게 안과 밖의 색조 차를 강조할 수 있다. 나아가 바깥의 추위와 가와센 안의 따뜻함, 불빛의 색까지 표현할 수 있을지도 모른다. 쇼노스케에게 그 정도 그림 실력이 있다면 말이지만.

"그러게……." 리에도 어째 마음이 동한 것 같다. "바깥이 겨울 경치면 장식단의 꽃이며 족자, 상과 그릇에 신경 쓰는 만큼 더 효과가 있겠지. 가진 것 중에 가장 고급으로 내다 입체 그림에 쓰자꾸나."

그 자리의 온화한 분위기에 용기를 얻어 쇼노스케는 물었다.

"어제 도자기 상점인 가노야의 꽃놀이에 다녀왔습니다만."

"아아, 간다 이세 정에 있는 곳 말씀이죠." 마키가 말했다.

"먹기 겨루기가 있었다죠?"

신스케도 알고 있었다. 역시 유명하다.

"벚꽃도, 먹기 겨루기도 대단했습니다만, 가노야에서 판매하는 그릇들도 훌륭하더군요. 이곳에서는 가노야의 그릇을 쓰시는지요?"

"아뇨, 지금까지 연이 없었군요. 하지만 몇 번은 봤답니다."

"커다란 나무틀에 칸막이를 하고 사기 술잔을 여럿 장식해놓은 것을 보고 감탄했지요."

"저도 봤습니다. 아름답더군요."

"실은 몰래 따라해본 적도 있답니다. 도코쿠 님께 바로 들켜 멋없는 짓 말라고 꾸중을 들었어요." 리에는 어린 소녀처럼 혀를 쏙 내밀었다.

도코쿠는 그런 취향이 마음에 들지 않나.

"그 사기 술잔들은 색깔은 다양했지만 나무틀의 칸에 맞추려고 모양과 크기를 통일시켰잖아요? 그게 운치 없다는 말씀이셨어요."

술잔은 술맛을 좌우하네. 술의 단맛, 감칠맛, 향기에 따라 크기도, 아가리가 벌어진 정도도 다른 것을 써야 하지. 저래서는 다양하게 고를 수 없지 않나.

쇼노스케는 놀랐다. 마키도 놀란 얼굴이다. 신스케는 빙글빙글 웃고 있다.

"술잔 외에도 후루하시 님의 시선을 끄는 게 있었군요?"

눈치 빠른 질문에 쇼노스케는 고개를 끄덕였다.

"커다란 그림 접시입니다. 푸른 바탕에 당장에라도 접시에서 뛰쳐나올 것처럼 생기가 넘치는 용이 그려져 있었습니다."

"값이 비쌌는지요?"

"가격표는 붙어 있지 않았습니다."

마키와 마주 보고 고개를 끄덕인 리에는 "도코쿠 님께 부탁드려볼까" 하고 눈을 가늘게 뜨며 혼잣말처럼 중얼거렸다.

볼일을 마치고 허리에 칼을 도로 찬 뒤 그럼 이제 가볼까 하다가 쇼노스케는 또 용기가 발동했다. 신스케와 마키는 나가고 리에만 남아 있었기에 말이 불쑥 나왔다.

"리에 씨."

"네?"

"한 가지 여쭙고 싶은 게 있습니다만."

"무엇인지요?"

"젊은 아가씨의……."

말을 꺼내자마자 창피해졌다. 리에의 시선이 자상한 것이, 되레 눈부시게 느껴졌다.

"마음을 상하게 해서 말입니다."

"어머나, 그럼 안 되지요."

리에의 표정은 진지했다. 놀리는 눈치는 없다.

말하다 말면 더 창피하니 차라리 단숨에 이야기해버리자.

"아까 주신 과자 같은 것까지는 감히 바라지 않고, 뭐랄까, 과자를……."

"마음을 풀도록 사과의 뜻으로 드리고 싶다는 말씀이지요?"

눈치가 빠른 사람이다. 하여간 못 당하겠다.

쇼노스케는 고개를 끄덕했다.

"네. 시중에 어디 적당한 가게를 아시는지요?"

"쇼노스케 씨, 사양하실 것 없어요. 제가 만들어드리겠어요."

리에는 가슴에 한 손을 얹고 말했다. "운반할 수 있고 며칠은 보존이 가능한 과자가 좋을 것 같네요."

"아닙니다, 그렇게 뻔뻔한 부탁을 드릴 수는……."

"물론 대금은 받겠어요. 그러니 제게 맡겨주세요."

얼굴에 불이 날 것 같으면서도 한편으로는 마음이 놓였다.

"죄송합니다."

"바로 필요하신지요?"

언제일까. 와카를 언제 만날 수 있는 걸까.

"아직 모르겠습니다."

이상하게 들릴 텐데도 리에는 의아하게 여기는 기색이 없었다.

"알겠습니다. 언제든 준비해드릴 수 있도록 해둘게요. 저도 이런 계획은 즐겁지요. 마음이 설레는걸요."

이 사람에게는 못 당하겠다. 도저히 못 당하겠다. 돌아오는 길에 내내 그 생각만 하며 들뜬 기분으로 도미칸 나가야에 다다른 쇼노스케가 기우뚱한 쪽문을 들어서자마자, 긴이 달려왔다.

"쇼 씨!"

소매를 붙들고 목소리를 낮추어 손님이 와 있다고 알렸다.

"어째 얼굴이 창백한 무사 나리인데, 누군지 알아요?"

쇼노스케의 들뜬 기분은 벚꽃처럼 확 흩어졌다.

제 2 화

미야노 애향록

마루턱에 동그마니 걸터앉아 있던 그 인물은 아닌 게 아니라 얼굴빛이 좋지 않았다.

몸집이 작고 말랐다. 나이는…… 잘 가늠을 못 하겠다. 어쨌든 마흔에서 예순 사이일 것이다. 너무 막연하지만, 그런 얼굴이 가끔 있다.

여장 차림이다. 단, 삿갓은 쓰지 않았다. 옷이 많이 상했고, 신발은 흙투성이다. 몸 앞뒤로 진 봇짐은 볕에 바래고 비바람에 노출되어 퇴색되었다.

한마디로 말해서 행색이 초라하다.

"귀공이 후루하시 쇼노스케 공이오?"

시선이 마주치자 바로 일어나 바싹 다가왔다. 느닷없이 코가 맞붙을 것처럼 가까이 다가서는 바람에 쇼노스케는 저도 모르게 뒷걸음쳤다.

"다시 한번 여쭙겠소. 귀공이 후루하시 쇼노스케 공이오?"

"네, 제가 후루하시 쇼노스케입니다만."

당황해서 대답하자 이상한 일(아니, 이미 충분히 이상했지만)이 일어났다. 손님이 별안간 어깨를 축 늘어뜨리고 순식간에 풀이 죽은 것이다.

"아아, 또 틀렸나."

손님은 탄식하며 한 손으로 이마를 짚었다.

그때였다.

달캉!

열려 있던 출입구의 장지가 얼빠진 소리를 내며 문틀에서 빠져 쓰러졌다. 쇼노스케는 익숙하니 아무렇지도 않았지만 손님은 무척 놀랐다.

"어이쿠!"

펄쩍 뛰어올라 달려가 고치려 하는 것을 쇼노스케가 급히 말렸다.

"그, 그냥 두십시오."

도미칸 나가야의 출입구 장지는 죄 비슷한 상태로, 여닫는 데 요령이 필요하다. 주민들은 모두 요령을 잘 파악하고 있다.

영차, 하고 문을 문틀에 도로 맞추었다. 멀거니 서서 지켜보던 손님은 쇼노스케가 돌아서자 허둥지둥 머리 숙여 인사했다.

"멋대로 들어와 있어 송구하오."

쇼 씨라면 곧 돌아올 테니 안에서 기다리라고 긴이 들여보냈을 게 틀림없다. 이 사람은 다 쓰러져가는 나가야일지언정 주인이 없는 빈집에서 기다리는데 문을 닫으면 결례라 생각해 일부러 열어놓았으리라. 그런데 요령을 모르니 문이 떨어진 것이다.

성실한 분이군. 하지만 누구인가? 그리고 대체 어떻게 된 일인가.

'얼굴이 창백한 무사'라는 긴의 말을 듣고 쇼노스케의 뇌리에 반사적으로 몇몇 사람의 얼굴이 떠올랐다. 전혀 창백하지 않은 형 가쓰노스케부터 창백하다기보다 얼굴빛이 칙칙한 사에키 노사에 이르기까지 다들 고향 사람들이다. 쇼노스케가 에도에서 만난 무사 중 긴이 얼굴을 모르는 사람이 누가 있을지, 아무리 생각해도 알 수 없었다.

도가네 번 같은 작은 번에서 번사는 서로 안면이 있다. 차남의 몸으로 관직이 없었던 쇼노스케조차 얼굴과 이름을 누구나 알고 있었다. 작은 번에서 살면 원래 그렇게 갑갑하게 마련이다. 그렇기에 고향에서 온 손님이라면 바로 누구인지 알 수 있다. 적어도 낯은 익을 텐데, 도무지 모르겠다. 게다가 상대방도 대뜸 쇼노스케의 성명부터 확인한다. 좌우지간 혼란스러운 상황이다.

"후루하시 쇼노스케 공."

손님은 거북한 표정으로 눈을 껌벅였다. 여전히 양어깨가 축 처졌다.

"느닷없이 찾아와 이름을 묻다니 무례하기 그지없는 행동이지, 이것 참 송구하외다. 부디 결례를 용서해주시오."

행색이 초라한 정체불명의 무사는 하카마 자락을 탁탁 털고 옷깃을 가다듬고 자세를 바로 한 다음 머리를 숙여 정중히 사과했다. 그러고는 이름을 밝혔다.

"소생은 나가호리 긴고로라고 하오. 오슈 미야노 번에서 수발인 직분을 맡고 있소."

또다시 머리를 숙였다. 쇼노스케도 정중하게 답례했지만, 미야노 번이라니, 더더욱 무슨 일인지 모르겠다.

수발인은 일반적으로 번주를 가까이서 모시는 관직인데, 본인이 하기 나름으로 중요성이 달라진다. 단순히 허드렛일을 처리하는 경우가 있는가 하면, 쇼군을 모시는 근시近侍처럼 번의 정치며 인사에까지 개입하는 권력을 갖는 경우도 있다.

그렇지만…….

미야노 번은 쇼노스케가 알기로 도가네 번과 다를 바 없는 작은 번이다. 게다가 행색으로 보건대 나가호리 긴고로는 대단한 중신은 아닌 듯하다. 여장인 것을 보면 오슈에서 에도로 올라와 바로 왔을 텐데, 종자도 한 명 보이지 않는다.

"이렇게 이름을 밝힌들 곤혹만 더하겠소만." 나가호리 긴고로는 윤기를 잃은 훤히 깎은 머리를 긁적이며 송구하다는 듯 몸을 움츠리고 말을 이었다. "곤혹을 해소해드리기 전에 결례를 무릅쓰고 하나 더 여쭙겠소. 나이는 어찌 되시오?"

"네?"

"몇 살이신지?"

어린애에게 묻듯 바꿔 묻는다.

"제 나이를 물으시는 것이라면 스물두 살입니다만."

"스물두 살."

중얼거리듯 되뇌는 나가호리 긴고로의 눈에서 빛이 사라졌다. 그런데도 또다시 물었다.

"귀공의 춘부장도 혹시 쇼노스케라는 존함이 아니오? 혹은 백부일 가능성도 있겠소만."

무슨 가능성이 있다는 것인지 알 수 없는 채, 쇼노스케는 "아닙니다" 하고 대답할 수밖에 없었다.

"아버지는 소자에몬이라 합니다. 친척 중에 쇼노스케라는 이름을 가진 자는 저 하나뿐입니다."

나가호리 긴고로는 의기소침해서 우두커니 서 있었다. 비록 영문은 알 수 없지만 동정심을 자극하는 모습이었다. 쇼노스케가 호인이라 그럴 수도 있겠지만.

"확인차 한번 더 여쭙겠소만, 쇼노스케라는 이름은 귀공이 검술 혹은 학문을 사사한 스승의 존함을 받은 것은…… 아니겠지." 말꼬리가 힘을 잃고 흐려졌다.

"네, 아닙니다." 쇼노스케는 대답했다.

비로소 상황이 파악되었다.

나가호리 긴고로는 사람을 찾는 중인데, 잘못 찾은 것이다. 쇼노스케는 나가호리 긴고로가 찾는 '후루하시 쇼노스케'와 나이가 맞지 않는다. 십중팔구 너무 젊으리라. 그래서 아버지며 스승의 이름까지 확인했을 것이다.

"그렇소이까." 나가호리 긴고로는 한숨과 더불어 그렇게 말하더니 한층 더 고개를 떨구었다. "참으로 실례가 많았소."

갑자기 녹초가 된 듯 보였다. 쇼노스케도 침착함을 되찾으면서 비로소 상대방이 얼마나 지친 상태인지를 알아차렸다. 조금 전 무심코 "또 틀렸나" 하고 신음한 것을 보면 '쇼노스케' 찾기는 어제오늘 시작된 게 아닌 듯하다.

거기까지 생각했을 때.

휘청.

나가호리 긴고로의 작은 몸뚱이가 맥없이 흔들리더니 엉덩방아를 찧듯 그 자리에 주저앉고 말았다. 얼굴뿐 아니라 입술까지 핏기를 잃었거니와 흰자위가 뒤집혔다.

쇼노스케가 앗 하고 소리치자, 장지를 활짝 열고 긴이 뛰어들었다.

"무슨 일이에요, 쇼 씨!"

왜 그런지 문에 버텨놓는 막대기를 들고 있다. 장지가 또 얼빠진 소리를 내며 떨어지더니 이번에는 시궁창 쪽으로 천천히 쓰러졌다.

"이것 참, 참으로 면목이 없소이다."

나가호리 긴고로는 사과하면서 주먹밥을 덥석 물었다. 입가에 밥알이 묻어 있다. 오른손에 주먹밥, 왼손에 맹물탕이 든 찻잔을 들고 아귀아귀 먹는 틈틈이 벌컥벌컥 들이켠다. 쇼노스케 옆에 주저앉아 있던 긴은 찻잔이 빌 때마다 쇠 주전자에서 더운 물을 따라주었다.

큼직한 주먹밥은 가와센의 리에가 쇼노스케에게 저녁거리로 싸준 것이다. 받았을 때는 아직 희미하게 온기가 남아 있었다. 먹으면 꽤 든든하겠다 싶을 만큼 속이 꽉 찬 주먹밥 세 개를 댓잎에 싸주었는데, 방금 긴고로가 베어 문 게 마지막 하나였다.

"……무사 나리."

긴은 눈 튀어나온 금붕어 같은 얼굴이었다.

"나가호리 긴고로라 하오."

행색만 초라한 게 아니라 굶주리고 있었던 그 사람은 밥알을 튀기며 긴에게도 정중하게 이름을 밝혔다.

"나가호리 님, 언제부터 식사를 못 하셨어요?"

쇼노스케가 야단치는 눈짓을 보냈지만 때는 이미 늦어, 긴고로는 밥을 먹다 말고 풀이 죽었다.

"……이틀 전에 가져온 쌀이 떨어져 말이오."

어머나. 긴의 눈이 더욱 동그래졌다.

"그럼 그때부터 내내……."

"부끄럽소만 물로 배를 채워왔소."

현기증이 나고 다리에 힘이 빠질 만도 하다.

그렇지만 쇼노스케는 이해가 되지 않았다. 나가호리 긴고로는 주군을 가까이서 모시는 수발인이다. 번주가 에도에 있다면 말할 것도 없고, 혼자 에도로 올라왔다 해도 미야노 번의 에도 번저에 머물고 있을 텐데, 아니, 머물고 있어야 한다.

그런데 마치 싸구려 여인숙에 묵듯 쌀을 가져왔다고 한다.

쇼노스케의 의문은 무사라면 당연한 것인지라 긴고로도 눈치챘을 것이다. 더욱 멋쩍은 듯 고개를 수그리고 주먹밥을 입에서 뗐다.

"우리 번은 재정이 어려워 말이오."

에도 번저에서도 가계를 꾸리는 데 고생하는 터라, 참근 교대에 따르는 공무 외로 가신이 에도에 올라올 때는 쌀이며 된장을 지참해야 한다고 했다.

"에도 물가가 워낙 비싸지 않소이까."

쇼노스케는 천천히 고개를 끄덕였다.

"땔나무도 지고 오시나요?" 긴이 어리둥절해서 물었다.

이번에도 야단치는 눈짓이 때를 놓쳐 쇼노스케는 간담이 서늘했지만, 나가호리 긴고로는 주름진 얼굴에 미소를 띠고 긴의 동그랗게 뜬 눈을 바라보았다.

"할 수만 있다면 그리하고 싶었소만."

"쌀만 해도 무거우니 말이죠."

"긴 씨."

"그렇잖아요, 쇼 씨. 오슈에서 에도까지 멀잖아요. 나가호리 님, 힘이 장사이시네요." 긴은 소박하게 감탄했다.

쇼노스케는 마음속 깊은 곳이 무겁게 짓눌리는 느낌에 침묵했다.

'어쩔 수 없이 쌀밥'이라는 말이 있다. 에도에서는 가난뱅이 나가야의 주민도 흰밥을 먹는다. 부지런히 일해 번 날삯으로 쌀을 사서 흰밥을 먹는다. 도미칸 나가야에서는 감자며 잡곡이 주식이지만, '어쩔 수 없이 쌀밥'이라는 말은 그런 세부적인 문제가 아니라 요컨대 에도에서는 돈을 내고 물건을 사야 생활이 가능하다는 뜻이다. 먹을거리를 캐고, 잡고, 기르는 기술을 에도 사람들은 이미 오래전에 잃었다. 기껏해야 아이들이 물가에서 조개를 줍는 정도이고, 그조차 주워서 먹는 게 아니라 팔아서 돈으로 바꾼다.

도시란 만사가 돈으로 움직이는 장소를 의미한다. 각 번의 번저도 그 같은 이치에서 자유로울 수 없다.

"이번에 소생이 에도로 올라온 것은 어디까지나 소생이 억지를 부린 것이라오. 번저에 누를 끼칠 수는 없소." 그 의미를 충분히 이해하지 못할 긴에게 긴고로는 이어서 덧붙였다. "게다가 수돗물이 신기하니 배도 부르더이다."

긴이 쇼노스케를 쳐다보았다. 쇼노스케는 잠자코 엷은 미소를 지었다.

긴고로는 먹다 만 주먹밥을 다시 덥석 베어 물며 깨끗이 먹어 치웠다. 손가락에 묻은 밥풀까지 하나하나 핥아먹더니 기쁜 표정으로 고개를 끄덕였다.

"사가미 쌀이로군."

"분간이 되십니까?"

"아니면 보슈거나." 간토 지방의 쌀 맛이라고 했다. "우리 미야노 번에서는 냉해에 강한 품종을 찾고 있거든. 각지에서 널리 모종이며 벼를 가져다 교배를 거듭해 새로운 품종을 만들어내고자 온 번이 노력하는 중이지."

그래서 먹어보면 어디 쌀인지 알 수 있다는 것이다.

"미야노 쌀은 맛있다오. 단맛이 나고, 찰기가 돌지."

하지만 이 주먹밥도 맛있군. 긴고로가 덧붙였다.

"잘 먹었소. 아니 이런, 소생 혼자 다 먹었군." 정신이 들면서 그제야 깨달았나 보다. 갑자기 기가 죽어 움츠러들었다. "혹시 후루하시 공의 저녁 식사가……."

"신경 쓰지 마십시오. 저도 얻은 것입니다."

"무라타야에서요?"

긴이 명랑하게 물어 다행이었다.

"응."

그렇다고 해두자.

"쇼 씨는 대본소에서 필사 일을 하거든요." 긴은 코끝을 새침하게 치켜들며 자랑스럽게 말했다. "사가 정에 있는 큰 대본소예요. 주인인 지헤에 씨가 저번에 저희를 꽃놀이에 불러주셨어요. 쇼 씨가 글씨를 잘 쓰고 일을 잘해서죠. 그래서 저희도 같이 초대를 받아……."

"긴 씨, 물이 떨어졌는데."

쇼노스케는 말을 가로막았다.

긴은 쇠 주전자를 들고 가벼운 몸놀림으로 일어섰다.

"그럼 시카 씨한테서 얻어올게요. 감자도 다 익었을 거예요."

"어이쿠, 아니, 이제 배부르오."

허둥대는 긴고로에게 긴은 머리를 꾸벅 숙이고 기운찬 발걸음으로 나갔다.

"좋은 아가씨로군."

"본인은 아가씨라니, 누구 말일까 하고 이상하게 생각할 겁니다."

쇼노스케가 대답하자 긴고로는 웃었다. 그러더니 자세를 바로잡고 다시금 머리를 숙였다.

"감사드리오. 그야말로 하늘이 도와주셨군."

혈색이 조금은 좋아진 것 같다. 쇼노스케는 안도했다. 굶주림이 심하면 위가 먹을 것을 바로 받아들이지 못한다. 그럴 때는 누워서 안정을 취하고 더운물과 미음으로 차츰 양분을 섭취하면서 회복을 기다리는 수밖에 없다.

그 이상으로, 타지에서 쓰러져 거동을 못 하게 되면 나가호리 긴고로는 무척 곤란할 것이다. 이 사람은 쇼노스케처럼 마음 편한(본인은 그렇게 생각하지 않지만) 신분이 아니다.

쇼노스케는 말을 꺼냈다. "참견할 생각은 털끝만큼도 없습니다만, 동명이인이라는 것도 무슨 인연일 테죠. 나가호리 공께서 찾으시는 후루하시 쇼노스케에 관해 좀 더 가르쳐주시겠습니까? 제가 별 도움이 될 것 같지는 않습니다만."

쇼노스케는 긴이 나간 문 쪽으로 얼핏 시선을 돌렸다.

"저 처녀가 말씀드린 대로 저는 필사 일로 생계를 잇고 있습니다. 제가 일하는 무라타야의 주인은 대본소라는 직업상 발이 넓습니다. 사정을 말씀해주시면 지장이 없는 범위 내에서 도와드릴 수 있을지도 모릅니다. 보시다시피 저는 낭인의 처지입니다." 쇼노스케는 곧바로 말을 이었다. "섬기는 주가主家도 없고, 주인도 없습니다. 그 점에서도 걱정 놓으셔도 됩니다."

자신의 입장을 정직하게 설명하는 수고는 생략하자.

나가호리 긴고로의 입가에 팬 주름이 깊어졌다. 떨떠름한 표정도, 미소를 짓는 것도 아니고, 조금 전 주먹밥을 먹었을 때 같은 얼굴이었다.

"열 번째요." 귀공이 열 번째 사람이오, 라고 했다. "그런 친절한 말을 해준 사람은 귀공이 처음이라오."

"'후루하시 쇼노스케'가 저 말고 아홉 명이나 더 있다는 말씀입니까."

아무리 에도가 넓고 사람이 많다지만 놀라운 일이다.

"후루하시는 드문 성이 아니고 '쇼노스케'도 흔한 이름이죠. 하지만 저처럼 생황생笙 자를 쓰는 경우는 본 적이 없습니다. 특히 무가의 남자 이름으로는……."

"아닌 게 아니라 지금까지 만난 아홉 명의 후루하시 공은 '쇼'

의 한자가 모두 달랐소."

역시 그런가.

"한자까지 일치한 것은 귀공이 처음이었지. 그렇다 보니 기대가 컸소만……."

어쨌거나 귀공은 젊으니 말이오.

"한눈에 다른 사람이라는 것을 알겠더군. 소생이 찾는 후루하시 쇼노스케 공은 적어도 쉰 살은 넘었어야 하거든."

그 때문에 아버지나 스승의 이름을 물려받은 게 아니냐고 확인한 셈이다.

"먼저 하나 여쭤도 되겠소?"

"그러시죠."

"귀공의 이름을 지은 사람은 누구요?"

"제 아버지입니다." 쇼노스케는 솔직히 대답했다. "음악을 연주하는 피리를 뜻하는 한자를 쓰다니 무사의 자식답지 않게 연약한 이름이라고 어머니는 무척 싫어하셨다고 들었습니다. 그래도 아버지가 억지로 지어주신 겁니다."

이 아이가 생황의 음처럼 사람의 마음을 움직이는 인간으로 자라도록.

긴고로의 눈매가 부드러워졌다. "하면 춘부장께서는?"

"작년에 작고하셨습니다."

"유감이오."

주름진 얼굴에 순간 쇼노스케의 처지를 생각하는 듯한 표정이 스쳤다. 쇼노스케는 모르는 척했고, 긴고로도 그 이상 묻지 않았다.

"소생이 찾는 후루하시 쇼노스케 공의 이름은 어쩌면 본인이 훗날 쓰기 시작한 것일 수도 있소."

세련된 이름이니 말이지, 라며 미소를 지었다.

"그 사람도 유랑의 몸, 뭐, 무예가라 해도 될 테지. 소문에 따르면 신카게 유파의 달인이라 하더이다."

이번에는 쇼노스케가 손바닥으로 이마를 짚을 차례였다.

"그렇다면 더더욱 저와는 연이 없는 분이로군요."

"허, 검술을 못 하시오?"

"네, 전혀."

"허나 학문은…… 필사 일로 생계를 꾸리실 정도지."

"천학淺學입니다. 스승님 말씀으로는 어설픈 지식밖에 없는 풋내기에 불과하죠. 나가호리 공께서 찾으시는 후루하시 공은 학문도 뛰어났습니까?"

"야마가 유파 병법을 수학하고 한서漢書에도 정통했다는 평판이었소만."

긴고로의 태도가 허물없어졌다. 고개를 갸웃하며 팔짱을 끼고 쓴웃음을 지었다.

"실제로 그랬는지는 이제 와서 확인할 길이 없겠지."

어째 의심스럽지 않나. 이 '후루하시 쇼노스케'는 약간 수상쩍은 냄새가 난다. 딱히 쇼노스케가 유감스럽게 생각할 이유는 없지만.

"어째서 소생이, 아니 미야노 번이 그런 인물을 찾는가." 몇 차례 눈을 껌벅이고 팔짱을 푼 긴고로는 정색하고 말을 이었다. "상당히 복잡한 이야기요만, 결례에 대한 사과와 맛있는 주먹밥에 대한 사례로 숨김없이 말씀드리겠소."

쇼노스케도 자세를 고쳐 똑바로 앉았다.

"나가호리 가는 대대로 우리 미야노 번주 오다시마 가를 수발인으로서 섬겨왔다오."

긴고로는 그의 아버지 나가호리 긴노조의 뒤를 이어 열아홉 살 때부터 햇수로 삼십 년간, 오다시마 가의 8대 당주인 오다시마 가즈마사를 섬겼다. 그러다 재작년 4월, 가즈마사 공이 번주 자리를 적자인 가즈타카에게 넘겨주고 은거했을 때.

"소생도 장남에게 가독을 물려주고 관직에서 물러났소만."

금년 1월, 해가 바뀌고 얼마 안 돼서 9대 당주 오다시마 가즈타카의 명을 받고, 은거 중인 가즈마사의 수발인으로 복직하게 되었다고 했다.

"큰나리…… 가즈마사 공과 소생은 동갑이라 말이지. 소생의 어머니가 공의 젖어멈이었던 적도 있다오."

긴고로가 말하기 거북한 듯 보여 쇼노스케는 거들어주었다.

"바꿔 말하면 나가호리 공은 선대 오다시마 공의 젖형제이시군요. 물론 주군과 가신이지만 소꿉친구이기도 한 셈입니다."

번주의 자리에서 물러나면서 권위는 있어도 권력은 없게 되어 신변이 쓸쓸해진 오다시마 가즈마사가, 가깝고 마음 편한 가신을 곁에 두고 싶어 아들에게 분부했든 졸랐든 했을 것이다. 별반 문제 삼을 일 같지 않다.

그러나 긴고로는 여태 거북한 표정이었다.

"아니, 그렇기는 하오만."

"말씀하시기 거북한 사정이면 억지로 여쭐 생각은 없습니다."

쇼노스케는 목소리를 낮추었다.

"아니, 그런 것은……." 긴고로는 고개를 내저으며 쇼노스케의 눈을 바라보았다. "가즈타카 공은 아무 탈 없이 번주 자리에 앉으셨소. 재작년 가즈마사 공께서 은거하신 것도, 병환 등을 이유로 갑자기 정해진 일이 아니라 이미 몇 년 전부터 예정되어 있던 일이었지. 막부에 대해 거리낄 것은 일절 없거니와, 영민領民에 대해서도 감출 것이 없소."

아니면 처음 만났을 때 긴고로가 자신의 이름과 신분을 밝히지 않았을 것이다. 좀 더 비밀로 했을 게 틀림없다. 쇼노스케가 아무리 태평해도 그쯤은 알 수 있다.

"없기는 하오만……." 그렇건만 또 말을 어물거린다. "한 반년 전부터 가즈마사 공께 변화가 나타나서 말이오."

은거소에서 선대 번주를 모시는 가신들이 두려움에 떨고 있다. 심약한 자는 도망치는 지경이다. 그렇기에 경험 많은 긴고로가 부름을 받은 것이었다.

어째 성가신 일 같은데?

친절한 마음을 발휘한 것을 얼핏 후회해도 때는 이미 늦었다.

"가즈마사 공…… 큰나리는 본래 명랑한 성품이셨소."

술을 사랑하고, 꽃을 사랑하며, 더불어 꽃을 사랑할 여인도 좋아해 마지않았다고 했다.

"은거하셨다고 그런 기질이 바로 바뀌는 것은 아니지. 쉰 줄에 접어들으셨어도 몸은 지극히 건강하니 혈기가 마르기에는 아직 이르오. 그렇다고 소생처럼 밭일에 힘을 쏟을 수도 없는 노릇."

긴고로뿐 아니라 미야노 번 가신들은 관직에서 물러나면 자진해서 반농 생활을 하는 모양이다.

"이는 어제오늘 시작된 일이 아니라오. 작은 번의 척박한 땅에 사는 자의 지혜라고 할 수 있겠지. 허나 큰나리께 괭이를 드시라 할 수는 없소. 생활 방식을 바꾸시게 하는 수밖에 없는 거요."

은거료 문제다. 미야노 번은 재정이 어렵다고 했다.

"가즈타카 공은 큰나리와 기질이 정반대이신 분이오. 번주는 솔선해서 간소하게 생활하고, 근검절약에 힘쓰고, 근면하게 일해야 한다고 생각하시지."

만성화된 재정난을 해소하고자 지출을 줄이고 세입歲入을 늘리려는 노력을 시작했다.

"그로부터 이 년 남짓, 아직 길은 험난하오만 그렇다고 수수방관했다가는 번의 존망이 위태롭소." 긴고로는 이 대목에서 묘하게 호기로이 말했다. "가신과 영민의 마음을 하나로 모아 번정 개혁에 매진하는 거요."

"그렇군요." 쇼노스케도 진지하게 대답했다.

"헌데…… 큰나리는 그것이 영 마음에 들지 않으시는 게지." 긴고로는 호기로운 표정을 지은 채 서글프게 눈썹을 늘어뜨렸다. "가즈타카 공의 개혁이 만사 괘씸하고 눈에 거슬리시는 모양이오. 개혁의 여파가 은거소에까지 미치는 것이 또한 괘씸하고. 허나 방도가 없다는 말이지. 번정의 실권은 이미 가즈타카 공에게 넘어갔으니 말이오."

사리에 맞는 것도 가즈타카 공이시고. 긴고로는 잘라 말했다.

"우리 미야노 번은 오래전부터 곤궁했소. 허나 큰나리는 사실을 직시하지 않으셨지. 번주의 그 같은 모습을 후계자였던 가즈타카 공이 내심 씁쓸하게 생각하셨던 것도, 중신들조차 불안하게 여겼던 것도 알아차리지 못하셨소."

거기까지 말하더니 긴고로는 잠깐 허둥댔다. 어이쿠, 너무 솔직했나.

쇼노스케는 방금 들은 말의 의미를 잘 모른다는 표정을 지었다. 저는 속 편한 건달이니까요.

"가즈타카 공은 연세가 어찌 되십니까?"

"스물다섯 살이십니다."

번주 자리에 앉은 것이 스물세 살 때인가. 젊은데. 쇼노스케는 소박하게 감탄했다. 자신의 처지와 견주어 생각하면 더더욱 놀랍다.

내년에 스물세 살이 됐을 때 자신은 과연 다른 사람들 위에 서기에 적합한 인품과 역량을 갖추고 있을까. 비유가 한참 좀스러워지지만, 가령 도미칸 나가야의 관리를 맡게 된다면 잘할 수 있을까.

무리다.

그러고 보니 도미칸 씨는 몇 살이지? 그 사람도 쉰은 넘었을 것이다.

술을 좋아하고, 꽃을 좋아하고, 여자를 좋아한다. 도미칸과 마찬가지로 세속적인 면이 있는 오다시마 가즈마사에게 은거는 너무 이른 게 아니었을까.

정말 번주 교대가 갈등을 겪지 않고 '막부에 대해 거리낄 것'

이 일절 없이 순조로웠을까 의구심이 들지만, 그렇다고 쇼노스케 쪽에서 물을 수는 없다.

"저는 이런 처지이니 서민들 생활밖에 모릅니다만……." 어디까지나 태평한 투로 말해보았다. "근처 청과전이나 어물전에서도 장사를 두고 아버지와 아들의 의견이 대립하면 문제가 제법 성가십니다. 그런데 한 영지의 주인이 되면 그와는 비교할 것이 아니겠죠."

"청과전이나 어물전이라."

그 말에는 울컥한 듯 긴고로가 되뇌었다. 그러더니 새삼 탐색하는 눈초리로 쇼노스케를 뜯어보았다.

"후루하시 공, 귀공이 섬기는 주가도 없고 주인도 없다는 것은, 그 뭐냐……."

"네, 철들었을 무렵부터 내내 그랬습니다."

일단 거짓말로 밀어붙이자. 네, 계속 나가야에서 살아왔죠.

"음……."

"죄송합니다. 혹시 제가 크게 결례되는 말씀을 드렸는지도 모르겠군요."

긴고로는 천천히 고개를 내저었다. 그러더니 문득 미소를 지었다.

"결례가 아니오. 애초에 소생이 생면부지의 귀공을 대뜸 찾아와 이런 이야기를 하고 있으니 말이지."

긴고로는 손가락으로 이마를 가볍게 눌렀다가 진지한 표정으로 돌아왔다.

"어쨌거나 사정이 그러하다 보니 은거 이래로 내내 노여워하고 언짢아하셨소만, 그래서 상황이 바뀌지는 않는다는 것을 안 큰나리는 울적해하시는 일이 잦아졌소. 말수도 적어지시고. 그런데 그것이 반년 전부터 기울氣鬱로까지 악화됐다고 할지."

"변화가 나타났다는 것은 그것 말씀이시군요?"

"그렇소."

먼저, 입을 열지 않게 되었다고 한다.

"종일 한마디도 하지 않으시더군. 은거하는 몸이니 말씀을 않으셔도 지장은 없소. 허나 살아 있는 사람이라면 살면서 사소한 말이라도 하게 마련 아니오? 날씨가 좋다느니 나쁘다느니, 밥이 맛있다느니 맛없다느니, 꽃이 피었다느니 졌다느니."

긴고로가 든 고지식한 비유에 웃음이 나서 쇼노스케도 덩달아 미소를 지었다.

"네, 그렇죠."

"그래, 방금 귀공이 그랬듯 대답 정도는 하게 마련이오. 아침저녁 인사라는 것도 있고."

긴고로는 열심이었다.

"그것도 일절 하지 않으십니까?"

"그렇소. 꼭 장식품이 된 것처럼 말씀을 않으시지 뭐요. 아니, 그 이상으로 은거소에서 일하는 자의 말로는……."

흡사 나무 속 텅 빈 공동 같다고 했다.

"그저 침묵하시는 것이 아니라 넋이 빠진 양 매사에 반응이 없고 그저 멍하니 계신다고 하오."

"그런 식으로 노여움을 표현하시는 것은 아닙니까?"

긴고로의 말투가 열을 띠었다. "소생도 처음에는 그리 생각했소. 큰나리는 그런, 뭐랄까, 다소 어린아이 같은 면이 있거든. 긴 고로는 잘 알지, 그분은 마음에 들지 않는 일이 있으면 금세 삐친다오."

가까운 젖형제다운 말씨다.

"그런데 묵언수행이 계속되는 사이에 또 다른 기괴한 행동이 시작된 거요. 큰나리께서 서한을 쓰시오. 기록관을 부르지도 않고 친히. 일시와 서명이 있으니 형태만 따지면 서한으로만 보이는 문서이오만……."

무슨 말을 썼는지 도무지 모르겠다는 것이다.

"내용이 지리멸렬하다는 말씀입니까?"

"아니, 뜻이 해독되지 않는 거요."

"글씨를 흘려 쓰셨군요?"

"그것은 아니오, 큰나리는 달필이시라오."

필체는 참으로 훌륭한데, 한 글자도 읽을 수 없다.

"종이 가득 한자만 나열되어 있고 문장으로 뜻을 이루지 못하오. 언뜻 봤을 때 판독할 수 있는 것은 날짜뿐인데, 그마저도 크게 어긋나지 뭐요."

전부 십 년, 이십 년도 더 지난 옛날이라는 것이다.

"서한이라면 받는 이의 이름이 있을 텐데요."

"그것도 판별이 되지 않소. 쓰여 있을지도 모르지만 알아볼 수 없는 거요."

좌우지간 한자만 가득 쓰여 있다. 그런데 그 한자마저도…….

"아무리 봐도 이상하거든. 우리가 일상에 쓰는 한자는 한 글자도 보이지 않소."

쇼노스케는 잠깐 생각해보았다. 별반 어려운 일은 아니라고 보이는데, 그렇기에 오히려 틀릴 것 같아서 뜸을 들인 것이다.

"그렇다면 혹시 '암호'가 아닙니까?"

긴고로는 손뼉을 딱 치더니 쇼노스케의 얼굴 앞에 검지를 들이댔다.

"그거요! 귀공은 이해가 빠르군."

쇼노스케는 웃었다. 나가호리 긴고로라는 이 사람은 잘난 척할 줄 모르는 선량한 사람이구나.

"암호라면 그것을 해독할 열쇠가 어디 있을 것입니다. 가즈마사 공은 열쇠를 찾아 암호를 풀어보라고 가신 분들에게 수수께끼를 내시는 게 아닐는지요?"

"어떤 수수께끼를?"

긴고로가 즉각 되묻는 바람에 쇼노스케는 대답이 궁해졌다. 번의 주인이었던 인물이 가신에게 내는 수수께끼이다. 더욱이 사정이 사정이다. 애들 놀이는 아닐 테고, 수수께끼를 풀어 다 같이 감탄하며 웃을 내용일 리 없다.

"그것은, 저……."

뒷말을 잇지 못하고 머리를 긁적였다. 그러자 긴고로가 어깨를 축 늘어뜨리고 눈가를 누그러뜨렸다.

"큰나리가 가즈타카 공을 쫓아내고 번주 자리를 되찾으려 획책하고 계신다는 말씀이오?"

"아니, 그런 것은……."

"계획에 찬동하는 자들에게 궐기를 촉구하시는 것이다?"

"아니, 나가호리 공, 저는 그런 뜻으로 드린 말씀이……."

긴고로는 또다시 천천히, 뭔가를 지워버리려는 듯 고개를 내저었다.

"큰나리만은 그런 일은 있을 수 없소. 큰나리가 그 정도 기골과 야심이 있는 분이었다면 애당초 경솔하게 번주 자리를 내주지도 않으셨을 테지."

기운 빠진 어조였다. 눈썹이 또 처졌다.

쇼노스케는 과감하게 핵심을 찔러보기로 했다.

"정말로 번주 교대가 순조로웠습니까?"

나가호리 긴고로는 주저하지 않고 즉각 대답했다.

"거짓 없는 참말이오."

"가즈타카 공이 번주가 되면 지금 같은 과감한 개혁을 실행할 것을 가즈마사 공은 전혀 예기치 못하셨다는 말씀이군요?"

"가즈타카 공은 신중을 기해 그 같은 의도를 큰나리께 알리지 않았다오."

나가호리 긴고로의 눈에 희미한 빛 같은 게 깜박였다. 노여움도, 슬픔도 아니다.

"……어려운 생각은 않으셨을 거요." 그렇게 말하고는 또다시 고개를 끄덕였다. "큰나리는 은거해도 이전과 다름없이 원하는 대로 할 수 있으리라 생각하셨소. 가즈타카는 아직 젊으니 번주가 된다고 무엇을 어떻게 하지는 않으리라 생각하셨던 게지. 미야노 번에 어떻게 해야 할 일이 있으리라는 생각이 아예 없으셨던 거요."

미야노 번은 이전과 똑같으리라고 생각했다.

"큰나리께서도 아버님의 병사로 스무 살 젊은 나이에 번주 자리에 앉은 분이라오. 그래도 당시 아무 일 없었소. 있었다 해도 아무도 알아차리지 못했소."

아무 일도 없고 아무 일도 하지 않는 오다시마 가즈마사의 치세는 미야노 번을 서서히, 그리고 확실하게 궁핍으로 몰아넣었다. 그제야 알아차릴 사람이 나타날 만큼.

"큰나리만이 아니지. 우리 가신들 또한 나태한 잠에 빠져 있었소. 가즈타카 공의 질타를 받고 큰나리보다 좀 더 일찍 깬 것뿐이오." 긴고로는 부끄러워하듯 무릎에 손을 짚고 몸을 움츠렸다. "우리 미야노 번은 훅 불면 날아갈 듯한 약소 번이오. 가계를 보나, 지리地利를 보나 막부에서 각별히 주목할 이유가 없지. 그렇기에 지금까지 토목 공사며 여러 노역 제공을 면제받을 수 있었소. 고양이 낯짝만 한 영지를 지키며 부지런히 밭을 갈고 조의조식粗衣粗食이라도 안온하게 사는 것에 만족했소."

"그것은……."

우리 도가네 번도 비슷하다고 말하려다가 쇼노스케는 그만두었다.

외부로부터 큰 충격을 받은 적이 없기에 여태 그런 구태의연한 무가 기풍이 판치고 있다. 진보도 없고, 변화도 없다. 분쟁으로 말하자면 가신의 세력다툼 정도다. 그것이 없는 만큼 미야노 번이 그나마 낫다. 전쟁이 없는 세상에 여태 칼 휘두르는 일만 중시하는 도가네 번보다 자진해서 괭이를 드는 미야노 번 사람들이 훨씬 낫다.

그렇게 생각했기에 쇼노스케는 말했다. "그것은 번이 평안했다는 뜻 아닙니까?"

"아무리 평안해도 번의 금고가 텅 비고 가신들이 먹지 못하고 흉작으로 영민이 굶주리면 소용없지. 그런 '평안'은 몽매에 불과하오."

움찔했다.

"나가호리 공, 말씀이 지나치신 것 아닙니까."

긴고로는 얼굴을 들었다. 뜻밖에 표정이 잔잔했다.

"지나친들 무슨 문제가 있겠소? 귀공이 듣고 잊으면 그만인 것을."

두 사람은 마주 보았다.

내가 열 번째다.

그 사실이 새삼 생각났다. 긴고로의 '후루하시 쇼노스케' 찾기는 헛고생일 것이다. 이 사람은 억지를 부려 에도로 올라와 번저에 누를 끼칠 수 없다고 식사도 거르며 현기증이 나고 다리에 힘이 빠질 만큼 열심히 돌아다녔다. 그랬건만 성과가 없다는 피로감에 젖어 있다. 그렇기에 열 번째에 이르러 처음으로 자신에게(비록 짚이는 데가 있는 것도 아니고 힘도 없을지언정) 돕겠다고 나선 쇼노스케에게 전부는 아니라도, 일부분이라도 심정을 토로하고 싶었을 것이다.

그리고 그 심정에는…….

긴고로의 눈에 또다시 희미한 빛이 깜박였다. 이번에는 알 수 있었다. 노여움도 슬픔도 아니다. 동정이었다. 연민이었다.

오랫동안 곁에서 모신 수발인으로서가 아니라 젖형제로서, 나가호리 긴고로는 오다시마 가즈마사의 그 같은 속 편함, 그 같은 몽매함, 그 결과로 놓이게 된 현재의 처지를 동정하는 것이다.

"은거소에서 큰나리를 모시는 자들이 큰나리께서 어째서 이런 서한을 계속 쓰시는지 몰라 쩔쩔매는 사이에 가즈타카 공의 귀에 그 이야기가 들어가서 말이지. 긴고로, 아버지를 부탁하네, 하고 소생에게 분부를 내리신 거요. 가즈타카 공은 부자의 정을 잃으신 것이 아니거든. 큰나리의 괴이한 행동에 상심이 크시다오."

긴고로, 아버지는 실성하신 것이겠나.

그 점은 쇼노스케도 물어보고 싶다.

"문제의 서한을 보기 전까지는 소생도 그런 의심을 품고 있었소. 그도 그럴 것이, 포석이 있었거든."

두 사람은 누가 먼저랄 것 없이 바짝 다가앉았다. 긴고로가 목소리를 낮추었다.

"가즈마사 공의 정실부인은 가즈타카 공을 낳은 이듬해 따님을 낳다가 산욕으로 세상을 뜨셨소. 이후 큰나리는 마음 내키는 대로 측실을 들이셔서, 들놀이를 나갔다가 눈에 띈 흙내 나는 계집아이까지 취하는 지경이라……."

그렇기에 미야노 번에는 소위 둘째 부인이 있어본 적이 없고, 모두 '애첩'으로 대우되었다. 그런 여자들이 아들을 낳은 적도 없었던 덕에 누구 한 사람에게 권세가 편중되는 사태도 일어나지 않았다.

"분쟁의 씨앗이 없는 것은 다행이었소. 허나 그런 만큼 큰나리께서 쉽사리 취하신 여인들이 많았던 셈이거든."

재작년 가즈타카 공은 새 번주의 권세로 아버지의 애첩들을 모조리 잘라냈다. 적합한 곳에 시집보낼 수 있는 자는 시집보내고, 흙내 나는 곳으로 돌아갈 수 있는 자는 돌려보냈다.

"이 일이 큰나리께는 충격이 크셨던 모양이오."

노여움의 가장 큰 원인도 이것이었다.

"진노하신들 소용 없었소. 가즈타카 공이 주시하고 계시니 아무도 돌아오지 못하거든. 큰나리의 시중을 들도록 가쓰라라는 중년 시녀 하나만 남겨놓았는데, 이게 분수를 아는 현명한 여자라 말이지. 큰나리를 잘 보필하면서 은거소의 지주가 되어주었소만……."

은거한 지 일 년이 채 못 되어 병으로 죽고 말았다고 했다.

"이 일이 첫째 포석이었소. 그다음, 큰나리는 무인은 아니시오만 말을 사랑하는 데 있어서는 여인을 사랑하는 것보다 더욱 정이 깊으신 분이라 말이오. 명마를 열 마리도 넘게 가지고 계셨지."

이도 은거와 동시에 하나만 남기고 모조리 빼앗겼다고 한다.

"작년 9월 중순에 유일하게 남아 있던 가부라라는 반마斑馬로 들놀이를 나갔다가 그만 토끼 굴에 다리가 빠지는 바람에 낙마하셨지 뭐요."

오다시마 가즈마사는 크게 다친 것은 아니었으나 가벼운 타박상을 입어 며칠 누워서 지냈다. 뒷다리가 부러진 가부라는 그 사이 처분되었다.

"이 일이 둘째 포석이오." 긴고로는 한숨을 쉬었다. "정신적으로 의지했던 여인을 잃고 애마까지 잃으면서 상심이 겹쳐 마음의 균형이 깨진 것이 아닌가, 기울이 그저 기울로 끝나지 않고 실성하신 것이 아닌가. 소생은 그것을 두려워했다오."

쇼노스케도 힘주어 고개를 끄덕였다. "시기적으로도 일치하는군요."

사랑하는 이를 잃은 비극이 파도처럼 밀려든다. 첫 번째 물결을 이럭저럭 넘겼다고 생각하던 차에 다음 물결이 밀려들어 마음이 망가졌다. 있을 수 있는 일이다 싶었다.

"허나 은거소로 가서 큰나리가 쓰신 글씨를 보니 그런 두려움이 사라지더군."

큰나리는 맑은 정신이시구나.

"이 기괴한 서한에는 마땅한 이유가 있는 거요."

"글씨체가 명료하고 훌륭했기 때문입니까?"

"그렇지. 허나 그것만은 아니오." 긴고로는 강한 어조로 말했다. "그 기괴한 한자의 나열이 낯익었기 때문이오. 그것은 아닌 게 아니라 암호였소. 큰나리가 젊어서 새 번주로 영지에 왔을 무렵, 성읍에 살던 '후루하시 쇼노스케'라는 이름의 무예가와 가까워지셨거든. 약 일 년간 주위의 눈을 피해 서한을 주고받을 때 쓰셨던 암호였던 거요!"

암호를 만들고, 젊은 오다시마 가즈마사에게 사용법을 가르쳐준 사람이 후루하시 쇼노스케라는 남자라는 것이다.

"앞서 말씀드렸듯 후루하시 쇼노스케는 신원불명의 떠돌이였소. 성읍 간장 도매상의 비어 있는 광을 빌려 도장을 연다고 떠들고 다니면서, 종일 뒹굴뒹굴하며 책을 읽다가 형식적으로 죽도를 휘두르는 척하지를 않나, 그런가 하면 호위 노릇을 해주고 번 날삯으로 술을 마시지를 않나, 하여간 수상쩍은 인물이었다오. 그렇기에 우리는 후루하시가 큰나리께 접근해 환심을 사려는 낌새를 경계할 수밖에 없었던 거요."

그런데도 '후루하시 쇼노스케'가 일 년이나 미야노 성읍에 머물며 젊은 번주와 가까이 지낼 수 있었던 것은, 소개한 사람이 당시 미야노 번의 검술 사범이었기 때문, 그리고 주위의 간언에도 오다시마 가즈마사 본인이 관계를 끊으려 하지 않았기 때문이었다.

"이 후루하시란 자는 신카게 유파의 달인이라는 소문이 있었소. 실제로 번 도장에 훌쩍 나타났다가, 요컨대 대결하자고 온 것이오만, 검술 사범의 눈에 띄었던 셈이니 아주 엉터리는 아니었을 테지."

"나가호리 공은 그 사람을 모르십니까?"

자기 입으로 '후루하시 쇼노스케'라고 말하기는 영 거북하다.

"얼굴은 몇 번 봤소. 그 전에 소문은 들었고. 큰나리가 가르쳐 주셨다오."

긴고야, 성읍에 재미있는 사내가 있구나.

긴고로는 웃더니 눈을 슴벅거렸다. "허나 그자의 검술 실력을 볼 기회는 끝내 없었소. 물론 친밀하게 말을 나눈 적도 없고. 우리는 그자를 큰나리로부터 떼어놓으려 했으니 말이오. 성공은 못 했소만. 당시 소생은 선친의 뒤를 이은 직후라 하루하루 직무를 소화하는 게 고작이었지. 선친이라면 큰나리께 그런 수상쩍은 작자가 접근하는 것을 확실하게 막을 수 있었겠소만."

"하지만 그 사람은 결국 미야노 성읍을 떠나지 않았습니까?"

"우리가 쫓아낸 것이 아니라 후루하시 쪽에서 어느 날 훌쩍 떠난 거요. 큰나리는 무척 유감스럽게 여기셨다오. 어떻게든 곁으로 불러들일 생각이셨던 거지."

'후루하시 쇼노스케'는 떠나기 전 주위 사람들에게 시골은 이제 지겹다고 말했다고 한다.

"그런 사내가 만든 암호를 큰나리가 쓰시는 거요."

젊은 시절의 나리로, 스무 살 무렵으로 돌아간 것처럼.

"돌이켜 생각하면 그자는 큰나리께 젊은 시절의 유일한 친구, 마음을 터놓고 대할 수 있는 상대였을 테지."

번주라는 존재의 권력과 책임, 고독과 적막함. 젊음과 미숙함, 넘치는 기운을 가두어버리는 시골구석의 성에 바깥에서 불어든 한줄기 바람. 쇼노스케는 막연히 그런 것을 생각했다.

"지금 와서 어떤 심정으로 그것을 기억해내셨는지. 암호를 사용해 무엇을 전달하려 하시는지."

나가호리 긴고로는 곱씹듯 중얼거린 뒤 쇼노스케에게 시선을 돌렸다.

"그것을 풀려면 암호의 단서가 필요하오. 큰나리께 알아낼 수 없는 이상, 만든 장본인을 찾아내 알아내는 수밖에 없소. 아니면 큰나리는……." 긴고로는 잠시 주저하더니 결심한 듯 말을 이었다. "암호를 쓰심으로써 긴고야, 이렇듯 외로운 신세인 내게 벗을 찾아다오, 하고 분부하시는 것일지도 모르지."

"어쨌거나 그 사람을 찾아내야 하는 것은 마찬가지군요."

"소생의 생각은 그렇소."

"후루하시가 에도에 있는 것은 분명합니까?"

긴고로는 주춤했다. "그것이 뭐라 말할 수……."

"확실하지 않은 것입니까?"

"미야노 성읍에 있을 적에 언젠가 에도에서 크게 한판 벌여보겠다고 큰소리를 쳤다 하오만……."

새삼스레 놀랐다. 이름과 겨우 그 정도 단서로 에도로 올라와 찾아다녔다는 말인가.

"그러시다면 살아 있는지 아닌지도……."

"모르오."

나이는 당시에 이미 분명하지 않았다고 했다. 스무 살이었던 번주보다 연상으로 보였지만, 서른 줄에 접어든 것 같지는 않았다. 그 때문에 지금도 쉰 살이 넘었다고 애매하게 짐작하는 것뿐이다.

"뜬구름 잡는 이야기로군요."

쇼노스케가 무심코 어이없다는 듯 말하자, 긴고로는 도망치듯 고개를 떨구었다.

"그래도 계속 찾으시겠습니까? 열한 번째, 열두 번째로 찾아볼 사람은 있습니까?"

긴고로는 있다고도, 없다고도 대답하지 않았다.

나가호리 긴고로는 이전의 주군을 위해 뭔가 하고 싶은 것이다. 종일 침묵 속에 살며 긴고로는 해독할 수 없는 편지를 써대는 주군 곁에 아무것도 하지 않고 있을 수 없었다.

역시 성가신 일이었어.

긴고로의 이야기가 성가신 게 아니라, 그것을 듣고 움직이는 자신의 마음이 성가시다.

"사람을 찾으시는 것을 거들 수는 없습니다만……."

쇼노스케의 말에 긴고로가 얼굴을 들었다.

"나가호리 공, 혹시 그 서한을 가지고 계십니까? 사본이라도 상관없습니다."

"지참하고 있소만."

쇼노스케는 품에 손을 넣으려는 긴고로를 제지했다. 아직 아니다. 서두르지 말자.

"지금까지 암호를 풀려해본 분은 있습니까?"

긴고로가 품에 손을 넣은 채 눈을 크게 떴다. 쇼노스케는 하려던 말이 목에 걸렸다.

"보아하니 아무도 시도해본 적이 없군요?"

"지금의 우리 번에 그렇게까지 큰나리를 위해 노력할 사람은 없소."

부자의 정은 잃지 않았다는 오다시마 가즈타카도, 번정 개혁이 한창인데 아버지가 쓰는 기괴한 한자를 해독하라고 가신들에게 명할 수 있을 리 없다.

당신뿐이군요. 쇼노스케는 속으로 생각했다. 긴고로는 그에 대답하듯 작은 목소리로 중얼거렸다.

"소생의 능력으로는 벅찬 일이오."

쇼노스케는 자신에게 기합을 넣듯 음, 하며 어깨를 흔들었다.

"지장이 없으시다면…… 아니, 여기까지 이야기를 들은 이상, 지장이 있다 해도 제 입이 무거움을 믿어주시는 수밖에 없습니다만."

긴고로는 매달리는 투로 말했다. "귀공을 믿소."

지치셨군요, 나가호리 공.

"저도 이런 일은 처음입니다. 하지만 다행히 대본소에서 일하다 보면 주위에 생각지도 못한 지혜로운 인물이 있거든요. 그러니 막다른 골목에 부닥쳐도 도움을 부탁할 수 있을 겁니다."

물론 상세는 밝히지 않고 말이죠, 하고 덧붙였다.

"그러니 제가 그 암호를 풀어봐도 되겠습니까?"

나가호리 긴고로의 눈이 눈 깜짝할 사이에 축축하게 젖었다. 이제 돌이킬 수 없다.

나가호리 긴고로가 가지고 있던 편지는 세 통이었다. 모두 사본이 아니라 오다시마 가즈마사가 쓴 원본이었다.

"큰나리께서 날마다 이런 서한을 쓰시니 말이오. 은거소 문서함에 가득하다오."

그중에서 이 세 통을 골라 지참한 이유를 긴고로는 이렇게 설명했다.

"내용은 알 수 없을지언정 글자만 보기로 이 세 통이 가장 여러 번 쓰였기 때문이오."

글자 배열로 판단하건대 이 세 통을 여러 번 반복해서 쓴 듯하다고 했다.

"혹여 글씨를 쓰는 방식에도 암호의 열쇠가 숨어 있을지 모르지. 그렇다면 사본을 본들 알 수 없지 않겠소?"

그러니 원본을 가지고 있으라는 말에 쇼노스케는 정중히 편지를 받아들었다.

"틀림없이 받았습니다."

"자주 들러보겠소. 아니, 매일 오겠다는 것은 아니고…… 그러니까 독촉할 뜻은 없다는 말이오."

땀을 흘리며 그런 말을 남기고 긴고로는 올 때보다 훨씬 기운찬 발걸음으로 돌아갔다.

홀로 남은 쇼노스케는 서궤 위를 치우고 편지 세 통을 펴놓았다. 차곡차곡 잘 접혀 있지만 긴 편지는 아니다. 반지 한 장이 조금 넘는 정도다. 게다가 글씨가 크다.

얼마 동안 넋을 잃고 바라보았다.

잘 썼는데.

정말 달필이다. 글씨체가 그냥 단정하기만 한 게 아니라 구석구석 생기가 느껴진다. 끊을 곳은 강하게 끊고 삐칠 곳은 힘차게 삐쳤다. 글씨만 보면 실성한 사람 같지 않다.

게다가 기괴하기는 해도 아무렇게나 엉터리로 쓴 글씨는 아니다. 규칙성이 분명히 있다. 한자를 읽을 줄 아는 사람이 찬찬히 보면 대개 눈치챌 것이다. 미야노 번에는 큰나리를 위해 그렇게까지 할 사람이 없다고 한 긴고로의 말이 기억나 쓸쓸한 기분이 들었다.

쇼노스케가 아는, 즉 이 나라에서 글을 배우는 사람들이 보통 사용하는 한자는 여기에 하나도 보이지 않았다. 말씀언변言에 저녁석夕을 쓴 자는 뭐라고 읽나? 재방변扌에 달감甘은 무엇인가? 돼지해머리亠에 매양매每를 쓰는 자도 있나?

하지만 이 한자들을 변과 방으로 분해해보면 결코 이상하지 않음을 알 수 있다. 어느 것이나 올바른 변이고 방이다.

그래, 그렇다. 다만 조합을 바꿔놓았기 때문에 언뜻 보면 엉터리 글자로 보이는 것뿐이다. 게다가 그런 글자가 여럿 있으니 더더욱 현혹된다.

좋아, 먼저 여기에 '거짓 글자'라는 이름을 붙이자.

쇼노스케는 먹을 갈며 생각했다.

자, 이게 다른 사람에게 보낸 편지라면 그 안에 반드시 나올 글자는 무엇인가.

候'~입니다' '~습니다'의 뜻으로 편지 등에 쓰이는 공손한 말투이겠지.

그렇다면 矦라는 방에 사람인변亻 대신 다른 변이 붙은 거짓 글자를 찾아보자. 쇼노스케는 세 통의 편지를 꼼꼼하게 살펴보았다.

이윽고 미간에 주름을 잡은 채 얼굴을 들었다.

없다. 矦라는 방이 하나도 없다.

그 말은, 이 거짓 글자는 단순히 한자의 변만 바꿔 만든 게 아니라는 뜻이다. 방도 어떤 규칙에 따라 바꾸어 변과 조합한 것이다.

그렇다면 다음은 사용 빈도가 높은 거짓 글자를 찾아보자. 서한인 이상 이 역시 候라고 가정하는 게 타당할 것이다.

세 통 공통으로 사용 빈도가 높은 거짓 글자가 발견되면 그것을 候라고 가정할 수 있다. 그 거짓 글자의 변과 방이 각각 사람인변과 矦를 바꿔 쓴 것임을 알면, 비록 변만 바꾼 경우보다 훨씬 귀찮기는 해도 단서로 삼을 수 있을 것이다.

열의를 가지고, 그러면서도 주의해서 거짓 글자들을 하나하나 베껴 쓰며 수를 세어보았는데…….

쇼노스케는 붓을 놓고 팔짱을 끼었다.

다 다르다. 세 통의 서한에 공통으로 가장 많이 나오는 거짓 글자가 없다. 첫째 편지에서는 '設'이, 둘째 편지에서는 '佃'이, 셋째 편지에서는 '休'이 가장 많다. 그래도 만약 이것들을 각자 候로 바꿀 수 있다면 어떻게 될까.

암호도 복잡한 것부터 단순한 것까지 폭이 넓다. 가장 단순한 암호의 경우, 가령 '말씀언변을 전부 사람인변으로 읽는다'는 단서를 사전에 구두로 약속해놓으면 된다. 그러나 그 약속을 모르는 사람이 봐도 말씀언변을 사람인변으로 바꾸면 되겠다고 알아차릴 수 있다면 암호는 금방 풀린다.

그래서는 암호로서의 가치가 없으니 좀 더 복잡하게 만들자. 말씀언변을 사람인변으로, 사람인변을 재방변으로, 재방변을 심방변忄으로 대체한다고 하면, 암호를 사용하는 사람들도 기억하기 쉽지 않을 것이다. 변뿐 아니라 방까지 규칙을 정해 바꾸는 경우도 마찬가지다.

이렇게 되면 잊어버리지 않도록 일람표를 만들어 암호를 주고받는 쌍방이 가지고 있어야 한다. 그 대신 일람표만 있으면 언제든 암호를 사용할 수 있고 해독할 수 있다.

候가 하나의 거짓 글자로 바뀌었다면 그것을 출발점으로 법칙을 추측하는 게 가능하다, 가능할 것 같다, 가능할지도 모른다. 그래서 候에 해당될 듯한 거짓 글자를 세어보았더니 여러 개 있었다.

그것은 무엇을 의미하는가.

거짓 글자를 만들기 위한 변과 방의 대체 규칙과 일람표가 여러 개 존재한다는 뜻 아닐까. 품만 들이면 아예 불가능한 일은 아니다. 다만 복수의 대체 규칙을 사용할 경우, 암호문 속에 상대방이 알 수 있게 '이 암호문의 해독에는 이 일람표를 사용해라' 하는 지시가 감추어져 있어야 한다.

나가호리 긴고로는 말했다. 이 서한들에서 '언뜻 봤을 때 판독할 수 있는 것은 날짜뿐인데, 그마저도 크게 어긋나지 뭐요' 라고.

그 부분이 수상하다. 날짜, 연호, 간지干支. 그것으로 어떤 일람표를 사용할지 지시하는 게 아닐까. 예컨대 경자庚子라면 이것, 병오丙吾라면 이것 하는 식으로.

쇼노스케는 팔짱을 낀 채 신음을 뱉은 뒤 붓을 먹물에 찍었다. 좋다, 각 서한에서 사용되는 변을 적어 세어보고 가장 많이 쓰이는 것을 찾아보자. 추출하면 어떤 규칙성이 보일지도 모른다.

그런데 또다시 신음하는 결과가 되었다. 변의 사용 빈도는 제각각이거니와 세 통에 공통되는 요소도 보이지 않았다. 오기가 생겨 다음에는 방으로 똑같이 해보았더니 이번에는 더 제각각이었다.

이쯤 되면 너무 성가시다.

최소한 재료라도 더 있으면 좋겠다. 오다시마 가즈마사가 계속 쓰고 있다는 서한이 통째로 있으면, 즉, 해독을 위한 재료가 좀 더 많으면 그 속에서 일정한 규칙성(복수라 해도)을 찾아낼 수 있을지 모른다. 그러나 여기에 있는 것은 세 통뿐이다.

없는 것을 원해봤자 소용없다. 쇼노스케는 머리를 내젓고 팔짱을 푼 뒤 이번에는 턱을 괴고 다시 생각에 잠겼다.

이 세 통의 편지는 반복해서 썼다고 했다. 그렇기에 긴고로도 이것들을 품에 넣고 정체불명의 후루하시 쇼노스케를 찾아다녔다. 이 세 종류를 되풀이해서 썼다는 사실에도 의미가 있을까.

쇼노스케는 움찔했다.

대체할 수 있는 규칙이 여럿 있다면 오다시마 가즈마사도 일람표든 비망록이든 곁에 두고 그것을 보며 쓸 것이다. 복수의 규칙을 전부 외우고 있을 리 없다. 만약 그렇다면 큰나리가 이 기괴한 서한을 쓰고 있을 때, 은거소에서 그를 모시는 누군가가 지금까지 한두 번은 그것을 봤을 법하다. 알아차렸을 법하다.

그렇다면 역시 외워서 쓰는 걸까?

그가 통째로 암기하는 것은 규칙이 아니라 이 글 자체인 걸까? 젊었을 때 주고받던 글이 떠올라 그대로 베끼고 있는 것은 아닐까? 그렇기에 이 세 통의 글자 배열이 빈번히 등장하는 게 아닐까? 인상이 강했다든지, 아니면 추억이 있는 서한이라는 이유가 있어서.

최악의 경우, 오다시마 가즈마사 본인도 이 거짓 글자의 나열을 만들고 해독하기 위한 열쇠를 잊어버렸을 수도 있다.

수수께끼의 (그리고 바야흐로 민폐를 끼치는) 후루하시 쇼노스케를 찾아냈더니 그자마저 잊어버렸을 수도 있다. 그러고 보니 예전에 그런 암호를 만들었지. 대체 일람표? 이제는 없어. 내용도 잊어버렸군. 아하하!

생각한들 소용없는 일을 계속 고민했더니 배에서 꾸르륵 소리가 났다. 리에가 기껏 싸준 오늘 저녁 식사는 나가호리 긴고로의 배 속으로 들어갔다.

날이 저문 뒤로는 불을 켜고 세 통의 서한을 베꼈다. 한 번으로는 부족해 몇 번씩 써보았다.

베끼면서 점점 더 필체에 감탄했다. 쇼노스케가 쓰면 이 정도로 글자에 힘이 실리지 않는다.

인품의 차이일까.

붓을 놀리는 기량의 차이가 아니다. 쓰는 사람의 인생 경험의 차가 글씨에 나타나는 것이다. 아무리 부실한 당주였다지만 오다시마 가즈마사는 번 하나를 다스렸고 지금도 큰나리로 받들어 모셔지는 사람이다. 태생도, 성장 과정도 다르다. 거리의 흙먼지가 묻었고 바람이 불면 그런 흙먼지와 더불어 날아갈 듯한 젊은 쇼노스케는 가질 수 없는 힘이, 손가락에 깃들어 있는지도 모른다.

쇼노스케도 필경에는 자신이 있다. 적어도 검술보다는 훨씬 잘한다고 자부한다. 그러나 오다시마 가즈마사의 달필을 모방할 수는 있어도 똑같이 쓰지는 못하겠다. 뭔가가 다르다. 미묘하게 다르다.

그날 밤은 중얼중얼하며 이 생각 저 생각 하다가 잤다. 이튿날 아침 부스스 일어나 또 중얼중얼하며 측간에 다녀온 뒤 우물가에서 세수하고 이 생각 저 생각 하며 돌아와 서궤 앞에 앉았다.

어떻게 하면 오다시마 가즈마사의 필적과 비슷하게 쓸 수 있을까 생각하며 서한을 베끼고, 베끼면서 어딘가에 암호를 푸는 열쇠가 숨어 있지 않을까 생각했다. 필적을 모방하는 것과 암호를 푸는 것 사이에는 아무 관련이 없지만, 베끼는 사이에 머리가 맑아지고 마음이 고요해지는 듯했다. 오다시마 가즈마사가 되면 오다시마 가즈마사의 머릿속을 알 수 있을 것 같았다.

끝까지 베낀 뒤 거짓 글자를 다시 하나씩 주의 깊게 베껴 썼다. 그러면서 이번에는 글자 형태가 아니라 부수의 음이 공통되는 것을 분류했다. 어느 음이 몇 번 나오는지 세는 것도 잊지 않았다.

쇼노스케는 작업에 열중하고 있었다.

"실례합니다."

도미칸이 여전히 긴 하오리 끈을 흔들흔들하며 나타났을 때도 쇼노스케는 일심불란하게 붓만 놀리고 있었다.

"이보세요, 후루하시 씨."

쇼노스케는 눈도 들지 않았다.

"후루하시 씨!"

귓가에서 큰 소리가 들리는 바람에 놀라 붓을 떨어뜨리고 그제야 정신이 들었다.

"도, 도미칸 씨."

도미칸이 이마가 부딪힐 것처럼 몸을 앞으로 내밀고 있었다. 문간에는 긴과 다이치, 시카, 히데까지 모여 자신을 바라보고 있었다.

"쇼 씨, 괜찮아요? 오늘 아침 누가 인사를 해도 모른 척하고 혼잣말만 했다고요. 기억나요? 그 뒤로 계속 방에만 틀어박혀 있고요." 히데가 말했다.

"난 쇼 씨가 중요한 일을 하는 게 분명하다고 했어요. 어제 오셨던 무사 나리, 쇼 씨한테 무슨 일을 부탁하러 왔던 거죠? 그것 때문에 바쁜 거죠?"

긴이 다른 사람들을 제지하고 대표로 입술을 삐죽 내밀었다.

다이치는 다들 너무 호들갑을 떤다고 기분이 나쁜 듯했다.

"하나같이 쇼 씨, 쇼 씨 하고 시끄럽게."

"넌 가만있어."

"쇼 씨, 오늘은 빨래도 안 했지?" 시카도 느긋한 목소리로 걱정했다.

"아침에 밥 안 지었죠? 점심은 먹었어요?" 히데는 쓴웃음을 짓고 있다.

"네? 벌써 점심때입니까?"

"무슨 소리입니까? 벌써 오후 2시도 지났습니다." 도미칸이 어이없다는 듯 말했다.

그렇게나? 어쩐지 또 배가 고프다 했다.

"죄송합니다. 조금 몰두했던 모양이군요."

"들었죠? 자, 다들 그만 가봐요. 아무리 후루하시 씨라도 서궤 앞에 앉은 채 굶어죽을 만큼 속세에 초연하지는 않습니다."

도미칸은 아무렇게나 손을 내저어 여자들과 다이치를 쫓아버렸다.

"관리인 영감님 말이 제일 심하네요."

히데가 웃으면서 시카의 등을 밀며 가버리고, 쇼노스케가 무엇을 쓰는지 보려고 까치발을 하던 긴은 다이치에게 소매를 붙들려 사라졌다.

"여복이 많군요."

도미칸은 놀리는지 원망하는지 알 수 없는 투로 말하고는 마루턱에 걸터앉았다.

"나 같으면 열이 펄펄 끓어 일어나지 못해도 여자들이 저런 표정은 짓지 않을걸요."

의외로 미남인 관리인은 의외로 이렇게 빈정거릴 때가 있다.

"도미칸 씨는 걱정해줄 사람이 있으니 그런 겁니다."

"무라타야에서 또 성가신 일이라도 맡긴 겁니까? 댁을 걱정해주는 게 아니었던가요?"

도미칸은 서궤 위와 쇼노스케가 쓰고 버린 반지 더미를 바라보며 얼굴을 찌푸렸다. 의외로 빈정거리기도 하는 관리인은 사실 남을 잘 챙겨주고 걱정도 많은 성격이다.

"무라타야 일이 아닙니다."

쇼노스케는 그렇게 말했다가 저도 모르게 얼굴을 찌푸렸다. 이런 시간까지 본업도 아닌 일에 열중해 종이와 먹을 잔뜩 썼다. 무라타야에서 맡긴 필사 일 중에 기일이 얼마 남지 않은 것도 있는데.

"둘이서 치통 앓는 듯한 표정을 하고 있은들 소용없죠. 대체 무슨 일입니까? 어제 낯선 무사가 왔다죠? 고향분입니까?"

목소리를 낮추고 묻는다. 눈초리가 진지했다.

쇼노스케는 놀랐다. 도코쿠와 친분이 있는 도미칸도 쇼노스케의 처지에 관해 역시 어느 정도 알고 있나?

"고향과는 상관없는 일입니다. 작은 부업이죠."

그렇게 대답했다가 쇼노스케는 문득 마음이 동해 서한의 사본을 갖추어 내놓았다.

"이것, 어떻게 생각하십니까?"

도미칸은 관리인이다. 나가야의 주군까지는 아니지만 가로 정도는 되는 입장이다. 나가호리 긴고로도 쓸데없이 남에게 보였다고 성내지는 않을 것이다.

도미칸의 위로 찢어진 눈꼬리가 꿈틀했다.

"이게 뭡니까?"

"뭐일 것 같습니까?"

도미칸은 사본을 찬찬히 살펴보더니 쇼노스케에게 시선을 돌렸다.

"예전에도 이런 게 있었죠."

"네?"

설마 짚이는 데가 있나?

"그게 혼조 아이오이 정이었던가, 싸전에서 말입니다, 대를 이을 아들이 태어났다나 뭐라나, 아무튼 경사가 있었을 때였죠. 이런 수수께끼를 지어서 전단으로 돌린 겁니다."

전단이죠? 하고 확인한다.

"성공리에 풀면 쌀 한 가마를 준다고 했죠. 참 호사스러운 일입니다."

"어려운 암호였습니까?"

"웬걸요, 한자만 읽을 줄 알면 누구나 풀 수 있을 만큼 간단했습니다. 음만 연결하면 됐죠. 그러면 길한 말이 나오는 겁니다. '칠복신'이니 '보물선'이니 말입니다."

그렇기에 상품인 쌀 한 가마는 여러 사람이 나누어 가졌다고 했다.

“썩 맛있는 쌀이었다고 하더군요.” 도미칸은 서한을 쇼노스케에게 돌려주며 말을 이었다. “뭐가 뭔지 알 수 없는 글입니다만, 내 눈에는 도전장으로 보이는군요.”

“도전장이라고요?”

“대단히 기세 좋은 글씨체 아닙니까.”

역시 이 글씨에서 쇼노스케만 의도와 심경을 감지하는 게 아니었다.

“아무리 그래도 뭘 그렇게 열중합니까. 더운물에 밥이라도 말아 들어요.”

더운물에 밥을 마는 것도 귀찮아 찬밥을 입안에 욱여넣고 한숨 돌리고 있자니, 쇼분도의 로쿠스케가 찾아왔다. 인사를 하기 무섭게 서궤 주변의 상태를 보더니 씩 웃었다.

“하여간 내 코는 개 코라니까. 때를 잘 맞춰서 왔군. 종이하고 묵하고 떨어질 때 되지 않았어?”

쇼노스케는 겸연쩍게 웃으며 사정을 설명하고 쇼로쿠에게도 서한을 보여주었다. 이렇게 된 이상 부베 선생과도 상의해볼까.

“쇼 씨, 물 좀 끓여봐.”

“로쿠돈, 설마 김을 쐬면 다른 글씨가 나타날 것이라는 말은 아니겠지?”

“그런 게 아니야. 말 나온 김에 덧붙이자면 그을리는 것도 아닐 것 같고.” 쇼로쿠가 낄낄 웃으며 설명했다. “쇼 씨, 찬밥에 목이 멘 것 같은 얼굴이라고. 나도 마침 목이 마르겠다.”

쇼노스케가 분부대로 따르는 동안 쇼로쿠는 서한을 요리조리 뜯어보며 이따금 거꾸로 들어보고 뒤집어보고 했다.

"이거 암호인데."

"그건 처음부터 알고 있다고."

둘이서 맹물탕을 마시고 나니 조금 진정되었다. 쇼노스케가 이제까지 한 생각을 설명하자 쇼로쿠는 의젓하게 고개를 끄덕였다.

"괜찮은 생각인걸. 하지만 단서가 여러 개라면 쇼 씨, 그냥 푸는 건 무리야. 다른 실마리는 없고?"

"나가호리 씨에게 물어보면 뭔가 더 알아낼 수 있을지도 모르지. 서한도 몇 장 더 있으면……."

"지금은 이것밖에 없다는 말이지."

가느다란 실눈이 밑으로 처졌다. 웃는 걸까, 한탄하는 걸까.

"제일 많이 나오는 한자가 候라는 전제는 틀림없을까?"

"그것 말고 또 있겠어?"

"之라든지. 아니면 致라든지둘 다 한문 투의 문장에서 자주 쓰이는 한자."

쇼로쿠는 팔자 눈을 껌벅였다.

"서한의 내용에 따라 다르겠지."

둘은 입을 다물었다.

"나리가 일일이 생각해서 쓰는 게 아니라 외워서 똑같이 쓰는 것뿐이라는 생각에 난 찬성이야. 게다가 말이지……." 쇼로쿠는 긴 손가락으로 콧등을 문질렀다. "찬물을 끼얹는 것 같아서 미안하지만, 애초에 나리가 젊었을 때도 그렇게 복잡한 대체 일람표까지 봐가면서 편지를 쓰라고 했겠어?"

그래 봤자 놀이잖아?

"첩자나 암행 감찰사의 밀서가 아니잖아. 들키면 목숨이 위험하다든지, 모반 계획이 실패로 돌아갈 거라든지, 그런 종류가 아니라고. 작은나리가 가신들한테 방해받지 않고 친한 떠돌이와 연락하기 위한 편지지."

쇼노스케는 주춤했다. "그럼 어떻다는 이야기지?"

"그러니까, 그냥 그 정도라면 좀 더 간단하게 쓰지 않았겠느냐 하는 거야."

거짓 글자의 작성 방법도, 해독 방법도 뭘 참고할 필요 없이 쉽게 가르쳐주고 쉽게 외울 수 있는 것이 아니겠느냐는 게 쇼로쿠의 주장이었다.

"큰나리라는 그분, 한서를 좋아하신대?"

"글쎄…… 나가호리 씨는 그런 말씀은 딱히 하지 않았는데."

"그럼 더 그렇지. 쇼 씨는 학식이 있으니까 너무 어렵게 생각한 거 아니야?"

쇼로쿠는 아닌 게 아니라 찬물을 끼얹는 것 같지만 정곡을 찌르는 것도 같은 충고를 남기고, 또 종이 및 먹을 보충해주더니 (대금은 무라타야 앞으로 달아놓고) 돌아갔다.

쇼노스케는 기운이 빠져 서궤에 몸을 기댔다.

일해서 돈을 벌어야지.

생각은 그렇게 하면서도 미련을 끊지 못하고 암호 풀이에 몰두하다가 잠이 꼬박 들었다.

예로부터 걸출한 인물의 필적에는 영묘함이 깃든다는 말이 있다. 신사며 절의 현판 밑에서 섣불리 험담을 했다가는 지벌을 받아 병이 들거나 목숨을 잃는다고 한다.

오다시마 가즈마사는 아직 살아 있는 데다 그 정도 걸물은 아닌 모양이라, 다행히 쇼노스케가 가위에 눌리는 일은 없었다. 다만 온갖 변과 방이 머리 주위에서 팔랑팔랑 난무하는 꿈을 꾸었다.

부베 선생은 쇼노스케의 암호 해독에 동참해줄 여유가 없었다.

이튿날 아침이다. 선생의 지혜를 빌리려면 글방 아이들이 오기 전이 좋을 것 같아서 아침에 일어나자마자 찾아갔는데, 선생도 부인인 사토미도 일어나기는 고사하고 전날 밤부터 뜬눈으로 지새웠다고 했다. 아이들이 병이 난 것이다.

"우리 아이들만이 아니네. 며칠 전부터 학생들 사이에 병이 돌기 시작해 말이지."

손가락이며 입 주변, 입안에도 빨간 발진이 돋고 열도 약간 난다고 했다. 목숨이 위험할 만큼 위중한 병은 아니지만, 발진이 따끔따끔 가려워 특히 어린아이들이 힘들어하는 모양이다. 간병하는 부모도 힘들 것이다.

"그럼 히데 씨 댁 가요도 병이 났습니까?"

"그래, 그 아이도 발진이 돋아 누워 있네. 이야기 못 들었나?"

쇼노스케는 가슴이 뜨끔했다. 히데는 암호에 푹 빠져 있는 자신을 걱정해 말을 걸어주었는데, 쇼노스케는 히데 곁에 가요가 없다는 것조차 알아차리지 못했다.

"현재로서는 어른은 옮지 않는 것 같네만, 혹시 모르니 쇼 씨,

손을 씻어주겠나."

"알겠습니다. 혹시 제가 도와드릴 일이 있으면 편히 말씀해주십시오."

"고맙네."

그런 까닭으로 저쪽에서도 용건을 묻지 않고 이쪽도 말을 꺼내지 못했다.

그래, 그렇다면…….

쇼노스케는 무라타야로 걸음을 옮겼다. 지헤에와 상의해보자. 무라타야의 산더미 같은 장서를 뒤지면 암호에 관한 책이 나올지도 모른다. 가능성이 있으니 어쨌거나 일단 가보자.

"저런, 어서 오십시오. 일찍 끝났군요."

웃음을 짓는 숯 눈썹 얼굴은 쇼노스케가 기일보다 일찍 사본을 갖다 주러 온 게 아니라는 것을 알고도 언짢은 기색이 없었다. 암호에 관해 열의를 담아 이야기하는 쇼노스케를 온화하게 바라보다가 이렇게 말했다.

"암호를 풀 실마리를 찾아내기 전까지는 다른 일이 손에 잡히지 않겠군요."

"죄송합니다."

"쇼 씨도 그런 저돌적인 면이 있었습니까. 여간 아닌데요. 좋습니다. 옆방을 쓰십시오. 할아범에게 거들게 하죠."

지헤에가 할아범이라 부르는 사람은 무라타야의 고용인 우두머리 노인이다.

"할아범은 우리 점포 어디에 무슨 서책이 있는지 전부 기억하는, 걸어 다니는 목록이니까요. 게다가 한번 본 서책은 내용을 대부분 기억하죠. 분명 도움이 될 겁니다."

할아범이 작은 서궤와 벼룻집을 가져다주어 쇼노스케는 다다미 넉 장 반 크기의 방에 자리를 잡았다. 그 뒤 본인의 소개를 듣고 비로소 이 고용인 우두머리가 호조라는 흔치 않은 이름임을 알았다.

"아버지가 빗자루 만드는 일을 하신 터라 자식들에게 호이치帚一, 호지帚二, 호조帚三라고 이름을 지었습니다."

"그렇습니까. 잘 부탁드립니다."

"허나 후루하시 님……."

허리가 꼬부라지고 바싹 말라버린 듯한 호조는 역시 바싹 말라버린 듯한 쉰 목소리로 나지막이 말했다.

"암호라는 것은 본래 그것을 사용하는 사람들끼리 구두로 알리고 아는 것입니다. 글로 써서 남기는 경우는 없습니다. 제가 대략 기억을 돌이켜보기로 암호를 만들거나 푸는 방법을 정식으로 기록한 책은 없습니다."

"그렇습니까." 쇼노스케는 어깨를 축 늘어뜨렸다.

"이야기책에 남의 눈을 피해 만나는 남녀가 편지를 주고받으려고 둘만이 아는 암호를 만든다 하는 것은 몇 권 있습니다. 그런 종류의 이야기이다 보니 밀회 장소와 일시를 알리는 것뿐인 간단한 암호입니다만, 어쩌면 단서가 될지도 모르지요. 일단 보여드리겠습니다."

그렇게 말하고 나가더니 서책을 한 아름 안고 돌아왔다.

"전부 보시려면 시간 낭비이실 테니 제가 표시해놓겠습니다."

믿기 어려운 일이지만 호조는 정말 이야기책들의 내용을 기억하는 듯 빠른 속도로 책장을 넘기며 찌지를 척척 붙였다. 쇼노스케는 표시된 부분만 찾아 읽었다.

아닌 게 아니라 간단한 암호들이었다. '찌르레기 둥지에 걸리는 초승달 그림자'라고 쓰고 '6시에 선숙 '초승달'에서 만나자'일본어로 '찌르레기'와 '여섯'의 발음이 비슷하다는 식이다. 놀이 수준이다.

"후루하시 님은 화란어를 아십니까?"

"그럴 리가요! 뭐가 뭔지 전혀 모릅니다."

"이국 말은 누구나 처음에는 그렇지요. 나가사키의 통사通詞가 쓴《화란어 제사 해독 사시諸事解讀事始》라는 서책에 이국의 말을 어떻게 우리말로 옮길 것이냐 고심하는 부분이 있습니다. 암호 해독과 일맥상통하는 부분이 있지 않겠습니까?"

"그렇겠군요."

호조는 그 책과 화란어 자전字典을 함께 가져다주었다.

시종 그런 식이었다. 게다가 쇼노스케가 어떤 생각을 말하면 호조는 그로부터 새로운 관점으로 이끌어주었다.

둘이 열심히 논의했다. 이 거짓 글자는 의미가 없으며 부수의 음만 따서 읽어야 하는 게 아닌가. 아니, 역시 거짓 글자를 사용한 암호와 본 문장의 대체 규칙을 풀어내야 하지 않겠나. 일시와 간지에 의미가 있나. 서한 세 통의 전후 관계는 어떤가. 순번에 단서가 있는 것은 아닌가.

"음만 따서 읽어봐도 의미를 이루지 않는데요."

"일정한 규칙에 따라 글자를 건너뛰어 읽는지도 모릅니다. 그 규칙을 문장 어딘가에 적어놓은 것은 아닙니까?"

"전체적으로 재방변처럼 부수를 좌우로 나눌 수 있는 한자가 많고, 초두머리艹처럼 상하로 나뉘는 한자는 적습니다만……."

"그것은 단순히 좌우로 나뉘는 한자가 거짓 글자를 만들기 더 쉽기 때문이 아니겠습니까?"

"제가 학식이 모자라 모를 뿐, 이 중에 거짓 글자로 보이지만 실은 올바른 한자가 섞여 있는 것은 아닐까요? 일본에서는 사용된 적이 없는 진짜 '한자'인 것이죠."

호조는 훌쩍 일어서더니 허리가 굽은 사람 같지 않게 잰 몸놀림으로 가게 안쪽으로 들어가 먼지를 쓴 두꺼운 서책 몇 권을 들고 돌아왔다.

"이것은 《자감字鑑》이라 해서, 불교 경전을 풀이하는 데 쓰는 자전입니다."

무라타야에는 그런 서책까지 있나.

"그리고 이쪽은 범자 자전입니다. 거짓 글자 중에 범자와 유사한 것도 있는 듯해서……."

이 고용인 우두머리는 범자까지 안다는 말인가.

날리는 먼지에 재채기를 하며 책을 읽고 이러쿵저러쿵 논의를 거듭했다.

"허나 후루하시 님."

"네…… 에취!"

"이 필체의 임자는 이 정도로 교양이 있는 분입니까?"

"그것을 잘 모르겠습니다."

호조는 쇼노스케보다 더 끈기를 보이며 불평 한마디 하지 않았다. 점심으로 하녀가 주먹밥과 차를 가져다주어 잠깐 휴식을 취했는데, 머릿속이 온갖 글자로 한가득이었다.

날이 저물 무렵이 되어 쇼노스케는 드디어 두 손을 들었다.

"이제 와서 이런 말씀을 드리기는 뭐합니다만……."

"예."

호조의 바싹 마른 주름투성이 얼굴에는 피로한 기색이 보이지 않았다.

"이렇게까지 생각해도 풀 수 없는 것을 보면 역시 아주 단순한 암호라는 생각이 드는군요."

당사자끼리 정한 약속에 의거하는, 규칙성이 약한 '유사 암호'라고 할까. 요컨대 이 또한 놀이다. 서한이 오갔던 상황을 감안하면, 이 역시 일종의 밀회를 청하는 연문 같은 것이니 '찌르레기'와 별 다를 바 없는 수준이어도 이상할 것 없다.

로쿠돈의 생각이 옳았나.

호조는 여전히 진지한 표정으로 대답했다.

"제 생각도 그렇습니다."

"죄송합니다. 괜한 헛고생을 시켜드렸습니다."

"헛고생은 아니지요. 있을 법하지 않은 일도 확인하기 전까지는 가능성을 배제해서는 안 됩니다."

"호조 씨."

"네."

"이름이 참 좋으신데요."

노인이 고개를 갸웃했다. 쇼노스케는 웃었다.

"호조 씨는 정말 빗자루 같은 분이십니다. 모르는 것의 산에서 먼지를 쓸어내 모르는 것의 능선이 뚜렷이 드러나게 해주셨습니다."

호조도 싱긋 웃었다. 이가 홀랑 빠졌다.

"말씀 감사합니다."

돌아가기에 앞서 정중히 감사를 표하는 쇼노스케의 말허리를 자르고 지헤에가 보퉁이를 건넸다. 쇼노스케는 참고가 될 듯한 서책인가, 이 이상 뭐가 더 있을까, 가슴 설레며 받아들었다.

"일거리입니다."

"네?"

"오늘 우리 할아범을 쇼 씨에게 빌려드린 만큼 일해주셔야겠습니다."

무거운 보퉁이다.

"다른 사람을 도와주는 것도 좋지만 일에 지장이 없게 부탁드립니다. 먹고산다는 게 원래 쉽지 않은 일입니다." 지헤에가 시침 뚝 떼고 말했다.

일의 신인지, 아니면 다른 사람 돕기의 신인지 확실치는 않아도 쇼노스케를 잘 본 모양이다. 이번에는 거짓 글자에 범자까지 섞여 난무하는 꿈을 꾸고 아침에 일어나니 부베 선생이 도미칸 나가야로 찾아왔다.

"어제 그런 직후라 미안하네만 역시 부탁해도 되겠나."

병이 이 이상 퍼지는 것을 막기 위해 얼마 동안 글방을 쉰다고 했다.

"이미 걸린 아이들을 우리 집에 모아놓고 돌보기로 했거든."

병든 아이를 보살피려면 그날 벌이를 못 하는 부모들도 있다. 선생의 아이들도 앓고 있으니 어차피 간병을 해야 한다. 차라리

한꺼번에 돌보면서 병세가 심하지 않은 아이들에게 간병을 거들게 해 서로 돕는 것을 가르치자 생각한 것이다.

"그것도 수신修身 아니겠나."

"그렇군요. 좋은 방법인데요."

"그래서 남아 있는 건강한 아이들을 쇼 씨가 돌봐주었으면 하네만."

장소는 확보해놓았다고 했다.

"아이오이 다리 건너 도네이라는 장어구이 집을 아나? 장어가 가시만 많고 맛없는 집이네만, 그 집은 늘 파리를 날리니 말이지. 2층 방 하나를 빌려주겠다는군."

도미칸이 주선해주었다고 했다.

"쇼 씨, 그곳에서 아이들의 습자를 봐주지 않겠나? 어려울 것 없네. 히라가나를 읽고 쓰는 것과 주산 복습만 시켜주면 돼. 문구는 죄 준비할 테니 쇼 씨는 몸만 오게. 기껏해야 너댓새야. 교본은 굳이 펴지 않아도 상관없고."

어조는 부탁하는 투였지만 이미 거절하려야 거절할 수 없을 만큼 이야기가 다 되어 있다. 병을 앓지 않는 아이들이 벌써 도네이 2층에 모여 있다니 말이다.

"예의범절은 내가 단단히 가르치고 있으니 걱정 말게. 우리 학생들은 행동거지가 바르거든. 쇼 씨는 감독만 하면서 쇼 씨 일을 하면 돼. 미안하네만 내 이 은혜는 잊지 않을 테니 부탁하네."

이렇게 해서 쇼노스케는 별안간 글방 선생을 하게 되었다.

도네이에 모인 아이들은 여덟 명이었다. 나이는 네 살부터 열한 살까지, 사내애가 여섯 명, 여자애가 두 명이다. 여자애는 둘 다 야무진 누나 같은 아이들이었는데, 실제로 한 명은 남동생을 데리고 왔다.

각 아이의 이름을 묻고 어디 사는지를 물은 다음, 쇼노스케는 자신에 관해서도 이야기할 수 있는 범위 내에서 이야기했다. 행동거지가 바른 아이들이라는 부베 선생의 말은 거짓이 아니었다. 다만 상대하다 보니 이 아이들이 얌전한 것은 병이 난 형제자매와 친구를 걱정해서라는 것도 알 수 있었다.

"우선 너희가 뭘 어디까지 배웠는지 알아볼까."

무라타야에서 주는 일로 교본을 필사하고 나가야에서 가요에게 글자를 가르치는 정도는 한 적이 있지만, 느닷없이 학생 여덟 명을 가르칠 수 있을 리 없다. 선생이라고 거들먹대본들 어차피 관록이 부족하니 차라리 아이들과 친해지자. 아이들의 불안을 조금이라도 완화시켜줄 수 있다면 그것으로 충분하다. 그렇게 생각했다.

첫날은 부베 선생이 지금까지 무엇을 어떤 식으로 가르쳤는지 확인하고 끝났다. 문외한 선생님인 쇼노스케가 열한 살 이하의 아이들에게서 알아낼 수 있었던 것은 부베 선생이 훌륭한 선생님이라는 것뿐이었다.

오후 2시에 아이들을 돌려보내고 한숨 돌리고 나니 그제야 정신이 들어 허둥지둥 나가야로 돌아왔다. 여러 가지 일을 한꺼번에 하려니 힘들다.

우물가에서 히데를 발견하고 숨을 몰아쉬며 가요의 상태를 물었다.

"벌써 일어나 놀고 있어요. 발진도 고비를 넘긴 것 같고요."

"그런 것도 모르고 죄송합니다."

히데가 어리둥절한 표정을 지으며 물었다. "왜 쇼 씨가 사과를 해요?"

"가요는 집에 있죠?"

"네. 쇼 씨가 부베 선생님 대신 선생님을 한다고 했더니 자기도 가서 배우겠다고 떼를 쓰지만, 아직은 금족인걸요. 다이치한테 병을 옮기면 안 되니까요. 금족이라고 하는 거 맞아요?"

"네, 동그라미입니다."

그 뒤 머리띠를 동여매고 기일이 닥친 무라타야 일을 끝냈다. 그러고는 다음 날 강습 준비를 하고, 문 닫을 시간 다 됐다고 부르러 온 다이치와 함께 욕탕으로 달려갔다.

"쇼 씨, 선생님 대신 가르친다며?"

다이치는 날삯을 버느라 부베 선생의 글방에 매일 다니지 못한다. 사정을 아는 선생님도 그런다고 꾸중하지 않는다. 그 덕분에 이번 돌림병을 면했지만.

"나, 쇼 씨한테 배우는 건 안 할래."

"그래, 내가 선생이어서는 불안하지."

"그런 게 아냐."

다이치는 더운물을 몸에 쫙 끼얹었다.

"읽고 쓰기 같은 걸 배우면 쇼 씨가 사실은 나보다 잘난 무사나리라는 걸 떠올리게 될 거 아냐."

뭐라 대답할 말이 없어 쇼노스케도 얼굴을 씻었다.

"쇼 씨, 어제 무슨 일인지 엄청 열심히 하던데, 그쪽은 이제 해결된 거야?"

다이치의 말을 듣고 나서야 그날 처음으로 암호 생각이 났다. 까맣게 잊어버리고 있었다. 그럴 계제가 아니었다고 말하면 나가호리 긴고로에게 미안하다. 이쪽을 잘하려니 저쪽이 뒷전으로 밀려난다.

"그런 건 아닌데 몸이고 머리고 가진 게 하나밖에 없으니 말이지……."

"그런 걸 '가난뱅이일수록 바쁘다'고 하는 거 아냐?"

"그러게."

다이치가 웃음을 터뜨렸다. "그렇게 선뜻 고개를 끄덕이지 말고 '부지런히 일하는 가난뱅이는 없다' 정도는 말하라고. 선생이잖아."

맞는 말이다. 쇼노스케도 웃었다.

이틀째는 우선 다이치에게 부탁해 기일이 닥친 사본을 무라타야에 보내고, 자신은 전날보다 훨씬 침착하게 준비한 뒤 도네이로 갔다. 전날은 인사도 하는 둥 마는 둥 했던 도네이 주인 부부는 자세히 보니 방의 벽 못지않게 찌든 얼굴에, 다다미 바닥 못지않게 손이 거칠거칠했다.

"2층 다른 방에는 손님을 들여도 된다고 했는데."

"네, 괜찮습니다."

"큰 소리로 교본을 읽거나 하면 안 돼요. 손님들이 흥이 깨지니까."

눈초리가 장어처럼 미끄덩한 게 느낌이 나쁜 사람이었다. 장어구이가 맛있으면 또 몰라도 가시만 많고 맛이 없으니 파리 날릴 만도 하다.

아니나 다를까, 2층은 고사하고 1층 일반석에도 손님이 들지 않아 쇼노스케와 여덟 학생들은 차분히 구구단을 복습할 수 있었다.

점심시간 뒤 오후에는 여덟 아이들에게 각자 부모가 하는 일을 이야기하게 했다. 상인이라면 무엇을 파는지, 직공이라면 무엇을 만드는지. 이야기를 듣다 보니 다들 날품팔이로 먹고사는 가난한 집 아이들임을 알 수 있었지만, 얼굴이 밝은지라 마음에 걸리지 않았다. 아이들도 정식으로 이런 이야기를 하는 것은 처음인지 겸연쩍어 했다 당황했다 하면서도, 이따금 서로 거들어주고 꼬투리를 잡고 잡히며 즐겁게 이야기했다.

이내 쇼노스케에게도 질문이 돌아왔다.

"선생님은 무슨 일을 해요?"

"대본소 사본을 만드는 거면 맨날 어려운 책이랑 눈싸움을 하는 거죠?"

의외로 그렇지도 않다는 것을, 쇼노스케는 지금까지 필사한 책들을 예로 들어 이야기해주었다. 아이들에게 어떤 일을 시키려면 우선 자신이 먼저 시범을 보여야 하는구나. 차례가 뒤바뀌었다고 내심 반성했다.

재미있게 들어주는 아이들을 상대로 신이 나서 이야기하다 보니, 쇼노스케의 가슴에 불끈불끈 치솟는 게 있었다.

별반 처음부터 계획했던 것은 아니다. 다만 나가야를 나설 때 막연히 품에 넣었던 것뿐이다. 하나밖에 없는 머리와 몸을 지금은 이쪽에 쓰고 있지만, 언제 문득 어떤 생각이 날지 알 수 없는 일이니까.

문제의 암호 편지다. 이 아이들 눈에는 어떤 식으로 보일까?

쇼노스케는 유혹을 이기지 못하고 품에서 편지 사본 한 장을 꺼냈다.

"얘들아, 이걸 한번 보겠니?"

여덟 개의 머리가 모여들었다. 여덟 쌍의 눈이 깜박거린다.

"교본에 있는 글자와 다르게 생겼지? 지금까지 배운 적이 없는 한자야."

아이들이 흥분해 떠들었다. 한자는 아직 안 배웠어요. 이런 어려운 글자는 못 읽어요. 선생님은 이런 것도 술술 읽어요?

"실은 선생님도 못 읽어서 난처하거든."

"애걔, 그럼 우리한테는 더 무리예요."

"선생님도 부베 선생님한테 배우면 되잖아요."

이런 말 저런 말이 오가는 가운데 제일 큰누나, 우연히도 후미文라는 이름의 여자애가 말했다.

"참 예쁘네요."

쇼노스케는 저도 모르게 후미를 쳐다보았다. 후미는 거짓 글자의 열에서 눈을 떼지 않았다.

"아주 예쁜 글씨네요, 선생님."

"맞아, 참 잘 썼어. 어쩐지 무늬 같아." 옆에서 남자애가 끼어들었다.

한자가 여럿 나열되어 있으면 의미를 읽지 못하는 아이들의 눈에는 무늬로 보이는 것이다.

후미는 남자애의 의견에 반응을 보이지 않았다. 애정과 동경이 어린 눈으로 거짓 글자의 열을 응시하고 있다.

"부베 선생님이 언제나 말씀하시는걸요. 글자를 쓸 때는 마음을 담아 쓰라고. 마음을 담아서 쓰면 못 써도 예쁘게 보인다고. 이걸 쓴 사람은 분명 마음을 아주 많이 담아서 썼을 거예요."

그 말이 단서가 될 것 같지는 않다. 하지만 후미의 말을 들으면 나가호리 긴고로는 기뻐하지 않을까. 분명 기뻐할 것이다. 그렇기에 쇼노스케는 이렇게 말했다.

"선생님 생각도 그렇구나. 고맙다."

아이들이 돌아간 뒤 홀로 남아 품에서 암호 편지를 꺼냈다. 얼른 나가야로 돌아가 무라타야에서 맡긴 일을 어느 정도 해놓아야 이쪽 일과 씨름할 짬을 낼 수 있다. 그런 것은 알지만, 후미의 맑은 목소리가 머릿속에 아직 남아 있는 동안 이 편지와 조용히 마주하고 싶었다.

마음을 담아서 썼을 거예요.

복도를 면한 샛장지가 살짝 움직였다. 인기척이 났다. 쇼노스케는 고개를 들었다.

장어구이 집에서 빌린 서궤에는 아이들이 썼던 벼루며 붓이 나와 있다. 글방에서는 문구를 씻어 정리하는 것도 면학의 일부이지만, 여기서는 마음대로 물을 쓸 수 없다.

샛장지를 연 인물은 주황색 두건 틈으로 눈만 내놓았다. 눈을 얼핏 움직여 서궤 위를 보더니 온화한 어조로 이렇게 말했다.

"도와드릴까요?"

그러고는 놀라 숨이 멎은 쇼노스케와 시선을 맞추고 차분히 머리를 숙였다.

와카였다.

기모노 소매가 길어 무릎 위에 가지런히 놓은 손등도, 손가락도 보이지 않는다. 머리와 살갗도 전부 옷으로 가린 터라 사람의 윤곽을 띤 천 무더기가 앉아 있는 것 같다.

하지만 두건 틈새로 드러나는 한 쌍의 눈만으로 와카는 충분히 와카였다. 쇼노스케에게는 그렇게 보였다.

눈만 봐도 와카가 얼마나 용기를 쥐어짜 그 자리에 앉아 있는지를 알 수 있었다.

"가, 감사합니다."

쇼노스케의 목에서 괴상한 목소리가 튀어나왔다. 그 자리에서 혀를 깨물고, 아니 배를 가르고 싶어졌다. 어째서 배에 좀 더 힘을 주어 차분하게 말하지 않았나.

"실례합니다."

머리를 숙인 와카는 거칠거칠한 다다미를 밟고 방으로 들어왔다. 흰 버선을 신었다. 이런 계절에 시내에 사는 사람으로서는 흔치 않은 일이다. 와카를 괴롭힌다는 붉은 멍은 발등에까지 있는 걸까. 쇼노스케는 서궤 앞에 앉은 채 가슴만 두근거리며 바보처럼 생각했다. 좀 더 똑똑히 생각해야 할 일이 얼마든지 있을 것 같은데.

"아이들 벼루에 먹이 묻어 있군요. 먹통은 어디 있는지요?"

쇼노스케는 허둥지둥 먹통을 들고 일어섰다.

"아, 이겁니다. 먹은 제가 모을 테니 와카 씨는 붓을 거두어주시겠습니까? 제가 아래층으로 가져가 씻겠습니다. 소매가 더러워질 겁니다."

쇼노스케의 말에 와카의 눈이 순간 날카로워졌다. 말없이 소맷자락에 손을 넣더니 붉은 어깨띠를 꺼내 재빨리 좌우 소매를 걷어붙였다.

옷 밖으로 드러난 와카의 두 팔은 왼쪽과 오른쪽의 살빛이 달랐다.

물집이 생길 만큼 심한 화상을 입으면 상처가 낫고 나서도 피부의 붉은 기운이 가시지 않을 때가 있다. 와카의 왼팔을 뒤덮은 멍이 바로 그런 느낌이었다. 팔꿈치부터 손등에 이르기까지, 이게 만약 정말 화상 흉터라면 무척 심했겠구나 싶을 만큼 넓은 범위로 피부가 붉게 변색되어 있었다. 게다가 붉은색이 얼룩덜룩했다. 엷은 곳은 살색이 약간 어두운 정도지만, 짙은 곳은 뚜렷이 알 수 있을 만큼 탁했다.

한편, 오른팔은 살결이 곱고 살빛이 희다. 아닌 게 아니라 애처로운 대비였다.

"이렇게 하면 더러워지지 않지요."

와카는 어깨띠를 꽉 매더니 빠른 말투로 말하고는 벼루와 붓을 거두기 시작했다.

쇼노스케는 난처해졌다. 와카의 비밀을 처음 직시하고 동요한 게 아니다. 그저 단순히 난처했다. 어떤 표정을 지으면 되는 걸까.

와카 씨는 조금 심술궂구나.

그런 생각도 들었다.

어떻게든 멍을 보여주고 내가 언짢은 표정을 짓게 하려는 거야. 어디 그렇게 마음대로 될까 보냐.

쇼노스케는 오늘 아이들에게 복습을 시켰던 공책을 정리하며 말했다.

"도와주시는 것은 고맙습니다만, 제가 여기서 임시 선생 노릇을 하는 걸 용케 아셨군요."

와카는 벼루에 남은 먹물을 통으로 옮기며 시원스럽게 대답했다.

"무라타야 씨께 들었습니다. 무라타야 씨는 부베 님이라는 글방 선생님께 들었다 합니다. 쇼분도의 로쿠스케 씨도 알고 계셨고요."

다들 참 소식도 빠르다.

"무라타야 씨께서 제가 후루하시 님께 일전에 저지른 무례를 사과드리려면 이곳으로 찾아가는 게 제일 나을 거라고 권하시더군요."

"일전의 무례라니요?"

와카는 시선을 피하고 대답하지 않았다.

"씻어 오겠습니다."

벼루를 포개 들고 일어나 밖으로 나갔다. 쇼노스케는 막연히 머리를 긁적이고 붓을 모아 뒤를 따랐다.

오늘도 파리 날리는 가게에서 한가롭게 졸고 있던 도네이의 주인 부부가 우물가로 나가는 와카의 뒷모습을 흥미진진하게 바라보고 있었다. 쇼노스케가 계단을 내려가자 둥그렇게 뜬 눈 두 쌍이 그를 향했다.

"젊은 선생, 저 사람은 가족인가?" 남편인 간타로는 이렇게 묻고, "젊은 선생, 얼굴은 순진해 보이는데 제법이네요." 부인인 미치는 이렇게 말했다.

앞쪽은 그렇다 치고 뒤쪽은 뭔가? 쇼노스케만 그렇게 생각한 게 아니라 간타로도 동감인 듯했다.

"당신, 대체 무슨 소리야?"

"어머나, 그렇잖아요. 두건으로 저렇게 얼굴을 다 가리고. 나도 장사 하루 이틀 한 게 아니니까 장어구이 집에서 몰래 만난다고 잔소리하지는 않아요. 그렇지만 젊은 선생, 애들 가르치는 방에 남의 집 부인을 끌어들이다니, 그런 건 십 년은 이르지 않나요?"

입이 다물어지지 않는 것은 어이가 없어서만이 아니다. 너무 놀라서 그런 것도 있다.

간타로가 나서서 대답했다. "그건 아니지, 당신. 장어구이 집에서 정분을 나누는 건 이 젊은 선생한테는 무리도 그런 무리가 없다고. 아까 그 사람, 누나지? 아차, 누님이라고 해야 하나."

얼굴에서 불이 날 것 같다고 해야 할지, 쇼노스케는 귀까지 화끈 달아올랐다.

"두, 둘 다 아닙니다!"

최대한 분연히 대꾸하고는 신을 꿰고 우물가로 나가려다가 비로소 마땅한 해명이 생각났다.

"저분은 저와 같은 일을 하는 분입니다. 일을 거들어주러 온 겁니다!"

와카는 우물가에서 물을 길어 벼루를 꼼꼼히 씻고 있었다. 쇼노스케는 무릎이 와들와들 떨렸다.

둘이 말없이 문구를 씻고 빨았다. 조금 전 오간 말을 들었는지 못 들었는지, 와카의 눈빛으로는 짐작할 길이 없었다.

"저는 걸레를 가져가겠어요."

다 씻은 벼루와 붓을 통에 넣어주기에 쇼노스케는 맥없이 2층으로 돌아갔다. 도네이 주인 부부가 여전히 같은 자세, 같은 눈초리로 주시하고 있었다.

방으로 돌아온 와카는 꽉 짠 걸레로 서궤 위를 정성스레 닦기 시작했다. 쇼노스케는 서궤 두 개를 창가로 옮기고 수건으로 물기를 훔친 벼루와 붓을 늘어놓았다. 붓은 아이들이 함부로 다루는 터라 끝을 잘 가다듬어놓지 않으면 금세 부스스해진다.

"서운해요." 와카는 서궤를 닦으며 정말 서운하다는 투로 말했다. "제가 후루하시 님의 누나처럼 보이는군요. 세 살이나 연하인데."

들었나.

"와카 씨의 태도가 침착하셔서 그렇겠죠. 더욱이 얼굴이 보이지 않으니까요."

쇼노스케는 긴장해서 대답했다. 하나 마나 한 말일 수도 있지만 무심코 튀어나왔다.

걸레질을 하던 와카의 손이 멎었다. 쇼노스케를 비스듬히 등지고 있다.

이내 다시 힘주어 서궤를 박박 닦기 시작했다.

"먹물이 튀었네요. 이곳은 임시로 빌려 쓰는 방 아니던가요? 깨끗이 해두어야 영업에 지장이 없잖아요."

"기운찬 아이들이니 먹물도 튀고 싸움도 하고 그럽니다."

쇼노스케는 그렇게 말했다가 문득 떠오르는 게 있어 웃고 말았다. 일부러 그런 게 아니다. 원래 뭔가가 생각나 웃는 웃음은 그런 것이다.

와카가 곁눈으로 슬쩍 훔쳐보았다.

"학생들도 이 가게가 파리 날린다는 것은 잘 알고 있거든요. 장어구이가 건어물 같다고 하니까요."

그래서……. 쇼노스케는 말을 이으며 이번에는 확실히 와카를 향해 웃음을 지었다.

"실은 오늘도 이곳 장지에 다 같이 낙서를 해줄까 하는 이야기가 나왔답니다."

가업에 관해 이야기하는 사이에 화제가 그쪽으로 흘렀다.

"기발한 낙서를 해놓으면 방 분위기가 훨씬 밝고 유쾌해져서, 장어는 맛이 없어도 구경하러 오는 손님이 늘지도 모르죠. 구경만 하는 것이라도 손님이 오면, 주인 부부도 장사할 마음이 나서 장어를 좀 더 맛있게 구울지도 모르는 일입니다."

와카는 곁눈으로 보는 대신 쇼노스케 쪽으로 돌아앉았다. 천천히 눈을 한 번 깜박했다.

쇼노스케는 그 눈을 향해 물었다. "명안 아닙니까? 오늘 아이들에게 부모님의 생업에 관한 여러 이야기를 들었거든요.《쇼바이오라이》를 읽고 장사를 공부하는 것도 좋지만, 비근한 직업에 관해 같이 이야기해보는 것도 훌륭한 공부랍니다. 저도 아이들에게 많이 배웠습니다. 어린애라고 만만히 볼 게 아닙니다."

일단 말문을 떼고 나니 말이 술술 잘 나온다.

"장어구이가 맛이 없어서 손님이 오지 않는가, 손님이 오지 않아서 주인이 의욕이 나지 않아 장어구이가 맛이 없어졌는가. 닭이 먼저인가, 달걀이 먼저인가, 이것은 장사만이 아니라 만사에 통하는 심원한 문제입니다. 가난뱅이라서 게으른가, 게으름뱅이라 가난한가. 싸우기 때문에 사이가 나쁜가, 사이가 나쁘기 때문에 싸우는가."

"분명히 둘 다일 테죠."

와카의 대답에 매끄럽게 돌아가던 쇼노스케의 혀가 멎었다.

"양쪽이 이어져 원을 이루는 거예요. 그러니 뭔가 다른 일을 해서 그 원을 끊으면 되지 않을까요?" 와카는 그렇게 말하며 도네이의 찌든 장지에 눈길을 주었다. "낙서도 좋지만 저는 먼저 후루하시 님께서 이곳 차림표를 새로 써주셨으면 좋겠습니다. 저는 그 글씨가 마음에 들지 않아요."

아래층 벽에 붙은 차림표다. '양념구이' '민구이' '내장 구이'라고 쓰여 있다.

"겨우 세 가지뿐입니다만."

"세 가지라도 그 글씨체는 안 돼요. 음식을 표현하는 데 적합하지 않습니다. 꼭 죽은 장어를 늘어놓은 것 같은걸요. 그것을 보고 맛있겠다고 생각하는 사람이 있겠어요? 여기 분들은 장사할 마음이 너무 없어요."

야단치는 것처럼 엄격한 목소리가 쇼노스케의 귀에 시원스럽게 들렸다.

아니, 활기가 넘치잖아.

꽤나 대가 센 것 같다.

"얼마 전 지헤에 씨가 이야기책을 고쳐 쓰는 일을 맡기셨는데, 그 때문에 꽤나 고생했습니다. 아니, 지금도 지혜에 씨가 만족할 만큼 손을 대지 못했습니다만."

문제의 오시코미 고멘로가 쓴 이야기책이다. 내용이 내용이다 보니 와카에게 자세한 설명은 할 수 없다. 그렇지만 쇼노스케는 문득 깨달은 게 있었다.

"그것도 마찬가지로군요. 지혜에 씨는 제게 대본소 일의 일익을 담당하는 자로서 좀 더 의욕을 보이라고 말씀하시고 싶었던 겁니다."

쇼노스케가 혼잣말처럼 중얼거리자 와카의 눈가에 웃음이 어렸다. 미소 띤 눈이 쇼노스케의 가슴을 환히 비춰주었다. 갑자기 속에서 뭔가가 불끈불끈 치솟았다.

오늘은 자주 불끈거리는 쇼노스케이지만, 결코 발칙한 '불끈불끈'이 아니다. 학생들 때와 마찬가지다. 친밀한 분위기를 공유하는 즐거움이 자아내는 기쁜 설렘이다.

"와카 씨, 잠깐 제게 지혜를 보태주시겠습니까?"

품에서 암호 편지를 꺼내 폈다.

"어머나."

와카의 눈이 커졌다.

그 뒤 둘이서 거리낌 없이 논의를 펼쳤다. 쇼노스케는 시간을 잊었고 와카도 열중했다.

쇼노스케는 먼저 이제까지의 사고 과정을 설명했다. 와카는 이해가 빠른 데다, 그저께 쇼노스케가 무라타야의 호조와 의견을 주고받은 것에 관해 이미 알고 있었다. 역시 지혜에에게 들은 모양이다.

"그 할아범이 짚이는 데가 없다고 하는 이상, 이 거짓 글자는 정말 만든 것이겠죠. 어떤 규칙성이 있을 것이에요. 그 규칙은 어처구니가 없을 만큼 복잡하거나 맥 빠질 만큼 간단하거나 둘 중 하나가 아닐까요."

"쇼분도의 로쿠돈은 간단할 것이라는 의견입니다. 그렇지 않으면 번거로워 쓸 수 없을 거라고 말이죠."

와카가 꺼낸 의견은 어떤 형태로든 쇼노스케가 이미 검토하고 배제한 것들이었다. 그 때문에 와카가 열중하는 듯했다.

와카는 손가락을 쥐며 말했다. "아아, 분해라. 후루하시 님이 아직 생각하지 못한 안을 하나쯤은 생각해낼 만도 한데요."

"저는 사흘 먼저 시작했으니까요."

급기야 와카는 "잠깐 조용히 해주세요" 하고 쇼노스케를 제지하더니 못 쓰는 종이에 글자를 썼다 지웠다, 수를 셌다 하기 시작했다. 쇼노스케는 그 모습을 유심히 구경했다.

와카 씨, 재미있는 사람인걸.

샛장지에 사람 그림자가 비쳤다.

"실례합니다."

가와센의 리에였다. 네모난 보퉁이를 무릎 옆에 놓고 생긋 웃으며 바닥에 손가락을 짚고 절했다.

"리에 씨!"

쇼노스케의 목소리에 와카도 눈을 들었다. 서궤에 한쪽 팔꿈치를 얹은 채 생각에 잠겨 있던 자세 그대로다.

"실례합니다. 드실 것을 가져다드리러 왔지요."

쇼노스케는 어안이 벙벙했다. “리에 씨가 어떻게……?”

리에는 보퉁이를 들며 한층 환하게 웃었다.

“쇼노스케 씨, 아이들이 가고 나서 시간이 얼마나 지났는지 아시나요?”

쇼노스케는 여전히 서궤에 팔꿈치를 얹고 있는 와카와 마주 보았다. 그러고 나니 갑자기 배가 고파졌다. 뭔가에 푹 빠지면 늘 이렇다.

“표정을 보니 두 시간도 더 전에 무라타야에서 상황을 살피러 오셨던 것도 모르시는군요.”

지헤에는 예고도 없이 와카를 이곳으로 보낸 장본인이다. 걱정되어 들여다보러 오고, 그 김에 리에에게 알린 것이리라.

“있는 재료로 갑작스레 준비하느라 별것은 없습니다. 그래도 허기는 달래실 수 있을 테지요. 잠시 쉬면서 드세요.”

리에가 차를 가지고 오겠다며 가벼운 발걸음으로 나갔다. 쇼노스케는 황급히 쫓아갔다.

“저, 리에 씨.”

“신경 쓰지 마세요. 비용은 무라타야에서 대는 것이니까요.”

“그렇지만…….”

리에는 멈춰 서서 돌아보더니 쇼노스케의 귓가에 입을 대고 속삭였다.

“그때 원하셨던 것은 다음 기회에 천천히 만들기로 하지요. 마음을 풀게 하기 위한 과자라면 벌써 필요 없을 것 같으니까요. 화해하신 것이지요?”

장난기 어린 목소리로 그런 말을 남기고 리에는 아래층으로 내려갔다. 그와 엇갈리듯 계단 밑에서 도네이 주인 부부가 얼굴을 내밀었다.

"우리까지 나무 도시락을 받았지 뭐요."

"맛있게 먹을게요."

둘 다 입을 우물거리고 있다. 쇼노스케는 어색한 동작으로 몸을 돌려 방으로 돌아왔다.

와카는 자세를 고쳐 바르게 앉아 있었다. 좌우 어깨가 약간 처졌다.

"누구신가요?"

물어보는 목소리도 어쩐지 어둡다.

"제…… 예전 윗분이 자주 드나드시는 선숙의 여주인이십니다. 무라타야 지헤에 씨와도 안면이 있으시죠."

와카는 주황색 두건을 쓴 머리를 끄덕하고 중얼거렸다.

"그런가요. 제가 실례되는 모습을 보였군요."

"아니, 그렇지는……."

"저는 언제 누구와 어떤 식으로 만나도 실례인걸요. 이런 몰골이니."

이제까지와는 다른, 좋지 못한 의미로 고집스러운 어투였다. 쇼노스케는 초조해졌다.

리에 씨가 미인인 게 문제인가.

그럴 테지. 그럴 만도 하다. 아니, 내가 그런 식으로 생각하니까 와카 씨도 오해하는 걸까.

그렇게 생각해 눈길을 주니 와카는 더욱더 고집스러운 눈빛이었다. 어이쿠, 안 되는데, 이러면 안 되는데.

리에가 커다란 나무 쟁반에 질주전자와 찻잔을 얹어 들고 돌아왔다. 와카는 온화하게 미소를 띤 미모의 리에 앞에 천천히 자세를 바로 하고 앉았다.

“배려에 감사드립니다. 잘 먹겠습니다.”

조금 전 리에가 그랬던 것처럼 단아하게 손가락을 짚어 절하더니 두건을 홱 벗어 접어서 무릎에 올려놓았다. 단발머리가 찰랑 흔들렸다.

쇼노스케의 숨이 멎었다.

흡사 반달이었다. 얼굴의 오른쪽 절반은 희고, 왼쪽 절반은 얼룩덜룩하게 짙은 붉은색 멍이 졌다. 코에는 멍이 없었지만, 마치 잔인한 균형을 맞추듯 목 언저리는 붉은 멍 부분이 조금 더 큰 듯했다.

와카의 눈은 맑았다. 흰자위는 살짝 푸르스름해 보일 지경이다. 그 때문에 얼굴 왼쪽은 되레 멍이 얼마나 심하게 들었는지 강조되었다.

입을 한일자로 굳게 다물고 시선은 내리깔아도 눈꺼풀은 내리깔지 않은 채 용감한 (그리고 고집쟁이) 어린애처럼 잔뜩 긴장해서 얼굴을 드러내는 와카를, 쇼노스케는 똑바로 바라보지 못했다. 자신이 외면하면 와카가 상처 입을 것인지, 아니면 빤히 직시하는 게 더 잔인한 짓인지 모르겠다. 아니, 그 이전에 생각을 못 하겠다.

하지만 그때.

와카가 강가 벚나무 밑에 서 있었을 때는 정말 벚꽃 정령으로 보였다.

따지고 보면 쇼노스케가 그런 식으로 생각해 그런 말을 지껄인 게 문제였다. 처음부터 쇼노스케가 문제였던 것이다. 결과적으로 와카를 이렇게 남 앞에 끌어낸, 사려가 눈곱만큼도 없었던 후루하시 쇼노스케가 문제였다.

새하얘진 머리에 리에의 부드러운 목소리가 들려왔다.

"식사를 할 때는 두건을 벗으시는군요. 댁에서는 어떻게 하시는지 미리 여쭈었어야 하는데요. 결례를 범했습니다."

리에는 꿈쩍도 하지 않았다. 나긋나긋한 동작으로 머리를 숙이더니 와카 쪽으로 가볍게 몸을 틀고 말을 이었다.

"이케노하타의 가와센입니다. 아버님, 어머님은 별고 없으신지요? 은퇴하신 선대 어른께서 봄 여름 가을 겨울 저희 가게를 애용해주셨답니다. 그때가 그립군요."

리에는 와카의 가족을 아는 모양이다. 쇼노스케는 눈을 크게 뜨고 두 사람을 번갈아 보았다.

와카도 놀란 눈이었다. 리에는 와카에게 미소를 지어 보인 뒤, 쇼노스케에게 말했다.

"와카 씨는 도미히사 정에 있는 재봉점 와다야의 따님이랍니다."

도미히사 정이라면 도미칸 나가야에서 엎어지면 코 닿을 곳이다. 와카가 아침 일찍 혼자 벚나무 밑에 훌쩍 나타나도 이상할 것 없다. 게다가 히데가 세탁 일을 받아오는 곳이 와다야 아니었던가?

"저희 집을 아시나요?" 와카가 어렴풋이 떨리는 목소리로 물었다.

"네. 가와센에서 또 찾아주시기를 기다린다고 말씀 잘 전해주세요."

무라타야를 통해 아는 관계라는 것을 쇼노스케도 그제야 짐작할 수 있었다. 과연 지혜에는 발이 넓다. 아니면 도미칸을 통한 것일 수도 있다.

와카는 무릎 위의 두건을 구깃구깃 움켜쥐더니 옆으로 홱 던졌다.

"아아, 한심해라."

고집을 부리는 강한 목소리가 아니라 고집 때문에 비틀린 목소리였다.

"아무리 세간을 피해 숨어봤자 아는 사람은 다 아는군요. 소용없는 짓이에요."

리에는 여전히 침착했다. "오늘 이렇게 뵙게 돼서 기쁩니다. 다 큰 아가씨가 되셨네요."

"저를 언제부터 알고 계셨는지요?"

"갓난아기 때부터예요."

"어머나, 그랬나요. 그것도 몰랐네요. 죄송합니다."

이제는 고집을 넘어 시비조다.

"부모님은 제 이런 모습이 속상해서 저를 데리고 바깥출입을 하지 않으시거든요."

"그래도 와카 씨는 이렇게 혼자 외출을 하시는군요. 오늘은 쇼노스케 씨를 도와드리러 오셨습니까. 어머, 이런, 수줍어하시네요."

리에의 미소와 목소리는 그저 한없이 강하고 부드럽다.

와카는 내뱉듯 말했다. "후루하시 님은 제 얼굴이 이 꼴이라 눈 둘 데를 모르시는 것이겠지요. 죄송합니다."

자신의 얼굴에 침을 뱉는 듯한 말투였다.

좋지 않은데. 아주 좋지 않아.

오늘 세 번째로 경험하는, 처음 두 번과는 다르지만 이 또한 '발칙'한 종류가 아닌 '불끈불끈'한 느낌에 쇼노스케는 몸을 부르르 떨었다. 생각난 것을 바로 입 밖에 내는 일은 무사답지 않고 사내답지도 않은 경솔한 행동일까. 뭐, 어때, 누가 상관할까 보냐. 하고 싶은 말은 하고 보자. 가슴에 묻어놔봤자 속만 답답할 뿐이다.

쇼노스케는 의연하게 고개를 쳐들고 말했다. "와카 씨는 지혜에 씨에게도 그런 식으로 입을 삐죽 내밀고 '저는 멍이 있으니까요'라고 했습니까? 생김새가 이러니 후루하시 쇼노스케라는 사내도 두 번 다시 만날 생각이 없다고요?"

정면에서 칼을 들고 덤벼든 것이나 다름없다. 아연한 표정이던 와카는 이내 일자로 다물었던 입을 팔자로 일그러뜨렸다. 그리고 사납게 삐죽 내밀었다.

"후루하시 님이야말로 지금 입을 삐죽 내밀고 계시잖아요."

"저는 와카 씨의 그런 말투가 마음에 들지 않습니다. 그렇죠! 아까 와카 씨가 이곳 차림표의 글씨체가 마음에 들지 않는다고 하신 것처럼 저도 마음에 들지 않는 겁니다."

"후루하시 님이 마음에 들든 들지 않든 그건 제가 알 바 아니에요!"

"알 바 아니라면서 대체 왜 그렇게 눈을 치뜨고 화를 내시는 겁니까?"

"누가 눈을 치떴다는 거예요!"

리에가 풋 하고 웃었다. 손으로 입을 가리는 것으로도 모자라 몸을 꺾고 웃는다.

"아아, 진짜." 눈꼬리에 눈물까지 맺혔다. "두 분 다 꼭 어린아이 같네요. 똑같은 얼굴로 입까지 댓 발 내밀고."

이렇게요, 하며 리에는 입을 삐죽하게 빼무는 시늉을 했다.

"저, 저는 그런 얼굴을 한 적이……."

"리에 씨, 그런 말씀 마십시오."

그래도 리에는 계속해서 웃으며 휴지로 눈을 훔쳤다. "자, 드시지요. 두 분 다 기분 푸시고요, 네?"

풀고 말고 할 것도 없이 기분 자체가 어디론가 튕겨져 날아가버린 듯한 공백이 쇼노스케와 와카 사이에 생겼다.

쇼노스케의 배에서 꾸르륵 소리가 났다.

와카가 마음속 어딘가의 실이 끊어진 양 웃음을 터뜨렸다.

이번에는 셋이 같이 웃었다.

즐겁게 웃고 나서 리에의 시중을 받으며 나무 도시락을 먹었다. 간타로와 미치가 몰래 들여다보러 온 것도 아무도 알아차리지 못했다.

사방에 어지러이 흩어져 있던 못 쓰는 종이의 거짓 글자에 리에가 관심을 보이기에 쇼노스케와 와카가 설명했다. 처음에는 서로의 말을 보완하듯 이야기했는데, 이내 와카는 말수가 적어지더니 지저분하게 때탄 방을 둘러보았다.

"와카 씨, 왜 그러십니까?"

쇼노스케가 묻자 또 입을 삐죽 내밀었다. 이번에는 화내는 것이 아닌 듯하다. 재미있는 장난거리가 생각나 어떤 방법으로 장난을 칠 지 신나서 궁리하는 어린애처럼 눈을 반짝였다.

"후루하시 님, 우리 낙서해요."

"네?"

"이 세 종류의 암호문을 이곳 장지에 큼지막하게 쓰는 거예요. 아이들도 거들게 해서, 그래서 소문이 나게 하는 거예요. 분명 많은 사람이 구경하러 오겠지요. 그러다 보면 우리는 생각지도 못했던 해독 방법을 누가 발견할 수도 있지 않을까요?"

도네이의 간타로와 미치는 뜻밖에 관심을 보였다.

"우리 집 양반의 장어구이는 질기고 짜기만 하니 말이에요. 뭔가 그런 재미있는 장난을 보러 손님이 와준다면 그 이상 고마운 일이 없죠."

"집사람 말이 맞아."

미치의 거침없는 말에 간타로가 태연하게 대답했다.

이쯤 되면 쇼노스케도 물러서려야 물러설 수 없다. 부베 선생에게 조심조심 허가를 구했을 때도, 선생 역시 '장지에 낙서를 시킨다고? 안 되지, 안 돼. 아이들이 기고만장해서 아무 데나 낙서하는 버릇이 들면 어떻게 할 셈인가?' 같은 멋없는 말은 하지 않았다.

"그거 재미있겠군. 우리 집에 있는 아이들 병이 나았다면 나도 가세하고 싶을 정도네."

이쪽도 관심이 크게 동하는 모양이었다.

그래도 쇼노스케는 이럭저럭 이틀간의 시간을 벌었다. 그사이 나가호리 긴고로가 찾아오면 그에게 말하지 않고 장난치는 사태가 벌어지지 않아도 된다. 그렇게 기도하는 심정으로 기다린 게 하늘에 통했나 보다. 바로 이틀째 되는 날 저녁, 긴고로가 이번에도 지친 발걸음으로 도미칸 나가야에 나타났다.

쇼노스케는 옆집 시카에게 얻은 장아찌를 곁들여 서둘러 더운물에 밥을 말아 냈다.

"재촉하는 것 같아 송구하오만, 그 뒤 진척 상황을……." 긴고로는 연신 미안해했다.

"일단 식사를 하시죠. 주린 배로는 전쟁도 할 수 없습니다."

긴이 생선 뼈 조린 것을 가져다주어 조금은 손님상 같아졌다. 쇼노스케의 입도 덜 무거워졌다.

지금까지의 경위를 이야기하자 긴고로는 들고 있던 젓가락을 떨어뜨릴 뻔했다.

화내는 것도 당연하지.

고개를 움츠린 쇼노스케 앞에서 긴고로는 젓가락을 가지런히 상에 내려놓더니 앙상한 무릎을 탁 내리쳤다.

"에도 물을 마신 분의 생각은 역시 다르군."

무슨 뜻인가.

"소생은 촌사람인 터라 그저 발을 써서 후루하시 쇼노스케라는 자를 찾아다닐 생각만 했소. 허나 귀공은 다르군. 후루하시 쇼노스케를 이쪽으로 유인한다는 말이지!"

관심을 보이는 인물이 더 늘었다.

"당사자가 온다는 보장은 없습니다만 그, 그래도 괜찮으시겠습니까?"

"반대할 이유가 없소. 아니, 허나 해독한 암호 내용이 공표되는 것은 조금 곤란하오만……."

"물론 그 점은 충분히 주의하겠습니다."

"그렇다면 걱정할 일은 아무것도 없지. 당장 내일이라도 시작하겠소?"

"아, 예, 나가호리 공만 이의가 없으시다면……."

"소생이 입회해도 되겠소? 방해가 되지 않는다면 말이오만. 글방 아이들이 나 같은 쭈그렁바가지 칼잡이를 겁내지는 않겠소?"

"그 점은 걱정 놓으셔도 됩니다. 부베 선생님은 나가호리 공보다 훨씬 우락부락하게 생긴 분이라 학생들도 익숙하거든요."

"그것도 에도라 그런 것이겠지……." 긴고로는 묘한 부분에서 탄식했다.

쇼노스케도 에도로 처음 올라왔을 때, 도시 생활에 무사도 평민도 없으며 일상생활에서는 신분 차이를 아무도 신경 쓰지 않는다는 사실에 익숙해지기 전까지 꽤나 당혹했다. 긴고로의 소박한 감탄을 들으니 어쩐지 겸연쩍었다.

글방 아이들은 뛸 듯이 좋아했다.

"젊은 선생님, 진짜 그래도 돼요?"

“여기 그려도 되는 거죠?”

신나서 각자 붓을 들고 나섰다.

쇼노스케는 암호문 사본을 나눠주고 단단히 일렀다.

“이게 본이란다. 알았지? 이대로 써야 하는 거야. 다른 자를 더하거나 대충 쓰거나 순서를 바꾸거나 그림을 그려선 안 돼. 써도 되는 곳은 샛장지와 장지에 바른 종이뿐이야. 다른 곳이 지저분해지지 않게 조심해야 한다. 알겠지?”

“네에!”

벼루와 먹통으로 몰려드는 아이들의 붓 끝에서 당장 먹물이 튀었다. 창호 밑에 헌 수건이며 못 쓰는 종이를 깔아놓기는 했지만, 낙서가 끝나면 다 함께 걸레질을 해야 할 것 같다.

입회인인 나가호리 긴고로는 무슨 생각인지 하카마의 좌우 자락을 걷어 트임에 끼우고 흰 어깨띠를 묶었다. 방구석에 정좌하고 앉아 아이들의 얼굴을 둘러보던 그는 낙서 작업이 일제히 시작되자 주름투성이 얼굴에 환히 미소를 띠었다.

“건강한 아이들이로군.”

착하다, 착한 아이들이다, 하고 거듭 말했다.

“저런 어린애도 글씨를 쓸 수 있소? 이 거짓 글자는 어려울 텐데.”

“아직 한자를 읽고 쓸 줄 모르니 오히려 거짓 글자의 묘한 부분을 신경 쓰지 않고 거침없이 쓸 수 있을 테죠.”

아이들에게는 특이한 그림이나 마찬가지일 수 있다.

“젊은 선생님, 크게 써도 돼요?”

“갓난아기 머리통만 한 정도라면.”

너무 크게 쓰면 한눈에 전체를 볼 수 없게 된다. 하나로 이어지는 글일 테니, 적어도 끊어지는 부분까지는 한눈에 읽을 수 있게 하고 싶다.

간타로와 미치는 복도에서 구경을 했다.

"실은 젊은 선생, 나나 우리 집사람이나 글을 모르거든."

다들 참 잘도 쓰네, 하며 웃던 간타로가 말했다.

"그럼 아래층 차림표는 누가 썼습니까?"

"전에는 아버지가 쓰신 차림표를 붙여놓았는데, 낡아 못 쓰게 돼서 말이지. 모양새를 흉내 내서 내가 쓴 거야."

환호성을 지르며 낙서에 열중하는 아이들 곁에서 부부는 천천히 이야기했다.

"원래 아버지가 하던 가게였거든. 아버지 때는 이 근방에서 제일 맛있게 장어를 굽는 집이라고 제법 유명했지."

"그렇지만 이이가 실력이 워낙 없어야죠. 다른 반찬이나 안주는 그럭저럭 맛있게 만드는데, 장어만은 영 안 되네요." 미치가 쓴웃음을 지었다.

그래서 팔 년 전 간타로의 아버지가 졸중으로 세상을 뜬 뒤로 장어구이는 점점 맛없어지고 손님도 갈수록 뜸해졌다.

"그럼 업종을 바꿀 생각은 해보지 않으셨습니까? 주점이나 간이식당을 하시면 무리해서 장어를 굽지 않아도 될 텐데요."

쇼노스케의 질문에 간타로는 난처한 듯 목덜미를 긁적였다. 미치가 대신 대답했다.

"나는 여러 번 그런 말을 했는데, 불효가 되니까 싫다고 이이가 글쎄 말을 안 듣지 뭐예요."

어려운 문제다. 맛있다고 유명했던 아버지의 장어구이 집을 그만두는 게 불효인가. 맛있지도 않은 장어구이를 계속 만들어서 손님을 잃고 아버지의 평판에 흠을 내는 게 불효인가. 어느 쪽이 더 몹쓸 일인가.

"……사사로운 일을 여쭙습니다만, 용케 가겟세를 밀리지 않으셨군요."

그러자 간타로는 작은 눈을 깜박깜박하며 능글맞게 웃었다.

"다른 손님이 없는 방이 좋다는, 중요한 볼일이 있는 손님들 사이에서는 비교적 유명하거든."

그런 손님은 대여 회장 대신 이곳을 이용하면서 삯을 의외로 후하게 쳐준다는 것이다. 그 돈에 입막음을 위한 돈이 포함되는 경우도 있을지 모른다. 쇼노스케는 어쩐지 기분이 석연치 않았다.

"그렇군요……."

"그렇지만 젊은 선생, 그런 건 장사로서는 외도잖아요? 그래서 이이 대신 내가 굽겠다고 다른 곳에서 배우려고 한 적도 있는데, 장어구이 집은 어디나 여자를 주방에 들여놓아주지 않네요."

장어구이 집만이 아니다. 어느 정도 격식이 있는 요릿집은 어디나 그렇다.

전에 리에 씨와도 비슷한 이야기를 한 적이 있지.

"주제넘은 소리를 하는 것 같네만……."

목소리가 들려와 세 사람은 돌아보았다. 나가호리 긴고로가 진지한 표정으로 정좌하고 있었다.

"사람은 본래 나서부터 잘하는 일과 못하는 일이 있게 마련이오."

예에. 도네이 주인 부부는 입을 벌린 채 고개를 끄덕였다.

"주인장, 엄친에게 가르침은 충분히 받았을 테지?"

"가르침이라뇨?"

"장어 손질하는 법을 배웠느냐는 말씀입니다." 쇼노스케가 옆에서 거들었다.

"아, 예, 배웠죠. 그러니 배를 가르고 꼬치를 꿰고 하는 건 할 수 있습니다."

"그런데도 장어를 구워서 아버지의 맛에 미치지 못한다면 그것은 천명이지. 깨끗이 단념하는 게 좋겠네."

"하지만 불효……."

"그 점이 중요한 것이야. 잘 생각해보게." 긴고로가 앞으로 다가앉았다. "주인장의 아버지가 진정으로 원하는 것이 무엇이겠나. 주인장이 후계자로서 그저 막연히 가게 간판에 비바람을 맞히며 상인의 정도正道에 어긋나는 방식으로 사는 것이겠나? 아니면 아버지의 뒤를 잇지는 못해도 상인으로서 올바른 길을 걷고 가게를 지키는 쪽이겠나."

요컨대……. 긴고로는 헛기침을 에헴 해 목청을 가다듬었다.

"간판이 중요한가, 장사가 중요한가. 체면이 중요한가, 뜻이 중요한가 하는 이야기라네."

어느새 도네이의 주인 부부는 자세를 바로 고쳐 앉아 있었다.

"무사 나리……."

"나가호리 긴고로라 하네."

긴고로가 머리를 숙여 인사했다.

"나가호리 님의 말씀이 맞는지도 모릅니다. 사실대로 말씀드리면 전……."

아이들은 이미 다른 방으로 옮겨갔다. 떠들썩한 목소리가 조금 멀어졌으므로 간타로가 중얼거리는 소리도 잘 들렸다.

"장어가 싫거든요. 먹고 맛있다고 생각해본 적이 한 번도 없고, 손질하는 것도 싫습니다. 미끄덩미끄덩한 게 기분 나쁩니다."

미치는 눈알이 튀어나올 것처럼 눈을 크게 떴다.

"세상에, 지금 와서 무슨 소리를 하는 거야?"

"당신한테 말하면 그런 표정을 지을 게 뻔하니까 말 못한 거야."

미치는 눈을 부릅뜬 채 입을 다물었다.

"어렸을 때부터 그랬지만 아버지에게는 더더욱 말할 수 없었어. 좋은 장어구이 집이었고, 아버지는 자기 솜씨에 긍지를 가지고 있었으니까."

"젊은 선생님, 먹 더 주세요!"

달려온 아이에게 먹통을 주고 쇼노스케도 자세를 바로 했다.

"만약 엄친이 살아 계셨다면 방금 주인장이 한 말을 듣고 크게 노여워하고 슬퍼하셨을 테지." 긴고로의 표정은 준엄했다.

"역시 그렇겠죠……."

"허나 주인장의 아버지는 이미 세상을 뜨셨네. 고인은 반드시 조령祖靈이 되는 법. 이 집과 점포를 지키는 작은 신이야. 동시에 고인은 부처도 되지. 주인장에게 자비로운 부처님인 것이야."

이곳에는 주인장이 숭상해야 할 신불이 모여 있다고, 긴고로는 말을 이었다.

"주인장이 자신의 마음에 비추어 상인으로서 올바른 길을 걷는다면 어찌 신불이 그것을 노여워하시겠나. 반드시 수호해주실 것이네. 업종을 바꾸어도 상인으로서의 뜻에 한 점 부끄러움이 없다면 아버지는 오히려 기뻐하실 것이야."

긴고로는 그게 바로 효도가 아니겠느냐고 말했다.

"어이쿠, 실례가 많았네." 그러더니 정신이 든 것처럼 몹시 쑥스러워했다. "아이들은 아래층으로 내려간 모양이군. 소생이 가서 보고 오지."

훌쩍 일어나 잠시 실례, 하고 계단을 내려갔다.

간타로와 미치는 제각각 생각에 잠겨 있었다. 쇼노스케는 빙긋 웃었다.

"좋은 이야기를 들었군요."

"저 무사 나리, 어디 사시는 누구이신가요?"

미치의 물음에 쇼노스케는 긴고로가 했음 직한 대답을 했다.

"사람 좋은 시골 무사입니다."

세 사람이 미소를 주고받는데, 누가 요란스레 계단을 올라왔다. 무라타야 지헤에와 쇼분도의 로쿠스케였다.

"잘돼가는 모양이군요."

"쇼 씨, 먹이 부족하지는 않고?"

어느새 2층의 장지와 샛장지가 거짓 글자로 빽빽이 뒤덮여 있었다.

"아이들이 바깥문 장지에도 써도 되느냐고 묻기에 그러라고 했습니다. 제일 눈에 띄는 곳이니까요."

"이거 장관인걸! 만약 이게 차림표였다면 대체 어떤 요리가 나올까."

쇼로쿠가 방 안을 둘러보며 유쾌한 듯 손뼉을 쳤다.

쇼노스케는 곁눈으로 주인 부부를 보았다. 아직 멍하니 생각에 잠겨 있지만 표정은 밝다.

"민구이나 양념구이가 아닌 것은 분명한 것 같은데."

그렇게 말해보았다.

점심때가 되자 리에가 가와센의 요리사 신스케와 하녀 마키를 거느리고 찾아왔다. 두 여자는 네모난 보퉁이를 들고, 신스케는 커다란 광주리를 등에 졌다.

"자, 점심 식사가 왔어요."

오늘도 찬합과 나무 도시락에 음식을 싸왔다. 아이들 몫까지 있다고 했다.

"세련된 요리는 아니고 주먹밥과 조림입니다만."

신스케는 간타로와 미치에게 정중하게 인사한 뒤 말을 꺼냈다.

"주인장, 괜찮으시다면 주방을 잠시 빌려도 되겠습니까? 구이와 국을 준비하고 싶습니다."

그의 광주리에는 채소와 건어물이 가득 들어 있었다. 닭고기와 삶은 달걀도 있다.

"상관없어요. 주방이라 할 만큼 훌륭한 게 못 되지만."

자신 없이 대답한 간타로였으나, 신스케가 어깨띠로 민첩하게 소매를 걷어붙이는 것을 보고 눈에 빛이 서렸다.

"저, 댁은 요리사죠?"

"네, 가와센의 주방을 맡고 있습니다."

"같이 거들어도 될까요? 요리를 좀 배우고 싶어서 말입니다. 아까 먹은 나무 도시락, 맛있었어요."

"감사합니다. 저 같은 사람이라도 괜찮으시다면 얼마든지."

주인 부부와 여자들이 아래층으로 내려갔으므로 쇼노스케와 지헤에는 아이들을 2층으로 불러들였다. 준비가 다 될 때까지 주방에 접근하지 못하게 막아야 한다.

"자, 다 같이 쓴 글자를 확인해보자. 틀린 데가 있으면 잘라내서 고쳐야지."

"그럼 나도 거들까. 틀린 데를 찾는 건 글자가 눈에 익지 않은 사람한테 더 유리할 테니까."

명랑한 성격의 쇼로쿠는 아이들을 다루는 것에도 능하다. 순식간에 아이들과 친해졌다.

지헤에가 눈짓을 하기에 쇼노스케는 귀를 가까이 댔다.

"와카 씨는 오지 않습니다."

쇼노스케가 불쑥 와다야로 찾아가거나 편지를 보내는 것도 뭐하다 싶어서, 지헤에에게 부탁해 오늘 일을 알렸다.

"한 번에는 무리입니다. 그 아가씨가 이 틈에 섞이기는 아직 힘들 테죠."

쇼노스케는 눈을 내리깔고 고개를 끄덕였다.

"어린아이들이니 말입니다. 다들 솔직하게 그 아가씨의 두건을 신경 쓸 겁니다. 나쁜 뜻 없이 뭐라 말할 수도 있거든요."

"저도 알고 있었지만, 그래도……."

"말을 꺼낸 건 그쪽이라는 뜻이죠?" 지헤에는 굵은 눈썹을 치올리고 웃었다. "이런 저도 연애에 관심이 있었던 젊은 시절에는 숯 눈썹이라는 말을 들으면 마음이 쓰이더군요. 허나 와카 씨의 괴로움은 그런 것과는 비교도 되지 않습니다."

어른인 데다 대인大人이기도 한 리에 앞에서 두건을 벗어 얼굴을 보였을 때의 기승만으로는 아직 모든 것을 극복할 수 없으리라.

"그렇게 낙담할 것 없습니다. 완성되면 보러 오겠다고 고대하는 눈치였으니까요. 다른 손님 없을 때 쇼 씨가 불러주십시오."

하지만 쇼노스케는 와카도 같이 낙서하기를 바랐다.

"지헤에 씨, 제 배려가 부족했을까요?"

좀 더 마음을 써야 했나.

"와카 씨는 '아이들도 거들게 해서' 낙서를 하자고 말했습니다. 그래서 저는 철석같이 같이 하는 줄로만 알고 있었습니다만." 저도 모르게 한숨이 나왔다. "저와 와카 씨 둘이서 장지 한 쪽이라도 먼저 낙서를 할 걸 그랬나요."

지헤에가 쇼노스케의 얼굴을 빤히 보았다.

"쇼 씨, 장어구이 집 2층에 단둘이 있기에는 아직 이릅니다."

쇼노스케가 얼굴을 새빨갛게 붉히고 변명하는데, 아래층에서 리에와 신스케의 목소리가 들려왔다. 어르신이니 도코쿠 님이니 하는 것 같다.

"아니?"

쇼노스케가 달려 내려가자, 간소한 기모노 차림의 도코쿠가 마키에게 삿갓을 맡기는 중이었다. 소맷자락에서 작은 종이봉지 몇 개를 꺼내 그것도 건넨다.

"엿 가게에서 하도 선전을 재미있게 해서 말이다. 듣다 보니 늦어졌다만 식사 때는 맞춘 것 같구나."

간장 통에 걸터앉아 있던 나가호리 긴고로가 반사적으로 일어나 자세를 바로잡았다. 상대방이 평범한 낭인 무사가 아님을 짐작했으리라.

도코쿠는 큼지막한 손을 내저으며 웃었다. "아니, 아니, 그냥 계시게나. 그저 장어구이 집을 찾는 손님일세. 맛있는 냄새에 이끌려 발을 들여놓은 것이야."

리에에게 들은 것은 틀림없겠지만 이 사람, 그렇게 할 일이 없나 싶어 쇼노스케는 어이가 없었다.

밥은 다 같이 1층에 모여서 먹었다. 뜻밖의 맛난 음식에 아이들은 정신을 차리지 못했다.

"남으면 싸가지고 가도 돼요?"

"그보다 남기지 말고 많이 먹으렴."

"그렇지만 아버지, 어머니한테도 드리고 싶어요."

후미의 기특한 말에 리에도 잠시 말을 잇지 못했다. 그러자 주방에서 간타로가 재빨리 나서서 대답했다.

"조금만 기다려라. 아저씨가 이런 음식을 다 배워서 여기서 먹게 해주마. 싸게 줄 테니까 다 같이 오려무나."

"진짜로요?"

"아무렴, 맡겨만 둬라."

원래부터 요리가 싫은 것은 아니다. 지금까지 잠들어 있었을 뿐이다. 나가호리 씨의 공이구나 싶어 쇼노스케가 돌아보자, 긴고로는 눈물을 글썽거리고 있었다.

음식이 다 없어지기도 전에 도코쿠는 쇼노스케에게 2층을 안

내해달라고 했다.

“쓰기도 참 많이 썼구나.” 사카자키 시게히데는 한바탕 둘러본 뒤 의젓하게 웃었다. “허나 쇼노스케, 너는 면학이 부족한 것 아니냐.”

“예?”

“어떤 사람이 다른 사람에게 보내는 글이 반드시 서한이라는 법은 없지. 그런 생각은 들지 않더냐?”

“하지만…… 이것은 서한이 맞습니다.”

쇼노스케는 손을 저어 방 안의 거짓 글자를 가리켰다.

“서한은 서한이다만 그냥 서한은 아니지.” 도코쿠는 눈앞의 샛장지에 쓰인 암호문 한 줄을 응시하며 말했다. “내 눈에는 시가로 보이는구나.”

시가.

“다른 사람에게 시를 지어 바치는…….”

“그렇지. 글자의 배열로 보건대 우리나라의 고시古詩는 아닐 듯하고, 한시가 아니겠느냐.”

아닌 게 아니라 쇼노스케는 한 번도 해보지 못한 생각이었다.

“좋아하는 아가씨도 생겼다면서 여전히 뭘 모르는 너를 위해서도 어서 이것을 풀이할 수 있는 사람이 나타나면 좋겠구나.”

쇼노스케는 듣고 있지 않았다. 새로운 지혜를 얻은 덕분에 샛장지에 적힌 암호에 푹 빠져 있었다.

도네이는 그로부터 사흘 뒤 장어구이 집 간판을 내리고 주점을 시작했다. 아이들이 부베 선생의 글방으로 돌아가고 간타로가 요리를 어느 정도 익힐 때까지 그 정도 시간이 걸렸다.

징두리널을 댄 바깥쪽 장지에까지 낙서를 한 게 적중했다. 처음에는 길을 지나가는 사람들이 의아한 표정을 짓는 데 그쳤으나, 이윽고 그중 몇 명이 포렴을 걷고 들어왔다. 지금까지 맛없는 장어구이 집이던 곳에서 값이 싸면서도 세련되고 맛있는 정식을 팔기 시작했다는 것을 알자, 순식간에 소문이 퍼졌다.

쇼노스케는 매일 저녁 도네이에 드나들었다. 나가호리 긴고로도 같이 갔다. 주방 맞은편의 간장 통 걸상에도, 2층 방에도 손님이 있고 그뿐 아니라 갈 때마다 수가 느는 것을 함께 놀라고 기뻐했다.

"장사는 잘되는데 암호 풀이 쪽은 아직……."

미안한 표정의 간타로와 미치에게 내일 또 오겠다며 손을 들고 돌아가곤 했다. 쇼노스케와 긴고로는 점점 가까워졌다. 긴고로가 들려주는 미야노 번 이야기가 쇼노스케의 귀를 즐겁게 해주었다. 그중에는 무라타야와 관련된 이야기책을 '그저 베끼기만 하지 않고 재미있게 만드는' 데 도움이 될 것도 있었다. 아쉽게도 원수를 갚는 이야기는 없었지만.

도네이가 이렇게 번창하면 와카 씨를 부르기가 어렵겠는데.

무엇 때문에 낙서를 했는지 알 수 없어졌다. 이렇게 보름쯤 지났을 때였다.

이것저것 다른 일에 밀려 늦어질 대로 늦어진 가와센의 입체 그림 제작에 비로소 착수했다. 어떤 일에 몰두하면 다른 생각을 하지 못하는 쇼노스케는 별안간 미치가 숨을 몰아쉬며 뛰어드는 바람에 놀랐다.

"무슨 일입니까?"

"무슨 일이 아니에요, 젊은 선생! 왔다고요." 미치가 말했다. "거짓 글자를 읽을 수 있는 사람이 왔다니까요!"

여자였다.

눈가에 진 주름이며 피부의 탄력으로 보건대, 나이는 쇼노스케의 어머니 사토에와 비슷할 것 같다. 단지 언뜻 봐서는 신분을 알 수 없었다. 무가의 여자는 전혀 아닐 것 같고, 사토에처럼 자식을 둔 어머니일지 아닐지도 판별이 되지 않았다. 상인의 아내처럼 보이지는 않는데, 돈과 연이 없지도 않은 것 같다.

요컨대 일반인은 아닌 듯했다.

쇼노스케에게는 생소한 머리 모양이었다. 풍성하게 틀어올린 부분에 연보랏빛으로 홀치기염색을 한 천을 빙 둘러 금박 칠기 비녀를 꽂았다. 가느다란 세로 줄무늬 기모노에 두 가지 굵기의 줄무늬 허리띠를 맨 차림은, 줄무늬에 줄무늬가 겹쳤는데도 묘하게 세련돼 보였다. 장식용 깃의 짙은 보랏빛이 안색을 돋보이게 해준다.

도네이에는 오늘도 손님이 많았지만, 식사 때가 지나서인지 2층에 빈 방이 있었다. 여자는 그중 한 방에서 간타로가 내준 다과를 앞에 놓고 다리를 옆으로 모아 나긋한 자태로 앉아 있었다.

"이곳 낙서에 관한 소문을 듣고 말이에요." 촉촉하고 윤기 있는 목소리였다. "요리도 맛있는 집이라 하기에 일부러 멀리 우시고메에서부터 왔는데, 이 글을 읽을 수 있다고 말씀드린 순간 주인장 부부가 얼마나 호들갑을 떠는지요. 덕분에 식사도 못 했지 뭐예요. 요리도 술도 낙서에 쓰인 글자를 다 읽어야 주겠다는 거예요."

차 한 잔만 달랑 주네요, 하며 곁눈으로 간타로를 흘기는 척한다. 여자는 아래턱이 약간 튀어나와 말할 때 입의 움직임이 독특하다.

간타로는 땀을 뻘뻘 흘리고 있었다. "죄송합니다. 바로 요리를 내올 테니 먼저 해독을 부탁드립니다."

여자는 쇼노스케에게 시선을 옮기고 요염하게 미소 지었다.

"젊은 선생님, 당신이 이 낙서를 주도한 사람이라죠?"

"후루하시 쇼노스케라 합니다."

쇼노스케는 머리를 숙였다. 그러자 여자의 눈꼬리가 움찔했다. 놀란 것처럼 눈동자가 흔들렸다.

아니나 다를까.

이 이름에 반응하는 것을 보니 틀림없다.

"글방에서 선생님을 하신다죠? 젊은 분이 훌륭하시네요."

"임시로 거들었던 것뿐입니다. 저는 평범한 낭인 무사이니 후루하시라 부르셔도 됩니다. 실례입니다만, 부인은……?"

"시즈에라고 합니다. 저도 평범한 노래 선생이니 선생님이라 불러주세요."

놀란 기색을 금세 감추고 장난스레 얼버무리는 말투를 즐기고 있다. 간타로는 목에 감은 수건으로 땀을 훔치며 물러났다.

방에 둘만 남자, 쇼노스케는 말을 꺼냈다.

"그러시다면 선생님, 기다리게 해드려 죄송합니다. 그렇지만 저희도 장난으로 이런 낙서를 한 게 아닙니다. 사정이 있어 이것을 풀이할 수 있는 사람을 절실히 찾는 중입니다. 이 글을 읽으실 수 있다면 여기에 무엇이 쓰여 있는지 가르쳐주시겠습니까?"

시즈에는 흐트러지지도 않은 옷깃을 바로잡는 시늉을 하고 곁의 샛장지를 올려다보았다.

"사실은 저도 풀이할 수 있는 건 아니에요. 예전에는 가능했는데, 지금은 거의 잊어버렸거든요."

쇼노스케는 가슴이 두근거렸다. 이 여자는 예전에 이 암호의 구조를 알았다고 한다. 분명히 제대로 찾았다.

"당신은 혹시 후루하시 쇼노스케라는 이름의 인물을 아시는 게 아닙니까?"

"그건 당신 이름이라면서요."

성숙한 여자가 요염하게 짓는 의미심장한 웃음을 쇼노스케는 정색하고 받아들였다.

"저와 동성동명인 인물입니다. 나이는 제 부모보다 많은 것으로 알고 있습니다."

"젊은 선생님은 그 후루하시 님을 모르시는 건가요?"

원래부터 여우처럼 위로 째진 시즈에의 눈이 더욱 가늘어졌다. 초승달을 엎어놓은 듯한 모양이다.

"모릅니다. 다만 후루하시 씨가 이 암호 같은 가짜 글자……저희는 임의로 거짓 글자라고 이름을 붙였습니다만, 그것을 고안하셨다는 이야기는 들어 알고 있습니다."

시즈에는 그래요, 하며 고개를 끄덕였다.

"그이는 벌써 칠 년 전에 죽었어요. 유골도 벌써 흙이 됐을걸요. 난 그보다 훨씬 더 전에 버림받았지만요."

나가호리 긴고로가, 아니 오슈 미야노 번의 큰나리 오다시마 가즈마사가 찾던 후루하시 쇼노스케는 이미 귀적에 들었나.

"병환으로 돌아가셨습니까?"

"주독이 들어서요. 되는대로 살던 사람이었으니 제 집에서 죽은 게 그나마 다행이죠. 나랑 떨어져 있는 동안 객사를 했어도, 어디서 누구한테 칼을 맞았어도 이상할 것 없었으니까요. 그 사람도 남을 벤 적이 있고 말이에요."

상대방을 낱낱이 알고 있는 주저 없는 말투였다.

"도대체가 말만 번지르르한 사내였거든요. 교활하지, 뻔뻔하지. 멋대로 남을 버려놓고 낯가죽 두껍게 돌아오질 않나. 결국 내가 먹여 살리면서 임종까지 지켜줬어요."

지금까지 불분명했던 '후루하시 쇼노스케'의 정체가 그 한마디로 형태를 갖추기 시작했다. 교활하고, 말만 번지르르하다.

하지만 이 여자는 아직도 남자를 잊지 못하는 것 같다.

"신카게 유파의 달인이었다고 들었습니다."

시즈에의 가느다란 눈에 이번에는 놀라움이 아니라 의아함의 빛이 떠올랐다.

"젊은 선생님, 그 사람에 관해 꽤 많이 아시네요."

"그것도 이쪽 사정의 일부입니다."

쇼노스케는 짤막하게 대답하고 입을 다물었다.

시즈에와 눈싸움을 벌였다.

먼저 눈길을 돌린 사람은 요염할 뿐 아니라 노회하기도 한 듯한 여자 쪽이었다. 쇼노스케의 정색한 얼굴로부터 도망친 게 아니라 슬쩍 피한 것이다.

시즈에는 색장지 오른쪽 끝에 적힌 한 줄을 가리켰다.

"이 부분, 똑똑히 기억나요." 가볍게 눈을 감고 읊었다. "나 그대와 서로를 알아 영원토록 끝나지 않고 쇠하지 않기를 바라니."

주위를 뒤덮고 있던 안개가 바람에 날려 흩어진 듯한 기분이 들었다.

한시다. 도코쿠의 감이 옳았다.

"그건……."

쇼노스케는 품에서 휴대용 필통과 철한 종이를 꺼내 방금 들은 구절을 거듭 중얼거리며 적었다.

"글로 쓰면 이렇게 됩니까?"

我欲興君相知 長命無絶衰

"어머나, 글씨가 참 단정하기도 하지. 젊은 선생님, 좋은 선생님이겠어요."

시즈에는 글자를 내려다보며 딴청을 피웠다.

"한시 중에서도 악부樂府라고 합니다. 과거 한대의 무제가 음악을 관장하는 관청을 세워 궁정에서 사용하는 제의 음악을 짓고 각지에 전해지는 민간 가요를 수집하게 한 적이 있었습니다.

그것들을 악부라고 칭했는데, 후세에 이 관청에서 수집, 정리한 가요 양식의 시를 일컬어 악부라 불렀다고 합니다."

쇼노스케는 진지하게 설명하는데, 시즈에는 마치 구애의 말이라도 듣는 표정이다.

쇼노스케는 말을 더듬었다. "저, 저도 그리 자세히 알고 있는 건 아닙니다. 일반적으로 말하는 악부는 전란에 휩쓸린 세상의 슬픔을 노래한다든지 남녀의 정애를 노래한다든지, 우리 생활에 비근한 게 많았다고 합니다. 이것도 우, 우정을 노래한 시 같군요."

시즈에는 나긋한 자태로 팔꿈치를 얹고 말했다. "하지만 내가 받았는걸요."

"네?"

"내가 받은 편지에 쓰여 있었어요. 그 사람한테 보낸 편지가 아니라. 게다가 그 사람은…… 변변치 못한 내 쪽 쇼 씨는 이게 사랑 노래라고 했어요."

"뒤, 뒷부분은 있습니까?"

"여기 이 부분이 그런 것 같네요."

시즈에는 샛장지의 한 부분을 손으로 둘러싸듯 했다.

"그렇지만 내가 기억하는 것과 똑같을지 모르겠네요. 어쩐지 좀 빠진 것 같은데요. 글자 수가 모자란 것처럼 보여요."

노령의 오다시마 가즈마사가 기억만을 의지해 쓰는 것이라면 빠뜨린 부분이 있어도 이상할 것 없다.

"이쪽은 눈에 익어요."

시즈에는 가장자리 두 줄을 가리키며 읊었다.

"여름에 눈이 내려 천지가 합해지지 않는 한 그대를 멀리 하지 않으리니."

쇼노스케는 다시 서둘러 종이에 적어놓고 자신이 쓴 것을 찬찬히 검토했다.

夏降雪天地合 乃敢與君絶

"'내려'는 降이 아니라 雨일 수도 있겠습니다만……."

"어쨌든 여름에 눈이 온다는 뜻이잖아요? 그런 식으로 천지가 뒤집히는 듯한 일이 벌어지지 않는 한 그대와 헤어지지 않겠소, 하는 의미죠?"

"……잘 아시는군요."

"그 변변치 못한 인간이 가르쳐준 거예요." 시즈에는 팔꿈치를 떼고 고개를 들더니 자세를 고쳐 앉았다. "젊은 선생님, 혹시 미야노 번 분인가요? 그런 것치고는 사투리 억양이 없는데요. 게다가 우리와 예전에 알던 사이라고 하기엔 너무 젊고 말이에요."

쇼노스케가 대답을 주저하는 사이에, 시즈에는 별안간 천박한 눈빛으로 변해 짐짓 한숨을 쉬었다.

"맹세해도 좋아요. 작은나리와는 이미 오래전에 끝났다고요. 처음부터 그런 마음은 없었는걸요. 아무리 끈질기게 치근덕거려도 첩이 될 마음은 없었어요."

그런 새장 속의 새 같은 생활이 뭐가 좋다고, 하고 내뱉듯 말했다.

"게다가 산골이고 말이죠. 제발 살려줘라 싶다고요." 또 일부러 그러는 것처럼 천박하게 내뱉었다.

"당신이 말씀하시는 작은나리는 지금은 이미 은거하시면서 큰나리라 불리고 계십니다."

시즈에의 째진 눈에 진지함이 깃들었다. 쇼노스케와 눈을 똑바로 맞추었다.

"미야노 번의 나리 말씀이시죠."

"네, 확인할 필요는 없을 것 같습니다만."

"은거했다면 왜 이제 와서 이십 년도 더 지난 옛날 일을 들추는 거죠? 후계자 다툼이 벌어져서 숨겨놓은 자식이라도 찾는 건가요?"

"숨겨놓은 자식이 있습니까?"

"있을 리 있어요? 나 참 어이없어서."

상황의 전모는 보이지 않지만 대충 짐작은 되었다. 쇼노스케도 침착함을 되찾았다.

이 여자는 '후루하시 쇼노스케'의 연인이었다. 그리고 그가 미야노 번주 오다시마 가즈마사와 가까이 지내는 동안, 이 여자도 작은나리에게 접근해 호감을 얻은 것이다.

"그런 현실적인 이야기가 아니니 안심하십시오."

이 한마디에 쇼노스케가 의도한 것 이상의 효과가 있었던 모양이다. 뒤집어 말하면, 시즈에는 돌연히 과거에서 되살아나 후카가와 일각의 주점 샛장지를 장식한 이 암호문에 그 정도로 놀라고 두려워했다는 뜻이다. 요염한 미소와 상스러운 몸짓은 아닌 게 아니라 이 여자 자신의 것이겠지만, 불안을 감추기 위한 연막이기도 했다.

"가르쳐주십시오. 후루하시 쇼노스케는 대체 어떤 사람이었습니까?"

쇼노스케는 진지하게 물었다. 그 마음이 통한 모양이다.

"그러니까 변변치 못한 인간이었어요."

말은 조금 전과 똑같지만, 시즈에의 목소리에 듣는 이의 심금을 울리는 그리움과 깊은 정애가 깃들었다.

"그이는 에도 사람이었어요. 가난뱅이 하타모토의 셋째 아들에, 상당한 풍류인이었죠."

찬밥 신세 한량인 거죠, 하며 미소 지었다.

"에도에 있어봤자 양자로 들어갈 곳이라도 못 찾으면 밥줄도 끊어지겠다, 있을 곳도 없으니까요. 그러니 화공이 되겠다면서 수업을 쌓기 위해 여행하겠다고 한 거예요."

"무예가가 아니라 말입니까?"

"검술 실력 같은 건 아무리 갈고닦아봤자 돈 한 푼 안 되는걸요. 게다가 그 사람, 정말 그림을 잘 그렸어요. 학문도 싫어하지 않았던 터라 한시도 읊을 수 있었고요."

"당신도 수업 여행에 따라가셨군요?"

"대외적으로는 제자이자 스승의 시중을 드는 하녀라고 하고 말이죠. 물론 그이 부인한테는 비밀이었어요. 나도 좀 놀았으니까요."

이 경우 놀았다는 것은 말 그대로 노는계집을 말하는지도 모른다. 두 사람은 어디서 어떻게 만났을까. 쇼노스케는 속으로 생각했다.

"둘이서 발 닿는 대로 여행하고 다녔답니다." 시즈에의 눈초리가 아득히 먼 곳을 바라보았다. "재미있는 일이 참 많았어요. 의외로 무서운 일을 당하지 않고 무사했던 건 우리 둘 다 젊고 무모했던 데다 그이한테 검술 실력이 있었던 덕이었겠죠. 그 점에 감사하지 않으면 천벌 받을 거예요." 말투도 얌전해졌다. "그때는 꽤 오래 여행한 것 같았지만, 지금 돌이켜보면 겨우 육 년이었네요. 한 곳에 일 년도 머물지 않았으니 꽤나 바쁘고 어수선했는지도 몰라요."

"그런 생활을 함께 즐기셨군요."

시즈에는 고개를 살짝 끄덕했다.

"어째서 헤어지신 겁니까?"

대답은 바로 돌아오지 않았다. 시즈에는 쇼노스케에게는 보이지 않는 먼 곳을 바라보고 있다.

이윽고 처음 이야기를 얼버무렸을 때와 같은 요염한 눈빛을 되찾고 곁눈으로 눈을 흘겼다.

"젊은 선생님, 당신도 여자를 잘 울리죠?"

느닷없이 공격의 방향을 이쪽으로 틀었다.

"저, 저는……."

"세상 사람들은 여자가 변덕스럽다고 하지만, 그건 억울한 소리예요. 변덕스러운 건 남자의 본성이죠. 별것 아닌 일로도 마음이 쉬이 바뀌거든요."

다른 여자가 생겼던 거예요, 라고 했다.

"아유 참, 나 같은 중년 여자도 젊은 분에게는 하기 거북한 이야기가 있어요. 그 점은 미루어 짐작해주세요."

"여행 중에…… 그렇게 되신 겁니까?"

"아무리 그래도 나 혼자 버려놓고 가지는 않았지만요. 사람을 붙여서 에도까지 데려다주었답니다."

후루하시 쇼노스케는 여행 도중에 이곳이라면 뿌리를 내려도 좋겠다 싶은 장소를, 그리고 그런 기분이 들게 해준 여자를 만난 것이다. 분명 그런 일이리라.

그렇기에 그때까지 자신을 따라온 시즈에와 관계를 끊었다.

"관직에 오르셨습니까?"

"어머나, 그런 변변치 못한 인간이 관직은 무슨. 뒤를 봐줄 부자를 발견해서 작정하고 그림 수업을 하겠다고 한 거예요. 게다가 그 부자한테 젊고 예쁘고 순진한 외딸까지 있었지 뭐예요. 굳이 따지자면 그이가 노린 건 그쪽이 아니었을까요."

그렇군.

"그래서 난 지금도 오슈에 원한이 있어요. 두통이 있어서 원래는 북쪽으로 머리를 두고 자면 좋은데, 아니꼬우니까 늘 발을 그쪽으로 두고 잔답니다."

어린애 같은 소리를 한다.

"역시 북쪽 지방이군요."

명확히 어디라고 말하기 싫은 듯한 (그것 또한 분해서다) 시즈에의 말투에 쇼노스케는 넌지시 물어보았다.

"그래요. 뭐라던가, 난화蘭畫라는 그림이 성한 곳이었죠. 미야노 번은 아니에요." 그러더니 혀를 쏙 내밀며 쓴웃음을 지었다. "나도 참 잘도 기억하네요. 어지간히 분했나 봐요."

턱을 새침하게 쳐든다. 지금도 분하다고, 눈이 말하고 있었다.

"미야노 번에서 살았던 건 고작해야 열 달쯤일 거예요. 작은

나리에게 묘하게 호감을 사는 바람에 난 물론이고 그이도 얼마나 성가셨는지요."

저쪽에서 아무리 좋게 보면서 졸라댄들 관직 같은 것에 오를까 보냐.

"작은나리는 심심하던 차에 우리 같은 떠돌이가 재미있으셨겠죠. 하지만 우리는 광대와 게이샤가 아니었으니까요. 딱 잘라 거절했죠. 어차피 성의 높은 분들한테는 미움받았겠다."

자객의 습격을 받은 적도 있다고, 사나운 눈빛으로 목소리를 낮추고 말했다.

"하여간 민폐도 그런 민폐가 없었어요. 그렇게 방해된다면 당장 사라져주겠다 싶었죠."

미야노 번 중신들의 입장에서 두 남녀는 작은나리를 후리는 요사스러운 너구리와 여우였을 것이다. 퇴치하려는 움직임이 있었던 것도 어쩔 수 없다. 지방의 작은 번에서 나고 자란 쇼노스케에게는 충분히 이해되는 상황이었다.

"이 암호는 당시 후루하시 씨가 미야노 성읍에서 고안하신 겁니까?"

이번에는 쇼노스케가 샛장지를 올려다보았다.

"아니에요, 아직 에도에 있을 무렵 그이가 만들어 놀던 거죠. 상부의 문책을 받을 만한 편지도 이걸로 쓰면 암호를 모르는 사람은 읽을 수 없잖아요?"

"그렇겠군요."

"그걸 글쎄, 괜히 작은나리께 가르쳐드리는 바람에……. 소중한 작은나리가 우리를 가까이하는 것만 해도 용납할 수 없는 일인데, 이런 영문을 알 수 없는 편지까지 주고받으면 감찰사들이 꽤나 당황하겠지 하면서 말이에요."

"당황하는 모습을 보며 웃었더니 자객까지 보냈다는 말씀이군요."

"우리도 장난이 조금 지나쳤어요."

슬슬 술 생각이 나네요, 하며 시즈에는 다시 팔꿈치를 괴었다. 소맷자락 밖으로 하얀 팔이 드러났다.

"그렇잖아요, 이제 날 포박해서 미야노 번으로 끌고 갈 거 아닌가요? 그쪽에선 아직도 우리를 괘씸하게 여기고 계시겠죠?"

농담 반, 진담 반으로 묻는다는 생각이 들었다.

"저는 미야노 번에서 보낸 사람이 아닙니다. 이 암호를 풀 수 있는 사람, 가능하다면 후루하시 쇼노스케 본인을 찾는 중이었습니다만, 찾아내서 죄를 묻는다는 생각은 없었습니다."

"그럼 왜 찾은 거죠? 이렇게 거창하게 일을 벌여가면서까지."

"미야노 번의 큰나리가 지금도 당신을 그리워하시기 때문입니다." 쇼노스케는 온화하게 대답했다.

시즈에는 팔꿈치를 괸 자세를 바꾸지 않았다.

"당신이 돌아가신 후루하시 씨를 그리워하듯 말이죠."

시즈에가 그에 대해 어떤 대답을 할 것이라, 어떤 표정을 지을 것이라 예상했던 것은 아니다. 그저 기대하는 마음은 조금 있었다. 어떤 갸륵한 마음 같은 게 보이면 좋겠다고.

시즈에는 이렇게 말했다. "촌사람은 집념도 참 강하네요."

전혀 갸륵하지 않지만, 매우 이 여자다운 말투였다. 정직하다는 것만은 틀림없다.

쇼노스케는 다시 한번 정중히 머리를 숙였다.

"사사로운 이야기를 들려주셔서 감사합니다. 목적은 달성했으니 장지와 샛장지 모두 새로 바르겠습니다. 앞으로 이 일로 당신을 번거롭게 하지 않겠다고 약속 드리죠."

"정말 된 거예요?"

"네."

시즈에는 몸을 일으켜 정색하고 말했다. "젊은 선생님, 당신이 어떤 입장에 있는 사람인지는 모르지만……."

"제가 드리는 약속은 곧 미야노 번의 약속이라 생각하셔도 됩니다."

"혹시 그이와 연을 맺은 사람에게 누가 될 일은 없겠죠? 아이도 있거든요. 말이 아이지, 이미 다 컸을 나이이지만요."

"걱정하지 않으셔도 됩니다."

후루하시 쇼노스케가 다른 여자와의 건실한 생활을 선택하면서 버림받은 것이 무척 분했을 이 여자는 지금도 어제 일처럼 원통해하면서도 그런 걱정을 한다.

"어떤 사람도 그 어떤 형태로도 벌을 받지 않을 겁니다." 쇼노스케는 분명히 잘라 말한 뒤 미소를 지었다. "지금도 그분을 생각하는 마음이 남아 있으시군요."

당신은 스스로 그런 척하는 것만큼 나쁜 여자가 아니라고 말하려다가 생각을 고쳤다. 그래 봤자 자신이 끽 소리도 못 하는 처지가 될 테니 가만있자.

"그나저나 후루하시 씨와 용케 재회하셨군요."

그러자 시즈에의 눈에 생기가 돌아왔다.

"어머나, 그야 난 꼭 그렇게 될 줄 알고 있었으니까요. 그이가 나 아닌 다른 여자와 연을 맺어서 자리 잡을 리 없는걸요. 반드시 돌아오리라는 걸 알고 있었답니다. 그래서 그이가 절 쉽게 찾을 수 있도록 이것저것 손을 써놓았죠."

의외로 오래 기다렸지만요, 하며 또 분해했다.

"그나저나 이젠 그이도 저세상에 가고 없는데 미야노 번 작은 나리까지 그이를 찾을 줄은 몰랐네요."

"이제 작은나리가 아닙니다. 전부 옛날 일이죠." 쇼노스케는 말했다.

"그러네요." 시즈에도 고개를 끄덕였다. "젊은 선생님은 태어나지도 않았을 때 일이죠. 난 이제 어엿한 할머니예요."

그만 가봐야겠네요, 하며 매끄러운 동작으로 일어섰다.

"아무리 기다려도 전채 하나 나오지 않다니 불친절한 가게네요. 평판만 그럴싸하지, 실제로는 영 아닌걸요."

입으로는 투덜대면서도 눈은 웃고 있었다. 지나치면서 쇼노스케의 어깨를 슬쩍 어루만졌다.

"젊은 선생님, 나 같은 여자한테 걸리면 안 돼요. 그렇지만 나 같은 여자를 잡으면 평생 수지맞은 거예요." 곁눈으로 슬쩍 웃고 문득 멈춰 서더니 노래하듯 억양을 넣어 덧붙였다. "이 줄도 읽을 수 있어요."

복도에 면한 장지의 창살 한 칸에 한 자씩 쓰인 거짓 글자였다. 이 곧은 글씨는 후미 것이 틀림없다.

"원한이 있을 리 없건만 어찌하여 변함없이 헤어질 시 둥글어지는가."

이별시다.

달이 인간에게 원한을 품고 있을 리도 없건만, 왜 꼭 남이 이별을 슬퍼할 때 보름달이 뜨는 것인지.

"우리가 미야노 번 성읍을 떠날 때, 작은나리가 마지막으로 주신 편지랍니다."

시즈에가 떠난 자리에 희미한 향기만 남았다.

"이제 나오셔도 됩니다."

쇼노스케가 말하자 칸막이 뒤에서 나가호리 긴고로가 얼굴을 내밀었다.

뜻밖에 와카도 같이 있었다. 오늘은 옥색 두건을 썼다.

"눈치채셨습니까."

"네. 그렇지만 시즈에라는 그 사람은 못 알아챘습니다."

도미칸 나가야를 나설 때, 쇼노스케는 마침 일을 마치고 돌아온 다이치를 붙들어 심부름을 부탁했다. 무라타야 지헤에에게 암호를 읽을 수 있다는 사람이 나타났다고 알리라고. 나머지는 지헤에가 알아서 잘 처리해줄 것이다. 와다야의 와카는 그렇다 치고, 미야노 번저에 직접 다이치를 보내기는 그야말로 어린애 심부름 같아 불안하다.

"나가호리 공……."

쇼노스케는 뒷말을 잇지 못했다. 나가호리 긴고로는 조금 전 시즈에가 그랬듯, 다른 사람 눈에는 보이지 않는 먼 곳을 바라보는 시선이었다.

"큰나리는……." 긴고로가 쉰 목소리로 조그맣게 말했다. "기나긴 짝사랑을 하고 계시는구먼."

두건 밑으로 보이는 와카의 눈이 쇼노스케의 눈과 마주쳤다. 천천히 눈을 깜박이더니 가볍게 고개를 끄덕였다.

나가호리 긴고로는 간타로와 미치가 쩔쩔매는 것도 웃으며 아랑곳하지 않고 도네이의 장지와 샛장지를 새로 바르는 일을 거들었다. 장지에 바르는 문종이는 그렇다 치고 샛장지에 바르는 당지唐紙는 문외한이 다루기 쉽지 않을 텐데, 창호 목수도 놀랄 만큼 이해가 빠르고 솜씨가 좋았다.

"역시 철저한 수발인이시로군."

거침없이 척척 일을 해내는 모습을 보고 거들러 와 있던 부베 선생이 다소 엉뚱한 탄성을 질렀을 정도다.

이튿날, 긴고로는 여장을 갖추고 도미칸 나가야로 찾아왔다.

"가시는 겁니까."

"신세 많았소."

비좁은 다다미 넉 장 반 크기의 방에 쇼노스케와 마주 앉은 긴고로는 정중히 엎드려 절을 했다.

"그러지 마십시오. 저는 별 도움도 못 돼드렸는데요."

쇼노스케가 만류해도 긴고로는 얼마 동안 손을 짚고 엎드려 있었다. 이윽고 얼굴을 들더니 살이 없는 눈가에 미소를 머금고 말했다.

"도네이는 오늘도 손님이 많은 것 같더이다."

쇼노스케도 고개를 끄덕였다. "이제 낙서가 없어도 괜찮겠죠."

새로 태어난 도네이에는 간타로와 미치가 만드는 식사를 좋아하는 단골손님들이 생겼다.

"신스케라 했던가, 그 요리사가 훌륭한 스승이었군."

"그렇지만 간타로에게 자극을 준 분은 나가호리 공이십니다. 나가호리 공의 말씀이 있었기에 도네이는 다시 시작할 수 있었던 겁니다."

주인장의 아버지가 진정으로 원하는 것은 어느 쪽이겠나. 긴고로는 간타로에게 그렇게 물었다. 그때 오간 말은 쇼노스케의 마음속에도 남아 있다.

"고향으로 돌아가면 이제 소생이 에도에 올 일은 없겠지. 큰나리께서 조금이라도 마음 편히 생활하실 수 있도록 노력할 생각이오. 속도 개운하게 풀렸으니 말이오." 긴고로는 미소를 지었다. "소생은 그렇게 울적해서 멀거니 지내시는 큰나리의 가슴속에 젊은 시절의 감정이 소용돌이치고 있을 줄은 꿈에도 몰랐다오. 그것은 말이지, 후루하시 공. 소생은 과거를 자꾸만 잊어버리기 때문이오. 지금까지는 그저 정신없이 배를 저어왔소. 인생의 대부분은 추억할 가치도 없는 것 내지는 추억하기 싫은 것들이었소. 그러니 잊어버리고 싶을 테지."

오슈의 작은 번을 섬기는 무사에게는 하루하루의 생활이 그 정도로 힘겹고 빠듯하다는 뜻이리라. 그것은 동시에 긴고로가 주군의 수발인이라는 입장에 안주하지 않고, 또 기대지 않고 언제나 자신보다 약한 처지의 사람들과 더불어 살아왔음을 의미하는 게 아닐까.

이 사람은 그런 사람이다. 쇼노스케는 본인의 말처럼 이제 두 번 다시 만날 일이 없을 나가호리 긴고로의 여윈 얼굴을 바라보았다.

긴고로는 가까이 두었던 작은 보퉁이를 집어 쇼노스케에게 내밀었다.

"이런 걸 드린다고 과연 사례가 될지 많이 망설였소만……."

"무슨 말씀이십니까. 받을 수 없습니다."

"그러지 마시고 일단 보시오."

그 말에 쇼노스케는 보퉁이 매듭을 풀었다. 안에서 나타난 것은 서책 두 권이었다.

"자, 손에 들고 보시오."

한 권은 오래된 사본인 듯 제본이 느슨하고 종이도 상했다. 표지에 붙어 있는, 책 제목을 쓴 제첨은 반쯤 벗겨져 있었다. 또 한 권은 만지는 느낌부터가 비교적 새 책이었다.

오래된 쪽은《덴메이 미야노 애향록 초抄》, 새것은《만가지보도비안일전万家至寶 都鄙安逸傳》.

쇼노스케는 눈을 깜박였다. "이것은……."

"아시오?"

"《도비안일전》 쪽은 본 기억이 있습니다. 아니, 내용은 아니고 제목만입니다만…… 아마 무라타야에서 봤을 테죠."

대본소의 방대한 서고 어딘가에서 봤거나 다른 책에서 이 책의 제목을 봤을 것이다.

서둘러 책장을 넘겨보니 《도비안일전》에는 덴포 4년(1833)이라고 쓰인 서문이 있다. 삼 년 전이다. 만지는 느낌이 새것 같을 만도 하다.

"《미야노 애향록》은 제목 그대로 우리 미야노 번이 덴메이 대기근 당시 만든 구황록救荒錄 중 하나요."

"덴메이 대기근……."

덴메이 3년(1783)부터 육 년간 오슈에 미증유의 기근이 발생했다. 이것을 덴메이 대기근이라 부른다. 초봄부터 시작된 일기불순으로 흉년이 광범위하게 이어진 게 원인이라 이야기된다. 피해가 특히 심각했던 곳은 쓰가루 번 난부 지방으로, 굶주린 사람들이 나무뿌리까지 먹어 치우고 급기야 인육까지 먹었다는 기록이 남아 있다. 쇼노스케도 그런 기록 중 하나인 《아귀 소시草紙》를 읽은 적이 있다.

덴메이 3년은 고즈케와 시나노 국경에 있는 아자마 산이 대분화했던 해이기도 했다. 그렇기에 그 무렵 나온 서책은, 이야기책마저도 그런 사정을 반영해 내용이 어둡고 불길한 것이 눈에 띈다. 물론 현존하는 것은 당시 서책이 아닌 필사본이지만, 당시 나라를 뒤덮고 있던 불안과 공포는 사본으로도 생생하게 전해졌다.

하지만 어디까지나 '생생하게 전해질' 뿐이다. 쇼노스케는 진짜 기아의 공포를 모른다.

"다행히 미야노 번은 오슈에서도 피해가 가벼웠던 편이오만, 그래도 많은 영민이 굶주림에 고통받았소. 당시 마을 사람들이 도망치는 바람에 없어진 촌락이 두 자릿수를 넘는다고 하오만,

실제로는 도망친 것이 아니라 굶어 죽은 곳도 많지 않았을까 하오."

쇼노스케는 긴고로를 쳐다보았으나 금세 서책으로 시선을 돌렸다.

"짚 떡이라는 것의 제조법이 쓰여 있습니다만."

"대기근 당시 성읍에서도 쌀과 잡곡이 떨어져 짚 떡을 먹었다 하더군."

긴고로 자신은 잘 기억나지 않는다고 했다.

"오십 년도 더 전의 일인 데다 소생도 어렸으니 말이지. 다만 세 끼 밥상에서 쌀이 사라진 시기가 있었던 것만은 기억나오. 죄 잡곡밥이었지. 그리고 또 하나, 흡사 악몽 같은 일이오만, 성읍에 구민救民을 위해 마련한 헛집에서 날마다 송장이 나가던 것도……." 긴고로는 잠시 말을 잇지 못했다. "구민 헛집에 모인 사람들은 굶어 죽은 것이 아니라 밥을 먹지 못해 몸이 약해져 있던 차에 감기며 설사를 앓아 잇따라 숨을 거둔 것이었소."

쇼노스케의 귓전에는 앞서 긴고로가 했던 말이 생생하게 되살아났다. 과거를 추억하기 싫다고.

지금도 목이 메는지 긴고로가 에헴 하고 헛기침을 했다.

"《덴메이 미야노 애향록》은 당시 상황과 기아 대책을 구체적으로 기록한 서책이오만, '초'가 붙은 것은 그 발췌본이라오. 이쪽은 영민들에게 나눠준 것이지. 단적으로 말해 평소에는 먹지 않는 것, 먹을거리라 생각하지 않는 것을 어떻게 손질해 먹으면 되는지 소상히 적어놓았소. 영내의 산야에서 얻을 수 있는 나무 열매며 버섯, 산나물을 분간하는 법부터 채취 방법, 독이 있는 것이면 독을 빼는 방법…….”

쇼노스케가 서책을 들고 굳어 있어서일 것이다. 긴고로가 말을 중단했다. 그러더니 약간 조심스럽게 물었다.

“후루하시 공의 고향에는 구황록이 없소?”

“있을 수도 있습니다만, 저는 본 적이 없습니다.”

적어도 겟쇼칸의 서고에는 없었다. 없었던 것 같다.

“저희 집에도 과연 있었을지…….”

“그렇다면 더없이 바람직한 일이오. 본래 구황록 따위 필요 없는 게 좋지.”

“아닙니다. 그저 제가 무사태평하게 살아 몰랐던 것일 수도 있습니다.”

쇼노스케는 저도 모르게 입술을 깨물었다.

“최근 일이 년 사이에도 과거의 대기근만큼 심하지는 않아도 북쪽에서는 흉년이 계속되고 있다 들었습니다. 저희 고향도 사정은 비슷합니다. 번의 곡창에 쌀이 나가기만 하고 들어오지를 않는다 합니다.”

그렇기에 후계자 다툼이 보류된 것이다. 도코쿠도 얄궂은 이야기이지만 흉년 덕분이라고 말했다. 돌이켜 생각하면 태평한 것을 지나 경망스러운 대화였다는 생각마저 든다.

“농사는 일기에 좌우되게 마련이오. 그리고 일기는 하늘이 관장하는 것. 우리 지상의 인간들은 어떻게도 할 수 없지. 최소한의 대비를 해놓는 것뿐이오. 그것이 비록 작고 연약할지언정 인간의 지혜라는 것일 거요.”

그래도 ‘하늘’의 변덕으로 금세 목숨을 잃는 사람이 있는가 하면 입장이 다른 것뿐인데 그런 운명을 가볍게 피하는 사람도 있다. 아니, '하늘'의 변덕을 끝내 눈치채지도 못하는 사람조차 있다.

"그쪽 《도비안일전》은……." 긴고로는 침울해진 쇼노스케의 기운을 북돋아 주듯 목소리에 힘을 실었다. "거듭되는 흉년과 기아에 대비해 본초학자며 농학자가 사람들에게 널리 지식을 주려고 쓴 서책 중 하나라오. 지혜의 축적이지. 흉년이 들어 쌀이나 보리가 부족할 때 다른 곳에서 먹을 것을 어떻게 찾을 것인지 학식이 없는 자들도 알기 쉽게 쓰지 않았소? 그림도 있고."

아닌 게 아니라 도해가 풍부하게 실려 있었다.

"다양한 비빔밥을 만드는 법이 제법 흥미로워서 말이오." 긴고로는 겸연쩍게 웃었다. "후루하시 공에게는 색다른 요리책으로 이것도 흥미롭지 않을까 싶었소. 이것 참, 부끄럽구려."

지난 보름 동안 나가호리 긴고로와 이야기를 나누던 중에 무라타야에서 자신이 하는 일을 설명한 적이 있었다. 오시코미 고멘로의 복수담에 관해서도, 대본으로 인기가 있는 요리책에 관해서도 이야기했다. 특히 《요리통》에 관해서는 그게 얼마나 호화로운 서책인지, 에도 생활을 신기해하는 긴고로를 즐겁게 해주기 위해, 또는 조금은 자랑하는 마음으로 여러 가지 이야기를 했다. 요리책이란 하나의 문예라며 유식한 척했던 기억도 있다.

부끄러운 것은 자신이다.

"감사히 받겠습니다."

쇼노스케는 두 권의 서책을 삼가 받들었다. 긴고로도 또다시 엎드려 절했다.

"지난 보름 동안 있었던 일은 이제 살날이 얼마 남지 않은 소생의 인생에 잊지 못할 추억이 되었소. 이것만은 잊지 않고 몇 번이고 돌이켜 생각하고 싶구려."

긴고로는 웃는 얼굴이었다. 쇼노스케도 웃으려 했지만 별안간 가슴이 메어 웃을 수가 없었다. 비록 짧은 기간이었지만 이 사람을 알게 돼서 다행이다.

"나가호리 공, 부디 건강하시기를."

"후루하시 공도. 귀공이 여기 에도에서 걷는 학문의 길이 평탄하게, 또 널리 이 세상으로 이어지기를, 이 늙은이가 오슈 촌구석에서 기원하겠소."

이렇게 해서 나가호리 긴고로는 미야노 번으로 돌아갔다.

쇼노스케는 열심히 글을 읽었다. 무라타야도 드나들며 걸어다니는 목록 같은 호조 영감과 이야기해 과거 자신이 어디서 《도비안일전》을 보았는지를 알아냈다. 무라타야 서고에 있던 《구황 서목 제요救荒書目提要》라는 책에서 본 것이다. 예순석 점에 이르는 구황서를 기록한 도서 목록이다.

쇼노스케는 전에 이 서책을 훑어봤을 때 딱히 눈여겨보지 않았던 것을 다시금 부끄럽게 여겼다. 사람들의 궁핍을 구하기 위해 쓰인 구황서가 예순세 권이나 존재한다는 사실을 전혀 개의치 않았던 자신이 창피했다.

"이보십시오, 쇼 씨. 앞으로 얼마나 더 그렇게 심각한 표정을 짓고 다닐 겁니까? 이제 그만해두십시오." 급기야 보다 못한 지헤에가 나섰다. "이 나라는 넓어요. 사람도 많죠. 쇼 씨 혼자 아무리 애를 써봤자 세상에서 기근을 없앨 수는 없습니다. 사람은 각자 타고난 역할이라는 게 있는 겁니다. 쇼 씨의 일은 하늘의 변덕에 따라 수확이 가능했다가 불가능했다가 하는 쌀에 관해 고민하는 게 아니잖습니까. 아니면 단식이라도 해보겠습니까?"

그런 말까지 듣고 쇼노스케는 발끈했다. "네, 해보죠."

지헤에는 쓴웃음을 지었다. "그만두십시오. 나가호리 씨라는 분도 설마 쇼 씨가 이런 식으로 고민하리라고는 생각도 못 했을 겁니다. 그저 색다른 요리책을 준 것뿐인데."

"그건 모르는 일입니다. 나가호리 씨는 제 경솔한 언동을 일깨우려는 의도였을지도 모릅니다."

"그것이야말로 생각이 지나칩니다."

그렇게 옥신각신하는데 쇼분도의 로쿠스케가 무라타야로 왔다. 이 필묵 장수는 묘하게 감이 발달해 도움이나 중재가 필요할 때 바람처럼 나타난다.

"어라? 웬일이에요, 싸우는 겁니까?"

그럼 구경하고 가야겠다며 계산대 옆에 등짐을 내려놓고 영차 하며 앉았다.

"화재와 싸움은 에도의 꽃이라는 말이 있다고. 쇼 씨, 알고 있었어?"

"……이제 됐으니까 그만해."

로쿠돈이 수세미 얼굴로 웃으면 힘이 빠진다. 여느 때 같으면 이쯤에서 웃음을 터뜨리곤 하는데, 오늘은 달랐다. 힘이 빠지면서 노여움이 배꼽 언저리에 뭉쳤다. 갑작스레 수가 틀려 앵돌아졌다.

"볼이 꼭 어린애처럼 잘도 부풀었는걸. 아, 찰떡 같다고 하는 게 나으려나."

"쇼로쿠 씨, 지금 쇼 씨에게 먹을 것 이야기는 금물입니다. 됐으니까 장부를 봅시다. 이번 달은 얼마죠?"

둘이 장사 이야기를 하는 옆에서 쇼노스케는 고집스레 책꽂이를 노려보며 이 책 저 책을 꺼내 훑어보았다. 이내 지헤에가 안쪽으로 들어가고 쇼로쿠와 둘이 남았다.

그러자 쇼로쿠가 슬쩍 다가왔다. 몸을 이쪽으로 반쯤 기울이더니 쇼노스케의 귓가에 대고 소곤소곤 말했다.

"도미히사 정의 재봉점 와다야 말인데."

갑작스러운 말에 쇼노스케의 귀가 쫑긋 섰다. "뭐, 뭐가?"

"알지? 도미칸 나가야의 히데 씨가 일감을 받는 곳이겠다."

쇼로쿠의 실눈으로는 웃는 것인지 놀리는 것인지 알 수 없었다.

"와다야가 왜?"

"우리 단골이거든. 무라타야 단골이기도 하지만. 침녀들도 하녀들도 다들 책 빌려보는 걸 좋아하니까."

쇼노스케는 그래서 뭐가 어떻다는 말이냐고 대꾸하고 고개를 돌렸다. 귀는 정직하게 쫑긋 서 있다.

쇼로쿠는 속닥속닥 말을 이었다. "그래서 바로 어제 내가 와다야에 얼굴을 내밀었더니 하녀 중 우두머리인 다쓰 씨가 잠깐 이리 오라고 손짓을 하는 거야. 안면이 있거든. 나야 익히 아는 사이니까 안녕하세요, 하고 따라갔더니 재미있는 걸 묻던걸."

그러더니 말을 멈추었다. 완강하게 외면하고 있던 쇼노스케는 결국 못 이기고 곁눈으로 쇼로쿠를 보았다. 쇼로쿠도 곁눈으로 이쪽을 보고 있었다. 그가 씩 웃었다.

"다쓰 씨가 나한테 뭘 물었는지 궁금하지?"

쇼노스케는 입을 씰그러뜨렸다.

"이런 걸 묻더라고. 쇼로쿠 씨, 댁은 발이 넓으니까 알겠지? 도미칸 나가야에 무라타야의 하청을 받아 일하는 젊은 무사 나리가 있다는데, 어떤 사람이야? 내력을 알아, 하고."

쇼노스케는 애써 씰그러진 입을 유지했다.

"다쓰 씨가 왜 그런 걸 궁금해하느냐 하면, 한참 전에 와다야의 따님인 와카 씨가 정말 드물게 외출을 했다는 거야. 나갈 때는 이 가게의 본 녀석이 모시러 왔었는데, 올 때는 도미칸 나가야의 젊은 무사 나리가 데려다줬다나."

본 녀석이란 무라타야의 점원 중 하나이다. 쇼로쿠가 말하는 와카의 외출은 도네이에 수수께끼의 여자 시즈에가 나타난 날을 말하는 것이다. 아닌 게 아니라 그날, 거짓 글자의 수수께끼가 풀려 긴고로, 와카와 한동안 이야기를 나눈 뒤 벌써 날이 저물었기에 쇼노스케는 와카를 와다야까지 데려다주었다. 마당 뒷문 앞에서 와카도 이만 됐다고 해서 와다야에 인사도 드리지 않고 그냥 헤어졌다. 와카가 집까지 무사히 가면 그만이었던지라 그것으로 충분했다.

"다쓰 씨는 충성스러운 하녀 우두머리인 데다 그 댁 아가씨의 보모이기도 하거든. 그러니 아가씨에 관한 일은 늘 주의해서 지켜보고 있지. 아가씨가 못 봤을 거다, 모를 거다 생각하는 것도 다쓰 씨는 다 알고 있다는 말이야. 그래서 그 젊은 무사에 관해서도 당연히 그냥 모르는 척할 수 없는 거야." 쇼로쿠가 말했다.

쇼노스케는 그만 도발에 넘어가고 말았다.

"그거 이상하잖아. 다쓰 씨란 하녀가 아무리 눈과 귀가 밝아도 그렇지, 멀리서 얼굴을 봤을 뿐인 내가 도미칸 나가야에 산다든지 지헤에 씨 밑에서 일한다는 걸 어떻게 알겠어?"

쇼로쿠는 입이 귀밑까지 찢어질 것처럼 히죽 웃었다. 로쿠돈, 눈은 작은데 입은 크다.

"그야 그렇지. 그래서 다쓰 씨가 아가씨한테 캐물어서 알아냈다는군."

쇼노스케의 가슴이 찬물을 맞은 양 싸늘하게 식었다.

"와카 씨, 보모에게 야단맞은 건가?"

쇼로쿠의 웃음은 그치지 않았다.

"글쎄, 어떨까."

"얼버무리지 마. 야단맞았다면 내 잘못이니 사과해야지."

쇼로쿠가 잽싸게 자세를 바로 하고 쇼노스케를 보고 앉았다.

"그럼 쇼 씨, 와다야에 사과하러 가겠어? 이번에는 뒷문으로 몰래 가지 않고 앞문으로 당당하게?"

"뭐, 뭐야, 갑자기?"

쇼로쿠는 쇼노스케의 어깨를 탁 쳤다.

"아이고 참, 정신 좀 차려, 쇼 씨. 다쓰 씨는 화난 게 아냐, 걱정하는 거지. 그러니까 나 같은 사람한테까지 의논한 거라고." 쇼로쿠는 몸을 간들간들하게 꼬더니 묘한 가성으로 말했다. "요새 아가씨가 영 기운이 없으시지 뭐예요. 그 젊은 무사 나리와 그 뒤 못 만나서 쓸쓸한 게 아닐까요?"

"뭐?"

쇼노스케가 입 밖에 낸 '뭐?'는 한 번뿐이었으나, 마음속으로는 몇 번이고 되풀이했다. 뭐? 뭐? 뭐? 뭐?

쇼로쿠의 가성이 이어졌다. "상대방이 신원이 확실한 분이라면 아가씨를 막을 사람은 아무도 없어요. 좋아, 이 다쓰가 나서서 아가씨가 젊은 무사 나리를 다시 만날 수 있게 한번 주선해볼까? 그러려면 매사에 친절하고 멋진 남자인 쇼분도의 로쿠스케 씨에게 다리를 놓아달라고 부탁해서……."

이번에는 쇼노스케가 쇼로쿠의 어깨를 잡고 세차게 흔들었다.

"와카 씨를 만나려면 어떻게 하면 되지?"

쇼로쿠는 여자 흉내를 그만두고는 실눈을 똑바로 뜨고 태연하게 말했다.

"발로 걸어서 와다야에 가면 돼."

"그런 걸 묻는 게 아니야."

"간 김에 그 발을 써서 둘이 산책이라도 하지?"

서책 이야기를 해봐. 쇼로쿠는 천연덕스럽게 말했다.

제 3 화

납치

그렇게 간단한 이야기면 누가 고민하겠나.

그런 이유로 쇼노스케는 역시 꾸물대고 있었다. 단, 계획도 없이 막연히 망설이는 것은 아니고, 와카를 만나러 갈 적당한 구실을 지어내 열심히 준비하는 중이었으니 조금은 발전했다 해도 될 것이다.

구실이란 다름 아닌 가와센의 입체 그림이었다. 결국은 봄과 가을과 겨울, 벚꽃과 낙엽과 겨울 경치, 이렇게 세 종류를 만들기로 했다. 그런데 아무래도 무라타야의 일을 하는 틈틈이 조금씩 진행해야 하는 데다가, 암호 사건에 품과 감정을 빼앗기는 바람에 어중간하게 중단된 상태였다.

그것을 단숨에 완성해 리에에게 가져다주러 가면서 와카에게도 같이 가자고 권해야겠다 생각했다. 충분히 그럴싸한 구실일 테고, 그러면 와카에게도 입체 그림을 보여줄 수 있다. 와카가 가와센으로 찾아오면, 그것을 계기로 와다야가 예전처럼 가와센을 애용하게 될 수도 있는 일이다.

이 구실에는 큰 이점이 또 하나 있었다. 입체 그림이, 쇼노스케가 와카와 함께 가와센에 가면 받게 될 대접에 대한 보답이 되리라는 점이다. 그렇게 하면 쇼노스케의 체면이 설 테고, 리에도 받아들여줄 것이다.

덥지도 않고 춥지도 않은, 시노바즈 못에 배를 띄우기에 딱 좋은 계절이다. 와카는 야외 놀이의 즐거움을 모를 것이다. 가와센이 위치한 물가는 조용한 곳이니 와카도 시선을 신경 쓰지 않고 편히 있을 수 있으리라.

생각하면 생각할수록 좋은 점투성이다. 쇼노스케는 머리띠를 다시 질끈 졸라매고 가와센의 입체 그림 제작에 몰두했다. 세세한 부분까지 정성을 들이기 시작하면 한이 없다. 열중해서 작업하다 말고 문득 리에보다 와카가 좋아하고 감탄하는 얼굴만 떠올리는 자신을 깨닫고 몰래 얼굴을 붉힌 적도 있다.

봄철의 가와센은 역시 벚꽃 핀 경치가 좋으리라고 입으로 말할 때는 즐거웠다. 하지만 쇼노스케가 마련할 수 있는 그림 도구를 써서 입체 그림이라는 한정된 형태로 표현하려니 생각보다 어려웠다. 많이 봤으니 친숙할 것이라고 생각했던 벚꽃은 막상 만들려니 어떻게 해도 단조로운 연홍색만 나왔다. 벚꽃의 분홍색과 연홍색은 비슷할 것 같지만 엄연히 다르거니와, 누구나 아는 색깔인 만큼 차이가 역연하다.

겨울 경치도 마찬가지였다. 물가에 서리가 얇게 깔리고 이케노하타의 숲은 분가루를 뿌린 양 나뭇가지에 가루눈을 얹은 모습으로 표현하자고 생각한 것까지는 좋았다. 그러나 이 작은 도판에 눈이 눈으로, 서리가 서리로 보이도록 그리기는 여간 어려운 일이 아니었다. 시행착오 중에 솜을 잘게 찢어 가지 위에 붙여보기도 했지만, 이래서는 조립하는 사이에 지저분해지겠다는 것을 깨닫고 바로 그만두었다. 용기를 내서 은박이며 금가루를 써볼까 생각했다가, 그래서는 입체 그림 본래의 '아이들이 좋아할 만한 장난감의 즐거움'에서 벗어나겠다 싶어 자신의 불민함을 부끄러워하기도 했다.

색채가 풍부한 단풍 경치는 큰 고생 없이 그릴 수 있었지만 그런 만큼 물의 색조를 표현하는 데 애를 먹었다. 봄에는 환하게 하늘 색깔을 비추고 겨울에는 달빛처럼 푸르스름한 시노바즈 못의 수면은, 가을에는 화려한 단풍에 한 발짝 양보해 어둑하게 그늘진 편이 그럴싸해 보이지 않을까. 거기까지 이르는 데 안료를 새로 배합해 몇 번을 다시 그렸는지 모른다. 사실상 쇼노스케의 호주머니 사정으로는 이런 안료 값도 무시할 게 아니지만, 당장은 외상으로 살 수 있다는 핑계로 차츰 불어나고 있을 액수 생각은 일부러 하지 않았다. 갈 때는 좋아도 올 때가 무섭다는 말이 있는데, 이 경우 올 때 일은 올 때 돼서 걱정하면 그만이다.

마음에 흡족하게 그려 채색한 입체 그림을 쇼노스케가 조립할 수는 없는 노릇이다. 입체 그림은 조립하는 과정부터가 오락이기 때문이다. 그 때문에 채색하지 않은 시작품을 몇 개 만든 터라 그중 하나를 나가야의 가요에게 주었다. 가요는 어머니인 히데와 함께 아주 즐겁게 입체 그림을 조립했나 보다. 사례라고 생선 뼈 조림이며 감자조림을 준 덕분에 쇼노스케도 끼니 걱정을 털었다.

"쇼 씨, 이 요릿집은 어디 있는 거예요?"

"이케노하타입니다."

"그런 곳에 드나들다니 쇼 씨도 제법이네요."

히데에게 놀림을 받았지만, 그 입에서 '와다야 댁 따님이랑 아는 사이라면서요?' 같은 말이 튀어나오지 않아 다행이었다. 냉정하게 생각하면 일감을 받는 입장인 히데가 그런 사사로운 사정까지 보고 들을 리 없다. 그러나 지금의 쇼노스케는 와다야와 관계가 있는 일이나 인물에 대해 아무래도 안절부절못하게 되었다. 어쨌거나 그렇게 해서 가와센의 입체 그림이 완성됐나 했더니…….

"또 손님이 왔어요, 쇼 씨."

5월의 어느 화창한 날 아침, 이렇게 날씨가 좋으니 더더욱 아침잠이 맛있는 것이라는 도라조를 두들겨 깨워 다이치를 붙여서 어시장으로 보낸 긴이, 우물가에서 설거지한 밥그릇이 든 통을 끼고 얼굴을 불쑥 내밀었다.

"이번엔 하녀예요. '여보세요, 후루하시 님이란 분이 여기 사시는지요?' 하는데요."

시녀 말고 하녀요, 하고 덧붙이며 의미심장하게 눈동자를 두리번거리는 것은 왜일까.

밖에서 히데의 명랑한 목소리가 들렸다. "어머나, 안녕하세요? 쓰타 씨가 여기 웬일이세요?"

히데의 인사에 여자치고는 굵은 목소리가 이렇게 대답했다.

"그렇군, 히데 씨는 여기 살았지. 나도 참 멍청하네. 일찍 생각났으면 좋았을걸."

도미칸 씨는 별고 없으시고, 네, 얄미울 정도로 별고 없으시네요, 원래 미움받는 애가 밖에서는 더 활개 친다는 말이 진짜야. 여자들의 말이 이어진다.

쓰타 씨?

쇼노스케는 긴 곁을 지나 빽빽한 장지와 잠시 격투를 벌인 뒤 밖으로 나왔다. 두 여자는 히데의 방 문간에 서 있었다.

"후루하시 님이라면 저기 저 젊은 분인데요."

히데가 간드러진 동작으로 손바닥으로 가리켰다. 쇼노스케는 가볍게 머리를 숙였다가 금세 눈을 크게 떴다.

몸집이 참 큰 여자다.

키는 6척이 넘을 것 같다. 더욱이 살까지 뒤룩뒤룩 쪄서 흡사 여자 씨름꾼 같다. 이 몸뚱이에서 나오는 목소리라면 으름장 놓는 것처럼 들릴 만도 하다. 긴도 놀라서 시선이 불안정했던 것이다.

"와다야의 하녀인가 본데요. 쇼 씨, 묘하게 발이 넓네요." 뒤에서 긴이 소곤거렸다.

"후루하시 쇼노스케 님이십니까?" 여자 씨름꾼이 다가왔다.

"맞으시죠, 쇼 씨?"

히데는 명랑하게 웃었고, 긴도 살그머니 예의 차린 웃음을 지었다.

"네, 제가 후루하시입니다만."

"무례하게 이렇게 찾아와 죄송합니다. 도미히사 정 와다야에서 하녀 우두머리로 일하는 쓰타라고 합니다."

몸집 큰 여자가 몸을 꺾어 머리를 숙이자 살찐 등이 솟았다. 이 사람 옷은 옷감 한 필로 부족할 게 틀림없다.

그런데 쓰타 씨라고? 쇼로쿠는 와다야의 충성스러운 하녀 우두머리이자 와카의 보모가 '다쓰'라고 말했다. 나가야의 다쓰 할머니와 같은 이름이니 잘못 기억했을 리 없다. 다른 사람인가?

"그런데도 이렇게 달려온 데는 사정이 있습니다. 다름 아니라 혹시 무라타야의 지헤에 씨가 여기 계시는지요?"

"네?"

쇼노스케는 얼빠진 목소리로 대꾸하며 긴과 마주 보았다.

"대본소의 지헤에 씨 말씀입니다만."

쇼노스케가 아는 지헤에도 그 사람뿐이다.

"아뇨, 오지 않았습니다만."

몸집 큰 하녀의 커다란 얼굴이 흐려졌다. 이목구비가 뚜렷뚜렷한 데다 그림으로 그린 것 같은 후지 산 이마인데, 그 이마에 주름 세 줄이 희미하게 졌다. 언짢아서가 아니라 근심거리가 있는 듯 보였다.

"그럼 오늘 아침 무라타야에서 후루하시 님께 사람을 보내지는 않았습니까?"

"아뇨, 아무도……."

"그렇습니까? 그럼 후루하시 님은 아무것도 모르시는군요."

어떻게 된 일이지? 몸집 큰 하녀는 얼굴을 숙이고 혼잣말처럼 중얼거렸다.

"무라타야에 무슨 일이 있었습니까?"

쇼노스케의 물음에, 씨름꾼 같은 하녀는 눈을 들더니 얼굴 한

가운데에 자리한 큼직한 코로 숨을 크게 내쉬었다.
"실은 지혜에 씨가 그저께부터 행방불명됐지 뭔가요."
"엥?"
이번에는 쇼노스케뿐 아니라 히데와 긴까지 괴상한 소리를 지르고 말았다.

그저께 오후 2시 넘어 지혜에가 와다야를 찾아왔다고 한다.
"우리 아가씨께서 부탁한 책이 다 들어왔다고 가져다주러 오신 겁니다."
쇼로쿠도 말했다시피, 와다야의 침녀들과 하녀들은 무라타야에서 책을 빌려 보는 손님이다. 하지만 와카는 훨씬 큰 고객으로, 노란 표지 그림책이며 붉은 표지 소설책 정도가 아니라 사서史書와 시가집을 즐겨 읽는다. 그렇기에 와카의 주문에는 지혜에가 직접 대응하며 자주 드나든다고 했다.
"아가씨와 한 시간가량 이런저런 이야기를 하다가 가셨는데, 그 뒤 어떻게 되셨는지 모른다는군요."
마치 줄 끊어진 연처럼 홀연히 모습을 감추었다는 것이다.
"지혜에 씨답지 않군요."
와다야의 덩치 큰 하녀 우두머리는 쇼노스케의 비좁은 거처 안에 있으니 더욱 거대해 보였다. 마루턱에 엉덩이를 얹고 쇼노스케 쪽으로 얼굴을 돌리고 앉았다. 그랬더니 몸뚱이가 칸막이 노릇을 해서 쇼노스케 쪽에서는 문간에 나란히 선 히데와 긴이 보이지 않았다.
"어제 아침 무라타야에서 저희 가게로 문의하셔서 저희도 사정을 안 겁니다. 지헤에가 점포로 돌아오지 않았는데, 이쪽에서 무슨 급한 볼일이 생겼거나 병이 나 신세를 지는 것은 아니냐고 말이죠."

물론 그런 일은 없었다. 도대체가 만약 그런 사태가 벌어졌다면 와다야에서 사람을 보내 무라타야에 알렸을 것이다. 와카도 그저께 지헤에가 왔을 때 별다른 느낌을 받지 못했거니와, 헤어질 때 커다란 책 상자를 진 지헤에는 다음 단골손님에게 간다는 이야기를 하더라고 했다.

"그쪽에는 가셨답니까?"

"아뇨, 오지 않으셨답니다. 다만 딱히 약속이 있었던 건 아니라 걱정하지 않으셨던 모양입니다."

쇼노스케는 고개를 끄덕였다.

"그래서 다 자란 어른이 하는 일이겠다, 당분간 두고 보기로 했는데……."

이틀 밤이 지나도록 지헤에가 돌아오지 않는 것이다. 와카는 걱정하는 마음에 안절부절못하느라 지난밤은 잠도 설쳤다고 했다.

"오늘 아침, 어쩌면 도미칸 나가야의 후루하시 님께서 알고 계실 수도 있다, 지헤에 씨와 후루하시 님은 매우 가까운 사이시니 두 분이 함께 계실지 모른다면서 한번 여쭤보라고……." 몸집 큰 하녀는 거기서 말을 멈추고 큰 눈으로 쇼노스케의 얼굴을 유심히 뜯어보았다. "그래서 제가 이렇게 심부름을 왔습니다만, 후루하시 님께서 아무것도 모르신다니 기대가 어긋난 모양이군요."

약간 쇼노스케를 책망하는 듯한 말투였다. 어째서 자신이 책망을 받아야 하는지 납득할 수 없었지만, 쇼노스케는 일단 죄송합니다, 하고 사과했다.

"우리 아가씨 말씀으로 지혜에 씨는 후루하시 님의 필사 솜씨를 아주 높이 사셔서 믿고 의지한다고 하던데요."

"아닙니다, 저는 아직 신출내기인데요. 지혜에 씨께 배울 것은 많이 있습니다만."

커다란 하녀가 커다란 눈을 사납게 부라렸다.

"혹시 두 분이 함께 몹쓸 곳에 가서 배우고 그러실 때도 있는지요?"

"예? 그게 무슨 말씀이신지?"

또다시 얼빠진 목소리로 대꾸하지 않은 것은 히데와 긴의 귀를 신경 써서다. 그렇건만 두 여자는 거리낌 없이 웃음을 터뜨렸다.

"쇼 씨랑 지혜에 씨가요?"

"두 사람 다 책벌레인걸요, 쓰타 씨."

"지혜에 씨는 또 몰라도 쇼 씨는 주머니도 가볍고요."

긴, 그런 쓸데없는 소리를.

"하지만 히데 씨, 지혜에 씨도 사내라고. 가끔은 홍등가의 좋은 냄새에 넘어가는 일도 있지 않겠어?"

몸집 큰 하녀 우두머리의 얼굴 주름이 또다시 깊어졌다.

"그랬으면 가게에 넌지시 말해놓고 나가지 않으셨을까요?"

"세상에, 히데 씨는 의외로 순진하네. 사내가 일일이 그런 말을 할 것 같아?"

놀러 간 곳에서 붙드는지도 모르고. 몸집 큰 여자는 보아하니 지헤에가 어디서 노느라 외박하는 것으로 단정하고 싶은 듯하다.

"지헤에 씨가 홍등가에서 놀 생각이시면……."

쇼노스케가 입을 열자 세 여자의 시선이 날아들었다.

"겨, 겸연쩍어서 비밀로 하고 가시더라도 고용인 우두머리인 호조 씨에게는 일러두실 겁니다. 아니, 그보다 호조 씨가 짐작할 테니 이런 소동이 벌어지지는 않을 겁니다."

틀림없습니다. 쇼노스케는 힘주어 말했다.

"호조 씨도 모른다면 역시 어떤 특수한 사정이 있는 것이라고 생각합니다. 와카 씨의 우려도 근거 없는 것은 아닐 겁니다."

와카가 쇼노스케라면 알지도 모른다고 생각했다는 것은 기쁘다. 기대에 부응하지 못하는 것은 유감이지만, 몸집 큰 하녀 우두머리의 보모란 이런 것인가 싶은 엄한 눈빛 앞에서는 유감이라 다행이라는 생각이 드니 하여튼 복잡하다.

"저는 지헤에 씨를 안 지 아직 반년밖에 되지 않았지만 참 건실하신 분입니다. 게다가 저보다 지헤에 씨를 잘 아는 사람에게 지헤에 씨는 승려처럼 근엄하게 사신다고 들은 적도 있습니다."

도미칸에게 들은 이야기다. 사정을 전부 밝혀도 될지 알 수 없으니 쇼노스케의 말투는 신중해졌다. 그러자 몸집 큰 여자가 맞장구를 쳤다.

"홀아비 생활이라니 말이죠. 돌아가신 부인의 극락왕생을 비는 게 가장 중요하다고 후처 말이 나와도 모조리 물리치신다더군요."

그쪽은 처음 듣는 이야기였지만, 그때 도미칸의 말투를 생각하면 충분히 그럴 만하다.

"먼저 호조 씨부터 만나봐야겠군요. 바로 무라타야로 가보겠습니다." 쇼노스케는 두 자루 칼에 손을 뻗었다. "다쓰 씨, 와카 씨께 사정을 알게 되면 연락드릴 테니 부디 안심하시라고 전해주십시오."

'쓰타'라고 말하려 했는데 입이 멋대로 움직여 '다쓰'로 헛나왔다. 그 순간, 몸집 큰 하녀 우두머리의 눈빛이 달라졌다. 히데가 고개를 움츠린 것 역시 공교롭게도 쇼노스케에게는 보이지 않았다.

"후루하시 님."

"네."

칼을 잡고 무릎을 꿇은 자세로 일어선 쇼노스케에게 몸집 큰 하녀가 불쑥 다가들었다.

"방금 뭐라 하셨는지요?"

엄청난 박력에 쇼노스케는 저도 모르게 주춤했다. 문간에서는 히데가 긴의 소매를 끌고 웃음을 참으며 도망치려는데, 이 또한 공교롭게도 쇼노스케에게는 보이지 않았다.

"와다야의 하녀 우두머리인 제 이름은 '쓰타'입니다. '다쓰'가 아닙니다."

"아, 예." 쇼노스케는 슬금슬금 뒤로 물러났다. "제, 제가 실수했군요. 실례 많았습니다. 이전 와다야에 '다쓰'라는 와카 씨의 보모이자 충성스러운 하녀 우두머리가 있다고 언뜻 들었기에 말입니다."

덩치 큰 여자의 콧구멍이 더욱 커졌다.

"말씀대로 제가 아가씨의 보모입니다." 하녀 우두머리는 두툼한 손바닥으로 자신의 가슴을 탁 치며 격앙된 목소리로 말했다. "저는 '쓰타'입니다. 후루하시 님, '다쓰'라는 그 이름은 대체 어디서 들으셨습니까?"

"쇼분도의 로, 로쿠스케 씨에게……."

"그 조롱박 냄비 같은 인간이!"

쓰타가 분노에 차 소리 지르고, 히데는 참지 못하고 긴을 붙들며 까르르 웃음을 터뜨렸다.

"쇼 씨도 참, 그럼 못쓰죠."

"못쓰는 건 로쿠스케입니다. 하여간 다음번에 만나면 목을 졸라주겠어!"

화를 내는 쓰타와 새삼 겸연쩍어 하는 히데가 (웃음을 참으면서) 가르쳐준 바에 따르면, 이 하녀 우두머리의 이름은 아닌 게 아니라 '쓰타'다. 그런데 체격이 크고 뚱뚱한 데다 풍채가 좋으며 목소리는 굵고 게다가 용띠라고, 쇼로쿠가 다쓰일본어로 '용'을 뜻하기도 한다라 부른다는 것이다.

"성미 사나운 용 같다는 뜻이겠죠."

"아니에요, 와다야의 내실內室에 용신님처럼 믿음직한 분이라는 의미도 있을 거예요."

쓰타담쟁이넝쿨처럼 낭창낭창한 게 아니다, '다쓰'라고 놀리는 것이라 했다. 그런 일로 야단친들 쇼노스케는 어떻게도 할 수 없지만, 어쨌거나 또다시 죄송하다고 사과하는 수밖에 없었다. 그나저나 조롱박 냄비는 뭘까. 히죽거리는 쇼로쿠에게 참 딱 맞는 표현이다.

"실례합니다."

화내고 웃고 사과하느라 소란스러운 쇼노스케의 집에 무라타야의 도제가 찾아왔다. 안으로 들어올 수 있게 히데와 긴이 한옆으로 비켜주었다. 여기까지 뛰어왔는지 얼굴이 빨개져 숨을 몰아쉬고 있었다.

"후루하시 님, 안녕하신지요."

머리를 꾸벅 숙이고는 그 자리의 분위기도 아랑곳하지 않고 터무니없을 만큼 정중한 어조로 입을 열었다.

"저희 주인이신 지헤에가 후루하시 쇼노스케 님께 긴히 드릴 부탁이 있다 합니다. 번거로우시겠으나 무라타야까지 행차를 부탁드려도……."

되겠느냐고 말하려다가 도제는 그제야 일동의 안색을 알아차렸다. 그중에서도 특히 용신님 같은 쓰타의 무서운 얼굴을.

"저, 무슨 일이 있었는지요?"

그것은 이쪽에서 묻고 싶은 말이다.

"지헤에 씨, 돌아왔습니까?"

어쨌거나 서둘러 나가게 된 쇼노스케였다.

무라타야 지헤에는 다소 수척해져 있었다.

무라타야로 달려간 쇼노스케는 계산대 뒤 가게 안쪽으로 안내되었다. 이곳에서 작업할 때 사용하는 서고 옆 작은 방이 아니라, 장식단이 있는 다다미 여섯 장짜리 옆방이었다. 보아하니 지헤에의 거실인 듯하다.

지혜에의 방이라 짐작한 또 한 이유는, 장식단에 화기며 족자 같은 것 대신 작은 불단이 있었기 때문이다. 지혜에의 죽은 아내 것이리라.

"긴히 드릴 부탁이란 게 외부에 알려지면 다소 난처할 내용이라 말입니다."

지혜에는 이틀간의 부재 중 홀쭉해진 턱을 쓰다듬으며 말을 꺼냈다.

무라타야의 살아 있는 사전 호조는 아까 잠깐 얼굴을 비쳤다가 금세 사라졌다. 얼굴빛을 봐도 허둥대는 기색이 없었고, 점포도 혼란은 없는 듯했다. 그렇다면 자신을 제외하고 모두 사정을 안다는 뜻이리라.

"그보다 대체 지난 이틀간 어떻게 되셨던 겁니까, 지혜에 씨. 우선 그것부터 말씀해주시는 게 순리 아니겠습니까."

숯 눈썹 밑의 동그란 눈이 더욱 동그래졌다.

"아니, 쇼 씨, 제가 집에 없었던 걸 아시는군요?"

"와카 씨가 걱정해서 방금 제게 소식을 전한 참이었습니다."

지혜에는 몹시 면목 없어 하며 목덜미를 긁적였다.

"이것 참 죄송합니다. 저도 흥분해서 말이죠. 호조에게 소식을 보내 상황을 알렸다고 착각했지 뭡니까. 저쪽도 저쪽대로 그럴 경황이 없어서……."

"겨우 이틀 새 그렇게 수척해지시다니 대체 무슨 일이 있었던 겁니까?"

지혜에는 어깨를 축 늘어뜨리고, 덩달아 목소리도 낮추었다.

"혼조 이시하라 정에 미카와야라는 대여 회장이 있습니다. 이런저런 축하 잔치나 기예를 발표하는 모임 등으로 번창하는 곳인데, 제법 단단합니다. 저희 고객이기도 하고 말이죠."

그 가게의 무남독녀인 기치라는 열여섯 살 된 아가씨가 납치됐다는 것이다.

여기에는 쇼노스케도 놀라 숨이 멎었다.

"납치됐다는 게 확실한 겁니까?"

지헤에는 홀쭉한 턱을 주억거렸다. "오늘 아침 미카와야에 누가 편지를 던져넣고 갔습니다. 기치 씨를 살리고 싶다면 삼백 냥을 내놓으라고 말이죠."

기치는 그저께 아침 일찍 없어졌다고 했다.

"하녀가 깨운 다음 침실에서 집 뒤쪽 측간에 갔다가 사라졌다는 겁니다."

자취도 없이 홀연히.

"기치 씨가 없어진 걸 알고 미카와야에 난리가 나서 온 집 안을 뒤졌다고 합니다. 일어난 직후라 기치 씨는 아직 잠옷 차림일 테니까요. 옷을 갈아입은 흔적도 없었다고 하거든요. 그런 모습으로 밖을 나다닐 수 있을 리 없으니 집 안 어딘가에 쓰러져 있는 게 아닐지…… 갑자기 병이 났다거나 해서 말입니다."

업종이 업종이다 보니 미카와야는 방이 여럿이고 마당도 넓다. 헛방과 광도 있다. 구석구석 샅샅이 뒤지고 바닥 밑이며 측간 구멍까지 확인했지만, 기치를 찾지 못했다.

"그야말로 신령에게 잡혀간 것 같습니다."

아닌 게 아니라 이야기만 들으면 신불이 감추었거나 천구天狗가 납치해간 것 같다.

"허둥대던 중에 그 댁 여주인인 가쓰에 씨가 저를 떠올린 겁니다. 대본소 지헤에는 예전에 비슷한 일을 겪은 적이 있다, 어떻게 하면 좋을지 상의해보자, 이렇게 된 거죠."

미카와야의 점원이 무라타야로 달려왔다. 그때가 바로 그저께 정오 조금 지나, 지헤에가 와다야에서 나왔을 즈음이었다.

"저는 와다야에서 센다이보리 천 옆을 지나 오후나테구미조슈번의 수군 저택 쪽으로 향하던 터라, 사가 정으로 달려온 점원과 운 좋게 윗다리 부근에서 마주쳤답니다. 제가 만약 후유키 정 쪽으로 갔다면 엇갈릴 뻔했어요. 정말 운이 좋았습니다."

아무래도 상관없는 사소한 일이건만 지헤에는 숨도 쉬지 않고 단숨에 이야기했다.

"그래서 바로 미카와야로 갔습니다. 좌우지간 자세한 사정을 알고 싶었거든요. 미카와야에 당도해서 한번 더 다 같이 온 집안을 구석구석 뒤졌는데 역시 기치 씨가 없기에, 이번에는 기치 씨가 사사하는 스승님이니 함께 배우는 학생들이니 하여튼 아는 사람이란 아는 사람에게 죄 사람을 보내 문의하고……." 지헤에는 어두운 눈빛으로 고개를 내저었다. "그런데도 아무것도 알아내지 못했습니다. 아무도 기치 씨를 만나지 못했고 어디 있는지도 모른다는 겁니다. 만일을 위해 근래 들어 기치 씨가 이상하지는 않더냐, 가출을 계획하는 눈치는 없더냐, 그런 것까지 묻고 다녀도 작은 단서 하나 얻지 못했습니다."

그렇게 경황없이 지내는 사이에 이틀이 지나 오늘 아침 편지가 날아든 것이다.

"납치됐다는 것을 안 이상 찾아다닌들 소용없으니 말입니다."

그제야 쇼노스케가 끼어들었다. "그래서 지혜에 씨도 집으로 돌아와 그제야 아무에게도 알리지 않고 이틀이나 집을 비웠다는 사실을 깨달으셨다, 이 말씀이로군요."

지혜에는 숯 눈썹으로 여덟팔 자를 그리며 움츠러들었다.

"면목 없습니다."

"고베에 씨께 꾸중 들으셨겠습니다. 호조 씨도 걱정하셨을 텐데요."

고베에는 지혜에의 형이며 무라타야의 본업인 서적 도매상의 3대 주인이다. 병법학자 같은 관록과 엄격한 시선의 임자인 고베에는 지혜에와 별로 닮지 않았다. 나이 차이도 많이 나는 것 같다. 언젠가 지혜에에게 고베에가 만형이며 지혜에는 막내라는 말을 들은 기억이 있다.

지혜에는 면목 없다는 듯 쓴웃음을 지었다. "형은 제게 아버지 같은 존재이니 말입니다. 대뜸 호통을 치는데 입도 벙긋 못 했습니다. 할아범은 그다지 허둥대지 않더군요. 제가 어디서 귀한 고서古書라도 발견해 시간을 잊었나 보다고 생각한 모양입니다."

호조다운 생각이다.

"그렇지만 두 사람 다 사정을 알고 이해했습니다. 제가 앞뒤 못 가리고 흥분했을 만도 하다고 말이죠."

지혜에는 말을 멈추더니 깨지기 쉬운 어떤 것을 가만히 내밀 듯 쇼노스케를 쳐다보았다.

"쇼 씨는…… 아십니까?"

쇼노스케는 입을 다물고 고개를 끄덕였다. "도미칸 씨에게 들었습니다."

지혜에의 미간에 있던 주름이 스르르 풀렸다. "그렇습니까. 그럼 됐습니다."

"되지 않았습니다. 본래라면 저 같은 애송이가 간단히 들을 이야기가 아니죠. 그렇지만 도미칸 씨는……."

"아니, 괜찮아요." 지혜에는 허둥지둥 두 손으로 손사래를 쳤다. "도미칸 씨다운 배려입니다. 쇼 씨는 무사 나리 아닙니까. 우리 상인들과는 신분이 다르죠. 일이라고는 하지만 그럭저럭 트고 지내야 하는 제가 어떤 사람인지 알아두어야 합니다. 관리인으로서 올바른 판단입니다."

그런 대단한 게 아니다. 도미칸은 '지혜에 씨에게 연애와 여자 이야기는 금물이다, 잔인한 일이다'라고 젊은 쇼노스케에게 못을 박으려고 지혜에의 아픈 과거사를 이야기한 것이다.

"올해로 이십오 년 됩니다." 지혜에의 시선이 불단을 향했다. "도요가 세상을 뜬 지…… 벌써 그렇게 됐나 싶어 이따금 깜짝 놀랍니다. 바로 어제 일처럼 생생하게 기억나는데요. 저는 이렇게 흰머리와 주름이 늘었는데 말입니다."

지혜에가 무리해서 쓴웃음을 짓는다. 서글픈 웃음을 직시할 수 없었던 쇼노스케는 지혜에와 마찬가지로 조촐한 불단에 눈을 주었다.

도요는 지혜에의 아내다. 이십오 년 전, 지혜에와 혼례를 올린 지 반년도 못 되어 죽었다. 누군가에게 살해된 것이다.

"그 사람 때도 처음에는 마치 신령님에게 붙들려간 것 같았습니다."

6월 초하루였다고 한다.

"그 무렵 저는 대본소를 맡아 독립한 직후였죠. 그렇기에 처를 얻은 것이기도 합니다만, 어쨌거나 아직 풋내기였으니까요. 하나부터 열까지 생소한 일투성이라 바빴습니다."

아침에는 동도 트기 전에 일어나 밤에는 등잔불 밑에서 장부 기록과 서적 정리에 몰두했다. 그런 지헤에를 도요가 잘 보필해 준 모양이다. 도미칸도 부부 금실이 좋았다고 말했다.

혼례를 올리고 반년이었으니 아직 부부싸움을 할 틈도 없었을 테죠.

"지금은 메밀국수 집이 됐습니다만, 당시 쇼가쿠 사寺 근처에 과자 가게가 있었거든요. 멀리 마쓰에에서 올라왔다는 과자 장인이 이 근방에서는 눈이 휘둥그레질 만큼 기품 있는 과자를 만들었죠. 그중에 여름철에만 만든다는 갈분 묵이 있었습니다."

한정된 수량만 만들다 보니 좀처럼 사기 쉽지 않았다. 단것을 좋아하는 지헤에를 위해 그날 도요는 갈분 묵을 사러 나갔다.

"오전 중으로 동난다고 서둘러야 한다면서 아침상을 치우자마자 바로 나갔죠."

그러더니 영영 돌아오지 않았다.

"나갈 때 뒷문 옆 자귀나무 있는 데서 잠깐 돌아보더니 웃더군요."

맛있는 것 사올게요, 기다려요.

손님이 줄을 설 만큼 인기 있는 갈분 묵이었던지라 도요가 금방 돌아오지 않아도 걱정하지 않았다. 끈기 있게 줄을 서서 기다리는 모습을 생각하니 미소가 절로 지어지고 마음이 기뻤다.

"그런데 오후 2시가 되도록 돌아오지 않아서……."

과자 가게에 사동을 보냈더니 그날 갈분 묵은 이미 다 팔리고 없었다. 점원에게 도요에 관해 물어도 본 기억이 없다고 했다. 손님의 태반은 여자이거니와 도요는 낯을 익힐 만큼 단골손님이 아니었다.

지헤에는 기다렸다. 허둥대기에는 아직 이르다. 밖에 나갔다가 무슨 급한 볼일이 생겼을 것이다. 아는 이를 만났거나, 어쩌면 귀한 과자를 사고 나니 문득 아사쿠사 다와라 정에 사는 부모 생각이 났을 수도 있다.

그러나 도요는 날이 저물어도 돌아오지 않았다. 다와라 정의 본가에도 오지 않았다고 했다.

쇼가쿠 사는 후유키 정 바로 앞이다. 사가 정의 무라타야와 같은 동네라 해도 될 거리다. 그런데 감쪽같이 자취를 감추고 말았다.

뜬눈으로 밤을 새운 지헤에는 그제야 파수막에 신고했다. 수로가 많은 이 근방에서는 사람이 없어지면 대개 일단 그곳부터 찾는다. 파수막에서는 오카와 강까지 배로 내려가며 수색해주었다. 그러나 도요는 발견되지 않았다.

사흘, 나흘, 닷새, 아무런 수확 없이 날짜만 지났다. 도요를 마지막으로 본 사람이 지헤에였던 터라 파수막에서는 지헤에에게 꼬치꼬치 물었다. 지역 포졸들까지 움직여 지헤에의 신변을 캤다. 겉으로 보기에는 부부 금실이 좋건 혼례를 올린 지 겨우 반 년이건 아내에게 무슨 일이 생기면 맨 먼저 의심할 사람은 남편이다. 누가 없어지면 마지막으로 만난 사람을 의심해라. 그런 수사의 정석이 있다는 것을 지헤에는 그때 알았다.

고베에도, 호조도, 무라타야 사람들은 모두 도요가 신령에게 붙들려갔다고 지헤에를 위로하는 수밖에 없었다.

보름이 지나 막연히 의혹이 담긴 주위 시선에 지헤에가 겨우 익숙해지기 시작했을 무렵, 도요의 시신이 발견되었다.

발견된 곳은 후카가와에서 먼 센다가야였다. 밤이면 무가 저택과 파수막의 불빛만 드문드문 보이는 일대의 캄캄하고 울창한 덤불 속에 누워 있었다. 옷은 나갈 때 차림 그대로였으나, 신발이 보이지 않고 머리와 허리띠가 흐트러져 있었다. 왼쪽 유방 밑을 비수 같은 것으로 단숨에 찔린 듯했다.

팔다리를 밧줄로 묶이고 재갈을 물었던 흔적이 있었다. 죽은 지 며칠 지난 듯했다. 그 말은 실종되고 적어도 열흘 정도는 산 채로 어딘가에 붙들려 있었다는 뜻이다.

대체 누가.

어디서, 어떻게.

"도요를 노린 어엿한 납치 사건이었다는 게 밝혀져서 저는 겨우 사면을 받았습니다만."

지헤에는 일부러 '사면'이라는 과장된 표현을 쓰며 또다시 쓴웃음을 지어 보였다.

"이렇게 되면 범인은 저나 도요에게 깊은 원한을 가진 자라고 짐작할 수 있죠. 이번엔 그 방면으로 이것저것 조사를 받아야 했습니다만 저는 짚이는 데가 없었습니다. 한낱 대본소 주인이 그 정도 원한을 사려야 살 방도가 없으니까요."

다만 도요는 사정이 조금 달랐다.

"그 사람 아버지는 불단 만드는 일을 했는데, 보수적이고 말수가 적은 사람이었습니다. 그래, 아니다, 말고는 별말이 없었죠. 어머니도 온순한 성품이었고요. 그런데 도요는 한때 아사쿠사의 한 요리 찻집에서 일한 적이 있거든요."

뻐드렁니가 돋보이는 귀여운 아가씨라고 인기가 많았다고 한다.

"요리 찻집 여주인에게 물어보니 도요를 보러 드나들며 치근대는 손님도 있었다고 하더군요. 혼담이 나온 직후에 도요가 바로 일을 그만둔 탓에 저는 몰랐습니다만……."

범인은 그쪽 방면에서 찾아야 하지 않을까 하는 데까지는 범위를 좁혔으나 거기서 막다른 골목에 부닥치고 말았다. 단서다운 단서가 없었기 때문이다.

"도요가 발견된 장소도 좋지 못했습니다. 지금이야 조금은 개발됐지만, 이십오 년 전만 해도 센다가야는 무가 저택을 제외하면 각다귀와 여우, 너구리나 있을 곳이었으니까요. 포졸들의 손이 미치는 곳이 아니었습니다."

도미칸은 쇼노스케에게 이렇게까지 자세히 이야기해주지 않았다. 그저 지헤에의 아내가 납치되어 살해됐으며, 그 일로 지헤에가 (도미칸의 말로는 당치 않기 그지없는) 혐의를 받은 적이 있다고만 했다. 그리고 지헤에는 지금도 도요를 못 잊는다고.

지금 지헤에가 이렇게 이야기하는 것도 쇼노스케에게 그때 일을 낱낱이 설명하기 위해서가 아닐 것이다. 새로이 발생한 납치 사건 탓에 억누르고 억눌러도 자꾸만 되살아나는 이십오 년 전의 괴로운 심정을 일단 토해내지 않으면 숨 쉬는 것조차 여의치 않아서가 아닐까.

불단과 그곳에 모신 죽은 아내의 위패를 바라보는 지헤에의 눈은 메말라 있었다. 시선은 흔들렸다. 이별이 고통스러웠음을, 지금도 서로에 대한 마음이 이어지고 있음을, 그곳에 있는 도요의 혼과 마주 보고 고개를 끄덕이며 확인하는 것 같다.

"이시하라 정의 미카와야가 지헤에 씨께 부탁드린 이유는 잘 알았습니다."

쇼노스케는 되도록 침착한 목소리를 내려고 아랫배에 힘을 주고 말했다. 효과가 있었는지, 지헤에는 눈을 깜박이더니 꿈에서 깨어난 사람 같은 표정을 지었다.

"미카와야에서는 이제 어떻게 하실 생각이랍니까? 일단 편지에 적힌 요구 사항을 어떻게 해야 하겠군요."

그러자 지헤에가 고쳐 앉았다.

"바로 그겁니다. 오늘 밤 자정을 알리는 종이 울리면, 미쿠라다리 밑에서 배를 띄워 여주인인 가쓰에 씨가 삼백 냥을 들고 오카와 강까지 노를 저어 오라는군요."

쇼노스케는 아직 에도 지리에 어두운 터라 잠시 생각을 해야 했다.

"배 위에서 몸값을 넘기게 하고 범인은 그대로 강을 건너 도망치려는 속셈일 테죠. 오늘 밤은 초승달이 뜹니다." 지헤에가 말했다. "구름이 없으니 별은 보이겠지만, 오카와 강 위에선 불을 밝히지 않으면 코를 베어가도 모를 겁니다."

"돈 문제 외에 기치 씨를 어떻게 하겠다고 편지에 쓰여 있었습니까?"

지혜에가 얼굴을 찌푸렸다. "그게 말이죠, 실은 말이 편지지, 글투가 아주 뚝뚝해서 말입니다. '기치 돈 삼백 냥 자정 여주인 미쿠라 다리' 하는 식입니다."

"기치를 살리고 싶으면 삼백 냥을 내놔라, 시키는 대로 하지 않으면 운운하는 글투가 아니군요."

"글씨체로 보건대 그런 글을 쓸 수 있을 사람이 아닙니다. 우리 가게 사동이 쓸 법한 글씨인데요."

일부러 그렇게 썼을지도 모른다.

"편지는 정말 던져넣은 겁니까?"

"네, 뒷문 물독 옆에 던져놓았더군요. 반지 속에 돌멩이를 넣고 구깃구깃 구겨 쌌습니다."

"던져넣는 장면을 본 사람은 없군요?"

"있었으면 던진 녀석을 쫓아가 붙잡았죠."

"그럼 꼭 밖에서 던져넣었다는 보장은 없다는 말씀이군요."

지혜에가 동작을 멈추더니 쇼노스케를 똑바로 쳐다보았다.

"쇼 씨까지 그런 말을……."

쇼노스케는 주춤했다. "하지만……."

"미카와야와는 선친 대부터 알고 지내는 사이입니다. 저와 도요에 관해서도 전부 알고 있습니다. 그러니 저처럼 되는 걸 그 무엇보다 두려워하고 있단 말입니다."

네, 그래요, 저처럼 되는 걸. 지헤에는 주먹을 부르쥐고 또다시 말했다.

"포졸이니 관리가 엉뚱하게 집안사람을 의심해 시간을 허비하는 사이에 기치 씨가 살해되면 어떻게 합니까? 그래서 범인까지 놓쳐버리면?"

"그럼 파수막에는 신고하지 않았습니까?"

"신고한들 무슨 소용이 있다는 겁니까? 포졸 따위 점포에 들여놔봤자 좋을 것 없어요." 지혜에가 격앙된 목소리로 말했다.

쇼노스케는 조용히 심호흡을 하고 자세를 바로 했다. 이번 일은, 눈앞에 놓인 기치 납치 사건을 해결하는 동시에 지혜에와 그의 고통스러운 과거를 아는 이들의 마음의 상처에까지 대처해야 한다.

"알겠습니다. 제가 편지에 관해 여쭌 건 그저 사정을 자세히 확인하려고 그런 것이지, 다른 뜻은 없습니다. 지혜에 씨, 진정하십시오."

하지만 지혜에의 말을 무조건 믿을 수는 없다. 자다가 일어난 직후의 기치를 아무도 모르게 잡아갔고, 온 점포에 난리가 난 와중에 편지를 던져넣었다. 미카와야 내부에 범인과 내통하는 사람이 있지 않으면 쉽지 않은 일이다. 내통자가 존재한다고 각오해야 할 것이다. 그리고 왜 쇼노스케가 그런 각오를 해야 하는가 하면…….

"미카와야 여주인분과 배에 동승해달라는 말씀이시죠?"

수행, 아니, 호위를 위해.

실제로 그럴 텐데도 어째서인지 지혜에는 새삼스레 허둥댔다. "미, 미카와야와 관계가 전혀 없는 쇼 씨에게 이런 부탁을 드리는 게 당치 않다는 것은 잘 압니다만……."

"그런 건 상관없습니다. 다른 사람도 아니고 지혜에 씨께서 부탁하시는 건데요. 게다가 전……." 쇼노스케는 허리춤의 칼에 손을 얹고 얼굴을 들었다. "지금은 이런 신세라도 어쨌거나 무사니까요."

검술 실력은 애초에 신세 이전의 문제이지만.

"……배도 저을 수 있고 말이죠."

조그만 목소리로 이렇게 덧붙인 것은 애교다.

어차피 올라탄 배라기보다 정신이 들고 보니 이미 나루를 떠난 배라고 할까. 어쨌거나 이제는 내릴 방법이 없을 듯했다.

서툰 글씨였다.

모조리 히라가나로만 썼다. 붓이 흔들려 사방에 먹물이 튀었다. 글자가 죄 따로 놀 뿐 아니라 줄도 비뚤비뚤해 흡사 술 취한 사람이 쓴 것처럼 보였다.

유녀가 중요한 단골손님에게 보내는 연문을 이런 식으로 쓰기는 하지만, 이 편지는 정서고 뭐고 아무것도 없이 냉담하게 느껴질 만큼 용건만 쓰여 있었다. 젊은 아가씨의 목숨을 담보로 돈 삼백 냥을 갈취하려는 자의 위협적인 분위기조차 느껴지지 않았다.

쇼노스케는 지헤에를 따라 미카와야에 와 있었다. 도착하자마자 주인인 주에몬과 여주인인 가쓰에를 소개받고 호위로 따라가는 것을 승낙한 쇼노스케는 바로 부부에게 부탁했다. 오늘 아침에 들어온 편지, 그리고 기치가 기거하던 방을 보여달라고.

가능하면 기치의 물건들도 보고 싶다, 저 혼자서는 지장이 있을 테니 가게분의 입회도 부탁드리겠다고.

그런 까닭으로 쇼노스케는 깔끔한 마당이 내다보이는 기치의 방에 있었다. 다다미 여섯 장 크기의 밝은 방은 교창의 조각 장식에도, 샛장지 문양에도 화조풍월과 색채가 가득했다. 그곳에서 기치가 쓰던 서궤 앞에 앉아 문제의 편지를 살펴보는 중이었다.

아랫부분을 여닫을 수 있는 장지를 열어놓은 마당에는 지헤에가 팔짱을 끼고 서 있었다. 조금 전까지 마당을 둘러싼 노송나무 널담과 나무 옆 작은 쪽문 언저리를 왔다 갔다 했다. 마당에 기치든 다른 사람이든 발자국이 남아 있지 않다는 것을 이미 알고 있는데도 미련이 남는 모양이다.

방 입구에는 센이라는 하녀가 맥없이 앉아 있었다. 나이는 서른 조금 넘은 듯하고 조붓한 얼굴에 어깨와 가슴이 얄팍한 여자였다. 줄곧 기치를 모셔온 하녀로 아가씨가 기저귀 차던 때부터 시중을 들었다고 하니, 기치와 센은 와다야의 와카와 쓰타 같은 관계일 것이다. 센이 지난 이틀간 잠을 자지도, 먹지도 마시지도 못했다는 것도 당연하다. 꼼짝 않고 앉아서 불현듯 생각난 것처럼 눈물을 글썽거리고 코를 훌쩍이는 것도 무리가 아니다.

쇼노스케도 딱히 생각하는 바가 있어서 기치의 방을 보여달라고 한 것은 아니었다. 이미 이틀 동안 미카와야 사람들과 지헤에가 구석구석 샅샅이 뒤졌을 텐데 이제 와서 무슨 단서가 발견될 것 같지도 않다. 하지만 기치가 사라지기 직전까지 있었던 곳에 있다 보면 뭔가 느껴질지 모른다.

뭔가란 무엇인가.

쇼노스케는 생각났던 것이다. 아버지 후루하시 소자에몬이 할복해 죽었을 때의 아버지 방이.

아버지와 어머니 사토에는 이미 오래전부터 각방을 쓰고 있었다. 아버지가 나갔거나, 어머니가 아버지를 내쫓았거나. 아마 후자일 것이다. 그 때문에 당주인 후루하시 소자에몬의 방은 그가 정성 들여 가꾸던 작은 밭의 두둑이 잘 보이는 북동쪽 작은 방이었다. 이 밭도 원래는 남쪽에 경작하면 좋은데, 사토에는 저택 정면인 남쪽에 밭두렁이 보이는 것을 용납하지 않았다.

아버지는 밭 옆에서 할복했다. 형 가쓰노스케는 마당도 아니고 밭 한구석이라고 수치스러워했지만, 쇼노스케는 아버지 인생의 마지막 순간을 지켜본 게 그가 몸소 기른 작물이었다는 사실에서 일말의 위안을 얻었다.

그날 밤, 흉사를 알고 뛰어든 쇼노스케의 뺨에 아버지의 방을 메운 밤공기가 찼다. 눈이 시리는 듯했다. 모든 것이 끝나 시신을 내가고 핏자국이 사라진 뒤에도 방 안의 냉기는 가시지 않았다. 볕이 들고 바깥 날씨는 화창해도 그곳에는 냉랭한 밤공기가 남아 있었다.

아버지의 절망이 남아 있는 거야.

근신 처분을 받고 어머니의 본가 니지마 가에 신병을 맡기게 되어 저택을 떠날 때까지, 쇼노스케는 종종 그 방에 홀로 앉아 그런 생각을 하곤 했다.

이 방만이 아버지의 슬픔을 알고 있었다.

그 밖에 아무도 알지 못했다. 어머니와 형은 알려 하지 않았을 테고, 쇼노스케는 알려 했으나 그러지 못했다.

이번에도 같은 일이 가능하지 않을까. 기치가 사라지기 직전까지 있었던 이 방에서 기치의 심정의 잔재를 찾을 수는 없을까.

기치가 강제로 납치됐다면 이 방은 강한 공포심을 목격했을 터다. 그 공포심이 남아 있을 터다. 만약 기치가 어떤 이유로 (누군가의 꾐에 넘어가서라고 해도) 집과 부모를 버리고 자진해서 떠난 것이라면, 이곳에 기치의 갈등과 주저가 남아 있지 않을까.

생판 타인이 그런 것을 감지할 수 있을 리 없나.

이곳은 밝다.

"쇼 씨, 어떻습니까?"

지혜에의 목소리에 쇼노스케는 눈을 깜박이며 얼굴을 들었다. 구김살을 잘 편 편지가 손에 들려 있었다.

"글씨를 참 못 썼군요."

지혜에는 코로 숨을 크게 내쉬고는 신을 벗어 가지런히 모아 놓고 방으로 들어왔다.

"그렇죠? 꼭 어린애 글씨 같죠."

"평소 쓰지 않는 쪽 손으로 썼을지도 모릅니다."

그렇기에 먹물을 뚝뚝 떨어뜨리고 붓도 흔들린 것이다.

"문서함에 기치 씨가 쓴 것은 없던가요?"

"이치무라 좌座 봄 공연의 배우 명단밖에 없더군요. 습자를 별로 좋아하지 않았나 봅니다. 샤미센이 특기였다죠."

아닌 게 아니라 장식단의 선반에 교본 몇 권이 있었다.

"샤미센은 보이지 않는데요."

지혜에는 장지를 닫고는 무릎 꿇고 앉아 고개를 끄덕였다.

"네. 어제 스승이신 후지하루 씨에게 물어봤더니, 사나흘 전 교습 때 현이 느슨해져 불편하다면서 후지하루 씨 댁에 드나드는 장색에게 수리해달라고 맡겼다 하더군요."

"지금도 수리 중입니까?"

지헤에의 숱 눈썹이 위아래로 움직였다. "아마 그럴 테죠."

"확인해보는 게 좋겠습니다."

지헤에가 의아하게 쇼노스케를 바라보았다.

"사소한 일이라도 평소와 다른 것은 확인해두는 게 낫다는 것뿐입니다. 부탁드립니다."

지헤에가 일어섰다. "그래요, 그래. 분부대로 따릅시다."

"센 씨에게도 부탁드릴 게 있습니다."

쇼노스케의 말에 의기소침해서 앉아 있던 하녀가 흠칫했다.

"아, 예."

"지금부터 이 편지의 글씨를 흉내 내서 써볼 생각입니다. 되도록 다양한 묵과 붓을 사용해서, 종이도 바꿔가며 써보고 싶으니 이 댁에 있는 벼루와 붓, 종이를 전부 모아다 주십시오. 휴대용 필통을 가진 사람이 있으면 그것도 빌려와 주십시오."

지헤에가 뭐라 말하려 하기에 앞질러 말했다.

"지헤에 씨 필기도구도 빌려주십시오. 붓의 종류가 그만큼 늘어나니까요."

지헤에는 부루퉁한 표정으로 허리띠에 꽂은 필통을 빼 그에게 건넸다.

"저…… 편지의 글씨를 흉내 내는 게 어떤 의미가 있는지요?" 센이 조심스레 물었다.

"글씨를 흉내 내서 써봄으로써 쓴 사람의 마음을 알 수 있을지도 모릅니다. 어차피 밤이 될 때까지 할 일도 없고 말이죠."

상의한 결과, 기치를 납치한 자가 어디에 숨어 미카와야를 감시하는지 알 수 없는 이상, 자정에 삼백 냥을 건넬 때까지 신중을 기해 눈에 띄는 움직임은 피하기로 했다. 그 때문에 도와주러 온 쇼노스케도 주인 부부와 인사를 마치고 나니 사실 당분간 할 일이 없었다.

"예에."

센은 도무지 영문을 모르겠다는 듯 의심 어린 표정으로 지혜에에게 눈길을 주었다. 지헤에는 그에 답하듯 또다시 짐짓 한숨을 쉬었다.

"여기 후루하시 씨는 필사가 직업이라 다른 사람의 글씨체를 보는 눈이 있거든요."

"그렇지만…… 글씨를 모방한다고 그 사람의 마음을 알 수 있을까요?"

"저도 모릅니다. 다만 그런 의견을 듣고 감탄한 적이 있는 터라 한번 시도해보고 싶군요."

가노야의 꽃놀이 때 소개받은 대서인 이가키 노인의 주장이다. 쇼노스케는 그것을 두 사람에게 설명했다.

"이가키 씨는 필적의 차이란 곧 개개인이 사물을 보는 눈의 차이라고 말씀하셨습니다. 그러니 만약 세상에 다른 사람의 필적을 똑같이 모방할 수 있는 사람이 존재한다면 그 인물은 모방하는 필적의 주인에 맞춰 눈을 바꿀 수 있을 것이라고 말이죠."

"그럼 쇼 씨는 반대로 납치범의 필적을 흉내 냄으로써 납치범의 눈으로 사물을 보는 셈입니까?"

"제게 그런 일이 가능할지는 의심스럽지만 말이죠. 제 팔은 두 개, 눈도 두 개뿐입니다. 하지만 가급적 다양한 붓과 먹을 써 보면 조금은 도움이 될지도 모릅니다."

물론 본심에서 하는 말이고, 진심으로 시험해보고 싶었다. 그러나 한편으로 구실이기도 했다. 온 집 안의 붓과 먹을 모으면 그중에 편지에 사용된 게 있을지도 모른다는 게 또 하나의 본심이었다. 아니, 실은 있을 법하다고 확신하고 있었다.

쇼노스케는 아무래도 납치 사건의 공범이 내부에 있으리라는 생각을 지울 수 없었다. 기치는 자취를 남기지 않고 너무나도 깨끗이 사라져버렸다. 교묘하게 속여 데리고 나갔다 해도 그래도 너무 깨끗하다. 편지에 관해서도, 지헤에가 노여워하는 마음은 이해하지만 역시 마음에 걸린다.

"알겠습니다. 당장 모아오겠습니다."

휘청휘청 일어난 센이 사라지기를 기다려 지헤에가 퉁명스럽게 말했다.

"기왕 하는 거, 온 집안사람들에게 글씨를 쓰게 해서 편지와 비교해보지 그러십니까?"

휴대용 필통을 빌린 정도로는 속일 수 없는지 완전히 간파당했다. 그러나 지헤에는 어쩔 수 없다 치고 미카와야 사람들에게 들키지 않는 게 중요하다. 공범이 경계했다가는 곤란하다.

"화내지 마십시오, 지헤에 씨."

"쇼 씨도 황소고집이군요. 이 집엔 무남독녀 외딸을 이용해 주인에게 돈을 뜯어내려는 고약한 인간은 없어요."

"저도 그러기를 바랍니다. 그러니 지혜에 씨, 모쪼록 이 일은 비밀로 해주십시오."

지혜에는 대답하지 않았지만, 누가 쓸데없이 그런 것을 일러바치겠느냐는 표정으로 천천히 나갔다.

이윽고 벼룻집이며 휴대용 필기도구를 커다란 쟁반에 받쳐 든 센이 장부와 종이 다발을 안은 사동을 데리고 돌아왔다.

"있는 대로 다 모아왔습니다만……."

성실하게도 코 푸는 데 쓰는 휴지까지 있다.

"고맙습니다."

쇼노스케가 감사를 표하자, 울상을 짓고 있는 사동은 고개를 꾸벅 숙이고 나갔다.

"다들 아가씨를 걱정해서 그렇답니다." 센이 사동을 감싸듯 중얼거렸다.

"이해합니다."

하지만 울기만 해서는 진전이 없다. 쇼노스케는 바로 작업을 시작했다.

"이 철한 대판大判 책은 원장元帳입니까?"

"그건 손님께서 쓰시는 방명록이에요. 원장은 여기 작은 쪽입니다."

뒷면으로 넘겨보니 쇼분도의 인印이 있었다.

"쇼분도와 거래가 있군요."

"네. 긴타 씨라는 점원분이 보름에 한 번 들른답니다."

쇼노스케는 그 이름을 기억해놓았다. 나중에 쇼로쿠에게 물어보자.

어느 벼룻집이 누구 것이고 가게와 살림집 어디에 놓여 있는지 하나하나 확인하고 적으며 다다미 바닥에 늘어놓았다. 휴대용 필통도 똑같이 했다. 미카와야에서는 주인 부부와 고용인 우두머리, 그리고 네 점원이 각각 휴대용 필통을 지니고 있었다.

"벼룻집이 훌륭하군요. 값이 제법 나가겠습니다."

손님용 벼룻집은 하나같이 금박으로 장식된 칠기며 자개 등 값비싼 것이었다. 그와는 대조적으로 안에서 쓰는 벼룻집은 간소했다. 다만 주에몬이 쓰는 벼룻집만은 뚜껑에 멋진 인왕 상 조각이 있었다.

"축하하는 자리나 발표하는 자리에는 화려한 것을 내놓습니다. 저희는 법사도 받는데 그때는 장식 없는 검정 칠기를 냅니다만, 그쪽도 보시겠어요?"

"최근에 쓴 적이 있습니까?"

"아뇨, 근래에는…… 헛방에 보관되어 있습니다."

"그럼 됐습니다."

기치 본인이 사용했다는 붉은 벼룻집은 지금도 서궤 위에 있다. 칠기의 광택이 사라지고 뚜껑 모서리는 칠이 벗겨진 곳도 있었다. 상당히 오래 쓴 낡은 물건이다. 붓과 벼루는 말라 있고, 먹통도 비었다. 누가 편지를 썼건 기치의 벼룻집을 쓰는 모험을 할 리는 없으니 맨 먼저 배제해도 될 것 같은데, 이 정도로 낡은 모습을 보니 관심이 동했다. 화려한 손님용 물건과 나란히 놓으니 검소함이 한층 두드러졌다.

"기치 씨는 습자를 좋아하시지 않았다고 조금 전 지혜에 씨께 들었습니다. 아닌 게 아니라 붓도 새것이고 먹도 줄어들지 않았는데, 벼룻집은 오래됐군요."

센은 또다시 눈을 슴벅거렸다. "주인마님께서 쓰시던 것을 물려받았거든요."

"여주인분이 아끼시는 물건이군요."

딸이 습자를 시작할 나이가 되어 그것을 준 것이다. 비녀나 기모노, 허리띠가 아니라 벼룻집이라는 점이 고지식하고 좋다. 가쓰에의 기질과 미카와야의 가풍이 짐작되는 듯했다.

"필통을 제가 계속 가지고 있으면 다른 분들이 불편하시겠죠. 용건이 끝나면 바로 말씀드리고 돌려드리겠습니다."

센에게 그때까지 자리를 피해달라는 뜻으로 한 말이건만 하녀는 눈물을 글썽이며 꾸물거렸다.

"저…… 후루하시 님."

"네."

"정말 글씨를 흉내 내면 그 사람의 마음을 알 수 있습니까?"

센의 눈물 젖은 눈 속에 불안이 어려 있었다. 쇼노스케의 설명을 의심해 불안해하는 것은 아닌 듯했다.

혹시나.

"글쎄요, 어떨까요. 저도 아무것도 않는 것보다 조금은 도움이 될지 모른다고 보는 것뿐입니다만."

"그런가요."

센이 고개를 떨어뜨렸다. 여윈 어깨가 축 처졌다.

쇼노스케는 한걸음 더 파고들어보기로 했다. "글에서 사람됨을 알 수 있다고 하죠. 저는 그 '글'이 문장만을 가리키는 건 아니라고 생각합니다. 그 사람이 쓰는 글씨에도 인품이며 마음이 드러납니다. 글씨에서도 사람됨을 알 수 있는 겁니다."

글씨에서도 사람됨을 알 수 있다. 나직이 되뇌는 센의 시선이 흔들렸다.

쇼노스케는 기다렸다.

"아가씨는 원래 습자를 싫어하셨던 게 아니에요."

센이 드디어 입을 열었다. 됐다. 쇼노스케는 속으로 고개를 끄덕였다.

"몹시 싫어하시게 된 것은 이 년 전이에요. 그때까지는 주인마님께 열심히 배우셨답니다."

"여주인분이 스승으로 가르치셨군요."

"대여 회장의 주인은 달필이어야 하거든요. 점포 명의로 손님께 서장을 보낼 일도 많은 데다, 발표회 같은 때 손님께서 보내실 초대장까지 점포에서 준비하기도 하니까요."

"그런 경우 대서인을 이용하지 않는군요."

"저희는 모두 직접 합니다. 주인 나리와 주인마님이 직접 쓰시죠. 대여 회장이란 장사는 품위와 관록이 중요한 터라 그런 게 낮아지면 순식간에 손님의 질도 떨어집니다. 주인 나리는 서장에 가게의 격이 드러난다고 곧잘 말씀하신답니다. 그렇기에 남에게 맡길 수 없는 것이에요."

장소를 빌려주는 것뿐인 장사이기에 가게 측에 일정한 품격이 요구된다. 글씨가 곧 그것을 나타낸다는 신조다.

"훌륭한 마음가짐이군요."

센은 꺼질 것처럼 어깨를 한층 움츠리고 말을 이었다.

"아가씨는 대를 이으실 분이니 언젠가 합당한 분을 남편으로 맞아 미카와야의 주인마님이 되실 것입니다. 아가씨도 그 점을 충분히 이해하고 아름다운 글씨를 익히려고 열심히 노력하셨습니다."

"여주인분은 엄격한 스승이신지요?"

센은 고개를 들지 않은 채 끄덕였다. "하지만 아가씨는 결코 반항하거나 하지 않으셨어요. 자신의 입장을 잘 알고 계셨죠."

기치는 유복한 집안의 딸이라는 처지를 당연하게 받아들이지 않았다.

"주인마님이 아가씨께 엄격하게 가르치신 것은 습자만이 아닙니다. 다도와 꽃꽂이, 춤도, 물론 따로 교습을 받으러 다니셨지만, 집에서는 주인마님이 아가씨의 선생님이셨답니다. 그렇지만 그쪽도……."

습자와 마찬가지로 기치는 이 년 전부터 염증을 느꼈던 모양이다.

"갑자기 싫어하신 것은 아니에요. 조금씩 열이 식었다고 할지, 건성으로 하게 되셔서……."

"하지만 샤미센은 좋아하셨군요?"

센은 고개를 끄덕이더니 목소리를 낮추었다. "그것만은 변함없었습니다. 주인마님은 춤과 샤미센은 대충만 익히면 된다며 슬슬 그만두게 하려고 하셨지만요."

"다도나 꽃꽂이와는 달리 예능이라는 느낌이 강하니 말이죠."

맞장구가 적절했는지, 센은 목소리를 낮춘 채 이렇게 말했다.

"한 달쯤 전 아가씨가 다도 교습에 빠지고 후지하루 선생님 댁에 가는 바람에 주인마님이 몹시 화를 내셨답니다. 넌 게이샤가 될 작정이냐고 말이죠."

기치를 호되게 야단친 끝에 모녀지간에 울고 소리 지르고 하는 다툼이 벌어졌다고 한다.

"그 뒤로도 주인마님은 여전히 아가씨를 엄격하게 가르치셨어요. 아가씨도 일단은 반항을 그만두셨지만, 마지못해 다니는 교습이다 보니 특히 습자는 실력이 떨어져서 제가 봐도 알 수 있을 정도였습니다."

글씨가 흐트러지는 것은 곧 마음이 흐트러져 있다는 뜻이다.

"잘 웃지도 않고 곧잘 이곳에서 혼자 멍하니 마당을 바라보곤 하셨죠. 눈물을 글썽이실 때도 있었고요."

쇼노스케도 더욱 목소리를 낮추고 물었다. "그런 때 기치 씨가 속마음을 털어놓으신 적은 없습니까?"

센은 젖은 눈가를 손가락으로 훔치며 고개를 내저었다.

"저는 두 분 사이에 끼여 쩔쩔매기만 했을 뿐 아무런 도움도 못 됐습니다. 아가씨는 제법 대가 센 구석이 있었으니까요, 저 같은 걸 의지하지는 않으세요."

"그럼 기치 씨는 달리 의지할 분이 계셨습니까?"

센은 입을 열지 않았다. 여윈 목에서 꿀꺽 소리가 났다. 혀끝에 엉겨 있던 뭔가를 삼켜버린 것이다.

하기야 일이 그렇게 쉽게 풀리지는 않을 것이다. 마지막으로 한 번만 더 찔러보자.

"센 씨." 쇼노스케는 한층 목소리를 낮추고 가볍게 몸을 내밀어 센에게 소곤거렸다. "이건 어림짐작으로 드리는 말씀입니다. 틀리면 화내도 되고 웃으셔도 됩니다. 어쨌든 들어만 주십시오."

센의 눈에 어린 불안이 커졌다.

"센 씨는 기치 씨가 납치된 게 아니라 자진해서 집을 나갔을지 모른다고 의심하시죠?"

센은 반사적으로 머리를 깊이 수그려 눈을 감추었다. 허둥지둥 옷자락을 털고 일어나려다가 휘청해서 한쪽 무릎을 꿇었다.

"이, 이만 실례하겠습니다."

센이 도망친 뒤, 쇼노스케는 기치의 방에 혼자 남았다. 색깔과 모양, 장식이 다양한 벼룻집에 둘러싸여.

자, 그럼 어디 시작해볼까. 지헤에 씨, 용서해주십시오. 쇼노스케는 혼잣말을 중얼거렸다.

어두운 밤, 오카와 강물의 강은 젖은 옷처럼 쇼노스케가 젓는 노에 들러붙었다.

미카와야에서 조달한 배는, 쇼노스케가 가와센을 찾아갔을 때 시노바즈 못에 띄우고 드러눕던 것 같은 쪽배와는 달랐거니와 만듦새도 튼튼했다. 다행히 바람이 불지 않고 거슬러 밀려오는 물결도 없었지만, 밀물로 물이 불어 오른 강을 가로지르기 위해 쇼노스케는 크고 묵직한 노를 천천히 젓고 있었다.

배 중간쯤에 미카와야 여주인인 가쓰에가 초롱 자루를 두 손으로 잡고 긴장에 몸이 굳은 채 앉아 있었다. 스물다섯 냥씩 네모지게 종이에 싼 것 열두 덩이, 도합 삼백 냥이 든 보랏빛 보퉁이는 무릎 위에 있다. 이따금 초롱 자루에서 한 손을 떼 보퉁이가 잘 있는지 확인하듯 만져본다. 손가락이 떨리는 게 고물에 있는 쇼노스케의 눈에도 똑똑히 보였다.

미쿠라 다리에서 오카와 강으로 배를 저어 나와 얼마나 가야 강 한복판에 이르는지, 쇼노스케는 배를 빌려준 선숙의 노련한 사공에게 사전에 확인해놓았다. 손님을 위해 배며 가마를 준비할 때도 있는 미카와야에는 갑작스러운 부탁이나 무리한 의뢰를 받아들여주는 단골 선숙이 있고, 그곳에는 쓸데없이 사정을 캐묻지 않고 질문에 답해주는 사공도 있다는 이야기다.

나이 탓이라기보다 오랜 세월 햇볕과 바닷바람에 노출되어 머리가 벗어진 대머리 사공은, 미쿠라 다리를 지나면서부터 숫자를 세라고 말했다. 노를 크게 한 번 젓는 동안 '일, 이', 다음번 젓는 동안 '삼, 사' 하고 세어서 삼십까지 세면 강 복판에 이를 것이다. 노 젓기를 그만하면 배는 자연히 하류로 흘러갈 테니, 거기서부터는 자신의 호흡을 세어 스물에 이를 때 뱃머리를 돌리면 된다. 그렇게 하면 강 복판, 대체로 같은 위치에 머물 수 있다.

쇼노스케가 허리에 찬 아무런 표지가 없는 긴 초롱도 사공이 빌려주었다. 허리 뒤가 아니라 왼쪽에 차라, 그러면 노가 물에 들어가는 자리가 보일 테고, 또 초롱 불빛이 크게 원을 그리니 어둠 속에서도 먼 곳까지 배가 보일 것이다.

쇼노스케는 사공의 가르침을 충실하게 따랐다. 무남독녀 외딸의 목숨과 맞바꿀 삼백 냥을 든 가쓰에와 줄곧 숫자를 세고 있는 쇼노스케 사이에는 아무런 말도 오가지 않았다. 배는 오카와 강 복판에 이르러 침묵 속에 완만히 흔들리고 있었다.

하늘에서는 별이 깜박이고 있다. 깊은 밤 오카와 강의 냄새에 가슴이 메는 듯했다. 봄이 지나고 여름의 조짐이 보이기 시작했을 무렵이라지만 물 위는 춥다. 가쓰에는 목도리를 두르고 등을 조그맣게 움츠리고 있다.

세 번째로 뱃머리를 돌렸을 때 하류의 어둠 속에 작은 불빛이 나타났다. 초롱 불빛이다.

무사 나리, 한밤중에, 더구나 물 위에 있을 때는 보이는 것보다 거리가 더 가까운 법입니다. 다른 배와 엇갈려 지나치거나 마주칠 때는 배 옆구리에 부딪히는 물결 소리와 흔들림에 주의하십시오.

쇼노스케는 사공의 가르침을 떠올리며 오른손을 노에, 왼손을 큰칼 자루에 얹고 어둠 저편에 흔들리는 불빛을 응시했다.

조그만 빛이 초롱의 형태를 이루고 거기에서 나는 빛이 고리가 되어, 이쪽으로 다가오는 배가 그 속에 떠올랐다.

목이 쉬어 기침하는 소리가 들려와 쇼노스케는 눈을 가늘게 떴다.

이쪽 배가 놀란 듯 휘청했다. 가쓰에가 흠칫해서 몸을 일으키며 두 손으로 뱃전을 붙들었다.

저쪽에서 다가오는 배에 사람 그림자가 두엇 보였다. 이물 근처에 앉은 사람과 노를 잡은 사람. 둘 다 남자고, 기모노 자락을 걷어 허리띠에 끼워넣었다. 통 좁은 하얀 바지가 밤눈에도 똑똑히 보였다.

두 사람 다 수건으로 얼굴을 싸서 가렸다. 노를 젓는 쪽은 진짜 사공일지도 모르겠다. 허리에 찬 초롱 불빛이 수면에 비쳐

노가 물을 할퀼 때마다 어지러이 흔들렸다.

"……기치." 가쓰에가 소리치듯, 또 소곤거리듯 불렀다.

저쪽 배가 스르르 다가와 뱃머리가 부딪히기 직전 조용히 멈추었다.

"미카와야 여주인입니까?"

이물 근처에 앉은 남자가 일어나더니 오른손을 비스듬히 들어 얼굴을 가리며 물었다. 남자는 등을 들지 않았다.

"네, 기치 어미입니다."

가쓰에가 허둥지둥 이물로 다가가려 하자 남자는 왼손을 들어 막았다.

"우선 여주인의 초롱을 꺼주시죠."

쇼노스케가 뭐라 하기도 전에 가쓰에는 초롱을 불어 껐다.

"기치는, 기치는 어디 있습니까?"

팽개치듯 초롱을 내려놓은 가쓰에는 무릎에 올려놓았던 보퉁이를 품에 끌어안고 구르듯 앞으로 나아가 뱃전을 붙잡았다.

"무사 나리는 미카와야 사람이 아니시군." 남자 목소리가 쇼노스케에게 날아들었다.

쇼노스케는 단전에 힘을 주고 대답했다. "미카와야의 지기다. 입회인으로 온 것이야."

남자의 얼굴은 손으로 절반 이상이 가려져 있었다. 코 밑으로 묶은 수건 매듭 때문인지 코맹맹이 소리였다. 그런데도 쇼노스케는 알 수 있었다.

노인이군.

자세가 구부정한 것은 풍채를 감추기 위해서가 아니라 원래 허리가 굽은 게 아닐까. 수건을 벗으면 백발이 나타나는 게 아닐까.

"돈은 여기 있습니다." 가쓰에는 보퉁이를 두 손으로 받쳐 들며 목소리를 쥐어짜 말했다. "기치를 돌려주세요. 그 애는 어디 있죠? 이리로 데려오는 게 아니었습니까?"

"기치 씨는 다른 데 감춰놨지."

남자가 대답하더니 갈라진 목소리로 기침했다. 구부정한 등이 위아래로 오르내렸다. 쇼노스케의 귀에는 헛기침이 아니라 진짜 기침으로 들렸다. 조금 전 기침 소리도 이 남자 것이었다. 나이가 많은 데다 병까지 든 걸까. 행색도 초라하지만 몸도 말랐다.

"꾸러미를 이쪽으로 넘기시지."

가쓰에가 기어가듯 이물로 다가가 돈 꾸러미를 던지려 하기에 쇼노스케가 날카롭게 제지했다.

"기다리십시오! 먼저 기치 씨를 돌려받아야 합니다."

뜻하지 않게 수면을 휘젓듯 강한 목소리가 나왔다. 이물에 선 남자의 손이 약간 내려가고, 등을 돌린 채 앉아 있던 사공이 고개를 틀어 돌아보았다. 동작과 체격으로 볼 때 사공은 남자보다 젊은 사람 같다.

"그, 그렇지만……." 가쓰에는 안절부절못하며 보퉁이를 끌어안았다.

"여주인이 돈을 내놓으면 기치 씨는 내일 아침 미카와야로 돌아갈 거야. 우리도 괜한 살생은 하고 싶지 않으니까."

"정말인가요? 정말 기치를 돌려줄 건가요?"

쇼노스케는 노를 두고 한 발짝 앞으로 나섰다. "여주인, 그러시면 안 됩니다. 이자들이 정말 기치 씨를 어딘가에 숨겨놨는지 아닌지 모르잖습니까."

이물에 선 남자가 숨이 막힐 것처럼 기침을 해대며 등을 돌리더니 품에서 어떤 것을 꺼냈다. 빙그르 돌아서며 그것을 가쓰에에게 던졌다.

옅은 물빛 허리띠였다. 작게 개서 매듭을 둥글게 묶었다. 가쓰에가 그것을 받으려고 저도 모르게 몸을 내미는 바람에 보퉁이를 떨어뜨렸다. 돈 뭉치가 배 바닥에 부딪히는 묵직한 소리가 들렸다.

"이, 이건…… 기치 것이에요." 가쓰에는 허리띠를 풀며 울먹이는 목소리로 말했다. "잠옷 허리띠로 쓰던 것이에요!"

허리띠에 뺨을 비비는 가쓰에에게 고물에 선 남자가 말했다.

"기치 씨는 옷을 제대로 입고 있으니까 안심하라고."

다시 손을 들어 주의 깊게 얼굴을 가리고 있다. 사공은 등을 보인 채 배 젓는 노라도 되는 양 모른 척하는 태도로 돌아갔다.

"돈을 이리 넘겨, 여주인. 사람이 하는 말은 믿어야지."

"기치 씨는 어디 있지? 허리띠 하나와 몸값을 바꿀 수는 없어!" 쇼노스케가 강한 어조로 말했다.

허허. 남자는 손으로 얼굴을 가린 채 웃었다. 그러더니 또다시 심하게 기침했다.

"젊은 사람이 세게 나오는군." 놀리는 듯 말하지만 괴로워 보인다. "여주인, 댁이 호위로 데려 온 젊은 무사 나리는 저렇게 말씀하시는데 그럼 거래는 그만두겠소?"

"아뇨, 아니에요."

가쓰에는 무턱대고 고개를 흔들었다. 그러고는 돈 꾸러미를 주워 말릴 틈도 없이 남자 쪽으로 휙 던졌다.

꾸러미는 남자의 어깨를 스치고 배 안에 떨어졌다. 남자가 꾸러미를 줍기 전에 쇼노스케가 성큼 앞으로 나섰다.

가쓰에가 쇼노스케의 하카마를 붙들고 매달렸다. "부탁드립니다. 부디 그냥 두세요. 돈은 이미 냈습니다. 저희는 기치가 무사히 돌아오기만 하면 그것으로 됩니다!"

두 손으로 붙드는 바람에 꼼짝도 할 수 없었다. 칼을 빼려 하자 이번에는 가쓰에가 손을 붙들었다.

"제발 그러지 마세요! 제발, 제발요!" 가쓰에가 눈물을 쏟으며 부르짖었다.

저쪽 배가 옆으로 크게 기울었다. 사공이 배를 돌리려는 것이다.

"삼백 냥 맞는군."

기침을 참는 건지 쉰 목소리로 남자가 말했다. 종이로 싼 돈 열두 덩이를 두 손으로 움켜쥐고 있다.

"기치 씨는 내일 아침 무사히 돌아갈 테니, 팥밥 지어놓고 기다리라고."

남자가 탄 배가 쇼노스케에게 꽁무니를 향했다. 사공은 머리를 숙여 얼굴을 감춘 채 노를 저었다. 저쪽 초롱도 표지가 없었다. 하지만 진창으로 더러워진 배는 낡아 여기저기 수선한 자국이 있다는 것을 쇼노스케는 알아차렸다.

"기치, 기치!"

딸이 타고 있지 않은 배가 멀어져간다. 그런데도 가쓰에는 참을 수 없는 양, 딸에게 들릴 게 틀림없다고 믿는 양, 몇 번씩 딸의 이름을 울부짖었다.

그에 답해 들리는 것이라곤 노가 오카와 강물을 할퀴는 소리와 수건을 쓴 남자의 괴로운 기침 소리뿐이었다.

그날 밤 날이 밝기까지 미카와야는 점포 안에 오카와 강물을 끌어들인 것처럼 차갑고 무거운 공기로 가득했다.

돌아오는 즉시 쇼노스케는 주에몬과 지헤에에게 상황을 보고했다. 조용히 눈물을 흘리던 가쓰에는 센이 곁으로 다가오자 손을 맞잡고 또다시 울었다.

"센, 마님을 잠시 쉬게 해드려라. 네가 곁을 지켜드리고."

주에몬의 명을 받고 센은 가쓰에를 부축하다시피 해서 안으로 모셨다.

"어쩔 수 없는 일입니다……. 그 자리에서는 그렇게 하는 수밖에 없죠." 지헤에의 숱 눈썹이 처졌다.

쇼노스케는 머리를 숙여 사과했다. "면목 없습니다. 저는 기치 씨의 얼굴을 볼 때까지 버틸 생각이었습니다. 그 자리에서 돌려받는 게 아니라면 몸값의 의미가 없습니다."

"그렇지만 저쪽에서 기치를 데려오지 않은 이상 이쪽도 요구대로 따르는 수밖에 없죠." 주에몬이 중얼거렸다.

지칠 대로 지친 가쓰에가 곁에 있을 때는 의연하게 행동하던 미카와야 주인도 가쓰에가 사라지자 별안간 혼이 빠진 것처럼 되었다. 앉아 있는 모습에 기운이 없다.

"쇼 씨가 납치범 녀석들을 칼로 베었다면 기치 씨의 행방을 영영 알 수 없게 될 테고 말이죠."

지혜에는 흡사 쇼노스케를 위해 변명할 말을 애써 쥐어짜내는 듯한 어조였다.

"칼로 벨 생각은 없었습니다. 그저 기치 씨가 있는 곳을 불게 하려고……."

자기 입으로 말하니 더더욱 변명 같다.

"괜찮습니다, 후루하시 님. 후루하시 님께서 계시지 않았다면 가쓰에는 돈을 빼앗기고 도적들 손에 죽었을지도 모릅니다. 그 편이 놈들에게는 후환이 없을 테니까요."

주에몬의 목소리는 나무 속 공동에 부는 바람 소리 같았다.

쇼노스케는 저도 모르게 반박했다. "그러나 만약 그자가 그런 속셈이었다면 과연 기치 씨를 돌려보낼지 점점 더 알 수 없지 않습니까."

주에몬은 대답하지 않았다. 깜박이지 않는 눈 역시 나무 속 공동 같다.

"살생은 하고 싶지 않다 했다면서요?" 지혜에는 어떻게든 낙심하지 않고 버티려 했다. "그 말을 믿읍시다. 돈을 손에 넣었으니 기치 씨를 어떻게 해야 할 이유가 그놈들에게는 없어요. 무사히 돌려보내는 편이 상황을 악화시킬 필요도 없고 좋죠."

"저도 그렇게 생각합니다." 주에몬은 어깨를 축 늘어뜨렸다.

이제는 아침까지 기다리는 수밖에 없다.

"기치 씨 방을 한번 더 써도 되겠습니까?"

낮에 모아놓았던 벼룻집과 붓, 종이는 아직 절반가량 그냥 남아 있었다.

"시간이 더 지나기 전에 도적의 인상착의를 그려놓고 싶습니다만."

"수건으로 얼굴을 쌌다면서요?"

"수건으로 싼 얼굴이라도 그려놓으면 나중에 도움이 될 수 있습니다. 체격과 옷 무늬도 기억하고 있고 말이죠."

그때 주에몬이 뭐라 말했다. 그러나 나직한 목소리라 들리지 않았다.

"뭐라고 하셨는지요?"

쇼노스케가 묻자 그제야 눈을 들고 쇼노스케의 눈을 똑바로 바라보았다.

"기침이 많이 심하던가요?"

지헤에가 놀라 숱 눈썹을 치켰다. "미카와야 씨, 어째서 그런 걸 걱정하는 겁니까?"

"아뇨…… 환자라면 기치에게 난폭한 짓을 할 기운도 없지 않을까 싶은 겁니다. 약값을 원해 이런 짓을 꾸몄다면 원래부터 악한 자는 아닐 테고 말이죠."

쇼노스케는 무릎에 손을 얹고 주에몬을 똑바로 바라보았다.

"워낙 몸이 야윈 데다 건강이 좋지 않은 듯 보였습니다. 단순한 감기라도 하루 이틀 된 병은 아닌 것 같더군요. 어쩌면 폐병일지 모릅니다."

그냥 그렇게 느꼈을 뿐인 근거 없는 추측이었지만 과감하게 말해보았다. 주에몬은 정면에서 똑바로 응시하는 쇼노스케의 시선을 눈부신 듯 피했다.

"그렇습니까. 그렇다면…… 정말 궁한…… 상황일 수도 있겠군요."

"미카와야 씨, 젊은 처녀를 납치하는 작자의 처지까지 참작할 필요는 없습니다."

지혜에의 강한 말에도 주에몬은 입을 열지 않았다.

쇼노스케는 잠시 실례하겠다고 하고 일어섰다.

"두 분은 아침까지 잠깐이라도 눈을 붙이십시오."

등불을 얻어 기치의 방으로 돌아온 쇼노스케는 숨을 크게 내쉬었다. 바로 서궤 앞에 앉아 벼룻집을 열었다.

자, 이제 어떻게 할까.

먹을 갈며 생각했다.

쇼노스케는 원래 오늘 밤 돈을 주면 기치가 이쪽 배로 건너와 무사히 돌아올 가능성을 반반으로 보고 있었다. 그쪽은 괜한 추측이 아니다. 엄연한 근거가 있었다.

낮에 미카와야의 모든 붓과 먹을 모아다 살펴본 보람이 있었다. 쇼노스케는 가쓰에와 함께 오카와 강으로 향한 시점에서 한 가지 확신을 품고 있었다.

편지를 쓰는 데 사용된 붓과 먹은 주에몬의 필기도구다. 그가 허리춤에 꽂고 다니는 휴대용 필통에 든 것이다. 즉 주에몬이 썼다고 생각해도 된다. 만약 벼룻집에 있던 붓과 먹이었다면 다른 가능성도 보이겠지만, 이 가게 주인이 늘 소지하고 다니는 필기도구라면 이야기가 다르다.

왼손으로 일부러 서툴게 쓴 것이다. 그러고도 글에서 들통 날까 봐 말을 토막토막 늘어놓았다.

휴대용 필기도구의 붓은 특히 사용하는 이의 버릇에 길이 들기 쉽다. 매번 갈아서 쓰는 벼루의 먹과 달리 오랫동안 두고 쓰는 휴대용 필기도구의 먹물도, 색조가 변하는 터라 다른 것과 쉽게 분간된다. 쇼노스케는 기치를 납치한 자의 눈으로 보지는 못했다. 하지만 글씨를 보는 데는 익숙하다. 차분히 뜯어보니 간단히 알 수 있었다. 스스로도 놀랐을 정도다.

그렇게 되면 이번에는 반대로 어째서 지헤에가 지금까지 몰랐는지가 이상하게 느껴지지만, 지헤에는 지금 거기에까지 생각이 미칠 경황이 아니리라. 만약 이와는 전혀 다른 일로 단순히 그 편지를 쓰는 데 사용한 붓과 먹을 찾으라고 했다면 바로 알았을 것이다.

즉 이번 납치 사건은 수상쩍다. 센의 이야기와 태도를 봐도 기치는 가출할 이유가 있을 것 같다. 게다가 편지를 쓴 사람이 주에몬이라면 납치 자체가 자작극일 것이다.

기치와 주에몬 사이에는 어디까지 이야기가 되어 있을까. 어느 시점에서 이야기했을까. 처음부터 치밀하게 계획을 세워 납치를 가장하고 기치를 집에서 내보내 몸값을 지불하는 척하고 삼백 냥을 준 것인가. 아니면 가출은 기치 혼자 알아서 했고, 딸의 소식을 몰라 미카와야가 우왕좌왕하던 이틀 사이에 모종의 수단으로 기치가 아버지와 연락을 취해서 납치인 척 꾸며 돈을 달라고 부탁했나.

주에몬은 어째서 그런 일을 용납했나. 기치도 기치대로, 가출을 할 것이면 집 금고에서 돈을 꺼내 가면 그만인데 어째서 일을 이렇게 번거롭게 만드나. 미카와야는 돈 관리가 워낙 철저해서 딸이 함부로 손을 못 대는 걸까. 주인인 주에몬조차 아내 몰래 가출한 딸에게 돈을 쥐여주지 못할 만큼 출납에 엄격한 점포인가.

그렇다면 생각할 수 있는 가능성이 또 하나 있다. 기치는 가출할 마음은 없었지만, 외부에 돈이 꼭 필요한 사람이 있었다. 그래서 그 사람에게 돈을 주고 싶은 마음에 아버지에게 울며 매달려 납치 자작극을 꾸몄을 가능성이다. 이 경우, 몸값을 무사히 받고 나면 기치는 그저 납치당했던 척하기만 하면 되니 아무 일 없이 돌아올 것이다. 돌아온다면 이를수록 좋다. 그만큼 실수가 눈에 띄지 않을 것이다. 범인은 얼굴을 가리고 있었고 무서워서 아무것도 기억나지 않는다고 우기면 아무도 추궁하지 않을 것이다.

그러나 오늘 밤 기치는 돌아오지 않았다. 돈과 맞바꾸는 게 아니었다. 아직 끝난 게 아닌가. 돈을 넘겨받고도 또 뭔가가 남아 있다는 말인가. 그것을 얼마만이라도 살피려고 배 위에서 검을 빼는 시늉까지 했건만, 가쓰에의 필사적인 애원 앞에 수포로 돌아갔다.

그래, 가쓰에는 아무것도 모른다는 뜻이다. 이 계획에서 배제된 것이리라. 어둠 속에 소리 없이 다가오는 배를 봤을 때의 모습은, 그냥 놔둬달라고 쇼노스케를 붙들고 애원하던 그 목소리, 그 얼굴은 분명히 딸의 무사를 비는 어머니였다.

미카와야에서 무슨 일이 벌어지고 있는 건가. 자작극 뒤에 어떤 사정이 있나. 삼백 냥을 두 손으로 움켜쥔 병자 같은 사내는 기치와 어떤 관계인가.

쇼노스케는 미간에 주름을 잡고 남자의 인상착의를 열심히 떠올려 종이에 그렸다. 뇌리에 남아 있는 배 위의 남자 모습을 그렸다. 괴로운 듯한 마른기침이 귓속에서 사라지기 전에 확실하게 그려놓자.

그렇게 해서 날이 밝았다.

해가 뜨고 사람들이 일어났다. 큰길에 사람들이 오가기 시작했다.

기치는 미카와야로 돌아오지 않았다.

나흘이 지나고 닷새가 지나도 기치는 돌아오지 않았다.

쇼노스케는 매일처럼 미카와야로 찾아갔다. 하루 한 번만으로는 성이 차지 않아 두 번, 세 번 간 적도 있다. 그때마다 '아, 방금 아가씨가 무사히 돌아오셨습니다' 하는 말을 듣지 않을까, 그렇게 바라지 않을 수 없었기에.

그러나 기치는 돌아오지 않았다. 시간이 갈수록 후회와 번민이 쇼노스케의 가슴을 더욱 가득 메웠다.

이렇게 될 줄 알았다면 그때 배 위에서 좀 더 과감한 수를 썼어야 했다. 도적의 배에 뛰어들어 칼을 빼들고 위협해서라도 기치가 있는 곳을 말하게 해야 했다. 기치에게 안내하라며 병자 같은 사내의 멱살을 잡고 흔들어야 했다.

주에몬과 가쓰에는 매일 조금씩 몸이 깎여나가는 듯 보였다. 음식을 넘기지 못하고 잠도 못 이루는 듯했다. 지헤에가 아예 미카와야에서 지내며 부부를 격려하고 가끔은 야단도 치며 보살피고 있지만 효과는 없었다.

쇼노스케 자신도 어떤 얼굴로 잠자고 일어나고 밥도 먹고 목욕도 가고 일을 하면 좋을지 알 수 없었다. 실제로는 그런 자질구레한 일상생활을 하고 있는데, 문득 정신이 들면 이런 일을 하고 있을 때가 아니라는 생각이 치솟아 마음이 주춤하는 것이었다.

"쇼 씨, 괜찮아요?"

긴이 걱정해주는데도 대답할 말이 생각나지 않았다.

도미칸 나가야 사람들은 상심에 빠져 넋이 나간 쇼노스케를 금세 알아챘다. 허나 다들 사정을 모르는 데다, 야무지기는 해도 근본은 아직 어린애인 다이치를 빼면 "대체 왜 그러는 건데, 쇼 씨" 하고 대놓고 캐묻지 않을 만큼의 분별은 있는 사람들이다. 그러니 막연히 먼발치에서 지켜보며 제각기 추측하는 모양이었다. 옆집 시카와 시카조 부부는 쇼노스케의 고향에 무슨 일이 있었던 게 아닐까 생각하고 있다. 다쓰 할머니는 관직에 오르려다가 실패한 것이라고 단정하며 또 큰 소리로 떠들고 다니는 통에 아들인 다쓰키치가 허겁지겁 말리는 지경이다. 히데는 이따금 의미심장한 눈길로 쇼노스케를 쳐다보는데, 무슨 생각을 하는지 모르겠다. 가요는 쇼노스케가 배탈 났다고 생각하는 듯했다. 히데에게 그렇게 들었을 것이다.

"속세의 근심은 술로 풀어야지, 쇼 씨."

"아버지는 또 그런 소리를 해요? 쇼 씨한테 술 뜯어내려고 그러는 거죠?"

긴과 다이치의 아버지 도라조는 여느 때와 마찬가지로 기분 좋게 취해서 긴이 소리를 빽 지르게 만들었다.

방세를 받으러 왔던 도미칸은 긴 하오리 끈을 고쳐 매며 쇼노스케를 유심히 뜯어보더니 뭐라 하려다가 결국 아무 말 없이 돌아갔다.

쇼노스케의 가슴속 번민 깊은 곳에는 차가운 공포가 엉겨 있었다.

내가 터무니없는 착각을 한 게 아닐까?

자신은 편지에 사용된 붓과 먹이 주에몬의 휴대용 필기도구라고 생각했다. 즉 이 납치는 자작극이다, 그렇다면 이쪽에서 세게 나가지 않아도 기치의 신변이 위험할 일은 없으리라고 추측했다. 그렇기에 몸값을 건넬 때 가만히 있었던 것이다.

그러나 그 판단이 틀렸다면?

쇼노스케가 판단을 그르친 탓에 기치가 위험해진 게 아닐까. 몸값을 받고 나면 도적은 기치에게 더는 볼일이 없다. 죽여버리든 어딘가에 팔아넘기든 마음대로 할 수 있다. 기치가 미카와야로 돌아오지 않는 것은 쇼노스케의 경솔한 생각 때문이 아닐까.

그게 정말 자작극이었다면 어째서 주에몬이 저 정도로 초췌해진 걸까. 그가 기치의 신변이 안전하다는 것을 알고 있고 납치 계획에 관해서도 파악하고 있다면, 걱정하는 시늉은 할지언정 저토록 수척해지지는 않을 것이다.

도대체가 쇼노스케의 확신 따위 확신이라 부를 수 있을 만큼 근거가 있는 것도 아니었다. 그저 자신이 그렇게 생각했다는 것뿐이다.

이틀째였나, 사흘째였나, 쇼분도의 로쿠스케가 왔기에 밖에 나가 이야기하면 안 된다고 신신당부한 다음 사정을 이야기했다. 그러고는 미카와야에 드나드는 긴타라는 점원에 관해 물었다. 만에 하나, 긴타와 기치가 남몰래 사랑하는 사이로 함께 도망치는 일은 없겠느냐고.

쇼로쿠는 그런 일은 절대 없다고 장담했다.

"긴타는 여자가 있거든. 동네 간이식당에서 허드렛일을 하는 여자니까 약혼자 같은 그런 대단한 건 아니지만."

"그럼 그 여자와 혼인하려고 긴타가 돈을 원했을 가능성은 없을까?"

곧바로 묻자 쇼로쿠는 웬일로 불쾌한 표정을 지었다.

"쇼 씨답지 않은 말인걸. 긴타는 그런 친구가 아냐."

"그렇지만 그 왜, 사람은 마가 낄 때도 있잖아."

"마가 낀 걸로 따지자면 방금 쇼 씨가 한 말이 그렇지." 그러더니 쇼로쿠는 익살스러운 표정으로 돌아와 말했다. "아, 아닌가, 이 경우는 무심코 입을 잘못 놀렸다고 해야 하나. 어쨌거나 쇼 씨, 혼자서 끙끙대고 고민해봤자 소용없다고. 파수막에 신고하는 편이 좋을 거야."

"……지헤에 씨가 동의하지 않아."

"동의하지 않아도 어쩔 수 없어. 지헤에 씨 딸이 납치된 것도 아니겠다, 이대로 가다간 미카와야 주인 부부가 병나서 죽을지도 모르잖아."

그거야 그렇지만, 하고 고개를 떨어뜨릴 수밖에 없다.

엿새째 날 아침이 밝았다. 쇼노스케는 잠을 설친 채 세수한 다음 비로소 생각이 났다. 와카를 만나자. 와카도 그 뒤 어떻게 됐는지 걱정하고 있을 것이다. 현명한 사람이겠다, 이제 어떻게 하면 좋을지 지혜를 보태줄지도 모른다.

와다야로 향하는 발걸음은 결코 가볍지 않았다. 좌우지간 와카를 만나 이야기하고 싶은 한편으로 자신의 실수를 알리고 싶지 않은 마음도 있었다. 자신이 생각을 잘못한 탓에 기치가 죽은 게 아닐까 하는 끔찍한 의심이 와카의 표정에도 드러나는 것을 보게 될까 봐 두려웠다.

전에 와카를 데려다주었을 때도 보았던 간판 앞에서 쇼노스케는 큰 쪽빛 깃발이 축축한 바람에 펄럭이는 것을 바라보며 주저했다.

"어머나, 이제야 행차하셨군요."

높은 곳에서 목소리가 들려와 쇼노스케는 와다야의 차양을 올려다보았다. 차양과 덧댄 차양 사이에 옥호를 쓴 편액이 걸려 있다.

"그쪽이 아닙니다, 후루하시 님."

목소리 임자는 뒤에 있었다. 다쓰…… 아니, 쓰타다. 여장부는 어깨띠로 소매를 걷어붙여 우람한 팔을 드러내고 인왕처럼 허리에 두 손을 얹은 자세로 쇼노스케를 내려다보고 있었다.

"왜 더 일찍 오시지 않았죠? 아가씨는 기다리다 못해 지치셨습니다."

하여간 정말 기개가 없다니까. 쇼노스케는 뒷덜미를 잡힌 양 와다야 안쪽으로 끌려 들어갔다.

손님방인 듯한 다다미 여섯 장짜리 방은 장식단에 족자 하나가 걸려 있을 뿐이었다. 웃고, 화내고, 다양한 표정을 지은 여덟 개의 달마가 데굴데굴 구르는 그림인데, 꽤 골동품일 것 같다.

"할아버지가 그리셨어요. 그림 솜씨가 있는 분이셨죠." 와카가 말했다.

쇼노스케는 예에, 하고 대답했다. 와카는 여느 때처럼 두건을 쓰고 있었다. 그 때문에 곤란할 일은 이제 없지만, 두 사람을 감시하듯 쓰타가 샛장지를 등진 채 떡하니 버티고 앉은 것은 영 난처하다.

"저는 여기 없습니다."

본인은 경쾌하게, 또다시 높은 곳에서 단언했다. 앉아 있어도 크다.

"방해되시면 저를 화로라고 생각하십시오."

예에. 쇼노스케는 멈칫했다. 화로치고는 너무 크거니와 화로가 나와 있을 계절도 아니다.

오늘 아침, 와카의 두건은 물빛이다. 장마가 곧 시작되기 때문일까. 그런 생각을 하는데, 두건 밖으로 보이는 와카의 눈이 매서워졌다.

"후루하시 님."

"아, 네."

"정신 차리세요."

대뜸 야단부터 맞았다.

"제가 정신을 못 차리고 있습니까?"

"꼭 장난치다가 부베 선생님에게 불려간 학생 같은 얼굴이에요." 그러더니 와카는 미소를 지은 듯 보였다. "저번 한시 일이 있고 나서 무라타야 씨 소개로 부베 선생님을 만나 뵈었거든요. 부인도 자상하고 좋은 분이시던데요."

쇼노스케가 모르는 사이에 와카도 조금씩 사람들을 만나게 된 모양이다.

"저도 글방에서 뭔가 도울 일이 있지 않을까 생각하고 있어요. 아이들이 쓰는 교본을 필사한다든지, 글씨본을 쓰는 정도라면 저도 가능할 텐데, 그렇게 되면 후루하시 님과 적수가 되겠네요."

"그, 그건 곤란합니다."

"곤란하시면 제게 지지 않도록 노력하세요."

쇼노스케보다 연하면서 누나처럼 훈계를 한다.

"지난 며칠 새 그렇게 수척해지셨어요?"

와카의 목소리가 부드러워졌다. 쓰타는 보일 듯 말 듯 웃고 있었다.

"무슨 일로 그렇게 고민하시는 거예요? 지난번 무라타야 씨 실종과 관련 있는 일인가요?"

실종이라. 그러고 보니 그쪽이야말로 실종이었나. 쇼노스케는 저도 모르게 웃었다. 덕분에 말문이 열려 자초지종을 설명했다. 와카는 한마디도 끼어들지 않고 잠자코 들었다. 배 위에서 있었던 일 대목에 이르러서는 무릎 위에 두 주먹을 부르쥐었다.

이야기가 일단락되자 와카는 쓰타를 돌아보았다.

"차 좀 줘."

거구가 소리도 없이 스르르 일어나 사라졌다.

다시 쇼노스케 쪽으로 몸을 돌린 와카는 두건을 벗고 똑바로 바라보았다.

"후루하시 님, 정말로 정신 똑바로 차리셔야 합니다."

"역시 뭐랄까, 제가 판단을 그르쳐……."

"아뇨, 그런 의미가 아니에요. 좀 더 자신감을 가지시라고 말씀드리는 것이에요."

자신감을 가지라고?

"후루하시 님께서 그렇게 감정하셨다면 편지를 쓴 사람은 분명히 미카와야의 주에몬 씨가 맞겠죠. 이번 납치 사건은 자작극이거나 적어도 자작극의 요소가 있다는 뜻이에요."

"하지만 주에몬 씨가 계획을 알고 있다면 어째서 그렇게 기운 없이 괴로워하시는 겁니까?"

"후루하시 님, 바로 그 점입니다." 와카는 답답하다는 듯 조그만 주먹을 가볍게 흔들었다. "주에몬 씨가 괴로워한다는 이유만으로 자작극을 부정할 수는 없어요. 괴로움이란 사람의 마음속 문제이니 눈에 보이지 않죠. 손으로 만질 수도 없어요. 하지만 편지의 글씨체는 눈에 보이거니와 감정할 수도 있어요. 감정할 수 있는 쪽이 눈에 보이지 않는 쪽보다 잘못 판단할 가능성이 더 적다고 봐도 되지 않을까요?"

쓰타의 거구가 다과와 함께 또다시 소리 없이 돌아왔다.

"주에몬 씨는 이번 납치 사건과 분명히 관련이 있어요. 따님인 기치 씨와 의논해서 벌인 자작극이겠죠. 그렇기에 편지를 쓰신 것이에요. 하지만 여주인인 가쓰에 씨는 그에 대해 모르시는 것 같죠."

"아무것도 모르신다고 생각합니다. 배 위에서의 모습을 보더라도 그렇고 말이죠. 이것만은 저도 확신합니다."

"그렇다면 주에몬 씨는 딸 못지않게 소중한 부인에게 딸의 문제로 비밀이 있다는 게 괴로워서 수척해지신 것일지도 몰라요. 자신은 사정을 알지만 아무것도 모르는 부인은 슬퍼하고 있죠. 그게 마음의 짐이 돼서 여위신 것이에요. 그런 일이라면 가능하지 않을까요?"

듣고 보니 그렇다. 과연 마음속 일이니 눈에 보이지 않는다. 해석 나름이다.

"되도록 빨리 주에몬 씨와 말씀을 나눠보셔야 해요."

"당장 갈까요?"

쇼노스케가 일어서려 하자 와카는 두 손으로 만류하는 동작을 했다.

"아니, 잠깐만 기다려보세요. 그 정도로 괴로워하면서도 가쓰에 씨에게 비밀을 털어놓지 않았던 주에몬 씨가 그렇게 쉽사리 실토하겠어요?"

차를 따르던 쓰타의 손이 멎었다.

"실토라고요? 아가씨, 어디서 그런 말을 배우신 겁니까?"

"너는 화로라며? 화로는 말을 하지 않아, 쓰타."

"그래요, 그래." 덩치 큰 하녀는 대꾸했다. "그럼 입내 잘하는 새가 될까요? 남만에서 온 앵무새라 했던가요? 예쁜 새장에 넣어주세요."

"자꾸 쓸데없이 끼어들면 정말 새장에 가둘 거야."

"잘도 그런 말씀을 하시네요. 아가씨 자신이 새장 속의 새이면서."

쇼노스케는 놀랐다. 와다야의 딸과 보모는 참으로 거침없는 사이인 듯하다. 조신해 보이는 와카가 의외로 말괄량이 기질이 있는 것은 이 하녀에게 감화를 받은 게 아닐까.

쓰타가 씩 웃었다. "그렇게 너무 왈가닥 같은 말을 쓰시다간 후루하시 님께서 싫어하실걸요."

와카의 볼이 붉어졌다. 그것을 보고 깨달았다. 오늘은 얼굴의 붉은 멍이 다소 옅다. 지혜에가 전에 계절과 몸 상태에 따라 달라진다고 하더니 정말 그런 모양이다.

"아니, 저, 저는, 그게……."

쇼노스케 자신까지 수줍어하면 어떻게 하나.

"와카 씨가 왈가닥인 건 조금도 싫지 않습니다."

수줍어하면서 그런 말까지 한다.

"어머나, 잘됐네요. 아가씨."

"그, 그런데 주에몬 씨가 실토하시게 하려면 어떻게 하는 게 좋겠습니까?"

"재료가 좀 더 필요해요." 와카는 마음을 가라앉히고 멍이 없는 쪽 볼에 손을 대며 말했다. "이번 납치 사건은 자작극이죠, 근거는 이러이러한 것입니다, 하고 후루하시 님이 주에몬 씨께 들이댈 수 있는 재료 말이에요."

"드, 들이대지 않고 그냥 말하면 안 됩니까?"

"어느 쪽이든 상관없어요."

쇼노스케의 소극적인 태도에 주춤한 와카는 토라져 입을 삐죽 내밀더니 이내 웃음을 터뜨렸다.

"잠깐 진정하고 차를 드세요. 기치 씨는 분명히 무사할 것이에요. 그렇게 믿자고요. 친아버지가 한몫 낀 자작극인데 딸의 목숨을 위험에 빠뜨릴 리 없으니까요."

"한몫 끼었다?"

이번에는 쓰타와 쇼노스케의 목소리가 겹쳤다. 와카의 얼굴이 더욱 빨개졌다.

"죄송합니다. 제 말투가 워낙 험하네요!"

쓰타가 거리낌 없이 웃는 덕에 쇼노스케도 거북하지 않았다.

와카는 볼에 발그스름한 홍조를 남긴 채 짐짓 새침한 표정을 지었다.

"기치 씨의 보모 센이라는 하녀와 쇼분도의 긴타 씨에게는 좀 더 자세한 사정을 물어도 될 것 같습니다. 특히 센 씨는 납치되기 전 기치 씨가 어땠는지 잘 알고 있으니까요."

갑갑했던 가슴이 개운하게 뚫리면서 머리가 돌아가기 시작한 쇼노스케도 고개를 끄덕였다.

"네. 모녀지간에 저 같은 외부 사람에게 말하기 어려운 사정이 있는 것 같더군요."

"긴타 씨도 외부 사람이지만, 미카와야에 드나드는 입장이고 또 외부 사람이기에 깨달을 수 있는 사실도 있겠죠."

그리고 샤미센……. 와카는 허공을 꼼짝 않고 응시하며 검지를 입술에 갖다 댔다.

"기치 씨의 샤미센 말씀입니까?"

"네. 수선하러 보낸 게 납치되기 직전이죠? 그래서 후루하시 님도 마음에 걸리셨던 것이고요."

"단순히 평소와 다른 일이었기 때문입니다만……."

"납치를 가장해 가출한다면 기치 씨는 소지품을 들고 나갈 수 없어요. 하지만 좋아하는 샤미센만은 두고 갈 수 없거든요. 그래서 나중에 몰래 찾으러 갈 수 있게 사전에 다른 곳에 맡겨놓은 것일 수도 있어요."

쇼노스케는 아차 싶었다. 듣고 보니 자신도 그렇게 생각했던 것 같은데, 그때는 그저 애매하고 흐리멍덩한 생각에 불과했다. 역시 이 사람은 지혜롭다. 바깥세상을 모르는데도, 아니, 모르기에 눈이 맑은지도 모른다.

"누구 찾으러 온 사람이 없는지 바로 알아보겠습니다."

"그렇다면 제가 가죠." 쓰타가 자기 가슴을 탁 쳤다. "후루하시 님이 느닷없이 샤미센 선생님을 찾아가면 될 이야기도 되지 않습니다. 미카와야에 들킬 위험도 있고 말이죠."

"하지만 후지하루 선생님이라는 것만 알 뿐, 드나드는 장색에 관해서는 아무것도 모릅니다만."

"그런 것은 어떻게든 알아낼 수 있습니다. 저는 화로도 빗물통도 될 수 있으니까요."

쓰타는 와카의 보모뿐 아니라 첩자 노릇도 하는 모양이다.

"그 외에 후루하시 님께서 지금까지 알아차린 것은 없으신지요? 사소한 일이라도 상관없어요."

납치 전후로 미카와야에서 보고 들은 것.

쇼노스케는 팔짱을 끼었다. "지금 생각하니, 남자가 연신 기침한 것을 보면 폐병이 아니겠느냐는 말씀을 드렸을 때……."

주에몬의 태도가 조금 묘했다.

기침이 많이 심하던가요?

"마치 염려하는 듯한 투였습니다. 딸을 납치한 도적인데도."

실제로 지혜에도 어째서 그런 것을 걱정하느냐고 이상하게 여겼다.

“곧바로 환자라면 기치에게 난폭한 짓을 하지 않을 것이라고 말을 이으셔서 저도 깊이 따지지 않았습니다만.”

와카는 눈을 깜박였다. “그렇지만 마음에 걸리네요.”

주에몬은 남자를 아는 게 아닐까. 그의 건강 상태를 염려할 정도로.

“그리고 미카와야의 돈 관리가 워낙 철저해서…… 부부 사이에 그런 것일 수도 있지만, 삼백 냥이라는 거금이 되면 주에몬 씨도 그럴싸한 구실이 있어야 마음대로 꺼낼 수 있는 것은 아닌지 확인해두는 게 좋을 듯해요.”

“알겠습니다. 또 무엇이 있겠습니까?”

“그것은 제가 여쭙고 있잖아요. 또 없을까요?”

쇼노스케는 콧등을 긁적였다. “지금은 어쨌거나…… 주인분 내외께서 초췌해 앓아누우신 형편이니…….”

“식사도 못 하신다니 곤란하군요.”

“고픈 배로는 전쟁도 할 수 없는데 말입니다.” 쓰타가 말했다. “아가씨가 울적해하셔서 식사하기 싫어하실 때, 저는 곧잘 달걀죽을 만들어드린답니다. 속에 부담도 주지 않고 몸이 따뜻해지니까요.”

“그런 건 아무래도 상관없어.”

와카는 그렇게 말했지만, 달걀이라는 말을 듣고 쇼노스케는 생각난 게 있었다.

“유감이지만 가쓰에 씨는 달걀을 못 드신다더군요.”

바로 어제 지헤에에게 들었다.

"쓰타 씨 말씀처럼 달걀은 간편하고 영양가가 높은 먹을거리입니다. 그래서 지헤에 씨도 위문품으로 가져다 드렸는데, 가쓰에 씨는 달걀을 드시면 안 되는 모양입니다."

눈을 둥그렇게 뜬 와카를 보고 쇼노스케는 허둥댔다.

"하잘것없는 소리를 했습니다. 죄송합니다."

"안 되다니, 어떻게 안 되시는지요?" 와카가 몸을 앞으로 내밀었다.

"여기저기 가려워지기도 하고, 심할 때는 열이 난다 합니다."

"간혹가다 있죠, 그런 분이." 쓰타가 고개를 끄덕였다.

와카의 눈이 더욱 동그래졌다. "달걀이 몸에 맞지 않으신다는 말씀이군요?"

"그런 것 같습니다."

"기치 씨도 그럴까요?"

거기까지는 듣지 못했다.

"글쎄요……."

"확인해주세요."

쇼노스케는 어리둥절했다. "그런 것이 중요한 문제입니까?"

와카의 표정은 더없이 진지했다. "네, 중요한 일일지도 몰라요. 보모인 센 씨라면 알지도…… 아니, 안 되겠네요. 센 씨가 아니라 다른 사람에게 묻는 게 좋을 것 같아요. 그리고 하나 더."

이것저것 바삐 머리를 굴리는지 와카의 매끄러운 미간에 살짝 주름이 잡혔다.

"기치 씨의 얼굴은 아버님을 닮았는지, 어머님을 닮았는지도 물어봐주세요. 얼굴을 얼핏 봤을 때 어느 쪽을 닮았다 싶다는 정도면 돼요."

쓰타는 만족스레 와카를 보더니 말했다. "그럼 후루하시 님, 당장 착수할까요."

두 사람이 일어서자, 와카는 퍼뜩 정신이 든 듯 붙들었다. "다른 댁에 일어난 불행의 속사정을 캐는 것이니 후루하시 님도, 쓰타도 무턱대고 의욕이 넘치면 안 돼요. 점잖지 못한 일이니까요."

지당하신 말씀이지만, 그러는 본인이 제일 의욕이 넘치는 듯 보이니 웃음이 난다.

에도 사람들은 이런 아가씨를 가리켜 '오찻피'라고 부르는 모양이다. 쇼노스케의 고향에서는 '와사시이'라고 한다. 입담이 좋고 대가 세다는 뜻인데, 쓰기 나름으로 좋은 뜻일 수도 있고 나쁜 뜻일 수도 있는 것은 두 곳 다 같다.

"우리 아가씨는 알고 보면 제법 진두지휘하는 분이랍니다."

귓속말로 소곤거리며 거구의 쓰타가 등을 탁 쳐 쇼노스케는 휘청거렸다.

그로부터 닷새 뒤.

쇼노스케는 미카와야를 찾아가 지헤에를 불러냈다.

가쓰에는 여전히 자리보전 중이었으나, 주에몬은 다소 마음을 다잡았는지, 아니면 다잡아야 한다고 생각했는지 미카와야 주인으로서 할 일을 하고 있었다. 지헤에는 그래도 미카와야를 떠나지 못해 대본소 일은 여전히 제쳐놓은 채였다.

"지헤에 씨, 오늘은 우리 일 문제로 말씀드릴 게 있습니다."

호조 씨에게 부탁을 받았다고 덧붙이자, 지헤에는 순순히 겸연쩍은 표정으로 따라왔다.

"할아범에게 미안하다는 생각은 있습니다만."

기치 씨 생각을 하면 아무것도 손에 잡히지 않아서 말입니다, 하고 변명하던 지헤에는 도미칸 나가야 쪽문 앞까지 와서 비로소 알아차린 듯했다.

"쇼 씨, 어디 가는 겁니까?"

"제 방입니다. 지헤에 씨께 드릴 말씀이 있어서요."

쇼노스케의 방에서는 쓰타와 쇼분도의 로쿠스케가 기다리고 있었다. 쓰타의 덩치만으로 꽉 찬 듯 느껴지는 다다미 넉 장 반을 보고 지헤에는 숱 눈썹을 치올리며 눈을 부릅떴다.

"이건 또 웬 난리랍니까?"

쇼로쿠가 고개를 훌쩍 숙여 인사했다. "무라타야 씨, 죄송합니다. 일단 어디 빈자리를 찾아 앉으시죠."

"빈자리라면 있습니다."

쓰타가 커다란 엉덩이를 옆으로 비키며 쇼로쿠를 곁눈으로 흘겼다. 그러나 지헤에의 시선은 쇼로쿠와 쓰타 사이에 놓아둔 어떤 것에 쏠려 있었다. 헌옷을 뜯어 만들었을 화사한 사라사 주머니에 든 샤미센이었다.

"그건……."

"기치 씨 샤미센이랍니다."

실처럼 가는 쇼로쿠의 눈은 평소에도 팔자를 그리다 보니 지금도 득의양양해하는 건지 언짢아하는 건지 잘 모르겠다.

우두커니 선 지헤에를 두고 쇼노스케는 마루턱에 걸터앉아 이야기를 시작했다.

"지헤에 씨, 놀라게 해드려 죄송합니다. 먼저 지헤에 씨가 납득하시면 이야기가 빠를 듯해서 이런 형태를 취했습니다. 기치 씨의 납치는 자작극입니다." 쇼노스케는 단도직입으로 말했다. "전부 기치 씨가 아버지와 함께 벌인 연극입니다. 그러니 기치 씨는 무사하고, 주에몬 씨도 그 사실을 알고 있습니다. 지헤에 씨도 안심하십시오."

눈만 데굴데굴 굴리는 지헤에는 도미칸의 버릇이 옮은 양 하오리 끈을 잡아당겼다.

"쇼 씨도 참, 그게 또 무슨 소리……."

"차례대로 말씀드리겠습니다."

쇼노스케는 지금까지의 경위를 이야기했다. 몸값을 건네러 오카와 강으로 출발하기 전 단계에서 이미 편지를 쓴 사람이 주에몬이 아닐까 의심했다는 데서부터 시작해, 지난 닷새 동안 쓰타와 둘이서, 도중부터는 쇼로쿠도 끌어들여 이곳저곳 조사하고 다녔다고 설명했다.

"주에몬 씨뿐 아니라, 기치 씨와 가장 가까이 있었던 보모인 센 씨도 어쩌면 연관됐는지도 모릅니다. 처음 이야기를 나눠봤을 때부터 그런 의혹이 들었거든요. 하지만 직접 추궁한들 쉽게 이야기해주지는 않을 테죠."

"그래서 말하자면 바깥부터 공략하는 전법을 썼답니다. 기치 씨의 샤미센을 찾으러 오는 사람이 없는지 망을 봤던 것도 접니다." 쓰타가 두터운 가슴을 탁 쳤다.

"저도 중요한 대목에선 거들었다고요." 쇼로쿠가 말했다.

"덕분에 저는 꽤나 미움을 샀습니다."

"그야 쇼 씨가 남 마음 상하게 말하니 그렇지."

숯 눈썹을 꿈틀거린 지헤에는 그제야 겨우 굳어 있던 몸이 풀린 것처럼 쇼노스케 옆에 맥없이 주저앉았다.

"여기저기 조사하고 다녔다니, 대체 어디에 갔었던 겁니까?"

미카와야 밖에서 미카와야를 보는 사람들을 만나고 다녔다.

"기치 씨가 실종 상태라는 사실이 발각되지 않도록 신중에 신중을 기했으니 그 점은 안심하십시오."

"제가 구실을 지어냈답니다." 쓰타는 간드러진 태도로 은밀히 이야기하는 시늉을 했다. "실은 저희 작은나리께서 기치 씨를 보고 반하셔서 혼담을 넣을 생각인데, 과연 가망이 있을지 염려돼서 말입니다, 하는 식으로요."

지헤에는 손으로 이마를 짚었다. "그래서 어디를 다녔다는 말입니까?"

"미카와야 씨의 고객분들입니다."

쇼노스케는 가게 원장을 보았다. 필적과 먹 색깔을 비교하려고 본 것인데, 생각지도 못한 방향으로 도움이 되었다.

"연기가 서툰 저는 뒤로 물러나고 쓰타 씨가 다녔습니다. 기치 씨가 혼기에 있는 아가씨다 보니, 혼담 운운하면 어디서나 경계하지 않고 술술 이야기하더랍니다."

"경사스러운 이야기니까요." 쓰타가 크게 생긋 웃었다.

지혜에는 더욱 힘이 빠지는 듯했다.

"미카와야의 고객분들 중에는 그 댁 따님이 기치 씨와 친한 소꿉친구인 곳도 있어서 꽤나 쉽게 이야기할 수 있었답니다."

쓰타는 그들의 입에서 나온 말을 빠짐없이 모아왔다.

"보아하니 한 일 년 전부터 가쓰에 씨와 기치 씨 사이가 순탄치 않았던 모양입니다."

기치는 어머니가 너무 엄하다, 잔소리가 많고 심술쟁이라고 친한 사람들을 상대로 종종 하소연했다.

"기치 씨의 근거 없는 생각이 아닙니다. 예컨대 미카와야에서 회장을 대여할 때 손님과 몇 번씩 상의해 절차를 정한다고 합니다만, 그럴 때 기치 씨를 동석시키기도 했다더군요. 그런데 기치 씨가 요령 있게 처리하지 못하면 가쓰에 씨는 손님이 보는 앞에서도 꾸중했습니다. 기치 씨가 안색을 잃고 눈물을 글썽인 적도 있다고 합니다. 그런 장면을 목격한 사람이 여러 명입니다."

딸을 단련시키려는 여주인의 마음은 이해하지만, 보는 사람까지 안절부절못하겠더라고 했다.

"상가에서는 드문 일이 아닙니다. 장차 가게를 책임질 후계자를 생각해서 엄격하게 교육하는 겁니다."

이 자리에 없는 가쓰에를 두둔하듯 지혜에가 강한 어투로 나섰다.

"그것은 저도 알겠습니다. 하지만 머리로는 알아도 심정적으로는 납득할 수 없는 일도 있지 않겠습니까?"

"단순한 모녀간의 싸움입니다. 쇼 씨, 지나친 생각이에요."

쇼노스케는 고개를 끄덕였다. "네, 그렇죠. 하지만 기치 씨는 단순히 지나친 생각으로는 끝나지 않는 지점까지 갔던 모양입니다."

나, 아버지와 어머니 딸이 아닐지도 몰라.

지헤에는 얼굴을 일그러뜨리며 웃었다. "어처구니가 없군요. 부모에게 반항하고 싶어지는 연령의 젊은 아가씨가 꾸는 꿈입니다. 그런 시기는 누구나 있게 마련이에요. 그런 말을 하면 주위 사람들이 당황해서 달래고 나무라고 해주니 그걸로 성이 풀리는 겁니다."

쇼노스케는 고개를 끄덕였다. "대개는 그렇겠죠. 그러나 기치 씨 경우는 달랐습니다. 지헤에 씨 말을 빌리자면 이 꿈같은 중얼거림에 움찔한 사람이 있었던 겁니다. 기치 씨는 그 때문에 더욱 강한 의혹을 품었던 모양입니다."

지헤에의 숱 눈썹이 일직선이 되었다.

"소문이 있답니다, 무라타야 씨." 덩치 큰 쓰타의 목소리는 지헤에를 위로하듯 부드러웠다. "꽤 오래전부터 미카와야에 소문이 따라다녔습니다. 무남독녀 외딸 기치는 주인 부부의 자식이 아니라 양녀라고."

"나, 나는 모르는 일입니다. 그런 소문은 한 번도 듣지 못했습니다."

지헤에는 누가 그런 허튼소리를 하느냐고 내뱉듯 말했다. 쓰타는 더욱 자상한 목소리로 말을 이었다.

"저는 와다야의 하녀, 단순한 고용인에 불과합니다. 그런 제가 이런 말씀을 드리는 것은 무라타야 주인이신 지헤에 씨께 대단한 결례입니다. 그 점을 충분히 알면서 미리 사과와 더불어

드리는 말씀입니다만…….”

쓰타는 소문이란 입장에 따라 들리지 않기도 한다고 말했다.

“미카와야는 무라타야의 고객이시죠. 즉 지헤에 씨는 미카와야보다 약한 입장에 계신 겁니다. 하지만 이 소문을 아는 사람들은 아까 후루하시 님께서 말씀하셨듯 미카와야의 고객들, 미카와야보다 우위에서 미카와야와 관계하는 사람들입니다.”

미카와야를 위에서 내려다보느냐, 밑에서 올려다보느냐. 어느 위치에 있느냐에 따라 알 수 있는 일과 알 수 없는 일이 있노라고 쓰타는 타이르듯 이야기했다.

“물론 저희에게 소문을 이야기해주신 분들도 평소에는 그런 말씀을 입에 담지 않습니다. 이쪽에서 교묘하게 유도했기 때문에 그만 무심코 말씀하신 것이죠. 게다가 한 가지 덧붙이자면, 미카와야의 모녀 사이가 좋지 않다는 말은 눈곱만큼도 나오지 않았답니다.”

그런 사정이 있는 것 같다는 소문을 예전에 들은 적 있거든요.

듣고 보니 그 댁 따님은 주인도, 여주인도 닮지 않았군.

그렇지만 사이좋은 부모 자식이니 말이지. 소문 따위 아무래도 상관없지만, 미카와야에서는 따님을 시집보내지 않을 테니, 꼭 부부의 연을 맺고 싶다면 댁의 작은나리가 미카와야에 데릴사위로 들어가는 수밖에 없을 게야.

쓰타가 들은 소문을 이야기할 때마다 한일자가 된 숱 눈썹 밑에서 지헤에의 눈이 껌벅거렸다.

쇼노스케는 말했다. “가쓰에 씨는 달걀이 몸에 맞지 않아 못 드신다죠? 그런 체질을 가진 사람이 있습니다. 그런데 부모가 그런 체질이면 자식도 같을 때가 많죠. 하지만 기치 씨는 달걀말이를 아주 좋아하신다고 합니다. 이것은 미카와야에 드나드는 주문 요릿집에서 들은 말입니다."

지헤에는 그래서 어떻다는 말이냐고 여전히 눈을 껌벅이며 맞받아쳤다.

"좋아요, 좋아. 기치 씨는 어머니와 사이가 좋지 않아 자신은 미카와야의 친딸이 아니라고 믿고 가출했을 수도 있습니다. 하지만 어째서 그렇다고 그런 자작극을 꾸미고, 주에몬 씨까지 그걸 거든다는 말입니까? 어처구니없는 것도 유분수죠!"

쇼노스케는 쓰타와 쇼로쿠를 돌아보았다. 쇼로쿠의 팔자 눈썹은 울상을 지은 형태로 보였다.

"기치 씨가 샤미센을 배우는 후지하루 선생님은 아주 마음씨 고운 분이시더군요." 쓰타가 부드러운 목소리로 입을 열었다. "미카와야에서는 기치 씨가 행방불명된 이래로 선생님께 기치 씨가 어머니와 싸워 얼마 동안 교습을 받으러 올 수 없다고 둘러댄 모양입니다. 그 말을 철석같이 믿으시면서 모녀지간을 염려하고 계셨어요. 기치 씨가 샤미센에 열중하는 걸 가쓰에 씨가 반기지 않았다는 것도 잘 아셨던 터라 마음이 켕긴다면서 말씀이죠."

그래서 수리가 끝난 기치의 샤미센도 선생님이 계속 보관하고 있었는데…….

쓰타는 말을 이었다. "바로 그게 일입니다. 여기 로쿠돈이 일하는 쇼분도에, 미카와야에 드나드는 긴타란 점원이 있는데 말이죠. 긴타 씨에게 주에몬 씨가 직접, 후지하루 선생님 댁에서 기치의 샤미센을 찾아와 얼마 동안 보관해달라고 하셨다지 뭡니까. 샤미센 교습 문제로 모녀가 다투고 있으니 당분간 기치가 샤미센을 못 갖고 있게 해야겠다, 감춰놔야겠으니 부탁한다면서요."

지혜에의 눈이 슴벅거리기를 멈추고 눈썹이 크게 오르내렸다. "뭐라고요? 그저께라면 저도 미카와야에 있었는데요. 주에몬 씨와 같이……."

"같이 계셨다고 설마 하루 종일 꼭 붙어 계시지는 않았겠죠."

"그, 그야 그렇습니다만."

"미카와야는 영업을 계속하고 있겠다, 쇼분도의 점원이 드나들어도 이상할 것 없지 않겠어요?"

"그저께는 긴타가 미카와야에 들르는 날이었거든요. 그건 저도 압니다."

쇼로쿠가 목덜미를 긁적긁적하며 끼어들었다. 그러더니 목덜미만으로는 끝나지 않는지, 그 손으로 얼굴까지 슥 쓸었다.

"그래서 뭐냐, 쓰타 씨하고 쇼 씨한테 그 말을 듣고 저도 어쨌거나 마음에 걸려서 긴타한테 확인해본 겁니다. 그랬더니 그 친구, 진짜로 샤미센을 찾아와서……."

단골손님 부탁인데 싫다고 할 순 없지만 난처하단 말이지. 미카와야 댁 아가씨의 소중한 샤미센인데.

"긴타는 단골손님을 소중히 생각하는 좋은 친구거든요. 기치 씨에 관해서도 잘 알고."

아가씨가 샤미센을 빼앗겨서 많이 슬퍼하겠어.

"긴타 씨는 기치 씨가 사라졌다는 것을 모르니까요. 주에몬 씨가 한 말을 의심 없이 믿고 있습니다." 쇼노스케가 말했다.

지헤에는 샤미센에 시선을 고정한 채 아랫입술을 깨물고 있었다.

"그래서 제가, 그 뭐냐…… 그제야 쇼 씨 말이 납득이 가기에 긴타한테 말했죠. 미카와야 아가씨가 안됐으니 내가 몰래 샤미센을 돌려주겠다고요. 내가 그러면 긴타가 주에몬 씨의 지시를 어긴 게 되지 않을 거라고 말입니다."

그렇게 해서 기치의 샤미센이 지금 여기에 있는 것이다.

"문제는 긴타 씨의 그런 행동이 아닙니다. 긴타 씨에게 샤미센에 관해 부탁할 때 주에몬 씨가 이렇게 말했다고 합니다."

언제까지고 샤미센을 갖지 못하게 하면 가엾다. 관계가 수습되면 쇼분도에 샤미센을 맡겨놨다고 가르쳐줄 테니, 기치가 가지러 오면 돌려줘라.

기치가 가지러 오면.

"아무리 긴타 씨를 납득시키기 위한 거짓말이라도, 기치 씨가 정말 납치되어 지금 어디 있는지 알 수 없는 상황이라면 주에몬 씨가 그런 말씀을 하시겠습니까?"

지헤에는 입을 열지 않았다.

"주에몬 씨는 알고 계시는 겁니다. 기치는 납치되지 않았다, 어딘가에 무사히 있으면서 상황을 지켜보고 있다, 샤미센을 찾으러 언제든 쇼분도로 갈 수 있다고 말입니다."

"여주인분만은 모르게 해야겠지만 말이죠."

쇼로쿠가 또다시 얼굴을 슥 쓸더니 눈길을 떨어뜨렸다.

지헤에는 꿈쩍하지 않았다.

"가출이지만 단순한 가출이 아닙니다."

쇼노스케가 천천히 말하자 지헤에는 그제야 굳어 있던 어깨에서 힘을 빼고 쇼노스케를 바라보았다.

"딸의 가출을 납치로 꾸며 삼백 냥을 쥐여주는 것만 해도 쉽지 않은 일이죠. 하지만 제 생각에 주에몬 씨에게는 돈보다 더 중요한 일이 있지 않았을까 싶습니다."

"기치 씨가 가출했다는 걸 가쓰에 씨가 모르게 하는 것 말이군요."

지헤에의 말에 쇼노스케뿐 아니라 쓰타도 고개를 끄덕였다.

"그 댁 내외는 뭐든 두 분이 상의해서 결정하시거든요. 주에몬 씨는 지금까지 가쓰에 씨에게 전혀 비밀이 없으셨을 테죠."

"돈 출납에 관해서도 두 분 다 철저하다고 호조 씨에게 들었습니다."

쇼노스케가 묻자 할아범은 바로 가르쳐주었다. 무라타야는 미카와야에 드나드는 입장이니 호조가 알고 있어도 이상할 것 없다. 등잔 밑이 어두웠다.

"지금까지 잘 키워놓은 딸이 자신을 배신하고 가출했다는 걸 알면 가쓰에 씨가 얼마나 슬퍼하겠는가." 지헤에는 손으로 얼굴을 가렸다. "그 때문에 주에몬 씨는 이런 복잡한 일을 꾸몄다는 말입니까."

"있을 법한 일이라는 점을 이제 이해하시겠습니까?"

이십오 년 전 신령에게 잡혀간 것처럼 홀연히 사라진 아내를 지금도 잊지 못하는 지헤에의 속마음까지 쇼노스케가 알 수는 없다. 그의 슬픔과 고통을 헤아리는 것조차 쉽지 않다. 다만 지헤에가 이렇게까지 평정을 잃고 여느 때 같았다면 그가 맨 먼저 알아차렸을 일마저 놓치며 오로지 미카와야를 동정만 하는 것은, 미카와야의 불행을 통해 자신의 과거를 보기 때문이라는 것만은 알 수 있었다.

좋지 않은 일이다. 두 사건은 서로 별개다. 두 개를 동일시하는 탓에 지헤에는 방황하며 불필요한 마음고생에 짓눌리는 것이다.

"가출한 기치 씨가 갈 곳은 있었겠습니까? 쇼 씨는 어떻게 생각하십니까?"

이렇게 묻는 지헤에의 눈 속에는 이미 답이 떠올라 있다. 쇼노스케는 그것을 보았고, 쓰타와 쇼로쿠도 본 듯했다.

"진짜 부모, 낳아준 부모."

"어떻게 말해도 말이 좀 그러네요." 쓰타가 한탄했다.

"그렇지만 그것밖에 없다는 생각이 들거든요. 소문이 역시 사실이고 기치 씨가 우연히 친부모를 만난 게 아닐까 싶네요."

"내 생각도 그렇습니다."

지헤에는 고개를 끄덕이고 신음하며 마루턱에서 일어났다.

"그렇지 않았다면 주에몬 씨가 거들었을 리 없습니다. 하지만 이다음부터는……."

앉아서 추측만 한들 소용없다며 무라타야 지헤에는 숱 눈썹에 힘을 주었다.

"본성本城을 칩시다."

쇼로쿠가 처랑하게 고개를 움츠리며 눈앞에서 누가 울면 싫은데, 하고 혼잣말을 중얼거렸다.

다행히 미카와야 주에몬이 느닷없이 울음보를 터뜨리는 사태는 벌어지지 않았다.

“미카와야 씨, 죄송하지만 긴히 드릴 말씀이 있으니 무라타야까지 행차해주시겠습니까?”

지헤에가 그렇게 말을 꺼낸 것만으로 주에몬은 ‘말씀’의 내용이 무엇인지 짐작한 듯했다. 끌려가듯 무라타야로 향하는 발걸음은 무거웠으나, 무라타야에 당도해 쇼노스케와 쇼분도 점원들이 어색함과 미안함이 어린 표정으로 앉아 있는 것을 보고 바로 체념한 것 같았다. 그 뒤, 지헤에가 이야기를 시작하자 오히려 안도한 듯 주름이 깊게 팼던 눈가가 조금 누그러지고 입꼬리가 내려갔다.

“죄송합니다, 나리. 죄송합니다.” 쇼분도의 긴타는 그를 보더니 느닷없이 사과하며 연신 머리를 꾸벅꾸벅 숙였다. “제가 경솔하게 아가씨의 소중한 샤미센 이야기를 여기 로쿠스케 놈에게 하는 바람에…….”

노여움과 후회를 한껏 담아 ‘여기 로쿠스케 놈’이라고 거칠게 말하며 옆에 있는 쇼로쿠를 노려보려고 하는데, 사람 좋아 보이는 둥근 얼굴이다 보니 효과가 별로 없다.

주에몬은 지친 사람처럼 힘없이 웃었다. “괜찮네, 긴 씨. 애초에 내가 부주의했지. 댁을 속일 생각이었으면 좀 더 신경 써서 거짓말을 해야 했어. 작정하고 거짓말을 하려니 영 쉽지 않군.”

또다시 고개를 꾸벅꾸벅 숙이는 긴타를 쇼로쿠가 입을 댓 발 내밀고 바라보고 있다.

"그럼 쉽지 않은 일은 이제 그만하기로 하고 솔직히 말씀해주시죠?"

지헤에의 말에 주에몬은 고개를 끄덕였다.

거짓말은 쉽지 않다. 짊어지기 버거운 짐이다. 기치에 관해, 이번 자작극에 관해 띄엄띄엄 이야기를 시작한 주에몬의 옆얼굴을 바라보던 쇼노스케는 문득 어렸을 때가 생각났다.

쇼노스케가 여섯 살, 아직 철들기 전 일이다. 선물로 들어온 과자를 어머니의 허락 없이 먹었다, 먹지 않았다 하는 일로 형 가쓰노스케와 싸웠다. 지금도 똑똑히 기억나는데, 과자는 분명히 가쓰노스케가 먹었다. 쇼노스케는 봐서 안다.

한창 자랄 나이의 사내애겠다, 그것뿐이라면 잠깐 야단맞고 끝날 일이다.

그러나 사토에는 눈을 사납게 치켜뜨고 성을 내며 아들들에게 할복을 강요할 듯한 기세로 수치를 알라며 꾸중했다. 그 때문에 겁이 났는지 형은 자신이 훔쳐 먹었음을 인정하지 않고 쇼노스케에게 덮어씌우려 했다.

쇼노스케는 당시 어렸다. 말도 아직 서툴다. 항변해도 받아들여지지 않았다. 형님이 먹었다고 말했더니 거짓말쟁이 취급을 받고 울음을 터뜨렸더니 더 호되게 야단맞아, 결국 벌로 그날 저녁을 굶고 뒷마당 헛간에 갇혔다.

밤이 이슥해 아버지 소자에몬이 몰래 꺼내주었다. 안도감과 배고픔에 엉엉 우는 쇼노스케의 머리를 쓰다듬으며 아버지는 이렇게 말했다.

방금 전 가쓰노스케가 과자를 먹은 것은 자기라고 고백했다. 그렇지만 형을 책하면 안 된다. 어머니를 원망해서도 안 돼.

아버지는 검지를 갈고리 모양으로 구부려 쇼노스케에게 보여 주었다.

거짓말이란 말이다, 쇼노스케, 이렇게 생겼단다.

낚싯바늘과 비슷하다고 말했다. 땅 파기는 좋아해도 낚시와 거의 연이 없는 사람이면서.

낚싯바늘은 물고기 입에 걸리면 쉽게 빠져나오지 못하게 끝이 구부러져 있거든. 거짓말도 그렇구나. 그렇기에 남을 낚기는 쉽지만 일단 걸리고 나면 좀처럼 빠지지 않는다. 자기 마음을 낚는 것도 쉽지만 역시 걸리고 나면 좀처럼 빠지지 않는다. 그래도 빼려고 들면 그냥 찔려 있을 때보다 더 깊이 남에게 상처를 주고 자신의 마음도 후벼 파게 되는 것이야.

아버지는 가쓰노스케가 울더라고 가르쳐주었다.

거짓말 갈고리를 빼는 아픔에 울더구나. 그러니 쇼노스케야.

아버지는 이어서 말했다.

작은 일, 사소한 일로 거짓말을 해서는 안 된다. 거짓말은 한평생 계속할 각오가 있을 때만 하려무나.

거짓말을 하면 안 된다는 훈화가 아니었다. 거짓말을 할 작정이면 그 갈고리를 평생 가슴에 박은 채 살겠다고 생각할 때만 해라, 그 정도로 중요한 거짓말일 때만 해라. 그런 이야기였다.

미카와야 주에몬도 딸의 납치라는 자작극을 꾸몄을 때, 남은 인생을 그 거짓말과 함께 살겠노라고 결심했을 것이다. 쉬운 결단은 아니었을 터다. 각오가 있었을 터다. 그러나 갈고리가 파고 든 마음은 쑤시고 붓고 곪아 그에게 고통을 주었다. 그의 거짓말 탓에 괴로워하는 가쓰에와 지혜에를 보면서 상처는 더더욱 심해졌다.

주에몬은 이제 그 거짓말 갈고리를 빼려 하고 있다. 구부러진 갈고리 끝이 그의 마음을 후벼 파 상처를 크게 내고 새로이 피를 흘리게 한다. 그래도 상처를 깨끗이 씻어 올바르게 고치려면 그 방법밖에 없다.

"기치는 저희 가게에서 일하던 유키라는 하녀가 낳은 아비 없는 아이입니다."

십육 년 전 일이다.

"유키는 몸집이 작고 깡마른 데다 순진한 아이였던 터라 배가 부르기 전까지 아무도 임신한 걸 몰랐지 뭡니까."

유키의 배를 보고 당황한 미카와야 사람들이 아비가 누구냐고 아무리 추궁해도 하녀는 끝내 입을 열지 않았다.

"말을 할 수 없었던 것일 수도 있습니다만."

손님의 장난기가 가져온 결과일 가능성도 있다고 했다.

"세상 물정 모르는 하녀를 꼬여 손을 댈 손님이라면 저희도 한두 명 생각나는 사람이 있었고 말이죠. 가쓰에도 비슷하게 짐작했던 모양입니다."

미카와야는 이미 주에몬의 대로 넘어와 가쓰에가 여주인 자리에 앉아 있었다. 선대 부부는 잇따라 세상을 떠난 직후였다.

"이 일을 어떻게 수습할 것인가 하는 이야기가 나왔을 때, 가쓰에는 주저 없이 아기를 미카와야의 딸로 기르겠다고 나서더군요."

주에몬에게 시집온 가쓰에는 두 차례 임신했지만 두 번 다 아이를 유산하는 바람에 결국 갓난아기의 얼굴을 보지 못했다.

"앞으로도 우리 부부에게 아이가 생길지 아닐지 모르는 일이다, 그렇다면 이것도 인연이라 생각하고 아기를 거두고 싶다, 하는 겁니다."

주에몬은 놀라 사리에 어긋나는 일이라며 나무랐다. 그러나 가쓰에는 완강했다.

"이런 불미스러운 일이 있었던 이상 이제 유키를 미카와야에 둘 수 없다. 그렇다고 쫓아내면 어린아이와 둘이 길바닥에 나앉게 될 것이다. 그러니 유키에게 살길을 마련해주고 아기는 미카와야에서 기르겠다고 얼마나 고집을 부리던지요."

결국 주에몬이 뜻을 꺾는 수밖에 없었다.

"용케 유키가 받아들였군요."

지헤에가 중얼거리자 주에몬은 미간에 주름을 잡고 눈을 감았다.

"하녀의 불미스러운 일은 곧 여주인의 불미스러운 일입니다. 가쓰에는 저런 성격이라 노여움도 컸죠. 망신을 당했다고 생각한 겁니다. 아직 어렸던 유키는 그저 어쩔 줄 모르고 울기만 했고 말입니다."

산달이 되어 유키가 무사히 아기를 낳기까지 얼마 안 되는 기간 동안, 가쓰에는 백방으로 노력해 유키를 보낼 곳을 찾았다. 가쓰에의 친척뻘 되는 노인의 후처 자리로, 부녀도 아니고 조손 정도로 나이 차가 많이 나는 상대와의 혼인이었다.

"새끼 개를 주는 듯한 일이었지만, 유키는 순순히 따라주었습니다."

유키는 이윽고 시집가서 반년도 견디지 못하고 도망치지만, 그때는 그 사실을 알 길이 없었다.

"가쓰에는 어떤 형태로든 아기가 자신의 태생을 알고 주눅 드는 일이 없게 해야 한다고 굳게 결심했죠. 그렇기에 저희는 유키의 불미스러운 일을 가까운 이들에게조차 감췄고, 당시 일하던 사람들은 차례대로 내보냈습니다."

미카와야는 고용인을 완전히 물갈이하고, 유키의 아기는 미카와야의 무남독녀 외딸 기치로 자라났다.

"유키도 내보낼 때 잘 타일렀거든요. 아이의 행복을 바란다면 아이와 연을 끊으라고. 유키도 수긍한 줄 알았는데 말입니다."

그런 만큼 유키가 시집간 곳에서 도망쳤을 때 가쓰에는 당황했다고 한다.

유키가 기치를 되찾으러 오겠구나!

"하지만 그때 유키는 미카와야에 나타나지 않았습니다."

그대로 행방을 감추고 말았다.

"그러니 유키도 기치를 단념하고 자신의 생활을 찾았으리라고 믿었건만……."

부질없었다고 주에몬은 어깨를 축 늘어뜨렸다.

와다야의 쓰타는 기치가 '우연히' 낳아준 어머니를 만났을 것이라고 추측했는데, '우연히'고 뭐고 없었다. 기치의 생모는 처음부터 기치가 미카와야의 딸로 자라고 있음을 알고 있었다. 미카와야는 다른 데로 도망치는 게 불가능하니, 어느 하늘 아래 있을 유키가 제발 그대로 순순히 기치를 잊어주기를 비는 수밖에 없었던 셈이다.

꽤나 자기 본위적인 바람이지만.

쇼로쿠가 불만스레 입뿐 아니라 수세미를 똑 닮은 얼굴 전체를 팔자로 일그러뜨렸다. 쇼노스케는 쓸데없는 소리는 하지 말라는 뜻으로 살며시 팔꿈치로 지른 다음, 주에몬에게 물었다.

"기치 씨는 언제 유키 씨를 만났습니까?"

"작년 봄입니다."

샤미센을 가르치는 후지하루 선생이 미카와야에서 회장을 빌려 제자들의 발표회를 열었다고 한다. 마침 꽃놀이 철이었기도 해서 화사한 잔치에 많은 손님이 모였다.

"동네 사람들도 그날은 격식을 차리지 않고 자유롭게 드나들었으니까요."

가노야의 꽃놀이 때도 그랬다.

"유키는 이전부터 미카와야를 지켜보며 그런 기회를 기다렸을 테죠."

주에몬은 그렇게 중얼거리더니 뭔가를 견디듯 턱을 뒤로 끌어당겼다. 턱에 붙은 살이 늘어지면서 별안간 나이 들어 보였다. 후회하는 듯 보이기도 하고 원통해하는 듯 보이기도 하는 옆얼굴이다.

그렇지만 말이 지켜보는 것이지…….

유키라고 날이면 날마다 미카와야에 들러붙어 감시하는 것은 불가능했을 테니, 뭔가 수단이 필요했을 것이다.

"미카와야 내부에 유키 씨와 내통하는 사람이 있는 것은 아닙니까? 아니, 내통한다는 표현은 다소 과격합니다만, 그러니까 유키 씨와 기치 씨 양쪽 편을 들며 두 사람의 만남을 주선한 사람이 있는 게 아닌가 하는 말씀입니다만."

주에몬은 대답하지 않았다. 눈물이 맺힌 눈을 바삐 깜박이기만 한다. 모르는 게 아니라 알기 때문에 대답하지 않는 것이라는 생각이 들었다.

센이구나.

유키는 기치의 시중을 드는 센에게 먼저 접근한 것이다. 센이라면 곱게 자란 기치와 달리 혼자 나다니는 일도 있을 것이다. 또 같은 하녀 처지에서 유키도 자기 입장을 호소하기 쉬울 테고, 센의 동정을 사기도 쉬울 것이다.

주에몬도 센에게 화가 나지 않았을 리 없다. 하지만 가쓰에에게 비밀로 하기로 결정한 이상 센에 관해서도 잠자코 있을 수밖에 없었다. 센도 센대로 주인 부부를 배신했다는 괴로움과 기치 사이에 끼여 번민하고 있다. 센의 의미심장한 표정과 도망치는 듯한 태도의 수수께끼도 그렇게 생각하면 풀린다.

"센 씨로군요."

주에몬은 눈을 깜박이기를 그쳤다. 지헤에가 놀라 기겁하고 긴타도 눈을 둥그렇게 떴다. 쇼로쿠는 입을 열려 하지 않았다. 정좌하고 앉은 무릎이 간지러운 건지 아픈 건지 옴찔거렸다.

"사자신중충이 따로 없습니다."

감정을 억누른 목소리로 주에몬이 말하자 지헤에가 목소리를 높여 충고했다.

"그런 식으로 말씀하지 마십시오, 미카와야 씨. 센도 딱하지 않습니까. 미카와야 씨도 알면서 그러십니까."

보모는 어머니나 마찬가지라고 지헤에는 말했다.

"가쓰에 씨와의 갈등 때문에 고민하던 기치 씨 곁에서 센도 센 나름대로 걱정했던 겁니다. 그야 몹쓸 일이기는 합니다만, 벌레라고 그렇게 함부로 말씀하시면 안 되죠."

쓰타가 이 자리에 있었다면 센을 두둔해서 했을 법한 말이다.

"그럼 배를 타고 몸값을 받으러 온 남자의 신원은 아십니까? 연신 기침했던 나이 많은 남자 말씀입니다만. 그 사람을 염려하셨죠?"

주에몬은 그제야 고개를 들고 두려운 얼굴로 쇼노스케를 바라보았다.

"후루하시 님은 무서운 분이시군요. 모르시는 게 없습니다."

"정말 모르는 게 없었다면 눈 빤히 뜨고 그 배를 그렇게 놓치지는 않았을 겁니다."

"아마 유키의 지금 남편이겠죠." 주에몬은 고개를 떨구었다.

"만나신 적은 없군요."

"네, 기치에게 이야기만 들었습니다."

"폐를 앓는다는 이야기도 말입니까?"

"네."

"혹시 그 사람이 기치 씨의 친아버지일 가능성은 없습니까?"

주에몬은 고개를 내저었다. "그랬다면 센이 알고 있었을 겁니다. 기치가 말하지 않았을 리 없죠. 하지만 기치는……." 급기야 주에몬의 목이 멨다. "이제 그 사내를 '아버지'라고 부릅니다. 그건 확실합니다. 아버지의 약값이 필요하다, 아버지 어머니를 좀 더 편히 살게 해드리고 싶다고 하더군요."

삼백 냥은 그 때문이었던 것이다.

"주에몬 씨는 그 세 사람이 지금 어디 있는지 아십니까?"

"모릅니다. 기치가 가르쳐주지 않습니다."

하기야 당연한가.

"그럼 따님과 연락을 할 때는 어떻게 하십니까?"

"……중개를 부탁합니다."

주에몬은 '중개'란 단어를 치아로 으스러뜨리는 투로 씁쓸하게 말했다.

"그것도 센 씨입니까?"

"네. 하지만 센도 기치를 직접 만나는 건 아닙니다."

듣고 보니 그렇겠다. 센이 기치와 직접 연락이 된다면 주에몬도 지금까지 이렇게 손을 못 쓰고 있었을 리 없다. 가쓰에에게는 비밀로 하더라도 센을 미행한다든지, 다그쳐 자백을 받아낸다든지 해서 기치를 찾아냈을 것이다.

"그쪽에도 조력자가 있는 겁니다, 후루하시 님." 주에몬이 말했다.

쇼노스케의 뇌리에 배를 젓던 남자의 등이 떠올랐다. 그의 표정을 읽었는지 지헤에도 "아아, 배에 있던 또 한 사내 말씀이군요" 하고 큰 소리로 말했다.

"소중한 몸값을 건네받는 자리니까요. 이쪽에 쇼 씨라는 호위가 있었던 것처럼 저쪽도 평범한 사공을 데려올 리 없겠죠. 한패였군요."

한패가 됐든 조력자가 됐든 문제는 어느 방면에서의 가세냐

하는 점이다. 삼백 냥이라는 큰돈이 걸려 있다.

주에몬을 응시하는 지헤에도 숯 눈썹 밑의 눈이 붉다.

"아무래도 기치 씨를 꼭 한번 만나야겠군요. 만나게 해주십시오." 지헤에는 자세를 바로잡고 주에몬을 향해 돌아앉았다. "제가 설득하겠습니다. 아니, 야단치려는 게 아닙니다. 이런 방법은 가쓰에 씨에게 너무 잔인합니다. 주에몬 씨도 이렇게 수척해지셨잖습니까."

주에몬은 어깨를 웅크렸다.

"기치 씨는 가쓰에 씨의 엄한 교육 때문에 불만이 쌓였을지도 모릅니다. 친어머니가 못 견디게 그리웠던 것일 수도 있습니다. 할 말이라면 얼마든지 있겠죠. 하지만 이런 방법은 좋지 않습니다. 너무 잔인합니다."

지헤에는 그렇게 역설하며 고개를 연신 가로저었다. 좋지 않다, 좋지 않다, 하면서.

"사람이 어느 날 갑자기 사라져 영영 돌아오지 않는다는 건 말이죠, 경우에 따라선 사별보다 고통스럽습니다. 남은 사람이 깨끗이 체념할 수 없으니까요. 저는 기치 씨에게 그 점을 이해시키고 싶군요."

무라타야 지헤에는 꼭 만나게 해달라며 방바닥에 손을 짚고 절까지 했다.

"친어머니를 그리워하는 기치 씨의 마음도 거짓은 아니겠죠. 하지만 딸을 생각하는 주에몬 씨와 가쓰에 씨의 마음도 거짓이 아니잖습니까."

"무라타야 씨, 부디 머리를 들어주십시오. 무라타야 씨가 그러시면 더더욱 면목이 없습니다."

주에몬은 눈물을 흘리며 지혜에의 어깨를 잡고 흔들었다. 쇼분도의 긴타도 눈물을 글썽이고, 쇼로쿠는 한층 얼굴을 쭈그러뜨려서 흡사 수세미 장아찌처럼 보였다.

"저도 집사람에게 미안하게 생각하고 있었습니다. 하지만 사실을 알리려니 더욱 미안해서……."

그러자 갑자기 수세미 장아찌가 입을 열었다. "그건 아니죠, 나리. 사실을 알려서 여주인분과 아가씨가 서로 속에 있는 말을 전부 쏟아놓고 직성이 풀릴 때까지 싸우면 되는 겁니다."

쇼노스케는 "로쿠돈" 하고 나무랐다. 그러나 쇼로쿠는 물러서지 않았다. 이번에는 쇼노스케를 돌아보며 입을 삐죽 내밀었다.

"난 쇼 씨가 그렇게 무서운 표정을 지을 만큼 틀린 말을 하지 않았다고. 미카와야 여주인분과 아가씨는 십육 년간 모녀였잖아. 친어머니가 나타났다고 십육 년 동안 길러주고 길러진 관계까지 없어지겠어?"

"죄송합니다, 죄송합니다."

같은 점원인 긴타는 손이 발이 되도록 빌었다. 그러더니 쇼로쿠의 수세미 머리를 눌러 같이 사과하게 하려 했다.

"이 자식이 분수도 모르고. 로쿠스케, 이 자식, 미카와야 주인어른께 얼른 사과드려."

쇼로쿠는 고집을 부려 버티고, 주에몬은 침묵했다. 지헤에의 눈은 더욱 붉어지고 목소리는 갈라졌다.

"주에몬 씨가 사정을 전하면 기치 씨도 모른 척하지는 않을 테죠. 모쪼록 무라타야 지헤에의 체면을 세워주는 셈치고 기치 씨를 만날 수 있게 주선해주십시오. 하지만 주에몬 씨는 오지 않는 편이 낫겠습니다." 지혜에는 단호하게 말했다. "타인이 더 이야기하기 편할 겁니다."

"기치가 과연 순순히 나올지……."

"나오지 않으면 이번 납치를 관아에 고발하겠습니다. 그 정도 각오로 기치 씨와 이야기하고 싶어 한다고 전해주십시오."

"맞습니다, 그게 좋습니다. 기치 씨도 속고 있는 걸 수도 있고 말이죠."

쇼로쿠 이 자식, 제법 옳은 소리를 한다. 하지만 정말 쓸데없는 소리를 한다.

"나리도 조금은 의심하신 적이 있을 거 아닙니까. 어머니인 유키 씨는 그렇다 치고 유키 씨의 남편이라든지 조력자는 기치 씨보다 돈을 더 원하는 건지도 모르는 일입니다. 기치 씨는 그냥 돈줄일 수도 있다고요."

로쿠돈, 그렇게 노골적으로 말할 것까지는.

"나도…… 그런 일이 있어선…… 안 된다고, 하지만 기치는……."

주에몬은 급기야 말을 잇지 못했다. 지혜에의 표정이 더욱 비장해졌다.

"그 자리에 저도 입회하겠습니다. 이번에는 틀림없이 본분을 다하겠습니다." 쇼노스케는 칼자루에 손을 힘주어 얹으며 말했다. "지혜에 씨 말씀대로 주에몬 씨는 빠지시는 편이 낫겠습니다. 그렇지만 센 씨는 오셔야겠습니다."

지혜에의 숯 눈썹이 일직선을 그렸다.

"장소는 어떻게 하겠습니까, 쇼 씨? 저는 우리 점포라도 상관 없습니다만."

"미카와야에서도 무라타야에서도 먼, 만에 하나라도 가쓰에 씨에게 알려지지 않을 곳이 좋겠습니다. 그리고 우리가 잘 아는 곳이고 말이죠."

시노바즈 못가, 리에의 가와센이다.

가와센으로 말하자면, 이번 소동에 묻히기는 했으나 입체 그림을 완성해 이제 가져다주기만 하면 되는 상황이었다. 그때 와카도 부르자는 속셈이 있었기에 열심히 그린 것인데, 결국 전혀 다른 일로 같이 가게 되었다.

"다른 분들 나누시는 말씀에 끼어들지 않을게요. 얌전히 숨어 있을 테니 데려가주세요."

기치 씨 입장도 듣고 싶다고 나오면 쇼노스케도 안 된다고는 못 한다.

가와센의 리에는 역시 대인이라, 다소 예사롭지 않은 이 자리를 부탁해도 놀란 기색을 보이지 않았다.

"2층 다목 방을 쓰시지요. 와카 씨와 하녀분은 바로 옆 목련 방에서 기다리시는 게 좋겠어요. 샛장지를 열면 두 방이 하나로 이어진답니다."

요리는 물론 다과도 필요 없는 자리다.

"그럼 신스케를 계단 아래 대기시켜놓아야겠군요."

어쩌면 도적이 달아날 수도 있으니까요, 하고 아무렇지도 않게 말한다.

"……도적일까요." 쇼노스케 쪽이 불분명하다.

"도적이지요. 기치 씨는 그렇다 치고, 이 자작극에 가담한 자는 사람됨을 알 수 없으니까요."

그 말을 듣고 쇼노스케도 생각했다. 만에 하나 누가 난동을 부리거나 칼을 휘두르는 사태가 벌어질 경우, 자신 혼자만으로는 영 불안하다. 사정을 털어놓고 부베 선생에게 부탁해야 하지 않을까.

글방 선생 부베 곤자에몬은 선뜻 수락했다. 그러고는 곧바로 쇼노스케와 함께 사전 답사에 나섰다.

"노를 미리 다른 데로 치워놓게. 도적이 배로 달아날 염려가 없어지니까. 마당에서 못가로 빠지는 뒷길이 있는데, 그곳도 막아놓는 게 좋겠군."

"그럼 짐차를 가져다 놓아두지요."

"계단 밑에는 내가 있을 테니 신스케 씨는 바깥에서 망을 봐주게. 쇼 씨는 지헤에 씨와 있을 것이지?"

"네."

"빈틈을 보여선 안 돼. 여주인 말이 옳네. 상대는 젊은 아가씨 한 명이 아니야. 만만히 보면 큰코다치네."

이 자리를 원한 지헤에는 기치에게 단단히 이르겠다는 마음뿐일 텐데, 어쩌다 보니 일이 커졌다.

"쇼 씨, 사람을 벤 적은 있나?"

"아뇨, 없습니다."

칼을 뺄 준비를 한다는 것은 곧 사람을 벨 준비를 한다는 뜻이다. 쇼노스케도 각오는 되어 있지만 경험이 없다.

"부베 선생님은 어떠십니까?"

"피치 못할 사정으로 딱 한 번 있군. 기분 좋은 일이 아니야. 하지만 이번에 만약 상황이 그리 되면 주저해선 안 되네. 기치라는 처녀를 무사히 되찾기 위한 일이야."

이번 사건에 관해 부베 곤자에몬은 누구보다도 명확한 생각을 가진 듯했다.

"젊은 처녀가 부모와 사이가 순탄치 않은 것을 이용해 돈벌이를 하려고 든 악당이 있는 것이야. 그 악당 곁에 처녀의 어머니가 있건 없건 사정을 참작할 필요는 없네. 알겠지?"

"하지만 기치 씨의 친어머니를 생각하는 마음은 진실이 아니겠습니까?"

"어머니 쪽에 그 마음에 상응하는 진실이 있는지 없는지는 알 수 없는 일이지. 유키란 자는 어미가 아니라 그저 여자일 수도 있어."

아니면 귀여운 딸을 이용해 삼백 냥이나 뜯어내겠다는 생각을 하겠는가.

"혹여 그것이 기치 본인의 생각이더라도 진실로 딸을 생각하는 어미라면 설득해서 말리는 게 도리 아니겠나."

씩씩거리며 말한다. 어쨌거나 믿음직한 호위라는 것만은 잘 알았다.

미카와야 주에몬의 염려대로 기치를 불러내는 데 꽤 애를 먹었다. 무라타야 지헤에가 관아에 고발할 각오라는 것도 이쪽에서 기대했던 만큼 효과 있는 약은 아닌 듯했다. 기치도 지헤에를 아는 데다 무라타야와 미카와야의 관계도 잘 알다 보니, 무라타야 씨가 설마 그런 일까지 하겠느냐고 만만히 보는지도 모른다. 실제로 지헤에도 관아에 고발하면 일이 엄청나게 커지리라는 것은 잘 알고 있으니, 아무래도 이쪽이 불리하다.

"좋지 않군. 유키를 놓치기 전에 도적의 거처를 밝혀내 쳐들어가겠나. 기치를 만나 이야기를 하겠다니 지헤에 씨도 하여간 사람이 너무 좋아 탈이라니까." 부베 선생은 가차 없이 말했다.

그러자 와카가 새로운 안을 내놓았다. "미카와야 씨께는 죄송하지만, 기치 씨에게 부모 자식의 연을 끊기 전에 한 번만 가쓰에 씨를 만나달라, 부탁을 들어주면 삼백 냥 더 얹어주겠다고 하면 어떨까요?"

"돈으로 꼬이라는 말씀입니까?"

"어떻게 대답하느냐로 저쪽 마음도 알 수 있을 것이에요."

두 번째 삼백 냥으로 낚일 것이냐, 아니냐.

결과는 길이었다. 아니, 미카와야 부부 입장에서는 오히려 흉인가. 기치가 가와센으로 오겠다고 승낙한 것이다.

이렇게 해서 무대는 갖추어졌다. 지헤에는 다목 방에서 기다리고, 목련 방에는 와카와 쓰타가 대기하고 있다. 부베 곤자에몬과 신스케도 각자 정해진 자리로 갔다. 주방에는 마키가 있고, 기치의 안내는 리에와 쇼노스케가 맡는다.

성공리에 대단원을 맞이하면 이 자리의 광경도 입체 그림으로 만들어볼까. 쇼노스케가 그런 허튼 생각을 하는 사이에 기치가 도착했다.

기치는 앞뒤로 나란히 선 가마 두 대로 가와센에 나타났다. 아침부터 부슬비가 내려 습도가 높게 느껴지는 날씨였다. 가마에서 내린 미카와야의 무남독녀는 어깨와 아랫자락 언저리에 수국을 수놓은 기모노에 구름무늬 띠를 매고 입술에 짙게 연지를 발랐다.

뒤쪽 가마에서 내린 기치의 동행자를 보고 쇼노스케는 바로 누군지 알아차렸다. 역시 그날 밤 사공이다. 노를 잡고 가쓰에와 쇼노스케로부터 얼굴을 숨기듯 돌아앉아 있던 사내다. 이쪽은 간소한 줄무늬 기모노를 말끔하게 입었는데, 가와센에 들어서기까지 잠깐 사이에 맞은 비를 가볍게 손가락으로 터는 동작이 다소 연극조로 보였다.

"기치 씨, 처음 뵙겠습니다. 저는 후루하시 쇼노스케라 하는 자입니다." 쇼노스케는 선 채로 가볍게 머리를 숙여 인사하고 말을 꺼냈다. "무라타야 씨와의 인연으로 이 자리에 동석하게 됐습니다. 실은 이번 일에 제가 입회인 역할을 하는 게 오늘이 처음은 아닙니다."

쇼노스케는 줄무늬 기모노를 입은 남자를 향해 돌아섰다.

"당신은 그날 밤 배 위에서 만났죠."

"아아, 그때 그 무사 나리입니까."

남자는 사교적인 미소를 지었다. 흰 얼굴빛이 전혀 사공답지 않다. 손을 훌쩍 들어 뺨을 긁는 손가락이 길었다.

"그때는 실례 많았습니다. 저는 덴지로라는 별 볼 일 없는 사내입니다. 이거야 원, 미카와야의 호위는 이렇게 훌륭하신 낭인 나리셨습니까."

'낭인 나리'라는 말에 빈정거림이 담겨 있다. 쇼노스케는 자신의 색 바랜 하카마가 문득 마음에 걸렸다.

기치가 남자에게 매서운 눈초리를 던졌다. "오라버니, 쓸데없는 소리는 그만 됐으니까 얼른 용건을 마치자고요."

턱이 약간 주걱턱이고 입꼬리 옆에 작은 점이 났다. 기름한 눈이 사나워 보인다. 미인은 아니지만 요염함이 있다고 할지, 이른바 남자들이 좋아하게 생긴 처녀였다.

"그렇게 서두를 거 없어. 모처럼 이렇게 운치 있는 선숙에 왔는데."

덴지로는 리에에게 웃음을 지어 보였다. 노골적으로 여자를 보는 눈초리다.

"여주인도 이렇게 멋지고."

"감사합니다."

단아하게 인사한 리에는 "그럼 2층으로 올라가시지요"라고 한 다음 앞장서서 올라갔다. 쇼노스케는 맨 뒤를 따라가며 계단 밑에 숨은 부베 선생에게 얼핏 눈짓을 보냈다. 부베 선생도 말없이 고개를 끄덕였다.

다목 방에서 기다리던 지헤에는 기치의 얼굴을 보더니 바로 앉았다.

"아아, 기치 씨, 건강해 보이는군요."

진심으로 안도하는 점이 지헤에답다.

허나 기치는 그런 감개에 맞춰줄 마음이 없는 듯했다. 방 안을 둘러보더니 물었다.

"미카와야 아버지는 어디 있죠? 어머니도 온다면서요?"

살갑지 않은 말투에도 지헤에는 눈을 가늘게 떴다.

"미카와야 주인 부부를 아직 아버지, 어머니라 부르는군요."

언짢음을 노골적으로 드러내며 버티고 선 기치를, 덴지로가 재촉해 지헤에 맞은편에 앉혔다.

"이거 죄송합니다. 저희도 달래고는 있는데, 기치가 이렇게 옹고집을 부리는 바람에."

태도는 헤실헤실 경박한데, 눈이 웃지 않는 사내다.

"당신은 누굽니까?" 지헤에가 물었다.

"그러는 당신은 누굽니까? 공교롭게도 우리는 미카와야의 거래처 쪽은 잘 몰라서 말이죠."

"이 사람은 우리 가게에 드나드는 대본소 주인이에요. 왜 우리 집 문제에 참견하는지 도통 모르겠네요." 기치가 날카롭게 말했다. 그러고는 이어서 새된 목소리로 물었다. "아버지는 어디 있어요? 미카와야 어머니에게 얼굴만 한번 보여주면 연을 끊어주겠다고 해서 일부러 왔는데, 대체 어디 있는 거예요?"

"정말 인연을 끊어도 되겠습니까?"

"되고 자시고 할 것도 없어요. 난 이제 미카와야로 돌아갈 생각이 없으니까."

"가쓰에 씨는 기치 씨를 걱정해 수척해지셨는데요."

"수척해지건 뭐건 난 모르는 일이에요. 이제는 생판 남이라고요."

"이거 참 죄송합니다. 계속 이런 식이지 뭡니까. 젊은 처녀는 한번 고집이 발동하면 손 쓸 방법이 없어요." 덴지로가 히죽거리며 말했다.

저는 기치의 오라비 되는 자입니다, 하고 짐짓 정중하게 고개를 숙였다.

"기치의 어머니 유키가 저희 아버지와 부부가 돼서 말이죠. 의남매가 된 겁니다. 대가 제법 센 누이입니다만, 제 식구가 되고 나니 귀엽군요."

그 말로 일당의 실태가 밝혀졌다. 기치의 친어머니 유키에게 병든 남편 외에 이런 혹이 딸려 있었던 것이다.

"누이의 행복을 바라는 게 오라비 마음 아니겠습니까. 미카와야에도 할 말은 이것저것 있겠습니다만, 당사자가 이러니 말이죠. 그러니까 그쪽, 무라타야 씨라고 하셨습니까." 지헤에에게 알랑거리는 척한다. "타인의 일인데 부탁드리기는 뭐합니다만, 기치를 원만하게 저희 아버지 어머니에게 돌려보내주시지 않겠습니까?"

몸짓을 곁들여 술술 잘도 떠드는 덴지로의 소맷자락이 걷히면서 왼팔 팔꿈치 언저리까지 얼핏 드러났다. 쇼노스케는 문신을 지운 자국을 알아차렸다. 이 녀석, 전과자인가.

쇼노스케가 알아차린 것을 덴지로도 알아차렸다. 아니, 일부러 보인 것인지도 모른다. 묘하게 정성스레 소매를 어루만지더니 또다시 씩 웃었다.

"아버지는 폐병 환자고 유키 씨도 줄곧 힘들게 살아와서 몸이 약하거든요. 저 혼자 벌이로는 먹고사는 게 고작이고 약도 변변히 못 산단 말이죠. 그래서 기치한테 부탁한 건데, 이거 참 면목 없는 일입니다만 부모 자식 간의 정이란 게 있잖습니까."

타인이다, 부모 자식 간의 정이라고 거듭해서 강조하는 게 역겹다. 기치는 아무것도 느끼지 못하나. 이 남자의 수상쩍은 냄새를 맡지 못하는 걸까.

"무라타야 씨, 아버지, 어머니는 어디 있어요?" 기치는 끝까지 싸움을 걸 듯한 자세다. "얼른 끝내고 싶어요. 아니면 뭔가요, 돈 이야기는 절 낚기 위한 방편이었던 건가요?"

흥 하고 새침하게 턱을 쳐든다.

"딱 그 사람들이 할 법한 일이군요. 그렇게 해서 억지로라도 날 미카와야로 데려가겠다는 말인가요? 미안하게 됐네요, 난 무슨 일이 있어도 미카와야로 돌아가지 않을 거예요. 이젠 그 사람들 딸이 아니니까요. 진짜 아버지 어머니가 있으니까요."

쇼노스케는 지헤에의 옆얼굴을 살폈다. 오지랖 넓은 무라타야 대본소 주인은 기치의 말 한마디 한마디에 따귀를 맞은 듯한 표정이었다.

"미카와야의 부모님이 그렇게 밉습니까?"

그런 표정인 채로 조용히 물었다. 여기에는 기치의 시선도 약간 흔들렸다. 맞받아치려다 말고 주저한다.

"이제 한 조각 정도 남아 있지 않습니까? 기치 씨가 그 나이가 되도록 소중히 길러준 두 분인데."

"소중히?" 기치의 눈썹이 순식간에 치올랐다. "소중하기는 뭐가 소중하다는 건가요? 이게 틀렸다, 저게 부족하다, 못난 딸이라고 늘 잔소리와 꾸중뿐인데!"

"그건 모두 기치 씨가 미카와야의 어엿한 여주인이 되기를 바라기 때문입니다."

"그렇겠죠. 그 사람들은 미카와야가 소중한 거예요. 저 같은 건 대를 이을 도구로만 본다고요."

네, 그래요, 도구예요, 하고 힘주어 말했다.

"그럼 다른 데서 더 유용한 도구를 주워오면 될 거 아니에요? 저도 개 줍듯이 주워왔으니까. 어머, 그게 아니네요. 저는 강아지 줍듯 주워진 거예요. 어머니는 개처럼 미카와야에서 쫓겨났고요." 기치가 숨을 몰아쉬며 말했다.

지혜에는 서글픈 표정으로 천천히 고개를 끄덕였다. "그렇군요. 기치 씨가 주에몬 씨와 가쓰에 씨를 용서할 수 없는 건 두 사람이 기치 씨와 유키 씨 사이를 갈라놨기 때문입니까."

"그래요. 당연하잖아요. 게다가 그 사람들은 달리 의지할 데 없는 우리 어머니를 어디서 굴러먹던 말 뼈다귀인지도 모를 엉큼한 늙은이에게 시집보냈다고요."

"진짜 너무하는데요." 덴지로가 옆에서 거들었다.

"전 그런 일을 전혀 몰랐다고요. 어머니를 만나 사실을 알 때까지 까맣게 몰랐단 말이에요. 만약 알았다면 벌써 오래전에 미카와야에서 뛰쳐나갔을 거예요. 어머니가 얼마나 고생했는지 알았다면……." 기치가 눈물을 글썽였다. "어머니가 미카와야에게 당한 처사를 생각하면 삼백 냥은 거저나 다름없죠. 그 돈 받고 봐주겠다는데, 무슨 말이 그렇게 많은지."

기치는 휴지로 눈가를 훔치고 연지 바른 입술을 눌렀다. 지혜에가 무거운 한숨을 지었다.

"내 말 들어봐요, 기치 씨."

지혜에는 기치가 어렸을 때부터 바로 얼마 전까지 자신이 아는 모든 일을 들어, 미카와야 부부와 기치의 관계가 결코 강아지를 주워 기르는 것과 달랐음을 이야기하기 시작했다.

기치의 귀에는 지혜에의 목소리가 들렸을 것이다. 그러나 마음에는 그의 말이 전달되지 않는 듯했다. 처녀의 얼굴은 지혜에의 이야기가 계속될수록 더욱 고집스러워졌다. 고개를 다른 데로 돌리고, 턱을 치켜들고, 이따금 옆에 있는 덴지로를 곁눈으로 보며 기분 나쁜 눈짓을 주고받았다.

급기야 지혜에도 손을 들었다.

"기치 씨…… 정말 슬프군요." 지혜에는 중얼거렸다.

"슬퍼하시려면 얼마든지 그러세요. 전 모르는 일이에요."

"정말 집으로 돌아올 생각은 없습니까? 사실은 납치된 게 아니었다, 속여서 죄송하다고 사과드릴 마음은 정말 없습니까?"

"속여서 미안하다고 사과할 사람은 그쪽이라고요." 기치는 어깨를 펴고 화난 목소리로 맞받아쳤다. "확실히 말해두지만, 전 그냥 돈만 받고 집에서 나왔어도 상관없었단 말이에요. 어머니 모르게 하고 싶다면서 납치를 꾸민 사람은 아버지라고요. 제 입장에선 헤어질 때 미카와야 어머니에게 해주고 싶은 말이 얼마나 많았는데요. 뺨이라도 한 대 갈겨주고 싶었다고요."

"쯧쯧, 그렇게 흥분하지 말고." 덴지로가 기치의 등에 손을 척 올려놓았다. "쓸데없이 신경 곤두세울 거 없어. 우리하고 미카와야 사이를 중재해주시겠다는 분인데, 그렇게 물어뜯을 기세로 대들 일이 아니지. 그래선 너, 정말 개 아니냐."

눈을 치뜨며 웃음을 짓는다. 기치는 주먹을 부르쥐고 있었다.

"그래서 말입니다만, 무라타야 씨." 덴지로는 지혜에도 눈을 치뜨고 바라보았다. "언제까지고 이런 말을 주고받아봤자 결론이 나질 않으니, 그만 이야기를 진행시킵시다."

지혜에는 더러운 것을 보듯 눈을 가늘게 떴다. "뭘 어떻게 진행시키자는 겁니까?"

"다 알면서 그러십니까?"

덴지로는 샛장지와 조금 전에 지나온 옆방 쪽으로 시선을 던졌다.

"미카와야 주인과 여주인분도 여기 계시죠? 어디 숨어서 상황을 지켜보고 계시죠? 귀여운 딸내미가 온다는데 안 나올 리 없죠. 얼른 대면을 마치고 줄 거 주고 받을 거 받아서 깨끗이 헤어지자, 이 말입니다."

지혜에는 눈을 내리깔았다. 두 손은 무릎 위에 가지런히 놓여 있다. 그러더니 눈을 들어 낮은 목소리로 말했다

"좋습니다."

덴지로의 얼굴에 웃음이 피었다. "그렇게 나오셔야지."

"덴지로 씨, 아니, 오라버니라고 하셨습니까, 착각하면 곤란합니다."

"네?"

"오늘 이곳에는 저와 여기 계시는 후루하시 님만 왔습니다. 미카와야 씨는 여기 없어요. 가쓰에 씨는 몸져누웠고 주에몬 씨는 가쓰에 씨가 걱정돼서 곁을 떠날 수 없거든요. 그러니 내가 대리인입니다."

대리인으로서 지혜에는 별안간 목소리에 힘을 주며 동그란

눈을 부릅떴다.

"기치 씨 마음이 정 그렇다면 이 이야기는 끝입니다. 이제 미카와야 씨를 만날 필요 없습니다. 이쪽에서 사절하겠습니다."

기치의 안색이 달라졌다. "뭐라고요? 사절이라니, 그게 무슨 뜻이죠? 그럼 돈은 어떻게 되는 거예요?"

"벌써 삼백 냥 챙겼잖습니까? 그게 위자료입니다."

"약속이 다르잖아요!"

침을 튀기며 지혜에에게 덤벼들려는 기치는 젊은 처녀의 매력이고 뭐고 찾아볼 수 없었다.

덴지로가 조금 전 같은 다정함은 찾아볼 수 없는 태도로 기치의 목덜미를 잡아 되돌려놓고 앞으로 나섰다. 기치는 휘청거리다가 바닥에 손을 짚었다.

"그럼 뭐요, 무라타야 씨. 우리를 여기로 불러내놓고 빈손으로 돌려보내겠다는 속셈이오?"

지혜에도 지지 않고 시선을 맞받아쳤다. "그야 당연하지. 내가 관아에 고발하지 않는 것만 해도 다행인 줄 알라고."

덴지로는 소매를 걷어붙이더니 지혜에에게 바짝 다가가 한쪽 무릎을 세우고 앉았다. 팔의 문신을 지운 자국뿐 아니라 이 사내의 본성까지 드러났다.

"관아 따위 무서울까 봐! 다른 집 딸을 납치한 게 아니야, 기치는 유키 씨 딸이라고. 양부모한테 학대받아 울고 있는 딸이 친부모를 만나겠다는 걸 도와준 것뿐인데, 켕길 게 뭐가 있어."

"그럼 소란피울 것도 없이 이대로 물러나면 그만 아닌가. 가마를 돌려보냈다면 지금 당장 불러주겠네."

코를 벌름거리며 벌게진 눈으로 으름장을 놓던 덴지로가 별안간 표정을 확 바꾸었다. 세우고 있던 무릎을 내리고 고쳐 앉았다.

"무라타야 씨, 댁도 참 너무하시네." 끅끅 웃으며 지혜에의 기모노가 불룩한 부분을 가리켰다. "약속한 삼백 냥, 거기 들어 있으면서 그래, 맞지?"

아닌 게 아니라 지혜에의 품에 삼백 냥을 싼 꾸러미가 들어 있다. 잘도 알아차렸다. 이 사내의 코는 돈 냄새를 분간하나.

"그럼 잔말 말고 그 돈을 활용할 의논을 하자고."

덴지로의 목소리가 달라진 것을 감지했는지, 기치가 불안스레 눈을 깜박였다.

"오라버니, 무슨 말이에요?"

덴지로는 상대하지 않았다. 지혜에만 똑바로 바라보고 있다.

"난 말이지, 지혜에 씨, 미카와야에 별반 원한 같은 건 없거든. 우리 아버지도 그렇고, 유키 씨도 뭐, 지나간 일은 지나간 일 아니겠어? 언제까지고 원망해봤자 소용없지."

"그렇지 않아요, 오라버니. 마음대로 말하지 말아요."

"넌 입 다물고 있어." 덴지로는 돌아보지도 않고 그렇게 내뱉더니 얼굴 한쪽만을 일그러뜨려 웃었다. "보라고, 지혜에 씨. 나도 우리 아버지 자식이니까 부모 자식 간의 정은 이해해. 그러니까 이렇게 하자고. 댁이 품에 든 삼백 냥을 불쌍한 유키 씨한테 주면 이쪽도 기치를 군말 없이 돌려주지, 어때?"

기치는 불안한 것을 넘어 공포에 사로잡혔다. 목에서 끅 소리를 내더니 덴지로의 어깨를 붙들고 매달렸다.

"그러지 말아요, 오라버니. 대체 무슨 소리예요?"

덴지로는 자신의 어깨를 잡은 손을 억지로 떼어내며 기치를 돌아보려 하지도 않았다. 지헤에를, 지헤에의 품을 보고 있었다. 그곳에서 시선을 떼지 못하는 것이다.

"싫어요, 난 미카와야로 돌아가지 않을 거예요!" 기치가 부르짖었다.

덴지로는 돌아보며 고함쳤다. "닥치라니까!"

그러고는 처녀의 몸뚱이를 거칠게 밀쳐냈다. 기치는 맥없이 날아가다시피 해서 쓰러졌다.

"무슨 짓이냐!"

칼을 빼들려는 쇼노스케의 눈앞에 덴지로가 손바닥을 불쑥 들이밀었다.

"어이쿠, 서두르지 마시지, 떠돌이 무사 씨."

싸움 같은 야만적인 일은 없기야, 하며 엷게 웃는 얼굴에 주먹을 날려주고 싶었다. 그러나 이번에는 지헤에가 팔을 뻗어 쇼노스케를 제지했다.

"쇼 씨, 진정하십시오. 일단 덴지로 씨의 생각을 들어보도록 합시다."

"오, 역시 댁은 뭘 좀 아는군. 풋내기 무사하고는 차원이 달라도 한참 다르네." 덴지로는 기뻐하며 끅끅 웃었다. "내 생각이고 뭐고, 요는 그냥 그거야. 그쪽은 삼백 냥을 내놓는다, 나는 삼백 냥을 챙기고 기치를 내놓는다. 미카와야로 데리고 돌아가서."

"오라버니……."

기치가 모깃소리로 말했다. 머리는 헝클어졌고 안색이 창백했다. 덴지로는 기치를 돌아보았다.

"어이, 어이, 그런 표정 지을 거 없어. 기치 너한테도 결국 이게 제일 좋은 일이라고." 잘난 척하며 훈계를 시작했다. "미카와야에서 얌전히 살다 보면 언젠가 좋은 남편을 얻어서 재산이 모조리 네 차지가 되는 거야. 그때까지 유키 씨는 내가 잘 돌봐줄 테니까, 만나고 싶을 때 만나러 오면 되지. 그쪽에서 셋집을 얻어주면 가까운 데 살아줄 수도 있으니까."

"오라버니…… 오라버니, 어머니는 그런 걸……."

"바라지 않는다고? 하여간 바보라니까. 그래서 넌 세상 물정 모르는 계집애란 거다, 나 원 참."

덴지로의 한탄에 지헤에는 가면을 쓴 것처럼 꼼짝도 하지 않았다.

"애지중지 자라서 젓가락보다 무거운 건 들어본 적도 없고 일도 하나 할 줄 모르는 딸을 떠맡느니 돈만 챙기면 유키 씨 입장에서도 훨씬 고맙지. 넌 짐이라고, 기치." 그러더니 눈썹을 잠깐 꿈틀했다. "아니지, 미카와야하고 연이 끊어지면 그냥 짐이지만, 미카와야의 대를 이을 딸로 남아 있으면 두고두고 큰 도움이 될 거다."

"하지만 난 어머니랑…… 친어머니랑……."

"그래, 유키 씨는 네 소중하고 또 소중한 친어머니야. 딸 된 입장에서 효를 다하는 게 도리 아니겠냐? 그러려면 어떻게 하는 게 좋을지, 그 든 거 없는 머리로 잘 생각해보란 말이야, 엉?"

납죽납죽 잘도 움직이는 덴지로의 얇은 입술, 그 틈으로 보이는 이 사이로 피가 뚝뚝 떨어지는 듯했다. 그 이가 물어뜯고 우두둑우두둑 씹어 부수는 기치의 마음에서 흐르는 선혈이다.

"자, 무라타야 씨, 얼른 끝내자고."

뻔뻔하게 손을 내미는 덴지로에게 지혜에는 웃음으로 답했다. 그러더니 느닷없이 덴지로의 얼굴을 향해 침을 뱉었다. 덴지로는 웩 하고 소리치며 몸을 뒤로 젖혔다.

"그래, 그런 걸 줄 알았다. 기치 씨, 이제 이놈의 정체를 알았습니까?"

이 자식이! 덴지로는 으르렁거리며 몸을 일으키더니 줄무늬 기모노 속에서 요술처럼 비수를 꺼냈다. 번득이는 칼날을 보고 지혜에가 순간 주춤한 틈을 타 펄쩍 뒤로 물러나며 기치를 붙들었다. 그러고는 또다시 한쪽 무릎을 세운 자세로 기치의 목에 비수를 갖다 댔다.

"괜한 짓은 하지 말라고. 그랬다간 소중한 기치의 어여쁜 얼굴이 망가지는 수가 있어."

기치는 눈을 크게 뜨고 막대기를 삼킨 것처럼 뻣뻣하게 굳어 있었다. 눈에서 눈물이 쏟아졌다.

"오라버니, 난……."

"무라타야 씨, 돈 이리 내놔. 그렇지만 이 협상은 결렬됐으니. 기치도 데리고 돌아가겠어. 용건이 다시 생기시거든 그때 다시 보자고."

흥분해 웃는 덴지로의 발치에 지혜에는 품에서 꺼낸 삼백 냥 꾸러미를 던졌다. 지혜에가 직접 꼼꼼히 싸서 매듭에 종이 노끈을 묶었다.

"기치, 돈 집어."

기치는 꼼짝하지 못했다. 뻣뻣한 팔 끄트머리에서 손가락만 바들바들 떨리고 있었다.

"너하고 네 어머니의 소중한 돈이라고. 천천히 손을 뻗어 주워. 너도 그쯤은 할 수 있겠지."

기치는 눈을 감았다. 눈물이 뺨을 타고 흘러내렸다. 손을 움직여 떨리는 손가락으로 돈 꾸러미를 끌어당겨 이럭저럭 잡았다.

"그래, 잘했다. 잘 들고 있어."

덴지로가 일어나 기치를 방패로 삼은 채 방 출입구 쪽으로 슬금슬금 뒷걸음치기 시작했다. 기치는 젖은 빨래처럼 끌려갔다. 쇼노스케는 칼집 아가리에 손을 얹고 발바닥을 스치듯 하며 거리를 좁혔다.

"흥, 네놈 같은 풋내기 무사가 날 벨 수 있겠냐?" 덴지로는 큰 소리치며 쇼노스케를 비웃었다. "네놈의 그 허약한 팔로 칼을 휘둘러봤자 맞지도 않아. 기치의 코끝이나 베면 모를까. 그냥 얌전히 넣으시지."

그때였다.

"비겁한 놈!"

강한 목소리가 울려 퍼졌다. 와카 목소리다.

여자, 그것도 젊은 여자의 일갈이라는 점이 덴지로의 허를 찔렀다. 한순간 기치를 꽉 붙들고 있던 팔을 늦추고 목소리가 들린 곳을 찾아 시선을 움직였다.

쇼노스케는 때를 놓치지 않고 바짝 다가들었다. 칼보다 순간적으로 주먹을 꽉 쥐어 덴지로의 명치를 쳤다. 그와 동시에 샛장지를 걷어차고 부베 곤자에몬이 뛰어들었다. 이쪽은 칼집에

든 칼로 덴지로를 후려쳤다.

"오라버니!"

붙들린 신세에서 놓여난 순간 기치가 소리쳤다. 돈 꾸러미가 바닥에 떨어졌지만 종이 노끈 덕분에 벌어지지 않았다.

"오라버니! 도망쳐요, 어서 도망쳐요!"

부베 선생과 둘이 덴지로를 제압해…… 제압했다고 생각했는데, 다음 순간 쇼노스케의 눈에서 불이 번쩍했다. 몸이 기우뚱 기울어져 엉덩방아를 찧었다.

"무슨 짓이냐!"

부베 선생이 고함쳤다. 기치가 선생님을 붙들고 있었다.

"오라버니를 베지 말아요! 오라버니, 어서 도망쳐요. 제발 도망쳐요!"

덴지로는 명치에 손을 얹고 신음하며 몸을 앞으로 숙인 채 도망쳤다. 쿵쾅쿵쾅 요란하게 계단을 내려간다.

"신스케, 조심하게! 비수를 가졌어!"

부베 선생은 큰 소리로 부르짖으며 기치의 팔을 떼어내려고 몸부림쳤다. 젊은 처녀의 힘이라도 죽기 살기로 매달리니 쉽지 않다.

"기치! 대체 무슨 생각이냐! 왜 녀석을 놓아주는 거지?"

"기치 씨!"

지혜에도 거들어 이럭저럭 기치를 떼어놓았다. 그 무렵이 되어 쇼노스케는 겨우 눈의 초점이 맞으면서 정신이 들었다. 머리 오른쪽이 지끈지끈 쑤시는데 무슨 일이 있었던 건가?

"정신 차리세요, 후루하시 님."

곁에 쪽빛 두건을 쓴 와카가 있었다. 살며시 손을 뻗어 쇼노스케의 머리가 지끈거리는 곳을 어루만졌다.

"저, 저는 대체……."

"기치 씨에게 삼백 냥 꾸러미로 얻어맞으셨어요. 아프세요?"

당사자인 기치는 바닥에 엎드려 울고 있었다.

"오라버니라……."

쓰러진 샛장지를 일으켜 세워 문틀에 도로 끼워놓고 쓰타도 곁으로 다가왔다. 기치를 내려다보는 커다란 얼굴이 쌀통에 뀐 바구미를 발견한 것처럼 일그러져 있었다.

"그냥 오라버니가 아니군? 댁의 남자이기도 한 거야. 아니, 그보다 댁이 그 쓰레기 같은 인간의 여자가 되고 만 거야."

뭐라고? 일동이 놀라 어처구니없어 했다. 쓰타는 그런 일동을 어처구니없어 했다.

"아니면 선생님께 매달리면서까지 도망치게 하겠습니까?"

그래, 그렇게 된 일인가.

쓰타의 눈은 차가웠다. "하여간 홀딱 넘어갔군. 이제 대체 어쩔 생각이야?"

쓰타가 물어도 기치는 그저 하염없이 울기만 했다.

원망할 거야.

겨우 소란이 진정된 가와센 2층의 다목 방.

기치의 눈물도 이럭저럭 멎었다. 눈물로 젖어 있던 눈과 뺨이 마르자, 이번에는 눈을 매섭게 뜨고 한 말이 이것이었다.

"평생 원망할 거야."

그러면서 정말 원망 어린 눈초리로 지헤에를 노려본다. 이쪽은 지친 표정으로 어깨를 축 늘어뜨리고 있다.

"내가 덴지로라는 그 사내의 정체를 폭로했기 때문입니까?"

지헤에가 묻자, 기치는 도망치듯 시선을 피했다. 호흡이 무척 거칠다.

다목 방 출입구를 가로막듯 쓰타가 떡하니 앉아 있다. 시노바즈 못이 내다보이는 창문 한 쪽을 활짝 열어놓았는데, 그쪽에는 부베 선생이 버티고 서 있다. 못을 건너 불어온 바람이 들어 조금 선득하다.

리에는 조금 전 잠깐 얼굴을 비쳤다. 사태가 일단락됐다지만 수습되지는 않은 것을 보고 바로 물러나려는 것을 와카가 불러 세웠다. 둘이 뭐라 나지막이 소곤거리는가 싶더니 리에가 대야에 찬물을 떠다주었다. 그 물에 적신 수건으로 쇼노스케는 여태 욱신거리는 머리를 식히는 중이다. 수건이 미지근해지면 와카가 갈아준다.

지헤에가 한숨을 쉬었다. "나를 원망해서 마음이 풀린다면 얼마든지 원망해요. 어쨌거나 미카와야로 돌아가는 겁니다."

"돌아가지 않을 거예요. 전 미카와야의 딸이 아니에요."

기치의 눈꼬리도 목소리도 점점 더 뾰족해졌다. 외고집을 부리는 것이다.

"냄새나는군."

창밖에 시선을 준 채 큼직한 코에 주름을 잡고 별안간 부베 선생이 신음했다.

"냄새가 아주 진동을 하는데. 무슨 냄새가 이렇게 센가." 선생은 일동을 둘러보았다. "냄새나지? 안 나나?"

코를 쥐는 시늉까지 한다.

"무슨 냄새 말씀이신지요?"

쓰타가 묘하게 정중히 묻자 부베 선생은 활짝 웃었다.

"근성이 썩은 냄새라네. 어이구야, 우리 글방에도 꽤나 못된 녀석이 있네만, 이 정도로 냄새가 심한 것은 흔치 않은걸."

명랑하게 말한 다음 기치에게 시선을 돌리더니 정색했다.

"덴지로 놈의 근성 냄새네, 아가씨. 아가씨 것도 조금은 섞여 있군. 스스로 알겠나? 몰라? 똥은 제 똥도 냄새나는 법이네만."

부베 곤자에몬은 의외로 이런 말을 하는 인물이다.

사납게 번득이던 기치의 눈이 또 젖었다. 입이 팔자로 일그러졌다.

"부베 선생님……."

지헤에가 작은 목소리로 수습하듯 말하자, 선생은 또 웃었다.

"미안하네, 무라타야 씨. 하지만 이런 인간은 훈계해봤자 소용없어. 미카와야 씨도 포기하는 게 좋겠네. 본인이 돌아가지 않겠다고 우긴다면 이대로 내버려두면 될 것 아니겠나."

시기가 적절한지 적절치 않은지 아래층에서 구이 냄새가 풍겼다.

선생은 가슴을 펴고 한껏 냄새를 들이마셨다.

"아아, 좋은 냄새로군. 코가 호강하는데." 마침 배도 고프다며 후련한 것처럼 말한다. "수고비는 이곳의 맛난 식사라고 듣고 왔네만 사실인가?"

"그렇습니다." 지헤에가 대답했다.

쇼노스케도 고개를 끄덕였다가 얼굴을 찡그렸다. 머리를 움직이면 또 욱신거린다. 와카가 즉각 수건을 갈아주었다.

"그 냄새나는 녀석을 놓친 것은 면목 없네만, 도둑놈에게 돈을 더 얹어주지 않고 끝났으니 수고비를 받기로 하지."

아 참 맛있는 냄새로군, 하며 손을 맞비빌 듯한 기세다. 이제 기치 따위 안중에 없다는 태도였다. 물론 일부러 그러는 것인데, 아이들 다루는 데 익숙한 선생이다 보니 효과 만점이었다.

"뭘 하는 거지? 미카와야에 돌아가지 않겠다며? 그럼 이곳에도 이제 볼일이 없을 텐데? 당장 물러가게." 딱딱하게 굳어 앉아 있는 기치를 몰아세우더니 이런 말까지 덧붙였다. "빈손으로 돌아가라고. 삼백 냥은 어림없네. 돈이 꼭 필요하다면 미카와야에 머리 숙여 부탁하러 가야지."

아무리 고집스레 버티는 척해도, 덴지로 같은 사내와 엮여 남자 때문에 부모를 배신하고 게다가 방금 전 그 사내의 마음에 진심이 전혀 없음을 안 처녀다. 쇼노스케의 눈에는 기치가 점점 쪼그라드는 듯 보였다.

잘못했어요.

한마디만 하면 끝나는데, 그 한마디를 못 하겠다. 실의 속에서도 자기를 굽히지 못하는 기치의 대찬 기질과 고집스러운 성격에, 쇼노스케는 문득 어머니 사토에를 떠올렸다.

지헤에의 숱 눈썹은 서글프게 처져 있다. 부베 선생은 품에 손을 넣은 채 책상다리를 하고 앉아 있다. 몸집 큰 쓰타는 천장을 바라보고 있다.

그러자 와카가 가볍게 몸을 내밀어 기치에게 말을 걸었다.

"미카와야의 기치 씨."

쪽빛 두건 밑에서 와카는 두 눈을 크게 뜨고 다다미에 손가락을 짚어 절했다.

"저는 재봉점 와다야의 딸 와카라고 합니다. 무라타야 씨와도 오래전부터 아는 사이예요."

열아홉 살 처녀의 '오래전부터'다.

"이번 일에 저 같은 타인이 참견하는 것은 주제넘은 일입니다만……." 와카는 미소를 지었다. "그렇지만 저도 어머니와 싸우는 일에는 도가 텄거든요."

그러더니 가느다란 손가락으로 두건을 스르르 벗었다. 왼쪽 절반이 붉은 멍으로 뒤덮인 얼굴이 드러났다.

눈을 모로 뜨고 곁눈으로 와카를 보고 있던 기치는 놀라 저도 모르게 똑바로 쳐다보았다. 그러나 정시하면 미안하다는 듯 금세 시선을 거두고 고개를 돌렸다. 당황하는 기치를 보고 와카는 또다시 미소를 지었다.

"놀라게 해드려 죄송해요. 기치 씨는 상냥하신 분이군요. 하지만 저는 이미 이 얼굴에 익숙하니까요, 부디 신경 쓰지 마시고 제 이야기를 잠깐만 들어주시겠어요?"

부베 선생이 칼을 잡으며 일어섰다. "지헤에 씨, 우리는 자리를 비켜주지. 쇼 씨도."

와카가 재빨리 대답했다. "감사합니다. 하지만 후루하시 님은 계셔주셨으면 합니다만."

쇼노스케는 일단 얼굴에서 수건을 떼고 자세를 바로잡았다.

"알겠습니다."

그 즉시 머리에 난 혹이 욱신거려 다시 눌렀다. 하여간 꼴사납기 그지없다.

부베 선생은 즐겁게 눈알을 데굴데굴 굴리며 방에서 나갔다. 지헤에가 그 뒤를 따르고, 쓰타가 조신하게 샛장지를 닫았다. 탁 소리가 났다.

와카는 기치에게 눈길을 주었다. 기치는 밑을 보고 있다.

"얼굴뿐 아니라 몸도 절반은 이렇답니다. 갓난아기 때부터 그랬어요." 침착한 목소리였다. "멍처럼 보이지만 실은 피부 자극 같은 것이에요. 계절이나 몸 상태에 따라 좋아졌다가 나빠졌다가 하죠."

어깨에 힘을 잔뜩 넣고 무릎을 팔로 버티며 앉아 있는 기치는 아무 말도 하지 않았다.

"저희 어머니도 젊었을 때 지금의 저 같았다고 해요."

이것은 쇼노스케도 처음 듣는 이야기다. 수건을 떨어뜨리며 "어?" 하고 얼빠진 목소리를 내고 말았다. 와카는 웃으며 쇼노스케를 돌아보고 고개를 끄덕였다.

"그렇답니다. 어머니도 나서부터 이것 때문에 고생하셨대요."

"하, 하, 하지만……."

"지금은 거의 눈에 띄지 않아요. 나은 건 아니겠지만 진정된 상태랍니다."

"……그렇습니까."

쩔쩔매며 미지근한 수건을 쥐고 있으려니, 와카가 빼앗아 다시 찬물에 담갔다가 꼭 짜주었다.

"그러니까 이건 병이 아니라 체질인 모양이에요. 외가 쪽으로 그런 사람이 또 있고 말이죠. 할머니는 아니셨지만, 어머니의 이모가 그러셨대요."

"그럼 와카 씨도 어머님처럼 어른이 되면 낫는 겁니까?"

"저는 벌써 어른이라고 생각하는데요."

와카는 귀엽게 입술을 삐죽 내밀며 대꾸했다. 쇼노스케가 갈팡질팡하자 바로 웃음을 터뜨렸다.

"벌써 열아홉 살인걸요. 이미 오래전에 시집갔어도 이상할 것 없는 나이예요. 기치 씨가 보면 어엿한 중년이죠."

쇼노스케는 무턱대고 수건으로 얼굴을 문지르며 어, 아, 예, 하고 헛소리 같은 소리를 냈다. 와카는 까르르 웃고, 기치는 살며시 눈을 들어 그런 두 사람을 훔쳐보았다.

"외가 여자 중에 이따금 그런 체질을 가진 사람이 태어난다, 저도 그렇다는 걸 안 게 열세 살 때였어요. 팥밥을 지어주었을 때 어머니가 가르쳐주신 거죠." 그러더니 이렇게 말하더라고 와카는 말을 이었다. "출산을 했더니 낫더라고 말이에요. 즉, 저를 낳았더니 나았다는 뜻이죠."

와카도 와다야의 무남독녀 외딸이다.

"여자는 출산을 하면 체질이 바뀌는 경우가 있대요. 저희 어머니도 그랬고, 아까 말씀드린 어머니의 이모도 그러셨다나요."

그러니까 언젠가 너도.

"하지만 그때 저는 정말 얼마나 화가 나던지."

조금도 화난 어조가 아니다.

"그럼 어머니는 자기 괴로움에서 벗어나려고 나를 낳았다는 말인가."

출산을 하면 피부 자극이 나을지도 모른다. 하지만 한편으로 태어나는 아기가 딸이라면 같은 고통을 짊어질 지도 모른다. 그런 사실을 알면서 와카의 어머니는 와카를 낳았다.

"어머니는 이기적이다, 사람도 아니다, 자기만 안다고……."

비난하고, 따지고, 날뛸 대로 날뛰어……

"그때부터 너끈히, 그래요, 한 삼 년 동안은 어머니를 한 지붕 아래 사는 원수처럼 여겼어요."

지금도 약간은, 하며 와카는 입가에 손가락을 갖다 대고 후후 웃었다.

"아직도 가끔 싸운답니다. 하지만 그 무렵 같지는 않아졌어요."

"어떻게……."

기치의 목소리였다. 악을 쓰는 것도, 목이 멘 것도 아니고, 그저 어렴풋이 떨린다. 이렇게 들으니 어린 목소리다.

"어떻게 싸우지 않게 된 건가요? 어떻게 어머니를 용서할 수 있었던 거예요?"

와카는 고개를 갸웃했다. "글쎄요, 왜일까요? 저도 잘 모르겠네요. 어쩌면 그저 지쳤던 것뿐일지도 몰라요. 남을 원망하면 기운이 빠지는걸요."

기운이 빠져서 찬찬히 생각했다.

"어머니도 불쌍하다는 생각이 들더군요. 딸이 태어날 거라고 확실하게 알고 있었던 것도 아니고, 이 체질을 물려받을지 아닐지도 알 수 없죠. 제가 태어나 같은 고통을 갖고 있다는 걸 알고 어머니가 울고, 울고 또 울어서 귀가 나빠질 때까지 울었대요. 아까 저기 버티고 앉아 있던 저희 집 하녀가 가르쳐준 이야기지만요."

아직 용서한 건 아니에요, 하고 말하는 와카의 어조는 상냥했다.

"그래서 저는 집에서 성미 까다로운 골칫덩어리 취급을 받는답니다. 제멋대로 행동하고, 절대로 시집가지 않겠다고 혼담이 들어오는 대로 족족 쓸어버리고 말이죠."

정말 빗자루로 쓸어내는 동작을 해보였다.

"전 저도, 어머니도 더할 나위 없이 불행한 모녀라고 생각했어요."

불행의, 갈등의, 서로의 마음에 상처를 주는 이유가 눈에 보이니까.

"세상에서 제일 불행하다고 생각하고 살았는데, 어쩌면 아니었는지도 모르겠네요. 보이지 않는 쪽이 힘들어요. 마음은 눈에 보이지 않으니까 곤란하군요."

기치의 입이 또다시 팔자로 일그러졌다. 이번에는 외고집을 부리는 팔자가 아니다. 자기 안에 있는 어떤 것을 곱씹는 입 모양이었다.

"기치 씨, 집에서 나오든 나오지 않든 일단 싸워보면 어떨까요? 한번 그렇게 해보세요."

흡사 마음에 둔 사람이 있으면 연문을 보내라고 부추기는 것처럼 와카는 명랑한 눈빛으로 말했다.

"실컷 싸우고 하고 싶은 말을 다 하는 거예요."

쇼분도의 로쿠스케도 같은 말을 했다. 좋건 싫건 세상 물정을 잘 아는 문구상 점원과 보모에게까지 '새장 속의 새'라는 말을 듣는 와카가 같은 생각을 하고 있다.

기치의 팔자 입이 움직여 말이 나왔다. "그렇지만 어머니에게 말대답을 하다니, 전……."

"안 되나요?"

"무서워서……."

"그래요, 무서웠군요."

"전 친자식이 아니니까 길러준 은혜가 있잖아요."

와카가 눈을 크게 떴다. 쇼노스케도 놀랐다.

"그런 부담을 느끼고 있었던 거예요?"

"그야 그렇죠."

그렇게 생각하는 것치고는 말대답하는 것보다 훨씬 난폭한 일을 저지르지 않았나.

"어머니에게 대들면 미카와야에서 쫓겨날 거란 생각도 들었고요."

집을 나가겠다, 연을 끊겠다고 큰소리치던 딸은 실제로는 쫓겨날까 봐 두려워했던 것이다.

"이 기회에 그런 것도 전부 포함해서 솔직하게 털어놓으면 되지 않겠어요? 속에 쌓인 걸 토해내면 개운해질 거예요. 저도 그땐 참 기분 좋던걸요." 와카는 한층 대담무쌍한 웃음을 지었다. "요새 저희 어머니도 방심하는 것 같은데 슬슬 화끈하게 한판 벌여볼까요. 가끔씩 그렇게 기합을 넣어줘야죠."

이쪽은 이렇게 힘들다고요, 하고 별안간 엄숙한 표정으로 돌변해 덧붙였다.

기치의 눈매가 풀어졌다. 또 울음을 터뜨리는 건가 했더니 홀홀 웃었다. 그러자 와카도 웃었다. 두 처녀의 웃음이 포개져 사락사락 흘러간다.

쇼노스케는 머리의 혹을 누르고 있었다. 수건의 물이 눈에 들어가 마주 보고 웃는 처녀들의 얼굴이 조금 부예졌다.

와카는 꼭 배를 타야겠다고 고집을 부렸다.

결국 기치는 지헤에를 따라 미카와야로 돌아갔다. 가와센에서는 식사를 준비하는 중이다. 쓰타도 거들고 있다. 부베 선생은 느긋하게 기다리고 있다. 그러자 와카가 시노바즈 못에 배를 띄워달라고 쇼노스케에게 졸랐다. 잠깐만 타자고, 잠깐이면 된다고 어린애처럼 떼썼다.

쇼노스케는 와카를 태우고 배를 젓는다. 수면을 스치는 바람에 와카는 맨 얼굴을 드러내고 있다. 눈을 가늘게 뜨고 손을 뻗어 물을 만진다.

"아아, 기분 좋아라."

쇼노스케도 언젠가 와카를 가와센으로 초대해 함께 배를 탈 생각이었다. 그게 이런 형태로 실현된 것까지는 좋은데…….

"후루하시 님, 혹이 큼직하게 나셨네요."

상처가 욱신거리니 난감하다.

"바람을 쐬면 아프지 않으세요?"

사실 약간 아프지만 쇼노스케는 허세를 부렸다.

"괜찮습니다."

"잔물 찜질을 더 하지 않아도 되려나요."

저는 더 하고 싶었는데, 당신이 배를 타고 싶다고 해서.

정말 제멋대로인 아가씨다.

와카 씨도 참 난감한 사람이다. 난감한 사람이지만…….

하지만 대단한 사람이다.

수면은 잔잔한데 쇼노스케의 마음속에는 잔물결이 일고 있었다. 기분 좋은 잔물결이.

"후루하시 님, 하나 여쭤봐도 될까요?"

"말씀하시죠."

"후루하시 님의 어머님은 어떤 분이세요?"

사토에의 얼굴이 눈앞에 떠올랐다. 쇼노스케는 무심코 웃고 말았다.

"제가 무슨 우스운 말씀을 드렸나요?"

어리둥절해하는 와카에게 대답했다.

"저희 어머니는 사나운 말이랍니다. 당신과 똑같습니다."

"어머나, 너무해요. 그거 어머님께나 제게나 너무 심하신 말씀이에요." 와카는 토라졌다.

"어쩔 수 없습니다. 실제로 그러니까."

"알았다, 후루하시 님은 어머님 앞에서 꼼짝 못 하시죠? 그래서 그렇게 험담을 하시는 것이에요."

아닌 게 아니라 사토에에게는 꼼짝도 못 한다.

가와센이 있는 못가가 멀어졌다. 쇼노스케는 노를 놓고 자신도 배 중간쯤에 앉았다.

와카의 단발머리가 바람에 살랑인다. 처음 나가야 곁 벚나무 밑에서 봤을 때와 똑같았다. 그때는 아침 햇살에, 지금은 저물어 가는 석양에 윤기 있는 검은 머리가 빛난다.

"죄송해요, 제가 실례되는 말씀을 드렸죠."

와카의 뺨에 머리카락 한 줄기가 늘어져 있다.

"사실이니 괜찮습니다."

쇼노스케는 천천히 기지개를 켜며 하늘을 우러렀다.

"제게는 출중한 형이 있습니다만, 형에게도 꼼짝 못 한답니다."

"그래요." 와카는 뺨에 늘어진 머리를 손가락으로 걷었다. "어떤 분이세요?"

"강한 사람입니다."

형 가쓰노스케에게 그 이상 어울리는 말은 없으리라.

"몸도 마음도 강합니다. 어머니를 닮았죠. 저와는 전혀 딴판입니다."

얼마 동안 말없이 배에 몸을 맡겼다.

"아버님은 어떤 분이시고요?"

"아버지는……."

갑자기, 이렇게 고요한 못 위에서 물결에 흔들리듯 쇼노스케의 마음이 추억에 흔들렸다. 아버지의 얼굴. 아버지의 목소리. 아버지의 말.

"다정한 분이셨습니다."

"분이셨습니다?"

"일 년 전쯤 돌아가셨거든요."

그렇기에 자신은 이렇게 에도에 있다. 고향을 떠나, 무라타야 지헤에를 만나, 도미칸 나가야에서 살게 되었다. 그런 사정을 전부 와카에게 이야기할까.

"쓸쓸하시겠어요."

와카의 중얼거림에 쇼노스케는 고개를 끄덕였다.

"형님께서 어머님을 닮으셨다면 후루하시 님은 아버님을 닮으셨나 봐요. 틀림없어요. 저는 그렇게 생각해요."

와카는 그렇게 말하더니 수줍게 먼 곳으로 시선을 던졌다.

그 얼굴에 쇼노스케가 말을 걸려 했을 때였다. 와카가 큰 소리로 말했다.

"어머, 어느 분이실까요?"

몸을 비틀어 가와센이 있는 못가를 돌아본 쇼노스케는 하마터면 그 자리에서 벌떡 일어설 뻔했다. 쪽배가 위태롭게 기우뚱하는 바람에 와카가 허둥지둥 뱃전을 붙들었다.

"후루하시 님, 아는 분이에요?"

가와센 선창에 선 사람은 다름 아닌 도가네 번 에도 대행 사카자키 시게히데였다.

"도코쿠 님!"

도코쿠는 두 사람에게 손을 흔들었다. 간소한 기모노 배 언저리가 퉁퉁하니 관록이 느껴지는 자태다.

"대행 님이시라고요? 어머나, 이 일을 어째."

와카도 상가의 딸이니 에도 대행이 얼마나 높은 자리인지 잘 안다. 서둘러 배를 저어 돌아온 두 사람을 도코쿠는 웃는 얼굴로 맞이했다.

"제법 운치 있는 일을 하는구나."

쇼노스케는 땀범벅이다.

"언제 행차하셨습니까?"

"한 한 시간 됐나. 리에를 보러 훌쩍 들러봤다만……."

어째 가와센은 어수선하지, 리에도 미안한 표정이더라고 말했다.

"하는 수 없으니 잠시 시간을 때우다가 다시 오려고 못가를 어슬렁거리는데, 비수를 든 도적이 심상치 않은 낯빛으로 가와센 쪽에서 달려오지 뭐냐."

덴지로다. 쇼노스케도, 와카도 기절초풍했다.

"그, 그래서……."

"그래서고 뭐고, 그냥 보낼 수는 없는 노릇이니 무기를 쳐서 떨어뜨리고 혼 좀 내주었지."

칼로 벤 것은 아니다, 하며 와카를 향해 허둥지둥 두 손을 들었다.

"갈빗대 두세 개는 부러졌을지도 모르겠다만, 엉금엉금 기어 도망쳤으니 죽지는 않았을 게야. 뭐, 두 번 다시 이 근처를 얼씬거리지 않을 테지."

도코쿠는 두 젊은 사람의 얼굴을 유심히 바라보았다.

"이러저러한 일이 있었다고 리에에게 말했더니 그 도적에 관해서는 쇼노스케 씨와 귀여운 동행자분에게 물어보라고 하지 뭐냐. 대체 뭐 하는 놈이냐?" 그러더니 얼굴을 마주 보는 쇼노스케와 와카에게 씩 웃어 보였다. "그리고 귀여운 동행자분은 어디의 누구시냐, 쇼노스케?"

그로부터 이틀 뒤, 미카와야에서 보낸 사람이 도미칸 나가야로 찾아와 정중하게 감사를 표하고 기치가 미카와야에 자리 잡았음을 알렸다. 주에몬과 가쓰에는 유키와 병든 남편을 불러들여 함께 살기로 했다고 한다. 덴지로의 행방은 알 수 없지만, 그 쩨쩨한 악당도 학을 뗐을 테고 기치도 훌훌 털어버린 모양이다.

미카와야에서 보낸 사람은 커다란 통에 호화로운 고명을 얹은 초밥을 가득 담아 들고 왔다. 작은 감사의 뜻이라고 했다.

"계절을 생각해 불에 익힌 고명만을 사용했습니다. 미카와야에서 거래하는 주문 요릿집이 자신 있게 내놓는 요리랍니다. 부디 다른 분들과 함께 드십시오."

덕분에 쇼노스케는 나가야 사람들에게 아주 체면이 섰다. 그 무렵에는 혹도 가라앉아 있었다.

"쇼 씨, 이런 선물을 받다니 대체 무슨 일을 한 거야?"

초밥을 먹으며 묻는 다이치에게는 가볍게 웃으며 이렇게 대답했다.

"삼백 냥으로 얻어맞았지."

하여간 하기 힘든 경험이었다.

제 4 화

벚꽃박죽

장마가 걷히고 에도 거리에 여름이 왔다.

천장을 들어낸 것처럼 시원한 푸른 하늘에 쇼노스케는 고향의 여름 하늘이 생각났다. 에도에 비하면 모든 게 작고 아담하고 수수하고 소박한 고향에서는 하늘이 일 년 내내 이렇게 드높았다.

"하늘 높이가 다를 만큼 쇼 씨의 고향이 멀지는 않잖습니까."

지헤에는 웃지만, 다르다면 다르다.

어쨌거나 그 여름 하늘 아래, 쇼노스케는 와다야에 드나들고 있었다.

여기에도 주위 사람들은 이의를 제기한다. 본인은 '드나들고' 있다고 생각하는데, 쇼분도의 로쿠스케나 부베 선생의 말은 다르다. 아예 '죽치고' 있다고 한다.

대여 회장 미카와야의 납치 사건이 해결된 뒤, 쇼노스케는 와카를 데리고 다시 가와센을 찾았다. 리에에게 가와센의 입체 그림을 갖다 주러 간 것이다. 리에는 손뼉을 치며 기뻐했고, 와카도 이런 것은 처음 본다며 눈을 반짝였다. 그 자리에서 바로 어깨띠로 소매를 걷어붙이더니, 신스케와 마키도 불러 이게 맞다 저게 맞다 하며 즐겁게 세 개의 입체 그림을 조립했다. 그러면서 와카가 입체 그림에 홀딱 반한 모양이다.

"저희 것도 만들어보고 싶어요. 잘되면 무라타야 것도 만들어서 지헤에 씨께 드리고 싶고요. 후루하시 님, 제게 가르쳐주시지 않겠어요?"

이렇게 된 것이다. 수업료까지 주니 쇼노스케의 입장에서는 어엿한 일이다. 직업이다. 실제로 와다야에도 무라타야의 관계자로 이야기해놓았다. 와카의 보모 쓰타도 말을 잘 거들어주었다. 나가야에 사는 낭인 무사가 매일 아가씨를 찾아온다고 하면 주인 나리도 허락하지 않으실 테니까요.

와다야의 여주인, 와카의 어머니께는 지금까지 딱 한 번 인사했다. 가와센에서 와카가 기치에게 그런 비밀을 털어놓은 뒤였던 터라…….

어이쿠, 이분이 와카 씨 어머님인가.

주춤하게 된다고 할지, 경계하게 된다고 할지, 쇼노스케 쪽에는 다소 응어리가 있었는데, 상대방은 그런 사정을 모른다. 서로 정중히 머리 숙여 절을 하고 잠시 잡담을 나누었다. 여주인은 "무라타야는 번창해서 좋겠습니다"라고 했다.

와카 씨를 닮았구나.

눈언저리가 똑같다. 여주인이 가고 난 뒤 와카에게 그렇게 말했다가 호되게 야단맞았다.

"전 어머니처럼 그렇게 눈이 올라가지 않았어요!"

보아하니 어머니에 대해서는 솔직해질 수 없다고 할지, 솔직해질 수 없는 척해야 직성이 풀리는 모양이다.

아무리 가르치는 입장이라지만 쇼노스케가 와다야 안을 돌아다니며 구조를 확인할 수는 없는 노릇이라 사전 조사는 와카에게 맡겼다. 그런데 와카가 그린 그림을 토대로 도면을 그리려 하니 여기저기 맞지 않는 부분이 나왔다. 와다야는 2층 건물인데, 와카가 그린 다다미 수를 세어보니 2층이 1층보다 많다. 어째 이상하다고 하나하나 맞춰보니 마루방과 봉당의 넓이를 다다미로 환산할 때 너무 적게 잡은 것이었다.

복도와 방을 잇는 방식도 기묘하고, 창문 배치도 이상하다. 와카에게 묻는 것만으로는 도무지 해결되지 않아 쓰타에게 부탁해 직접 가보니, 와카가 그린 밑그림과 실제 구조가 웃음이 날 정도로 전혀 딴판이었다. 그것을 본인에게 지적했더니…….

"어? 어? 어?"

얼굴이 빨개져 땀을 흘리는 것은 더위 때문만이 아니다.

"이상하네……. 우리 집인데."

오랫동안 살아온 집이고, 늘 보는 벽이며 복도, 창문, 계단이다. 잘 알고 있다. 하지만 그것은 그저 그 안에서 살아 몸으로 아는 것일뿐, 일일이 수를 세고 크기를 재서 지식으로 가지고 있다는 뜻은 아니다. 그러니 막상 그림으로 그리면 오차가 발생하는 것이다.

흥미로운 점은, 집 안 깊은 곳에 틀어박혀 사는 와카가 평소 거의 다니지 않는 와다야의 바깥쪽, 점포 구조는 정확하게 그렸다는 사실이다. 평소 실감이 없는 만큼 타인에게 확인하니 정확해지는 것이다. 집 안에 틀어박혀 지내던 아가씨가 별안간 나와서 점포 정문은 몇 간이냐는 둥 손님용 방은 몇 개 있고 어떻게 이어져 있으며 어디로 들어가느냐는 둥 이것저것 묻기 시작했으니, 고용인들이 크게 놀라는 유쾌한 일화도 있었다고 한다. 쓰타가 몰래 가르쳐주었다.

사람은 눈으로 사물을 본다. 하지만 본 것을 기억하는 것은 마음이다. 사람이 산다는 것은 눈으로 본 것을 마음에 기억하는 일의 축적이며, 마음도 그럼으로써 성장한다. 마음이 사물을 보는 데 능해진다. 눈은 사물을 보기만 하지만, 마음은 본 것을 해석한다. 그 해석이 가끔은 눈으로 본 것과 다를 때도 생긴다.

그런 이야기를 와카와 나누던 쇼노스케는, 꽃놀이 자리에서 대서인 이가키 노인과 주고받은 말이 생각났다.

그때 쇼노스케는 물었다. 모방된 당사자도 분간하지 못할 만큼 똑같이 타인의 필적을 모방할 수 있는 인물이 있다면 대체 어떤 인물이겠느냐고. 그러자 노인은 이렇게 대답했다.

모방하는 필적의 임자에 맞춰 간단히 눈을 바꿀 수 있는 인물일까.

듣고 보니 그렇겠구나 싶었다. 하지만 보다 정확히 표현하자면, 바꾸는 것은 눈이 아니라 마음이 아닐까. 흉내 내는 대상에 맞춰 마음을 바꾸는 것이다.

와카가 말했다. "하지만 바꾸는 것이라면 자기 마음을 상대방에게 건네야 하지 않나요?"

생각에 잠긴 채 소리 내어 중얼거렸던 모양이다.

"아니면 남을 흉내 내는 사람은 일시적으로 마음을 두 개 갖게 되니까요."

"그렇군요."

그렇다면 다르게 표현해야 한다. 바꾸는 게 아니라 흉내 내는 상대방에 맞춰 자신의 마음을 달리한다고 할까.

"후루하시 님은 다른 사람의 필적을 흉내 내 사본을 만들어달라는 부탁을 받은 적이 있으세요?"

와카는 와카 나름대로 쇼노스케가 중얼거린 말의 의미를 생각하나 보다.

"실은 전에 그런 기술을 본 적이 있어서 말입니다."

사정을 이야기할 수는 없다. 간추려 설명하기로 했다.

"본인은 쓴 기억이 없건만 그 사람의 필적으로만 보이는 문서가 나온 겁니다."

와카가 눈을 깜박였다. "정말로 그 사람이 쓰지 않았다고요?"

"네."

"그런데 필적은 똑같았고요."

"그렇습니다."

와카가 잠깐 말을 망설였다. "후루하시 님…… 그 사람이 거짓말을 하는 것일지도 몰라요."

쇼노스케는 움찔했다. "아뇨, 거짓말을 할 인물이 아닙니다."

"그런가요? 하지만 후루하시 님은 워낙 사람이 좋으셔서."

"본인만이 아닙니다. 주위 사람들도 모두 아버지 글씨라고 생각해서……."

아차.

와카의 눈이 더욱 커졌다. 식은땀이 솟아 쇼노스케는 얼굴을 숙였다. 도면을 사이에 두고 둘 다 입을 열지 못했다. 침묵이 눈에 보이지 않는 천이 되어 두 사람을 감싸는 듯했다.

어설프게 입을 다무느니 아버지 소자에몬에 관해 전부 털어놓을까.

"저, 후루하시 님." 천을 걷어내듯 와카가 힘차게 말했다.

와카의 이마에도 땀이 맺혔다. 입체 그림을 배우면서 와카는 처음부터 두건을 벗고 쇼노스케와 얼굴을 마주 대하고 있다.

"그러고 보니 아직 제 글씨를 제대로 보신 적이 없네요. 보여드릴 테니 잠깐 기다려주세요."

그런 말을 남기고 서둘러 방 밖으로 나갔다. 홀로 남은 쇼노스케는 깊은 숨을 쉬었다.

그저 쓴 글을 가지러 간 것보다는 더 오랜 시간이 지나서 와카가 돌아왔다. 서책 한 권을 품에 안았다.

"요새 무라타야에서 빌려 읽은 것 중에 제가 가장 감동했던 책이에요. 그래서 제 손으로 사본을 만들었답니다."

받아서 보니 국문학자가 쓴《사라시나 일기 표주標柱》다.

"저런……."

상인의 딸이 간단히 읽어 '감동'할 책이 아니다.

"와카 씨는《사라시나 일기》를 좋아하시는군요."

"네, 그래서《사라시나 일기》도 필사했어요. 그러고 나서 이 책을 읽었더니 제가 읽은 것과 다른 점도 있어서 더욱 좋아졌답니다."

"잠깐 보겠습니다."

쇼노스케는 책을 펴보았다. 와카의 글씨가 눈앞에 춤추었다.

"이 책에서 배울 게 많으셨나 봅니다."

"네. 눈이 확 뜨이는 것 같았어요."

"즐거우셨죠."

"보고 아시겠어요?"

쇼노스케는 미소를 지으며 고개를 끄덕였다.

"글자가 웃고 있습니다."

"글자가 웃나요?"

"웃기도 하고, 화도 내고, 새침한 표정도 짓죠."

글씨에서 사람됨을 알 수 있다. 그것은 사본의 경우에도 마찬가지다.

"이 《사라시나 일기 표주》도 국문학자가 만든 사본을 읽을 때와 와카 씨의 사본을 읽을 때 조금 다르게 이해될 겁니다. 물론 글 뜻이 다르지는 않습니다. 하지만 글씨체가 다르면 감정이 전달되는 방식도 달라지니까요."

똑같은 사람이 장소에 따라, 또 상대방에 따라 약간은 다른 얼굴을 보이는 것과 비슷하다.

와카의 얼굴이 환해졌다. "서책은 살아 있다는 말씀이네요."

"네, 맞습니다, 그렇습니다."

기쁜 마음에 둘이 함께 웃었다. 둘이 함께 기뻐한다는 게 갑자기 쑥스럽게 느껴졌다. 와카의 볼도 멍이 눈에 띄지 않을 만큼 홍조를 띠고 있었다.

그로부터 한 시간쯤 지나 쇼노스케는 와다야에서 나왔다. 도미칸 나가야로 돌아가지 않고 무라타야로 향했다. 걸음을 옮기는 사이에 행복한 기분이 잦아들어 속으로 머리를 긁적이기 시작했다.

어째 자꾸 길을 돌아가기만 하는걸.

지헤에에게 물어봐야 한다. 가노야 꽃놀이 자리에서 타인의 필적을 똑같이 모방하는 기술을 가진 대서인이 있으면 소개해 달라. 그렇게 소문을 퍼뜨려달라고 부탁만 해놓고 그 뒤 확인하지 못했다.

"아니, 쇼 씨, 오늘은 와다야에 가지 않았습니까?"

지헤에는 느닷없이 그런 소리부터 한다. 호조까지 웃는 듯 보이는 것은 지나친 생각일까.

"……다녀오는 길입니다."

쇼노스케가 고개를 움츠리든 말든 지헤에는 신경 쓰지 않는다. 미카와야 사건이 수습된 뒤로 죽은 아내 생각에 마음이 어지러워지는 일도 없어졌나. 아픈 마음은 지금까지 줄곧 보관해왔던 곳에 다시 넣고 자물쇠로 잠근 걸까. 숱 눈썹 밑 커다란 눈을 데굴데굴 굴리며 느긋한 목소리로 말한다.

쇼노스케는 계산대 옆에 걸터앉아 바로 말을 꺼냈다.

"지헤에 씨, 혹시 잊어버리셨는지도 모릅니다만……."

지헤에는 숱 눈썹을 치켰다. "아아, 그 일이라면 소문을 퍼뜨려놨습니다."

"결과는 있었습니까?"

"글쎄요, 있다고 해야 할지, 없다고 해야 할지."

지헤에는 쓴웃음도 인자하다.

"쇼 씨, 타인의 필적을 모방한다는 건 마음만 먹으면 대서인 대부분이 할 수 있는 일입니다. 글씨에 능한 사람들이니 다양한 필체를 구사할 수 있죠."

그러니까 찾아다닐 필요도 없다. 실력 있는 대서인을 찾아 의뢰만 하면 된다.

"원본의 맛을 남겨 사본을 만들겠다니 멋진 생각이지만 그렇게까지 공 들일 필요도 없지 않나, 무라타야 씨도 묘한 데 정성을 들이는군. 여러 사람에게 그런 말을 들었습니다."

그렇습니까, 하고 쇼노스케는 입을 다물었다. 그 얼굴을 보더니 지헤에는 의아한 눈빛을 띠었다.

"저도 그때는 대충 넘겨들었습니다만, 그런 표정을 짓는 걸 보면 쇼 씨가 찾으시는 건 타인의 필적을 흉내 내는 것 이상으로 정말 한 치도 다름없이 똑같게, 말하자면 글씨를 위조하는 기술이군요?"

"네, 실은 그렇습니다."

"제가 엉뚱한 생각을 하는 건지도 모르겠습니다만, 그런 기술이 만약 존재한다면 필사 같은 한가로운 일이 아니라 사악한 계략에 사용될 것 같습니다만."

실제로 사악한 계략에 사용되었다.

"지헤에 씨가 그런 것을 수소문한 데 대해 가노야에서 무슨 말 없었습니까?"

"무슨 말이라니 무슨 말 말입니까?"

"지헤에 씨가 왜 그런 대서인을 찾는지 캐묻지는 않던가요?"

지헤에가 눈을 깜박였다. "가노야에서 왜요? 그곳은 도자기 상점인데요."

가노야에 눈에 띄는 움직임은 없었다는 뜻인가.

사카자키 시게히데는 문제를 이렇게 파악했다.

하노센에서 점포를 찬탈하는 동시에 흑막에게 문서 위조 능력을 과시하기 위해 후루하시 소자에몬에게 누명을 씌웠다.

도코쿠는 정체불명의 대서인이 에도에 있다고 생각했다. 좁은 도가네 번에서 그런 특기를 숨기기는 쉽지 않을 테고, 특기를 가진 타지 사람도 눈에 띈다. 하물며 타지 사람이 번의 중신과 은밀히 접촉한다면, 또는 접촉할 필요성이 생긴다면 더더욱 그렇다.

하지만 에도에 살고 있어도 정체불명의 대서인은 도가네 번에 있는 흑막과 연결되어 있을 것이다. 양자를 연결한 자가 있을 터다.

가노야가 연결한 게 아닐까.

하노센과 거래가 있고 에도에서 더없이 번창하고 있는 가노야라면 그 정도 힘이 있을 것 같았는데, 예측이 어긋났나. 아니면 가노야는 지헤에의 말을 심각하게 받아들이지 않아서 왜 그런 기술을 가진 대서인을 찾느냐고 되묻지 않는 걸까. 심각하게 받아들여 수상쩍은 말을 한다고 생각하면서도 일단 지켜보자고 경계하는 걸까.

생각만 해봤자 소용없다.

"뭐, 이런 이야기는 알아서 퍼져 잊어버릴 때쯤 되면 훌쩍 돌아오기도 하니까요. 좀 더 기다려봅시다."

지헤에는 그렇게 말했지만 더는 기다리기만 할 수 없다.

나가호리 긴고로도 '후루하시 쇼노스케'라는 이름 하나만을 단서로 다리가 막대기처럼 뻣뻣해지도록 에도 시내를 돌아다니며 찾지 않았나. 쇼노스케도 그래야 한다.

이가키 씨에게 부탁하자.

노인을 출발점으로 대서인들의 연고를 이용해 징검돌을 밟듯 대서인에서 대서인으로 찾아다니며 추적하자. 기다리기만 하지 말고 적극적으로 움직이는 것이다.

그렇기는 해도 여전히 먹고살 돈은 벌어야 한다. 무라타야에서 또 새로운 일거리를 맡았다. 꾸러미를 들고 나가야로 돌아온 쇼노스케가 쪽문으로 들어서는데 히데가 불러 세웠다.

"쇼 씨, 왔어요?"

쇼노스케의 소매를 붙들고 방금 지난 쪽문으로 다시 데리고 나가려 한다.

"오늘도 와다야 댁 아가씨에게 갔었죠?"

히데는 와다야에서 빨래 일감을 받아와 생계를 꾸린다. 쓰타와도 친한지라 쇼노스케와 와카에 관해 다 알고 있다.

"교습을 한다면서요? 쇼 씨는 가르치는 재주가 있으니까 아가씨도 재미있어 하겠어요."

묘하게 칭찬하는데, 그러면서 눈빛은 슬금슬금 눈치를 보는 것 같다.

히데가 쇼노스케의 귀에 대고 속삭였다. "저기, 있죠, 쇼 씨. 긴이 울고 있는데 신경 쓰면 안 돼요. 이런 때는 그냥 두는 게 제일이거든요. 그냥 못 본 척해주세요."

무슨 일인지 모르겠지만, 이제야 머리띠를 졸라맨 쇼노스케에게 또 쓸데없는 일이 닥친 모양이다.

다행인지 불행인지 그 뒤 며칠 동안 쇼노스케는 긴과 마주치지 않았다.

아니, 정확히는 마주쳐도 마주치지 않은 척하는 상황이 계속되었다고 할까. 두 사람 다 고양이 낯짝만 한 도미칸 나가야에 살고 있다. 좋든 싫든 만나지 않을 리 없다. 그렇지만 쇼노스케의 그림자만 비쳐도 긴이 귀신을 본 것처럼 달아나버리는 데다, 달아나면 쫓아갈 이유가 없는 쇼노스케는 그저 어리둥절할 뿐이었다.

그렇기는 해도 어색한 것은 싫다. 아니, 그보다…….

혹시 내가 긴을 언짢게 했나?

그런 약한 마음이 갉작거려서 다이치에게 몰래 물어본 적은 있다.

"긴이 내게 뭐 화난 일이 있어?"

그러자 다이치는 기묘하기 짝이 없는 표정을 지었다. 지금까지 한 번도 먹어본 적이 없는 것을 먹었는데 그 맛을 어떻게 표현하면 좋을지 모르겠다, 굳이 말하자면 그런 얼굴이다.

"저기, 쇼 씨."

"그래."

"나한테 그런 거 묻지 말아줘."

“왜?”

“난 누나 동생이잖아.” 그러더니 다이치는 관자놀이를 복복 긁었다. “저런 바보 누나라도 누나는 누나라고.”

“긴은 바보가 아닌데.”

“아니, 바보 맞아.”

이 일에 관해서는 바보 맞아. 다이치는 입속으로 중얼거렸다.

“쇼 씨, 혹시 남들한테 무슨 한이란 말 들어본 적 없어?”

점점 더 의미 불명이다.

“한漢을 말하는 건가?”

허공에 漢 자를 쓰고 남자, 사나이를 나타내는 말이라고 설명했다.

다이치는 더욱 곤혹스러워했다. “난 모르겠으니까 하루만 기다려줘. 부베 선생님한테 물어볼 테니까.”

그러더니 이튿날, 부베 선생의 붓 자국이 선명한 반지를 팔랑거리며 나타났다.

“이거, 이거. 이게 내가 말하고 싶었던 거야. 부베 선생님이 쇼 씨는 무슨 뜻인지 바로 알 거라고 하던데.”

종이에는 ‘목석한’이라고 쓰여 있었다.

이쯤 되니 쇼노스케도 알아차렸다. 이번에는 자신이 콧등을 긁적이는 수밖에 없었다.

긴은 좋은 처녀다. 성격도 좋고 부지런한 아가씨이지만, 쇼노스케에게 그 이상의 존재는 아니다. 또 긴 쪽에서도 쇼노스케를 연모할 이유가 있을 것 같지 않다. 여기서 일일이 이유를 따지는 게 바로 쇼노스케의 미숙함이라고 할지, 목석한인 연유인데,

스스로는 거기까지 생각이 미치지 못한다.

그럼 긴이 왜 그렇게 울고 있는가를 말하자면, 역시 쇼노스케가 와다야에 드나들기 때문이리라. 그가 와카와 좋아하는 사이가 됐다고 생각해서 슬퍼하고 토라진 것이다.

쇼노스케로서는 오해라고 말하고 싶다.

말하고 싶지만, 오해라고 잘라 말할 자신도 없다. 절반은 오해이지만 절반은 아직 어떤지 모르겠습니다, 하는 정도다. 와카의 마음도 모르겠다.

쇼노스케는 고향의 노사에게 이렇게 배웠다. 모르는 일에 직면했을 때 조바심을 치면 안 된다. 모르는 것을 억지로 알겠다고 느닷없이 생선 배 가르듯 하면, 몰랐던 것의 본체가 어디론가 도망쳐버린다. 따라서 모르는 것과 마주칠 때는 물고기를 수조에서 기르듯 풀어놓고 찬찬히 관찰하는 게 올바른 이해를 얻는 길이다. 쇼노스케는 온갖 공부에 대해 노사의 이 가르침을 마음에 떠올리곤 했다.

하지만 노사의 이 말은 남녀의 정애 같은 이른바 속사에까지 응용할 수 있는 게 아니다. 물론 노사 자신도 그런 마음은 털끝만큼도 없었을 것이다. 그렇지만 콧등을 복복 긁는 것밖에 방법이 없는 쇼노스케는, 이때도 또 노사의 말을 충실하게 따라 이 성가신 문제를 수조에 풀어놓기로 했다. 긴에게 변명한다든지, 기분을 풀라고 설득하는 일은 일절 하지 않고 이전처럼 생활했다. 어쨌거나 긴은 그를 만나지 않으려고 도망쳐 다니는 상황이다 보니 별로 어렵지 않았다. 히데가 유난스레 걱정하며, 그런 것치고는 호기심에 얼굴을 빛내며 이따금 참견하는 것도 온화하게 넘겼다. 다이치에게만은 미안한 마음이 들었지만, 목석한 이라는 말을 고지식하게 부베 선생에게 물어 종이에 써달라고 하는 이 사내애는 쇼노스케보다 훨씬 세상 물정에 밝다. 나한테 묻지 말라는 말은 정말 적절했다.

다이치는 쇼노스케 같은 풋내 나는 논리 없이 곧바로 결론에 도달했다. 건드리지 않으면 탈도 없다. 즉, 아무리 누나라도 이 문제는 내버려두자는 결론이다. 그렇기에 쇼노스케도 비록 가책은 느껴도 말이나 태도로 다이치에게 뭐라 변명할 필요가 없었다. 만약 다이치가 갑작스레 '쇼 씨가 우리 누나를 울리다니' 하고 화내거나 '누나가 불쌍하니까 어떻게든 해달라' 하고 애원하는 사람 좋고 생각 없는 아이였다면 상황은 더욱 성가셨을 것이다.

그러니 쇼노스케는 다이치에게 은의恩義를 느껴야 한다. 자신이 이 아이의 기지 덕을 얼마나 보고 있는지 쇼노스케는 이 뒤 일어난 일로 통감하게 되는데, 그 일은 좀 더 있어야 한다. 당분간은 다이치가 수조를 마련해준 덕분에 큰 도움을 받았다.

도대체가 나는 이런 일로 마음을 어지럽힐 때가 아니라고.

그렇게 마음을 다잡는 데 전념할 수 있었다. 게다가 실제로 쇼노스케는 빈번히 시내를 돌아다니고 있었다. 물론 문제의 대서인에 관한 단서를 찾아서.

출발점인 이가키 노인도 그렇지만, 이 직업으로 간판을 내건 사람 중에는 무사가 많다. 대다수는 은퇴한 사람이거나 낭인이지만, 쇼군 직속 하급 무사인 고케닌이 부업으로 하청을 받아 하는 경우도 있다. 그들은 비록 거리의 흙먼지를 묻히며 살고 있어도 무사의 긍지를 잃지 않았다. 아니, 그렇다기보다 그런 기분을 온당한 형태로 발산할 기회에 굶주려 있었다. 그 때문에 쇼노스케가 이 특이한 사람 찾기를 하면서 내놓는 '타인을 모방한다는 것은 모방하는 대상에 맞춰 마음이나 눈을 바꾼다는 일인가'라는, 동문서답처럼 엉뚱한, 요컨대 세속을 초월한 논의가 가능한 문제에 기꺼이 응해주었다. 그 탓에 단서다운 단서는 하나도 얻지 못한 채 그저 한 곳을 찾아가는 것만으로 꽤 많은 시간을 써야 하는 상황이 반복되기는 했지만.

말하나 마나 대서인 찾기로는 생계를 이을 수 없다. 그러니 무라타야에서 주는 일도 소홀히 할 수 없다. 해가 떨어지고 나면 불을 밝히느라 기름 값이 드니, 여름철 이른 일출과 더불어 일을 시작해 점심을 먹고 나서 거리로 나선다는 계획이었다.

여름이 지나 해가 짧아지면 이 방법도 쓰기 어려워진다. 그게 아니라도 여름 한철 내내 돌아다녀도 수확이 없다면 다른 수단을 강구해야 할 것이다. 그 점에서도 그저 막연히 하루하루를 보내던 무렵보다 쇼노스케의 생활이 활기를 띠었다.

대서인으로 일하는 사람들은 대체로 지헤에와 비슷한 말을 했다. 이 일을 해서 먹고사는 사람이라면 대개 타인의 필적을 모방할 수 있다. 노련한 사람이라면 쇼노스케의 말대로 모방되는 본인도 분간할 수 없는 필적을 꾸며낼 수 있을 것이다.

그러나 그 이전에 그렇게까지 정밀하게 모방해야 하는 이유가 미심쩍다. 일단 손님에게 이유를 물어보고 싶어진다. 그래서 손님이 이유를 솔직하게 설명하고 그것이 납득할 수 있는 이유라면 괜찮지만, 말하기를 꺼린다거나 그 모습에서 수상쩍은 느낌이 들면 어지간히 많은 돈을 얹어주지 않는 한 일을 맡을 수 없다. 아니, 얹어줘도 맡지 않을 것이다. 대서인이라고 하면 가마꾼이나 도붓장수보다 품격이 있어, 녹을 잃은 낭인 무사에게 적합한 직업으로 보인다. 하지만 그날 벌어 그날 먹는 날품팔이 신세라는 점은 가마꾼이나 도붓장수와 다를 바 없다. 지위나 명예, 관직이라는 든든한 뒷배가 없는 약한 입장이라는 것은 똑같다. 가급적 성가신 일에 얽히고 싶지 않은 게 사람 마음이다. 부업으로 대서인 일을 하는 것이라면 더욱 그렇다. 푼돈을 벌려다가 가문이 망하는 일이 벌어졌다가는 본전도 못 건진다.

한편, 와카와 비슷한 말을 하는 대서인도 있었다.

"자기 필적과 똑같은 문서를 자신은 쓴 기억이 없다고 주장하는 인물이 거짓말을 하는 게 아니겠습니까."

"무사의 명예가 걸린 일이란 말입니다."

"명예가 걸려 있으니 사실은 자기가 썼다고 자백할 수 없었던 것일지도 모르죠."

또 어떤 대서인은 이렇게 말했다.

"당사자도 분간할 수 없을 만큼 똑같은 필적이라는 전제가 잘못된 게 아닌가?"

쇼노스케보다는 나이가 많지만, 이 일을 하는 사람치고는 젊은 낭인 무사였다.

"전제라 하심은?"

"그러니까 그렇게까지 똑같은 필적이 아니었을지도 모른다는 뜻이야."

나이 차가 많지 않다 보니 금세 말투가 허물없어졌다.

"후루하시 씨는 문제의 문서를 봤고?"

쇼노스케는 보지 못했다. 아버지 소자에몬이 썼다는, 뇌물 수수의 확고한 증거는 번의 감찰사가 입수한 뒤 공개하지 않았다.

"아뇨, 보지 못했습니다."

"그럼 더 수상한데."

"그렇지만 본인이 그렇다고 합니다만."

"혼란스러워서 그런 게 아닐까. 아니면 무슨 사정이 있어서 실은 비슷하지도 않은 필적을 똑같다고 말했을 수도 있고."

그런 해석은 처음 들었다. 아니, 뇌물에 관해 말하자면, 어머니가 노골적으로 벌인 형의 엽관 운동을 책임지기 위해 아버지가 누명을 쓴 것은 확실하다. 하지만 문제의 문서에 관해서는 아버지가 진심으로 놀라 자신이 쓴 게 아니라고 주장했다고만 생각했다.

실은 거기서부터 잘못 알고 있었나?

하지만 그렇다면 처음부터 자신이 썼다고 시인하는 편이 빠르다. 문서에 관해서만 완강하게 자기 필적이 아니라고 주장해서 아버지에게 어떤 이득이 있다는 말인가. 그래서는 공연히 사태를 복잡하게 할 뿐이라는 것쯤, 아무리 심신이 소모된 상태라도 알 수 있었을 텐데.

쇼노스케가 입을 열지 않자, 젊은 대서인은 부드러운 눈으로 이렇게 말을 이었다.

"사람의 마음은 흔들리게 마련이고, 어쩌다가 덜컥 변하기도 하는 것이야. 새벽에는 이게 옳다고 믿었던 것이 저녁에는 빛바래 보이는 일도 있지 않나."

"그렇죠." 쇼노스케도 그렇게 대꾸하고 헤어졌다.

젊은 대서인의 신상은 묻지 않았다. 하지만 그도 그저 관직이 없는 둘째 아들 이하의 몸으로 생계 수단이 없었다는 흔하디흔한 사정으로 평민 생활을 영위하는 것은 아니라는 느낌이 들었다. 십중팔구 쇼노스케와…… 후루하시 가와 크게 다르지 않은 경위로 가문을 잃고 고향을 떠나 에도로 흘러온 이가 아닐까.

또 한 사람, 생각지도 못한 의견을 들려준 대서인이 있었다. 이쪽은 이가키 노인과 비슷한 연배였다. 대머리에, 그런 대로 값나갈 듯한 학자나 의사가 입는 짓토쿠를 입고, 그러면서 말씨는 무사 말씨를 쓰고, 이야기하는 내내 긴 담뱃대로 끊임없이 담배를 빼끔거렸다.

"소생 생각으로는 그만한 실력을 가진 대서인이 그런 수상쩍은 의뢰를 받아들이려면 돈 외에 다른 것이 더 있어야 할 것 같소만."

"큰돈을 약속하는 것만으로는 낚이지 않을 것이라는 말씀이십니까?"

"그렇지."

힘차게 고개를 끄덕이고는 담배합 가장자리에 담뱃대 대통을 가볍게 탁탁 쳤다.

"물론 대서인과 손님이 이전부터 잘 알던 사이라 기괴한 부탁이라도 함부로 거절할 수 없는 경우는 제외하고 말이오."

쇼노스케도 고개를 끄덕였다.

"첫째는 의기에 감복했다고 할까. 그 같은 가짜 문서…… 가짜라고 단언해도 되겠소?"

"네, 괜찮습니다."

"그것을 만들어 이용하려는 손님의 목적에 공감해서 발 벗고 나서주겠다고 생각했을 경우요. 그 같은 가짜를 만드는 일이 남을 돕는 행위, 또는 세상을 바로잡는 행위라고까지 하면 과장이겠소만."

그렇게 말하더니 작은 눈으로 쇼노스케의 눈을 물끄러미 들여다보았다.

"어쨌거나 가짜 문서의 사용에서 정당한 의미를 발견했을 경우이겠군요."

"그렇지. 정당하다는 것은 이 경우 의뢰한 손님의 입장에서 정당하다는 뜻이겠소만."

그리고 둘째는…… 하면서 이번에는 눈을 가늘게 떴다.

"그 같은 기상은 티끌만큼도 없이 자칫하면 자신의 입장이 난처해질 수 있다는 것을 잘 알면서 재미있어 하는 경우."

"재미있어 한다?"

"연문 한 통이라도 가짜로 지어내 이용한다는 것은 예삿일이 아니라오. 이후에 복잡한 일이 벌어질 것은 명백하지. 그런데도 관여하려는 것은 호기심 때문인 거요."

즉, 재미있어 한다는 이야기다.

"청부하는 입장의 한낱 대서인에게 그 뒤 그 가짜 필적 덕에 이러이러하게 됐다고 손님이 알려줄 리는 없소. 무엇이 어찌 됐는지 대서인은 끝까지 모를 테지. 그런데도 수락해 이런 식으로 지어낸 가짜가 그 뒤 어떻게 사용됐을까 생각하며 속으로 기뻐하는 거요. 상당히 악랄한, 세상에 불만을 품은 심리겠소만, 결코 없지는 않을 테지."

쇼노스케는 방금 들은 말을 잠시 곱씹은 뒤 말했다. "반대로 손님 측에서 가짜의 존재가 지니는 중대성을 충분히 일러 누설을 금하면서 약조를 어길 경우 목숨이 없을 줄 알라고 단단히 못까지 박는데, 그런데도 재미있어 할 대서인이 있을까요?"

그러자 짓토쿠 차림의 연로한 대서인은 씩 웃었다.

"그야 있지 않겠소? 그 정도로 큰 건에 한몫 낄 수 있다면 더더욱 재미있지. 이 생활은 따분하거든. 소생은 이래 봬도 어느 번의 전의典醫 출신이라오. 그런데 이런 신세가 되어 에도 구석으로 흘러들어 대서인 노릇을 하면서 이럭저럭 입에 풀칠을 하고 있소. 이 직업에 있는 이들은 그런 사람이 많지. 밥을 먹으면 자고, 또 일어나 밥을 먹고 자는 생활, 그저 그것뿐인 생활에 쫓겨 산 채로 시시각각 죽어가는 하루하루인데, 만약 배신하면 목숨이 없을 줄 알라고 위협을 받는다면 피가 끓고 기운이 솟지 않겠소?"

몹시 기뻐하며 수락할 테지. 그렇게 말하는 노인 역시 재미있다는 듯 눈을 빛내며 웃었다.

쇼노스케가 찾는 대서인으로 이어지는 단서는 아니다. 하지만 아예 무익한 이야기도 아니었다. 아버지의 신변에, 후루하시가에 벌어진 일을 다시금 돌이키며 생각해볼 기회를 마련해주었다.

다들 제각각 불우한 신세인가.

젊은 대서인도, 의사 출신의 연로한 대서인도 먹고 자고 일어나는 것에 관해서는 지금 생활로 부족함이 없다. 하지만 마음은 굶주린 듯 보였다. 어딘가에 금이 가 생긴 틈새로 바람이 스며드는 듯 보였다.

나서부터 이름도 없고 가문도 없는 서민이고 직업을 가질 수 있는 것만으로 행복하다는 사람의 귀에 그런 생각은 헛소리로 들릴 것이다. 그러나 과거 '가문'이 있었고, 모실 주군과 지킬 것이 있었고, 그에 의해 지켜진 경험이 있는 쇼노스케에게는 그들의 마음에 간 금이 보이는 듯했다. 틈새로 스며드는 바람이 자신에게도 느껴지는 듯했다.

쇼노스케는 도가네 번에서 추방된 게 아니다. 하지만 형식상 그런 것뿐이다. 고향으로 돌아가 봤자 어차피 있을 자리도 없고, 어머니와 형이 반겨줄 리도 없다. 쇼노스케가 출발할 때, 어머니 사토에는 사카자키 시게히데의 (굳이 말하자면) 감언에 넘어가 에도로 올라가 후루하시 가 재건을 위해 힘쓰라고 격려해주었다. 그렇지만 지금은 어떻게 생각하는지 알 수 없다. 실제로 정초 이래로 편지 한 통 없다. 게다가 아버지에게 누명을 씌운 일당과 연관된 것으로 보이는 하노센의 향응을 받으며 즐겁게 살고 있다 한다.

문제의 대서인을 찾아내는 것은 쇼노스케에게 중대한 사명이다. 장래 도가네 번의 안녕과 평온이 달린 일이다. 그것은 아버지의 억울함을 풀어주고 오명을 씻어주는 일이기도 하다. 그러나 현재 생활에 만족하는 듯한 사토에는 그런 사정을 눈곱만큼도 모를 테고, 자신의 출세를 위해 매진하고 있을 형 가쓰노스케는 패기 없는 동생 따위 잊어버렸을지도 모른다.

도가네 번 내부가 당파로 나뉘어 서로 적대하는 중이라면, 그곳에서 영달을 바라는 가쓰노스케도 언젠가는 어느 한 편에 가담해야 할 것이다. 이미 그랬는지도 모른다. 쇼노스케가 아는 사정을 모르고 아버지를 함정에 빠뜨린 당파에 가세했을 가능성도 없지 않다. 대외적으로 형은 번에서 비교적 관대한 처분을 받았으니, 자신이 옳다고 믿는 당파에 속하고 나면 형다운 강직함으로 열심히 일할 것이다.

그런 생각을 하기 시작했기 때문일 것이다. 이쪽도 일단 일이거니와 와카가 와다야의 입체 그림을 한 점 완성할 때까지 가르치기로 약속한 터라 와다야에 계속 다니기는 했으나, 쇼노스케의 마음은 다른 데 가 있기 일쑤였다. 걸핏하면 다른 생각을 하느라 와카가 한 말을 못 듣고 넘어가곤 했다. 이럭저럭 얼버무려 와카가 이상하게 생각하는 일은 없었을 것 같은데, 이렇든 저렇든 면목이 없다.

이렇게 해서 드디어 사전 조사와 밑그림 단계를 거쳐 도면을 그리는 단계에 들어섰을 무렵이었다.

가와센의 입체 그림을 만들었을 때처럼 계절을 어떻게 할 것인가, 장식단에 무엇을 장식할 것인가, 어디에 누구의 종이 인형을 배치할 것인가 하는 세세한 (그리고 즐거운) 일은 좌우지간 백지 입체 그림을 하나 완성한 다음 생각하자고 정해두었다. 새 도면을 그리기 위해 이번에도 히데에게 빌린 긴 자를 들고 찾아가니, 늘 사용하는 방에 와카가 울었는지 퉁퉁 부은 얼굴로 앉아 있었다.

순간, 가슴이 철렁했다. 일전에는 긴이 울더니 이번에는 와카가 울고 있다. 이것도 자기 탓인가 생각하면 자만하는 것 같지만, 긴은 같은 나가야 주민인 히데를 통해 와다야를 알 기회가 있었을 테고, 또 그렇기에 그런 소동이 벌어진 셈이다. 그렇다면 긴이 찾아가 와카에게 뭐라 하거나 혹은 쓰타에게 뭐라 하는 일이 생겨도 이상할 것 없다.

주춤한 쇼노스케에게 와카는 통통 부은 얼굴을 감추려 하지도 않고 말했다.

"어머니와 싸웠거든요."

쇼노스케가 얼마나 안도했는지 모른다.

"도대체 무슨 일로 싸우신 겁니까?"

와카가 입을 삐죽 내밀었다. "말씀드릴 수 없어요."

"아, 예, 하기야 제가 캐물을 일이 아닙니다만."

"아뇨, 후루하시 님과 아주 큰 관련이 있는 일이라 말씀 못 드리는 거예요."

기껏 한시름 놓았건만, 숨 쉴 겨를도 없지 않나.

"저, 저와 어떤 관련이 있는 일인지요?"

와카는 또 "말씀드릴 수 없어요"라고 했다.

"섣불리 말씀드리면 후루하시 님의 마음이 어수선해지실 것 같아서 그래요."

지금도 충분히 어수선하다.

"와카 씨, 그렇게 변죽만 울리시면 되레 심란합니다."

그 말을 듣고 와카는 눈에 띄게 풀이 죽어 손가락을 만지작거렸다.

"저, 있죠, 전에 말씀하셨잖아요? 타인의 필적을 흉내 내는 재주가 있는 대서인에 관해."

쇼노스케는 눈을 부릅떴다.

"보세요, 금세 그런 표정을 지으시잖아요. 중요한 일이죠? 그 이야기가 나온 뒤로 후루하시 님, 이따금 멍하니 생각에 잠겨 계실 때가 많아졌는걸요."

확실하게 들켰다.

와카는 서궤 너머로 몸을 내밀며 목소리를 낮추고 말했다.

"저는 입이 가벼운 사람이 아니에요. 그러니까 그때 후루하시 님이 하신 말씀을 모조리 어머니에게 한 것은 아니랍니다. 맹세해도 좋아요."

굳이 저렇게 말하는 것을 보면, 쇼노스케가 실수로 아버지 일까지 입 밖에 낸 것을 와카는 잊지 않은 모양이다.

"그래서 어떻게 됐습니까?"

"저희 어머니가……."

와카의 눈빛은 진지했다. 최근 한동안 눈에 띄지 않았던 얼굴의 멍이 오늘따라 다소 짙어진 듯 보이는 것은 울고 싸우고 했기 때문일까.

"아무래도 후루하시 님이 말씀하신 기술을 가진 대서인을 아는 것 같아요."

말문이 막힌 쇼노스케에게 와카는 사과하듯 머리를 숙였다.

"그런데 아무리 물어도 입을 꾹 다물고 도통 가르쳐주지 않지 뭐예요. 꼭 죽은 대합 같아요. 그게 하도 분하고 화가 나서 그만 크게 싸우고 말았어요."

아이고, 이런. 쇼노스케는 현기증이 났다.

와카의 어머니, 와다야 여주인의 이름은 '가나에'라고 했다. 한자로 쓰면 '세발솥의 무게를 따지다'의 솥정鼎 자라고 한다. 꽤나 엄숙한 이름이다.

쇼노스케는 급히 쓰타를 통해 가나에에게 면담을 청했다. 요청은 간단히 받아들여졌다.

"역시 저희 집 수다쟁이 딸내미가 후루하시 님께 말씀드리고야 말았군요."

쓰타를 대동하고 와카의 방으로 온 가나에가 말했다. 나무라는 투였지만 목소리는 심술궂지 않았다. 언짢은 표정도 아니다. 쇼노스케는 조금 안도했다.

딸 본인은 어머니를 앞에 두고 입을 더욱 뾰로통하게 내밀고 있었다.

"어떻게 가만있어요?"

딸의 토라진 얼굴을 본 가나에는 옅은 쥐색 띠를 딱 맞게 맨 가슴에 손을 대고 한숨을 쉬었다.

"우리 문제가 아니니까 내 입으로는 말하기 어려운 거예요. 그것을 모르겠니?"

"모르고 뭐고 자세한 이야기는 아무것도 해주지 않았잖아요."

"너는 금세 화를 내서 소리소리 지르니까 네 목소리 때문에 내 이야기가 들리지 않았겠지."

퍼뜩 보니 오늘은 여주인도 코 오른쪽에 불그스름하게 습진이 생겼다. 화는 나지 않았지만 고민하는 건가. 마음의 갈등이 이렇게 바로 얼굴에 드러난다는 점에서 모녀가 둘 다 솔직한 성품이라 할 수 있을 것 같다.

"이런 이야기로 두 분을 번거롭게 해드려 죄송합니다."

쇼노스케가 정중하게 사과하자, 가나에는 어쩔 줄 몰라 했다.

"선생님, 부디 머리를 드시지요. 선생님께 부끄러운 모습을 보였습니다."

선생님인가.

"저희는 견원지간이거든요." 가나에가 태연하게 말했다. "벌써 말씀 들으셨겠지만, 와카는 제게 얼마나 엄한지 모릅니다. 원래도 대가 센 아이인데 엄하기까지 하면 부모라도 타격이 상당히 크지요."

"그런 말이 어디 있어요? 제가 어머니를 혼내주기만 하는 게 아니잖아요."

"……보세요, 이렇답니다." 가나에는 웃고 나서 쇼노스케에게 머리를 숙였다. "이렇게 다루기 힘든 아이를 맡아 가르쳐주시는 선생님께 저희 집 양반도 저도 얼마나 감사드리는지 말로 이루 다할 수 없습니다. 그러니 혹시 저희가 선생님께 도움이 되어드릴 수 있는 일이 있다면 결코 마다할 생각은 없습니다. 그렇기는 합니다만……." 가나에는 목소리를 낮추었다. "첫째는 상당히 오래전 일인 데다가, 둘째로 다른 점포가 연관된 이야기라 말씀드리기가 쉽지 않은 것이에요."

우리 문제가 아니라는 말은 그런 의미였던 것이다.

"그 댁 평판과 관련되는 일이라, 외부에 말이 나면 그 댁에서 곤란하실 이야기이기도 하고 말이지요."

실제로 와카를 빼닮은 가나에의 눈가는 우려의 빛으로 흐렸다. 쇼노스케는 큰 동작으로 고개를 끄덕였다.

"이해합니다. 이런 성가신 문제를 안겨드린 제가 오히려 와다야 씨께 사과를 드려야 합니다."

오늘도 샛장지를 등지고 떡하니 앉은 쓰타의 눈이 흥미진진하게 반짝였다.

"제가 이런 기이한 사람 찾기를 하는 연유에도 실은 말씀드리기 어려운 사정이 있습니다. 저는 비록 낭인의 몸이기는 하나 그래도 무사는 무사입니다. 가문의 명예라고 말씀드리면 짐작하시겠습니까."

가나에의 표정이 흔들렸다. 쓰타의 눈빛도 약간 달라졌다. 와카는 아직 입을 삐죽 내밀고 있다.

"그러니 이 자리에서 와다야 씨께 들은 이야기는 결코 발설하지 않겠습니다. 저희 후루하시 가의 명예를 걸고 약속드립니다. 그 점을 믿고 말씀해주실 수 없겠습니까?"

가나에는 무릎 위에 두 손을 가지런히 모으고는 입을 굳게 다물고 고개를 끄덕였다.

"잘 알겠습니다." 그러더니 와카에게 얼핏 곁눈을 주었다. "딸아이에게 처음 대서인 운운하는 말을 들었을 때는, 제가 아는 사실을 와카가 어디선가 주워듣고 후루하시 선생님의 성함을 핑계로 저를 떠보는 줄 알았습니다. 선생님께서 찾으시는 대서인이 그 정도로 제가 아는 일에 등장했던 대서인과 일치했거든요."

우연이란 무섭다.

와카가 샐쭉해서 중얼거렸다. "제가 그런 장난을 칠 리 있어요? 도대체가 어디서 뭘 주워듣는다는 말이에요? 이렇게 맨날

집 안에 틀어박혀 있는데."

"그러게 말이구나."

가나에는 여주인도, 어머니도 아닌 얼굴로 와카에게 미소를 지어 보였다. 비밀을 공유하는 소녀들 같다. 아닌 게 아니라 이 사람도 소녀 시절 와카와 같은 고통을 겪으며 눈에 띄지 않게 집 안에서 숨어 지내는 일이 잦았으리라. 와카가 대놓고 가나에에게 화풀이하고 성내고 토라진 척하는 것도, 물론 진심으로 화가 나고 좌절감도 느끼겠지만, 어쨌거나 자신의 마음을 가장 잘 이해해주는 사람은 같은 고통을 겪었던 어머니뿐임을 알기 때문이 아닐까.

가나에가 이야기를 시작했다. "대략 이십 년 전 일입니다. 저희 본가는 방물 가게입니다만, 근처에 도자기 상점이 있었지요. 그런데 그 댁에 동갑내기 따님이 있어서 어렸을 때부터 가까이 지냈답니다."

그 도자기 상점에서 후계자 다툼이 벌어졌다고 했다.

"제가 친하게 지냈던 그 댁 따님 이름이 후쿠였는데, 이 후쿠에게 오빠 둘이 있었거든요. 연년생 형제였는데, 어렸을 때는 저와 자주 놀아주었던 기억이 있습니다. 그런데 당시 이미 형제 사이가 그리 좋지 못했습니다만, 성장하면서 확실하게 사이가 틀어진 것이에요."

큰아들이 도락에 빠져, 특히 도박에 맛을 들여 점점 심해진 탓이 컸다고 했다.

"제 기억으로도 후쿠 어머니께서 큰 소리로 큰아들을 야단친 적이 여러 번 있었답니다. 야단친다고 그만두는 도락이면 부모도 고생이 없지 하고 저희 부모님이 수군거리셨던 것도 똑똑히 기억납니다."

싸움이 되풀이된 끝에 의절당한 큰아들은 집을 나가 끈 끊어진 연처럼 자취를 감추었다. 후계자는 작은아들이 되었다.

"그 뒤 이 년쯤 지났을까요. 전날까지 정정하시던 도자기 상점 주인분이 갑자기 쓰러지시더니 한나절도 못 되어 돌아가셨지 뭐예요."

졸중이었던 것 같다고 했다.

"가게가 온통 뒤집혔지요."

그래도 후계자인 작은아들이 똑똑했던 덕에 탈 없이 장례를 치르고 이제 좀 진정됐나 하던 찰나, 예기치 않게 큰아들이 돌아왔다.

도자기 상점 사람들은 큰아들의, 큰형의, 작은나리의 생각지 못한 귀환에 놀랐지만, 탕아가 아버지의 죽음을 계기로 정신 차렸다면 그런 경사가 없다. 어쨌거나 육친이니 말이다. 그런데 그런 미담이 아니었다. 쫓겨났던 아들은 회개하기는커녕 더욱 타락한 상황이었다. 나쁜 벌레가 붙어 있었던 것이다.

"끈이 달려 있었던 것이에요."

방탕한 생활로 막대한 빚을 진 큰아들의 목에는 이중삼중으로 끈이 감겨 있었다. 도박 친구 하며 신나이부시 선생이라는 닳아빠진 여자 하며. 즉 작은나리에게 붙어다니는 악질적인 떨거지다. 큰아들에게서 더는 우려먹을 게 없어지자 이번에는 점포의 재산을 노리고 큰아들을 부추겨 도자기 상점으로 찾아온 것이다.

"하지만 의절당했다면서요?"

와카가 끼어들자 가나에는 천천히 고개를 내저었다.

"선대 주인이 네놈과는 이제 의절이라고 입으로 말씀하신 것뿐이에요."

"그 점을 이용했군요. 의절당했다는 증거가 없으니까요. 실은 그 뒤 아버지를 만나 아버지가 의절을 취소했다고 하면 방법이 없죠." 쇼노스케가 말했다.

"맞습니다, 선생님."

가나에는 이제 아예 쇼노스케를 '선생님'이라고 부르기로 한 모양이다.

"게다가 불량배란 원래 그런 일에 머리가 잘 돌아가니 말이지요. 윽박질렀다가 구슬렸다가, 어쨌거나 그 댁 여주인분에게는 큰아들도 소중한 자식이니까요, 어머니의 정도 이용해서 도자기 상점에 완전히 들어앉고 말았습니다."

당시 가나에는 이미 와다야로 시집갈 것이 결정된 뒤였다. 가나에의 부모는 불량배에게 점거된 도자기 상점을 염려해, 소중한 딸에게 무슨 일이 생기면 안 된다고 가나에가 그곳에 접근하는 것을 엄금했다고 한다.

난처해진 도자기 상점에서는 작은아들이 그 지역 포졸 보조와 상의했다. 이 포졸 보조가 꽤나 믿음직한 인물이라 계책을 세웠다.

그런 인간들은 조리를 세우지 않으면 해결이 되지 않네.

그저 말다툼만 벌여서는 저쪽이 뻔뻔한 만큼 세기 때문에 이쪽이 밀리고 만다.

"무슨 조리를 세운다는 거예요?" 와카가 물었다.

짚이는 데가 있는 쇼노스케는 가슴이 술렁거렸다.

"선대 주인의 유언장을 내놓으면 된다고 한 것이야."

그래, 그렇겠지.

"큰아들과는 의절하고 작은아들에게 대를 잇게 한다는 유언장입니다. 그것을 내놓고 갈 데 가서 시비를 가리는 것이지요."

재판소까지 가지 않아도 정장町長에게 가서 판결해달라고 하면 불량배들에게도 효과가 있을 것이다. 포졸 보조는 정식 유언장만 있으면 자신이 그렇게 되도록 주선해주겠노라고 나섰다.

"그렇지만 유언장이 없잖아요?" 말하고 나서야 비로소 와카도 깨달았다. "아, 그렇구나, 그러네요."

"그래, 없는 것을 만들었단다."

가나에의 시선에 응해 쇼노스케도 고개를 끄덕였다.

"대서인에게 부탁했군요."

"네, 그렇습니다."

다행히 선대의 필적을 확인할 수 있는 문서는 많았다. 이것을 바탕으로 진짜와 구분할 수 없을 만큼 똑같은 유언장을 만들어야 한다. 어중간하게 만들었다가는 불량배들이 더욱 트집을 잡을 것이다. 이 연극의 핵은 유언장이다.

가나에는 오래전 일을 떠올리듯 눈을 가늘게 뜨고 말을 이었다. "결국 사태가 수습되고 불량배들이 도자기 상점을 떠나기까지 한 달 정도 걸렸나요."

"그럼 성공했군요?"

"그래, 만사 순조롭게 말이지."

가나에는 겨우 명랑함을 되찾은 후쿠에게 모든 이야기를 들었다고 한다.

"가짜 유언장은 후쿠의 눈에도 돌아가신 아버지가 쓴 것으로 보였다고 합니다. 그것을 정장에게 제출해 정식으로 판결을 받았으니 말이지요."

정장은 이미 사정을 알고 있었지만, 일부러 각종 문서며 도자기 상점의 원장 등과 꼼꼼하게 비교한 뒤 유언장이 선대 주인의 것이 확실하다고 감정하고 후계자는 작은아들이라고 판결을 내렸다.

"재판소가 아니니 그것만으로 불량배들을 내쫓을 수는 없지요. 그래서 포졸 보조에게 부탁해서 압박을 가하고 돈도 제법 쥐여주었다고 합니다."

그런 형태로 흥정한 것이다. 돈은 이제 정말로 의절당하는 큰아들에게 가족이 주는 위자료이기도 했을 것이다.

"재산을 통째로 빼앗기는 것보다는 훨씬 낫지요. 도자기 상점에는 딸 후쿠도 있었겠다, 불량배들 차지가 됐다가는 어떤 일을 당했을지 모를 일입니다."

유언장은 씨름으로 말하자면 씨름판 네 귀퉁이에 묻어놓은 가마니, 도자기 상점이 점포를 지켜내기 위한 보루 노릇을 해주었다. 가짜는 가짜이지만 그것이 없었다면 불량배들이 밀고 들어와 모조리 빼앗겼을 것이다.

그나저나 이것도 유언장과 관계있나. 정말 우연이란 무서운 것이다.

"선생님, 이미 짐작하셨겠지만 그때 부탁한 대서인이……."

가나에는 다소 목소리를 낮추었다. "도자기 상점에서도 고생했다 하더군요. 어지간한 대서인은 역시 선대 주인의 필적으로 착각할 만큼 똑같이 만들지 못했으니까요."

모방할 상대방에 맞춰 자신의 마음을 바꿀 수 있는 사람은 그렇게 흔치 않다.

"게다가 저는 도자기 상점을 구한 대서인이 어디의 누구인지 후쿠에게 듣지 못했답니다."

"에이, 어머니도 모르는 거예요?"

와카가 큰 소리로 말하자 쓰타가 눈을 가늘게 뜨고 야단치는 표정을 지었다. 어머니 앞에서 와카는 어린애처럼 조급해지는 것 같다.

"다만 후쿠가 이런 말을 하더군요."

난처하다 못해 본가와 상의했더니 어떻게 해주겠다고 했거든. 그러더니 정말 어떻게 해준 거야.

쇼노스케는 천천히 되물었다. "'본가'라고 하셨습니까."

가나에가 조금 주춤했다. "네."

"여주인께서 아시는 도자기 상점은 어딘가의 분가였군요."

"그렇습니다. 친척뻘이었지요. 본가는 유서 깊은 큰 상점인데…… 아주 큰 곳이랍니다." 목소리가 점점 작아졌다. "저는 후쿠와 친했던 것도 있어서 예전부터 본가분들과도 교류가 있거든요. 종종 초대도 받고…… 지금도 관계가 이어지고 있습니다." 도망치듯 말투가 빨라졌다. "본가는 폭넓게 장사를 벌이니 발도 넓으시겠지요. 문제가 있을 때 부탁드리면 그런 연줄을 이용해 힘이 되어주시는 것은 이상한 일이 아닙니다."

아닌 게 아니라 그랬을 것이다.

"도자기 상점이란 말이지요, 선생님. 골동품 상점만큼은 아니지만 이따금 보증서라고 할까요, 도기나 칠기에 붙어 있는 유래서를 판매에 잘 활용할 때가 있다고 합니다. 그러니 필적이며 문서를 보는 눈이 있거니와, 또 그런 것을 감정하는 기술을 가진 사람과 교류도 있는 것이지요."

덧붙여 말하자면, 위조하는 기술을 가진 자와도 교류가 있다는 뜻이다.

"후쿠의 집 본가는 훌륭한 점포입니다, 선생님."

어물거리는 듯한 말투는 '본가'의 이름을 말할 수 없기 때문이리라. 지금도 교류가 있다면 꺼려지는 것도 당연하다.

그렇구나. 쇼노스케는 그제야 무릎을 탁 쳤다. 즐거웠던 그 봄날, 와카는 무라타야 지헤에의 초대를 받아 가노야의 꽃놀이에 왔다고만 생각했는데, 그게 아니었다. 와카는 와카대로 도자기 상점의 연줄로 초대받아 그 자리에 있었던 것이다.

쇼노스케는 가나에를 향해 고쳐 앉았다.

"여주인, 상가 간의 관계가 있으실 테고 또 사정이 사정이니만큼 본가가 어디의 어떤 점포인지 여주인께 여쭙지는 않겠습니다. 다만……." 쇼노스케는 와다야 여주인을 똑바로 바라보았다. "이제부터 제가 한 점포의 이름을 말씀드리겠습니다. 그 이름이 맞는다면, 그곳이 소꿉친구분의 도자기 상점에 대서인을 소개해준 본가라면, 아무 말씀 않으시고 잠자코 계셔줄 수 있습니까? 반대로 틀렸다면 틀렸다고 말씀해주십시오."

괜찮으시겠느냐고 묻자 가나에는 작은 목소리로 "네" 하고 대답했다.

와카가 무의식중에 입을 열듯 끼어들었다. "어머니, 괜찮아요. 저도 비밀로 할게요."

가나에는 살짝 눈살을 찌푸렸다. 침착함을 잃고 손가락을 만지작거리며 쇼노스케에게 시선을 주었다.

쇼노스케는 말했다. "간다 이세 정의 가노야."

가나에는 아무 말 하지 않았다.

쓰타도 아무 말 하지 않았다. 와카가 쇼노스케를 보았다.

"감사합니다."

쇼노스케의 짤막한 인사에 가나에는 쓰타를 돌아보고 별안간 어조를 달리했다.

"세상에, 다과도 내오지 않았군요. 쓰타, 선생님께 차를 드리려무나." 그러고는 그제야 눈가의 긴장을 풀고 이렇게 말했다. "이렇게 제멋대로인 아이를 가르쳐주시는 선생님께 드리는 작은 감사의 표시입니다."

아주 크나큰 사례였다.

쇼노스케는 와다야의 가나에에게 들은 이야기를 편지에 적어 가와센의 리에를 통해 사카자키 시게히데에게 알렸다. 사실 직접 만나 보고하고 싶었지만, 두 달 뒤늦게 나리가 출부한 지금에도 대행은 여느 때보다 더욱 바쁠 것이다. 시간을 내기가 쉽지 않으리라.

쇼노스케가 찾던 대서인은 가노야와 연관이 있었다. 가노야에서 하노센으로, 하노센에서 도가네 번의 흑막으로 이어진 것이다.

그렇지만 쇼노스케가 덮어놓고 가노야에 접근하는 것도 생각해볼 일이었다. 많은 사람 틈에 섞일 수 있었던 꽃놀이 때와는 사정이 다르다. 가노야에 하노센 사람이 드나들고 있을지도 모르는 일이고, 에도에 근무하는 가신은 물론 나리를 수행하는 자가 가노야를 찾아오는 일도 있을 수 있다. 가신은 모두 서로 안면이 있다. 어디서 누가 보고 있을지 모르는 일이고, 자주 드나들면 의심을 살 것이다.

가노야를 정탐하는 일은 도코쿠에게 맡기자. 고향에서 하노센에 보내놓은 것 같은 사람을 가노야에도 보낼 것이다.

쇼노스케는 더 열심히 여러 대서인을 만나고 다녔다. 물어볼 거리가 늘어난 터라 이미 한번 만난 이도 다시 찾아갔다. 간다 이세 정의 가노야라는 도자기 상점의 일을 해준 적이 있나. 고물이나 도자기의 보증서를 써달라는 부탁을 받은 적이 있나. 만약 있다면 어떤 종류의 일이었나. 그때 혹시 무슨 소문을 못 들었나. 아는 대서인 중에 그런 문서 위조가 전문인 사람은 없나. 또는 그런 평판을 들은 적은 없나.

"뭐요, 또 댁이오? 묘한 질문만 하는 사람이로군."

두 번째 찾아간 곳에서는 그런 식으로 웃음을 사고, 처음 만나는 대서인에게는 더더욱 의심을 받으면서도 단서를 찾아 돌아다녔다.

하노센과 가노야와 수수께끼의 대서인이 연결되면서, 뜬구름 잡는 것 같던 탐색에 한 줄기 빛이 비쳤다. 쇼노스케에게 그것은 그가 자각하는 이상으로 큰 한 발짝이었다.

쇼노스케는 지금까지 도코쿠의 지시대로 오로지 그의 말만 믿고 움직였다. 그러나 도코쿠가 '아비의 원수'라고 평한 수수께끼의 대서인이 과연 실제로 존재하는지에 관해서는 확신이 서지 않는 부분이 있었다. 처음부터 황당무계한 이야기였던 데다, 여러 대서인을 만나 그들에게 '자신의 필적이 아니라고 주장하는 사람이 거짓말을 하는 게 아닌가' 하는 말을 종종 듣고부터는 더더욱 그랬다. 쇼노스케의 입장에서 이 말은 곧 '네 아버지가 거짓말을 했다'는 뜻과 다름없었지만 그래도 마음은 흔들렸다. 도코쿠가 말하는 그런 귀중하고 위험한 기술을 가진 대서인의 존재를 인정하는 것보다는, 어떤 절박한 이유로 아버지가 거짓말을 했거나 혼란에 빠진 나머지 착각했다고 생각하는 편이 그나마 사리에 맞는다 싶었다.

그러나 문제의 대서인은 정말 존재했다. 아버지 소자에몬의 일이 있기 훨씬 전에 그 기술로 다른 사람을 속인 선례도 있었다. 정체는 아직 모르지만 이 세상에 있는 것은 틀림없다.

지금까지 알아낸 사실과 생각한 것, 추측한 것을 적으며 머릿속을 정리하다 보니 같이 이야기하고 싶은 생각이 무럭무럭 들었다.

누구와? 도코쿠는 아니다. 와카다. 전부 숨김없이 털어놓고 와카의 의견을 들어보고 싶다.

번의 중대사와 비밀을 상가의 딸에게 털어놓다니, 경솔한 행동이라는 것은 안다. 알지만 꼭 물어보고 싶다. 게다가 여기에는 효용도 있다. 신분의 차는 있을지언정 도코쿠와 쇼노스케는 같은 관점에서 사물을 보고 있다. 같은 관점에서 볼 수밖에 없다. 하지만 와카는 다르다.

그런 변명을 자신에게 늘어놓으며 쇼노스케는 와다야로 향했다. 바람 한 점 없이 뙤약볕이 쨍쨍한 날이었지만, 맞이하러 나온 쓰타가 "어쩐 일입니까? 꼭 멱을 감으신 것 같군요" 하고 어이없어 할 만큼 땀범벅이 된 것은 더위 때문만은 아니다.

여느 때처럼 와카의 방에 자리를 잡은 뒤 쓰타가 샛장지 앞에 앉으려 했을 때, 쇼노스케는 말했다.

"와카 씨, 죄송합니다만 오늘은 단둘이 말씀을 나누고 싶습니다."

와카보다 먼저 쓰타가 그 말의 의미를 깨달았다. 이런 때 시녀라면 당장 호신용 단도에 손을 뻗겠지만, 그런 것을 소지하지 않는 쓰타는 커다란 얼굴에 노기를 띠고 커다란 주먹을 움켜쥐었다.

와카가 웃음을 터뜨렸다. "쓰타, 잠깐 물러가 있어."

"하지만 아가씨."

"무슨 일 있으면 소리 지를 테니까."

무슨 일이 있다는 말인가.

마지못해 일어선 쓰타의 인왕처럼 무서운 얼굴을 보지 않으려고 고개를 숙인 채, 쇼노스케는 "감사합니다" 하고 작은 목소리로 말했다.

샛장지가 닫히고 와카와 둘이 남았다. 쇼노스케는 숨을 깊이 내쉬었다.

"이제 말씀해보세요. 물론 비밀은 지키겠다고 약속드려요. 어머니에게도 말하지 않을게요. 실은 지난번 이래로 저, 근질근질했거든요."

쇼노스케가 경솔한 것처럼 이 아가씨도 호기심이 많은가 보다. 피장파장인가.

이야기를 마칠 즈음 쇼노스케의 목은 바싹 말라붙어 있었다.

와카가 쓰타를 불러 물을 가져오게 했다. 용건이 끝나자마자 내쫓긴 쓰타는 또 쇼노스케에게 주먹을 보이며 무서운 표정을 지었다.

"……많이 괴로우셨죠." 와카는 먼저 그런 말을 했다. "하지만 아버님의 혼은 분명 평안하실 것이에요. 후루하시 님께서 늘 아버님 생각을 하시니까요."

쇼노스케는 잠자코 물을 마셨다.

"일단 차례대로 생각해볼까요."

와카는 서궤를 끌어당겨 문서함을 열었다.

먹을 갈며 보이지 않는 것을 뚫어지게 보는 듯한 표정을 짓는다.

"이 사건이 처음 시작됐을 때부터 차근차근 생각해보고 싶습니다."

"무슨 말씀이신지요?"

"이 계획은 처음부터 선대 나리의……."

"보운 공이라 해주십시오."

"보운 공께서 남기신 유언장을 둘러싼 것이었을까요? 아니면 하노센이라는 점포를 가로채는 쪽이 먼저였을까요?"

복잡한 문제이건만 와카는 정확히 파악하고 있었다.

"점포를 가로채는 쪽이 먼저입니다." 쇼노스케는 대답했다.

아버지의 누명에 관해 처음 은밀히 이야기했을 때, 도코쿠는 이렇게 말했다.

나는 이번 일이 하노센 내에서 일어난 재산 찬탈에서 비롯되었다고 보네.

보통은 반대로 생각하게 마련이다. 번의 흑막 쪽에서 하노센에게 이러이러한 사정으로 가짜 유언장이 필요하다, 위조를 도와주면 나쁘게는 하지 않겠다고 접근했다 생각하는 게 자연스럽다. 하노센이 그에 응해 에도 거래처인 가노야에서 안성맞춤인 인물을 안다고 '흑막'에게 보고한다. 잘했다, 어디 당장 일을 시켜보자. 흑막이 주도하고, 하노센은 심부름꾼 같은 역할이다.

그러나 이래서는 어째서 뇌물 소동이 벌어졌고 하노센의 주인이 바뀌었는지, 실제로 벌어진 사건이 설명되지 않는다. 선대 주인은 책형에 처해졌고, 점포는 한동안 영업을 중지해 간판을 내렸으나 이윽고 사면을 받아 영업을 재개했다. 어용 상점의 지위도 몰수되지 않았다. 언뜻 보면 엄한 것 같지만 실은 매우 관대한 처분으로 끝난 것도 조리가 서지 않는다.

도대체가 번 측의 흑막이 어떤 자들이건 간에, 선대 주군의 유언장을 위조하겠다는 엄청난 계략을 꾸미면서 외부 사람을 끌어들이겠나. 음모는 되도록 은밀하게, 비밀을 아는 자는 적으면 적을수록 좋은 게 아닌가.

흑막 측에서 자진해서 성읍의 상가를 계획에 끌어들일 리 없다. 자신들의 범위 안에서 어떻게든 해보려 할 것이다. 문서를 위조할 수 있는 대서인이든 위조의 달인이든 찾기 위해 에도까지 손을 뻗어야 하더라도 자력으로 불가능한 일은 아닐 것이다.

이 사건에서는 대서인의 존재가 대전제다. 이제는 쇼노스케도 명확히 그렇게 생각했다.

하노센 내부에서 점포 찬탈을 꾸미던 주모자는 가노야를 통해 문서를 완벽하게 위조할 수 있는 대서인을 알고 있었다. 그가 과거 멋지게 활약했던 것을 알고 있었다. 그렇기에 하노센에서도 같은 수법을 이용해 점포를 빼앗을 생각을 해냈다.

그러면서 생각한 계획이 뇌물 소동이고, 여기에 이용할 재료로 찍힌 것이 불운한 후루하시 소자에몬이었다.

즉 처음에는 하노센의 누군가가 번 측의 누군가에게 어디까지나 '하노센의 점포 가로채기'를 위해 뇌물 사건을 꾸며내는 계획을 꺼냈다. 사전 공작을 했던 것이다. 뇌물을 요구받았다고 고발하겠습니다, 잘 봐주십시오, 하고. 물론 그에 상응하는 금전과 맞바꿔서.

그런데 상대방은 이 계획에 다른 용도가 있음을 깨달았다. 금전 이상의 이득이 있다는 것을 발견했다. 하노센이 데리고 있다는 대서인이 모방된 본인도 분간하지 못할 만큼 문서를 감쪽같이 위조할 수 있다면, 보운 공의 유언장을 위조하게 시키면 어떨까.

하노센의 제안에 응하면 후루하시 소자에몬에게 누명을 씌움으로써 대서인의 실력을 사전에 확인하는 일도 가능하다. 도박을 해서 잃을 게 없다.

"아버지가 쓰신 누명 뒤에 이런 사정이 있었다는 말씀을 도코쿠 님께 처음 들었을 때, 저는 그저 놀라기만 했습니다. 그런 대단한 실력을 가진 대서인이 존재한다는 것을 일단 반신반의했죠. 하지만 지금은 확신합니다. 사건의 경위는 그런 것이 틀림없습니다."

와카가 눈을 가늘게 떴다. "바꿔 말하면, 흑막 측에서 대서인의 존재를 안 것은 우연이며 그런 인재가 있다면 써먹을 수 있겠다고 편승했다는 말씀이군요."

"네, 그렇습니다."

"그럼 하노센이 점포를 가로채려고 이 이야기를 꺼낸 쪽에 흑막이 있다는 뜻이겠네요."

물론 그렇다.

"그럼 흑막이 누군지 범위를 좁힐 수 있지 않나요?"

일이 그렇게 간단하지 않다.

뇌물 소동을 꾸미면서 하노센이 사전에 포섭했던 상대는 감찰사 중 한 명일 것이다. 그곳을 확보해놓지 않으면 이 계획은 성공할 수 없기 때문이다. 흑막은 그곳에 있거나 아주 짧은 줄로 그곳과 이어져 있다.

하지만 한 명을 포섭하는 것만으로는 부족해 두 명, 세 명 감언으로 꼬드겼을 수도 있다. 게다가 감찰사들도 성대 가로인 이마사카, 문관 장인 구로다, 무관 장인 이토, 명가인 미요시며 사토미와 제각각 연결되어 있다. 작은 번이다 보니 이쪽도 이중삼

중으로 엮여 있다.

"도가네 번에는 감찰사들을 통솔하는 수석감찰사가 없나요?"

"네, 없습니다. 감찰사의 판결로 재가하지 못한 안건은 가로의 심의를 받습니다. 그래도 결론이 나지 않는 경우, 나리께서 재결하시죠. 좀처럼 없는 일입니다만."

"그런가요…… 해부가 쉽지 않네요."

맞는 말씀이다.

"그럼 다른 것을 여쭤볼게요. 후루하시 님은 지금 그 대서인을 찾고 계시죠?"

"대대적으로 찾고 있습니다."

"그 사람, 이미 죽지 않았을까요? 흑막의 입장에서 이제 볼일이 끝났으니 입막음을 위해 죽이는 편이 안심되지 않겠어요?"

이제는 쇼노스케도 많이 익숙해졌지만, 와카는 이런 위험한 소리를 아무렇지도 않게 하는 면이 있다.

"아직 죽이지 않았을 겁니다. 이번 사건의 흑막 입장에서 볼 때, 대서인을 살려두어야 만일의 경우 편리하니까요. 희귀한 재능을 가진 사람인데, 간단히 죽이면 아깝지 않습니까."

쇼노스케의 말씨도 위험해졌다.

"그럼 필요할 때가 올 때까지 흑막이 대서인을 붙들어다 어디에 가둬놓았다고 생각할 수는 없을까요? 장소는 어디든 상관없겠죠. 벌써 도가네 번으로 끌고 갔는지도 몰라요."

쇼노스케는 단호히 말했다. "그건 아닙니다. 와카 씨는 잘 이해되지 않으시겠지만, 도가네 번은 정말 좁거든요. 타지 사람은 금세 눈에 띕니다. 설령 어느 저택에 가둬둔다 해도 그곳에 드나드는 사람들 입을 통해 비밀이 새고 말 겁니다."

"산속으로 데리고 간다든지."

쇼노스케는 쓴웃음을 지었다. "그럼 더 눈에 띄죠. 타지 사람을 눈치 빠르게 알아채는 것으로는 도시와 댈 게 아니거든요."

와카는 입을 삐죽 내밀었다. "그럼 에도 어딘가에 가둬놓았나 보죠."

"구태여 애써 가둬놓을 것도 없습니다. 감시 정도는 붙여놨을 수도 있겠습니다만."

"대서인이 도망치면 어떻게 하고요?"

"이제 와서 도망칠 리 없죠. 저는 오히려 대서인은 흑막 일파에 포섭되어 있으리라 생각합니다. 흑막이 우려하는 것은 대서인이 겁먹는 사태가 아니라 배신해 반대파로 붙을 가능성일 겁니다."

와카의 눈에 날이 섰다. "꽤나 심술궂게 말씀하시네요. 대서인이 가여워요. 하노센 일은 협박당해 한 것일 수도 있잖아요."

쇼노스케는 의사 출신 대서인에게 들은 이야기를 와카에게 해주었다. 이 직업을 가진 사람 중에는 세상에 불만을 품은 자들이 있다. 지금 생활에 만족하지 못하는 자들이 있다. 마음에 금이 가 틈새로 불어드는 바람을 느끼며 지내는 자들이 있다.

그렇기에 재미를 느끼고 싶어 한다. 다소 위험한 일이라도 먹고 자기만 하는 나날에서 벗어날 수만 있다면 주저하지 않는다.

"게다가 이 대서인은 타인의 필적을 모방하기 위해 완전히 그 인물이 될 수 있습니다. 눈과 마음을 바꿀 수 있는 겁니다. 그 눈과 마음에 와카 씨처럼 따뜻한 피가 흐르고 있었다면 그런 일이

가능하겠습니까?"

눈과 마음이 죽어 피가 통하지 않기에 간단히 꺼내 바꿀 수 있는 게 아닐까.

"저도 세상에 불만이 꽤 많은 사람인데요." 와카는 그렇게 말하더니 살짝 웃었다. "그렇지만 남을 함정에 빠뜨리는 일에 가담하면서 재미있어 하지는……."

"그런 일은 하지 않으시겠죠. 저도 믿습니다."

"후루하시 님은 워낙 호인이시잖아요."

와카는 진지하게 말했다. 한 박자 쉬었다가 둘 다 웃고 말았다.

"아무튼 저는 후루하시 님처럼 대서인이 그렇게 악한이기만 하다는 생각은 들지 않아요. 물론 나쁜 짓을 한 사람이죠. 후루하시 님의 아버님은 정말 딱하게 되셨어요. 하지만 대서인도 하노센이나 흑막의 강요를 받고 겁에 질려 괴로워하고 있다고 생각하고 싶어요."

그게 아니면……. 와카는 중얼거리며 시선을 내리깔았다.

"후루하시 님의 아버님께서 그저 악랄하기만 한 자들에게 이용당하신 게 되니 더더욱 딱하시잖아요."

쇼노스케는 입을 열지 않았다.

"찾아내면 죽이실 건가요?"

"네?"

와카는 쇼노스케를 쳐다보았다. "대서인을 찾아내면 후루하시 님께서 직접 처단하실 건가요? 아버님의 원수잖아요."

"저는 죽이지 않습니다. 본인의 입으로 모든 사실을 고백하게 하지 않으면 아버지의 오명을 벗길 수 없습니다."

"그런 일이 전부 끝나면 그때 죽이실 건가요?"

"죄인을 처벌하는 것은 제 역할이 아닙니다."

"죽여도 된다고 나리께서 허락하신다면 어떻게 하시겠어요?"

"그때가 되어봐야 알 것 같습니다." 쇼노스케는 천천히 대답했다.

"사람을 함정에 빠뜨려 괴롭히면서 재미있어 하다니, 결코 용서할 수 없는 일이죠. 하지만 만약 그런 사람이 있다면, 저는 그 사람의 눈과 마음이 죽었다고 생각하지 않아요."

이야기의 요점을 적던 붓을 내려놓은 와카는 고개를 숙이고 손을 내려다보며 중얼거렸다.

무슨 말을 하려는 걸까.

"마음이 죽었다면 오히려 아무것도 느끼지 못할 테니까요. 남의 불행을 보며 기뻐하는 것은 마음이 살아 삐뚤어졌기 때문 아니겠어요?"

원 상태로 되돌릴 수 없을 만큼 삐뚤어졌기 때문 아니겠어요? 와카는 그렇게 말했다.

"와카 씨, 그런 생각까지 하지 마십시오."

전적으로 쇼노스케 잘못이다.

"죄송합니다."

쇼노스케의 사과에 와카는 말없이 살짝 고개를 흔들고 입가에 손을 댄 채 얼마 동안 생각에 잠겨 있었다. 그러더니 이윽고 눈을 들고 말했다.

"후루하시 님, 별로 유쾌하지 못할 말씀을 드려도 될까요?"

"유쾌하지 못한 말씀이라면 제가 오히려 많이 드린 참입니다만."

"다른 방향으로요." 와카는 매끄러운 미간에 주름을 잡았다. "다른 방향이라고 생각하는데, 아닐 수도 있을 것 같아요."

"예에. 어떤 것인지요?"

"후루하시 님, 최근 들어 주위에서 수상한 시선을 느낀 적 없으세요?"

별안간 이야기책 같은 소리를 한다.

"수상한 시선이라니 어떤 것 말씀입니까?"

되묻자 와카는 묘하게 우물쭈물했다.

"제가 아니라 쓰타가 알아차린 것이에요. 쓰타는…… 아뇨, 절대로 제가 부탁한 것은 아닌데, 쓰타는 제 보모로서 워낙 어떤 일에나 최선을 다하는 터라……."

이번에는 쇼노스케가 미간에 주름을 잡았다.

"무슨 말씀입니까?"

와카는 고개를 움츠렸다. "그게 저, 그러니까 쓰타가 후루하시 님의 생활을, 뭐랄까, 여러모로 살피는 모양이라……."

"제가 어떻게 사는지를 말씀입니까?"

와카가 몸을 한껏 움츠렸다. 쇼노스케는 얼굴이 붉어지는 것을 느꼈다.

"죄, 죄송합니다. 상스러운 짓이죠. 그렇지만 맹세코 제가 부탁한 일은……."

소중한 아가씨를 위해 쓰타가 충성심을 발휘한 것이다. 그것은 쇼노스케도 알 수 있었다.

"쓰타 씨는 제법 훌륭한 첩자이시군요."

전에도 느꼈던 바다.

"눈치도 못 챘습니다."

"쓰타는 그런 사람이에요. 몸집은 저렇게 큰데 소리도 없이 스르르 움직이고, 어디든 들어갈 수 있답니다."

쓰타의 역량은 미카와야의 기치 납치 사건으로 충분히 확인했다.

"눈도 아주 좋고요……." 와카는 서둘러 말을 이었다. "그래서 깨달은 것인데요, 한 달쯤 전인가요, 후루하시 님을 감시하는 사람이 있는 듯하다고 쓰타가 말하지 뭐예요. 감시라는 말은 과하다 해도 후루하시 님 신변에 접근하려는 것은 분명하다, 정식으로 찾아가는 것은 아니고 어쩐지 태도가 은밀하다고요."

"그 수상쩍은 인물은 무사입니까, 평민입니까?"

"쓰타 말로는 무사 나리라고 해요."

쇼노스케는 입을 굳게 다물었다.

"후루하시 님의 움직임을 흑막 쪽에서 눈치챈 것은 아닐까요." 와카는 조심조심 말했다.

대놓고 대서인을 찾아다녔으니 상황이 그렇게 되어도 이상할 것 없다. 기다리는 것은 그만하고 이쪽에서 먼저 움직이기로 결심했을 때, 나름대로 그에 대한 각오도 해두었다.

"혹여 그렇다 해도 예상했던 일이니 괜찮습니다."

앞으로는 충분히 주의해야겠다.

와카가 한숨을 쉬었다.

"별로 괜찮은 것처럼 들리지 않는데요."

그것은 쇼노스케 본인도 마찬가지였다.

이튿날 아침, 동트기 전이었다.

도미칸 나가야 밖이 어쩐지 소란스럽다. 그 소리에 쇼노스케는 잠이 깼다.

원래도 일찍 일어나는 사람들이지만, 오늘 아침 소동은 여느 때와 다른 것 같다. 느긋한 성격인 시카와 시카조 부부가 허둥대며 뭐라 말하지를 않나, 얌전한 다쓰키치가 소리를 지른다. 여기저기 뛰어다니는 것은 긴 아니면 히데일 것이다.

눈을 비비며 밖을 내다보았다가 다이치와 눈이 딱 마주쳤다. 근성깨나 있는 이 아이답지 않게 얼굴이 창백한 것은, 밖이 아직 어둑어둑한 탓만은 아닐 터이다.

"미안, 쇼 씨, 좀 와줄 수 있어?"

"무슨 일이지?"

나가야 쪽문 바로 옆의 이나리 사당에 누가 쓰러져 있다는 것이다.

"다쓰 할머니가 참배 갔다가 발견했어."

발견하고 놀란 나머지 주저앉았다고 하니 예삿일이 아니다. 다쓰 할머니는 쓰러진 사람을 발견한 정도로 놀랄 인물이 아니기 때문이다.

"피투성이지 뭐야. 기모노 앞에 피가 잔뜩 묻었어. 무사 나리니까 누구랑 칼싸움이라도 벌어진 게 아닐까 하는데."

그래서 이런 소동이 벌어졌나.

"우리 집으로 데려와 누여놨는데, 작은 목소리로 계속 뭐라 하는 거야. 무사의 정이 어쩌고저쩌고. 그래서 쇼 씨한테……."

쇼노스케는 끝까지 다 듣지 않고 긴과 다이치, 도라조가 사는 방으로 달려갔다. 좁은 봉당 가득 나가야 주민들이 모여 있는 바람에, 쇼노스케는 문에서 달려 나온 몸집 큰 다쓰키치와 정면으로 충돌하고 말았다. 잠옷 대신 입는 유카타 오른쪽 어깨에 피가 묻어 있었다. 쓰러진 사람을 어깨에 메고 올 때 묻었으리라.

"쇼 씨!"

역시 얼굴이 창백한 긴이 가슴에 끌어안은 통 속에 붉게 물든 수건이 산더미처럼 쌓여 있었다. 방 안에서는 도라조가 히데의 도움을 받으며 다친 사람의 배에 무명천을 감아주는 중이었다.

"쯧, 히데 씨, 꽉 붙들라니까."

"이, 이렇게요?"

"더 세게!"

매일 이 시간이면 쿨쿨 아침잠을 자며 시장에 지각하겠다느니 강가의 물고기가 썩어버리겠다느니 긴과 다이치에게 야단만 맞는 도라조가, 깨어 있을 뿐 아니라 민첩하게 움직이고 있었다. 굵은 목소리로 다친 이에게 말을 걸었다.

"무사 나리, 좀 아프겠지만 참아주세요. 자, 이제 졸라매자고, 히데 씨."

"저도 거들겠습니다."

울상이 된 히데를 위해 쇼노스케도 나섰다. 조금 전까지 뭔가를 호소했다는 남자는 의식이 없었다. 무사는 맞지만 낭인 무사다. 깎은 머리 윗부분은 자랄 대로 자랐고, 상투는 흐트러졌고, 기모노는 때 탄 데다 하카마는 여기저기 해졌다. 밥줄이 끊어진 떠돌이 무사다. 지옥도의 아귀처럼 앙상하게 말랐다.

"하나, 둘, 셋!"

도라조가 무명천을 졸라매자 그 밑에서 피가 새로이 스며 나왔다. 쇼노스케는 긴에게 수건을 받아 위에서 마개를 막듯 꽉 눌렀다.

"상처를 꿰매지 않으면 피가 멎지 않을 겁니다. 의사를 불러야겠습니다."

"다쓰 씨가 도미칸한테 알리러 갔으니 도미칸이 의사를 데려올 거야."

시카가 시카조에게 매달리며 말했다. 피를 보지 않으려고 외면하고 있다. 시카조는 기도하듯 손을 모으고 있다.

"의지할 때 정도는 관리인 영감님이라 불러야지, 안 그러면 벌 받아요."

히데가 말은 의연하게 하면서도 휘청휘청 봉당으로 내려서서 긴을 붙들고 매달렸다.

"아아, 난 더 못 하겠어. 도라조 씨는 역시 강하네."

"물고기를 만지느라 익숙하니까요."

중얼거리듯 대답하는 긴도 부들부들 떨고 있다. 히데는 밖으로 나가더니 웩웩 구역질을 했다.

"다쓰 씨는 발이 느리니까 나도 따라갈게."

쇼노스케는 달려가려는 다이치를 불러 세웠다.

"그보다 부베 선생님께 가봐. 지혈제를 가지고 계실지도 모르니까."

"아, 알았어!"

"긴, 물을 더 끓여. 집집마다 가진 냄비와 솥을 모조리 동원해. 수건하고 무명천도 더 가져오고."

"우리도 도울게."

도라조의 지시에 시카조 부부가 긴을 데리고 바삐 나갔다. 도라조와 쇼노스케는 교대로 상처를 누르고 수건을 갈았다. 아직 피가 멎지 않았다.

"쇼 씨, 어떻게 생각해?"

술을 좋아하는 사람답게 도라조는 일 년 내내 딸기코다. 그 코끝에 땀이 반짝인다.

"칼싸움하다가 다친 상처가 아니지?"

쇼노스케는 고개를 끄덕이고 낭인 무사의 야윈 몸을 내려다보았다. 갈빗대가 보일 정도로 말랐다.

"이분 칼은요?"

도라조는 말없이 방구석을 턱짓으로 가리켰다. 만듦새가 변변치 않은 큰 칼과 허리칼이 놓여 있다. 잠깐 실례, 하고 목례한 다음 쇼노스케는 재빨리 칼을 살펴보았다.

둘 다 죽도였다. 허리칼은 날밑도 자루도 피투성이였다.

"그걸 움켜쥔 채 이나리 사당 앞에 웅크리고 있었어."

죽도 허리칼을.

쇼노스케는 도라조를 돌아보았다. 술꾼에 잠꾸러기인 생선장수의 얼굴이 서글프게 일그러져 있었다.

"배를 가르려고 했겠죠."

밖에서 수선 피우는 주민들을 나무라는 도미칸의 높다란 목소리가 들려왔다.

"그분 용태는 어떠세요?" 와카가 목소리를 낮추고 물었다.

와다야의 뒷문 마루턱에 무릎을 꿇고 앉아 있는 와카는 두건을 쓰지 않았다. 요 근래 와카는 가뿐하게 다닌다.

"도미칸 씨가 데려온 의사분이 일단 처치는 해주었습니다만."

그 의사는 도미칸의 라쿠슈 지기로, 금창金瘡에 강한 선생님이라고 한다.

"안타깝지만 내일까지 버티지 못할 것이라 합니다."

와카의 눈에 그늘이 졌다. "가엾어라."

빈사 상태의 무사 곁에 지금도 나가야 사람들이 교대로 붙어 있다. 최소한 혼자 죽게 하지는 말자는 배려에서다. 쇼노스케도 원래는 교대 인원 중에 포함되어 있었는데, 의사가 와서 일단락되었을 때 "도미칸 나가야에서 칼부림이 났다고 동네에 소문났어"라는 다이치의 말을 듣고 와다야로 달려왔다. 엉뚱한 소문이 와카의 귀에 들어갔다가는 또 공연한 걱정을 끼칠 것 같아서다.

"수건이며 무명천 같은 것은 저희 집에도 얼마든지 있어요. 나중에 쓰타 편에 들려 보낼게요."

"감사합니다."

얼마 뒤 쓰타가 사동을 데리고 가져온 것은 수건만이 아니었다. 사동이 진 커다란 광주리에 채소가 가득 들어 있었다.

"어디 아궁이를 빌릴 수 없을까요? 된장국을 끓이겠습니다."

도미칸 나가야의 비상사태를 위해서 식사를 준비해주려는 것이다.

"밥은 나중에 무라타야 쪽에서 보내줄 겁니다."

그때 마침 일부러 잰 것처럼 지헤에가 직접 하녀를 거느리고 달려왔다. 이쪽은 납작한 통을 들었다.

"다들 아침부터 아무것도 못 먹었을 테지. 자, 얼른들 들어요."

지헤에는 큰 소리로 말해놓고 "와카 씨에게 들었습니다" 하고 쇼노스케에게 귀띔했다.

"세심한 사람이군요. 와다야 씨도 정이 두터운 분입니다."

"그건 지헤에 씨도 마찬가지 아닙니까. 감사합니다. 사양 않고 다 같이 먹겠습니다."

도미칸 나가야 주민들은 누구나 하루 벌어 하루 먹는 처지다. 그런데 아침부터 그런 일이 생겼으니 오늘 벌이가 어떻게 될지 알 수 없다. 오늘 먹을 걱정을 던 것은 무엇보다도 고마운 일이다.

히데를 비롯한 여자들은 빨래하느라 바쁘다. 아무리 빨아도 핏자국이 지워지지 않는 것은 시카조가 불을 피워 태우고 있다. 여름철이니 모닥불은 작게 피웠다. 가느다랗게 피어오르는 한 줄기 연기가 벌써부터 화장하는 연기처럼 보이지 않는 것도 아니다. 그렇게 심약해서는 안 된다, 목숨을 부지할 수도 있지 않나. 쇼노스케는 머리를 내저었다.

"도미칸 씨는 어떻게 됐습니까?"

"파수막에 가셨습니다."

이렇게 길바닥에 쓰러진 사람이나 길을 잃은 아이를 발견하면 꼭 파수막에 신고해야 한다. 처리도 파수막에 지시를 청해 그대로 따른다.

“그럼 안심해도 되겠군요. 여기서 임종을 지킬 수 있게 잘 말해줄 겁니다. 도미칸 씨는 이런 때 의지가 되는 사람이랍니다.” 지혜에는 그러더니 목소리를 조금 낮추었다. “다른 분들이 괜찮으시다면 말입니다만.”

“물론입니다. 이것도 인연인데요.”

지혜에의 숯 눈썹 아래 동글동글한 눈에 부드러운 빛이 어렸다. “이름 모를 저분이 좋은 곳에서 할복하셨군요.”

같은 가난한 사람끼리 못 본 척할 수는 없죠. 긴이 모두의 마음을 대변하듯 말했다.

부베 선생도 달려왔지만, 공교롭게도 지혈제는 마침 가진 게 없었다. 부베 선생은 치료비에 보태달라며 얼마 내놓았다가 도미칸에게 퇴짜 맞고 울컥했다. 이쪽은 이쪽대로 ‘무사는 상부상조’를 주장하는 것이다.

“지혜에 씨, 실은 전혀 이름 모를 사람은 아닌 것 같습니다.”

부베 선생과 쇼노스케가 함께 쓰러진 이의 품속에 든 물건을 살펴보았다. 쌈지에 돈은 한 푼도 없었지만, 바르게 접은 가계도 한 장이 나왔다. 꽤 오래된 가계도는 ‘야마가타 가’라는 가문의 것이었는데, 상당히 복잡했다.

“워낙 마르고 쇠약해서 나이도 짐작하기 어렵습니다만, 서른 살 전후가 아닐까 싶습니다. 가계도에서도 아래쪽 이름 중에 있겠죠.”

아래쪽에 이름이 나열된 남자만 해도 여섯 명이다.

"일단 야마가타 씨라고 부르면 된다는 것만은 알았습니다."

"야마가타 아무개 씨로군요." 지헤에는 주먹밥을 하나 꺼내 덥석 베어 물었다. "도미칸 씨가 있으니 걱정할 필요는 없겠지만, 본인이 조금이라도 말할 수 있는 상태가 되면 누구에게 원한을 산 것은 아닌지 그것만은 확인해두는 게 좋겠죠."

지헤에답지 않은 말투인 것은 그만큼 심각한 이야기이기 때문이리라.

"자칫 잘못하면 이곳 분들이 터무니없는 일에 말려들 수 있으니까요."

"알겠습니다."

쇼노스케는 그런 생각은 하지도 못했다. 지헤에는 참 세심한 사람이다.

"홀몸일까요."

"도미칸 씨가 파수막에 말해 인상서를 돌리게 하겠다고 하셨습니다. 돌아오기를 기다리는 처자가 어딘가에 있을지도 모르지요."

야마가타 모某 씨의 차림은 여장이 아니었다. 다른 지방에서 흘러왔더라도 현재 사는 곳은 에도 시내 어딘가, 그것도 그리 멀지 않은 곳일 것이다.

"소문은 이미 퍼졌으니 한시라도 빨리 누가 달려와주면 좋겠습니다만." 지헤에가 침울하게 말했다.

이럭저럭 목숨을 부지할지 모른다는 바람은 헛된 기대로 끝났다. 야마가타 모 씨는 끝내 깨어나지 못하고 오후 4시 지나 숨을 거두었다.

도미칸 나가야 사람들의 충격은 컸다. 겨우 한나절 이어진 인연인 데다 소매를 스친 것도 꽤나 기묘한 형태였는데도 긴은 엉엉 울고 다이치도 울먹였다. 시카와 시카조는 쉴 새 없이 염불을 외었다. 야마가타 모 씨의 곁을 계속 지켰던 도라조는 불현듯 술 마시고 싶다고 말하더니 주저앉은 채 꼼짝도 하지 않았다. 소문을 퍼뜨리고 다니고 험담하기를 좋아하는 다쓰 할머니가 얌전한 것은 야마가타 모 씨를 발견했을 때 놀라 주저앉을 만큼 다리에 힘이 풀렸기 때문이다. 아들 다쓰키치는 관과 수의를 급히 마련하기 위해 바삐 뛰어다녔다. 노점 중에도 그런 물품을 다루는 곳이 있는데, 아는 사람을 통하면 싸게 살 수 있다고 했다.

부베 선생도 도미칸 나가야로 다시 찾아와, 입관을 기다리는 동안 일단 야마가타 모 씨를 위해 독경했다. 제법 그럴싸한 독경으로 들렸는데 본인은 서당 개 삼 년이라고 했다.

"에도로 올라와 처음 살았던 곳이 우미베 다이쿠 정에 있는 나가야였거든. 담장 너머에 큰 절이 있었는데, 아침저녁으로 경을 듣다 보니 저절로 외워진 것이네."

이런 독경은 결국 형식일 뿐이지만 그래도 이 사람은 성불할 수 있을 것이라고 했다.

"나가야 사람들이 다 같이 정성을 다했으니 말이야."

야마가타 모 씨의 곁을 여태 떠나지 못하는 도라조는 앉은 채 졸고 있었다. 자고 있어도 코끝이 빨갰다.

히데는 집으로 돌아가는 쓰타를 따라 와다야로 인사를 드리러 갔다. 장례가 끝날 때까지 가요는 부베 선생 댁에서 맡아주기로 했다고 한다.

“여기 계속 있으면 모르겠지만 피 냄새가 나네. 가요 같은 어린아이에게는 잔인한 일이지.”

부베 선생은 울적하게 눈을 껌벅이더니 야마가타 모 씨의 얼굴에 덮인 흰 수건에 시선을 둔 채 나직이 물었다.

“쇼 씨는 배를 가르겠다는 생각을 해본 적 있나?”

“아직 없습니다. 그렇지만 저희 아버지는 할복하셨습니다.”

쇼노스케는 대답했다.

부베 선생은 말없이 쇼노스케를 돌아보았다. 쇼노스케는 선생의 얼굴을 보지 않은 채 말을 이었다.

“시중을 든 사람은 형입니다.”

도라조는 졸면서도 코 고는 소리가 요란하다.

부베 선생이 말했다. “그런가. 미안하네, 더는 묻지 않겠네.”

그 뒤 얼마 지나 다이치의 말을 빌리자면 ‘스님을 잡으러 갔던’ 도미칸이 다른 인물을 데리고 돌아왔다.

“죽은 이의 관리인이야.”

야마가타 모 씨가 살던 나가야의 관리인이다.

“관리인들 사이에 이런 이야기는 빠른 속도로 퍼지거든. 찾아내서 다행이지.”

“폐를 끼쳤군요.”

정중히 머리를 숙이는 쉰 살쯤 된 관리인은 고로베에라는 이름으로, 그의 나가야는 아카사카 저수지 북쪽 야마모토 정에 있다고 했다.

"그것참 엉뚱한 방향이로군."

부베 선생이 놀랐다. 관리인 고로베에도 뜻밖인 듯했다.

"미마스 님은 오카와 강 이쪽에 아는 사람이 전혀 없으실 텐데 말입니다."

"미마스 님?"

도미칸을 제외하고 쇼노스케와 부베 선생이 동시에 되물었다. 그 목소리에 도라조가 흠칫 놀라 깼다.

"뭐야, 도미칸, 우리 집에서 뭘 하는 거지?"

"그게 관리인에게 쓸 말씨인가. 방세도 밀렸으면서."

도라조는 꼼짝 못 하고 딸기코를 문지르며 고쳐 앉았다.

"이름이 다른데, 사람을 잘못 본 것은 아닌가. 일단 죽은 이의 얼굴을 확인하는 게 좋겠군."

부베 선생이 흰 수건을 걷어 보여주었다. 고로베에는 죽은 이를 향해 합장한 다음 고개를 끄덕였다.

"틀림없습니다. 저희 나가야에 사시던 미마스 효고 님이 맞습니다."

미마스 효고는 그저께 낮 나가야에서 자취를 감춰 돌아오지 않았다고 했다.

"몹시 말랐다는 것과 허리에 찬 두 자루 칼이 죽도였다는 것, 배를 가르셨다는 것을 듣고 미마스 님이 틀림없다고 생각했습니다."

미마스 효고는 한 달 전 처자식을 잃었다.

"장마철 추위에 감기가 들어서 말이죠."

궁핍할 대로 궁핍한 살림에 영양분이 모자라 체력이 없었던 처자식은 맥없이 죽고 말았다.

"그 뒤로 미마스 님은 걸핏하면 죽고 싶다는 말씀을 하셨습니다. 무사의 죽음이니 최소한 할복하게 해달라고……."

나가야에서 모습을 감추기 직전 고로베에에게 돈을 빌려달라고 했다.

"전당포에 맡긴 칼을 되찾겠다, 그 칼로 할복하겠다고 하시기에 들어드리지 않았습니다."

부베 선생의 관자놀이가 꿈틀했다. "그 때문에 미마스 공은 죽도로 죽어야 했나." 고로베에는 어깨를 움츠렸다. "저도 미마스 님께서 할복하겠다는 생각을 바꿔주시면 조금은 변통해드릴 생각이었습니다."

"정말 그런가? 미마스 공의 처지에서 생각해봤나?"

점점 목소리가 커지는 부베 선생은 정말 별명인 빨강 귀신처럼 보였다. 쇼노스케는 조용히 끼어들었다.

"부베 선생님, 그만두십시오. 고로베에 씨를 책망한들 소용없는 일입니다. 할복할 칼이 필요하니 돈을 빌려달라는데 빌려줄 사람이 누가 있겠습니까."

고로베에는 작은 목소리로 미마스 효고의 신상을 이야기했다. 부베 선생의 성난 얼굴이 무서운지 줄곧 쇼노스케의 눈만 쳐다보았다.

"저도 미마스 님의 성함이 본명이 아니라는 것은 짐작했습니다. 낭인의 몸이 되기까지 경위가 워낙 복잡하셨던 듯 가명家名을 버렸다고 말씀하신 적이 있습니다."

미마스 효고는 과묵한 인물로 다른 사람을 거절하는 면이 있었다. 그 때문인지 나가야 주민들과도 가깝게 지내지 않았다. 고로베에에게도 꼭 필요할 때만 자기 이야기를 했다고 한다.

"저희 나가야에는 낭인의 몸이 되고 나서 오륙 년 지났을 무렵 오셨는데, 그때까지 이곳저곳을 전전하셨던 모양입니다."

보증인은 간다 묘진 신사 앞에 있는 후에이 유파 도장의 주인이었다. 미마스 효고는 그곳에서 사범 노릇을 한 적이 있는 모양이다.

"다만 그것도 꽤 오래전 일인 것 같더군요. 제가 알기로 미마스 님은 우산 만드는 일로 생계를 이으며 관직을 찾고 계셨으니까요. 살림은 정말로 빠듯해 부인과 자제분이 참 딱했습니다."

나가야 주민들과 어울리려 하지 않는 미마스 가의 세 사람은 가난 속에 갇혀 있었던 것이다. 다만 지헤에가 걱정했던 것처럼 누구에게 원한을 산 것은 아니었다. 미마스 효고의 소식을 묻는 이도, 찾아오는 이도 한 사람 없었다고 한다. 바꿔 말하면 의지할 사람도 없었다는 뜻이다.

"전에도 돈을 빌려달라고 하신 적이 있었는데, 그때 무사 나리라도 세입자는 세입자, 관리인답게 훈계를 한번 해야겠다 싶기에……."

다른 사람들과 좀 더 어울려 지내십시오. 뒷골목 나가야 생활은 서로 돕고 살아야 가능합니다.

"넌지시 말씀드려봤습니다만, 턱도 없었습니다."

서로 돕고 산다고? 미마스는 코웃음을 치며 이렇게 말했다고 한다.

나는 그런 것에는 의지하지 않네. 인간이라는 존재를 신뢰하는 것도 그만두었어.

부베 선생이 굵은 팔로 팔짱을 끼고 입을 팔자로 일그러뜨렸다. 도라조는 또 코끝을 문질렀다.

“성품이 괴팍한 분이셨군요.”

쇼노스케의 중얼거림에 고로베에가 살짝 고개를 끄덕였다.

원래부터 그랬다고 생각하고 싶지 않다. ‘그만두었다’는 말에서 과거의 사람됨이 엿보인다. 가록을 잃고 가문을 버리고…… 아니, 어쩌면 가록을 빼앗기고 가문에서 쫓겨났을 수도 있다. 불행한 사건이 미마스 효고를 그런 말을 하는 사람으로 바꿔놓았다. 그래도 그에게는 가문에 대한 마음이 남아 있었다. 쌈지에 들어 있던 가계도가 증거다.

“무슨 일이 있든 죽어서는 안 돼. 지금 생활 속에서 버티면서 처자식을 지키는 게 사내의 의무지.”

부베 선생이 이를 악물고 한 말에 도미칸이 한숨을 내쉬었다.

“맞는 말씀입니다. 그래서 미마스 씨도 부인과 자식이 세상을 떠났으니 이제 죽는 수밖에 없었겠죠.”

자신에게는 이제 할 일조차 남아 있지 않음을 통감했기 때문이다.

“야마모토 정에서 나와 이틀간 대체 어디서 뭘 하셨는지.”

죽을 곳을 찾아 방황했나. 신사며 지장보살 사당 처마 밑에서 밤을 보내고 해가 뜨면 걷기 시작한다. 먼 곳으로, 먼 곳으로. 아무도 모르는 먼 곳으로. 자신의 얼굴과 생활을 아는 이들이 한 명도 없는 곳으로. 그래도 쇠약해질 대로 쇠약해진 그의 다리로는 오카와 강을 건너는 게 고작이었다.

"고향에 관한 말씀은 한 번도 하지 않으셨지만, 신슈 사투리를 조금 쓰시는 것 같더군요."

그렇다면 그가 멀어지려 했던 것은 에도 서쪽에 위치하는 고향이었는지 모른다.

쇼노스케는 아버지 소자에몬의 얼굴을 떠올릴 수밖에 없었다. 아버지는 마당에서 죽었다. 그게 아버지가 바라던 바였을까. 아버지는 자신이 덮어쓴 부당한 죄를 미워하며 그것을 떨치고 어디론가 도망갈 생각을, 가문을 버리고 가족을 버리고 아무도 후루하시 소자에몬을 모르는 곳으로 모습을 감춰버릴 생각을 한 번도 하지 않았을까.

미마스 효고의 시신은 고로베에가 거두어 야마모토 정으로 돌아가기로 했다. 다쓰키치가 구해온 관과 수의는 고로베에가 넘겨받았다.

시신이 나가는 것을 보며 긴은 또 울었다. 언제까지고 쪽문 옆을 떠나지 못하고 울고 있었다.

"긴 씨."

쇼노스케는 견딜 수 없어 말을 걸었다. 긴은 소매로 얼굴을 가렸다.

"미마스 씨는 긴 씨에게도 도라조 씨에게도 고마워할 거야. 다 함께 애써주고 정성을 들여주었으니까."

긴이 얼굴을 숨긴 채 뭐라 말했다. 잘 들리지 않아 귀를 갖다 댔다.

"쇼 씨도 언젠가 저렇게 되는 거예요?"

쇼노스케는 난처해졌다.

"무사 나리는 체면이 서지 않으면 살 수 없는 거예요? 가난한 건 창피한 거예요?"

엉엉 울고 있으니 말이 또렷하지 않다. 숨 쉬는 것도 여의치 않은 상태에서 띄엄띄엄 하는 말이었다.

"그럼, 어떻게 해서라도, 꼭 부자가 돼요. 와다야에, 데릴사위로, 들어가도 돼요. 나, 이제, 질투하지 않을게요."

쇼노스케는 할 말을 잃었다.

"여기 계속 있으면, 쇼 씨도 언젠가, 이래선, 무사로서, 창피하다고, 생각할 거잖아요. 그럼……."

긴은 바닥에 쭈그리고 앉았다. 조그만 등이었다. 가느다란 목덜미였다. 이 처녀는 이 처녀대로 작은 몸뚱이로 생활을 책임지고 있다.

"나는 미마스 씨처럼 되지는 않아."

쇼노스케는 아직 인간이라는 존재를 신뢰하길 그만두지 않았으니까.

"미마스 씨가 배를 가르신 건 이 세상에 있을 의미를 찾을 수 없게 됐기 때문이야. 살아갈 이유가 없어졌기 때문이야. 무사의 체면 탓이 아니야."

나는 해야 할 일이 있다. 모기떼가 수선스러운 여름 석양 아래 긴의 울음소리를 들으며 쇼노스케는 생각했다.

그로부터 겨우 이틀 뒤, 그 마음을 시험하는 사건이 벌어졌다.

"쇼 씨, 손님 왔어."

그때도 저물녘이었다. 그날도 대서인을 찾다가 돌아와 젖은 수건으로 몸을 닦고, 그 김에 마루턱에 걸터앉아 후끈거리는 발을 대야에 담그고 한숨 돌리는 중이었다.

손님이라니 누구지? 젖은 발을 닦으려고 허둥대다가 미끄러졌다. 다쓰 할머니처럼 주저앉는 일이 있어선 안 된다. 그때 장지가 열리더니 사람 그림자가 비쳤다.

"허어, 추적자치고는 태평한 인간이로군."

처음 듣는 탁성이었다. 주위가 어둑어둑해 모습이 뚜렷이 보이지 않았다.

"저는 후루하시 쇼노스케입니다. 저를 찾아오셨다고 들었습니다만, 귀공은 누구신지요?"

쇼노스케는 꼴사나운 자세로 목소리만은 의연하게 물었다. 그러자 탁한 목소리가 이렇게 대답했다.

"댁이 찾는 대서인이야."

술내가 난다.

어둠 속에서 나타난 사내는 술에 취해 있었다. 이 정도 냄새면 안색을 확인할 것도 없다. 걸음걸이도 불안정해, 문턱을 넘을 때 휘청거리다가 장지에 손가락으로 구멍을 냈다.

쇼노스케는 급히 불을 켰다.

남자의 얼굴은 푸석푸석하고 술독이 올라 불그스레했다. 흰자위가 묘하게 두드러졌다. 남자는 옮게 웃고 있었다.

"그 표정은 뭐지?"

쇼노스케의 코끝에 손가락을 들이댄다. 겨우 그 정도 움직인 것만으로도 비틀거리며 꺾인 목소리로 비웃듯 말했다.

"댁께서 게다 굽 닳도록 찾아다니시는 대서인이 소생이라는데."

진지함이라곤 찾아볼 수 없는 말투다.

"일부러 이렇게 찾아뵈었는데 고맙다는 말 한마디 없나?"

행색이 초라하기만 한 게 아니라 지저분하다. 단정치 못한 매무새의 줄무늬 홑옷 위에 후줄근한 하오리를 걸쳤다. 기모노도 하오리도 지저분하게 때가 탔고 여기저기 기운 자국투성이다.

하오리에 가문家紋이 없다. 칼도 차지 않았다. 허리춤에 꽂은 것은 휴대용 필통뿐이다. 여기에 점대라도 쥐여주면 영락없이 점술사겠다.

쉰 살은 이미 오래전에 지났을 것 같다. 봉발도 얼굴에 돋은 수염도 희끗희끗하다. 몸은 말랐는데 아랫배만 불룩 나왔다. 이것도 술 탓이 아닐까.

"이여차."

남자는 늙은이처럼 소리 내며 쇼노스케가 발을 담그고 있던 대야를 넘더니 마루턱에 걸터앉았다. 무릎이 바들바들 떨려 불안해 보였다.

"잘못 찾아오신 게 아닙니까?" 쇼노스케는 온화하게 물었다.

상대방은 질 나쁜 주정뱅이다. 쇼노스케가 대서인을 찾는다는 말을 어디선가 듣고 장난 한번 쳐보자는 속셈이다. 그 김에 술값 좀 뜯어낼 심산인 게 틀림없다.

지저분한 남자는 주정뱅이답게 딸꾹질을 한 번 하더니 성가신 듯 고개를 틀어 쇼노스케를 보았다.

"댁은 나를 찾는 거고, 나는 댁이 찾는 사람이야." 콧노래를 흥얼거리듯 가락을 붙여 중얼거리고는 혼자 크크 웃는다. "쓸데없는 수고를 덜어주려고 이렇게 행차해주신 거야. 고맙게 생각하지그래?"

가까이서 보니 남자의 오른쪽 뺨에 흉터가 있었다. 칼에 베인 자국 같다. 한 치는 될 듯하다. 눈에 띄는 흉터였다.

열려 있는 문으로 다이치와 긴의 얼굴이 보였다. 쇼노스케는 두 사람에게 장지를 닫으라고 눈짓했다. 긴이 살짝 고개를 끄덕이고, 다이치가 장지를 닫으려다가 남자가 뚫어놓은 구멍에 또 손가락을 찔러넣고 말았다.

"성함은 어떻게 되시는지요?"

남자는 쇼노스케에게 등을 돌리더니 또다시 딸꾹질을 했다.

"이름 같은 건 없어."

나는 누구든 될 수 있거든, 하고 말을 이었다.

"마음만 먹으면 어떤 사람도 될 수 있어. 귀인도 될 수 있고, 다리 밑에서 몸 파는 춘부도 될 수 있고. 귀인이면 귀인에 어울리는 글씨를 쓰고, 춘부라면 춘부에 어울리는 글씨를 쓰지."

쇼노스케는 천천히 눈을 크게 떴다. "대서인이시군요."

"그렇다고 했을 텐데." 남자의 야윈 등이 젖혀졌다. "천하제일의 실력이라고. 어떤 사람의 글씨체든 자유자재로 흉내 낼 수 있지."

이번에는 몸까지 틀어 쇼노스케에게 얼굴을 불쑥 들이댔다.

"뭐하면 지금 이 자리에서 내 솜씨를 보여주지. 대금은 필요 없으니까 붓과 묵과 종이를 내놔."

한 박자, 두 박자, 두 사람은 서로 노려보았다. 쇼노스케는 훌쩍 일어나 서궤를 끌어당겼다. 먹통 속에 오늘 아침 무라타야 일로 쓰다 남은 문구가 들어 있다.

"여기에 이름을 써."

남자는 수염이 까칠한 턱을 으쓱했다. 쇼노스케는 붓을 들어 새 반지 왼쪽에 한 자, 한 자 정성 들여 썼다.

"시시한 글씨로군. 이도 저도 아니야." 대서인이 거만하게 말했다.

쇼노스케가 말없이 붓의 방향을 돌려 내밀자, 남자는 비스듬히 기운 자세로 두 번이나 실패한 끝에 겨우 받아들었다.

풍인가, 아니면 술독인가. 손은 왜 저렇게 떠나. 저런 손으로 제대로 된 글씨를 쓸 수 있을 리 없다.

남자는 쇼노스케가 이름을 쓴 바로 옆에 '후루하시 쇼노스케'라고 썼다.

글씨체가 똑같았다.

그래봤자 한자 다섯 자다. 그것만으로 판단할 수 없다. 판단할 수 있을까 보냐.

남자는 붓을 옮겨 이어서 썼다.

'후루하시 소자에몬'.

저도 모르게 숨을 삼켰다.

아버지 글씨다. 쇼노스케가 어렸을 때 아버지가 직접 붓을 들어 습자를 가르쳐주었다. 한두 번 본 게 아니다. 틀림없이 아버지 글씨였다.

눈을 들자 지저분한 대서인이 히죽 웃었다.

"어때, 납득했나?"

쇼노스케는 눈도 깜박일 수 없었다.

"그래도 의심스러우면 뇌물 영수증도 써줄까? 세세한 부분은 잊었지만 대강은 기억……."

쇼노스케는 서궤를 봉당으로 밀어낼 듯한 기세로 앞으로 나섰다.

"그럼 정말로 네놈이 그 문서를 썼군!"

"아까부터 계속 그렇다고 했을 텐데. 머리 회전이 느린 애송이로군."

거친 숨을 몰아쉬며 이 무더운 밤에 부들부들 떨고 있는 쇼노스케를 똑바로 보며 대서인은 거침없이 말했다.

"나는 주문을 받으면 뭐든 쓰는 사람이야. 단, 수고비는 비싸다고."

"여기엔…… 뭐하러 온 거지?"

대서인은 과장되게 놀라는 시늉을 했다. "그것을 왜 내게 묻지? 네놈이 나를 찾았을 텐데. 그래, 나를 찾아서 어떻게 할 생각이었나?"

무엇부터 물어야 하나. 아니, 그 전에 이 말라빠진 놈의 멱살부터 잡는 게 좋을까.

"내 아버지, 후루하시 소자에몬에게 누명을 씌운 문서를 위조했지?"

"그래, 내가 썼다."

"누구 부탁으로?"

대서인은 몸을 뒤로 빼더니 또다시 시선을 엉뚱한 방향으로 던졌다.

"글쎄, 잊어버렸는데."

"똑바로 대답하지 못해!"

"똑바로 대답하고 있어. 나는 그저 일을 하는 것뿐이야. 내 이 팔로 말이지." 대서인은 자신의 앙상한 팔을 탁탁 쳤다.

쇼노스케는 격노했다. "네놈에게 가짜 문서를 쓰게 한 게 누구냐!"

대서인도 곧바로 맞받아치듯 고함쳤다. "누구든 상관없어!"

찢어진 장지가 바르르 떨릴 만큼 큰 소리였다.

대서인은 몸을 일으키더니 비틀비틀 다가와 쇼노스케의 눈앞에 섰다.

"돈만 주면 누구든 상관없고 뭐든 상관없어. 얼마든지 써줄 수 있어. 네놈 같은 애송이가 이러쿵저러쿵할 일이 아니야!"

"네 이놈, 잘도 뻔뻔하게 그런 소리를!"

쇼노스케는 벌떡 일어나 봉당으로 뛰어내려 대서인에게 덤벼들려 했다. 그 순간 눈에서 불꽃이 튀더니 마루턱에 몸을 부딪히며 모로 쓰러졌다.

맞은 것이다. 대서인이 주먹을 쥐고 있다. 움켜쥔 주먹을 문지르며 옆을 향해 침을 퉤 뱉었다.

"멍청한 놈."

쇼노스케는 몸부림치듯 몸을 일으켰다. 믿기지 않았다. 이게 무슨 꼴인가. 이 지저분한 말라깽이 늙은이는 무엇인가.

"내 하나 충고해주마." 대서인은 술내를 풍기며 쇼노스케에게 바짝 다가섰다. "잘 들어, 애송이. 나는 분명 그 문서를 썼다. 뇌물의 전말을 쓴 문서야. 더러운 돈이 오간 것을 적은 확고한 증거라고."

그러나…… 하며 손톱이 갈라진 손가락을 쇼노스케의 눈앞에 들이댔다.

"내가 네놈 아버지에게 누명을 씌운 게 아니야. 내게 수고비를 주고 문서를 쓰게 한 놈이 누명을 씌운 것도 아니야."

쇼노스케는 현기증이 났다. 이자는 지금 무슨 말을 하는 건가?

"네놈 아버지가 뇌물을 받았다는 죄를 쓴 건 네놈 아버지가 그것밖에 안 되는 사내였기 때문이야. 겨우 문서 한 통으로 신용을 잃는, 그런 작은 그릇이었기 때문이라고. 인덕이 없었던 것이지." 대서인은 말했다.

"네 이놈, 네 이놈."

정말 현기증이 났다. 노여움 탓이다. 피가 거꾸로 솟아서다.

"네가 감히 내 아버지를 모욕하느냐!"

"모욕하는 게 아니야. 그저 세상의 섭리라는 것을 네놈에게 가르쳐주는 거지. 알겠느냐, 애송이."

힘들이지도 않고 쇼노스케의 멱살을 잡아 일으켰다. 쇼노스케는 흡사 목각 인형이 된 것 같다.

"네놈 아버지에게 인덕이, 인망이 어느 정도라도 있었다면 누가 의혹을 제기했을 거다. 후루하시 소자에몬은 뇌물을 받을 인물이 아니라고 누가 항변했을 거야. 그런 자가 있었나? 한 명이라도 있었어?"

코가 맞닿을 정도로 가까운 거리에서 쇼노스케는 대서인의 눈을 들여다보고 있었다. 핏발이 선 흰자위와 탁한 검은자위를 들여다보고 있었다.

"없었지. 누구 한 사람, 네놈 아버지를 두둔하는 자가 나타나지 않았어. 내가 꾸며낸 문서가 네놈 아버지의 명예보다, 신용보다 무거웠던 거야. 네놈 아버지의 목숨 따위 문서 한 장의 무게만도 못 했어."

원망하려면 그 사실을 원망해라.

"네놈 아버지는 그 정도 가치밖에 없는 사내였던 거야. 그래서 이용당한 거야." 대서인은 쇼노스케를 밀쳐냈다. "네놈 아버지도 이렇게 버림받았다. 버려도 된다고 여겨지는 목숨이었기에 버림받은 거야. 내 탓이 아니야."

대서인은 그렇게 내뱉듯 말하더니 더러운 것을 만진 양 손을 털었다. 몸이 떨리고 수염이 꺼칠한 여윈 얼굴은 일그러져 있었다.

쇼노스케의 가슴속에서 자신에게조차 불가해한 마음이 치솟으며 노여움과 혼란을 밀어냈다.

이 지저분한 노인은 어째서 이런 표정을 짓는 걸까. 쇼노스케의 죽은 아버지를 욕하면서, 눈에 노기를 띠면서, 왜 저렇게 몸을 떨고 있는 걸까.

"당신은……."

'네놈'이라는 말이 나오지 않았다.

"그 정도로 제 아버지를 경멸하면서 아버지의 필적을 기억하고 있군요."

대서인이 눈에 띄게 당황했다.

"어째서 기억하는 겁니까."

대서인은 고개를 돌리고 작은 사방등의 불빛 밖으로 몸을 피했다. 쇼노스케는 그것을 뒤쫓듯 물었다.

"아버지의 필적을 흉내 내기 위해 당신은 일시적으로나마 아버지를 대신했습니다. 아버지가 됐습니다. 그러니 당신 안에 제 아버지가 남아 있습니다."

"무슨 말인가 했더니만, 허튼소리를 늘어놓는 애송이로군."

또 침 뱉듯 말한다. 쇼노스케는 물러서지 않았다.

"그렇다면 방금 당신이 제 아버지에게 퍼부은 욕설은 당신이 당신 자신에게 퍼부은 욕설입니다."

그래, 쇼노스케의 귀에는 그렇게 들렸다.

"당신은 제게 그런 욕설을 들려주려고 일부러 여기까지 찾아온 겁니까?"

"어처구니가 없군." 대서인은 부자연스러운 목소리로 웃었다. "이용당한 아비를 그리워하는, 아비보다도 더 멍청한 자식 놈 얼굴 한번 봐야겠다 싶었다."

"그랬더니 어떻던가요?"

쇼노스케는 그 자리에 고쳐 앉았다. 무릎에 손을 올려놓고 얼굴을 똑바로 쳐들었다.

"제 이 얼굴 말입니다. 여기에 무엇이 보입니까?"

대서인의 등에는 살이 거의 붙어 있지 않았다.

"누구 한 사람 제 아버지를 믿고 아버지를 두둔해주는 사람이 있더냐고 말했죠. 아닌 게 아니라 가신 중에는 아무도 없었습니다. 하지만 제가 있습니다. 풋내기라 제 목소리에는 아무런 힘도 없었습니다. 아버지에게조차 제가 아버지를 믿는다는 목소리가 전달되지 못했는지도 모릅니다. 그래도 저는 믿었습니다. 지금도 믿습니다. 그래서 당신을 찾은 겁니다."

아무에게도 존중받지 못했어도 쇼노스케에게는 하나뿐인 아버지였다. 후루하시 소자에몬은 쇼노스케를 애정으로 길러준 아버지였다.

이 이름을 지어준 아버지였다.

"가르쳐주십시오." 쇼노스케는 허리를 굽히고 머리를 숙였다. "누가 당신을 고용해 문서를 위조하게 한 겁니까? 제 아버지에게 누명을 씌운 사건은 말하자면 시험, 당신을 고용한 자들이 당신의 실력을 확인하기 위해 벌인 일이라고 생각합니다. 아닙니까?"

대서인은 대답하지 않았다.

"당신은 더 큰일을 의뢰받았을 테죠. 당신에게는 단순한 생업이라도, 수고비를 받으면 그만인 일이라도, 그 문서에는 큰 힘이 있습니다. 제 고향, 우리 도가네 번의 장래를 좌우할 정도의 힘이 있습니다. 저는 가짜 문서가 또다시 흥하고 진실이 짓눌리는 것을 그저 보고만 있을 수는 없습니다."

무슨 소리가 들렸다. 낮게 신음하는 듯한…….

설마 대서인이 우는 건가?

쇼노스케는 또다시 눈을 크게 뜬 채 그 자리에 얼어붙어 꼼짝도 하지 못했다.

웃는 것이다. 대서인은 웃고 있었다. 고개를 숙이고 참다가, 참지 못해 몸을 흔들며, 급기야 배를 쥐고 웃으며 돌아보았다.

"하여간 처치할 길이 없는 바보로군." 가가대소하며 쇼노스케를 비웃었다. "진실은 무슨. 네놈은 그렇게 옳아? 어떻게 그렇게 자기가 옳은 일을 하고 있다고 믿을 수 있는 거지? 우리 도가네 번의 장래라니 웃기는군." 입가에 흐른 침을 닦으며 또 웃었다. "훅 불면 날아갈 듯한 촌구석 작은 번의 세력다툼 따위 아무래도 상관없어. 어느 쪽이 이기건, 누가 후계자가 되건, 그렇다고 해가 뜨지 않을 것도 아니고."

그렇구나.

지금까지 추측했던 것이 맞았다. 이 사내는 사정을 알고 있다. 알면서 가담하고 있다.

"보운 공의 유언장을 위조했군요? 아니면 앞으로 위조하는 겁니까?"

"글쎄, 나와는 상관없는 일이야."

"당신을 고용한 사람은 누굽니까? 가르쳐주십시오. 이런 일을 계속하다간 언젠가 당신 목숨도 위험해질 겁니다."

"내 목숨?" 대서인은 재미있다는 듯 눈썹을 꿈틀거렸다. "그런 것도 아무래도 상관없어. 누구든 언젠가는 죽게 마련이라고, 애송이. 그때까지 먹고사는 일이 어려운 거지. 먹고, 자고, 일어나면 또 먹고 마시고 곤드레만드레 취하는 거야."

대서인의 얼굴에서 웃음기가 가셨다. 조소의 전후로 오로지 그 눈빛만이 달라지지 않았다.

어둠의 색인가. 사악한 혼탁인가. 조금 전 쇼노스케가 들여다봤던 것은 둘 다 아니었다. 구멍이었던 것이다. 아무것도 없는 텅 빈 구멍이었다.

"네놈 아버지는 번듯하게 할복했나?" 목소리가 바뀌었다. 낮게, 속삭이듯. "스스로 배를 갈랐나. 아니면 강요당했나."

그런 질문을 하는 것은 대서인이 후루하시 소자에몬에 관해 아무래도 상관없다고 생각하지 않기 때문이다.

"왜 그런 것을 알고 싶어 합니까?"

대서인은 흥 하고 콧바람을 불었다. 그리고 말했다. "네놈 형은 너처럼 아버지의 명예를 소중히 여기나?"

이번에는 쇼노스케가 주춤했다. "형도 아시는 겁니까?"

대서인은 쇼노스케를 노려보지 않았다. 뜯어보는 듯한, 가늠하는 듯한, 그리고 너무나도 가벼운 존재를 딱하게 여기는 듯한 눈빛이었다.

"누가 나를 고용했는지, 네놈이 말하는 진실이라는 것을 알고 싶다면 형에게 물어봐라. 그게 가장 빠를 거다."

발길을 돌렸다가 또 휘청거리면서 장지를 들이받았다. 대서인이 힘주어 옆으로 당기자 빽빽한 장지가 문틀에서 빠지고 말았다.

도미칸 나가야 사람들이 허겁지겁 뒤로 펄쩍 뛰어 물러났다. 쓰러지려는 장지를 도라조가 한 손으로 받치고 있었다. 그 옆구리 밑으로 다이치가 고개를 내밀고 있다.

"비키지 못할까, 이 주정뱅이 놈."

대서인은 도라조에게 욕설을 퍼붓고 의연히 발을 내디뎠다. 나가야 사람들이 어안이 벙벙해 그를 배웅했다.

"아, 넘어졌다." 히데가 무심코 말하더니 황급히 손가락으로 입을 막았다. "자기야말로 주정뱅이면서. 아아, 가버렸네."

"쇼 씨, 다친 데는 없어?"

긴과 시카조다. 그 자리에 어울리지 않게 예의 바르게 앉아 있던 쇼노스케는 방금 들은 말이 머릿속에서도 가슴속에서도 왱왱 울려 얼이 빠진 상태였다.

"저 사람, 어디의 누구예요?"

긴이 들어와 쇼노스케 곁으로 살그머니 다가왔다.

"쇼 씨, 정신 차려요."

네놈 형에게 물어봐라.

가쓰노스케가 무엇을 안다는 말인가.

"쇼 씨, 얼굴이 부었어요. 혹시 맞은 거예요? 그러고 보니 그 사람, 손을 다친 것 같던데."

네놈 아버지는 번듯하게 할복했나?

할복한 아버지의 시중을 든 사람은 형이다. 사후事後 시중이었다. 형이 아버지의 목을 쳤다.

그 형이 무엇을 안다는 말인가.

그 뒤 얼마 안 돼서 무라타야 지혜에가 도미칸 나가야에 왔다. 그냥 온 게 아니었다. 달려온 것이다. 낯빛이 달라져 헐레벌떡 달려왔다.

"쇼 씨……."

쇼노스케는 바닥에 나뒹구는 서궤도 그냥 둔 채 이럭저럭 채비하고 나가려던 참이었다.

"쇼 씨, 잠깐 기다려보십시오."

어깨를 붙드는 지혜에의 손을 아무렇게나 뿌리치고 신을 발에 꿰었다.

지혜에가 말했다. "어디로 가든 먼저 제 이야기를 들어주십시오. 저는 쇼 씨에게 사과하러 온 겁니다."

쇼노스케도 그제야 비로소 지혜에의 안색을 깨달았다.

"그 사람이 여기 왔다죠? 제 탓입니다." 지혜에는 말을 이었다. "이름은 밝히던가요? 무슨 말을 했습니까? 그 사람이 쇼 씨에게 관심을 갖고 있다는 건 알고 있었습니다만, 설마 느닷없이 쳐들어올 줄은 몰랐습니다. 제 잘못입니다."

지혜에는 손으로 이마를 짚었다. 손가락 사이로 삐져나온 숱 눈썹이 밑으로 처져 있었다.

"지혜에 씨, 그게 무슨 뜻입니까?"

지혜에는 손을 내리는 김에 얼굴에 솟은 땀을 닦고 눈썹과 마찬가지로 양어깨도 축 늘어뜨렸다. 풀이 죽을 대로 죽었다.

"이렇게 된 이상 전부 털어놓겠습니다. 용서해달라는 말씀은 드리지 않겠지만, 최소한 제 이야기를 들어주십시오."

지혜에는 또 무엇을 안다는 말인가.

"그 사람의 본명은 저도 모릅니다. 물어도 가르쳐주지 않아서 말이죠."

하지만 별명은 안다.

"오시코미 고멘로입니다."

"그 사람에 관해 제가 쇼 씨에게 거짓말을 했습니다. 숨긴 것도 많습니다."

지혜에는 신음하듯 말하더니 그 자리에 털썩 무릎을 꿇어 정좌했다. 두 손을 가지런히 모으고 봉당 바닥에 닿도록 이마를 조아렸다.

"뭐라 드릴 말씀이 없습니다. 죄송합니다."

쇼노스케는 엉덩방아를 찧듯 마루턱에 주저앉았다.

"대체……."

거짓말을 했다?

"오시코미 고멘로는 저 저속한 이야기책을 쓴 사람이 아닙니까?"

지헤에는 몸을 구부정하게 말고 고개를 끄덕였다.

그 이야기책은 결국 뜯어고치는 작업을 끝까지 마치지 못한 상태다. 거기까지 생각했다가 쇼노스케는 흠칫했다. 아직 한 편이 곁에 남아 있다.

"지헤에 씨, 그건……."

지헤에는 체념한 듯 쇼노스케를 보았다.

"그게 그 사람 본래 필적이겠죠. 벌써 오 년 전 일입니다만, 본인이 제게 들고 왔습니다."

지헤에는 그 사람을 오 년 전부터 이미 알고 있었다는 말인가.

"지헤에 씨, 제게 오시코미 고멘로란 사람은 선대가 알던 분이고 이미 고인이 됐다고 말씀하셨죠. 주군이 없는 무사고 잡일로 입에 풀칠하며 살다가 무지러지듯 죽었다고."

"죄송합니다." 지헤에가 몸을 움츠렸다. "아버지와 교류가 있었던 그런 사람은 분명히 있었습니다. 다만 오시코미 씨는 아닙니다." 지헤에의 목소리가 작아졌다. "사실을 말씀드릴 수 없어서…… 거짓말을 섞어 말씀드렸습니다."

쇼노스케는 심호흡을 한 번 했다. 지헤에도 덩달아 한숨을 내쉬더니 이야기를 시작했다.

"오 년 전, 해가 바뀌고 얼마 안 되어서 몹시 추운 날이었습니다."

흐린 하늘에서 이따금 눈이 흩날리는 날씨였다고 했다.

"그 사람이 저희 점포에 훌쩍 나타난 겁니다."

일 년 내내 똑같은 옷만 입거든요.

"그때도 여기저기 기운 기모노에 담뱃불에 탄 자국이 있는 솜저고리를 걸친 게 전부였습니다."

자기가 쓴 게 있으니 봐달라며, 마치 오래된 단골인 것처럼 뻔뻔하게 지헤에의 코끝에 보퉁이를 들이밀더라고 했다.

"글씨를 봐달라는 줄로만 알았습니다. 당시 이미 저희 점포에서는 필사 일을 하는 사람을 썼으니까요."

그러나 오시코미 고멘로의 의도는 달랐다.

"이야기책이라고 하기에 우리는 책을 내는 곳이 아니라고 말했습니다. 그랬더니 그 사람은 이건 그런 대단한 곳에 들고 갈 물건이 아니다, 잘해야 대본소라고 하지 뭡니까."

말 한마디 하는 것도 전부 큰 소리로 하고, 태도도 될 대로 되라는 식으로 거만했다.

"게다가 술에 취해 있었고 말이죠."

"그 사람은 늘 그렇습니까?"

"그럼 조금 전 여기 왔을 때도?"

"네, 술내가 진동하더군요."

"좋지 못한 습관입니다. 좋지 못한 술이고 말이죠." 지헤에는 제 일처럼 괴로운 표정을 지었다. "어쨌거나 가게에 계속 버티도록 그냥 둘 수는 없으니까요. 하는 수 없이 보퉁이를 맡았습니다. 일단 쫓아내면 어떻게든 되겠지 싶었거든요."

그런데 주정뱅이가 가고 나서 보퉁이를 열어보았다가 놀랐다.

"아시다시피 그런 훌륭한 글씨였던 겁니다."

단정한, 품격 있는 필체였다.

쇼노스케는 한껏 빈정거리듯 말했다. "그러실 테죠. 저도 그래서 지헤에 씨의 거짓말을 믿었던 겁니다. 오시코미 고멘로라는 어느 낭인 무사가 쓴 이야기책을 지헤에 씨 아버님께서 베껴 쓰신 사본이라고 말입니다. 무라타야 선대 주인은 글씨가 참 훌륭하다고 감탄했습니다."

풀 죽은 지헤에를 보고 쇼노스케는 곧바로 후회했다.

"그렇지만 이야기책 내용은 그렇게 형편없었던 거군요."

지헤에의 숱 눈썹이 밑으로 처졌다. "네. 웃음이 날 정도로 형편없었습니다."

솔직한 말에 쇼노스케는 저도 모르게 입가가 누그러졌다. 정말 그렇다. 지헤에는 여전히 의기소침한 표정이었으나, 조금 안심한 듯 둥글게 말고 있던 등을 폈다.

"그래서 뭐, 그냥 버려두었습니다만, 너댓새 지나 그 사람이 또 찾아온 겁니다."

상품 가치가 있더냐고 물었다.

"그때도 술에 취해 거만하더군요. 저는 반쯤은 재미있어 하면서도 반쯤은 화도 났던 터라 분명히 말했습니다. '잘해야 대본소' 수준도 못 된다고 말이죠."

주정뱅이가 화를 내며 난동을 부리면 호조와 사동을 불러 셋이 힘을 합쳐 쫓아낼 생각이었다.

"자세히 보니 지옥도의 아귀와 겨룰 수 있을 만큼 야위어서 제가 탁 밀면 쓰러질 듯 보였기도 하고 말입니다. 그래서 마음이 든든한 것도 있었습니다."

지혜에의 강한 어조가 통했는지 주정뱅이는 난동을 부리지 않았다. 지혜에가 퇴짜 놓은 보퉁이를 받지 않고…….

"또 오겠다고 하고 갔습니다. 그때 처음 이름을 밝히더군요."

나는 오시코미 고멘로라는 자야. 주인장, 기억해두면 손해 보지는 않을걸.

그 뒤 한 달쯤 지나 질리지도 않고 또 찾아왔다. 또 다른 보퉁이를 들고.

"그렇게 해서 그 사람과의 관계가 시작된 겁니다."

지혜에의 눈초리에도 쓴웃음 같은 것이 보일 듯 말 듯 섞여 있었다.

"그 사람이 쓰는 이야기책의 내용은 예나 지금이나 똑같습니다. 자극적인 색사와 속 검은 악당, 나쁜 놈들에게 몹쓸 일을 당하고 복수를 다짐하는 젊은 무사."

악역이 가문 찬탈을 꾀하는 악덕 가로였다가, 탐욕스러운 상인이었다가, 영민을 괴롭히며 즐기는 주군이며 지방 관리였다가 할 뿐이다.

"저는 몇 번을 와도 소용없다고 오시코미 씨에게 말했습니다. 같은 것만 계속 쓰는 한 소용없다고 말이죠. 그렇지만 글씨는 훌륭하니 우리 점포에서 필사 일을 해보지 않겠느냐고 제안했습니다."

오시코미 고멘로는 지헤에의 제안을 비웃었다.

누가 그런 시시한 일을 하나.

"먹고살려면 일해야 할 것 아니냐고 대꾸했더니 자기 본업은 대서인이다, 먹고살 돈쯤은 그쪽 일로 벌 수 있다고 하더군요."

가끔 큰돈을 벌 때도 있어. 나는 세상에 둘도 없는 실력을 가진 대서인이니 말이지.

"저도 그 말을 곧이곧대로 믿은 건 아닙니다." 지헤에는 조금 허둥대며 말을 이었다. "다만 대서인이 생업이라는 건 납득이 갔거든요."

"그런 글씨를 쓰는 사람이니 말이죠." 쇼노스케도 말했다.

"네. 술도 공짜가 아닙니다. 그 사람이 늘 술에 취해 있을 수 있는 건 술값을 벌기 때문인 거죠."

하지만 만약 그렇다면 이상하다.

"오시코미 씨, 그럼 왜 제가 딱지만 놓는데도 그런 걸 계속 써 오는 겁니까, 하고 물었습니다."

그러자 오시코미 고멘로는 이렇게 대답했다고 한다.

이건 오물이야.

"오물?"

"네."

내 살아온 지난날을 토해내는 거야. 쌓이고 쌓인 걸 이야기책으로 게워내는 거지.

당시 이미 오시코미 고멘로의 풍채는 지금과 같았다. 허리에 두 자루 칼도 차지 않았고, 낭인 무사풍으로 상투를 틀지도 않았다. 다만 대서인 중에는 먹고살기 위해 일하는 무사가 워낙 많은 데다 오시코미 고멘로의 말씨에 사투리가 전혀 없었던 터라, 이 사람도 고케닌 출신인가 정도로만 생각했다.

"혹시 당신이 쓰는 이야기책은 당신 신변에 일어난 일입니까, 하고 그만 묻고 말았지 뭡니까."

쇼노스케는 눈살을 약간 찌푸렸다. 지헤에는 퍼뜩 정신이 든 듯 급히 손을 내저었다.

"저도 이야기책 내용이 실제로 있었던 일과 똑같았다고 생각한 건 아닙니다. 그저 그 사람이 되풀이해서 쓰는, 악인의 간계에 빠져 파멸로 내몰리는 젊은 무사의 모습에 그 사람 자신이 투영되어 있나 싶었던 겁니다. 오시코미 씨도 그런 경위로 가문도 신분도 잃은 게 아닐까 하고 말입니다."

오시코미 고멘로는 솔직하고 조금 무례한 지헤에의 물음에는 대답하지 않았다고 한다. 그저 이렇게 말했다.

자신의 인생 따위 오물 같은 것이라고.

지헤에는 그 말로 충분히 대답이 된다고 느꼈다.

"그 뒤로는 저도 그 사람이 쓴 것을 어느 정도 찬찬히 읽어보게 됐습니다. 워낙 변덕스러운 사람이라……." 지헤에는 띄엄띄엄 말을 이었다. "한 달 새 세 번이나 얼굴을 비치는가 싶으면 반년 이상 발길을 끊은 적도 있었습니다."

내용은 변함없이 그 모양이라 도무지 방법이 없었다. 이것만은 지헤에가 아무리 설득해도, 친절하게 충고해도 소용없었다.

"그래도 그 사람은 만족스러워 보였습니다. 제 생각에 저만이라도 자신이 쓴 걸 읽고 있다는 게 그 사람에게는 중요한 것 같더군요."

일일이 돌려주기도 불쌍해져서 오시코미 고멘로가 들고 오는 이야기책을 남겨놓게 되었다고 했다.

"물론 상품이 되지는 못했습니다만." 지헤에는 가볍게 쓴웃음을 지었다. "한번 물어본 적이 있거든요. 젊었을 때부터 이런 이야기책을 썼느냐고. 그랬더니 등에 모충이 들어간 것처럼 언짢은 표정을 짓더군요."

말도 안 되는 소리.

"그런 식으로 말하는 걸 보면 이게 저속하고 하잘것없는, 읽는 사람을 역겹게 할 뿐인 물건이라는 것은 본인도 잘 아는 겁니다."

온몸에 술독이 퍼져 언제 저세상에 가도 이상할 것 없으니 말이지. 속세의 오물은 속세에 토해내고 가야겠다 싶어 쓰기 시작한 거야. 오시코미 고멘로는 그렇게 말하더라고 했다.

지헤에는 도토리 같은 눈을 깜박이더니 쇼노스케를 보았다.

"쇼 씨, 그 사람 몇 살 같습니까?"

"글쎄요, 꽤 연배가 있지 않을까 싶었습니다만."

"제 기억이 틀린 게 아니면 마흔여덟 살입니다."

놀랐다. 그보다 훨씬 나이 들어 보였다.

"무절제한 생활 탓에 일찍 늙었을 테죠. 제 생각에도 그 사람이 그리 오래 살 것 같지 않습니다."

자신의 목숨이 얼마 남지 않았음을 감지하고 '속세의 독'을 이야기로 만들어 토해내기 시작했다. 토해내지 않으면 죽어서도 눈을 감을 수 없다.

"그렇게……." 지혜에의 눈빛이 먼 곳을 보듯 아득해졌다. "그 사람이 저희 점포에 얼굴을 내밀게 된 지 한 해가 지나고 두 해가 지났을 무렵인가요. 한번은 갑자기 돈을 들고 왔습니다."

계산대에 앉은 지혜에의 눈앞에 열 냥이라는 거금을 털썩 던졌다고 했다.

"놀라서 이게 무슨 짓이냐고 물었더니, 지금까지 읽어준 삯이 다섯 냥, 앞으로 읽어주는 삯이 다섯 냥, 합해서 열 냥이라고 하지 뭡니까."

쏠쏠한 일거리가 있었거든.

"저는 당황했습니다. 대서인 일로 그런 거금을 벌 수 있을 리 없습니다. 무슨 나쁜 짓을 했구나 싶어 그 사람을 추궁했습니다. 어디서 훔쳤느냐, 솔직히 말하지 않으면 파수막으로 달려가겠다고 말이죠."

안색이 변한 지혜에를 히죽거리며 바라보던 오시코미 고멘로는 이렇게 말했다.

간덩이가 작군, 주인장.

"하는 수 없지, 내 본업 쪽 실력을 보여줄까, 하면서……."

붓과 먹, 종이, 그리고 뭐든 상관없으니 본이 될 서책을 들고 오라고 말했다.

"그러더니 보여준 겁니다."

그 기술을.

"그때 본으로 내놓은 게 선대가 만든《도깨비 이야기》사본이었습니다. 제가 어렸을 때부터 좋아했던 이야기책이라 말이죠. 특히 아버지의 필사본을 소중히 아꼈거든요."

오시코미 고멘로는 그것을 감쪽같이 베꼈다. 글씨뿐 아니라 그림 솜씨까지 뛰어났다.

"그러니 또 놀랐죠. 눈알이 뒤집히는 줄 알았습니다."

무라타야의 선대는 글씨체가 다소 독특했는데, 그 독특한 부분에 뭐라 말할 수 없는 정취가 있었다고 했다. 끊음과 삐침이 강하고 다소 오른쪽이 올라가 있는 데다 그 올라간 곳에 힘이 실려 있었다. 오시코미 고멘로는 그런 세세한 점까지 완벽하게 따라했다.

지헤에는 연달아 다른 본을 내놓았다. 오시코미 고멘로는 그것을 모두 간단히 흉내 냈다. 지헤에 본인의 필적도 똑같이 써 보였다.

"할아범은 달필입니다만, 그것도 똑같이 썼습니다. 사동은 사동답게 어린애 같은 글씨인데, 그것도 똑같이 흉내 내더군요."

이 기술이 내 술값을 대주는 거지.

오시코미 고멘로는 기분이 좋아서 말했다. 세상에 둘도 없는 대서인이다. 어떤 글씨든 똑같이 베낄 수 있다.

"그 말은 곧 문서를 위조할 수도 있다는 뜻 아니냐고 추궁했더니 태연하게 인정했습니다. 의뢰만 하면 뭐든 쓴다. 차용증서든, 가계도든, 골동품 보증서든."

전부 가짜다. 본래 필적을 모방해 위조하는 것이다. 다른 사람을 속이는 기술 아니냐고 지헤에가 언성을 높이자…….

"그때만 별안간 정색하더군요."

이런 것에 속는 사람이 잘못이라고 말했다.

쇼노스케의 귀에 조금 전 주고받은 말이 되살아났다. 네놈 아버지는 인덕이 없었다. 내가 누명을 씌운 게 아니다. 네놈 아버지 그릇이 그 정도였기 때문이다.

쇼노스케는 말없이 주먹을 부르쥐었다.

"쇼 씨도 그 말을 들으셨습니까." 지혜에는 기어들어갈 듯한 목소리로 말했다.

쇼노스케는 주먹을 풀고 무릎에 손바닥을 문지른 뒤 눈을 들었다.

"지혜에 씨, 얼마 전 와카 씨 어머님께 이런 이야기를 들었습니다."

와다야에서 들은 이야기를 빠짐없이 털어놓자 지혜에의 도토리 같은 눈이 더욱 튀어나올 것처럼 되었다.

"용케 그런 것을 알아내셨군요."

가노야와도 연결되어 있었나. 지혜에는 신음하듯 말했다.

"세상이 참 좁군요. 정말 좁아요."

무서운 일이라며 어깨를 움츠린다. 몸을 떨듯 흔든다. 그런 몸짓이 쇼노스케의 눈에는 조금 과장되게 보였다.

"아닌 게 아니라 좁은 세상이기는 합니다만, 가노야도 무라타야도 워낙 폭넓게 장사를 하시겠다, 그렇게 호들갑을 떨 것까지는……."

"그럼 쇼 씨는 그 이야기를 단서로 그 사람을 찾아내려 하셨군요?"

쇼노스케의 말을 가로막고 지혜에가 물었다.

"네. 제가 무슨 이유로, 왜 그런 일을 하는 건지, 지혜에 씨가 아시는 줄은 꿈에도 몰랐습니다만."

이번에는 빈정거린 게 아니건만 지혜에는 괴로운 표정을 지었다.

"죄송합니다. 얼마든지 사과드리겠고, 순서대로 솔직히 말씀드리겠습니다만…… 그쪽은 이십 년도 더 된 일입니까."

"네. 그 사람은 젊어서부터 그런 일로 돈을 벌었던 겁니다."

"어쩌면 그 도자기 상점 일이 계기가 됐을 수도 있겠죠." 생각에 잠긴 지혜에가 상기된 눈빛으로 말을 이었다. "게다가 그 일은 생각하기 나름으로 다른 사람을 도와준 것 아닙니까. 무조건 악행이었다고 단정할 건……."

거기까지 말했다가 쇼노스케의 불쾌한 표정을 깨닫고 지혜에는 황급히 얼굴을 슥 쓸었다. 그러고는 그 손을 바라보며 자신을 어이없어 하듯 고개를 내젓고 푸념하듯 말했다.

"하지만 그렇게 오랫동안 문서 위조에 관여했다면 겨우 오 년 알고 지낸 제 훈계에 귀를 기울일 리 없겠군요."

"그 사람에게 훈계하셨습니까?"

"했다마다요. 문서 위조는 완전한 악행입니다. 이제 하지 마라, 하면 안 된다, 하고 설득했습니다."

그 말을 받아들일 오시코미 고멘로가 아니었다.

굶주리는 것은 상관없지만 술을 못 마시게 되면 곤란하다며 들은 척도 하지 않았다.

"저도 꽤나 집요하게 말했답니다."

지혜에는 오시코미 고멘로를 야단쳤다. 타일렀다. 부탁도 해보았다.

당신이 그런 짓을 그만두지 않으면 이야기책을 더는 받지 않겠습니다. 우리 점포에 드나드는 것도 곤란합니다. 부디 다시 생각해보십시오.

그러자 그 뒤로는 자신이 쓴 것을 가져오지 않았다. 지혜에 앞에서 본업 이야기도 하지 않았다.

"다만 손님으로 오면 이쪽에서도 함부로 대할 수 없으니까요. 다른 손님들 눈도 있고 말이죠."

소금을 뿌리며 내쫓을 수도 없는 노릇이다.

"저는 그 사람의 악행을 직접 목격한 것도 아닙니다. 그저 이야기를 들었을 뿐이죠. 그런 사람이니 엉터리로 꾸며서 한 말일 수도 있습니다."

그렇게 생각하지 않으면 감정이 정리되지 않더라고 했다.

"한심한 이야기입니다만 제 쪽이 휘둘려서 말이죠. 그 사람이 나타나면 요새는 이야기책을 쓰지 않느냐고 물어봤지 뭡니까."

"뭐라 대답하던가요?"

"웃기만 했습니다."

이미 대부분 토해냈는지도 모릅니다, 라고 말했다.

지혜에가 끈기 있게 읽어준 덕에 마음이 풀렸다. 남자의 오물을 아는 지혜에가 이것저것 신경 써주고 마음을 써주고 휘둘려 준다. 그것만으로도 마음이 나아졌는지 모른다.

지혜에는 여전히 봉당에 정좌하고 있었다. 장지가 덜컹 움직이더니 틈새로 눈알 두 개가 세로로 나란히 나타났다. 위쪽이 긴, 아래쪽이 다이치인가. 두 눈알이 놀라 커졌다.

쇼노스케는 머리를 긁적였다. "지혜에 씨, 이래선 제가 너무 오만해 보입니다. 그런 곳에 앉아 계시지 말고……."

"아닙니다. 이대로 있겠습니다."

지헤에의 완강한 태도에 쇼노스케의 등이 싸늘해졌다. 지헤에의 '고백'에 대체 무엇이 숨어 있나.

"제가 도코쿠 님을 만난 건 재작년 벚꽃 필 무렵이었습니다."

라쿠슈 모임에서 꽃놀이를 했을 때라 했다.

이야기가 바뀌면서 지헤에의 어조도 달라졌다. 속삭이듯 목소리가 낮아졌다.

"전부터 얼굴은 알고 있었습니다. 다만 그분이 도가네 번 에도 대행이라는 높으신 분이라는 건 그때 알았습니다. 도미칸 씨가 가르쳐주었습니다만."

정보통 관리인이다.

"그런데 도코쿠 님께서 고향에서 젊은 사람 한 명이 올라올 테니 잘 보살펴달라고 말씀하셔서……."

"그게 저로군요."

지헤에는 봉당을 노려보며 고개를 끄덕였다. "쇼 씨가 에도로 올라오기 한 달쯤 전이었죠."

도코쿠는 도미칸에게도 비슷한 부탁을 했다.

"도코쿠 님은 제게도, 도미칸 씨에게도 쇼 씨에 관해 이렇게 말씀하셨습니다. 도코쿠 님의 친척뻘 되는 젊은 분인데 관직이 없는 차남이라 장래가 정해지지 않았다, 고향에서 썩지 말고 에도에서 살아봐라 생각해서 부르셨다고."

그 이상의 말씀은 하지 않으셨습니다, 하고 앞질러 변명하듯 빠른 말투로 덧붙였다.

"정말 그뿐입니다. 저는 쇼 씨의 신상을 몰랐습니다."

"알겠습니다."

쇼노스케도 빠른 말투로 가로막았다. 불길한 예감이 뭉게뭉게 치밀었다.

"그런데 그게……." 지헤에는 머뭇거렸다. "쇼 씨가 일을 시작하고 몇 번째였나, 저희 점포에 왔다가 서책을 가지고 돌아가실 때 마침 오시코미 씨가 훌쩍 나타난 겁니다."

쇼 씨와는 마주치지 않았습니다, 하고 서둘러 덧붙였다. 그래도 그런 지헤에의 안색에 쇼노스케는 충분히 동요했다.

"엇갈렸던 겁니까."

그렇게 일찍.

"그때 오시코미 씨가 쇼 씨의 뒷모습을 돌아보더니……."

저 풋내기 무사는 뭐지?

"이번에 일을 부탁드리게 된 무사 나리라고 말했습니다. 아직에도 생활에 익숙해지지 않은 순박한 분이니 시비 걸면 안 된다고 못을 박았죠."

실제로 오시코미 고멘로는 (매번 술에 취해 있었던 탓도 있어) 이따금 무라타야 점포에서 손님에게 시비를 걸 때가 있었다. 지헤에도 그 때문에 난처했다고 한다.

촌뜨기로군. 어쩐지 얼빠진 상판이다 했지. 어디 인간이지?

지헤에는 아무 생각 없이 소슈 도가네 번이라고 대답했다. 그러자 진기한 일이 벌어졌다.

"뭐야? 도가네 번? 하고 그 사람이 놀라는 겁니다."

왜요, 무슨 문제라도 있습니까?

저 얼빠진 놈의 성씨는 뭐냐?

"구태여 숨길 일도 아닌 것 같아서." 숨이 찬 것처럼 힘들어하는 어조였다. "저는 그때 순간적으로 혹시 오시코미 씨도 도가네 번 출신인가, 그래서 놀란 건가, 하고 생각하는 바람에……."

후루하시 님이라고 합니다.

또다시 진기한 일이 벌어졌다. 오시코미 고멘로는 더욱 크게 놀라 입을 딱 벌렸다.

그러더니 배를 쥐고 웃기 시작했다.

"이렇게 유쾌한 일이 있느냐며 몸을 꺾고 웃는 겁니다."

내가 최근에 저 젊은이의 가문을 가짜 문서로 파멸시켜줬거든. 오시코미 고멘로는 세상이 참 좁다며 웃었다고 한다. 웃고, 웃고, 죽도록 웃었다.

"그러더니 어안이 벙벙해하는 제게 전부 이야기해주더군요. 그 사람은 문서 위조 일을 받을 때, 자기가 만든 가짜가 어디서 어떤 식으로 쓰일지 세세하게 알려주지 않으면 돈을 얼마 주건 수락하지 않는다나요."

모르면 재미있어 할 수가 없으니 말이지.

쇼노스케는 머리를 얼싸안고 도망쳐 숨듯 몸을 움츠린 지헤에를 아연히 바라보았다.

정말 무슨 이런 우연이 다 있나. 조금 전 지헤에가 세상이 좁다면서 저도 모르게 '무서운 일'이라고 중얼거린 것은 이쪽이었던 것이다.

"그래서 그때 저도 사정을 알았습니다. 쇼 씨의 아버님께 벌어진 일도 저는 알고 있었던 겁니다."

알고 있었나.

쇼노스케의 가슴속에 그저 그 말만이 사라질 줄 모르고 메아리처럼 울려 퍼졌다. 알고 있었습니다, 알고 있었습니다.

"오시코미 씨를 고용해 쇼 씨 아버님을 함정에 빠뜨린 사람들의 이름은 모릅니다. 도가네 번의 아무개라는 것만 압니다. 중개하는 사람이 사이에 있다 하고 말이죠."

중개인은 십중팔구 가노야일 것이다.

"하지만 그 사람은 의뢰인의 목적을 상세히 알아야 의뢰를 수락한다면서요?"

"그렇다고 이름과 신분까지 밝히는 건 아닙니다. 속이는 것도 간단한 데다, 오시코미 씨도 바보는 아니니 들어서 자기 목숨이 위험할 부분까지 파고들지는 않습니다. 그 사람에게는 어차피 누가 누구든 상관없으니까요. 재미있는 이야기에 한몫 낄 수만 있으면 만족하는 겁니다."

쇼노스케는 말문이 막혔다. 대체 무슨 정신이 그런가. 어떻게 그런 사고방식이 다 있나. 정의는, 선악은, 아무래도 상관없나.

와카 말이 맞았다. 마음이 삐뚤어졌다.

"어쨌거나 저는 사정을 알고 그 자리에 얼어붙었습니다. 대체 어떻게 하면 좋을까 싶어서." 지헤에의 중얼거리는 목소리가 더욱 잠겼다. "쇼 씨에게 바로 그 사람에 관해 가르쳐주어야 한다, 그 정도 생각은 저도 들었습니다. 다만 그게 좋은 생각인지 아닌지 알 수 없었습니다."

"좋은 생각이냐 아니냐를 따질 문제가 아닙니다!"

쇼노스케가 저도 모르게 일갈하자 지헤에는 더더욱 고개를 떨구었다.

"네, 그렇습니다. 쇼 씨 말이 맞습니다. 하지만 저는 주저하고 말았습니다."

"어째서입니까?"

자신의 목소리가 따진다기보다 애원하는 듯하다는 것을 깨달았다.

방금 전 일갈도 마찬가지다. 지혜에에게 화를 낸 게 아니었다. 비난하는 것도 아니다.

그저 슬펐다.

지혜에는 이런 중대한 일을 숨기고 있었다. 숨긴 채 아무것도 모르는 척 쇼노스케를 대했다. 사본 만들기에 관해 의논하고, 진기한 입체 그림에 눈을 반짝였다.

《요리통》을 들고 왔을 때 지혜에가 기뻐하던 얼굴이 뇌리에 떠올랐다. 쇼노스케가 그 호화로운 만듦새에 놀라자, 자기가 만든 양 우쭐한 표정을 지었다.

와카 일도 있다. 쇼노스케가 언뜻 본 젊은 단발머리 처녀에게 마음이 끌린 듯하다는 것을 눈치채고, 그대로 있었다면 이어지지 않았을 두 사람의 연을 가노야 꽃놀이를 통해 이어주었다.

그러고 보니.

생각이 미친 순간, 차가운 손이 가슴을 스친 듯했다. 모르는 척하는 것으로 말하자면 와카 때도 그랬다. 와카는 무라타야의 단골손님이니, 단발머리라는 흔치 않은 머리 모양이라는 말을 듣고 지혜에는 곧바로 쇼노스케가 본 사람이 와카임을 알았을 것이다. 그런데 그 자리에서는 말하지 않았다. 그런 처녀는 모르겠다고 했다. 시치미 떼는 게 아니라 정말 모르는 것처럼 보였고 또 들렸다. 하지만 알고 있었던 것이다.

"어째서입니까." 쇼노스케는 목소리를 쥐어짰다. "어째서 바로 제게 오시코미 고멘로에 관해 가르쳐주지 않으신 겁니까?"

"두려웠던 겁니다." 지헤에는 대답했다. "첫째는, 제가 이런 일을 알리면 오시코미 씨의 신변이 위험해질 게 틀림없다 싶었습니다. 쇼 씨가 알면 곧바로 도코쿠 님도 아시게 될 테죠. 그럼 그 사람이 무사할 리 없습니다. 도코쿠 님의 지시로 붙들려 처벌될 수도 있습니다. 누구 사주를 받고 쇼 씨의 아버님께 누명을 씌웠는지 자백하라고 고문을 당할 수도 있습니다."

"그건 어쩔 수 없는 일입니다. 자업자득이죠. 자신의 소행에 합당한 벌을 받는 것뿐 아닙니까!"

"압니다. 네, 알다마다요." 지헤에는 떨면서 항변했다. "그래도 가여웠습니다. 겨우 오 년, 기묘한 관계였지만, 저는 그 사람에게 나름대로 정이 들었던 겁니다."

오시코미 고멘로가 '내 오물'이라고 내뱉는 이야기책을 계속 읽으면서 지헤에는 그 지저분한 사내의 유일한 벗이 되었다는 말인가.

쇼노스케는 말하지 않을 수 없었다. "그런 사내를 동정하다니 지헤에 씨는 틀렸습니다. 물론 제게, 저희 후루하시 가에게, 아버지 일은 너무나도 중대한 사건이었습니다. 하지만 사실 그건 단순한 시험이었단 말입니다. 아버지가 누명을 쓴 사건의 이면에 더욱 큰 계략이 숨어 있단 말입니다. 도가네 번을 뒤흔들……"

"압니다." 지헤에가 말했다. "그것도 오시코미 씨에게 들었습니다."

쇼노스케는 지헤에를 빤히 쳐다보았다.

"그것까지 알면서 그 사내를 두둔한단 말입니까!"

"알기에 두둔한 겁니다."

지헤에가 비로소 쇼노스케의 눈을 똑바로 올려다보았다. 눈언저리가 붉었다.

"그 계략의 상세도, 오시코미가 다음에 어떤 문서를 위조하라는 지시를 받았는지도 들었군요?"

지헤에는 고개를 내저었다. "아뇨, 거기까지는 모릅니다. 왜냐하면 그 사람도 최소한 쇼 씨에 관해, 후루하시 가에 관해 제게 털어놓았을 때는 몰랐기 때문입니다. 그 사람을 고용한 인물에게 아직 듣기 전이었습니다."

때가 도래하기까지 기다려라.

"그 때문에 그 사람은 말 그대로 '사육되고' 있습니다. 덕분에 지난 십 년 새 처음이라 할 만큼 사치스럽게 생활하고 있다 하더군요. 그래 봤자 술을 원하는 만큼 마실 수 있는 정도의 사치겠습니다만."

역시 그런가. 쇼노스케는 몇 번씩 고개를 끄덕였다.

후루하시 소자에몬의 누명은 가짜 문서의 효능을 확인하기 위한 사전 연습에 불과했다. 그 사건을 꾸민 자들의 참된 목적은 보운 공의 유언장을 위조하는 것이다. 도코쿠의 추측이 옳았던 셈이다.

다만 오시코미 고멘로는 아직 가짜 유언장을 쓰지 않았다. 쇼노스케가 에도에 온 직후의 시점에서는 아직 쓰기 전이었다. 휴

년으로 인한 번 재정의 궁핍과 나리의 출부 지연 등 여러 요인이 겹치는 바람에 '아직 때가 도래하지 않았기' 때문이리라.

그 때문에 이 사건의 흑막은 오시코미 고멘로를 사육하고 있다. 때가 무르익어 가짜 유언장을 위조하게 하고 나서도, 여러모로 유용한 기술을 가졌으니 입막음을 위해 죽이느니 살려두는 편이 나을 것이다. 일을 시작한 뒤로도 언제 어떤 국면에서 그 기술이 필요해질지 모를 일이다.

쇼노스케의 추측은 적중했다. 그렇다고 공을 세운 것도 아니고, 기쁘지도 않다.

"참 태평하군요. 그렇게 술에 취해 비틀비틀 다니기나 하고. 주인이 어지간히 잘해주나 봅니다."

"제가 말하지 않았습니까. 그 사람은 재미있어 하는 겁니다. 어느 쪽이 의義냐 충忠이냐, 그런 건 아무래도 상관없어요. 자기 실력을 높이 평가해 의뢰만 해주면 뭐든 다 합니다. 한 번藩의 중대사든 빌려준 돈을 받아내는 것이든 마찬가지인 겁니다."

자신을 먼저 산 쪽에 붙는다. 그리고 말썽의 행방을 지켜보며 재미있어 한다.

"그런 의미에서는 신뢰할 수 있는 점도 있습니다. 일단 수락하면 배신하지 않으니까요. 의뢰한 일을 끝까지 해냅니다."

그런 천박한 인간에 대해 '신뢰할 수 있다' 같은 말을 쓰다니.

"근성이 비뚤어진 들개도 밥을 먹여주는 동안에는 충견이 됩니다. 그냥 그뿐이지 않습니까."

쇼노스케의 반문에 지헤에는 한층 어깨를 축 늘어뜨렸다.

"이번 일도 그 사람이 도코쿠 님 쪽으로 돌아서는 일은 없을 겁니다."

오시코미 고멘로 쪽에서 비밀을 털어놓지는 않을 것이라고 했다.

쇼노스케는 큰 목소리로 대꾸했다. "아니, 그렇지 않습니다. 실제로 그 사람은 오늘 여기 오지 않았습니까. 저를 만나러 왔죠. 면전에서 제 아버지를 욕하러 온 겁니다. 제가 그 사람을 찾는다는 걸 알고 숨기는커녕 당당히 얼굴을 드러내고 이름을 밝히러 왔습니다. 완벽하게 그 사람 쪽에서 비밀을 털어놓았죠."

"그건 제 잘못입니다. 제 탓인 겁니다. 제가 쓸데없는 일을 했기 때문입니다."

지헤에가 말했다. 핏발이 선 눈을 깜박인다.

대체 무슨 말을 하려는 걸까.

"쇼 씨는 그 사람이 앞으로 어떤 문서를 위조하게 될지 아십니까?"

느닷없는 질문에 쇼노스케는 잠시 멈칫했다. "……추측은 합니다."

"도코쿠 님도요?"

쇼노스케는 눈을 내리깔았다. "원래 도코쿠 님 생각이십니다. 처음 말씀을 들었을 때 저는 그저 놀라기만 했습니다."

새삼 자신이 한심했다.

"그래서 쇼 씨는 도코쿠 님의 분부를 받들어 그 사람을 찾고 있었군요." 지헤에는 사실을 곱씹듯 고개를 끄덕이더니 말을 이었다. "이제 와서 변명할 생각은 없습니다만 저는 말이죠, 쇼 씨의 입으로 쇼 씨의 입장이며 생각을 들은 적은 없었습니다."

아닌 게 아니라 그렇다. 지헤에가 뭔가 아는 게 아닐까, 도코쿠에게 어느 정도 듣지 않았을까 생각한 적은 있었지만, 최근 들어서는 그도 신경 쓰이지 않았다.

아아, 그렇지만…….

이따금 지헤에가 문득 마음을 써주는 듯한, 쇼노스케의 가슴속을 배려해주는 듯한 시선으로 볼 때가 있었다. 그것을 감지했기에 지헤에가 후루하시 가에 벌어진 일을, 쇼노스케의 신상을 도코쿠에게 들은 게 아닌가 생각했다. 그런데 전혀 다른 의미였던 것이다. 지헤에는 오시코미 고멘로를 통해 사실의 일부를 알고 있다는 게 양심에 찔렸던 것이다.

"저는 쇼 씨가 대서인을 찾아다니기 전까지는 아버님이 뒤집어쓰신 누명에 관해 아무것도 모르시는 줄 알았습니다. 아버님은 잠시 미혹에 빠져 뇌물 수수에 연루되는 바람에 처벌을 받아 그리 되셨다고, 쇼 씨가 그렇게 납득하고 있기를 절실히 바랐습니다."

후루하시 쇼노스케는 아버지를 여의고 가문을 잃었다. 과거를 버리고 새로운 인생을 개척하기 위해 에도로 올라왔다. 그런 게 틀림없다, 부디 그런 것이면 좋겠다고 바랐다.

"정말이지 그런 말은 변명도 못 됩니다, 지헤에 씨." 쇼노스케는 노여움을 넘어 환멸감마저 들었다. "설령 제가 아버지의 부덕을 인정해 납득하고 있었다 해도, 지헤에 씨가 그게 누명이었다는 걸 알고 있다면 제게 진실을 가르쳐주셨어야 합니다. 그게 사람의 도리 아닙니까!"

지헤에가 갑자기 강하게 맞받아쳤다. "사람의 도리를 지키면 죽은 사람이 살아 돌아옵니까?"

쇼노스케는 얼어붙었다.

"진실을 안다 한들 쇼 씨가 더 괴롭기만 할 수도 있을 것 같아서……."

지헤에의 말에 얼어붙어 있던 몸속에서 피가 역류했다.

"다른 사람도 아니고 지헤에 씨가 그런 말씀을 합니까? 이게 만약 지헤에 씨 일이라도 그렇게 말씀하실 수 있습니까?"

쇼노스케의 가슴에 휘몰아치는 것은 이십오 년 전 홀연히 자취를 감추었다가 시신으로 발견된 지헤에의 아내 도요에 대한 생각이었다.

"도요 씨가 어째서 행방불명됐고 어째서 죽었는지, 지헤에 씨는 지금도 모릅니다. 그 때문에 지금도 괴로워하고 계시잖습니까."

"네, 괴롭습니다. 단 하루도 잊어본 적이 없습니다."

"그럼 도요 씨께 무슨 일이 있었던 건지 아는 사람이 있다면 가르쳐주기를 바라실 텐데요. 만약 그 사람이 사실을 알면 지헤에 씨가 더욱 괴로울 테니 가르쳐주지 않겠다고 말한다면 원망하지 않겠습니까?"

지헤에는 별안간 넋이 빠진 듯한 표정을 지었다. 산송장 같은 얼굴이었다.

"……그걸 저도 모르겠습니다."

"그렇지만……."

"그렇게 괴로운 진실이라면 모르는 편이 나을지도 모른다는 생각도 듭니다."

쇼노스케는 이해할 수 없었다. 마음이 미끄덩미끄덩 헛도는 게 느껴졌다.

"미카와야에서 납치 사건이 일어났을 때, 자작극이라는 걸 알고 지헤에 씨는 이렇게 말씀하셨죠. 기치 씨는 잘못 생각하고 있다. 사람이 어느 날 갑자기 사라져 영영 돌아오지 않는다는 건 경우에 따라선 사별보다 고통스럽다고. 깨끗이 체념할 수 없기 때문이라고. 그렇게 말씀하시면서 기치 씨가 진실을 말하게 하려고 애쓰지 않으셨습니까. 진실이라는 건 그 정도로 중요한……."

"기치 씨는 아직 살아 있었습니다. 서로를 용서하는 것도, 화해하는 것도, 새로 시작하는 것도 가능했습니다."

죽은 사람에게는 불가능한 일입니다, 라고 말했다.

"남은 사람이 어떤 형태로든 마음을 수습했다면 자는 아이를 깨우지 말고 가만히 두는 게 낫지 않을까, 그런 생각도 드는 겁니다."

그런 바보 같은 논리가 어디 있나.

지헤에는 반박하려고 몸을 내민 쇼노스케를 가로막듯 손을 들고 말했다.

"실은 도요에 대해 나쁜 소문도 있었습니다."

행방불명된 직후부터 지헤에의 주변에서 사람들이 수군거리기 시작했다.

"어린아이도 아니고, 여기가 산속인 것도 아니고, 에도 시내에서 다 큰 여자가 연기처럼 사라지다니 이상하다. 도요는 납치

된 게 아니라 제 발로 사라진 게 아닌가 하는 겁니다."

도요는 무라타야로 시집오기 전 요리 찻집에서 일한 적이 있다.

"당시 만나던 정부와 그동안 줄곧 관계를 이어오고 있었는지, 아니면 저처럼 멋없는 사내와 사는 데 싫증나 예전 남자와 다시 눈이 맞았는지, 어쨌거나 혼자 있을 리 없다, 남자와 손을 잡고 도망친 게 틀림없다고."

"그렇지만 도요 씨는 살해됐잖습니까. 팔다리를 묶이고 재갈이 물려진 채."

"시신이 발견된 건 실종된 지 보름도 더 지나서였습니다. 정부와 싸운 도요가 버림받게 돼서 안달하다가 그리됐다고 생각하지 못할 것도 없죠." 지헤에는 무참하게도 입꼬리를 구부려 웃으려고 했다. "또 이런 소문도 있었죠. 제가 은밀히 도요와 정부가 있는 곳을 찾아냈는데, 정부는 놓치고 도요를 용서할 수 없어서 죽이고 말았다, 그래서 일부러 잔인한 납치 사건이 벌어진 것처럼 보이게 시신을 내버려둔 것이다."

도요의 불행에 관해, 당시 포졸을 비롯해서 지헤에의 소행이 아닌지 의심하는 사람들도 있었다는 이야기는 쇼노스케도 들어서 알고 있었다.

"그쪽은 공들여 꾸며낸 거짓말입니다. 저는 도요를 죽이지 않았습니다." 그래도 자꾸만 생각하게 된다며 지헤에는 머리를 싸안았다. "어쩌면 도요는 정말로 집을 나갔을지도 모릅니다. 금실 좋은 줄 알았던 아내이지만 속마음까지는 알 수 없죠. 제게 정나미가 떨어진 건지도 모릅니다. 저보다 더 좋아하는 사내가 있었는지도 모릅니다."

진실을 알고 싶다. 알고 싶지 않다.

"그런 식으로 모습을 감춘 데는 어떤 이유가 있었을 겁니다. 도요가 어째서 죽었는지 밝혀지면 그 이유도 밝혀지고 맙니다."

지헤에는 그게 두렵다고 했다.

"시간이 지나면서 더욱 두려워진 것도 같습니다."

이제 와서 새삼 파헤치고 싶지 않다. 도요에 관해서 좋은 추억만 남겨놓고 싶다.

"……지헤에 씨에게 그런 식으로 생각되는 도요라는 사람이 가엾군요." 쇼노스케는 머리를 싸안은 지헤에를 응시했다. "저와 제 아버지를 그것과 같은 잣대로 쟀다고 생각하니 더더욱 화가 치밉니다. 제 아버지는 뇌물을 받지 않았습니다. 하늘 아래 한 점 부끄럼 없이 결백했습니다."

그래서 그렇게 혼란스러워했던 것이다.

거기까지 생각했다가 쇼노스케는 숨이 멎었다.

그렇게 혼란스러워하면서도 아버지는 할복했다. 아니, 할복하는 지경으로 몰렸다. 시중을 든 사람은 형 가쓰노스케였다.

대서인의 목소리가 귓전에 되살아났다.

'누가 나를 고용했는지 네놈이 말하는 진실이라는 것을 알고 싶다면 형에게 물어봐라. 그게 가장 빠를 거다.'

온몸의 피가 모조리 빠져나가는 것 같았다.

"쇼 씨의 아버님은 분명 훌륭하신 분이었을 테죠." 지헤에의 목소리가 멀리서 들려왔다. "그래도 이런 일에 말려드셨다는 건, 아버님 쪽에도 어떤 이유가 있었다는 뜻일 수도 있습니다. 뇌물 사건은 오시코미 씨의 실력을 시험하는 게 목적이었다

해도, 아무 관계도 없는 분을 제비뽑기로 골랐을 리 없어요. 뭔가 있었던 겁니다. 쇼 씨가 그걸 아는 게 과연 행복한 일일지, 저는……."

지혜에 말이 맞는다. 아버지 소자에몬은 그냥 운 나쁘게 희생된 게 아니다. 그렇게 된 이유가 있었다. 거기에 형이 연관되어 있다.

"그런 걸 고민하다가 결국 잠자코 있기로 한 겁니다. 쇼 씨는 물론 도코쿠 님께도 드릴 말씀이 없습니다. 도코쿠 님은 어차피 저 따위와 신분이 달라도 너무 다른 분입니다. 도가네 번의 장래 같은 중대한 문제에 한낱 대본소 주인이 관여한들 좋을 게 없죠. 오히려 화를 부를 뿐일지도 모릅니다. 입 다물고 있는 게 상책이라고……."

다만 일말의 희망은 품고 있었다. 오시코미 고멘로가 마음이 바뀌어 이 일에서 손을 떼어주지는 않을까.

"그 사람이 어디로 도망가겠다고 하면 저는 얼마든지 도와줄 생각이었습니다. 그렇지만 정면으로 설득해봤자 귀를 기울일 사람이 아닙니다."

그래서 쇼노스케에게 그 사본을 맡긴 것이라고 말했다.

"그 사람이 쓴 이야기책을 쇼 씨가 읽고 이상하다 싶은 부분을 고치게 해서 그 사람에게 읽게 하자. 그럼 그 사람도 조금은 생각하는 바가 있지 않을까 기대했던 겁니다."

세상에는 더러운 악만 있는 게 아니다. 선과 정의가 늘 지기만 하는 것은, 피눈물을 흘리며 원통해하는 것만은 아니다. 그런데도 오시코미 고멘로는 외곬으로 그렇게 믿으며 오물 같은 노여움을 글로 마구 써대고 있다.

그렇지 않다. 그저 오시코미 고멘로가 그렇게 생각하는 것뿐이다. 세상에는 다른 길도 있다. 다르게 마음을 먹는 것도 가능하다. 오시코미 고멘로가 한순간의 재미와 술값을 위해 함정에 빠뜨린 후루하시 소자에몬의 자식이 그 손으로, 그 눈으로 오시코미 고멘로가 쓴 이야기책을 손보고 그와 다른 시선을 부여한다면.

"그 사람도 조금은 자신을 되돌아보고 이번 일에서 손을 뗄지도 모른다고 생각했던 겁니다. 쇼 씨의 정직한 마음이 그 사람의 마음을 아주 조금이라도 바로잡아줄지 모른다고. 그렇지만 제 생각이 짧았습니다." 지헤에의 얼굴은 바야흐로 흙빛을 넘어 죽은 사람처럼 하얬다. "쇼 씨가 고심해서 고친 이야기책을 읽혔더니 그 사람은 되레 빙퉁그러지고 말았습니다. 비뚤어진 근성이 바로잡히기는커녕 오히려 그 반대였던 겁니다. 아니면 일부러 쇼 씨를 만나러 와 욕설을 퍼부을 리 있겠습니까."

정말 그럴까.

쇼노스케는 혼란스러워하면서도 생각했다.

쇼노스케가 고친 이야기책에 어쩌면 오시코미 고멘로의 비뚤어진 마음에 다다른 뭔가가 있었던 게 아닐까. 아버지의 횡사라는 슬픔을 겪었어도 아직 인간의 잔혹함을, 배신의 추악함을, 거짓말의 슬픔을, 그 진수를 알지 못하고 그에 진정으로 압도된 적이 없는 쇼노스케가 고친 줄거리에, 어쩌면 먼 옛날 오시코미 고멘로가 아직 그 이름이 아니던 젊은 시절에 지니고 있던 어떤 밝은 것의 편린이 섞여 있었는지도 모른다.

그렇기에 오시코미 고멘로는 노여워했다. 그렇게 쳐들어와 쇼노스케를 욕하지 않을 수 없었다.

자는 아이를 깨우지 마라. 어떤 형태로든 수습된 것을 다시 문제 삼지 마라.

세상 물정 모르는 풋내기 무사 주제에 뭘 좀 아는 척 건방진 소리를 써서 내 마음을 어지럽히는 너는 누구냐. 좋다, 그렇다면 보답을 해주마. 태평하게 자신이 믿는 것만 진실이라 생각하는 네놈에게 진실이라는 것을 가르쳐주마.

형에게 물어봐라. 그게 가장 빠를 거다.

"오시코미 고멘로가 도가네 번의 흑막을 모른다고 하면서 한편으로 제 형을 안다는 건, 거기에 또 다른 연줄이 있는 게 틀림없습니다."

쇼노스케의 갑작스러운 말에 반쯤 죽은 사람 같던 지헤에가 눈을 들었다.

"쇼 씨?"

"그 연줄을 찾아내야 합니다."

일어서려는 쇼노스케의 하카마 자락을 지헤에가 붙들었다.

"도코쿠 님께 가시는 겁니까?"

"지헤에 씨와는 상관없는 일입니다."

"없어도 제 말 들어주십시오. 도코쿠 님께 있는 그대로 보고 드려선 안 됩니다. 너무 위험합니다. 경위를 알리시겠다면 제가 그 준비를 거들겠습니다."

앞으로 무슨 일이 있을지 모른다고 했다.

"오시코미 씨가 하는 일이니 저도 확실히는 모릅니다. 하지만 그 사람이 이렇게 쇼 씨를 만나러 온 것도, 쇼 씨가 그 사람 신변에 접근한 것도, 그쪽에서 알아차렸을 가능성은 충분히 있습니다. 느긋하게 사육당하는 입장이라지만, 오시코미 씨에게도 감시인 정도는 있을 테니까요."

쇼노스케는 지헤에를 내려다보았다. "그러니 도망치라는 말입니까."

"숨으시라는 말입니다. 무라타야는 안 되지만 부탁할 곳이라면 제가 얼마든지 마련할 수 있고, 와다야도 있으니까요. 이러다가 쇼 씨에게 무슨 일이라도 생기면 와카 씨를 뵐 낯이 없습니다. 제발 부탁입니다." 지헤에는 또다시 봉당에 머리가 닿도록 조아렸다.

장지가 덜컹덜컹 소리 내며 열렸다. 긴과 다이치가 지헤에에게, 십중팔구 쇼노스케에게도 뒤지지 않을 만큼 창백한 낯빛으로 서 있었다.

"쇼 씨, 여기를 떠나는 게 좋겠어요." 긴의 목소리는 떨리기는 해도 의연했다. "다른 어떤 것보다 목숨이 소중한걸요. 이야기는 그만하면 됐잖아요. 자, 얼른요!"

6

지헤에의 간청을 이기지 못하고, 또 긴의 기세에 떠밀려 쇼노스케는 와다야로 가게 되었다. 이미 어두운 밤이었다.

와다야에 이르자 와카와 여주인이 맞아주었다.

"얼마 동안 쇼 씨를 숨겨주십시오. 무슨 일이 있어도, 본인이 뭐라 하건, 절대 밖으로 내보내시면 안 됩니다."

지헤에와 쇼노스케의 예사롭지 않은 안색에 불안한 표정을 보이던 두 사람은 지헤에의 애원에 더욱 파랗게 질렸다.

"저는 도코쿠 님을 뵙고 오겠습니다. 도코쿠 님의 지시가 있을 때까지 쇼 씨는 부디 꼼짝 말고 여기 계십시오."

지헤에가 황망히 떠나고 와카의 방에 단둘이 남기까지 쇼노스케는 한마디도 하지 않았다.

최근 들어 와카는 와다야 안에서는 두건과 연을 끊고 지낸다. 오늘도 맞이하러 나왔을 때부터 얼굴을 드러내고 있었다. 그 얼굴에 두건 대신 근심이 구름처럼 드리워져 있다.

"저는……." 비로소 입을 뗀 쇼노스케는 와카에게 시선을 향했다. "도코쿠 님을 뵙고 나면 바로 고향으로 돌아가야 합니다. 도코쿠 님께서 안 된다고 꾸중하시는 한이 있어도."

와카는 침착했다. "알겠습니다. 후루하시 님께서 그렇게 말씀하신다면 그만한 이유가 있겠죠. 지헤에 씨가 뭐라 말씀하시든, 도코쿠 님께서 불호령을 내리시든 만류하지 않겠습니다. 마음 내키는 대로 하세요."

그렇게 말하고는 입을 다물었다. 쇼노스케의 눈을 보며 침묵을 지켰다.

둘 다 오랫동안 입을 열지 않았다.

이윽고 와카가 무릎을 슥 움직여 일어서려 했다.

"언제든지 출발하실 수 있게 채비해두겠습니다."

결국 쇼노스케가 밀렸다. 이 사람은 정말 대가 세다. 대체 어떻게 된 일이냐고, 무슨 일인지 모르겠으니 사정을 설명해달라고 울며 매달리는 편이 그나마 편하겠다.

"앉으십시오, 와카 씨."

쇼노스케는 지금까지의 경위를 처음부터 끝까지 이야기했다.

와카는 침착하게 듣고 있었다. 쇼노스케가 이야기를 마칠 때까지 꼼짝도 하지 않았다. 이따금 그림자가 흔들리는 것은 사방등에 밝힌 불이 웃바람에 설렁이기 때문이다.

두 사람 사이에 또다시 침묵이 흘렀다.

"전에……." 와카는 쇼노스케에게서 눈을 떼고 창가 쪽을 바라보며 말했다. "후루하시 님을 뵙기 이전입니다만, 지혜에 씨가 선대 무라타야 씨께서 만드셨다는 필사본을 보여주신 적이 있어요. 옛날 서책이었답니다. 5대 쇼군 쓰나요시 공 때 유행했던 책인데, 제목이 《말馬의 말言》이거든요. 말이며 멧돼지며 까마귀며 참새가 사람처럼 말을 할 줄 알아서 실없는 소리를 하는 내용이죠. 그런데 그 금수들이 쇼군 나리며 성의 높은 분들에 빗댄 것이라고 당시에는 금서였다고 해요."

무라타야에 그런 것까지 있나. 와카도 그런 것까지 읽었나.

"그런데 사본의 글씨가 참 독특한 게 그런 발칙한 내용과도 잘 어울려서 저도 기억했던 것이에요."

선대는 재미있는 글씨를 쓰는 분이셨군요.

와카가 그런 말을 하자 지혜에도 웃었다고 한다.

개성이 강한 글씨죠?

와카의 목소리가 작아졌다. "그래서…… 오시코미 고멘로라는 사람이 쓴 이야기책 말씀을 후루하시 님께 들었을 때, 선대 무라타야 씨가 그것을 정서하셨는데 필체가 훌륭하더라는 말씀을 듣고 조금 이해되지 않았어요. 제가 착각했나 싶기도 했는데…… 그때 바로 후루하시 님께 말씀드릴 것을 그랬네요……."

쇼노스케는 고개를 내저었다. "말씀해주셨어도 중요한 일이라는 생각을 못 했을 겁니다. 그냥 흘려듣고 말았을 테죠."

자신은 아무것도 보지 못했다. 지헤에의 이면도.

형님의 본마음도.

"제가 이런 말씀을 드려봤자 아무런 도움이 못 될 테고, 오히려 후루하시 님을 노엽게 하는 것뿐일 수도 있지만……." 와카의 목소리는 여전히 속삭이듯 작았다. "저는 지헤에 씨가 하신 일이 그렇게 잘못됐다고 생각하지 않아요. 효과가 있지 않았나요."

"하지만 그렇다고 어떻게 되는 것도 아닙니다."

"됐잖아요. 됐을 텐데요." 와카가 큰 소리로 말했다. "본인이 후루하시 님을 찾아왔죠. 이렇게 사태가 움직이는 계기가 됐어요. 찾던 사람을 발견하지 않으셨나요. 후루하시 님이 찾아내셨어도 성격이 그런 사람이니 순순히 털어놨을지는 알 수 없어요. 이쪽에서 아무리 세게 나가도, 위협해도, 또는 포섭하려 해도 쉽게 꺾이거나 복종할 사람이 아니잖아요?"

세상에 불만을 품고 악행에 재미를 느끼는 사람이니까.

"그런 사람이 이렇게 자진해서 나타난 건, 후루하시 님이 오시코미라는 사람의 이야기책을 읽고 이의를 제기하셨기 때문이에요. 그 사람의 가장 아픈 데를 찔렀기 때문이에요. 당신이 세상을 보는 눈은 얼룩져 있다고."

쇼노스케는 아무 말도 하지 않았다.

"그 사실을 봐서라도 조금이라도 좋으니 지헤에 씨를 용서해 주세요. 부탁드립니다."

와카는 손가락을 짚고 머리를 깊이 수그렸다. 단발머리가 자라 이제 조금 있으면 어깨에 닿을 듯했다. 머리가 스르르 늘어져 얼굴을 가렸다.

별안간 눈물 한 방울이 와카의 손등 위에 떨어졌다.

쇼노스케는 눈을 크게 떴다.

"얼마나 괴로우시겠어요. 아버님 일은 정말 안됐습니다." 와카는 얼굴을 들지 않은 채 말했다. "하지만 저는 후루하시 님도 걱정이에요."

손등에 떨어진 눈물이 빛난다.

"나가야로 돌아가겠습니다."

쇼노스케는 허리에 찬 칼에 손을 얹고 일어섰다. 와카가 얼굴을 들었다. 단발머리가 오른쪽 뺨을 가리고 있었다.

"저는 도망칠 이유도 숨을 이유도 없습니다. 누구의 수하가 오든 상관없습니다."

당당히 맞이하자. 다만 그 전에…….

"와카 씨를 만날 수 있어 다행입니다. 앞으로 무슨 일이 있을지 알 수 없지만, 지금까지 신세 많았습니다. 감사드립니다."

머리를 숙여 절하고 발길을 돌렸다. 자신은 숨으려고 온 게 아니다, 와카를 만나러 온 것이다, 하고 생각했다.

나가야로 돌아오자 또다시 소동이 벌어졌다. 긴은 울지, 다이치는 "왜 얌전히 못 있는 건데!" 하고 화를 냈다. 다쓰 할머니까지 무슨 일인가 싶어 나오고, 평소 의연한 히데가 허둥댔다.

"오늘 당장 자객이 올 리 있겠어?"

쇼노스케는 긴과 다이치에게 웃음을 지어 보였다.

"지헤에 씨는 흥분해서 그래. 자, 나도 일해야지."

"자, 자객? 대체 무슨 일이야, 긴?"

히데의 높다란 목소리를 등지고 쇼노스케는 문을 닫았다.

지헤에를 기다리는 동안 뭔가를 한다면 이것밖에 없다. 오시코미 고멘로가 쓴 이야기책 중에서도 가장 만만치 않아서, 즉 재미없고 상스럽고 줄거리가 엉터리고, 그렇기에 쇼노스케도 난감해서 그냥 남겨두었던 것을 손보자.

불을 밝히고 책을 펴자 훌륭한 글씨가 눈앞으로 바짝 다가들었다. 악당에게 이용당해 함정에 빠진, 저항해도 소용없고 오히려 상처가 더 벌어지기만 하는 무력한 젊은 무사의 원통함을, 그의 달필이 냉혹하게 우롱하는 듯 보였다.

인간으로서 정도를 걷는 데 아무리 뜻을 두어도 힘없는 자는 결국 멸망하는 수밖에 없다. 세상을 다스리는 것은 힘이지, 선이 아니다. 충의도 아니고, 성의도 아니다. 목청 높여 그렇게 주장하는 듯한, 감탄스러운 필체로 쓰인 무참한 이야기 저편에 오시코미 고멘로의 술독 오른 얼굴이 보였다.

조롱하는 얼굴이었다. 쇼노스케를, 쇼노스케의 아버지를 욕했을 때와 마찬가지로.

당신 생각이 틀렸다.

이용당하고 함정에 빠지는 자는 멍청한 게 아니다. 힘이 없고 달리 쓰임새가 없기에 버려지는 게 아니다.

누구나 똑같은 인간이다. 힘을 자만하는 자도 인간이고, 그 힘에 고통을 받는 자도 인간이다.

얼마 지나지 않아 부베 선생이 왔다. 누구에게 무슨 말을 들었는지, 문짝이 떨어질 듯한 기세로 문을 벌컥 열더니 서궤 앞에 앉은 쇼노스케를 보고 눈을 부릅떴다.

"뭐야, 무사했나."

"무사합니다."

입을 팔자로 씰그러뜨리고 인왕 상처럼 버티고 선 부베 선생은 쇼노스케를 훑어보더니 말했다. "메밀국수라도 먹지."

두 사람은 함께 나가야를 나섰다. 국수를 다 먹고 계산할 때까지 아무 말 없던 부베 선생은 돌아오는 길에 입을 열었다.

"나가야 사람들이 말려드는 사태가 벌어지면 곤란하니 나는 도라조 방에 있겠네."

"감사합니다." 쇼노스케는 순순히 대답했다.

"수상한 자를 발견하면 어디의 누구든 봐주지 않겠네. 그렇게 알고 있으라고."

쇼노스케는 고개를 끄덕이고는 덧붙였다. "드릴 말씀이 없습니다."

"일이 이렇게 될 줄 알았으면 쇼 씨도 도장에 좀 다녀둘 걸 그랬군." 부베 선생은 장난스레 웃었다.

쇼노스케는 작업에 몰두했다. 이 이야기책의 으뜸가는 악역은 무대인 작은 번의 재정을 좌지우지할 수 있을 만큼 큰 재력을 가진 에도의 후다사시, 즉 고리대금업자로, 다이묘에게 거듭 돈을 빌려주면서 번의 중추를 장악해, 주인공인 젊은 무사가 섬기는 주군의 정실마저 자신의 침소로 끌어들이는 호색한이다. 이 악당이 한 중신을 조종해 번의 찬탈을 획책하는 것은 그 지역 산속에 잠들어 있는 금광을 차지하기 위해서인데, 아무리 그래도 하는 행동이 난폭하기 그지없다. 가령 금은 광맥을 찾고 있는 번 관리들과 그들이 시굴을 위해 모은 귀중한 노동력인 인근 마을 사람들을, 그저 '입막음'을 한다는 이유로 닥치는 대로 죽인다. 금광에 관해 상세히 아는 자가 없으면 나중에 어쩔 셈인가.

오시코미 고멘로는 대체 어떤 내력이 있기에 이렇게까지 인간에게 정나미가 떨어졌을까. 새삼 그런 의문이 든다. 아무것도 모르고 읽었을 때는 작가가 그저 사람 죽이는 장면을 쓰고 싶은 게 아닐까 생각했는데, 지금은 다른 시각이 가능했다. 오시코미 고멘로는 그저 사람은 다들 눈앞의 일밖에 생각하지 못하며 세상에는 오로지 바보밖에 없다고 쓰는 것이다. 선인은 물론이고 악당까지 바보다. 단 한 사람, 작가인 그 자신만 빼고.

얼마만큼 깊은 상처를 입어 자긍심을 잃고 다정함이며 남을 배려하는 마음이 깎여 나갔기에 이렇게 세상을 증오하고 인간을 업신여길 수 있는 걸까. 그런 생각을 하니 배 속 깊은 곳까지 싸늘해졌다.

대략 두 시간 남짓 들여 겨우 8할 정도 완성했다. 정서는 이제부터 해야 하고, 주인공의 사람됨도 좀 더 손을 보고 싶다. 악당

고리대금업자의 손에 손쉽게 놀아난 끝에 유곽에 팔려가는 주인공의 약혼자도 이대로는 그저 꼭두각시 인형 같은 것이, 불쌍하다 못해 우스꽝스러울 지경이다. 한 번쯤은 악의 손아귀에서 도망치려고 할 정도의 지혜가 있으면 좋을 것 같다. 어떻게 하면 좋을까 고민하는데, 문에서 통통 소리가 났다.

"들어오십시오."

낮보다도 얼굴이 한층 수척해진 지혜에였다. 흡사 망령 같다.

"꽤 오래 걸리셨군요."

지혜에는 봉당으로 들어와 등 뒤로 문을 닫았다.

"……쇼 씨, 뭘 하시는 겁니까?"

"철야 작업 중입니다. 오시코미 고멘로의 이야기책을 손보고 있었습니다."

지혜에는 선 채로 고개를 떨구었다.

"도코쿠 님께서 뭐라 하시던가요? 지혜에 씨, 크게 꾸중 들은 모양이군요."

쇼노스케는 서궤 위를 서둘러 정리한 뒤 칼을 들고 일어섰다.

"지혜에 씨 용건이 끝나셨다면 저도 도코쿠 님을 뵈러 가겠습니다."

돌아와서 끝까지 고치는 일은 불가능할 것이다. 이대로 고향으로 돌아가면 이제 에도에 볼일이 없다.

"완성은 못했습니다. 나머지는 지혜에 씨께 맡기겠습니다."

"……번저로 가실 것 없습니다. 도코쿠 님은 도네이에서 기다리고 계십니다. 맛없는 장어구이 집이었다가 맛있고 값싼 주점이 된." 지혜에는 맥없는 목소리로 말했다.

도네이는 쇼노스케와 인연이 있는, 예전 장어구이 집이다.

“적당하고 좋은 곳이라고 도코쿠 님께서 정하셨습니다.”

쇼노스케는 알았다고 했다.

“지혜에 씨는?”

“저는 못 갑니다.”

“그건 압니다만…….”

“무라타야에서 지금까지 그런 것처럼 장사나 하면 됩니다.”

저 같은 것은, 하고 작은 목소리로 덧붙였다.

“그렇습니까.” 쇼노스케는 신을 신었다. “여러모로 신세 많았습니다.”

하루 사이에 지혜에는 확 쪼그라든 것처럼 보였다. 어젯밤 느꼈던 노여움은 이미 멀어져 쇼노스케는 순순히 말할 수 있었다.

“감사드립니다, 지혜에 씨.”

지혜에는 밖으로 나가는 쇼노스케를 돌아보지도 않았다.

나가야 쪽문에 이르자, 등 뒤의 여름밤 속에서 소리도 없이 부베 선생이 나타나 쇼노스케 곁에 딱 붙어 섰다.

“어디 가나?”

“도네이에 갑니다.”

“아아, 우리 학생들이 신세진 곳이로군.”

걸음을 서두르는 쇼노스케를 부베 선생은 성큼성큼 뒤따라온다.

“선생님은 나가야의 경비를 서주시는 게 아니었습니까.”

“장본인인 쇼 씨가 없으면 나가야는 걱정 없어.”

“도네이에서 볼일을 마치면 저는 바로 고향으로 돌아갑니다.”

"그럼 여행길의 호위도 필요하겠군."

쇼노스케는 자연스레 미소를 지었다. "선생님도 참 오지랖이 넓은 분이시군요."

"글방 선생 같은 것을 해보라고. 이 넌씩이나 하다 보면 그때까지 손 하나 까딱하지 않던 게으름뱅이도 부지런해지게 마련이야."

"부지런한 것과 오지랖은 다른데요."

"그게 그거네."

도네이 안에는 불이 빨갛게 밝혀져 있었다. 맛있는 냄새가 풍긴다.

"한잔하고 싶어지는군."

부베 선생이 앞장서 장지를 열었다. 도네이 주인 부부가 어서 오십시오, 어서 오세요, 하고 제각각 인사하는 소리가 들렸다.

"어머나, 부베 선생님이랑 젊은 선생님."

쇼노스케는 멈춰 섰다. 손님은 다섯 명. 평민 셋, 그리고 안쪽 자리에 무사 둘이 마주 앉아 술을 마시고 있다. 등을 돌리고 앉은 쪽은 알 수 없지만, 문간을 향해 앉은 무사는 낯이 익었다.

저 사람은 분명…….

사카자키 시게히데의 측근이고 에도 번저에 봉직하는 무사가 아니던가. 형 가쓰노스케와 동갑인데, 가까운 사이는 아니었던 것 같지만 번교에서 함께 공부했던 시기가 있었을 터다.

그는 쇼노스케와 눈이 마주치자 금세 눈을 옆으로 슥 돌렸다. 등을 돌리고 앉은 쪽 무사는 돌아보는 기색도 없었다.

다른 세 사람도 마찬가지로 모르는 척한다. 하지만 앞쪽에 앉은 한 명, 나이는 서른쯤에 수염을 깎은 자국이 푸릇푸릇한 남자는 내리깐 눈꺼풀 밑으로 쇼노스케를 올려다보고 있다.

"일행분이 2층에서 기다리십니다."

도네이 주인 간타로의 싹싹한 웃음도 어째 딱딱하다.

"주인장, 술하고 안주 좀 내주게."

부베 선생은 가까운 간장 통에 걸터앉았다.

"쇼 씨 볼일이 끝날 때까지 이곳에서 기다리겠네." 느긋한 표정으로 말했다. "주점은 밤늦게까지 문을 여니 상관없겠지만, 내 쌈짓돈에는 한계가 있으니 말이야. 과음하면 뒷일이 두려우니 얼른 마쳐달라고."

쇼노스케는 삐걱거리는 계단을 밟으며 2층으로 올라갔다.

복도 쪽 샛장지는 전부 닫혀 있다. 도네이는 작은 가게다. 2층에 방은 둘뿐이다.

쇼노스케는 무릎을 꿇고 앉아 말했다. "후루하시 쇼노스케, 대령했습니다."

곧바로 오른쪽 샛장지 안쪽에서 대답이 들려왔다. "이쪽이다. 들어와라."

샛장지를 열고 절한 다음 고개를 든 쇼노스케는 그 자리에 얼어붙었다. 한겨울의 고드름처럼 굳어버렸다.

사카자키 시게히데가 있었다. 안주와 술병이 놓인 상을 앞에 놓았다.

도코쿠는 혼자가 아니었다. 상석에 앉은 그로부터 두 간 정도 거리를 두고, 도네이의 좁은 방 이 끝과 저 끝으로 나뉘어 또 한 인물이 있었다.

그 인물 앞에도 상이 놓여 있었다. 신분의 차는 있는 관계일지언정 마주 앉아 술잔을 주고받는 두 무사. 이곳 광경만 보면 누구나 그렇게 생각했을 것이다. 마주 앉은 두 사람은 윗사람과 아랫사람, 또는 아버지와 아들이라 해도 될 듯했다.

말석에 앉은 젊은이는 고개를 수그리고 꽉 쥔 두 주먹을 허벅지 위에 올려놓고 있었다.

두 사람은 부자지간보다 나이 차가 더 났다. 할아버지와 손자 정도다. 혈연은 없다. 혈연은 없지만 연은 어느 정도 있다.

어머니 사토에를 통해. 쇼노스케와 도코쿠가 그런 것처럼.

오랜만에 보는 형의 얼굴은 생김새만이라면 예전과 조금도 다르지 않았다. 체격도 변함없었다. 형 가쓰노스케는 늘 심신을 단련한다.

얼굴에 지금 떠올라 있는 표정만이 낯설었다. 다만 이도 처음 보는 것은 아니었다.

그날 밤, 쇼노스케는 보았다. 형이 이런 표정을 짓는 것을. 아버지 소자에몬이 할복해 죽은 날 밤. 마당에서 아버지의 사후 시중을 든 형은…….

꼴사납다.

그렇게 내뱉으며 이런 표정을 지었다.

원통함, 분노, 경멸.

그날 밤 이 얼굴을 비춘 것은 희미한 달빛이었다. 오늘 밤은 사방등의 부드러운 불빛이 방을 메우고 있다. 그렇건만 후루하시 가쓰노스케의 얼굴은 그곳만 달빛을 받는 것처럼 창백했다.

"형님."

쇼노스케의 목소리에 가쓰노스케는 처음으로 몸을 움직였다. 수그리고 있던 머리를 거만하게 들고 고개를 비틀어 이쪽을 보았다.

충혈된 두 눈이 불타고 있었다.

"드디어 너희 둘과 술을 마실 수 있구나." 사카자키 시게히데가 말의 내용과는 달리 무거운 어조로 말했다.

얼마 동안 쇼노스케는 꼼짝도 못 하고 멍하니 있었다. 눈앞의 광경이 현실이라는 게 믿기지 않았다.

"쇼노스케도 이리 들어와 앉아라. 곧 상을 내올 것이야."

도코쿠의 재촉에도 움직이지 못하는 쇼노스케의 등 뒤에서 계단을 올라오는 발소리가 들렸다. 간타로다. 두 손으로 함 모양의 상을 들고 있다.

쇼노스케는 방 안으로 들어가 샛장지를 등지고 앉아 길을 비켜주었다. 간타로는 정중하게 상을 차려주기는 하는데, 자세가 영 엉거주춤하다.

사카자키 시게히데는 서글서글하게 말을 붙였다. "번거롭게 해서 미안하군. 이제 내가 부를 때까지 자리를 피해주겠나. 밑에 있는 자들은 원하는 대로 먹고 마시게 해주고."

"예, 알겠습니다."

간타로는 납작하게 엎드려 절하고 소리 없이 방에서 나갔다. 예전 이곳이 장어구이 집이던 시절, 종일 파리만 날리던 때의 그 의욕 없는 게으름뱅이는 이제 찾아볼 수 없다. 지금은 번창하는 가게의 주인으로서 그에 걸맞은 태도가 몸에 배었다. 정말이지 사람은 변한다.

이 자리에 어울리지 않는 생각이다. 하지만 그런 생각이라도 하지 않으면 자기 자신과 지금 이 상황을 연결할 수 없었다. 악몽 속에 발을 잘못 들여놓은 기분이 들 듯했다.

"좋은 곳이구나." 사카자키 시게히데가 말했다.

쇼노스케는 그의 얼굴을 보았다. 사방등 불빛 속에 보이는 준엄한 얼굴. 빛이 미치지 못하는 그늘진 부분이 한층 어둡게 몸을 감싸고 있었다. 그 탓에 커다란 어둠을 등에 업은 것처럼 보였다.

"도코쿠 님."

쇼노스케는 말해놓고 바로 실수를 깨달았다. 이곳에서는 도코쿠가 아니다. 도가네 번 에도 대행 사카자키 시게히데다.

"사카자키 님, 이게 어떻게 된 일입니까."

사카자키 시게히데는 대답하지 않고 술병에 손을 뻗어 술을 따랐다. 쇼노스케의 질문이 들리지 않은 듯한 얼굴이다.

쇼노스케는 천천히 가쓰노스케를 돌아보았다. 형은 그곳에 있었다. 사라지지 않았다.

"형님은…… 언제 에도에?"

쇼노스케의 시선을 받으면서도, 질문을 들으면서도 가쓰노스케는 돌덩이처럼 움직이지 않았다.

"내가 번저로 부른 것은 오전이다." 대답은 사카자키 시게히데가 했다. "언제부터 에도에 있었는지, 무슨 이유인지, 그것은 본인에게 물어봐라."

어조는 온화해도 의미심장한 말이었다.

쇼노스케는 망설인 끝에 머리에 떠오른 것을 솔직하게 물었다. "어머님은 별고 없으십니까?"

마음 한구석에서 그런 것을 물을 때냐고 질타하는 목소리가 들렸다. 하지만 달리 무엇을 물으면 좋다는 말인가. 나가호리 긴고로를 고민하게 했고 부베 선생의 학생들이 이 가게 샛장지며 장지 가득 써놓았던 암호문보다 쇼노스케는 지금 이 자리가 더 이해되지 않았다. 읽히지 않았다.

"에도에는 이번에 몇 번째로 온 것이냐, 가쓰노스케." 사카자키 시게히데 또한 한가롭게 물었다. "네가 이번 역할을 맡은 이래로 몇 번째냐는 뜻이다."

어조는 변함없는데 가느다랗게 뜬 눈이 보일 듯 말 듯 번득인 듯했다.

"그때마다 사토에에게는 뭐라 변명했느냐? 그 아이는 그대가 무엇을 하는지 모를 테지."

그 말에 후루하시 가쓰노스케는 머리를 더욱 깊이 떨구었다. 하지만 단순히 고개를 수그리고 있는 게 아니었다. 등을 둥글게 말고 있지만 가쓰노스케는 기죽은 게 아니다. 강한 힘에 눌려 테처럼 말려 있는 것뿐이다.

형의 노여움이 느껴졌다.

"이미 아시지 않습니까." 다다미 바닥 위를 기는 듯 낮은 목소리가 들렸다. "고양이가 쥐를 갖고 노는 듯한 하찮은 일은 그만 두셨으면 합니다."

그러더니 그제야 가쓰노스케는 얼굴을 들었다. 사카자키 시게히데를 똑바로 바라보며 도전하듯 어깨에 힘을 주었다.

“저는 이제 와서 쇼노스케와 할 말 따위 없습니다. 어째서 이런 허튼 일을 벌이시는 것입니까.”

타오르는 두 눈을 흔들림 없이 맞받아치며 사카자키 시게히데는 눈을 가늘게 뜬 채 대답했다.

“아니지, 그대는 쇼노스케에게 해야 할 말이 있다. 그대가 누구 편에 가담해, 누구의 사주를 받아, 누구에게 조종되어 소자에몬에게 누명을 씌웠는지, 그렇게까지 해서 원하는 것이 무엇인지, 그대 입으로 전부 고백하고 사죄해야 한다.”

쇼노스케는 그 자리에 앉은 채 심장이 멎는 것을 느꼈다.

역시 형님이.

아버지 후루하시 소자에몬에게 누명을 씌웠다.

말려 있던 테가 튕겨지듯 펴지더니 가쓰노스케는 쇼노스케를 돌아보았다. 순간 가쓰노스케가 자신에게 덤벼드는 게 아닐까 싶었다.

호랑이 눈이었다.

“나는 떳떳하다. 후루하시 가를 위해 할 일을 한 것뿐이야. 네놈은 몰라. 몰라도 돼. 어머니의 기대에 부응하려는 마음도 없고 대망 따위 눈곱만큼도 없는 네놈과는 상관없는 일이다.” 먹잇감을 노리는 호랑이처럼 몸을 부르르 떨더니 다시 사카자키 시게히데를 노려보며 말했다. “여기 계시는 사카자키 시게히데 님은 말이다, 쇼노스케, 참 대단한 협잡꾼이구나.”

사방등 불빛 속에 가쓰노스케의 입에서 침이 튀는 게 보였다.

“나는 누구의 조종도 받지 않았어. 조종당한 것은 쇼노스케, 네 쪽이다. 목각 인형 같은 네게 끈을 달아 조종한 것은 사카자키 님이야."

쇼노스케는 그제야 숨 쉬는 것이 생각났다. 멎어 있던 심장이 갑절의 속도로 세차게 뛰기 시작했다.

형은 제정신이 아니다. 일개 시종관 주제에, 하물며 근신 중인 몸으로 번의 중신을 협잡꾼이라고 면전에서 욕하다니.

"형님……." 목소리가 목에 들러붙어 나오지 않았다.

"쇼노스케."

사카자키 시게히데의 목소리가 들렸다. 자세를 완전히 흐트러뜨린 가쓰노스케와 대조적으로, 몸을 똑바로 펴고 정좌하고 있었다.

"아닌 게 아니라 나는 너를 조종했다. 네게 거짓 정보를 불어넣어 너를 움직였다. 그에 관해서는 내 순순히 사과하마." 사카자키 시게히데는 양 허벅지에 주먹을 얹고 머리를 숙였다. "미안하다."

쇼노스케는 그저 혼란스러울 뿐이었다. 눈앞의 두 사람과 시간이 흐르는 속도가 달라졌다. 쇼노스케는 점점 뒤처진다.

"허나 나는 무슨 수를 써서라도 네 형을 구하고 싶었다. 사토에의 아들을 구하고 싶었어. 그러려면 다른 사람으로는 충분치 않았어. 너를 동원할 수밖에 없었던 것이야."

"구한다고요?" 가쓰노스케가 비웃듯 큰 소리로 말했다. "당신은 그저 자신의 권세를 지키려고 한 것뿐입니다. 그 때문에 우리를 방해한 것 아닙니까!"

사카자키 시게히데는 침착했다. "자신의 몸과 직분을 지켜서 안 될 이유가 무엇이냐. 그러는 너는 교활한 책략가의 감언에 눈이 멀어 자기 몸을 지킨다는 것은 생각도 못 하느냐? 계획이 실패하면 모든 죄를 뒤집어쓰는 것은 너 같은 젊은 놈이야. 왜 그것을 모르느냐?"

'그대'라고 부르던 게 '너'가 됐다. 그래도 가쓰노스케를 바라보는 사카자키 시게히데의 눈은 온화하고 되레 서글퍼 보였다.

사토에의 아들을 구하고 싶었다.

"쇼노스케야, 네 형은 이토, 미요시 당파의 계략에 가담해 오늘까지 끄나풀 노릇을 해왔구나."

이토와 미요시의 당파. 그들이 흑막인가. 쇼노스케는 몸을 부르르 떨었다.

"원래는 가쓰노스케의 무관 등용에 사토에가 집념을 품은 것이 문제였어. 그 때문에 이토 가와 이상한 연이 이어지고 만 것이야."

아닌 게 아니라 사토에의 본가 니지마 가는 원래 이마사카, 구로다 파다. 그런데 사토에는 가쓰노스케가 무관으로 출세, 영달하기를 바라는 마음에 이토 가에 접근해 열심히 엽관 운동을 벌였다.

"이어져서는 안 되는 연을 억지로 이으려 한 탓에 교활한 자가 파고들 틈을 주고 만 것이지. 어리석은 계집이야." 사카자키 시게히데는 중얼거렸다.

"제 어머니를 모욕하지 마십시오. 이번 일은 제 재량으로 한 일입니다. 어머니는 아무것도 모릅니다." 어금니를 악물듯 침묵하던 가쓰노스케가 그제야 입을 열었다.

"나는 사토에를 책하는 것이 아니야. 어리석고 가엾다고 한탄하는 것이지."

"마찬가지입니다."

내뱉듯 말하는 가쓰노스케를 사카자키 시게히데는 똑바로 바라보았다.

"그럼 네게 물으마. 동생의 면전에서 고개를 들고 대답할 수 있느냐. 이 계획의 산 제물로 후루하시 소자에몬을 선택한 사람은 누구냐?"

쇼노스케는 이번에는 자신의 의지로 숨을 멈추었다. 정상적으로 호흡하며 이 질문에 대한 답을 들을 생각을 하니 무서워 견딜 수 없었다.

대답을 듣지 않아도 형의 얼굴이 말하고 있었기 때문이다. 얼굴에 쓰여 있었다.

내가 아버지를 바쳤다고.

후루하시 가쓰노스케는 말했다. "제가 배신하지 않을 것을 입증하려면 그것이 가장 좋은 방법이었습니다."

그런 말 하지 말아주십시오, 형님.

"계획을 짠 자는 누구냐. 더불어 그 같은 계략을 꾸밀 만큼 하노센과 가까운 자는 대체 누구야. 아마 오노 구라노스케 정도 되겠다만."

가쓰노스케가 움찔했다. 그의 얼굴에서 시선을 떼고 사카자키 시게히데는 쇼노스케에게 말했다.

"오노 구라노스케는 이토의 하수인이란다. 무관 수석 중 한 명인데, 제 딴에는 수완가인 척하지. 뇌물을 쓰는 것도 오노 가의 장기고. 하노센과도 처음부터 돈으로 이어져 있었을 테지. 내가 아무것도 모른다고 생각했다면 네놈들이 뭘 모르는 것이야."

가쓰노스케가 두 손을 주먹 쥐었다. 당장에라도 피눈물을 흘릴 것처럼 흰자위가 벌겋게 물들어 있었다. 그 눈이 쇼노스케를 보았다.

"후루하시 가는 내게 우리나 다름없었다."

시종관? 하고 비웃듯 말했다.

"후루하시 가에 갇혀 있는 한 나도 아버지 뒤를 이어 주가의 방물 시중을 들어드리는 관직 이상 올라가지 못해. 썩는 것이나 뭐가 달라. 숨이 막힐 것 같았다."

그래서 그 우리를 제 손으로 부수었다. 아버지 소자에몬을 죽음으로 몰고 후루하시 가를 파멸시켰다.

"나는 왜 후루하시 가에 태어난 거지? 내가 원해서, 선택해서 태어난 것이 아니야. 그런 심약하고 기골이 없는, 양지陽地의 고양이 같은 사내를 아버지로 선택해 태어난 것이 아니란 말이다!"

"그만하십시오!" 쇼노스케는 부르짖었다. 목소리가 갈라지고 잠겼다. 한심하다.

"아버지는 훌륭한 무사이셨습니다!"

"네 눈에는 그렇게 보였겠지. 네놈도 아버지와 똑같은 양지의 고양이니까."

심약하고 기골이 없고 쓸모없는 인간이니까. 가쓰노스케는 주저 없이 그렇게 말했다.

"나는 달라. 나는 호랑이야. 그런데 아버지는 호랑이의 발톱을 구부려 나를 죽이려고 했어. 나는 그런 아버지와 싸워 무찔렸을 뿐이라고."

쇼노스케는 차가운 물에 빠지듯 깨달았다. 그날 밤 있었던 일이, 지울 수 없는 기억이 밀려들었다.

형은 사후 시중을 든 게 아니었다. 아버지는 형의 강요로 배를 갈랐고, 형은 아버지의 목을 친 것이다.

"아버지가 좀 더 일찍 내 설득을 받아들이고 스스로 할복하시기만 했으면 그런 추태를 드러내지 않아도 됐을 것을."

꼴사납다. 가쓰노스케가 그렇게 내뱉듯 말했던 것은 그런 의미였나.

아버지는 형의 손에 살해된 것이다.

사카자키 시게히데가 말했다. "사정이 어찌 됐든 본래 가문이 망하면 가쓰노스케가 출세하는 것은 불가능하다만. 후루하시 가가 없어도, 아니, 후루하시 가가 없어지면 마음대로 너를 출세시켜주겠다는 감언에 속아 넘어갔구나. 그것도 오노의 생각이냐. 그자에게 나이가 찬 딸이 있을 터. 계획이 성공하면 너는 오노의 딸과 혼인해 오노 가에 들어가기로 되어 있는 것이냐?"

가쓰노스케는 냉소를 지었다. "일이 이렇게 된 이상, 그런 것은 아무래도 상관없지 않습니까."

"네가 원한다면 정당하게 양자로 들어가는 것도 가능했을 터인데. 너는 도가네 번의 기린아다. 이런 악행에 가담하지 않아도 네 원하는 길로 나아갈 수 있었을 것이야."

그 순간, 노여움이 아니라 격한 미움이 가쓰노스케의 얼굴을 뒤덮었다. 그 눈에 노골적인 증오가 불타고 있었다.

"사카자키 가에 태어난 당신이 뭘 안다고!"

대대로 이어져 내려온 번의 중신 가문과 훅 불면 날아갈 후루하시 가의 차이를 알까 보냐.

"우리라고 했느냐." 사카자키 시게히데의 목소리가 무겁게 가라앉았다. "너는…… 그 정도로 너를 낳고 길러준 후루하시라는 가문이 미웠느냐?"

그때 몸속에서 발생한 벼락처럼 어떤 생각이 쇼노스케를 때렸다.

아버지를 그런 형태로 끌어들이자는 계획은 처음부터 형님 생각이 아니었을까.

흑막의 요구로 배신하지 않을 것을 입증하기 위해 아버지를 바친 게 아니다. 가쓰노스케가 자진해서 아버지를 희생시켰다. 아버지의 존재를 없애고 후루하시 가를 없애기 위해.

그렇게까지 아버지가 싫었습니까.

속으로 물은 쇼노스케는 자신의 마음이 작게 대답하는 것을 들었다. 어머니가 아버지를 싫어하셨던 것과 똑같군요, 하고.

어머니의 인생은 뜻대로 되지 않는 일의 연속이었다. 후루하시 소자에몬과 혼인한 것도 사토에에게는 후회와 불만의 원인일 뿐이었다. 어머니가 시종 아버지에 대한 불만을 늘어놓던 것이, 그 목소리에 돋친 가시가, 담겨 있던 독이 생각났다.

어머니에게도 세 번째로 시집온 후루하시 가는 우리였다. 좌절과 몰락 끝에 갇힌 우리일 뿐이었다. 어머니의 그런 노여움을, 자신의 인생은 이런 데서 끝나고 마는가 하는 초조함을 전부 물려받은 게 가쓰노스케였다.

"하노센에도 뇌물 사건으로 목숨을 잃은 자가 있다." 사카자키 시게히데는 침착함을 잃지 않고 온화한 목소리를 유지한 채 말했다. "선대 주인은 책형에 처해졌다. 그런 상황으로 몰아넣은 지금 주인도 선대를 미워해 누명을 씌운 것이냐? 가쓰노스케, 너는 그것을 보고 아무런 망설임도 느껴지지 않더냐?"

가쓰노스케는 재미있다는 듯 한쪽 눈썹을 치올리며 대답했다. "사카자키 님도 하노센의 현 주인이 어떤 자인지 자세히 아실 것 아닙니까?"

"하노센 주인은 선대의 동생이지."

"선대의 이복동생으로, 첩의 자식이라 멸시받으며 자란 사내입니다."

역시 골육상쟁이 있었나.

"신분은 달라도 우리 안에서 썩으며 압살당하던 것은 저와 마찬가지입니다."

우리를 미워하고 자신을 우리에 가둔 자를 미워하는 것도 마찬가지였다.

"그렇다면 계략을 꾸미며 마음이 맞아 꽤나 즐거웠겠구나."

사카자키 시게히데의 말에 처음으로 싸늘한 노여움의 날이 선 것을 쇼노스케는 감지했다.

"쇼노스케."

그 말을 무시하듯 눈에 핏발을 세운 채, 가쓰노스케는 무참히 입꼬리를 구부려 웃음을 지었다.

"너는 하여간 여전하구나. 놀랄 일이 생기면 그렇게 생쥐처럼 두리번거리기만 하고 절대로 언성을 높이거나 자기가 먼저 화를 내지 않지."

"제가…… 사카자키 시게히데 님께 조종당했다는 말씀은 무슨 뜻입니까."

쇼노스케는 목소리를 쥐어짜 물었다. 그러자 가쓰노스케는 이번에야말로 몸을 가누지 못할 만큼 웃었다.

"그것을 왜 내게 묻지? 사카자키 님께 여쭤봐라."

협잡꾼이라는 말을 들은 사카자키 시게히데는 쇼노스케의 눈을 피하려 하지 않았다. 입을 열고 잠시 주저했다가 말했다.

"너를 에도로 불렀을 당시 나는 이미 유언장 위조를 둘러싼 이번 계략을 대부분 파악하고 있었다."

지헤에와 마찬가지다. 사카자키 시게히데도 지헤에와 같은 말로 고백을 시작했다. 나는 알고 있었다, 너는 모르는 사실을 알고 있었다.

"오노 구라노스케를 비롯해 이토의 수하들이 에도의 대서인을 사육하고 있다는 것도 알고 있었고. 그런데 이 대서인이 수상쩍은 놈이라 대서인 간판을 내건 것도 아닌 데다 있는 곳조차 확실치 않았다. 술과 여자가 있는 곳을 전전하고 있었던 것이야."

오시코미 고멘로는 그런 생활을 하고 있었나. 정규 대서인들 사이를 아무리 수소문하고 다녀도 소식을 얻지 못할 만했다.

"……가노야가 그 사람의 뒤를 봐주기 때문입니다."

쇼노스케가 중얼거리자 사카자키는 고개를 끄덕였다.

"너도 용케 그쪽 선을 찾아냈구나."

"우연이었습니다. 운이 좋았던 것뿐입니다."

가쓰노스케가 탐색하는 눈초리로 쇼노스케를 보았다. 쇼노스케는 그 시선에 답하지 않았다.

"마음에 걸렸다만, 와다야 여주인에게 그 이야기를 들었을 때 와카라는 아가씨도 그 자리에 있었느냐?"

"네. 와카 씨의 중재가 아니었다면 아마 여주인분도 제게 솔직히 말씀해주시지 않았을 것입니다."

사카자키 시게히데는 또다시 자작으로 술을 따르더니 입을 대지는 않은 채 말했다. "그것도 연이겠지."

가쓰노스케가 비웃듯 짤막하게 웃었다. "뭐냐, 쇼노스케. 내가 번의 중대사를 위해 이리저리 뛰어다니고 있을 때, 너는 에도의 상가 처녀와 연애나 하고 있었느냐. 참 속도 편하구나."

쇼노스케는 무시했다. 사카자키 시게히데도 눈조차 돌리지 않았다. 가쓰노스케의 악의 어린 조소는 도네이 2층의 어둠을 울리기만 했을 뿐이다.

"밑에 있는 자들은 내 수하들이다."

역시 그런가.

"평민들은 에도에서 들인 자들이다만, 내 밑에 오래 있어준 믿을 수 있는 자들이야. 눈도, 코도, 귀도 좋지."

도가네 번 에도 대행 사카자키 시게히데의 수족이 되어 움직이는 자들이다.

"장어같이 붙잡기가 어렵고 두더지같이 모습을 감추는 재주가 있는 대서인도, 저자들의 활동 덕에 이따금 후카가와 사가정에 있는 무라타야라는 서적 도매상에 드나든다는 것을 알아냈구나."

놀랄 일은 이제 더 없으리라고 생각했건만 또 놀라야 했다. 쇼노스케는 눈을 크게 떴다. 저도 모르게 되물으려는데 사카자키 시게히데가 가볍게 손을 들어 제지했다. "일단 들어라."

사방등 불빛이 불안정하게 깜박였다.

"대서인이 무라타야에 드나들 때 오시코미 고멘로라는 허튼 별명을 쓴다는 것도 알았다. 오시코미가 친하게 지내는 것이 무라타야의 대본 쪽 일을 도맡아 관리하는 지헤에라는 것도. 숯눈썹이 눈에 띄지. 나는 에도에서 제법 발이 넓거든." 사카자키 시게히데는 엷게 웃음을 지었다. "지헤에와는 라쿠슈 모임에서 몇 번 만난 적이 있었다. 이 또한 기이한 인연이다만, 나는 여기 에도에서는 작은 기회도 놓치지 않고 다른 이들과 관계를 맺으려 노력했으니 말이지."

무라타야 지헤에를 끌어들여 다소 불편을 끼치는 것만 개의치 않는다면, 그 시점에서 사카자키 시게히데는 보운 공의 유언장을 둘러싼 이토 가의 음모를, 이토의 앞잡이 오노 구라노스케의 약삭빠른 계략을 일망타진할 수 있었던 셈이다.

"그쯤은 어렵지 않았다, 가쓰노스케."

바닥을 낮게 기는 듯한 목소리였다. 가쓰노스케는 잠자코 사카자키 시게히데를 노려보고 있다.

"벼락출세한 이토는 특히 그렇다만, 성의 중신들은 하나같이 에도 번저의 활동을 너무 경시해. 돈을 물 쓰듯 쓰면서 와카나 마님의 비위만 맞추는 데 급급하고 제대로 하는 일은 없다고 믿고 있구나. 안락한 에도 생활에 턱 밑까지 잠겨 고향의 고생 따위 안중에 없는 쓸개 빠진 무리라고, 에도 번저 인간들은 도가네 번에 관해서도, 주가에 관해서도 무엇 하나 모른다고 업신여기고 있어. 그렇기에 이번 같은 좀스러운 계략을 꾸미는 것이다. 에도 대행인 내 코앞에서 주가의 장래를 좌우할 중대사와 관련된 음모를 꾸미고 쥐새끼처럼 살금살금 움직이면서, 그러고도 내 눈을 피할 수 있을 줄 알았느냐. 내게 들키지 않을 줄 알았느냐. 내가 냄새를 맡지 못할 줄 알았느냐." 작고 날카롭게, 벼락을 내리듯 말했다. "어리석기 그지없구나."

우물 안 개구리야.

"도가네 번이라는 작은 우물 안만 보고 있어. 대국을 보지 못하고 제 손에 들어올 이익과 권익밖에 눈에 보이지 않지. 게다가 그것이 주가를 위한 일이라고 믿고."

가쓰노스케가 도전적으로 콧방귀를 뀌었다. "그렇다면 어째서 일찌감치 저희를 제거하지 않으셨습니까?"

가쓰노스케를 바라보는 사카자키 시게히데의 눈은 그늘져 있었다.

"말하지 않았느냐. 나는 너를 구하고 싶었던 것이야."

이 어리석은 모의에서 후루하시 가쓰노스케를 끄집어내 탁해진 눈을 맑게 하고 제정신이 돌아오게 하려면 대체 어떻게 해야 하나.

"나는 너까지 분쇄하고 싶지는 않았다. 너는 이 모의에서 끄나풀의 끄나풀이야. 내가 나서면 이토 가도, 오노 구라노스케도 맨 먼저 너를 버릴 테지."

그렇게 되기 전에 가쓰노스케를 뒤흔들어 이 계획은 간단히 성공하지 못한다, 이대로 가다가는 위험하다는 것을 깨닫게 해야 한다. 그러려면 어떻게 해야 하나.

누구를 동원해야 하나.

쇼노스케는 말했다. "그래서 저를 불러 밀명을 내리셨군요."

다른 사람은 안 된다. 사카자키 시게히데의 수하도, 도가네 번의 암행 감찰사도, 첩자도 안 된다. 그런 자들로는 가쓰노스케가 움직이지 않는다.

하지만 피를 나눈 동생 쇼노스케라면. 쇼노스케가 이 음모에 근접하고 있다는 것을 알면 가쓰노스케는 가만있지 못할 것이다. 쇼노스케를 가족으로 소중히 여기기 때문이 아니다. 죽은 아버지 후루하시 소자에몬을 빼닮은, 심약한 인간의 피를 물려받은 쇼노스케를 더없이 싫어해서다.

"가쓰노스케야, 너는 이미 그 손으로 아비를 죽였다."

계획을 방해할 것 같으면 동생을 죽이는 것도 주저하지 않을 것이다.

"너는 반드시 제 발로 에도에 올 테지. 쇼노스케 앞에 나타날 테지. 나는 그 기회를 기다렸던 것이야."

가쓰노스케는 아무 말도 하지 않았다. 허벅지 위에 올려놓은 주먹을 한층 꽉 쥐었다.

"쇼노스케를 벨 작정이었지?"

사방등 불빛이 사카자키 시게히데의 냉철한 목소리에 전율하듯 또다시 흔들렸다.

"쇼노스케가 누구 명으로 움직이는지 자백을 받아내면 그 이상 볼일은 없어. 아비를 죽였듯 동생도 죽일 심산이었겠지. 허나 그다음은? 쇼노스케를 배후에서 조종한 사람이 나라는 것을 알면 다음은 나도 죽이겠느냐? 사정을 아는 자를 모조리 죽여? 그러면 무사할 것이라고 생각하는 점이 바로 우물 안 개구리라는 말이다."

가쓰노스케의 얼굴이 뻘겋게 홍조되어 있었다.

쇼노스케는 얼굴뿐 아니라 몸에서까지 핏기가 가시는 게 느껴졌다. 와카의 얼굴이 눈앞에 떠올랐다. 쓰타의 빈틈없는 눈빛도 떠올랐다.

쓰타의 눈이 옳았다. 얼마 전부터 쇼노스케는 형의 감시를 받고 있었던 것이다. 가쓰노스케는 이미 몇 차례 쇼노스케에게 접근했다. 쓰타가 봤다는 수상한 무사란 다름 아닌 쇼노스케의 형이었다.

사카자키 시게히데는 바로 그렇게 가쓰노스케를 낚기 위해 쇼노스케를 미끼로 삼은 것이었다.

물론 쇼노스케가 위험한 상황에 처하지 않도록 수하를 시켜 지키게 했을 것이다. 빈틈없는 도코쿠가 하는 일이니 아무나 쓰지는 않았을 것이다. 지금 밑에 있는 남자들 중 누구일 수도 있다.

쇼노스케는 그런 생각을 하다가 깨달았다.

가와센 사람들도.

리에도, 신스케도, 마키도.

도미칸 씨도.

쇼노스케의 동향을 낱낱이 파악해 소중한 '도코쿠 님'께 보고드릴 수 있는 입장에 있었다.

아무것도 모르고, 아무것도 눈치채지 못한 사람은 오로지 쇼노스케뿐이었다.

오시코미 고멘로가 그런 경솔한 행동을 하지 않았어도, 형은 조만간 쇼노스케의 눈앞에 소리도 없이 기척도 없이 어두운 그림자처럼 나타났을 게 틀림없다. 그러나 대서인이 뜻밖에 쇼노스케를 찾아가 욕설을 퍼붓고 더불어 쓸데없는 소리까지 한 탓에, 흑막은 물론 가쓰노스케도 허둥댔다. 일이 이렇게 된 판에, 꽁지에 불이 붙었다고 속되게 말해줄까.

당장 쇼노스케를 처리해야 한다. 그 성급한 움직임은 가쓰노스케를 잡을, 붙들어 데려올 기회를 기다리던 사카자키 시게히데에게 둘도 없는 호기였다.

거기까지 자세한 사정은 알지 못했을지언정 곧바로 쇼노스케를 도미칸 나가야에서 데리고 나온 지헤에의 판단은 결과적으로 옳았던 게 아닐까. 쇼노스케를 채근한 긴 역시 옳았던 게 아닐까.

그렇기에 쇼노스케는 지금 이렇게 무사하다.

가쓰노스케도 이곳에 있다.

사토에의 아들을 구하고 싶었다.

"이마사카 겐에몬에게 사람을 보냈다."

사카자키 시게히데의 말에 쇼노스케는 얼굴을 들었다. 이마사카 겐에몬은 도가네 번 성대 가로다.

"때가 무르익었으니 보운 공의 유지를 더럽히려는 불충한 자들을 일망타진하라고 알렸어. 이치노스케와는 이전부터 연락을 주고받으며 준비를 갖춰놓았거든. 네놈이 설사 새처럼 하늘을 날 수 있다 해도 이제 늦었다. 모의는 이것으로 끝장이다."

이치노스케란 성대 가로의 아명이다. 사카자키 시게히데는 일부러 아명으로 부른 것이다. 우리 중신들의 연계에 네놈 같은 애송이는 대항할 수 없다고 강조하기 위해.

"단념해라. 이 이상 뜻을 관철하려 들면 빠져나갈 길이 없어져. 고향으로 돌아가면, 아니, 에도 번저에조차 한 발짝이라도 발을 들여놓으면 너는 역신逆臣의 한패로 붙들릴 것이야."

여름밤인데도 춥다. 이를 악물며 참으려 해도 쇼노스케의 몸은 와들와들 떨렸다.

가쓰노스케는 꼼짝하지 않았다. 마치 사람 모양의 돌로 변한 듯했다.

돌이 입을 열었다. "지금의 제게 뜻을 관철하는 것 외에 무슨 길이 남아 있겠습니까. 어차피 퇴로는 이미 없습니다."

사카자키 시게히데가 말했다. "내 말대로 따라라. 도주하는 것이야. 너를 움직여온 흑막은, 후루하시 가쓰노스케는 계획이 실패한 것을 깨닫고 도망쳤다 생각할 테지. 너는 도가네 번을 버리고 번사 신분을 버려라. 후루하시 가를 버리는 것은 이제 와서 아쉬울 것도 없을 것 아니냐."

사람 모양의 돌이 또다시 침묵했다. 얼마 있다가 형의 목소리가 들렸을 때, 그 말을 듣고 쇼노스케는 조금 전과는 다르게 몸이 부르르 떨렸다. 싸늘하게 식은 몸에 따뜻한 물을 맞은 듯했다.

"제가 도망치면 어머니가 벌을 받습니다."

형도 어머니의 안전을 염려하는 것이다. 자식으로서 그런 마음은 있구나. 다행이다.

"네가 붙들리면 사토에는 너를 구하려고 거짓말을 해서라도 변명하려 들 것이다. 그 아이 성격을 생각하면 가만있을 리 없어. 다른 이에게 죄를 뒤집어씌우려 하든지, 궁해지면 심지어 자기 소행이라고 할지도 몰라. 하지만 네가 도망치고 나면 그것도 다 소용없지."

가쓰노스케는 고개를 떨구었다.

"니지마 가는 구할 방도가 없다만 사토에는 머리를 깎고 절에 들어가면 그만이다. 내가 그렇게 되도록 주선하마. 소자에몬의 명복을 빌며 여생을 보내는 것이야. 사토에를 위해서도 그것이 좋을 테지."

쇼노스케는 생각했다. 아버지는 어머니를 용서할까.

살아생전 아버지는 어머니를 사랑했을까. 아버지는 어머니와 부부가 되어 행복했을까.

사람 모양의 돌이 돌처럼 딱딱한 목소리로 물었다. "사카자키 님은 어째서 그렇게까지 어머니를 지키려 하십니까?"

사카자키 시게히데는 질문에 질문으로 답했다. "가쓰노스케, 너는 다른 사람에게 애정을 가져본 적이 없느냐?"

그 순간 가쓰노스케가 어딘가 망가진 것 같은 목소리로 웃음을 터뜨렸다. 배를 쥐고 몸을 비틀며 웃는다. 그러더니 사카자키 시게히데를 똑바로 노려보았다. 저 속 깊은 곳에서 번득이는 눈알이 당장에라도 튀어나올 듯했다.

"흥, 결국 정욕인가." 더럽다고 침을 뱉으며 욕했다. "개는 당신이지. 짐승이나 다를 바 없어!"

사카자키 시게히데는 그저 조용히, 서글픈 눈초리로 후루하시 가쓰노스케를 바라보았다.

"짐승은 짐승에게 애정을 느끼지 않는다." 잔잔한 목소리였다. "정애는 남녀 간에만 존재하는 것도 아니고. 나는 사토에가 사내였어도 그 아이에게 애정을 느꼈을 것이야."

그 기개를, 야심을, 오기를. 인생에 원하는 게 많은 그 뜨거운 마음을.

"난 사토에라는 여자를 높이 평가했던 것이란다, 가쓰노스케."

기대를 걸고 있었다고 했다.

"사나운 말이라는 험담에도 지지 않고 결코 꺾이지 않는 그 아이의 강한 정신에서 젊은 날의 나 자신이 보이는 것도 같았다. 나도 과거에는 낙오자였으니까."

아무리 유능하다고 칭찬을 받아도 가문 탓에 가로가 될 수 없는 사카자키 가의 적자.

"하물며 사토에는 한때 사카자키 가로 시집와 연이 맺어졌던 여자 아니냐. 불운하게도 그 연을 잃으면서 사토에의 좌절이 시작된 것이기도 하지. 나는 그 아이에게 애정을 느끼고, 소중히 생각한다. 또 그에 뒤지지 않을 만큼 강하게……." 한순간 머뭇거렸다가 말을 이었다. "후루하시 소자에몬도 사토에를 소중히 여기고 그 아이를 아꼈다고 믿는다."

쇼노스케의 마음에 세찬 파도가 밀려들었다. 파도에 삼켜진 채 비로소 입을 열었다.

"사카자키 님은 아버지와 말씀을 나눈 적이 있으십니까? 아버지가 어머니를……."

사카자키 시게히데는 눈을 감고 입가에만 보일 듯 말 듯 미소를 머금으며 고개를 가로저어 쇼노스케의 말을 가로막았다.

"그것은 언젠가 네가 처를 맞이하고 자식을 두게 되면 이야기하마."

쇼노스케는 잠자코 고개를 끄덕였다. 몇 번씩 끄덕이는 사이에 눈물이 맺혔다.

"사토에가 앞으로 남은 세월, 소자에몬이 어떤 사내였는지 찬찬히 기억을 돌이키기를 바란다. 그를 위해 사토에가 살아 있기를 바라." 그것뿐이라고 사카자키 시게히데는 말했다. "너도 마찬가지다, 가쓰노스케. 도망쳐 목숨을 부지해라. 그리고 생각해라. 여생을 다 바쳐 생각해라. 네 아버지는 훌륭한 무사였다."

주가를 섬기고, 가문을 지키고, 영민을 생각하고, 처를 사랑했다.

"사람에게는 호언장담하지 않고 오로지 한결같은 마음으로 살아가는 길이 있는 법. 목청 높여 이야기하는 것이 전부가 아니다. 권세를 손에 넣는 것만이 인간의 명예가 아니야."

밭을 경작하며 이곳에도 두더지가 꼬이게 됐다면서 눈을 가늘게 떴던 아버지의 옆얼굴이 쇼노스케의 뇌리에 떠올랐다.

"가쓰노스케, 동생에게 마지막으로 할 말은 없느냐?"

살아생전 이제 만나지 못한다고, 사카자키 시게히데는 말했다.

쇼노스케는 자연히 자세를 바로 했다. 눈을 깜박여 눈물을 감추었다.

후루하시 가쓰노스케는 쇼노스케를 보지 않았다. 돌이 된 채 이전보다도 더욱 낮게, 신음하는 듯한 목소리로 사카자키 시게히데에게 물었다.

"당신이 제 아버지인 것은 아닙니까?"

쇼노스케는 얻어맞은 기분이었다. 형은 이 지경에 이르러 아직도 그런 것을 묻나.

사토에가 사카자키 시게히데와 정을 통한 게 아니냐고 묻는 것이다.

도가네 번 에도 대행이 등에 업은 어둠이 더욱 짙어진 듯 보였다. 사방등의 기름이 다해서 그렇다. 그저 그것뿐이다.

"새빨간 거짓말이라도 내가 그렇다고 대답하기를 바라느냐?"

돌은 입을 열지 않는다.

"어머니를 모욕하는 결과가 되어도 너는 내게 '그렇다'는 대답을 듣고 싶으냐? 내가 그래서 사토에와 너를 보호하려 하는 것이라고."

쇼노스케는 눈을 내리깔았다. 도저히 형을 볼 수 없었다.

"그렇다면 네가 원하는 대로 해주마. 그래, 너는 내가 사토에에게서 낳은 자식이다. 내가 네 아비다. 아비로서 지금 이 자리에서 너와 연을 끊으마. 이곳을 떠나라."

목소리의 여운이 사라지기를 기다려 천천히 손뼉을 쳐서 사람을 불렀다. 주인 간타로가 아니라 아래층에서 봤던 눈초리가 날카롭고 평민풍으로 상투를 튼 사내가 소리 없이 나타났다.

"이야기 끝났다. 뒷일은 만사 준비한 대로 진행해라."

"알겠습니다."

남자는 정중히 머리를 숙였다. 몸놀림에 빈틈이 없다. 허리에 갈고리 달린 막대는 차지 않았지만 흡사 포졸 보조 같다는 생각이 들었다.

"후루하시 가쓰노스케 님." 남자는 거침없이 말했다. "가십시다. 제가 안내하겠습니다."

가쓰노스케는 꿈쩍하지 않았다. 여전히 사람 모양의 돌이다.

형이 칼자루에 손을 얹는 게 아닐까. 쇼노스케는 순간 옷 속에 얼음덩어리가 들어온 것처럼 몸서리를 쳤다. 형이 이성을 잃고 사카자키 시게히데를, 쇼노스케를, 이 자리에 있는 사람 모두를 죽이고 도망치려 하지 않을까.

후루하시 가쓰노스케라는 사람 모양을 한 돌이 느릿느릿, 저주가 풀린 양 사람의 몸으로 돌아왔다. 손이 움직이고 손가락이 떨리는 것을 알 수 있었다. 그 손가락이 눈과 눈 사이를 세게 눌렀다.

쇼노스케의 형은 일어섰다. 바람처럼 재빨리, 자신을 짓누르던 것이 없어진 양 가뿐하게.

그러고는 나갔다. 쇼노스케에게 눈길도 주지 않았다. 아무도 보지 않았다.

그저 불빛이 도달하지 않는 어둠을 보고 있었다.

쇼노스케와 사카자키 시게히데 둘만이 남고 얼마 지나 간타로가 올라왔다. 사방등 기름을 보충하고는 "드실 것은 어떻게 할까요……" 하고 작은 목소리로 물었다. 또 자세가 엉거주춤하다. 사카자키 시게히데는 웃으며 대답했다.

"미안하네만 나는 볼일이 있어 곧 갈 것이야. 가마를 대령시켜놓았으니 밑에 있는 자에게 일러 불러주겠느냐."

요리는 네가 먹으라고 쇼노스케에게 말했다.

"나는 가와센으로 간다. 오늘은 그곳에서 지낼 생각이야. 리에가 좋아할 테지."

쇼노스케는 일어서려는 사카자키 시게히데를 붙들었다.

"형은 어디로 가는지요?"

"너는 몰라도 된다."

"대서인은? 오시코미 고멘로는 지금 어디 있습니까?"

사카자키 시게히데는 입매를 단단히 했다.

"놀라게 해서 미안하구나."

쇼노스케의 생각대로 오시코미 고멘로에게는 감시가 붙어 있었다. 사카자키 시게히데의 수하는 감시인에게 들키지 않게 행동해야 했다.

"그 때문에 대서인이 네가 사는 나가야로 갔을 때도 바로 제지할 수 없었던 것이야."

아아, 그 점을 사과하는 건가.

"그 사람은 저를…… 아버지를 욕하러 온 것입니다."

"그래서 너는 뭐라 항변했느냐?"

쇼노스케는 또다시 마음이 어지러워져 잘 이야기할 수 없었다.

"언젠가 내게 말해도 될 것 같으면 그때 가르쳐주려무나."

사카자키 시게히데의 목소리는 부드러웠다. 도코쿠로 돌아와 있었다.

"이제 대서인을 먼발치서 지켜볼 필요가 없어졌다. 그놈은 중요한 증인이야. 신병을 구속해 번저로 데려갔다. 이런 시간이겠다, 여느 때처럼 취해 있었다니 코 골며 자고 있었을 테지." 그러더니 갑자기 물었다. "또 만나고 싶으냐?"

쇼노스케는 놀랐다.

"그자에게 더 듣고 싶은 말이 있느냐. 더 할 말이 있느냐." 도코쿠는 연거푸 물었다. "쇼노스케, 그자를 처단하고 싶으냐?"

아버지의 원수다.

어지러운 마음으로 똑바로 생각할 수도 없는 채 쇼노스케는 대답했다.

"아닙니다."

"왜지?"

"아버지가…… 그것을 바랄 것 같지 않습니다."

침묵이 흘렀다.

쇼노스케의 뇌리에는 아버지의 얼굴과 목소리가 떠올라 있지 않았다. 마음의 눈에 보이고 마음의 귀에 들리는 것은 미야노 번 수발인 나가호리 긴고로의 모습과 그의 목소리였다. 주름진 얼굴, 따뜻한 그 목소리였다.

여기 도네이에서 그가 주인 간타로에게 한 말이었다.

잘 생각해보게. 주인장의 아버지가 진정으로 원하는 것은 어느 쪽이겠나.

"내 생각도 그렇다."

쇼노스케는 가슴이 멨다.

"너는 후루하시 소자에몬의 자식이다. 네가 아버지에 관해 잘못 생각할 리 없지."

예, 하는 대답이 말이 되어 나오지 못했다.

"형과 대서인의 장래를 마음에 두면서 자기 장래는 염려하지 않아. 너는 정말 소자에몬을 빼닮았구나." 그러고는 이어서 말했다.

"후루하시 가는 이제 정말로 없어진다. 네가 돌아갈 집은 없어져. 그러면 너는 어디로 가겠느냐?"

아무 데도 가지 마라.

"네게는 도미칸 나가야라는 보금자리가 있어. 생업도 있어. 좋은 벗도 있고." 도코쿠는 미소를 지었다. "호위 선생과 함께 술이나 마시려무나."

도코쿠는 옷자락을 슥 떨치며 방에서 나갔다. 계단을 내려가는 발소리가 멀어지는 것을 쇼노스케는 납작이 엎드려 들었다.

나는 꼭두각시 인형이었다.

우연이라고 생각했던 것은 우연이 아니었다. 세상은 좁지만, 그 좁은 곳에서 온갖 계산이 충돌하며 소용돌이를 그리고 있다. 그 소용돌이에 휘말려 전부 엎어지고 말았다.

그래도 지금, 한 가지 확실한 게 있었다.

쇼노스케는 오시코미 고멘로를 움직였다. 그 사내가 제 발로 쇼노스케를 매도하러 온 것은, 모의를 성사시키려 하던 측에도 저지하려 하던 측에도 실은 아무 의미가 없는 일이었다.

그러나 쇼노스케에게는 의미가 있었다. 그의 매도는 쇼노스케가 아니면 들을 수 없었다.

대꾸조차 하지 못했다. 당신은 잘못 생각하는 것이라고.

"어이, 쇼 씨. 얼른 내려오지 않으면 구이가 다 식어." 아래층에서 부베 선생이 불렀다.

그러고 보니 맛있는 냄새가 난다. 쇼노스케는 손으로 얼굴을 훔쳤다.

어쩐지 와카가 보고 싶었다.

다음 날 쇼노스케는 오시코미 고멘로의 이야기책을 싸들고 무라타야 지헤에를 찾아갔다.

바로 전날 그런 일이 있었으니 두 사람 다 어색하다. 그렇지만 맨 처음 한 말은 똑같았다.

"지헤에 씨, 안색이 형편없으시군요."

"쇼 씨, 얼굴이 형편없습니다."

호조가 가게 앞을 쓸고 있다. 이른 아침이라 손님은 아직 없다. 무라타야 안은 조용했다.

쇼노스케는 솔직하게 말했다. "숙취입니다. 부베 선생님과 같이 마셨거든요. 그분 정말 술이 끝도 없이 들어가더군요. 술고래가 따로 없습니다."

쇼노스케는 앉아도 되겠느냐고 물었다. 지헤에의 숱 눈썹이 서글프게 처졌다.

"이제 와서 그러시기입니까. 앉으십시오."

쇼노스케는 계산대 마루턱에 앉아 보퉁이를 끄르고 오시코미 고멘로의 이야기책을 꺼냈다.

"어제 손봤습니다. 한번 봐주십시오."

지혜에가 말없이 책장을 넘기는 사이에 청소를 마친 호조가 쟁반에 찻종을 얹어 내왔다.

"숙취에 잘 듣습니다."

진하게 우린 뜨거운 엽차에 매실 장아찌를 넣었다고 했다. 호조는 곧바로 안으로 들어갔다.

쇼노스케는 찻종을 입으로 가져갔다. 쓰고 시다. 홀짝홀짝 마시다 보니 메슥거리던 속이 가라앉는 듯했다.

지혜에의 코끝이 빨갛다. 도토리 같은 눈을 연신 깜박였다.

"쇼 씨, 그 사람을 용서해주시는 겁니까?"

쇼노스케는 대답하지 않았다. 그 대신 지난밤 도네이에서 있었던 일을 이야기했다. 이야기하며 문득 밖을 내다보니, 호조가 정성스레 청소한 가게 앞에 물을 끼얹어놓았다.

무라타야는 그렇게 장사를 해왔다. 성실한 고용인 우두머리와 이것저것 시도해보는 주인. 손님을 모으고, 손님을 생각하며, 책을 빌려주고 빌리며 생겨난 관계를 소중히 한다.

가슴이 아팠다.

"저희 모두 인형이나 다름없었습니다. 인형을 조종하는 사람은 도코쿠 님입니다. 저희는 그저 도코쿠 님 손안에서 놀아났을 뿐입니다. 지혜에 씨가 가책을 느낄 이유는 전혀 없습니다."

지혜에는 도가네 번의 후계자 문제에 휘말린 것뿐이다.

"오시코미 고멘로라는 사람이 지혜에 씨의 온정에 조금이라도 느끼는 바가 있었기를 바랍니다."

지혜에는 이야기책을 덮고는 시선을 책에 둔 채 말했다. "그 사람은 어떻게 됩니까?"

"저는 모릅니다. 하지만 이번 모략의 중요한 증인이니……."

"바로 죽지는 않겠군요." 그렇게 말하더니 지혜에는 힘없이 웃었다. "그렇게 돼도 할 수 없는 일이기는 합니다만."

쇼노스케는 아무 말도 하지 않았다.

"쇼 씨는 어떻게 되고요?"

"그것도 모르겠습니다."

"하지만 도코쿠 님께서 이대로 에도에 있으라 하지 않으셨습니까? 지금 하는 일을 하면서 살라고."

그것은 도코쿠의 희망일 뿐이다.

"이번 사건이 어떻게 처리되든 제 거취는 도코쿠 님이 단독으로 결정하실 일이 아닙니다. 어쨌거나 한번은 고향으로 돌아가야 할 테죠."

어머니 사토에가 어떻게 될지 자기 눈으로 지켜보고 싶은 마음도 있다.

"형님분은……."

"제가 생각해봤자 소용없는 일입니다."

"도코쿠 님은 쇼 씨의 형님을 놓아주기 위해 애쓰신 것 아닙니까. 그럼 쇼 씨도……."

쇼노스케는 지혜에의 말을 가로막았다. "언제까지 일을 계속할 수 있을지 알 수 없습니다만, 부탁드릴 게 있습니다. 아니, 부탁이 아니라 영업이라고 해야 할까요."

지혜에의 얼굴이 어리둥절한 빛을 띠었다. 맥없던 표정에 겨우 변화가 나타났다.

"나가호리 긴고로라는 미야노 번 번사가 생각나십니까?"

"네. 암호와 관련된 수수께끼를 가져오셨던 분이죠."

쇼노스케는 고개를 끄덕였다. "답을 얻은 나가호리 씨가 미야노 번으로 돌아가실 때 제게 주신 게 있습니다. 지혜에 씨께도 보여드렸죠."

나가호리 긴고로가 준 것은 서책 두 권이었다. 《덴메이 미야노 애향록 초》와 《만가지보 도비안일전》이다.

"기억납니다. 《도비안일전》은 저희 점포에도 한 권 있습니다. 빌려보는 사람도 없이 서고에 그냥 보관되어 있습니다만."

"그럴 테죠. 오슈의 작은 번이 기근의 고통 가운데 쓴 서책을 어떤 에도 사람이 기꺼이 읽으려 들겠습니까."

하지만 더 많이 읽혀야 하는 책 아닐까. 쇼노스케의 생각은 그렇다.

"흉년이 들면 에도에서도 굶주림에 고통받는 사람들이 생깁니다. 식품 값이 오르기 때문입니다. 그래도 돈만 내면 먹을 것을 구할 수는 있죠. 하지만 돈이 있어도 애초에 먹을 것이 없는, 쌀도 콩도 잡곡조차 거두지 못해 나무뿌리를 캐 먹어야 하는 그런 농촌 백성의 고통은 이곳 에도 사람들과는 연이 없습니다. 연이 없는 상태로 괜찮은 걸까요. 저희 고향에서도 흉년과 기근은 익숙한 공포입니다. 에도로 올라와 제일 놀란 게, 도미칸 나가야 사람들조차 내일 일은 몰라도 어쨌거나 오늘 끼니는 해결할 수 있다는 점이었습니다. 오늘만 어떻게 넘기면 내일도 어떻게든 될 것이라고 기대할 수 있다는 점이었습니다. 이곳에서는 그런 생활이 가능합니다."

쇼노스케의 말에 귀를 기울이며 지혜에가 천천히 자세를 바로 했다.

"하지만 이 나라에는 오늘도 내일도 먹지 못하는 생활을 강요당하며 사는 사람들이 있습니다. 에도 사람들의 생활을 지탱하는 것은 그런 사람들입니다. 저는《도비안일전》같은 책이 더 널리 읽혀야 한다고 생각합니다."

쇼노스케가 에도로 올라온 것은 자신의 의사가 아니었다. 도미칸 나가야에서 산 것도, 무라타야에서 일한 것도 도코쿠가 준비해놓은 것이었다.

언제까지 에도에 머물 수 있을지도 알 수 없다. 영영 돌아오지 못할 수도 있다. 그렇다면 적어도 하나 정도는 자기 의지로 하고 싶다.

"도미칸 나가야에 있는 동안 이 책 두 권을 되도록 많이 필사하고 싶습니다. 무라타야 서고에 같은 내용의 서책이 있다면 그것도 빌려주십시오. 어느 번 것이든 상관없습니다. 많으면 많을수록 좋습니다. 그쪽 사본도 만들겠습니다. 그러니 그 책들을 많은 사람에게 빌려주십시오. 지헤에 씨라면 가능하시겠죠."

숙취로 지끈거리는 머리로 생각한 일이다. 즉흥적인 생각에 불과할 수도 있다. 그러나 지금의 쇼노스케에게는 꼭 이루고 싶은 일이었다.

"부탁드립니다." 쇼노스케는 머리를 깊이 숙였다가 웃었다. "삯은 많지 않아도 됩니다. 무모한 영업이니 헐값에 사십시오."

지헤에의 숱 눈썹이 움직였다. 도토리 같은 눈이 가느스름해졌다.

지헤에가 한숨 섞인 목소리로 말했다. "알겠습니다. 쇼 씨께 부탁드리죠. 말씀하지 않으셔도 수고비는 잔뜩 에누리할 겁니다. 암요, 장사에 보탬이 될 듯한 책이 아니니까요." 그러더니 그제야 미소를 지었다. "대신 이쪽에는 값을 후하게 쳐드리겠습니다."

오시코미 고멘로의 이야기책에 손을 얹었다.

"잘 고쳐주셨군요. 이런 것이라면 손님들도 마음에 드실 겁니다. 잘하셨습니다."

창문으로 비쳐드는 아침 햇살이 지혜에의 얼굴을 환히 밝혀주었다. 쇼노스케의 마음에 남아 있던 앙금도 그 속에 녹아드는 듯했다.

"그럼 바로 착수해주십시오. 하지만 쇼 씨, 그 전에……." 지혜에의 얼굴에 문득 걱정스러운 빛이 돌아왔다. "이 뒤 와다야에 가시겠죠?"

쇼노스케는 입을 다물었다. 그 생각을 하면 역시 마음이 어지러워졌다.

"쇼 씨?"

바람이 시원하다. 물을 뿌려놓아 그렇구나. 아니, 여름이 고개를 넘었나. 쇼노스케는 멍하니 생각했다.

꽤 많은 시간이 흘렀다. 그 하루하루에 추억이 가득 담겨 있다.

쇼노스케는 작은 목소리로 말했다. "어제 밤새도록 부베 선생님께 붙들려 있으면서 이런저런 이야기를 들었습니다. 부베 선생님도 굴곡이 많은 인생을 살아오신 분이지만, 그분 곁에는 늘 부인이 계셨죠."

좋은 부부다. 술에 취해 흐리멍덩한 머리로도 그런 생각이 들었다.

"그렇게 함께 걸을 수 있다면 얼마나 좋을까 싶더군요."

지헤에가 몸을 앞으로 내밀었다. "쇼 씨, 그게 무슨……."

"하지만 저는 그럴 수 없습니다. 미래가 보이지 않습니다. 제가 어떻게 될지도 알 수 없습니다. 도코쿠 님께서 그렇게 말씀하셨다고 고향에 돌아가 아무런 벌도 받지 않으리라는 보장이 없습니다."

"그럼 돌아가지 않으면 되죠." 지헤에가 대담한 소리를 했다. "쇼 씨도 형님분처럼 도망치면 됩니다. 도코쿠 님도 그런 뜻으로 말씀하신 것 아닙니까? 제 생각에는 그렇습니다."

쇼노스케는 잠자코 고개를 가로저었다. 둘이서 무릎을 맞댄 채 얼마 동안 침묵했다.

"어젯밤에는 와카 씨가 보고 싶었습니다."

얼굴을 보고 싶었다. 만나 이야기하고 싶었다. 이야기를 들어주기를 바랐다.

"그렇지만…… 익숙지 않은 술에 취했다가 가시면서 분별을 되찾았습니다. 저는 이제 와카 씨를 만나지 않을 생각입니다."

만나면 안 된다는 것을 알았다.

"그럼 이대로 내버려두겠다는 겁니까? 와카 씨가 걱정할 텐데요."

"편지를 쓸 겁니다. 와카 씨는 현명한 분이니 이해하실 테죠. 히데 씨 편에 보내겠습니다."

"아니, 그렇게 남남처럼……."

"그게 옳습니다. 이 이상 가까워진들 방법이 없으니까요."

"그야 논리를 따지자면 그럴 수도 있겠습니다만…… 이런 일은 논리가 아니잖습니까."

쇼노스케는 일어섰다. "이미 마음을 정했습니다."

입체 그림 만드는 법을 가르치던 게 어중간한 상태로 끝나지 않은 것만으로도 다행이다. 나머지는 와카 혼자 할 수 있을 것이다. 와카는 뭘 만들까.

"나가야로 돌아가겠습니다. 일을 시작해야죠."

쇼 씨, 쇼 씨. 지헤에가 두 번 불렀다. 쇼노스케는 그의 목소리를 뿌리치고 어느새 가을 색으로 물들어가는 늦여름 하늘 아래로 나섰다.

도미칸 나가야 사람들은 겉보기에 변함없는 쇼노스케에게 딱히 느끼는 바가 없는 듯했다.

"쇼 씨, 어제 늦게 들어왔지?"라는 옆집 시카의 말에, "부베 선생님이랑 술 마셨다면서요? 얼굴이 그게 뭐예요? 아유, 술내나"라고 긴에게 야단맞았다. 오늘도 다들 바쁜 것 같다.

쇼노스케는 서궤 앞에 앉았다. 와카에게 편지를 쓰자고 생각했다. 먹을 가는 사이 점점 의기소침해져 나중에 쓰자고 생각을 바꾸었다. 《도비안일전》을 펴놓고 일을 시작했는데 얼마 되지 않아 와카의 얼굴이 뇌리에 어른거려 역시 편지를 쓸까 생각했다. 하지만 한마디도 쓸 수 없었다. 결심이 서지 않았다.

하여간 칠칠치 못하다.

억지로 서궤에 달라붙어 있는 사이 점심을 거르고 저녁도 걸렀다. 술기운은 이미 가셨는데도 측간에 가려고 일어섰더니 배가 고파 휘청거렸다.

전에는 이런 때 긴이 눈치 빠르게 알아차리고 신경 써주곤 했는데, 오늘은 달랐다. 해가 완전히 저물었을 무렵, 히데가 슬그머니 얼굴을 내밀었다.

"쇼 씨, 오늘 식사 안 했죠?"

찬밥과 장아찌를 가져다주었다. 그대로 남아 쇼노스케가 사양하는 것도 아랑곳 않고 물을 끓여 밥을 말아주었다.

"바빠요? 무라타야에서 급한 일감이라도 받은 거예요?"

쇼노스케도 짐작이 갔다. 와다야에서 그 뒤 쇼노스케가 어떻게 지내는지, 와카는 물론 여주인과 쓰타도 염려해주는 것이리라. 히데는 그 뜻을 받들어 말하자면 정찰하러 온 것이다.

"네, 그렇습니다."

"지헤에 씨도 참, 너무 부려먹네요."

히데는 식사 시중까지 들어주며 곁을 떠나지 않았다. 쇼노스케는 자연히 조용해졌다. 말이 없으면 무례한 것으로 끝나지만, 말을 하려면 거짓말을 해야 한다.

"저기요, 쇼 씨." 조바심이 나는지 히데가 말을 꺼냈다. "나야 사정은 잘 모르지만……."

"히데 씨."

"네."

"내일 부탁 하나 드려도 될까요?"

히데가 경계했다.

"와다야에 편지를 전해주셨으면 합니다. 아가씨께 드리라고 쓰타 씨께 말씀드려주십시오."

역시 오늘 내로 끝내야 했다. 뒤로 미룬들 달라질 것은 아무것도 없다. 괴로워질 뿐이다.

"나라도 괜찮다면 언제든 심부름은 가겠지만요."

"잘 부탁드립니다. 식사 맛있게 먹었습니다."

"그렇지만 쇼 씨."

"목욕하고 오겠습니다."

히데를 남겨놓고 수건을 어깨에 걸쳤다.

욕탕에서도 와카 생각만 했다. 나는 사람이 미숙하구나. 자기가 정해놓고 왜 이렇게 미련만 많을까. 다른 길은 없건만 아직도 주저하고 있다.

나가야로 돌아오는 길에 다시 한번 결심했다. 오늘 중으로 편지를 쓰자. 와카에게 편지를 씀으로써 자신의 마음도 정리가 될 것이다. 그리고 도미칸 나가야를 떠나자. 이대로 여기 있으면 안 된다. 나는 이렇게 약하구나. 쇼노스케는 새삼 그런 생각을 했다.

자꾸 부탁만 해서 미안하지만 지헤에에게 말해볼까. 무라타야 서고 구석에서 잠만 잘 수 있으면 된다. 수고비 대신 잠자리와 하루 두 끼 식사를 제공 받으며 사본을 만드는 것이다.

뻔뻔한 데다 칠칠치 못한가.

아예 가와센의 리에에게 부탁할까. 청소든 불 피우는 일이든 뭐든 하자.

결국 쇼노스케는 혼자서는 아무것도 못 한다.

번저에 가고 싶지는 않다. 거기서 또 거짓말을 꾸미는 것도 싫다. 사태를 수습하는 중일 도코쿠를 방해하는 것도 좋지 않다. 호출받기 전까지 후루하시 쇼노스케는 겟쇼칸 노사의 심부름으로 에도에 올라왔다는 명목을 유지하는 게 좋으리라. 아니, 그보다 번저의 동향을 알고 싶지 않다. 본심은 그쪽이다.

도미칸 나가야의 쪽문이 보이는 곳까지 왔다. 미마스 효고가 죽도로 할복했던 이나리 사당, 그곳의 여우 상에 걸린 앞치마가 붉다. 도미칸이 기름값을 대서 이곳에 작은 초롱을 걸어놓았는데, 밤이 깊으면 기름도 다 떨어지니 자연히 불이 꺼진다.

문득 뒤에서 인기척이 느껴졌다.

체온. 냄새.

쇼노스케는 돌아보았다. 오늘 밤은 실처럼 가는 초승달이 떴다. 뒷골목 나가야로 이어지는 좁은 외길에 늦여름의 어둠이 괴어 있다.

어둠이 움직여 사람의 형태를 띠었다.

어둠이 말했다.

"쇼노스케."

가쓰노스케였다.

희미한 달빛을 제외하면 이나리 사당에서 흘러나오는 초롱 불빛뿐이다. 가쓰노스케는 그것을 등지고 있다. 마주 선 형은 그 미약한 빛 속에 유령처럼 나타났다.

팔을 뻗으면 닿을 곳까지 다가와 있다.

"쇼노스케."

가쓰노스케가 또다시 말했다. 부르는 게 아니다. 그저 소리 내어 확인하는 것뿐이다. 쇼노스케에게도 확인하게 하고 있다.

너를 이렇게 부르는 사람은, 노여움과 미움과 실의를 담아 부르는 사람은, 세상에 네 형인 나 하나뿐이라고.

"형님……."

가쓰노스케는 하오리와 하카마가 아니라 간소한 기모노 차림이었다. 희미한 불빛으로도 얼굴에 까칠하게 돋은 수염이 보였다. 기모노 어깨 언저리가 흐트러진 것도 보였다. 몸차림 따위 아무래도 상관없다. 그저 여기 오는 것만 생각했다.

형의 오른쪽 뺨에 칼로 베인 상처가 있었다. 얕지만 생긴 지 얼마 안 되는 듯한 상처다.

"형님, 여기에는 왜……."

가쓰노스케는 대답하지 않았다. 어둠 속에서 두 눈이 번득였다. 쇼노스케를 똑바로 노려보며 가쓰노스케는 칼자루에 손을 얹었다. 칼집 아가리를 늦추었다.

"나는 너 같은 겁쟁이와는 다르다."

돌처럼 딱딱한 목소리였다. 형은 몸뿐 아니라 마음까지 돌로 변했다.

"나는 사카자키 시게히데의 뜻대로 되지 않아."

말이 끝나는 동시에 칼날이 번뜩했다. 꼼짝 못 하고 우두커니 선 쇼노스케는 피할 겨를도 없었다. 피할 방도도 없었다. 검술에 관해 두 사람은 어른과 어린아이만큼 역량에 차가 났다.

쇼노스케는 가까스로 뒤로 펄쩍 뛰어 물러났다. 그래도 형의 칼을 완전히 피하지는 못했다. 호흡이 멎으면서 오른쪽 어깨에서 가슴에 이르기까지 뭔가에 쿵 들이받힌 듯한 충격과 뜨거운 물을 맞은 것 같은 열이 덮쳤다.

"네놈 따위에게 당할까 보냐. 후루하시의 겁쟁이 핏줄을 끊어 놓아 주마!"

칼 맞은 충격으로 몸이 반 바퀴 돌아간 쇼노스케의 등에 또다시 칼이 날아들었다. 쇼노스케는 스스로 땅바닥에 몸을 던져 피했다.

눈앞이 점점 어두워졌다. 가슴이, 어깨가, 뜨겁다. 그런데 춥다. 가쓰노스케의 거친 숨소리가 들린다. 땅을 밟는 소리가 들린다.

"아버지 곁으로 가라. 어머니도 그것을 바라셔."

형의 목소리가 떨렸다. 아니면 쇼노스케가 떨고 있는 걸까. 물속에 잠수한 것처럼 목소리가 멀고 불분명했다.

세상에는 설령 부모 자식 간이라도 서로가 서로를 용납할 수 없는 경우가 있다. 서로가 서로를 이해할 수 없는 경우가 있다. 감정이 엇갈려 서로가 서로를 용서할 수 없는 경우가 있다.

아무리 상대방을 생각해도 그 마음이 통하지 않는 경우가 있다. 입장과 신분이 마음의 진위를 뒤바꾸는 경우가 있다. 어떤 이가 소중히 지키는 것이 다른 이에게 헌신짝처럼 버려지는 경우도 있다.

쇼노스케는 이곳에 살면서 그런 것을 보아왔다. 미카와야의 부모와 딸. 맨날 싸움만 하는 와다야의 와카와 여주인 모녀. 나가호리 긴고로와 그의 주군, 그리고 주군이 그리워하는 여인. 지혜에가 잃은 사랑하는 아내. 풀리지 않는 수수께끼의 잔인함. 수수께끼가 풀림으로써 잃게 될 것에 대한 두려움.

마음을 버리는 게 불가능한 이상, 사람은 감정을 품게 마련이다. 감정이 다르면 똑같은 것을 앞에 두고도 보이는 것이 전혀 다르다. 추구하는 것도 달라진다.

형님은 아버지를 용서할 수 없었듯 나도 용서할 수 없는 것이다. 같은 곳에서 태어나 같은 부모 밑에서 자랐는데도 추구하는 게 전혀 딴판이었다.

어느 쪽이 옳은지는 알 수 없다. 그런 물음 자체가 이미 무의미하다.

먼 옛날, 어렸을 적에는 형의 웃는 얼굴도 봤을 텐데 기억나지 않는다. 쇼노스케 또한 형 앞에서 마지막으로 웃은 게 대체 언제일까.

어둡다. 이렇게나 어둡다. 벌써 한밤중이 된 것 같다. 쇼노스케는 어둠에 삼켜져 갔다.

"으악! 큰일 났다!"

어둠 저편에서 귀에 익은 목소리가 요란스레 떠들었다.

"불이야, 불이야! 다들 밖으로 나와! 불이야, 불이야, 불이야!"

다이치다. 저런 덜렁이, 어디에 불이 났다는 거야…….

쇼노스케의 의식은 거기서 끊겼다.

쇼노스케는 후루하시 가 마당에 서 있다.

바로 앞에 아버지의 등이 보인다. 작은 밭뙈기를 손질하는 중이다. 수건을 목에 감고 기모노 자락을 걷어 허리띠에 끼워넣었다.

후루하시 소자에몬은 쇼노스케가 있는 것을 알아차리지 못한다. 잡초를 뽑고, 가래로 땅을 고른다. 이쪽 구석에 새로운 작물의 모종을 심으려는 것이다.

쇼노스케가 지켜보는 사이 아버지의 등은 점점 멀어져간다. 문득 보니 그곳은 도가네 번 시종관의 저택 마당이 아니라 널따란 밭이다.

아버지는 작업에 몰두하고 있다. 수건으로 이마의 땀을 닦았다. 일어나 몸을 펴고 머리 위를 올려다본다. 하늘이 푸르다.

아버지, 즐거워 보이시는군요.

저도 돕겠습니다, 하고 말을 걸려는데 가슴 언저리를 질린 느낌이 들었다. 순식간에 밭도, 후루하시 소자에몬도 연기처럼 사라져버렸다.

"목에 피가 찼어! 뱉어내게! 어서, 어서!"

귀청이 찢어질 듯한 목소리가 들렸다. 또다시 누가 가슴을 지르고 몸을 마구 흔들었다.

"쇼 씨, 쇼 씨, 내 말 들리나? 힘내라고!"

부베 선생님 아닌가. 뭣 때문에 저렇게 고함치는 걸까. 언성을 높이면 학생들이 무서워할 텐데.

"쇼 씨, 쇼 씨."

어라, 긴이다. 또 우는 목소리다. 긴 씨, 알고 보니 울보였는걸. 이번에는 또 무슨 일이야?

시야가 스르르 어두워졌다. 쇼노스케는 잠들었다. 깊고, 차갑고, 먼 곳으로 떠내려가는 듯한 잠이었다.

누가 쇼노스케의 손을 잡고 있다.

작고 보드라운 손이다. 따스한 온기가 느껴진다. 쇼노스케의 손을 감싸 쥐고 있다.

“후루하시 님.”

목소리가 들렸다. 예쁜 여자 목소리다. 얼굴을 바짝 갖다 대고 있는지, 어렴풋이 숨결이 느껴졌다.

“후루하시 님, 제 말 들리세요?”

옆에서 다른 여자 목소리가 들렸다.

“눈꺼풀이 움직이는군요. 아가씨, 좀 더 크게 불러보세요.”

후루하시 님. 예쁜 목소리가 또다시 불렀다. 조금 전보다 가깝다.

“제 목소리 알아들으시겠어요? 와카예요.”

와카 씨가 내 손을 잡고 있나.

“정신 차리세요. 아니면 용서하지 않겠어요.”

와카가 화났다. 나는 또 그 사람이 입을 삐죽 내밀게 할 말을 한 걸까.

쇼노스케의 손을 잡은 와카의 손가락에 힘이 들어갔다.

“후루하시 님, 아버님 곁으로 가시면 안 돼요. 아직 안 돼요.”

아버지 곁이라니요, 아버지는 밭에 계십니다만. 아니, 지금은 어디론가 가버리셨습니다. 사방이 어둡고, 와카 씨 목소리밖에 들리지 않습니다. 당신이야말로 어디 계신 겁니까.

“와카 곁으로 돌아오세요. 이렇게 손을 잡고 있잖아요. 와카를 버리고 가지 마세요.”

그렇지만 이렇게 어두운데요. 어디로 가면 와카 씨를 만날 수 있는지 모르겠습니다.

쇼노스케의 얼굴에 미지근한 빗방울이 떨어졌다. 비가 오려

나. 아버지가 방금 모종을 심은 밭에 좋겠다. 이 어둠은 하늘이 흐리기 때문이었다.

그때 한 줄기 빛이 비쳤다. 아아, 구름이 갈라졌구나.

"오오, 눈을 뜨는군."

사람들 얼굴이 흐릿하게 보였다. 쇼노스케를 에워싸고 내려다보고 있다.

가장 가까운 곳에 와카의 얼굴이 있었다. 볼이 젖었다. 비가 아니라 와카 씨 눈물이었군요.

눈꺼풀이 무겁다. 그저 눈을 뜨려는 것뿐인데 한 말들이 통이라도 얹은 것처럼 무겁다. 위로해줘야 하는데. 그렇지 않으면 이 사람은 또 마음에도 없는 모진 말을 입에 담아, 어머니에게 상처를 주는 이상으로 자신이 상처를 입을 것이다.

와카와 부베 선생, 와다야의 쓰타. 방금 무라타야 지헤에의 숯눈썹 얼굴도 얼핏 보였다. 모르는 얼굴이 하나 있다. 아니, 잠깐, 지난번 미마스 효고를 위해 도미칸이 부른 의사 아니던가. 라쿠슈 지기라고 했던 것 같다.

"고비를 넘긴 것 같군요. 그렇지만 아직 방심은 금물입니다. 마음을 단단히 잡숫고 병구완에 힘써야 합니다." 의사가 말했다.

병구완? 내가 어떻게 됐나?

어떻게 된 거지.

반침을 열었더니 쑤셔 넣어놓았던 잡동사니가 와르르 쏟아져 나온 그런 느낌이었다. 하나하나는 또렷한데 토막토막 끊어지는 기억이 쇼노스케의 품 안에 떨어져 내렸다.

그 순간, 이해했다.

아아, 형의 칼에 맞았구나.

"말을 하려는 것 같은데요." 지헤에가 소곤소곤 말했다.

쓰타일까, 누가 옆에서 손을 내밀어 쇼노스케의 입가에 뭔가를 대주었다. 물을 머금은 보드라운 솜 같은 것이다. 바싹 말라 있던 입술에 수분이 가뭄의 단비처럼 느껴졌다.

"무리해서 말을 시키면 안 됩니다." 의사가 제지했다.

그래도 쇼노스케는 목소리를 내려 했다. 몸속이 텅 빈 공동이 된 양 맥을 출 수 없었다. 쇼노스케의 목소리는 공동 속에 부는 미풍처럼 힘없는 것이 당장이라도 꺼질 듯했다.

"……혀, 형님은."

쇼노스케를 에워싼 사람들의 얼굴이 부예졌다.

"형님, 은."

와카의 손이 쇼노스케의 뺨을 부드럽게 감쌌다.

"형님은 행방불명이에요. 어디로 갔는지 알 수 없어요. 그렇지만 후루하시 님은 여기 계시죠. 와카도 이렇게 곁에 있어요. 이제 괜찮아요."

와카는 흐느껴 울기 시작했다. 울고 또 울면서 쇼노스케의 뺨을 어루만지고, 이마를 어루만지고, 어째서인지 자꾸만 눈가를 닦아주었다.

"어째서, 우십니까."

"후루하시 님이 우시니까요. 후루하시 님은 울보시네요."

저런…… 나도 울보였나. 그래서 형님도 어머니도 나를 싫어하셨구나.

와카의 손이 눈물을 닦아주었다. 기분 좋다. 쇼노스케는 다시 눈을 감았다. 열심히 밭일을 하는 아버지 소자에몬의 모습이 눈꺼풀 뒤로 스르르 떠올랐다.

겐안이라는 이름의 의사는 이렇게 말했다.

"내가 달려왔을 때 당신은 9할 정도 죽은 상태였습니다. 서둘러 처치를 해 8할 죽은 사람이 되고 다른 분들의 간병으로 5할 죽은 사람까지 돌아왔지만, 조금만 방심하면 금세 또 죽은 사람 쪽이 우세할 겁니다. 충분히 주의해서 요양해야 합니다."

쇼노스케는 5할뿐인 목숨으로 와다야 안방에 누워 의사의 말에 귀를 기울였다.

"나는 금창을 입은 환자를 자주 봅니다만, 그 정도로 다치고도 죽지 않다니 정말 운이 좋았습니다. 나가야 사람들이 신속하게 달려온 덕분입니다."

그때 불이야, 불이야, 하고 법석을 떤 것은 역시 다이치였다.

"흉사를 목격하고도 겁먹지 않고 순간적으로 재치를 발휘하다니 대단하군요."

쇼노스케가 다이치를 만난 것은 그 뒤로 시간이 더 흘러 9할까지 산 사람으로 돌아온 다음이었다. 아직 음식은 먹지 못하고 맹물탕만 목을 넘길 수 있는 상태라, 자력으로는 팔을 드는 게 고작이었다. 왼쪽 어깨부터 가슴까지 베인 상처에 무명천을 단단히 감았다. 다이치는 쇼노스케의 그런 모습을 보자마자 다리에 힘이 풀렸는지 쇼노스케가 누운 자리 옆까지 기어왔다.

"쇼 씨, 괜찮아?"

"그래. 덕분에 살았어."

쇼노스케가 힘없이 웃자 그제야 다이치도 웃음을 띠었다.

"다 같이 쇼 씨를 널판에 실어 옮길 때 피가 엄청났어. 얼마나 무서웠는데."

피가 배어 도저히 쓸 수 없게 된 널판은 도라조가 도끼로 조각내서 태워버렸다고 한다.

"나 때문에 폐를 끼쳤구나."

"널판 같은 거야 아무래도 상관없어."

다이치는 도미칸 나가야 사람들이 어떻게 지내는지, 쇼노스케가 궁금해할 법한 것을 이것저것 이야기했다.

"누나는 엄청 걱정하면서도 와다야에 같이 가는 것만은 제발 봐달라지 뭐야. 그래서 나 혼자 온 거야."

쇼노스케는 베개에 머리를 얹은 채 턱을 주억거렸다. 다이치는 안도한 듯했다.

얼마 있더니 목소리를 낮춰 속삭였다. "나 소변보러 나온 거였어."

쇼노스케가 욕탕에 갔다가 나가야로 돌아오려고 밤길을 걷던 그날 밤 이야기다.

"그래서 측간에서 나왔는데 어디서 피 냄새가 나는 거야. 전에 사당에 쓰러져 있던 무사 나리를 간병했을 때하고 같은 냄새였어. 그때 잔뜩 맡았기 때문에 생선 피 냄새하고 다르다는 걸 바로 알았거든."

의아하게 여긴 다이치는 어둠 속에 조심스레 몸을 감추고 나가야 쪽문 언저리까지 갔다. 그러자 이나리 사당의 붉은 초롱 불빛으로 수건을 어깨에 걸치고 밤길을 돌아오는 쇼노스케가 보였다. 말을 걸려 한 바로 그때, 쇼노스케의 등 뒤 그늘 속에서 또 다른 사람이 스르르 나타났다.

"미안. 그때 바로 소리 질렀어야 했는데. 그렇지만 쇼 씨하고 이야기를 하고 있었던 데다, 이상하다 싶었을 땐 이미 칼을 빼 든 뒤라서……."

그래도 쇼노스케가 목숨을 부지한 것은 다이치가 내지른 소리에 가쓰노스케가 주춤해 최후의 일격을 단념하고 도망쳤기 때문이다.

하지만 만약 사건이 그런 순서로 일어났다면, 다이치가 밤공기에서 맡았다는 피 냄새는 쇼노스케 것이 아니었다는 뜻이다.

수수께끼를 풀어준 사람은 얼마 지나 병문안을 온 지헤에였다. 그 무렵에는 쇼노스케도 자리에서 일어나 미음을 마실 수 있을 만큼 회복되어 있었다.

"이렇게 중대한 용건을 저 같은 사람이…… 참으로 주제넘은 짓입니다만, 도코쿠 님께서 보내신 전갈입니다. 도가네 번 에도 번저가 현재 이것저것 바쁜 모양이라 말이죠. 사정은 빠짐없이 전해드리고 있지만, 도코쿠 님께서 쇼 씨를 만나러 오기는 어렵겠다고 하시는군요."

그야 당연할 것이다. 사카자키 시게히데는 번으로 사자를 보내 이번 음모에 관련된 자들을 잡아들이는 일로 한창 바쁠 때다. 나리는 참근 교대로 에도에 계시니 정식 처벌은 번으로 돌아간 다음이 되겠지만, 어쩌면 도코쿠는 한 번은 번에 돌아가야 할 수도 있다.

"그래서…… 저, 쇼 씨 형님 말씀입니다만."

가쓰노스케는 감쪽같이 행방을 감추었다고 했다.

"도코쿠 님은 쇼 씨와 대면시킨 뒤 형님을 하치오지로 보내려 생각하셨던 모양입니다. 얼마 동안 그곳에 숨어 있다가 교(교토) 방면으로 도망칠 수 있도록 손을 써놓았다고 하시더군요."

이를테면 호송되는 셈인 가쓰노스케에게는 사카자키 시게히데의 수하 둘이 감시를 위해 붙어 있었다.

"도코쿠 님께서 신뢰하실 정도이니 실력 있는 사람들이었을 겁니다. 그렇지만 쇼 씨 형님은 검술 실력이 탁월하셨다죠?"

그 점에 있어서는 도코쿠도 판단을 그르친 것이다. 가쓰노스케는 시키는 대로 순순히 따를 마음이 없었다. 체념하지 않았다. 하치오지로 가던 도중, 기회를 노려 자신을 감시하는 두 명을 죽이고 에도 부내府內로 돌아왔다.

오로지 쇼노스케를 죽이려고. 아니, 가능하기만 하면 사카자키 시게히데도 죽일 작정이었을까.

"그렇지만 감시인들도 실력은 있었던 터라 쇼 씨 형님도 다친 겁니다. 그러니 다이치가 맡은 피 냄새는 어둠 속에 숨어 쇼 씨를 기다리던 형님 몸에서 났던 거죠."

결과적으로 그 냄새가 쇼노스케를 구사일생으로 살렸다.

지헤에의 말투가 조금 조심스러워졌다. "다이치가 말하지 않던가요?"

"뭘 말씀입니까?"

"형님은 그 자리에서…… 쇼 씨를 완전히 죽이는 것도 가능했습니다만."

그런데 숨통을 끊지 않았다.

"다이치 말로는 형님이 문득 주저하는 것처럼 보이더랍니다. 자신이 법석을 떨었기 때문이 아니다, 그쪽이 먼저라고 말이죠. 다이치가 소리를 지를 수 있었던 건, 형님이 쓰러진 쇼 씨를 내려다보며 칼을 흠칫 멈추었기 때문이라고 하는군요."

쇼노스케도 그날 어둠 속에 쓰러져 있을 때, 가쓰노스케가 바닥을 힘주어 디디며 다가왔던 것은 기억했다.

"저는 말이죠, 그 순간 형님도 제정신이 든 것이라고 생각합니다. 형제의, 가족의 정이 끓어오른 겁니다." 지헤에는 그렇게 말하더니 콧바람을 불었다. "하지만 도미칸 씨는 아니라고 하지 뭡니까. 그 사람은 뭐랄까, 직업이 그렇다 보니 워낙 이것저것 봐온 터라, 결코 정이 없는 사람은 아닌데 사고방식이 꽤나 가차 없단 말이죠."

'쇼 씨 형님도 부상당했기 때문입니다. 흥분해서 칼을 휘둘렀으니 다친 데가 아팠을 테죠. 그래서 일격을 가하는 게 늦어진 겁니다.'

"도미칸 씨는 다이치까지 다치지 않은 게 천만 다행이라고 그러는군요."

"저도 그렇게 생각합니다." 쇼노스케는 말했다.

몸을 추스르는 동안, 의외라 할 만큼 와카와 이야기하지 않았다. 일상적인 말은 했다. 저물녘이 되면 방울벌레가 시끄럽다느니, 오늘은 쓰타의 기분이 좋지 않다느니, 무라타야에서 이런 책을 빌려 읽고 있다느니. 하지만 가쓰노스케 이야기는 하지 않았다. 사건 이야기도 하지 않았다.

쇼노스케를 도맡아 보살피는 쓰타도 그 점에서는 마찬가지였다. 와카와 조금 다른 것은, 쇼노스케가 미음에서 죽을 거쳐 비록 갓난아기 수준일지언정 음식을 먹을 수 있는 단계에 이르렀을 때 한번은 히죽 웃으며 이런 말을 했다는 점이다.

"후루하시 님, 죽느냐 사느냐 하시던 때 우리 아가씨가 머리맡에서 하신 말씀 기억하십니까?"

쇼노스케는 시치미 뗐다. "글쎄요……."

"와카를 버리고 가지 마세요, 하셨다고요." 그러더니 정색하고 말을 이었다. "저도 부탁드립니다."

한 번뿐이었다. 쓰타는 두 번 다시 다짐을 두지 않았다. 그만큼 쇼노스케의 가슴에 절절히 와 닿았다.

와다야에서 조용히 지내는 동안 가을이 깊어갔다. 쇼노스케는 많은 것을 생각했다. 앞일을 생각하며 고민하는 데까지는 아직 이르지 않았다. 그날 밤 일을, 그 전에 있었던 일을, 오래된 서책을 꺼내 책장을 넘기듯 생각했다.

형은 미워할 수 없었다. 이번 일로 가장 큰 타격을 입은 사람은 형이라는 생각이 들었다. 형은 인생의 길을 그르쳤다. 형이 영달의 길이라 생각했던 길은 출구를 찾을 수 없는 덤불 같은 미로에 불과했다.

그래도 그 길을 선택해 나아간 사람은 형이다. 본인도 그것을 알고 있었다. 그렇기에 이제 와서 돌이키지 못하고 나뭇가지를 칠 작정으로 칼을 뽑았다. 쇼노스케는 형에게 그의 앞길을 가로막고 소매며 옷자락에 휘감기는 나뭇가지나 마찬가지였다.

이따금 이런 생각도 들었다. 쇼노스케가 그날 밤 본 검은 그림자는 살아 있는 형이 아니라 형의 망령이고 그때 형은 이미 죽은 뒤가 아니었을까. 쇼노스케를 죽이려고 잠시 이 세상에 돌아왔다가 다이치라는 생기 넘치는 아이의 목소리에 퇴치되어 사라져버렸다.

쇼노스케가 신세 지고 있는 와다야 안방에는 작은 안뜰이 붙어 있었다. 그곳에 삼 년 전 심었다는 아직 키 작은 단풍나무가 있다. 그 잎이 빨갛게 물들었다.

이 정도로 회복했으면 이제 누워만 있으면 안 된다, 조금씩 움직여 다니라는 겐안 선생의 지시로, 쇼노스케는 하루에 몇 번씩 안뜰로 나갔다. 안뜰을 둘러싼 툇마루를 오갈 때도 있었다.

가을비가 안뜰의 단풍나무를 적시는 어느 날, 손님이 왔다기에 지헤에인가 했더니 여느 때처럼 끈이 긴 하오리를 입은 도미칸이었다.

지헤에는 '직업이 그렇다 보니'라고 했지만, 이렇게 도미칸과 새삼 인사를 주고받으니 관리인이라기보다 대지주 같은 관록이 느껴진다.

"오늘 나는 이중 대리인입니다."

자신은 무라타야의 대리인이고 무라타야는 도코쿠 님의 대리인이니 이중이라고 했다.

"지헤에 씨가 자기는 괴로워서 쇼 씨에게 이런 이야기를 할 수 없다고 하기에 내가 대신 온 겁니다."

쇼노스케는 비바람이 들이치지 않도록 장지를 닫고 도미칸과 마주 보고 앉았다.

"오늘 아침 오시코미 고멘로라는 별명을 쓰는 주정뱅이 대서인이 오카와 강 다리 앞에 떠올랐습니다. 어깨에서부터 비스듬히 단칼에 베여 죽었더군요. 품에 쌈지가 없었다니 노상강도에게 당했겠죠." 도미칸은 쇼노스케를 위로하듯 부드러운 눈매로 말했다. "……미안하지만 절충한 끝에 이리됐다. 도코쿠 님께서 쇼 씨에게 그렇게 전해달라고 말씀하셨습니다."

절충이라.

"나 같은 사람도 알 수 있는 명확한 말씀입니다만, 쇼 씨도 무슨 의미인지 알죠?"

"네." 쇼노스케는 말했다.

"그렇지만 그다음 전언은 나는 도통 모르겠군요." 도미칸은 그렇게 서두를 떼더니 별안간 글로 쓴 것을 외우는 듯한 어조로 말했다. "이토 가는 당주가 병환이 나 은거했다. 오노 구라노스케는 면직되어 영내를 떠났다."

쇼노스케는 고개를 끄덕였다.

"하노센은 영외 상인과의 사이에 부정한 금품이 오간 사실이 발각되어 재산을 몰수당하고 추방됐다."

형 가쓰노스케를 끄나풀로 내세웠던 일당은 사카자키 시게히데와 성대 가로 이마사카 겐에몬의 추궁 앞에 굴복해, 대외적으로 그런 구실을 내세워 공모자들을 잘라냈다.

그 대신 도코쿠 측도 오시코미 고멘로라는 증인을 단념했다. 그의 입을 막고 존재를 제거하는 것으로 타협을 본 셈이다.

결국 그 사람은 제거됐나.

도네이에서 헤어질 때, 도코쿠는 흡사 다짐을 두듯 물었다. 그 자에게 더 할 말은 없느냐, 한번 더 만나고 싶지는 않느냐.

그때 도코쿠의 마음속에 이미 계획이 서 있었을 것이다. 그렇게 절충할 수밖에 없으리라는 것을 예상했을 것이다.

쇼노스케가 말없이 눈을 내리깔고 있는 동안, 도미칸도 잠자코 있어주었다. 이윽고 어조를 싹 바꾸어 말했다.

"자, 대리인으로서 내가 맡은 역할은 끝났습니다만, 볼일이 하나 더 있거든요. 손님을 모셔왔습니다." 손을 들어 딱딱 손뼉을 쳤다. "쓰타 씨, 안내해주십시오."

쓰타가 큰 소리로 네, 하며 샛장지를 열었다. 하녀의 커다란 몸집 뒤에서 스르르 나타난 사람은…….

"스승님!"

겟쇼칸의 사에키 노사였다. 그 곁에는 소에가 조그마니 서 있다. 두 사람 다 여장을 하고 있었다.

"오랜만이구나. 지금까지 에도에서 무얼 배웠는지 어디 한번 들어볼까." 노사가 말했다.

인사가 끝나자 소에는 나가고 도미칸도 구석으로 점잖게 물러나, 쇼노스케는 노사와 둘이 이야기를 나누었다. 사에키 노사는 보름 전 번유 자리에서 물러나 에도로 돌아올 준비를 하고 있었다고 했다.

"나는 번의 사정은 거의 모르니 말이다. 성 쪽에 무슨 일이 있었는지는 모른다만, 구로다 님께서 내밀히 은거를 권하시더구나. 겟쇼칸 관장 자리에서 물러나 구로다 가의 유학자로 한가롭게 살라는 황송한 말씀을 해주셨다만, 내게 도가네 땅은 역시 타향이야. 이 기회에 에도로 돌아오자 생각했던 것이야."

그리고 소에 할멈은 노사가 가는 곳이면 어디든 따라간다.

"그나저나 쇼노스케야, 꽤나 혈색 좋은 유령이 됐구나."

"예?"

"나는 네가 에도에서 죽었다고 들었다. 에도 대행이신 사카자키 님께 정식으로 그 소식을 들었어."

진지해 빠진 얼굴로 말하지만, 주름에 파묻힌 사에키 노사의 작은 눈은 웃고 있다. 그 뒤에 점잔 빼며 무표정하게 앉아 있던 도미칸도 무심코 입가를 누그러뜨렸다.

"예에…… 저는 어떻게 하다 죽었을까요?"

"불행하게도 형과 싸우다 그리됐다더구나. 후루하시 가는 그런 형태로 소자에몬 공을 잃고 나서 원래부터 사이가 좋지 못했던 형제가 더욱 충돌하게 된 것이야. 에도로 도망친 동생을 형이 쫓아와 결국 혈투를 벌이게 됐다 하더라."

거짓말은 아니지만 진실도 아니다.

"그래서 형은 어떻게 됐습니까?"

"도망쳤다고 들었다."

그렇다. 밤의 어둠 속으로 사라졌다.

"지금은 어디서 무엇을 하고 있을지 알 수 없어. 동생을 죽이는 데 성공해 만족하고 있을지, 후회하고 있을지."

"……선생님."

"동생은 죽고 나면 이제 형의 적이 아니지. 어느 누구도 이미 죽은 자를 죽이지는 못해."

그러니 너는 죽은 것으로 해두어라. 이 또한 사카자키 시게히데의 말을 전하는 것이리라.

"후루하시 형제의 어머니는 머리를 깎고 망부와 작은아들 쇼노스케의 명복을 비는 한편으로 큰아들 가쓰노스케의 신변을 염려하며 부처님을 섬기는 생활을 시작했다 하더구나."

눈꺼풀 뒤에 어머니 사토에의 얼굴이 떠올랐다. 이런 때조차도 어머니는 심기가 불편해 쇼노스케에게 미소를 지어주지 않았다.

하지만 상관없다. 울고 있는 것보다는 낫다. 어째서 제 인생은 이렇게 불우합니까, 하고 부처님께 불평을 늘어놓으며 섬기는 것도, 사나운 말이라 불렸던 어머니다워서 좋다.

쇼노스케는 자세를 바로 하고 두 손을 짚으며 사에키 노사에게 절했다.

"감사합니다."

얼굴을 들자 자그마한 노사의 머리 너머로 도미칸이 고개를 한 번 끄덕하는 것이 보였다.

노사는 말했다. "구로다 님께서 위로금도 얼마 주셨으니, 나는 어디 한가롭게 살 곳을 마련해 재야 유학자로서 학문을 계속할 생각이다. 소에만 있으면 어디가 됐든 생활할 수 있어."

쇼노스케 생각도 그렇다.

"사에키 선생님이 사실 곳은 제가 잘 마련할 겁니다." 도미칸이 빈틈없이 끼어들었다.

"도미칸 씨에게 맡겨두면 아무 염려 없다지? 사카자키 님께 그리 들었네."

"잘됐군요."

"그래서 말이다만, 유령아. 너, 다시 나의 서생이 되지 않겠느냐?”

그럴 수 있다면 더할 나위 없이 좋겠지만 그런 일이 가능할 리 없다. 그렇게 생각하는데, 사에키 노사와 도미칸이 뜻이 통하는 양 실실 웃고 있다.

“유령을 이승으로 불러오는 수단은 내가 생각했죠.”

도미칸이 하오리의 긴 끈을 잠깐 만지작거리며 기쁜 표정으로 쿡쿡 웃었다.

“쇼 씨, 아니, 유령 씨, 흉사를 당하기 얼마 전에 이나리 사당에서 발견된 무사 나리를 다 같이 보살피지 않았습니까?”

죽도로 할복한 미마스 효고다.

“그분이 품속에 소중히 간직하고 있던 가계도가 있죠.”

그것을 빌리면 어떻겠느냐는 말이었다.

“지헤에 씨와 내가 자세히 조사해봤더니 출생연도로 보건대 쇼 씨와 나이가 비슷할 듯한 분의 이름이 있더군요.”

쇼노스케는 땀이 왈칵 쏟아졌다. 타인으로 둔갑하다니.

“그런 식으로 그분의 명복을 빌어드린 것도 인연인 겁니다. 안 될 게 어디 있겠습니까? 안 그렇습니까?”

사에키 노사는 망설임 없이 힘차게 고개를 끄덕였다.

“나는 묘안이라 생각한다.”

“하, 하지만 그런 일이…….”

“이렇게 말하기는 뭐합니다만, 나는 유능한 관리인입니다. 세입자 한두 명쯤은 마음대로 할 수 있어요. 맡겨만 주십시오.”

아닌 게 아니라 도미칸이라는 보증인이 있으면 어떻게든 되겠지만…….

후루하시 쇼노스케는 다른 사람으로 새로 태어나는 것이다. 가계도는 분명 '야마가타'라는 가문의 것이었다. 망연자실한 쇼노스케를 스승이 단호하게 불렀다.

"제자야."

"아, 예."

"뒤죽박죽이었구나."

소에가 가르쳐준 말이다. 온갖 일이 있어 힘들었다.

쇼노스케는 예, 하고 대답했다.

"쇼노스케의 생은 끝났다. 앞으로는 다른 인생이 시작되는 것이야. 그 또한 쉽지 않겠다만, 인간 세상의 고난을 극복하기 위해 학문이라는 게 있는 것이다. 더불어 힘쓰자꾸나." 사에키 노사는 말했다.

그날 쇼노스케의 저녁 밥상에는 그리운 맛이 곁들여져 있었다. 소에 할멈이 만든 두부조림과 소금에 살짝 절인 가을 가지였다.

"단무지 담그는 법도 배웠답니다." 식사 시중을 들어주러 온 쓰타가 말했다. "역시 그 정도 연륜이 있는 분의 장아찌는 맛이 다르다니까요."

쇼노스케는 찬찬히 맛을 음미하며 먹었다.

상을 물리러 온 사람은 와카였다. 빈 그릇을 보더니 눈을 가늘게 뜨고 싹 다 비우셨네요, 한 다음, 엽차를 우려주었다.

"와카 씨, 저는 보아하니 다른 사람이 되게 된 모양입니다."

쇼노스케는 짤막하게 사정을 설명했다.

남은 인생 마지막 순간까지 계속해야 할 커다란 거짓말의 시작이다.

와카는 잠시 생각에 잠긴 표정을 지었다가 말했다. “도미칸 씨가 거처를 찾아드린다면 사에키 선생님도 소에 씨도…… 선생님의 새 서생분도 아주 먼 곳으로 가시지는 않겠네요?”

“그럴 것 같습니다.”

“그럼 용서해드릴게요.”

“다만 고향에서 제 얼굴을 아는 사람들과 마주치는 일이 없도록 에도 부외로 나가게 될 것 같기는 합니다.”

사에키 노사도 앞으로는 제자를 받지 않고 교제를 피해 조용히 살기를 원하니 그 점에서는 마침 잘됐다.

“그 정도라면 앞으로는 제가 후루하시 님을 찾아갈 테니까 괜찮아요.” 와카는 잠시 주저했다가 용기를 내어 덧붙였다. “혹시 언젠가 후루하시 님이 아주 먼 곳으로 가시게 되더라도 역시 그럴 것이에요.”

새장 속의 새가 자진해서 새장을 벗어나겠다고 한다.

“무라타야 일은 그만두게 되시나요?”

“아닙니다. 제가 먼저 영업을 했는데요.”

쇼노스케는 지헤에에게 했던 이야기를 와카에게도 해주었다. 《미야노 번 애향록》에 관해서도, 세상에 여럿 존재하는 구황록에 관해서도.

“‘언젠가’로 말하자면, 저는 언젠가 더 많은 구황록을 찾아내서 하나로 정리해 세상에 널리 퍼뜨리는 일을 하고 싶습니다.”

지금은 아직 꿈결 같은 이야기이지만, 한 번은 잃을 뻔했던 목숨이다. 그쯤은 크게 생각해도 안 될 것 없지 않나.

와카는 고개를 끄덕였다. "저도 돕겠어요."

그렇다면 둘이서 미야노 땅을 찾아가는 일도 언젠가 정말 있을지도…….

아니, '있을지도'가 아니다. 정말 그렇게 하는 것이다.

저물녘부터 비가 오기 시작해 안뜰의 나무들에 빗방울이 떨어지는 소리가 들린다. 와카는 귀 기울여 그 소리를 듣고 있다.

그 온화한 옆얼굴을 바라보는 사이에 문득 치미는 게 있었다. 얼마 전부터 가슴속에 깃들어 있던 생각이 방금 말로 형태를 갖춘 것 같아 입을 열었다.

"형은……."

와카가 돌아보았다.

"언젠가 오시코미 고멘로 같은 사람이 되지 않을까, 그런 생각이 듭니다." 자기가 말해놓고 고개를 내저었다. "아니, 아니죠. 순서가 반대입니다. 오시코미 고멘로는 과거 젊은 날에 저희 형 같은 사내였지 않았을까 합니다."

꿈이 깨지고 희망을 잃어 세상에 대한 불만과 노여움을 품고 남을 원망하며 자포자기한 채 살아간다.

와카는 말했다. "그럴지도 모르죠. 하지만 그렇다고 형님도 오시코미 고멘로처럼 되신다는 법은 없어요. 다른 삶의 방식을 발견하실 수도 있어요."

어둠을 지나 다다른 곳에서.

"언젠가 그런 때가 오면 또 뵐 수 있을지도 몰라요. 그렇지만 저는 그때 후루하시 님도, 형님도, 서로 알아보지 못할 만큼 변하셨으면 좋겠어요."

일단 입을 다물었다가 쇼노스케의 얼굴을 보더니 급히 사과했다.

"죄송해요. 제가 주제넘은 소리를 했죠."

잠을 부르듯 빗소리가 기분 좋게 이어진다.

"여기 단풍나무, 작지만 예쁘죠?"

"네. 아침저녁으로 눈을 즐겁게 해줍니다."

"아버지는 벚나무를 심고 싶어 하셨는데, 제가 단풍나무가 좋겠다고 조른 것이에요. 벚나무는 도미칸 나가야 옆 그 한 그루 벚나무로 족하니까요."

두 사람은 잠시 침묵했다.

"그 벚나무를 출발점으로 얼마 안 되는 사이에 온갖 일이 있었네요."

그것을 돌이켜 생각하는지, 와카의 시선이 아득히 멀어졌다. 어른스러워 보인다.

쇼노스케는 말했다. "뒤죽박죽."

"네?"

"온갖 일이 있어 힘들었다, 소에 씨 고향에서는 그렇게 말한다고 합니다."

뒤죽박죽, 하고 와카도 나지막이 중얼거렸다. 그러더니 꽃이 피듯 웃었다.

"저희 경우는 조금 다른 것 같은데요. '벚꽃박죽' 아닌가요."

벚꽃을 인연으로 벚꽃 정령을 만나 지금 이렇게 나란히 앉아 있다.

"그렇군요. 와카 씨답게 아름다운 결말입니다."

"내년 봄에는 같이 그 벚꽃을 보러 가요."

와카는 얼굴이 빨개져 서둘러 "유령 씨" 하고 덧붙였다.

쇼노스케도 웃으며 고개를 끄덕였다. "네, 꼭."

오늘 밤은 벚나무도 강가에서 가을비에 젖어 먼 봄날을 꿈꿀 것이다.

桜ほうさら

옮긴이 **권영주**

서울대학교 외교학과를 졸업하고 동대학원에서 영문학을 전공했다. 미쓰다 신조의 《미즈치처럼 가라앉는 것》을 비롯한 도조 겐야 시리즈, 온다 리쿠의 《나와 춤을》 《Q&A》 《달의 뒷면》 《한낮의 달을 쫓다》 《유지니아》 등을 옮겼으며, 《삼월은 붉은 구렁을》로 제20회 노마문예번역상을 수상했다. 그밖에 하무로 린의 《저녁매미 일기》, 모리미 도미히코의 《다다미 넉 장 반 세계일주》, 무라카미 하루키의 《애프터 다크》 등 다수의 일본소설은 물론 《데이먼 러니언》 《어두운 거울 속에》 《프랜차이즈 저택 사건》 등 영미권 작품도 우리말로 소개하고 있다.

벚꽃, 다시 벚꽃 블랙&화이트 062

1판 1쇄 발행 2015년 5월 10일 **1판 9쇄 발행** 2018년 4월 11일

지은이 미야베 미유키 **옮긴이** 권영주
펴낸이 고세규

발행처 김영사
주소 경기도 파주시 문발로 197(문발동) 우편번호10881
등록 1979년 5월 17일(제406-2003-036호)
주문 및 문의 전화 031)955-3200 **팩스** 031)955-3111
편집부 전화 02)3668-3295 **팩스** 02)745-4827 **전자우편** literature@gimmyoung.com
비채 카페 cafe.naver.com/vichebooks **인스타그램** @drviche **카카오톡** @비채책
트위터 @vichebook **페이스북** www.facebook.com/vichebook
ISBN 979-11-85014-87-6 03830 책값은 뒤표지에 있습니다.

비채는 김영사의 문학 브랜드입니다.
이 도서의 국립중앙도서관 출판예정도서목록(CIP)은 서지정보유통지원시스템 홈페이지(http://seoji.nl.go.kr)와 국가자료공동목록시스템(http://www.nl.go.kr/kolisnet)에서 이용하실 수 있습니다.(CIP제어번호: CIP2015012668)